THE OTHER MRS.

디 아더 미세스

메리 쿠비카
장편소설

신솔잎 옮김

해피북스
투유

차례

세이디

이 집에는 뭔가 기분 나쁜 구석이 있다. 왠지 모르게 불안하고 거슬리는 무언가가 있지만 도무지 왜 이런 기분이 드는지 이유를 찾을 수 없다.

지붕이 있는 현관 테라스가 집 너비만큼 탁 트여 있어 겉으로 보기에 전원의 정취가 물씬 풍기는 데다 정사각형 모양의 벽마다 창문이 나란히 있어 근사하기까지 했다. 경사진 도로에 빼곡히 자리한 나무들 사이로 가지런히 자리한 잘 관리된 예쁜 집들이 있는 거리도 멋져 보였다.

외관으로만 보면 꺼릴 만한 구석이 없는 집이었다. 하지만 나는 겉모습만 보고 판단하는 사람이 아니다. 어쩌면 집처럼 우중충한 잿빛 날씨 때문인지도 모르겠다. 해가 쨍쨍한 날이라면 아마 다르게 느꼈을지도 모를 일이다.

"저 집이야."

나는 유산 집행자가 윌에게 전해준 사진과 똑같은 집을 가리키며 말했다. 윌은 서류를 처리하기 위해 지난주에 혼자 비행기를 타고 포트랜드에 다녀갔다. 오늘은 다 함께 차를 타고 이곳으로 오는 길이다. 지난주 방문 때는 윌이 집을 살펴볼 시간이 없었다.

윌이 차를 길가에 세웠다. 우리 둘은 동시에 몸을 앞으로 기울이며 집을 바라봤고, 뒷좌석에 아이들도 마찬가지였다. 처음에는 아무도 입을 열지 않았지만, 이내 테이트가 집을 보며 여느 일곱 살 아이처럼 ㅈ과 ㄱ을 혼동해 가이잰틱(gigantic, 거대한-옮긴이)이라고 말했다. 그러자 윌이 웃음을 터뜨렸다. 누가 봐도 메인으로 이사 와서 굉장히 기쁘다는 것을 알 수 있을 정도로 지나치게 과장된 웃음이었다.

어느 모로 보나 거대하다고까지는 보기 어려운 집이었지만 34평짜리 아파트와 비교하면 확실히 큰 집이고, 마당이 있어 더욱 그렇게 보였다. 테이트는 마당이 있는 집에서 살아본 적이 없었다.

윌이 천천히 진입로로 차를 몰았다. 차가 멈추자 누가 먼저랄 것도 없이, 물론 개들이 가장 먼저 내리긴 했지만, 차에서 내려 길고 긴 여정이 드디어 끝났다는 사실에 안도하며 다리를 풀었다. 축축한 흙과 비릿한 바다, 우거진 숲의 냄새가 뒤섞인 공기가 낯설게 느껴졌다. 전혀 집같이 느껴지지 않는 냄새였다. 길가에 내려앉은 적막함이 불편했다. 소름 끼치는 고요함, 사람을 긴장시키는 적막함 속에서 사람이 많이 사는 곳이 안전하다는 말이 떠올랐다. 사람들이 많은 곳에서는 범죄가 일어날 확률이 적다고 했다. 도시보다 시골에서 사는 것이 더 행복하고 안전하다는 인식이 있지만 완전히 틀린 이야기이다. 사람들이 왜 그토록 도시에 몰려 있는지, 시골의 의료 시스템이 얼마나 부족한지만 생각해봐도 알 수 있다.

월이 현관 계단으로 향하자 뒤따르던 개들이 그를 앞질러 달려 나갔다. 월은 나처럼 마지못해 이곳에 온 것이 아니었다. 가슴을 쭉 펴고 위풍당당하게 걸음을 옮기는 그는 한시라도 빨리 들어가 집 안을 살펴보고 싶은 눈치였다. 이 집에 오고 싶지 않았던 내 눈에는 그런 그의 행동이 야속했다.

계단 앞에 선 그는 내가 따라오지 않자 멈칫했다. 그러곤 여전히 차 옆에 서 있는 나를 돌아보며 물었다.

"당신, 괜찮아?"

괜찮은지 나조차도 몰라 대답하지 못했다. 테이트는 재빨리 아빠 뒤를 따랐지만 열네 살인 오토는 나처럼 무언가 마음에 들지 않는 듯 선뜻 나서지 않았다. 나를 많이 닮은 아이였다.

"세이디, 안 들어올 거야? 춥잖아."

월이 이번에는 질문을 조금 달리해 물었지만, 집 주위를 둘러싼 나무가 어찌나 높이 솟았는지 집 안에 빛이 하나도 들어오지 않겠다는 생각을 하고 있던 나는 날씨가 춥다는 것조차 느끼지 못하고 있었다. 집 앞 도로의 경사가 가팔라 눈이 오면 위험하겠다는 생각도 했다. 언덕 꼭대기 집 마당에서 갈퀴를 들고 선 한 남자가 보였다. 잔디 고르기를 멈추고 가만히 서서 나를 내려다

보고 있는 것 같았다. 나는 붙임성 좋게 그를 향해 손을 흔들었다. 그는 내 손 인사에 답하지 않고 몸을 돌려 다시 잔디를 고르기 시작했다. 윌을 바라봤지만, 그는 언덕 위 남자에 대해 한마디도 하지 않았다. 윌도 그 남자를 분명히 봤을 터였다.

"얼른 와."

윌은 자꾸 나를 재촉하며 몸을 돌려 테이트와 함께 계단을 올랐다.

"자, 이제 들어가자."

그가 결심하듯 말했다. 현관 앞에 다다르자 주머니에서 열쇠를 꺼냈다. 노크를 했지만 누군가 안에서 문을 열어줄 때까지 기다리지 않았다. 윌이 문에 열쇠를 꽂고 밀어젖히자 오토가 나를 두고 혼자 걸어가기 시작했다. 바깥에 혼자 남고 싶지 않아 나도 뒤를 따랐다.

집 안으로 들어서자 마호가니 벽재, 두꺼운 커튼, 금속 천장재, 밤색과 황록색이 섞인 벽으로 된 구식 집이 눈앞에 펼쳐졌다. 퀴퀴한 냄새가 났다. 어둡고 음침했다. 우리는 현관에 옹기종기 모여 서서 집 안을 살폈다. 벽이 많은 전통적인 가옥 구조였다. 가구는 하나같이 투박한 스타일로 아늑한 느낌이 없었다.

내 시선은 매끄럽게 굴곡진 식탁 다리에서 식탁 위에 자리한 빛바랜 빈티지 촛대로, 식탁 의자 위에 놓인 노란색 쿠션으로 옮겨갔다. 그땐 제일 위 계단에 선 아이를 미처 발견하지 못했다. 시야에 언뜻 움직임이 감지되지 않았다면 아이가 있는 줄 내내 몰랐으리라.

아이는 맨발에 검은색 옷차림을 하고 음침하게 서 있었다. 검은색 긴 머리에 길게 낸 앞머리가 얼굴 한쪽을 살짝 가렸고, 두 눈을 따라 검은색 아이라이너를 진하게 그렸다. 티셔츠에 죽고 싶어라고 새겨진 하얀색 글자 외에는 온통 검은색으로 뒤덮인 모습이었다. 양쪽 콧구멍 사이에 피어싱을 하고 있었다. 어두운 차림과는 대조적으로 피부가 귀신처럼 하얗고 창백했다. 비쩍 마른 체형이었다.

테이트도 그 아이를 봤다. 윌에게서 떨어져 내 쪽으로 다가온 테이트는 내 등에 얼굴을 묻고 숨었다. 테이트는 겁이 많은 편이 아니었다. 겁이 없는 나도 목 뒤편의 머리카락이 쭈뼛 서는 것을 느꼈다.

"안녕."

내가 떨리는 목소리로 인사했다.

윌도 그 아이를 발견했다. 아이에게 시선을 옮긴 그는 아이의 이름을 불렀다. 윌이 아이에게 가까이 다가가기 위해 계단을 오르자, 우리가 이 집에 들어온 것이 언짢다는 듯 계단이 시끄럽게 삐걱거렸다.

"이모젠."

아이가 냉큼 품으로 안기기를 기대한 듯 윌이 두 팔을 벌렸다. 하지만 아이는 꼼짝도 하지 않았다. 열여섯 살이나 되었고, 자신 앞에 선 남자는 낯선 사람이었으니까. 아이가 안기지 않는다고 해서 뭐라고 할 수만은 없었다. 그래도 처음 후견인으로 지정되었을 때에는 이렇게 어둡고 음울한 아이를 맡게 될 거라고는 예상하지 못했다.

아이의 입에서 차갑고 조용한 음성이 흘러나왔다. 결코 목소리를 높이지 않았다. 그럴 필요가 없었으니까. 차라리 소리를 지르는 게 나을 것 같다는 생각이 들 만큼 저음의 목소리가 소름 끼쳤다.

"저리 꺼져요."

쌀쌀맞게 말했다. 아이는 층계 난간 너머로 매섭게 쏘아보고 있었다. 나도 모르게 손을 뻗어 테이트의 귀를 막았다. 윌은 걸음을 우뚝 멈췄다. 벌렸던 팔도 내렸다. 그는 지난주 유언 집행자를 만나러 이 지역에 왔을 때 이미 이모젠과 만났다. 지난 방문 때 윌은 서류에 서명을 하고 조카의 양육권을 얻었지만, 이모젠은 우리가 이 집에 오기 전까지 친구와 지내도록 되어 있었다.

이모젠이 화난 목소리로 물었다.

"여기 꼭 와야 했어요?"

윌이 상황을 설명하려 했다. 우리가 아니면 아이는 열여덟 살이 될 때까지 위탁 가정이나 보호소에서 지내야 했다. 법적으로 독립이 가능하다는 인정을 받으면 상관없지만 아이의 나이로는 어려운 일이었다. 하지만 아이가 이런 대답을 바라고 물은 게 아니었다는 것쯤은 분명했다. 아이는 등을 돌려 2층에 있는 방으로 들어갔고, 뒤이어 물건을 던지며 화풀이하는 소리가 들렸다.

"혼자 있을 시간을 좀 주자."

아이를 뒤따라가려던 윌에게 말했고, 그는 내 말을 따랐다.

윌이 우리에게 보여준 사진 속 어린 여자아이와 달랐다. 사진 속 아이는 흑갈색 머리에 주근깨가 있는 얼굴로 천진난만한 표정의 여섯 살짜리였다. 조금 전 그 소녀와는 너무 달랐다. 평탄하고 행복한 성장기를 보내지 못한 것 같았다. 이 집과 상속 재산, 계좌에 남은 얼마의 돈 그리고 조카를 돌보는 것이 우리 앞으로 적힌 유언장의 내용이었다. 열여섯 살이면 혼자서도 충분히 생활이 가능한 나이였고, 열여덟 살이 될 때까지 돌봐줄 친구나 지인이 분명 있을 거라는 내 의견에 월은 반대했다. 나와는 일면식조차 없는 아이였지만 어쨌든 월의 누나인 앨리스가 사망하고 남은 가족은 우리뿐이었다. 그 아이에게는 가족이 필요해. 월이 내게 이렇게 말한 것이 불과 며칠 전이었지만 벌써 몇 주는 지난 일같이 느껴졌다. 사랑으로 돌봐줄 가족 말이야. 세이디, 그 아이는 완벽히 혼자가 되었잖아. 갑자기 고아가 된 아이가 우리 외에는 의지할 곳 없이 홀로 남았다는 생각에 모성본능이 차올랐다.

나는 이곳에 오고 싶은 마음이 없었다. 그 아이가 우리 집으로 들어오는 것이 맞다고 월에게 말했다. 하지만 고려해야 할 일이 너무 많았고, 내 마뜩잖은 심기와는 달리 결국 이 집으로 오게 되었다.

이번 주에도 몇 번이나 든 생각이었지만, 이사가 우리 가족에게 어떤 끔찍한 결과를 불러올까 불안해졌다. 지금까지는 월이 말했던 산뜻한 새 출발과는 분명 달랐다.

세이디

7주가 흘렀다…….

한밤중 울리는 사이렌 소리에 잠에서 깼다. 시끄럽게 울리는 소리가 귓가에 꽂혔다. 침실 창가로 불빛이 어른거렸다. 윌은 협탁으로 손을 뻗어 안경을 집은 뒤 급히 몸을 일으켜 앉으며 안경을 콧등으로 밀어올렸다.

"무슨 소리야?"

잠에서 덜 깬 혼란스러운 얼굴을 하고 긴장한 듯 묻는 그에게 사이렌 소리라고 말해줬다. 우리는 잠시 숨을 죽이고 앉아 점차 멀어지는 사이렌 소리에 귀를 기울였다. 잦아들긴 했지만 소리가 완전히 멈춘 것은 아니었다. 내내 들리던 사이렌 소리가 우리 집에서 조금 떨어진 곳에서 멈추었다.

"무슨 일이지?"

윌의 질문에, 본인도 걷기 힘든 몸으로 아내를 휠체어에 태우고 이리저리 거리를 산책하던 노부부를 떠올렸다. 부부 모두 백발에 얼굴에는 주름이 가득했고, 할아버지의 등은 '노트르담의 꼽추'처럼 심하게 굽어 있었다. 할아버지는 늘 지친 얼굴을 하고 있어 도리어 할아버지가 휠체어에 앉고 할머니가 밀어야 하는 것은 아닌가 하는 생각이 들 정도였다. 바다를 향해 경사진 가파른 언덕길이라 노부부의 산책길이 더욱 고단했다.

"닐슨 부부!"

우리가 동시에 외친 목소리에 연민이 묻어 있지 않았다면 아마도 그 대상이 노인이기 때문일 것이다. 노인들은 으레 다치거나 병이 들고 결국 죽음을 맞이하기 마련이니까.

"지금 몇 시야?"

윌에게 물었지만, 그는 이미 안경을 벗어 협탁에 다시 올리고 있었다.

"글쎄."

그는 이렇게 말하고는 내 쪽으로 다가와 허리에 팔을 둘렀고, 무의식적으로 나는 그에게서 조금 떨어지려 몸을 움츠렸다. 우리를 꿈에서 깨운 사이렌 소리는 모두 잊고 그 자세로 다시 잠에 빠졌다.

*

아침이 밝자 간밤의 소란으로 피곤한 몸을 이끌고 샤워를 하고 옷을 갈아입었다. 아이들은 주방에서 아침 식사를 하고 있었다. 나를 이 집의 침입자로 보는 이모젠을 의식하며 걱정스러운 마음으로 침실을 나서자 아래층에서 시끌벅적한 소리가 들렸다. 7주나 흘렀는데도 여전히 이모젠은 우리 가족을 불청객처럼 대했다.

복도로 나서자 살짝 열려 있는 이모젠의 방 문이 보였다. 방에 있을 때는 절대로 문을 열어두지 않는 아이인데, 이모젠의 모습이 보여 의아했다. 방문이 열려 있는 것도, 복도에서 내가 바라보고 있다는 것도 모르는 듯했다. 이모젠은 등을 돌리고 앉아 거울을 보며 아이라인을 그리고 있었다.

조금 열린 문틈 사이로 이모젠의 방을 훔쳐보았다. 어두운색 벽지를 바른 벽에는 그녀와 비슷한 차림의 길고 검은 머리와 검은 눈, 검은 옷을 입은 아티스트와 록 밴드 사진이 빼곡히 붙어 있었다. 그리고 캐노피 같은 검은색의 얇은 천이 침대에 드리워져 있었다. 침대 위는 어질러져 있었고, 짙은 회색 담요는 바닥에 뒹굴었다. 암막 커튼이 빈틈없이 쳐져 빛이 완벽히 차단된 상태였다. 뱀파이어가 떠올랐다.

아이라인을 다 그린 이모젠이 아이라이너의 뚜껑을 닫고 몸을 돌렸다. 내가 몸을 숨길 새도 없이 순식간에 벌어진 일이었다.

"젠장, 거기에서 뭐 해요?"

그녀의 질문에 담긴 분노와 저속함 때문에 마음이 불편했다. 내게 이런 식으로 말한 게 처음 있는 일도 아닌데 말이다. 익숙해질 때도 되었지만 여전히 힘들었다. 이모젠이 문 쪽으로 어찌나 빠르게 다가오던지 처음에는 나를 때리러 오는 줄 알았다.

물론 그런 적은 한번도 없었지만 그 걸음걸이며 분노에 가득 찬 얼굴을 보면 주먹을 휘둘러도 이상할 것 같지 않았다. 나도 모르게 몸을 움찔하며 뒤로 물러섰고, 이모젠은 문을 거칠게 닫았다. 면전에서 문이 쾅 하고 닫혔지만 얼굴을 강타하지 않아서 도리어 고마울 따름이었다. 코와 문 사이의 간격이 3센티미터도 채 되지 않았다.

심장이 요동쳤고, 숨도 쉬지 못한 채 그 자리에 얼어붙었다. 목을 가다듬으며 마음을 가라앉혔다. 문으로 다가가 손등으로 노크를 했다.

"좀 있다가 선착장으로 갈 건데, 너도 차를 타고 같이 가면 어떨까 싶어서."

내 제안에 응하지 않으리란 것은 이미 알고 있었다. 스스로 비참하게 느껴질 정도로 목소리가 떨렸다. 이모젠은 아무 대꾸도 하지 않았다.

나는 몸을 돌려 맛있는 냄새가 풍기는 아래층으로 내려갔다. 윌은 가스레인지 앞에 서 있었다. 앞치마를 입고 테이트가 좋아하는 CD에 수록된 신나는 노래를 흥얼거리며 팬케이크를 뒤집고 있었다. 오전 7시 15분에 부르기에는 지나치게 경쾌한 노래였다.

나를 발견한 윌은 노래를 멈추고 물었다.

"당신 괜찮아?"

"응."

어색한 목소리로 대답했다.

혹시나 바닥에 음식 부스러기라도 떨어질까 기대하며 개들이 윌의 주변을 어슬렁거렸다. 덩치가 큰 개 두 마리가 돌아다니기에 주방이 너무 비좁았다. 여섯은 고사하고 네 명이 있기에도 부족한 공간이었다. 개들을 불러 뒷마당으로 내보냈다.

다시 주방에 돌아오자 윌이 웃으며 팬케이크를 권했다. 나는 커피 잔만 받아 들고 오토에게 식사를 서두르라고 재촉했다. 오토는 접시 위로 몸을 숙이고 어깨를 앞으로 구부린 채 앉아 있어 더 왜소해 보였다. 늘 주눅 든 모습이 걱정스러웠지만 열네 살 애들은 원래 그런 거라고 넘겼다. 누구나 자라며 한번씩 겪는 시기겠지만, 다른 아이들도 이런지는 알 수 없었다.

이모젠이 쿵쿵거리며 주방으로 들어왔다. 무릎과 허벅지가 군데군데 찢어진 검은색 청바지 차림이었다. 굽이 5센티미터는 되어 보이는 검정색 가죽 워커를 신고 있었다. 굽 높은 워커가 아니여도 이모젠은 나보다 키가 컸다. 이모젠의 귀에는 까마귀 해골 모양 귀걸이가 달랑거렸다. 티셔츠에는 **평범한 사람들은 병신 같아**라고 쓰여 있었다. 지금껏 매번 그랬듯, 테이트는 이모젠 티셔츠에 적힌 글자를 소리 내어 읽으려 하였다. 글을 잘 읽는 편이었지만 테이트가 모두 읽을 때까지 이모젠이 가만히 서서 기다려주지는 않았다. 이모젠은 선반으로 다가가 문을 홱 열고는 안을 살핀 뒤 쾅 하고 세게 닫았다.

"뭐 찾는 거 있어?"

항상 이모젠의 기분을 맞추려 노력하는 윌이 물었지만, 이모젠은 키켓 초코바를 하나 들어 포장을 찢고는 한 입 베어 물기만 했다.

"아침 만들었는데."

월의 말에 이모젠의 파란색 눈이 오토와 테이트 옆에 마련된 자신의 자리로 향했다.

"많이 드세요."

이모젠이 주방을 나섰다. 나무 바닥에 워커 발소리가 울렸다. 현관문이 열렸다 닫히는 소리가 들리고, 이모젠이 나간 것을 확인하고 나서야 비로소 숨을 쉴 수 있었다.

텀블러에 커피를 담고 월 옆에 놓인 소지품을 챙기기 위해 손을 뻗었다. 카운터 위에 있는 열쇠 꾸러미와 가방이 잡힐 듯 닿지 않아 손을 길게 뻗었다. 출근 인사로 월이 내 쪽으로 몸을 기울여 입을 맞추려 했다. 일부러는 아니지만 주저하거나 그의 입술을 피하는 것은 내게 본능에 가까웠다.

"당신, 괜찮아?"

월이 놀란 눈빛으로 물었고, 나는 속이 불편하다는 핑계를 댔다. 틀린 말도 아니었다. 남편의 외도 이후 몇 달이 지났지만 여전히 그의 손길이 사포처럼 느껴졌고, 그가 내게 손을 댈 때마다 다른 여자의 몸을 어루만지던 손이라는 생각을 지울 수 없었다.

새 출발. 유일한 누나인 앨리스가 살던 메인의 이 집으로 이사 오며 월이 붙인 수많은 이유 중 하나였다. 몇 년 동안 섬유근육통으로 고통받던 앨리스는 증상이 심해지자 더는 견디지 못하고 스스로 생을 마감했다. 섬유근육통은 상당히 고통스러운 질병이다. 온몸 구석구석 통증에 시달리고 일상생활이 어려울 정도의 탈진과 피로도 찾아온다. 내 경험에 비춰보면, 섬유근육통 환자들은 무언가에 찔린 듯한 날카롭고 욱신거리는 고통에 시달리고, 하루 종일 통증에서 자유롭지 못하다. 환자 외에는 아무도 통증의 존재를 모르는 침묵의 병이기도 하다. 하지만 환자가 느끼는 육체적, 정신적 고통은 상당하다.

앨리스가 통증과 극심한 피로에서 벗어날 수 있는 유일한 방법은 로프와 발판을 챙겨 다락방으로 향하는 것뿐이었다. 그에 앞서 앨리스는 변호사를 만나 집과 집 안 소유물 일체를 모두 월에게 남긴다는 유언장을 작성했다. 자신의 아이 또한 월에게 맡겼다.

열여섯 살의 이모젠이 하루 종일 뭘 하고 다니는지는 알 수 없다. 가끔 무단결석했다는 연락이 오는 걸로 봐서는 적어도 학교에는 가는 듯하다. 하지만 수업을 마친 뒤 뭘 하는지는 나도 잘 모른다. 월이나 내가 물으면 무시하거나 그럴듯한 대답을 들이민다. 범죄사건을 해결한다거나 세계 평화를 수호한다거나 망할 놈의 고래를 지킨다거나. 망할은 그 애가 좋아하는 단어 중 하나이다. 자주 쓰는 편이다.

자살은 이모젠 같은 유가족에게 분노와 원통함, 거부감, 버려졌다는 기분이 들게 한다. 그래서 이모젠에게 되도록 너그러운 마음을 가지려고 노력해왔다. 하지만 점차 한계에 다다르고 있었다.

월과 앨리스는 사이가 좋았지만 멀리 떨어져 살며 몇 년간 연락이 뜸했다. 누나의 사망 소식을 듣고 윌은 혼란스러워했지만 슬퍼하지는 않았던 것 같다. 사실 그가 느낀 것은 다른 무엇보다 죄책감이었을 것이다. 먼저 연락하지 못했고, 이모젠에게 무관심했으며, 누나가 고통받던 질병이 얼마나 심각한 것인지에 대해 무지했다는 죄책감. 윌은 자신이 두 사람을 버렸다고 생각하고 있었다.

처음 앨리스가 남긴 유산에 대해 들었을 당시, 나는 윌에게 앨리스의 집을 팔고 이모젠을 시카고로 데려오자고 했지만, 메인으로의 이사가 시카고에서 벌어졌던 일들, 비단 윌의 외도뿐 아니라 모든 것에서 벗어나 새로운 시작을, 새 출발을 할 수 있는 계기가 될 수 있을 것 같기도 했다. 적어도 윌의 생각은 그랬다.

이곳에 온 지 이제 두 달이 채 안 된 터라 아직 적응 중이지만 둘 다 일자리를 제법 빨리 찾았다. 윌은 일주일에 이틀, 본토에 있는 한 대학에서 비상근직 교수로 인간생태학을 강의한다. 섬에 단 두 명뿐인 의사 중 한 명인 나는 이곳에서 일하는 조건으로 실제 얼마간의 금전적 혜택을 받았다.

이번에는 내가 먼저 윌에게 짧게 입을 맞추었다. 집을 나가기 전에 거쳐야 할 통과의례였다.

"저녁에 봐."

윌에게 말하고 오토에게 서두르지 않으면 늦는다고 재촉했다. 신발장 위에 놓인 소지품을 챙기며 오토에게 차에서 기다리겠다고 했다.

"2분이야."

이렇게 말했지만 늘 그렇듯 5~6분은 걸린다는 것을 알고 있다. 집을 나서기 전 테이트에게도 뽀뽀를 했다. 의자 위에 서서 끈적이는 팔을 내 목에 두른 테이트는 내 귀에 대고 소리쳤다.

"사랑해, 엄마."

이 중 적어도 한 명은 나를 진짜로 사랑한다는 생각에 마음이 뭉클해졌다.

*

내 차는 윌의 세단 옆에 주차되어 있었다. 차고가 있긴 했지만 아직 풀지 못한 박스로 가득 차 있었다.

밤사이 차갑게 식은 차창에 성에가 얇게 서렸다. 리모컨 버튼을 눌러 문을 열자 헤드라이트가 반짝였고 차 안에도 불이 들어왔다. 차 문으로 손을 뻗어 손잡이를 당기기 전, 내 시선을 사로잡는 무언가가 있었다. 운전석 앞 유리에 낀 성에 위로 선 같은 것이 그어져 있었다. 아침 햇살에 녹아 선이 흐리게 보였다. 그래도 무언가 있는 것만은 분명했다. 조금 더 가까이 다가가 자세히 보니 단순한 선이 아니라 성에 위에 쓴 글자였다. 조합해보니 단어 하나가 완성되었다. 죽어버려.

손으로 입을 막았다. 누가 이런 글자를 써놨는지 깊이 고민할 필요도 없었다. 이모젠은 우리 가족이 이 집에 있는 것을 원치 않는다. 이 집에서 나가길 바라고 있다.

지금 이 상황이 아이에게 얼마나 힘든지 알기에 이해해보려고 노력했다. 이모젠의 입장에서는 한순간에 삶이 바뀐 거나 다름없을 테니까. 엄마가 죽은 것도 모자라 잘 알지도 못하는 사람들과 한집에서 살아야 하는 처지가 되었다. 하지만 그렇다고 해서 이런 식으로 위협을 가하는 것을 정당화할 수는 없다. 이모젠은 거리낌 없이 말하는 아이였다. 진심만을 말하는 아이였다. 이모젠은 내가 죽기를 바라고 있었다.

나는 현관 계단으로 올라가 문에 대고 월을 불렀다.

"무슨 일이야?"

주방에서 나온 월이 물었다.

"뭐 잊은 것 있어?"

그는 고개를 빼고는 열쇠 꾸러미와 가방, 커피를 살폈다. 잊고 나온 물건 같은 것은 없었다.

"당신이 봐야 할 게 있어."

아이들에게 들리지 않게 목소리를 낮췄다. 콘크리트 바닥이 무척 차가울 터였지만 월은 맨발로 문을 나섰다. 차에서 약 1미터쯤 떨어져 멈춰선 나는 운전석 앞 유리에 새겨진 글씨를 가리켰다.

"보여?"

월을 쳐다봤다. 그도 글자를 읽었다. 글자를 확인하자마자 얼굴에 떠오른 난감함에서, 나와 똑같은 표정에서 그가 어떤 생각을 하는지 읽을 수 있었다.

"젠장."

그도 누구 짓인지 눈치챘다. 이마를 문지르며 생각을 정리하는 듯 보였다.

"내가 이야기 잘해볼게."

이렇게 말하는 그에게 방어적으로 물었다.

"그게 무슨 소용이겠어?"

지난 몇 주간 우리는 이모젠을 수없이 타일렀다. 말을 조심히 해달라고, 특히나 테이트가 있을 때는 조금 더 신경 써달라고 부탁했고, 통금시간을 지켜달라고 요청했다. 그 외에도 수없이 많은 대화를 나누었다. 그 아이랑 말했다기보다는 그 아이에게 대고 말했다는 표현이 적절하다. 대화라고 보기 어려웠으니까. 일방적인 설교에 가까웠다. 윌이나 내가 말하는 동안 이모젠은 멀뚱히 서 있었다. 어쩌면 듣고 있었을지도 모른다. 대답을 한 적은 없었다. 무슨 이야기도 제대로 귀담아듣지 않고 그냥 방을 나가기 일쑤였다.

"정말 이모젠이 한 짓인지 확실하지 않잖아."

윌이 내게 조심스럽게 말했지만, 다른 가능성은 그다지 생각하고 싶지 않았다.

"누군가 오토를 겨냥해 남긴 걸 수도 있지 않아?"

윌이 물었다.

"누군가 내 차 창문 위에 열네 살 난 우리 아들을 향해 죽어버리라는 협박을 남겼다고?"

혹시 윌이 죽어버려라는 단어의 의미를 모르는 건가 싶었다.

"그럴 수도 있지 않을까?"

가능하다는 것은 나도 알고 있지만 이렇게 답했다.

"그럴 리 없어."

그렇게 생각하고 싶지 않은 마음에 예상보다 훨씬 단호하게 대답했다.

"또다시 그런 일이 벌어져선 안 된다고. 전부 다 청산하고 이곳에 온 거잖아."

하지만 정말 완전히 벗어난 걸까? 누군가 오토를 괴롭힐 가능성이 전혀 없는 것은 아니다. 오토가 해코지를 당하고 있을 수도 있다. 예전에도 그런 일이 있었으니까. 또 벌어질 수 있는 일이다.

"경찰에 신고해야 할지도 몰라."

월에게 말했다. 하지만 월은 고개를 저었다.

"누가 그랬는지 확실해지기 전까지는 기다리는 게 좋겠어. 만약 이모젠이라면 경찰에 신고할 만한 일이 아니잖아. 아이는 그냥 너무 화가 나서 그러는 거야, 세이디. 슬픔을 감당하지 못해서 날뛰는 거라고. 우리를 해치려고 진짜 뭘 하진 않을 거야."

"과연 그럴까?"

월과 달리 나는 확신이 없었다. 이모젠은 우리 부부 사이의 또 다른 위협이었다. 이모젠은 월의 핏줄이었고, 둘 사이에는 내가 느낄 수 없는 유대감이 분명 있었다.

내 질문에 답하지 않는 월에게 더욱 힘을 실어 말했다.

"누구를 대상으로 쓴 것이든, 살인 협박인 것은 여전해. 가볍게 넘길 수 없는 일이야."

"그래, 알아."

월은 오토가 나왔을까 봐 뒤를 슬쩍 확인하며 말했다. 그는 목소리를 낮추었다.

"하지만 세이디, 경찰에 신고하면 오토가 주목받는 일이 생길지도 몰라. 원치 않은 관심 말이야. 안 그랬던 아이들도 오토를 다르게 볼 거야. 오토가 힘들어질 수도 있어. 우선 학교에 먼저 전화해볼게. 오토와 사이가 나쁜 아이가 있는지 담임 선생님과 교장 선생님께 전화로 물어볼게. 당신이 뭘 걱정하는지 잘 알아."

월이 어르듯 말하며 내 팔을 부드럽게 쓸어내렸다.

"나도 걱정이 돼. 하지만 경찰에 연락하기 전에 먼저 학교에 전화부터 하는 게 어떨까? 이모젠일 거라고 단정하기 전에 우선 내가 그 애와 이야기라도 나누는 게 좋지 않겠어?"

월다웠다. 우리 둘 중에 이성적인 쪽은 항상 월이었다.

"알겠어."

그의 말이 옳을 수도 있다는 생각이 들어 결국 수긍했다. 오토가 새로 전학 온 학교에서 이런 식으로 괴롭힘을 당하는 왕따라고는 죽어도 생각하고 싶지 않았다.

하지만 이모젠이 우리 가족을 향해 이 정도의 적대감을 갖고 있을지도 모른다는 생각 또한 괴로웠다. 더 끔찍한 일이 벌어지기 전에 누가 어떤 이유로 이런 짓을 벌였는지 밝혀내야 한다.

"하지만 또 이런 일이 생기면, 이런 비슷한 일이라도 생기면 경찰에 신고하는 거야."

나는 핸드폰을 집으려 가방에 넣었던 손을 도로 꺼내며 말했다.

"좋아."

윌은 내 이마에 짧게 입을 맞췄다.

"무슨 일이 생기기 전에 다 잘 해결될 거야."

"약속할 수 있어?"

윌이 손가락을 딱 맞부딪치는 것만으로 마법처럼 모든 일이 해결된다면 얼마나 좋을까 생각하며 그에게 물었다.

"약속할게."

이 말을 끝으로 그는 현관 계단을 성큼성큼 올라가 집 안으로 모습을 감추었다. 앞 유리창에 적힌 글자를 손으로 문지르고, 손을 바지에 닦은 뒤 서늘한 차 안에 앉았다. 시동을 켜고 히터를 틀어 마지막 글자까지 말끔하게 사라지는 모습을 바라보았다. 창에 있던 글자는 지워졌지만 내 머릿속에서는 온종일 떠나지 않을 것 같았다.

대시보드의 디지털 시계가 깜빡거리며 2분, 3분 흘러가고 있었다. 도무지 무슨 생각을 하고 있는지 알 수 없는 표정을 한 오토가 터덜터덜 차로 걸어오길 기다리며 현관문을 지켜봤다. 요즘 오토는 항상 그런 표정이었다.

사람들은 부모라면 자신의 아이가 무슨 생각을 하는지 알아야 한다고 말하지만, 부모라고 다 알 수는 없다. 늘 알 수는 없는 일이다. 사실 다른 사람이 무슨 생각을 하는지 누구도 알 수 없다. 그럼에도 아이들이 잘못된 길로 빠지면 일단 부모에게 화살을 돌린다.

어떻게 모를 수가 있죠? 전문가들은 이렇게 묻는다. 위험 신호가 분명 있었을 텐데 어떻게 그걸 못 보고 지나갈 수가 있습니까? 아이들이 뭘하고 다니는지 왜 관심을 갖지 않았던 겁니까? 이런 비난은 그나마 이런 부모가 많다는 방증인 것 같아 내 마음이 편해지기도 했다.

하지만 난 아니다. 예전의 오토는 조용하고 내성적인 아이였다. 그림 그리기를 좋아했고, 일본 애니메이션에 푹 빠져 특이한 헤어스타일에 말도 안 되게 큰 눈을 가진 멋진 캐릭터를 주인공으로 만화를 그렸다. 연습장 속 그림 주인공들에게는 '아사'와 '켄'이라는 이름도 붙였고, 언젠가 이 두 주인공의 모험을 주제로 그래픽 노블을 쓰겠다는 꿈도 있었다.

예전의 오토는 친구가 단 둘뿐이었고, 이 아이들은 나를 부인이라고 깍듯하게 불렀다. 우리 집에서 저녁을 먹을 때면 자신이 먹은 그릇을 싱크대로 가져다 놓던 아이들이었다. 신발을 현관 앞에 가지런히 벗어두고 집 안으로 들어왔다. 오토의 친구들은 착한 아이들이었고 예의도 발랐다.

오토는 공부도 곧잘 했다. 올 A를 받는 학생은 아니었지만 중간성적이면 오토에게도, 윌과 나에게도 충분했다. 보통 B와 C를 오가는 성적이었다. 숙제도 알아서 잘했고 기한 안에 마쳐 제출했다. 수업 중에 잠을 자는 아이도 아니었다. 선생님들이 좋아하는 학생이었고, 오토가 받은 유일한 지적 사항이라면 수업에 조금 더 참여하라는 것뿐이었다. 나는 위험 신호를 못 보고 지나가지 않았다. 못 보고 지나갈 위험 신호조차 없었으니까.

오토가 나오길 기다리며 집을 바라보았다. 4분이 지나도 아이가 나오지 않자 현관에서 그만 시선을 거두었다. 그때 차창 밖으로 무언가가 눈에 띄었다. 닐슨 씨가 아내의 휠체어를 밀며 거리를 내려오고 있었다. 제법 가파른 거리라 휠체어의 미끄러운 고무 손잡이를 잡고 속도를 조절하려면 굉장히 힘들 터였다. 자동차 브레이크를 밟듯 내내 닐슨 씨는 뒤꿈치에 힘을 싣고 천천히 움직였다.

아직 7시 20분이 채 되지 않은 이른 시간이었지만 닐슨 씨는 면바지에 스웨터를, 닐슨 부인은 연핑크 니트 상하의를 정갈히 갖춰 입고 있었다. 얇은 컬을 넣은 머리를 스프레이로 흐트러짐 없이 고정한 부인을 보자 아내의 머리카락을 헤어롤에 꼼꼼하게 말고 핀으로 고정하는 남편의 모습이 그려졌다. 닐슨 부인의 이름은 포피였던 것 같다. 닐슨 씨는 찰스 아니면 조지일 거다.

우리 집을 바로 앞에 두고 닐슨 씨가 대각선으로 휠체어를 돌려 방향을 틀었다. 휠체어 방향을 돌리던 닐슨 씨의 시선이 배기가스를 내뿜는 내 차 뒤쪽에 머물렀다.

그 순간 간밤에 우리 집을 스치며 점차 멀어지다 길 어딘가에서 멈춘 사이렌 소리가 떠올랐다. 명치끝에서 이유 모를 뭉근한 통증이 시작되었다.

세이디

페리 선착장에서 진료소까지는 다섯 블록밖에 떨어지지 않았다. 오토를 데려다주고 예전에는 주거용이었던 낮고 단출한 모습의 파란색 건물까지 가는 데 채 5분도 걸리지 않았다. 앞에서 보면 평범한 집처럼 보이지만 뒤편은 의료시설을 편히 이용할 수 있는 저렴한 노인자립생활센터와 연결되어 있어 일반 집보다 훨씬 넓게 트여 있었다. 오래전 누군가가 자신의 집을 병원 건물로 기증했다. 그리고 몇 년 뒤 노인자립생활센터가 증축되었다.

4,000개 이상의 섬이 메인 주에 귀속되어 있다는 사실을 이사 오고 나서야 알았다. 이곳처럼 낙후된 지역에는 의료진이 늘 부족했다. 나이가 많은 의사들 다수가 은퇴를 준비하고 있는데 좀처럼 결원 인력을 충원하기가 어려운 실정이었다.

이곳 주민들은 물론이고 섬에서의 고립된 삶은 누구에게나 쉽지 않았다. 늦은 밤 마지막 페리가 떠나면 말 그대로 섬에 갇혀 나오지 못한다는 현실이 사람을 왠지 불안하게 만들었다. 낮에도 뾰족하게 솟은 암석과 키 큰 소나무에 둘러싸여 숨이 막힐 듯 답답하게 느껴졌다. 곧 다가올 겨울이 되면 혹한으로 인해 섬 대부분이 문을 닫고, 만이 얼면 페리는 운행을 중단해 섬에 갇히게 된다.

우리는 공짜로 집이 생긴 셈이었다. 그리고 이 진료소에서 일하는 조건으로 상속세를 감면받았다. 처음에 나는 반대했지만 월이 원했다. 물론 돈 때문만은 아니었다. 나는 응급의학과 의사로 경력을 쌓았다. 가정의학과 전문의 자격은 없지만 임시 면허가 있어서 메인에서 전문의가 되기 위해 필요한 과정을 이수하면 되었다.

진료소 내부는 전혀 집처럼 보이지 않는다. 있던 벽을 허물고 새 벽을 세워 리셉션, 진료실, 로비를 만들었다. 진료소 안에는 퀴퀴하고 눅눅한 냄새가 났다. 이곳을 나서도 몸에 밴 이 냄새가 쉬이 사라지지 않았다. 월도 알아챌 정도였다. 하루에 담배 한 갑을 피우는 리셉션 직원 엠마 때문에 더욱 그런지도 모른다. 물론 바깥에서 흡연을 하긴 하지만 엠마는 나와 옷걸이를 함께 썼다. 담배 냄새는 코트에서 코트로 옮아갔다.

퇴근 뒤 월이 미심쩍다는 듯 쳐다보며 물을 때도 있었다. 당신, 담배 폈어? 집까지 따라온 니코틴과 담배 냄새를 맡아보면 실제 흡연자에게서 나는 것과 비슷할 정도였다. 당연히 아니지. 나담배 안 피는 거 알잖아. 이렇게 답하며 엠마에 대해 말해주었다. 코트 바깥에 내놔. 냄새 빼볼게. 월이 내게 셀 수 없이 많이 한 말이다. 그가 아무리 냄새를 제거해줘도 다음 날이면 또다시 냄새가 배어 헛수고가 되고 말았다.

진료소에 들어서자 수간호사인 조이스와 엠마가 나를 기다리고 있었다.

"늦으셨네요."

조이스가 말했지만 늦었다고 해봐야 1분이었다. 65세쯤 되는 조이스는 은퇴를 앞둔 간호사로 성격이 상당히 까칠한 편이었다. 엠마나 나보다도 훨씬 오래 근무한 직원이라 내심 본인이 진료소의 실세라고 생각하는 듯했다.

"예전에 있던 병원에서는 시간 엄수가 얼마나 중요한지 가르치지 않던가요?"

그녀가 물었다. 이곳 사람들은 작은 섬을 닮아 속이 좁다. 나는 그녀를 지나쳐 일과를 시작했다.

*

몇 시간 뒤, 진료를 보던 중 1.5미터쯤 떨어진 핸드폰 화면에서 월의 얼굴이 보였다. 핸드폰은 무음으로 전환해두었다. 벨소리는 들리지 않았지만 화면에 조각 미남처럼 매력적인 얼굴에 녹갈색 눈을 가진 월의 사진과 이름이 떴다. 한눈에 사람을 매료시킬 정도로 잘생긴 얼굴이었고, 그 매력의 원천은 그의 눈이라고 생각했다. 아니면 마흔의 나이에도 스물다섯처럼 보이는 동안 덕분일지도 모른다. 요즘 유행하는 스타일로 어두운색의 긴 머리를 뒤로 넘겨 지적인 동시에 세련된 느낌을 풍겼다. 그래서 학생들에게 인기가 많은 것 같았다.

월의 전화를 못 본 척하고 환자에게 집중했다. 마흔세 살의 여성 환자는 열과 흉통, 기침을 호소했다. 명백한 기관지염 증상이었다. 더 자세히 진찰하기 위해 청진기를 가슴에 가져다 대고 폐 소리를 주의 깊게 들었다.

이곳에 오기 전 응급의학과에서 몇 년 동안 근무했다. 시카고 중심부에 위치한 최고 수준의 수련 병원에서 나는 감히 예상하기 어려울 정도로 심각한 상태의 환자들을 매 시프트마다 마주했다. 다중 추돌 사고 환자들, 가정 분만을 하다 과다 출혈로 실려 온 산모들, 136킬로그램이 넘는 남성 조현병 환자들. 한시도 긴장을 늦출 수 없는 극적인 장면이 끊임없이 연출되었다. 숨 돌릴 틈 없이 몰아치는 긴장 속에서 살아 있다는 기분을 느꼈다. 하지만 이곳은 다르다. 아무런 변수 없이, 매일같이 기관지염이나 설사, 몸에 난 사마귀로 찾아오는 환자들을 치료하는 일상의 반복이었다.

드디어 짬이 나 월에게 전화를 하자 목소리에서 다급함이 느껴졌다.

"세이디."

내 이름을 부르는 그의 음성에서 무언가 문제가 생겼음을 직감했다. 월의 침묵 사이로 그가 아직 하지 않은 이야기가 무엇일지 몇 가지 시나리오를 떠올리느라 머릿속이 바쁘게 돌아갔다. 오늘 아침 페리 선착장에 데려다준 오토에게서 생각이 멈췄다. 시간에 딱 맞춰 선착장에 도착해 페리가 출발하기 1~2분 전에 아이를 내려주었다. 페리에서 30미터쯤 떨어진 곳에 정차한 뒤 작별인사를 건네고 힘없이 등굣길에 오른 오토를 지켜봤다.

그제야 친구들과 함께 선착장 끝에 서 있는 이모젠이 보였다. 이모젠은 예쁜 아이이다. 반박의 여지가 없다. 타고난 새하얀 피부 덕분에 친구들처럼 파우더를 덕지덕지 바를 필요가 없다. 코 피어싱은 적응하기까지 시간이 좀 걸렸다. 하얀 피부와 대조되는 창백한 파란색 눈이 돋보였고, 정리하지 않은 눈썹은 염색한 머리와 달리 본래의 흑갈색을 띄었다. 친구들이 자주 바르는 어둡고 진한 립스틱을 좋아하지 않는 이모젠은 핑크빛이 도는 연한 베이지색 립스틱을 발랐다. 상당히 잘 어울렸다.

오토가 자기 또래의 여자와 한집에서 이렇게 가까이 지내기는 처음이었다. 오토는 호기심을 숨기지 못하는 눈치였다. 오토가 이모젠과 나누는 대화라고 해봤자 내가 이모젠과 대화를 나누는 정도일 뿐 두 아이는 거의 교류가 없었다. 이모젠은 우리와 함께 선착장까지 차를 타고 가지도 않았고, 학교에서도 오토에게 말을 걸지 않았다. 아마 함께 페리를 타고 오가는 길에도 오토를 아는 척하지 않을 것이다. 서로 교류가 거의 없었다. 대화라고 해봤자 이런 식이었다. 간밤에 오토가 식탁에 앉아 수학 숙제를 하고 있을 때 지나가던 이모젠이 오토의 파일 겉면에 적힌 선생님의 이름을 확인하고는 젠슨 선생은 망할 놈이야라고 한마디 던졌다. 오토는 대답 대신 놀란 눈으로 뒤를 돌아봤다. 망할이란 말은 아직 오토에게 익숙하지 않은 단어였다. 이제 오토가 그 단어를 입에 올리는 것은 시간문제겠지만.

오늘 아침 이모젠 무리는 부두 끝에서 담배를 피우고 있었다. 뿌연 담배 연기가 아이들 머리 위로 피어나 쌀쌀한 공기 속에서 자욱하게 퍼졌다. 이모젠이 너무나 자연스럽게 담배를 입으로 가져가 깊이 한 모금 빠는 모습을 지켜보았다. 한두 번 해본 솜씨가 아니었다. 담배를 손에 쥔 채로 천천히 연기를 토해내는 그 아이의 눈은 단언컨대 나를 향하고 있었다.

내가 차 안에 앉아 자기를 지켜보고 있다는 것을 눈치챘을까? 아니면, 그냥 멍하게 허공을 응시했던 걸까? 이제와 생각해보니 이모젠을 지켜보는 데 몰입한 나머지 당시 오토가 페리에 오르는 것을 보지 못했다. 당연히 페리에 탔을 거라고 으레 생각했었다.

"오토한테 무슨 일이 생긴 거야?"

머릿속에 있던 생각이 말로 튀어나왔고, 나와 동시에 윌이 입을 뗐다.

"닐슨 부부가 아니었어."

처음에는 그가 무슨 말을 하는지 이해가 되지 않았다. 오토 이야기를 하는데 왜 갑자기 거리 끝에 사는 노부부를 언급하는 거지?

"닐슨 부부가 왜?"

되묻긴 했지만 오토가 페리에 오르는 모습을 직접 보지 못했다는 것이 갑자기 떠오른 탓에 닐슨네는 안중에도 없었다. 내 머릿속을 가득 채운 것은 교장 책상 맞은편 의자에 수갑을 찬 채 앉아 있는 오토와 약 1미터 거리에서 오토를 지켜보고 있는 경찰관의 모습이었다. 책상 한 귀퉁이에는 증거물이 담긴 봉투가 놓여 있었다.

미스터, 미세스 파우스트. 그날 교장은 우리를 이렇게 불렀고, 나는 태어나 처음으로 누군가를 향해 내 지위를 직접 각인시켰다. 닥터요. 나는 오토 뒤에 서서 무표정한 얼굴로 교장에게 말했고, 내 옆에 선 윌은 무슨 일을 벌이던 엄마 아빠는 네 편이라는 것을 알려주듯 아이의 어깨에 손을 얹었다.

내 피해망상인지는 몰라도 내 말을 들은 경찰관이 헛웃음을 쳤던 것 같다.

"어젯밤에 울렸던 그 사이렌 소리."

전화기 너머 윌의 목소리에 정신이 돌아왔다. 그건 이미 다 지난 일이라고 되뇌었다. 시카고에서 오토가 벌였던 일은 과거일 뿐이야, 이미 다 끝났어.

"닐슨 부부 때문이 아니었어. 닐슨 부부는 아무 문제없이 잘 계셔. 모건 때문이었어."

"모건 베인스?"

왜 이름을 다시 확인했는지는 모르겠다. 내가 아는 한 우리 동네에 모건은 한 명뿐이었다. 나는 아니지만 윌과는 대화를 나눈 적이 있는 이웃이었다. 모건은 남편과 어린 딸과 함께 길 위쪽, 우리 집과 비슷한 정사각형 형태의 전원주택에서 살고 있었다. 언덕 꼭대기에 자리한 그 집을 보며 윌과 나는 전망이

360도로 탁 트여 이 작은 섬과 섬을 둘러싼 바다가 한눈에 내려다보일 테니 정말 멋질 것 같다고 이야기한 적이 있었다.

그러던 어느 날, 윌이 무심코 그 집 전망이 정말 훌륭하다고 말했다. 전망이 굉장히 멋지다고. 괜한 일로 불안해하지 않으려고 마음을 다잡았다. 두 사람 사이에 뭔가 있다면 윌이 그 집에 들어가 봤다고 먼저 실토할 리가 없다고 생각하려 했다. 하지만 윌은 이성 문제를 몇 번 일으켰다. 전력이 있었다. 1년 전이었다면 나는 윌이 절대 바람을 피울 남자가 아니라고 말했을 것이다. 하지만 이제는 윌이 외도를 한다 해도 그리 놀라지 않을 것 같았다.

"맞아, 세이디. 모건 베인스."

그제야 그녀의 얼굴이 떠올랐다. 물론 가까이에서 본 적은 한 번도 없었다. 멀리서 본 게 다였다. 밀크 초콜릿색의 긴 머리에 앞머리를 귀 뒤로 넘기고 있을 때가 많았다.

"모건이 왜? 무슨 일 생겼어?"

앉을 자리를 찾으며 물었다. 당뇨나 천식이 있나, 아니면 한밤중에 응급실에 가야 할 정도로 심각한 자가 면역 질환을 앓고 있는 걸까 의아했다. 이곳에 의사라면 나와 닥터 샌더스뿐이다. 어젯밤은 내가 아니라 샌더스가 당직을 선 날이었다.

이 섬에는 응급의료진 대신 앰뷸런스를 운전할 줄은 알지만 구급 처치에 관해서는 겨우 최소한의 훈련만 받은 경찰관이 전부였다. 병원도 없는 곳이라 모건을 앰뷸런스에 싣고 선착장으로 데려가 본토에서 온 구조선에 태워 바다를 건넌 뒤, 본토에

도착하면 다시 대기 중인 앰뷸런스에 옮겨 태우고 병원으로 이송해야 했을 것이다.

본토 병원에 도착하기까지 얼마나 걸릴지 생각해봤다. 톱니바퀴가 맞물리듯 탄탄한 시스템이 구축되어 있긴 했지만, 본토까지 거리만 따져도 5킬로미터가량 되었다. 구조선의 속도가 그리 빠르지 않을 뿐더러 그마저도 바다가 협조를 해줘야 가능한 일이었다. 하지만 이것은 그저 끔찍한 상상이자 내가 떠올린 최악의 시나리오일 뿐이었다.

"모건은 괜찮아, 윌?"

윌이 아무 말도 하지 않아 결국 다시 한번 물어야 했다.

"아니, 세이디."

이쯤이면 나쁜 소식이라는 것을 진작 알아차렸어야 한다는 투였다. 대답에 날이 서 있었다. 그 한마디를 끝으로 그는 더이상 아무 말도 하지 않았다.

"그럼 무슨 일인데?"

내가 채근하자 그는 깊이 한숨을 내쉬며 말했다.

"죽었어."

그의 말에 내가 조금도 놀란 기색이 없었다면 그건 아마도 죽음이나 죽어가는 사람이 내 일상의 일부이기 때문일 것이다. 이루 말할 수 없는 온갖 일들을 직접 봐오기도 했고, 사실 나는 모건 베인스를 잘 알지도 못했다. 내가 천천히 차를 몰며 모건의 집 근처를 지나던 중 바깥에 서 있는 모건을 향해 창문 밖으로 손을 흔들자, 모건이 흘러내린 앞머리를 귀 뒤로 넘긴 후 마주 손을 흔들며 인사했던 것을 제외하고는 대화를 나누거나 따로 만난 적도 없었다. 내가 워낙 무슨 일이든 지나치게 곱씹는 성격이라 이날의 조우를 나중에 다시 되짚은 적은 있었다. 그녀의 얼굴에 떠오른 표정이 무슨 의미였을까 의아했었다. 나 때문이었는지 아니면 다른 일 때문이었는지는 몰라도 미간을 찌푸린 채 어두운 얼굴로 날 바라봤다.

"죽었다고? 어떻게?"

내 물음에 수화기 건너편에 있던 월이 눈물을 흘렸다.

"살해당했대, 사람들 말로는."

"사람들? 어떤 사람들?"

월에게 되물었다.

"사람들 말이야, 세이디. 동네 사람들. 지금 다들 그 이야기뿐이라고."

진료실 문을 열고 복도로 나가자 월의 말이 무슨 뜻인지 알 것 같았다. 대기실에 앉아 있는 환자들 모두 살인 사건에 대해 정신없이 대화를 나누고 있었고, 눈물이 가득한 눈으로 나를 바라보며 소식 들었냐고 물었다.

"살인 사건이라니! 우리 섬에서!"

누군가 탄식했다. 순식간에 사람들은 침묵에 빠졌고, 갑자기 진료소 문이 열리고 한 남성이 들어서자 나이 든 여성이 비명을 질렀다. 그는 환자일 뿐이었지만 흉흉한 사건이 발생하자 서로 의심하는 눈초리를 거둘 수 없었다. 두려움에 짓눌릴 수밖에 없었다.

카밀

모든 이야기를 다 털어놓을 생각은 없다. 그저 당신도 알아야 하는 것들만 이야기할 생각이다.

우리는 길에서 처음 만났다. 도시의 평범한 뒷골목, 'L' 지상철 아래 가로놓인 길이었다. 불쾌하고 지저분한 거리였다. 죽늘어선 건물과 지상철 때문에 빛이 들지 않았다. 주차된 차들, 강철 대들보, 주황색 라바콘이 거리를 가득 메웠다. 시카고에서 흔히 볼 수 있는 사람들이 오가고 있었다. 매일같이 마주치는 각계각층의 사람들, 힙스터, 스팀펑크(빅토리아 시대의 복식을 미래적으로 재구성한 패션 스타일 - 옮긴이), 일용직 일꾼, 2~30대로 보이는 화려한 백인 여자, 엘리트층 들이 뒤섞여 있었다.

당시 나는 길을 걷고 있었다. 목적지는 없었다. 주변에는 도시의 소음이 가득했다. 건물 외벽에 설치된 실외기에서 물이 뚝뚝 흘렀고, 거지가 돈을 구걸했다. 길거리 전도사가 입에 거품을 물고 우리는 모두 지옥에 떨어질 거라고 소리쳤다.

나는 한 남자를 스쳐 지나갔다. 그는 맞은편에서 걸어오고 있었다. 처음 본 사람이었지만 어떤 타입인지 한눈에 알아봤다. 나처럼 거지 같은 공립학교를 나온 애들과는 어울려본 적 없는 사립학교 출신 부잣집 도련님. 이제 다 자란 그 도련님은 금융가에서 일하며 홀푸드 같은 곳에서 장을 보겠지. 보통 사람들이 **채드**(chad, 알파 메일을 뜻하는 말 – 옮긴이)라고 부를 법한 이 남자의 실제 이름은 아마 루크나 마일스, 브래드 같은 것일 거다. 거만하고, 융통성 없고, 너무 흔한 이름들. 지루하기 짝이 없는 이름들. 나를 향해 짧게 고개를 숙이며 지어 보인 미소는 어떤 여자라도 단숨에 사로잡을 만큼 매력적이었다. 하지만 내게는 통하지 않았다.

그가 기대했을 법한 미소로 화답하지 않은 채 몸을 돌려 모른 척 계속 걸었다. 내 등 뒤로 그의 시선이 꽂히는 것이 느껴졌다.

상점 유리에 비친 내 모습을 슬쩍 바라봤다. 앞머리를 낸 긴 생머리가 가슴께에 닿았다. 오렌지빛이 섞인 갈색 머리카락이 내 눈 색깔과 비슷한 시린 하늘색 티셔츠 어깨 너머로 찰랑거렸다. 채드가 뭘 쳐다보고 있는지 내 눈으로도 직접 확인했다.

손으로 머리를 쓸어 넘겼다. 꽤 매력적이었다. 머리 위로 'L' 지상철이 굉음을 내며 지나갔다. 상당한 소음이었다. 하지만 전도사의 목소리를 덮을 정도는 아니었다. 간통한 자, 음탕한 여자, 신을 모독하는 자, 지나치게 음식을 탐하는 자. 우리는 모두 파멸을 맞이하리라.

날씨가 굉장히 더웠다. 여름이라 해도 유난히 무더운 날이었다. 32도에서 35도쯤 되었을까. 하수구처럼 물 썩내가 거리에 가득했다. 골목을 지날 때는 바깥에 내놓은 쓰레기 냄새에 속이 메스꺼웠다. 열기에서 벗어날 수 없는 것처럼, 뜨거운 공기에 갇힌 구역질 나는 냄새에서도 벗어날 수 없었다.

고개를 들어 'L' 지상철이 지나가는 모습을 보며 현재 위치를 가늠했다. 몇 시쯤 되었을까. 시카고에서 시계를 볼 수 있는 곳은 훤히 꿰뚫고 있었다. 피코크 시계, 파더 타임 상점, 마셜 필즈 백화점. 리글리 빌딩에는 벽면 네 곳에 큰 시계가 설치되어 있어 어느 방향에 있든 시간을 확인할 수 있다. 하지만 지금 내가 있는 골목에서는 도무지 시계를 찾을 수 없었다.

신호등이 막 빨간불로 바뀐 것을 미처 보지 못했다. 손님을 먼저 태우기 위해 레이싱하듯 앞서가는 택시를 뒤쫓는 또 다른 택시도 보지 못했다. 이미 도로에 두 발을 내딛은 상태였다.

그의 손길이 먼저 느껴졌다. 내가 움직이지 않도록 파이프 렌치처럼 내 팔목을 단단히 움켜쥔 손이 느껴졌다. 그 순간, 따뜻하고 듬직하며 단호한 그 손과 사랑에 빠졌다. 보호하려는 그 손길. 두툼한 손가락, 짧고 단정한 손톱에 커다란 손. 엄지와 검지 사이 손등에 상형문자 같은 아주 작은 타투가 새겨져 있었다. 산봉우리처럼 뾰족 솟은 형상이었다. 그 찰나의 순간 내 눈에 들어온 것은 그것뿐이었다. 새카만 산봉우리.

단단하고 민첩한 손놀림이었다. 그가 단번에 내 몸을 잡아 세웠다. 곧이어 내 발끝에서 15센티미터도 채 되지 않는 거리에서 택시 한 대가 빠르게 지나갔다. 택시의 속도감이 얼굴로 전해질 정도였다. 택시가 일으킨 바람에 몸이 뒤로 밀렸다 다시 앞으로 쏠렸다. 번쩍 하는 불빛이 스치고 뒤이어 바람이 느껴졌다. 저 멀리 내달리는 택시가 뒤늦게 눈에 들어왔다. 종이 한 장 차이로 간신히 로드킬을 피했다는 것을 알았다.

머리 위로 'L' 지상철이 날카로운 마찰음을 일으키며 선로에 멈추는 소리가 들렸다. 아래를 내려다보니 그의 손이 보였다. 팔목, 팔, 눈으로 시선이 옮겨갔다. 잔뜩 커진 두 눈 사이로 걱정스러운 듯 미간이 찌푸려져 있었다. 그는 나를 걱정하고 있었다. 나를 걱정하는 사람은 처음이었다.

횡단보도 신호등에 녹색불이 들어왔지만 우리 둘 다 꼼짝도 하지 않았다. 아무 말도 하지 않았다. 길을 가로막고 선 우리를 사람들이 피해갔다. 1분이 흘렀다. 그리고 또 1분이 흘렀다. 그는 여전히 내 손목을 잡은 채였다. 그의 손은 뜨겁고 끈적였다. 습도가 높은 날이었다. 너무 더워 숨쉬기가 어려울 정도였다. 바람 한 점 없었다. 허벅지에 땀이 차는 것이 느껴졌다. 청바지가 들러붙었고 시린 하늘색 티셔츠가 몸에 감겼다.

마침내 우리 둘 다 동시에 첫 마디를 떼었다. 큰일 날 뻔했어요.

동시에 웃음이 터졌고, 동시에 안도의 한숨을 내쉬었다. 가슴이 쿵쾅댔다. 택시 때문은 아니었다. 나는 그 남자에게 커피를 대접했다. 지금 생각해보니 참신하지 못했다. 하지만 다급했던 내가 당시 떠올릴 수 있는 것은 커피뿐이었다. 커피 한잔 살게요. 제 목숨을 살려주신 대가로요. 이렇게 말했다.

그를 향해 속눈썹을 떨며 눈을 깜빡였다. 그의 가슴에 손을 올렸다. 미소도 잊지 않았다. 그제야 그가 이미 커피를 마시던 중이란 걸 알았다. 다른 한 손에 아이스 프라푸치노가 들려 있었다. 우리의 눈이 동시에 컵으로 향했고, 또 한번 웃음이 터졌다. 그는 쓰레기통으로 컵을 던지며 말했다. 이건 못 본 걸로 하시죠. 커피 좋아요. 그가 답했다. 웃을 때 입뿐 아니라 눈도 함께 웃는 남자였다.

그는 본인의 이름을 월이라고 밝혔다. 말을 더듬느라 위-월이라고 했다. 여자들과 있을 때 긴장하는 남자인 듯 내 앞에서 수줍어했다. 그런 모습이 좋았다.

그의 손을 잡으며 말했다. 만나서 반가워요, 위-월.

우리는 커피숍에서 나란히 앉았다. 함께 커피를 마셨다. 대화를 나누고 웃음을 나누었다. 그날 밤, 시내가 한눈에 내려다보이는 루프탑에서 파티가 있을 예정이었다. 세이디의 친구인 잭과 에밀리의 약혼 파티였다. 세이디는 초대받았지만 나는 아니었다. 에밀리가 나를 그리 좋아하는 것 같지는 않지만 연회장으로 향하는 신데렐라처럼 어쨌든 파티에 참석할 생각이었다. 세이디의 옷장에서 이미 원피스도 한 벌 골라두었다. 세이디는 어깨가 넓고 엉덩이가 큰 편이라 나보다 몸집이 컸지만 그 원피스는 내 몸에 딱 떨어지게 맞았다. 세이디가 결코 입을 일이 없는 옷이었다. 옷장에서 썩고만 있는 옷을 대신 입어주는 것이니 되레 세이디가 내게 고마워해야 할 일이었다.

나는 세이디의 옷장을 뒤지는 못된 버릇이 있었다. 한번은 집에 혼자 있을 때 현관문에서 열쇠가 짤랑거리는 소리가 들렸다. 방에서 황급히 나와 세이디가 집에 들어서기 직전에 거실로 나왔다. 내 사랑스러운 룸메이트는 두 손을 허리에 올리고 미심쩍은 눈초리로 나를 쳐다봤다.

나쁜 짓 하다 걸린 사람 같네. 세이디의 말에 달리 반박하지 않았다. 착한 짓을 한 적은 별로 없으니까. 세이디는 원칙주의자이지만, 나는 아니다. 훔친 것은 비단 드레스만이 아니었다. 세이디의 신용카드로 십자 모양의 스트랩이 달린 금장 웨지 샌들을 구매하기도 했다.

그날 커피숍에서 월에게 약혼 파티에 대해 말했다. 오늘 처음 만났지만, 그냥 보내면 후회할 것 같아서요. 저랑 같이 파티에 갈래요?

저야 영광이죠. 이렇게 말하며 그는 내게 뜨거운 시선을 보냈다. 슬쩍슬쩍 서로의 팔꿈치가 닿을 만큼 그는 내게 가까이 앉았다.

이 남자는 분명 파티에 올 것 같았다. 그에게 주소를 적어주고는 건물 안에서 만나자고 말했다. 우리는 'L' 지상철 선로 아래에서 헤어졌다. 인파에 떠밀려 더 이상 그의 모습이 보이지 않을 때까지 지켜봤다. 사실 그 뒤로도 계속 그가 사라진 방향에서 시선을 떼지 못했다.

얼른 저녁이 되어 그를 다시 만나고 싶었다. 하지만 운명의 장난처럼 그날 나는 파티에 가지 못했다. 운명의 신은 그날 밤 다른 계획이 있었다. 대신 세이디는 파티에 참석했다. 잭과 에밀리의 약혼 파티에 정식으로 초대된 세이디. 눈부시게 아름다웠다. 월은 나를 까맣게 잊고 그 애의 눈에 들기 위해 얼쩡댔다.

월을 그 파티에 초대한 것은 결과적으로 세이디에게 잘된 일이었다. 매번 세이디에게 좋은 일만 시킨 꼴이 되고 만다. 내가 아니었다면 두 사람이 만나는 일 따윈 없었을 것이다. 세이디보다 내가 먼저 그 남자를 만났다. 그 애는 항상 이걸 잊어서 문제이다.

세이디

섬에 복잡하게 나 있는 여느 거리와 마찬가지로 우리 동네 역시 한적하다. 지붕널을 얹은 작은 집과 전원주택 몇 채가 나무 몇 그루를 사이에 두고 나란히 자리한 것 외에는 아무것도 없다.

이 섬에 거주하는 사람은 1,000명이 안 된다. 우리 동네는 선착장에 걸어서 오갈 정도로 가까워 그나마 거주하는 사람이 많다. 집 앞에 있는 가파르게 경사진 도로에 서면 저 멀리 본토가 작게나마 보인다. 그것만으로도 내게 큰 위안이 된다. 이제 더이상 그곳에 속하진 않지만 저 너른 세상을 볼 수 있다는 것만으로도 말이다.

경사진 언덕을 따라 천천히 차를 몰았다. 상록수의 뾰족한 잎은 모두 떨어졌다. 자작나무도 마찬가지이다. 나무에서 떨어진 잎들이 도로에 쌓여 차 아래서 바스락거렸다. 얼마 지나지 않아 모두 눈 속에 묻일 터였다.

살짝 열린 창문 틈 사이로 비릿한 바다 냄새가 전해졌다. 겨울이 오기까지 얼마 남지 않은 늦가을의 공기가 쌀쌀했다.

오후 6시가 넘은 시각이었다. 하늘이 어두워지고 있었다. 언덕 위, 우리 집에서 두 집 떨어진 곳 맞은 편에 위치한 베인스 집 앞에 모인 사람들이 분주하게 움직이고 있었다. 일반 승용차로 위장한 순찰차 세 대가 주차된 것을 보니 집 안에서 과학수사대원들이 증거를 모으고 지문을 채취하고 범죄 현장을 카메라로 찍는 모습이 그려졌다.

이 거리가 갑자기 낯설게 느껴졌다. 집 앞 진입로에 다가가자 포드 크라운 빅토리아 경찰차 한 대가 보였다. 경찰차 옆에 차를 대고 천천히 차에서 내렸다. 뒷좌석 문을 열어 짐을 챙겼다. 현관으로 가면서도 누가 있는 것은 아닌지 경계의 눈빛으로 주변을 살폈다. 엄청난 불안감이 몰려왔다. 살인자가 저 수풀 어딘가에 숨어 나를 지켜보고 있을 거라는 상상을 머릿속에서 지울 수 없었다.

하지만 거리는 고요했다. 사람 그림자조차 보이지 않았다. 동네 사람들 모두 바깥보다는 집이 안전하다는 착각에 사로잡혀 집 안으로 몸을 숨긴 것 같다. 모건 또한 자신의 집에서 살해당하기 전에는 분명 그렇게 생각했겠지.

현관문에 열쇠를 꽂았다. 집 안으로 들어서자 윌이 자리에서 벌떡 일어났다. 청바지 무릎이 튀어나오고, 바지 안에 넣었던 상의가 군데군데 빠져나와 있었다. 뒤로 묶은 머리도 헝클어져 있었다.

"경찰이 찾아왔어."

월이 냉큼 말했다. 소파 팔걸이 쪽에 앉아 있는 경찰관이 내 눈에도 보였다.

"수사 중이시래, 그 살인 사건."

살인 사건이라는 단어를 말할 때 월의 감정이 북받쳐 올랐다. 월의 눈이 벌겋게 달아올라 있었다. 울고 있었던 모양이다. 그는 주머니에서 휴지를 한 장 꺼냈다. 휴지로 눈가를 찍었다. 월은 나보다 예민하고 섬세한 편이다. 그는 영화를 보면서도 울었다. 저녁 뉴스를 보면서도 눈물을 흘리는 사람이었다. 그가 다른 여자와 바람을 피웠다는 것을 내가 알게 되었을 때도 그는 눈물을 보이며 끝까지 외도를 부인했다. 세이디, 다른 여자는 없어. 몇 달 전, 내 앞에 무릎을 꿇고 제발 믿어달라고 사정하며 그는 펑펑 눈물을 쏟았다.

내 두 눈으로 직접 그 여자를 본 것은 아니었지만, 여자의 흔적이 온 사방에 널려 있었다. 당시 나는 스스로를 책망했다. 이런 일이 벌어질 줄 진작부터 알았어야 했다. 사실 나 이전에 월이 결혼하려고 마음먹은 여자가 있었으니까. 그 일을 잊기 위해 부단히도 노력했다. 과거사 따위는 깨끗이 잊어야 한다고 흔히들 이야기하지만, 말처럼 그리 쉬운 일이 아니다.

"우리에게 몇 가지 확인할 게 있으시대."

설명하는 월에게 물었다.

"확인이라니?"

곰보 자국이 있는 피부에 이마가 조금씩 벗겨지기 시작한 5~60대쯤 된 경찰관을 바라봤다. 입술 위로 머리카락과 똑같은 회갈색 콧수염이 조금씩 올라오고 있었다.

"닥터 파우스트."

경찰관이 내 눈을 마주봤다. 그러고는 자신을 버그라고 소개했다. 버그 경관이라고 소개하는 그에게 세이디 파우스트라고 답했다.

버그 경관은 걱정스러운 것을 넘어서 어찌할 바를 모르는 듯 보였다. 그는 보통 다른 집 강아지가 마당에 배설물을 남겼다는 주민불편신고나 재향군인회관에 문을 잠그고 가는 것을 잊었다는 전화나, 늘 있는 911 장난 전화에 출동하는 것이 다였을 것이다. 하지만 이런 사건은 아니었겠지. 살인 사건은 처음이었을 것이다.

섬에는 버그 경관을 포함해 순찰 경찰관이 다섯 명뿐이다. 이들은 주로 페리 선착장에 모여 사람들이 무사히 배에 타고 내리는지 살폈다. 그렇다고 해서 무슨 사고가 있었던 것은 아니다. 적어도 이맘때는 아니었다. 여름에는 관광객들이 모여 선착장에 제법 다른 풍경이 펼쳐지기도 한다는 이야기를 들었다. 하지만 요즘은 고요하고 평온한 시기였다. 페리를 오가는 사람들은 매일같이 등교하는 학생과 직장인뿐이었다.

"확인하실 게 뭐죠?"

내가 물었다. 오토는 거실 구석에 놓인 의자에 구부정하게 앉아 있었다. 작은 쿠션에 달린 술을 만지작거리는 오토의 손에 파란색 실 여러 가닥이 길게 풀려 있는 게 보였다. 오토는 지쳐 보였다. 경찰관에게 이웃이 살해당했다는 이야기를 듣고 얼마나 불안할까 걱정이 되었다. 아이가 겁을 먹은 것은 아닐지 마음이 쓰였다. 나는 사실 두려웠다. 지금 이 상황을 도무지 받아들이기가 어려웠다. 우리 집에서 너무도 가까운 곳에서 살인 사건이 벌어지다니. 어제 저녁 베인스 집에서 있었던 일을 생각하니 몸서리가 쳐졌다.

이모젠과 테이트를 찾아 주변을 둘러보았다. 내 생각을 읽기라도 한 듯 윌이 말했다.

"이모젠은 아직 학교에서 안 왔어."

버그 경관이 윌의 말에 관심을 보였다.

"안 왔다고요?"

학교는 오후 2시 30분에 끝난다. 등하교 거리가 멀지만 오토는 보통 3시 30분에서 4시면 집에 도착한다. 벽난로 위 선반에 놓인 시계가 6시 10분을 가리키고 있었다.

"네. 곧 올 겁니다. 금방 올 거예요."

버그 경관에게 방과 후 수업 몇 과목을 늘어놓으며 설명했지만, 이렇게 말하는 윌도 그리고 나도 이모젠이 그런 수업을 듣지 않는다는 것은 알고 있다. 버그 경관은 이모젠과도 대화를 나누어야 할 것 같다고 말했다.

"그럼요."

윌이 대답했다. 이모젠이 늦게 들어오면 오늘 밤에라도 치안센터로 데려가겠다고 말했다. 치안센터는 온갖 종류의 사건 사고를 총괄하는 곳으로, 그곳에 근무하는 경찰관 두 명이 응급의료진이자 화재 시 초동 대응요원으로 출동한다. 우리 집에 불이 나면 버그 경관이 소방차를 끌고 달려올 것이다. 윌이나 내가 심장마비에 걸리면 이번엔 구급차를 타고 올 것이다.

일곱 살 난 테이트만이 수사망을 벗어났다.

"테이트는 밖에서 개들이랑 놀고 있어."

테이트를 찾는 내 눈빛을 읽은 윌이 답했고, 이내 개들이 짖는 소리가 들렸다.

바로 어젯밤에 이 동네에서 살인 사건이 일어났는데, 어린아이를 바깥에 혼자 두다니 참으로 현명하다는 눈길로 윌을 바라봤다. 뒷마당으로 난 창문으로 다가가자 두툼한 맨투맨 티셔츠에 청바지를 입고 털모자를 눌러 쓴 테이트가 보였다. 개들과 공놀이가 한창이었다. 테이트가 함박웃음을 터뜨리며 공을 멀리 던지자 개 두 마리가 서로 먼저 테이트에게 공을 가져다주려고 경쟁하듯 내달렸다.

뒷마당 화로에 불을 피운 흔적이 남아 있었다. 불은 잦아들고 불씨와 연기뿐이었다. 살아 있는 불길은 없었다. 테이트와 개들이 놀고 있는 곳과는 제법 거리가 있어 염려할 필요는 없었다.

버그 경관이 피어오르는 연기를 보고 허가를 받았는지 물었다.

"허가요? 불을 피우는 데 허가를 받아야 합니까?"

윌의 질문에 버그 경관이 그렇다고 답했고, 윌은 학교를 다녀온 테이트가 스모어(비스킷 사이에 초콜릿과 불에 구운 마시멜로를 넣

어 먹는 디저트 – 옮긴이)를 먹고 싶어 했다고 설명했다. 학교에서
《스모어의 S》라는 책을 읽은 뒤부터 내내 스모어 생각이 머릿속
에서 떠나지 않았던 모양이라고 덧붙였다.

"시카고에 살 때는 스모어를 해 먹으려면 오븐 토스터기를
쓸 수밖에 없었거든요. 그냥 간단히 간식 하나 만든 것뿐입니
다. 전혀 위험하고 그런 게 아니었어요."

윌이 설명했다.

테이트가 뭐가 먹고 싶었는지 따위는 중요하지 않다는 듯 버
그 경관이 말했다.

"이곳에서는요, 야외에서 불을 피울 때는 반드시 허가를 받
아야 합니다."

윌이 정말 몰랐다고 사과하자 경관은 어깨를 으쓱했다.

"이제 알게 되셨네요."

버그 경관은 이번만큼은 눈감아주겠다고 말했다. 지금 당장
은 이것보다 훨씬 심각한 문제가 눈앞에 있으니까.

"저는 그만 가도 돼요?"

숙제를 해야 한다며 일어서는 오토의 눈에 불편한 기색이 비
쳤다. 열네 살 아이가 감당하기에는 힘든 상황이었다. 테이트에
비해선 다 큰 아이였지만 그래도 아이는 아이이다. 우리 부부도
가끔씩 그 사실을 잊곤 했다. 오토의 어깨를 토닥이고 몸을 가
까이 기울였다.

"오토, 우린 안전해. 이것만큼은 네가 꼭 알아주었으면 좋겠
어. 아빠 엄마가 지켜줄게."

아이가 겁먹지 않기를 바라는 마음이었다.

오토가 나를 바라보았다. 나조차도 확신할 수 없는 말을 아이가 과연 믿을 수 있을까. 우리는 정말 이곳에서 안전한 걸까?

"가도 좋다."

경관의 말을 듣고 오토가 자리를 뜨자, 나는 소파 팔걸이 쪽에 앉았다. 노란색 벨벳 소파 양 끝에 경관과 내가 앉아 있는 셈이었다. 집에 있는 가구는 모두 미드센추리(2차 세계대전이 끝난 뒤인 1940~1960년대에 걸친 시기 - 옮긴이)풍이었지만 안타깝게도 미드센추리 모던은 아니었다. 다시 말해 그냥 낡은 가구들이었다.

"제가 여기 왜 왔는지 짐작하시겠습니까?"

경관의 질문에 나는 간밤에 사이렌 소리를 들었다고 말했다. 베인스 부인이 사망했다는 소식도 알고 있다고 덧붙였다.

"맞습니다."

경관이 답했고, 나는 아직 자세한 내용이 발표된 바가 없다는 것은 알면서도 그에게 모건이 어떻게 살해당했는지 물었다. 가족에게 먼저 소식을 전하기 위해 기다리는 중이라는 답이 돌아왔다.

"베인스 씨가 모른다고요?"

경관은 베인스 씨가 출장 중이라고 대답했다. 가장 먼저 든 생각은 이런 사건의 범인은 보통 남편이라는 것이다. 그가 지금 어디에 있든 베인스 씨가 벌인 일이라는 생각이 들었다.

버그 경관은 어린 딸이 죽은 베인스 부인을 발견했다고 말했다. 아이가 911에 전화해 모건이 일어나지 않는다고 알렸다. 나는 헉 하고 숨을 들이마시며 그 가여운 아이가 마주한 장면을 떠올리지 않기 위해 애썼다.

"아이가 몇 살이죠?"

내가 묻자, 버그 경관이 답했다.

"여섯 살입니다."

손으로 입을 막았다.

"정말 안됐네요."

테이트가 죽은 윌이나 나를 발견하는 모습을 상상조차 할 수 없었다.

"테이트랑 같은 학교 친구입니다."

윌이 버그 경관과 나를 보며 말했다. 선생님도 친구들도 같았다. 이 섬의 학교에서는 유치부부터 5학년까지 수업을 제공하고, 중학교 이후 과정부터는 배를 타고 본토로 등교를 해야 한다. 초등학교 전교생이라고 해봐야 50명이 좀 넘는 정도이다. 1학년은 유치부와 함께 수업을 하기 때문에, 1학년인 테이트의 반에는 열아홉 명의 아이가 있다.

"그 아이는 지금 어디에서 지내나요?"

경관에게 묻자, 현재 다른 가족들과 지내며, 가족들이 도쿄로 출장 간 미스터 베인스, 즉 제프리에게 연락을 계속 취하고 있다고 답했다. 나는 그가 다른 나라에 있다고 해서 용의선상에서 제외될 수 없다고 생각했다. 누군가를 고용했을지도 모를 일이다.

"가엾어라."

이 아이는 앞으로 몇 년간 심리치료를 받아야 할 것 같았다.

"저희가 뭘 도와드리면 될까요?"

버그 경관에게 묻자 그는 집집마다 다니며 몇 가지 질문을 하는 중이라고 했다.

"무슨 질문이요?"

내가 물었다.

"닥터 파우스트, 어젯밤 11시쯤 어디에 계셨는지 말씀해주시 겠습니까?"

즉, 그는 지금 살인 사건이 벌어지던 시각 내 알리바이를 묻고 있었다.

어젯밤 윌과 나는 테이트를 재운 뒤 TV를 시청했다. 늘 그렇듯 거실 한쪽 소파는 윌이 차지하고, 나는 반대편 쪽에 놓인 안락의자에 몸을 말고 앉았다. 우리 부부의 지정석이다. 각자 자리에 앉은 뒤 TV를 켰고, 윌은 내가 전날 저녁에 먹다 남긴 까베르네 와인 한 잔을 따라 건네주었다.

안락의자에 앉아 그를 바라보며 얼마 전까지만 해도 우리가 이토록 멀리 떨어져 각기 다른 소파에 앉으리라곤 상상도 하지 못했다는 생각을 했다. 윌이 내게 와인 잔과 함께 길고 긴 입맞춤을 건네며 다른 쪽 손으로 내 몸을 어루만지면 나는 그 달콤한 키스와 손길에 그리고 눈빛에, 그 눈빛에 흠뻑 취해 몸을 내맡기던 지난날이 떠올랐다. 어느새 우리는 10대들처럼 큭큭 거리며 잠이 든 아이들이 깰까 위층의 마룻바닥 소리, 침대 스프

링 소리, 계단에 울리는 발소리에 귀를 쫑긋 세운 채 최대한 소리를 낮추고 성급하게 소파 위에서 사랑을 나누었다. 그의 손길에는 담대한 무언가가 있었다. 내 머리를 아찔하게 만들고 술 한 모금 마시지 않았는데도 정신을 잃게 만드는 무언가. 그에게서 도저히 헤어나올 수 없었다. 그에게는 사람의 이성을 마비시키는 매력이 있었다.

그랬던 내가 발견한 것은 필터에 붉은 립스틱 자국이 묻어 있는 말보로 실버 담배였다. 담배꽁초에 이어 호텔 상호가 찍힌 신용카드 내역서와 분명 내 것이 아닌 여성 속옷을 침실에서 발견했다. 그 순간, 윌이 담대한 손길로 이성을 마비시킨 상대는 비단 나뿐이 아니었음을 깨달았다.

나는 담배를 피우지 않았다. 립스틱도 바르지 않았다. 남의 집에 속옷을 벗어두고 나오기에 나는 너무도 이성적인 사람이었다.

신용카드 영수증을 그의 얼굴로 들이밀며 내역서에 찍힌 호텔에 대해 물었을 때, 그는 가만히 나를 바라보기만 했다. 너무 놀라 무슨 말이든 감히 지어낼 생각도 하지 못하는 듯 보였다.

어제저녁, 내가 와인 잔을 비우자 윌이 한 잔 더 하겠냐고 물었고, 와인이 들어가자 온몸이 나른해지고 편안해지는 게 좋아 흔쾌히 수락했다. 그러고서는 사이렌 소리에 잠에서 깼다. 안락의자에서 잠이 들었던 모양이다. 윌이 침대에 눕혀주었던 것 같다.

"닥터 파우스트?"

경관의 목소리가 들렸다.

"월과 저는 여기 거실에서 TV를 봤어요. 저녁 뉴스와 〈더 레이트 쇼〉요. 스티븐 콜베어가 진행하는."

버그 경관이 태블릿 펜으로 내 말을 적어나갔다.

"월, 맞지?"

월이 고개를 끄덕이며 내가 한 말이 사실이라고 확인해주었다. 〈더 레이트 쇼〉를 봤다고. 스티븐 콜베어가 나오는.

"〈더 레이트 쇼〉가 끝나고는요?"

경관의 질문에 프로그램이 끝난 뒤 곧장 잤다고 답했다.

"그렇습니까, 파우스트 씨?"

경관이 월을 향해 물었다.

"밤 늦은 시간이었거든요. 〈더 레이트 쇼〉가 끝나고 세이디와 저는 잠이 들었습니다. 세이디는 아침에 출근을 해야 하고, 저는, 뭐, 좀 피곤했어요. 늦은 시간이었거든요."

늦은 시간이었다는 말을 두 번이나 반복했다는 사실을 본인도 의식하고 있는지 월의 표정에서 드러나지 않았다.

"그게 몇 시쯤이었습니까?"

버그 경관이 물었다.

"12시 30분 정도 되었을 거예요."

확실한 것은 아니었지만 대략 따져보면 그 시간쯤이라는 것은 충분히 생각할 수 있었다. 내 대답을 적은 경관이 다시 물었다.

"최근에 좀 이상한 점 없었습니까?"

"이상한 점이라면, 어떤 걸 말씀하시는 건지?"

내 질문에 경관이 어깨를 으쓱해 보였다.

"뭐, 평소와 달랐다거나 하는 거요. 뭐든지요. 낯선 사람이 어슬렁거렸다거나. 처음 보는 차가 동네를 도는 것을 봤다거나."

나는 고개를 가로저었다.

"이사 온 지 얼마 안 되어서요, 경관님. 동네에 아는 사람이 별로 없어요."

하지만 윌은 이웃과 알고 지냈다. 내가 진료소에서 일할 동안 윌은 인맥을 넓혀나갔다.

"한 가지 좀 걸리는 게 있긴 합니다."

갑자기 윌이 목소리를 높였다. 경관과 내가 동시에 그를 바라보았다.

"뭡니까?"

버그 경관이 물었다. 하지만 경관이 묻자 윌이 주춤했다. 그는 고개를 저었다.

"아닙니다. 괜한 이야기를 꺼낸 것 같네요. 그냥 제가 뭔가 착각한 거였을 겁니다."

"제가 들어보고 결정하면 어떻겠습니까?"

버그 경관이 말했다. 그러자 윌이 그날 일을 설명했다.

"얼마 안 됐는데, 아마 몇 주 전쯤이었던 것 같아요. 테이트를 학교에 데려다주고 몇 가지 일을 처리하고 들어왔습니다. 집을 그리 오래 비우지 않았어요. 몇 시간 정도일 거예요. 집에 왔을 때 뭔가 이상했습니다."

"뭐가 말이죠?"

"사람 하나가 드나들 정도로 차고 문이 열려 있었습니다. 맹세컨대 차고 문을 확실히 닫아두었거든요. 집에 들어서자마자 가스 냄새 때문에 정신을 잃을 뻔했어요. 굉장히 독했습니다. 개들이 멀쩡해서 다행이었어요. 몇 시간이나 가스를 마셨을지는 아무도 모르는 일이니까요. 냄새가 어디서 시작됐는지는 금방 찾았습니다. 가스레인지였어요."

"가스레인지에서?"

나는 윌에게 물었다.

"당신, 나한테는 그런 말 안 했잖아."

침착하고 차분한 목소리로 말했지만 속마음은 전혀 그렇지 않았다. 윌이 달래듯 말했다.

"별것도 아닌 일에 당신이 걱정할까 봐. 문이랑 창문을 다 열고 환기했어."

윌이 어깨를 으쓱했다.

"굳이 말하고 말고 할 게 아니었어, 세이디. 괜히 말했다. 그날 아침 정신이 없었어. 아침에 프렌치토스트를 만들고, 테이트가 지각하게 생겨서 마음이 급했어. 제시간에 맞추려고 너무 정신없이 나가느라 밸브 잠그는 것을 잊었던 것 같고, 가스 불이 꺼진 모양이야."

버그 경관은 단순한 사고로 넘기는 것 같았다. 이번에는 내 쪽을 바라보며 물었다.

"닥터 파우스트는 달리 이상하다 여겼던 일이 없었습니까?"

나는 없다고 답했다.

"마지막으로 베인스 부인을 만났을 때 어때 보였습니까? 혹시……."

경관의 말을 가로막고 모건 베인스를 잘 모른다고 설명했다. 한번도 만난 적이 없다고 말이다.

"이곳에 온 이후로 내내 바빴어요."

뭔가를 잘못한 것도 없는데 왠지 모르게 변명하듯 말이 나왔다.

"찾아가 인사를 나누고 할 시간을 내기가 어려웠거든요."

너무 무신경한 사람처럼 보일까 봐 입 밖으로 내지는 않았지만, 사실 내게 찾아와 인사를 하지 않은 것은 모건 베인스도 마찬가지였다.

"진료소 일이 정신없이 바쁘게 돌아가거든요."

이웃 사람들에게 무관심하게 지낸다고 경관이 나를 오해할까 싶어 윌이 끼어들었다. 남편에게 고마운 마음이 들었다.

"근무량이 많아서 거의 일주일 내내 출근한다고 보시면 됩니다. 제 스케줄은 좀 다르죠. 테이트의 하교 시간에 맞춰 수업을 세 개만 맡았어요. 일부러 그렇게 했습니다. 아이의 생활에 맞춘 거죠. 세이디가 가장 노릇을 하고 있어요."

윌은 부끄러움이나 주눅 든 기색 없이 담담하게 말했다.

"제가 전업주부 역할을 하는 셈입니다. 아이들을 다른 사람 손에 맡기기 싫었거든요."

이런 역할 분담은 오토가 태어나기 전에 결정했다. 우리 부부의 상황에 맞춰 선택한 일이었다. 경제적인 측면을 고려하면 윌이 집에 있는 쪽이 나왔다. 우리 둘 중 누구도 대놓고 말한 적은 없지만, 소득은 내가 훨씬 높았다. 윌과 나는 각자의 역할을 분리했다.

"며칠 전 모건과 잠시 대화를 나눈 적이 있습니다."

내게 향한 질문에 윌이 대신 답했다.

"괜찮아 보였어요. 모건 집 온수가 고장났었습니다. 모건은 수리 기사를 기다리고 있었어요. 제가 고쳐보려고 했어요. 저도 손재주가 좀 있는 편이라 생각했지만 제 선에서 할 수 있는 게 아니더라고요. 그나저나 좀 밝혀진 것이 있습니까?"

윌이 대화를 틀었다.

"누군가 무단 침입을 한 정황이나, 용의자는요?"

태블릿 화면을 몇 차례 넘기던 버그 경관이 아직은 말하기가 곤란하다고 답했다.

"지금으로선 베인스 부인이 어젯밤 10시에서 새벽 2시 사이에 살해당했다는 것만 말씀드릴 수 있습니다."

경관의 반대쪽 소파 끝에 앉아 있던 나는 허리를 곧게 펴고 창밖을 내다보았다. 내가 앉은 곳에서 베인스의 집이 보이진 않았지만 우리가 어젯밤 와인을 마시고 TV를 보던 그 시각, 바로 저 너머에서 모건이 살해당하고 있었다는 생각을 지울 수가 없었다. 하지만 그게 다가 아니었다. 마지막 페리 출발 시간은 저녁 8시 30분이다. 그 말인 즉은, 어젯밤 살인자가 이 섬에서 우리와 함께 머물고 있었다는 뜻이다.

버그 경관이 갑자기 몸을 일으키는 바람에 깜짝 놀랐다. 숨을 들이마시며 가슴께에 손을 얹었다.

"괜찮으십니까, 닥터?"

경관이 떨고 있는 나를 내려다보며 물었다.

"네, 괜찮아요."

그에게 답했다. 경관은 두 손으로 허벅지 부분을 쓸어내리며 바지를 매만졌다.

"오늘은 다들 마음이 좀 불안할 수밖에 없죠."

그의 말에 나는 고개를 끄덕였다.

"저랑 세이디가 도울 일이 있다면 뭐든 연락주세요. 기꺼이 돕겠습니다."

경관을 현관으로 안내하며 윌이 말했다. 나는 자리에서 일어나 두 사람 뒤를 따랐다. 버그 경관은 윌을 향해 모자를 살짝 들어올리며 감사 인사를 전했다.

"말씀 감사합니다. 아시겠지만 살인 사건의 피해자가 될까 싶어 주민들도 불안해하고 섬 전체가 동요하고 있어요. 관광 산업도 위협받고 있죠. 살인자가 버젓이 돌아다니는 곳으로 여행을 오려는 사람은 없으니까요. 최대한 빨리 범인을 잡기 위해 노력하겠습니다. 무슨 이야기를 듣거나, 미심쩍은 걸 보신다면······."

경관이 얼버무리자 윌이 답했다.

"예, 그럼요."

모건 베인스를 죽인 살인자가 지역 경제에 악영향을 미치고 있다. 버그 경관이 인사를 하며 윌에게 명함을 남겼다. 집을 나서던 경관이 대뜸 물었다.

"집은 어떻습니까?

뜻밖의 질문에 윌은 별문제 없다고 답했다.

"오래된 집이라 불편한 게 있을 것 같습니다. 창문 틈으로 외풍도 들어오고, 보일러도 교체해야 하고요."

경관이 얼굴을 조금 찌푸렸다.

"보일러는 비싸잖습니까. 몇 천 달러는 들 텐데."

윌은 잘 알고 있다고 답했다.

"앨리스 일은, 참 안됐습니다."

버그가 윌의 눈을 보며 말했다. 윌이 마찬가지로 안타까운 표정을 지어 보였다.

내가 윌에게 앨리스 이야기를 꺼내는 경우는 별로 없었다. 하지만 몇 가지 궁금한 것들은 있다. 앨리스는 어떤 사람이었는지, 우리가 만났다면 잘 지냈을지 궁금하긴 했다. 윌에게는 말하지 않았지만 앨리스는 사회성이 별로 없었을 것 같았다. 섬유근육통이란 병 때문에 집에서만 지내야 했을 테니 사람들과 어울릴 기회가 적었을 터였다.

"앨리스가 자살할 사람이라고 생각한 적은 한번도 없습니다."

버그 경관의 말을 들으며 어쩌면 내 짐작이 틀렸겠다는 생각이 들었다.

"무슨 뜻입니까?"

윌의 목소리에서 방어적인 어조가 느껴졌다.

"아, 글쎄요. 잘은 모르지만요."

잘 모른다는 말과 달리 앨리스가 금요일 저녁마다 빙고 게임에 참석했고, 볼 때마다 붙임성 있고 쾌활했다는 이야기를 전했다. 앨리스가 웃을 때면 주변이 다 환해진다고도 했다.

"그랬던 분이 스스로 생을 마감하다니 참 알 수가 없군요."

우리 셋 사이로 침묵과 묘한 긴장감이 흘렀다. 경관이 별다른 뜻이 있어서 한 말은 아닌 것 같았다. 사람을 대하는 것이 조금 서툰 것뿐이었다. 그렇지만 월은 상처받은 듯 보였다. 아무 말도 하지 않는 월을 대신해 내가 입을 뗐다.

"섬유근육통을 앓고 계셨어요."

버그 경관의 표정을 보니 앨리스의 병에 대해 몰랐거나, 아니면 섬유근육통이 진짜 있는 질환이 아니라 정신병에 가깝다고 생각했던 것 같다. 많은 사람이 섬유근육통을 오해한다. 이 병이 가짜라고 생각하는 사람이 많다. 치료법도 없고, 환자가 겉으로 보기에는 멀쩡해 보이는 탓이다. 섬유근육통을 진단할 의학적 방법도 없다. 오로지 환자가 토로하는 증상만으로 진단하는 병이다. 다시 말해, 환자는 온몸에 걸쳐 통증에 시달리면서도 도저히 이를 증명할 방법이 없는 셈이다. 이런 연유로 의사들은 환자의 말을 신뢰하기보다는 심리치료를 권하는 경우가 많다. 큰 고통을 받으면서도 누구에게도 이해받지 못했을 앨리스를 생각하니 마음이 아팠다.

"예, 그럼요. 끔찍한 병이죠. 그런 선택까지 내린 것을 보면 상당히 힘들었을 겁니다."

경관의 말을 들으며 다시금 나는 월을 바라봤다. 버그 경관이 악의를 가지고 한 말은 아니라는 것을 잘 알고 있다. 서툴고 이상하지만 애도를 표하는 나름의 방식이었다.

"저는 앨리스를 무척 좋아했습니다. 사랑스러운 여인이었죠."

경관이 말했다.

"예, 사랑스러웠죠."

윌이 답하자, 버그 경관은 낮게 읊조렸다.

"참 안됐습니다."

그런 뒤 마지막 인사를 하고 현관을 나섰다.

경관이 사라지자 윌은 별말 없이 주방으로 가 저녁 식사를 준비하기 시작했다. 나는 현관 옆에 길쭉하게 난 창으로 버그 경관이 진입로에서 크라운 빅토리아 자동차를 빼는 모습을 지켜봤다. 차가 언덕 위쪽으로 향하는 것을 보고 베인스 집에 있는 동료들에게 합류하려는 모양이라고 생각했다. 하지만 그의 차가 멈춘 곳은 베인스 집이 아니었다. 도로 끝에 있는 베인스 집 맞은편의 닐슨 부부 집이었다. 버그 경관이 차에서 내렸다. 시동이 켜진 차의 빨간색 후미등이 어둠 속에서 번쩍였다. 경관은 우편함에 무언가를 넣었다. 그가 올라탄 차는 이내 언덕 너머로 사라졌다.

카밀

월과 세이디가 만난 그날 저녁 이후 나는 자취를 감추었다. 끝없는 분노와 자기혐오에 빠져 있었다. 하지만 월을 영영 잊을 수는 없었다. 늘 그를 생각했다. 눈을 깜빡이는 매 순간, 그는 내 눈앞에 나타났다 사라졌다.

결국 그의 뒷조사를 하기 시작했다. 약간의 인터넷 검색만으로도 그가 사는 집과 직장을 알아낼 수 있었다. 그를 찾아다녔다. 그러던 중 드디어 내가 그토록 찾아 헤매던 남자를 발견했다. 오랜 세월이 흘러 한참 나이를 먹은 그는 흰머리도 보였고 아이들도 있었다. 하지만 나는 그리 변하지 않았다. 나는 좋은 유전자를 타고 났음이 틀림없다. 오렌지빛이 섞인 갈색 머리도 그대로이고, 청량한 하늘색 눈도 여전하다. 피부 또한 내 기대를 저버리지 않았다.

어깨가 드러나는 검은색 드레스를 입었다. 화장도 하고 향수도 뿌렸다. 액세서리로 치장했다. 머리도 예쁘게 손질했다. 며칠간 그의 뒤를 밟다가 그가 전혀 예상치도 못한 장소에서 나타났다.

저 기억해요? 한 델리(델리카트슨. 치즈, 육가공제품, 와인 등 식재료를 파는 소규모 식료품점으로 테이블이 마련되어 있어 간단한 식사가 가능하다. - 옮긴이) 안에 있는 그에게 다가갔다. 지나칠 정도로 가까이 몸을 밀착했다. 그의 팔꿈치를 잡았다. 그의 이름을 불렀다. 서로의 이름을 부르는 것만큼 우리를 흥분시키는 것은 없으니까. 세상에서 가장 감미로운 소리였다.

"메디슨/와바시 역 근처에서요. 15년 전에. 내 목숨을 구해줬잖아요, 윌."

금세 기억을 떠올린 듯 이내 얼굴이 밝아졌다. 그는 세월의 흐름을 피하지 못했다. 결혼 생활, 양육, 직장, 대출에 시달린 얼굴이었다. 내가 처음 만났던 윌의 번아웃 버전이었다. 내가 충분히 해결해줄 수 있는 문제였다. 그는 그저 아내와 아이들이 있다는 사실만 잠시 잊어주면 된다. 그건 내가 도와줄 수 있다.

그를 향해 활짝 웃어 보였다. 그의 손을 잡았다.

"당신이 아니었으면, 그때 난 죽었을 거예요."

귓가에 속삭였다. 그의 눈이 반짝였다. 뺨이 발갛게 물들었다. 나를 위아래로 훑어보던 시선이 입술 근처에 머물렀다. 그가 미소 지으며 말했다.

"그 일을 어떻게 잊겠어요?"

분위기를 가볍게 전환하려는 듯 그가 웃었다.

"여기는 어쩐 일이세요?"

머리를 등 뒤로 넘기며 답했다.

"지나가는 길이었어요. 무심코 안을 보는데 그쪽인 것 같아서요."

그가 내 머리카락 끝을 매만지며 예쁘다고 말했다.

"그리고 그 옷도요."

그가 소리를 낮춰 길게 휘파람을 불었다.

그는 더 이상 내 입술을 바라보지 않았다. 시선이 이제는 허벅지 근처에 머물러 있었다. 대화의 방향은 이미 정해져 있었다. 늘 그렇듯 내가 원하는 대로 이끌 수 있다. 결코 순식간에 되는 일이 아니다. 여기서 필요한 것은 설득의 기술이다. 바로, 내가 선천적으로 타고난 감각이기도 하다. 설득의 기술 1장, 상호주의. 내가 상대방을 위해 뭔가를 해주고, 상대방은 내게 뭔가를 해준다.

그의 입술에 묻은 머스터드를 닦아주었다. 컵이 비어 있는 게 보였다. 컵을 들고 음료 바로 가 리필을 해주었다.

"그러지 않아도 되는데."

자리로 돌아와 펩시콜라를 그가 앉은 쪽으로 밀며 의도적으로 손을 스쳤다.

"제가 직접 해도 되는데요."

나는 웃으며 답했다.

"알아요. 그냥 해주고 싶었어요, 월."

이렇게 간단하게 그는 이제 내 부탁을 들어주어야 하는 입장이 되었다.

호감도 중요하다. 내가 마음만 먹으면 상대방에게서 호감을 얻는 것은 식은 죽 먹기였다. 무슨 말을 하고, 무엇을 해야 하는지, 어떻게 해야 매력적으로 보일 수 있는지 잘 알고 있다. 비결은 개방형 질문을 던져 상대방이 자기 자신에 대해 이야기하도록 만드는 것이다. 이런 질문을 받으면 상대방은 자신이 세상에서 가장 중요한 사람이 된 듯한 기분을 느낀다.

스킨십도 빼놓을 수 없다. 팔, 어깨, 허벅지에 잠깐씩 손을 대는 것만으로도 상대방을 한결 손쉽게 내 뜻대로 할 수 있다. 더구나 내가 지켜본 바로는 윌과 세이디의 결혼 생활은 금욕에 대한 가이드북 같았다. 그는 나만이 채워줄 수 있는 무언가가 간절한 상황이었다.

그는 내 유혹에 곧장 응하지는 않았다. 대신 빨개진 얼굴로 어색하게 웃었다. 그는 회의가 있어 가봐야 한다고 말했다.

"정말 안 돼요."

그가 말했다. 하지만 충분히 가능한 일이라고 그를 설득했다. 15분도 채 지나지 않아 우리는 근처 외진 골목 안으로 빨려 들어가듯 몸을 숨겼다. 그는 나를 빌딩 벽으로 몰아붙였다. 치마 아래를 더듬으며 내 입술에 키스했다.

"여기서 말고요."

그를 생각해서 한 말이었다. 나야 어디든 상관없었다. 하지만 그는 유부남에 지켜야 할 명예도 있었다. 난 남편도, 명예도 없다.

"우리 어디 들어가요."

그의 귀에 속삭였다.

한 블록도 채 떨어지지 않은 곳에 그가 아는 호텔이 있었다. 리츠 호텔은 아니었지만 괜찮았다. 급하게 계단을 올라 방까지 돌진했다. 방에 들어서자 그는 나를 침대에 눕혔다. 정사가 끝난 뒤 우리는 침대에 누워 거칠게 숨을 몰아쉬며 호흡을 골랐다.

월이 먼저 입을 열었다.

"좀 전에 정말……."

그는 말문이 막힌 듯했지만 환희와 기쁨에 가득 차 보였다. 그는 다시 말을 골랐다.

"좀 전에 정말 좋았어. 당신 말이야."

그는 내 위에 무릎을 꿇고 앉아 양손으로 내 머리를 감싸쥐고 눈을 맞추었다.

"당신 정말 대단해."

나는 윙크를 했다.

"당신도 그리 나쁘지 않았어."

그는 한동안 나를 바라봤다. 남자에게서 그런 눈빛을, 끝없이 나를 갈구하는 눈빛을 받은 적이 처음이었다. 내가 상상도 할 수 없을 만큼 그에게 간절한 일이었다고 말했다. 현실에서의 도피가 필요했다고. 내가 그의 인생에 등장한 타이밍이 완벽했다고도 말했다. 아주 끔찍한 한 주를, 하루를 보내고 있었다고.

모든 것이 완벽했다. 나를 뚫어지게 응시하던 그가 말했다.

"당신은 완벽한 여자야."

그는 내가 왜 완벽한지 이유를 읊었다. 그의 말을 들으며 가슴이 부풀어 올랐다. 물론 내 머리카락, 내 미소, 내 눈처럼 외모에 관한 것들이긴 했지만.

나는 다시 그에게 키스를 했다. 키스가 끝나자 그는 침대에서 몸을 일으켰다. 침대에 누워 그가 와이셔츠와 청바지를 꿰어 입는 모습을 지켜봤다.

"지금 바로 간다고?"

그에게 물었다.

그는 침대 끝에 서서 나를 바라봤다. 내게 사과의 말을 건넸다.

"회의가 있어서. 벌써 늦었어. 당신은 원하는 만큼 충분히 있다 가. 낮잠도 자고, 좀 쉬어."

싸구려 호텔에서 혼자 낮잠을 자는 것이 무슨 상이라도 되는 듯 말했다.

그는 방을 나서기 전 내게 다가왔다. 이마에 입을 맞추고 내 머리를 쓸어 넘겼다. 두 눈을 바라보며 이렇게 말했다.

"곧 다시 만나자."

질문이 아니었다. 약속이었다.

나는 미소를 지었다.

"당연하지. 당신은 나를 벗어날 수 없어, 윌. 절대로 당신을 놓아주지 않을 거야."

그가 웃으며 그 말을 듣고 싶었다고 답했다.

떠나는 그를 보며 질투심을 느끼지 않으려고 노력했다. 나는 질투 같은 걸 하는 여자가 아니었다. 하지만 윌을 만난 뒤 순식

간에 그런 여자가 되어버렸다. 내가 한 짓에 대해 죄책감을 느
끼지는 않았다. 그는 내 남자였다. 세이디가 내게서 그 남자를
빼앗아갔다. 그녀에게 털끝만큼도 빚진 것은 없다. 도리어 내게
빚을 진 쪽은 세이디였다.

세이디

집을 두 번이나 둘러봤다. 문과 창문이 모두 잘 잠겨 있는지 확인했다. 한 번 확인했지만 빠짐없이 모두 봤는지 확신할 수가 없어 다시 한번 살폈다. 블라인드를 모두 내리고, 커튼을 닫으며 집에 보안 시스템을 설치해야 하는 것이 아닐까 고민했다.

오늘 저녁 약속대로 윌이 이모젠을 데리고 치안센터에 들러 버그 경관을 만났다. 윌이 사건에 대한 소식을, 나를 안심시킬만한 소식을 갖고 오길 바랐지만 별다른 이야기가 없었다. 경찰 수사는 전혀 진전이 없었다. 살인 사건에 대한 통계를 찾아봤다. 살인 사건의 3분의 1 이상은 끝내 범인을 잡지 못해 미해결 사건이 점차 쌓여간다고 했다. 이런 사건이 하나의 유행병처럼 걷잡을 수 없이 번지고 있었다. 우리 주변에 얼마나 많은 살인자가 활보하고 다닐지 생각하면 섬뜩할 정도이다. 살인자는 어디에나 있지만, 우리는 이들의 존재를 결코 알 수 없다.

월의 말에 따르면 간밤의 사건에 대해 이모젠이 따로 설명할 내용이 없었다고 한다. 이모젠이 그 시각 자고 있었다는 사실을 나도 알고 있었다. 지난 몇 주간 평상시와 다른 것을 본 적이 있는지 묻는 경관의 질문에 이모젠은 하얗게 질린 채 딱딱하게 굳은 얼굴로 이렇게 말했다고 했다. 엄마가 망할 올가미에 목을 매고 자살했어요. 버그 경관은 더 이상 아무것도 묻지 않았다.

딱 한 번만 더 둘러볼까 고민하던 차에 위층에 있는 월이 언제 올라올 거냐고 물었다. 현관문을 마지막으로 한 번 더 잡아당겨 잠금장치를 확인하고는 지금 올라갈 거라고 답했다. 누군가 깨어 있는 것처럼 보이려고 거실 램프를 켜두었다.

위층으로 올라가 월의 옆에 누웠다. 하지만 잠이 오지 않았다. 밤새 침대에 누워 어린 딸아이가 죽어 있는 모건을 발견해 신고했다던 버그 경관의 말을 곱씹었다. 테이트와 가까운 사이일까. 같은 반이긴 했지만 그렇다고 반드시 친구라곤 할 수 없었다.

여섯 살 난 아이가 차갑게 식은 엄마의 몸을 내려다보는 모습을 도무지 머리에서 지울 수 없었다. 아이가 두려웠을까. 비명을 질렀을까. 만약 살인자가 근처에 있었다면 아이의 비명을 듣고 달아났을까. 구급차가 오기까지 얼마나 오래 기다렸을까. 기다리는 동안 이 어린아이는 자신도 죽게 될까 봐 두려움에 떨었을까. 이모젠처럼 이 아이도 이미 숨이 끊어진 엄마를 혼자 발견한 것이었다. 아니다. 이모젠과는 다르다. 자살과 살인은 완전히 다른 이야기이다. 어쨌든 두 아이가 너무도 어린 나이에 눈앞에 맞닥뜨려야 했을 장면을 나로서는 감히 상상하기 어려웠다.

옆에 누운 월은 세상모르고 잠들어 있었다. 하지만 난 아니다. 잠을 이룰 수 없던 나는 살인자가 아직도 이 섬에 있을지, 지금쯤이면 섬을 떠났을지에 생각이 미치자 더욱더 잠을 잘 수가 없었다.

살인자를 떠올리자 심장이 두근거려 침대에서 일어났다. 아이들이 잘 자고 있는지 확인해야 했다. 침실 구석에 마련된 자리에서 자고 있던 개들이 내 움직임을 감지하고 잠에서 깼다. 개들을 조용히 시키고 뒤척이는 월에게 이불을 덮어주었다.

맨발에 닿은 나무 바닥이 차가웠다. 너무 어두워 슬리퍼를 찾을 수 없었다. 슬리퍼를 포기하고 맨발로 나왔다. 침실에서 나와 좁은 복도로 향했다. 테이트의 방을 먼저 살폈다. 문가에서 잠시 아이를 지켜봤다. 괴물이 못 오도록 작은 램프를 켜 놓고 문을 열어둔 채 아이가 잠들어 있었다. 침대 한가운데 누워 치와와 인형을 꼭 끌어안고 있었다. 나처럼 살인 사건이나 죽음을 떠올리며 괴로워하지 않고 꿈속에 푹 빠진 채 평온하게 자고 있었다. 아이는 무슨 꿈을 꾸고 있을까? 강아지나 아이스크림 꿈을 꿀 것 같았다. 테이트가 죽음에 대해 인지하고 있을까. 나는 일곱 살 때 죽음에 대해 얼마나 알고 있었을까.

오토의 방으로 향했다. 오토의 방 창문 아래 자리한 현관 테라스에는 단층 슬레이트 지붕이 올려져 있다. 지붕을 받치고 있는 몇 개의 기둥을 밟고 2층으로 올라올 수 있다. 누군가 마음만 먹는다면 한밤중에 오토의 방에 들고 나는 것쯤은 그리 어려운 일이 아닐 것이다.

복도를 가로지르며 나도 모르게 걸음이 빨라졌다. 오토는 괜찮을 거라고, 침입자가 굳이 2층까지 올라와 들어오려고 하지는 않을 거라고 스스로를 달랬다. 하지만 도무지 마음을 가라앉힐 수가 없었다. 문 반대편에 어떤 광경이 펼쳐져 있을지 두려워하며 조용히 문고리를 돌렸다. 창문은 열려 있고 침대가 텅 비어 있는 장면이 상상되었다. 하지만 그런 일은 없었다. 오토는 자고 있었다. 오토는 괜찮았다.

문가에 서서 아이를 잠시 바라봤다. 아이가 깰까 숨을 죽이고 좀 더 가까이 다가가 자세히 살폈다. 이불은 발 쪽으로 밀려나고 베개는 바닥에 떨어져 있지만 아이는 평온하게 잠들어 있었다. 오토는 천장을 마주 보고 바르게 누워 있었다. 이불을 고쳐 덮어주며 오토가 어렸을 때 나랑 자겠다고 조르던 시절이 문득 떠올랐다. 어쩌다 함께 잘 때면 무거운 팔을 내 목에 두르고 밤새 나를 꼭 껴안은 채 자고는 했다. 아이는 너무 빨리 자라버렸다. 그 시절이 그리웠다.

이번에는 이모젠의 방으로 향했다. 최대한 소리를 죽이기 위해 문고리를 아주 천천히 돌렸다. 하지만 문고리가 꿈쩍도 하지 않았다. 문이 잠겨 있었다. 이모젠이 잘 자고 있는지 확인할 길이 없었다.

몸을 돌려 느린 걸음으로 계단을 내려갔다. 내 뒤에 바짝 붙어 개들이 쫓아왔지만 내가 너무 천천히 움직이는 탓에 답답한 모양이었다. 얼마 안 있어 나를 앞질러 서둘러 계단을 내려가더니 현관을 지나쳐 뒷문 쪽으로 향했다. 나무 바닥에 닿는 개들의 발톱 소리가 타자를 치는 소리처럼 울렸다.

현관에 다가가 길게 난 창문으로 바깥을 내다봤다. 여기서는 베인스의 집이 보였다. 한밤중인데도 분주한 모습이었다. 불빛이 새어 나오는 집 안에는 대여섯 명의 사람이 이곳저곳을 서성대고 있었다. 수사 중인 경찰관들이었다. 그 집 안에서 무엇을 발견하게 될지 궁금했다.

창문 밖을 내다보던 중 주방에서 개들이 낑낑거리는 소리가 들렸다. 밖으로 나가고 싶은 모양이었다. 주방으로 가 미닫이문을 열어주자 개들이 뛰쳐나갔다. 얼마 전부터 파기 시작한 마당 한구석으로 곧장 달려갔다. 최근 들어 개들이 이상할 정도로 땅파기 놀이에 집착해서 신경에 거슬렸다. 땅을 파지 못하게 주의를 주려고 손바닥을 맞부딪쳤다.

차를 한 잔 끓인 뒤 식탁에 앉았다. 주변을 둘러보며 할 일을 찾았다. 어차피 잠을 자기는 그른 것 같아 침실로 돌아갈 생각은 없었다. 침대에 가만히 누워 말똥한 정신으로 내가 어찌할 수도 없는 일을 걱정하는 것만큼 미련한 일은 없다. 식탁 끝에 월이 요즘 읽고 있는 범죄 소설이 보였고, 책 중간에 책갈피가 끼워져 있었다.

책을 들고 거실로 가 램프를 켜고 앨리스의 노란색 소파에 앉았다. 무릎에 담요를 덮고 소설책을 펼쳤다. 그때 실수로 월의 책갈피가 발아래로 떨어졌다.

"젠장."

책갈피를 주우며 월이 표시해둔 곳을 잃어버렸다는 생각에 미안한 마음이 들었다. 하지만 미안함은 이내 다른 감정으로 바뀌었다. 질투? 화? 동정심? 아니면 단순히 놀란 것일지도. 책에서 떨어진 것은 책갈피만이 아니었다. 월과 결혼을 약속했던 전 약혼녀 에린의 사진이 함께 떨어졌다.

헉 하고 숨을 들이마셨다. 그녀의 얼굴 위에서 손이 멈췄고, 심장이 쿵쾅댔다. 월이 왜 에린의 사진을 책 속에 숨겨둔 걸까? 아니 왜 이 사진을 아직도 간직하고 있는 걸까? 20년쯤 된 옛날 사진이었다. 사진 속 에린은 열여덟 혹은 열아홉 살가량 되어 보였다. 헝클어진 머리로 환하게 웃고 있었다. 사진 속 에린의 두 눈을 응시했다. 아름다운 그녀 얼굴에 퀭한 질투심이 일었다. 정말 매력적인 여자였다.

하지만 이미 죽은 여자를 상대로 질투심을 느끼는 게 가능이나 한 일인가? 데이트를 시작한 지 한 달이 지난 뒤 월이 에린에 대한 이야기를 해주었다. 서로에게 홀딱 빠져 별것 아닌 사소한 이야기조차 대단하게 느껴지던 시기였다. 전화기를 붙잡고 몇 시간이나 대화를 나누고는 했다. 나는 과거에 대해선 별로 이야기할 만한 게 없어서 내 미래에 대한 이야기들, 언젠가 하고 싶은 일들에 대해 말했다. 우리가 만났을 당시 미래에 대한 뚜렷한 계획이 없었던 월은 자신의 과거에 대해 털어놓았다. 어렸을 때 키우던 강아지, 암 진단을 받은 양아버지, 결혼을 세 번 한 친모 등. 그때 그는 결혼을 약속했던 에린 이야기도 해주었다. 약혼한 지 몇 달만에 죽은 에린. 윌은 에린 이야기를 하며 눈물을 쏟았다. 윌은 무엇 하나 숨김없이 모두 털어놨고, 나는 진심으로 사랑할 줄 아는 윌의 그런 모습이 좋았다. 내 평생 성인 남자가 우는 것을 보긴 처음이었다. 당시 약혼녀를 잃은 윌의 비극은 내게 오히려 매력으로 느껴졌다. 윌은 날개를 잃은 나비처럼 망가져 있었다. 이 남자를 구해주고 싶었다.

우리 부부 사이에 에린이란 이름이 오르지 않은 지가 벌써 몇 년이나 되었다. 그녀 이야기를 할 일이 별로 없었다. 가끔 에린이란 이름을 가진 누군가의 이야기만 나와도 묘한 정적이 흘렀다. 그 이름에는 너무나도 큰 아픔이 서려 있었다. 그렇다 해도 아무도 모르는 곳에 숨겨두었던 사진을 굳이 꺼내서 갖고 다니는 윌을 도무지 이해할 수 없었다. 그 세월 동안 잘 숨겨두었던 것을 왜 지금 꺼낸 걸까?

사진으로 손을 뻗었지만 도저히 집어들 용기는 나지 않았다. 아직 마음의 준비가 되지 않았다. 몇 년 전 내가 먼저 부탁해 윌이 보여준 사진은 다른 것이었다. 그는 보여주고 싶어 하지 않았지만 내가 졸랐다. 어떻게 생긴 여자인지 두 눈으로 확인하고 싶었다. 사진을 보여달라고 하자, 그는 긴장한 표정으로 내게 사진을 건넸다. 윌은 내가 어떻게 반응할지 걱정하고 있었다. 포커페이스를 유지하려 애썼지만 속으로는 날카로운 고통이 스쳤다. 숨이 멎을 만큼 아름다운 여자였다. 처음 에린의 사진을 본 순간 깨달았다. 윌이 나를 사랑하는 이유는 그녀가 죽었기 때문이었다. 나는 대용품이었다.

손끝으로 사진 속 에린의 투명한 피부를 쓸어내렸다. 질투심을 느껴선 안 된다. 그래서는 안 된다. 화를 내서도 안 된다. 이 사진을 당장 버리라고 하는 것은 너무 인정머리 없는 짓이다. 하지만 오랜 세월 동안 죽은 여자의 들러리로 살아온 것 같은 비참함을 벗어날 수 없었다.

이번에는 사진을 집어 들었다. 비겁하게 굴 수는 없다. 그녀를 똑바로 응시했다. 어린아이같이 순진무구하면서도 날것 같은, 무서운 게 없어 보이는 얼굴이었다. 무슨 생각을 하고 있는지는 모르지만 카메라를 향해 어찌나 반항적인 얼굴로 도발적이면서도 발칙한 표정을 짓는지 버르장머리를 고쳐주고 싶은 강렬한 욕망이 일었다.

그녀의 사진과 책갈피를 책 안에 끼운 뒤 자리에서 일어나 책을 식탁에 도로 올려놨다. 갑자기 책을 읽고 싶은 마음이 싹 사라졌다.

개들이 짖기 시작했다. 이 야밤에 개들이 밖에서 계속 짖게 둘 수 없었다. 미닫이문을 열고 개들을 불렀지만 오지 않았다. 할 수 없이 뒷마당에 나가 개들을 불렀다. 맨발로 나온 터라 테라스 바닥이 너무 차가웠다. 하지만 어둠 속에 갇힌 지금 추운 것보다 더 큰 감정이 나를 사로잡았다. 12월의 어두운 밤 앞에서 주방 불빛은 금세 희미해졌다. 아무것도 보이지 않았다. 깜깜한 마당에 누군가 있더라도 알 길이 없었다. 달갑지 않은 생각이 머릿속을 헤집었다. 침을 삼키다 사레들렸다.

개들은 사람보다 적응력이 뛰어나다. 어둠 속에서 사람보다 훨씬 잘 볼 수 있다. 개들의 눈에 보이지만 내 눈에는 보이지 않는 것이 무엇일지, 개들이 무엇을 향해 짖고 있는지 간담이 서늘해졌다.

개들을 부르기 위해 입으로 쉭쉭 소리를 냈다. 한밤중에 큰 목소리를 내고 싶지는 않았다. 하지만 개들에게 가까이 다가가자니 너무 두려워 더는 한 발짝도 뗄 수 없었다. 모건 베인스를 죽인 살인자가 이곳에 있지 않다고 어떻게 확신할 수 있을까? 개들이 우리 집 마당에 서 있는 살인자를 향해 짖고 있는 게 아니라고 어떻게 확신할 수 있을까? 주방에서 나오는 불빛이 뒤쪽에서 나를 비추는 지금, 나는 독 안에 든 쥐나 다름없는 처지였다.

내 쪽에서는 아무것도 볼 수 없다. 하지만 누군가 있다면 그 사람에게는 내가 아주 잘 보일 터였다. 무의식적으로 한 발짝 뒤로 물러났다. 두려움이 엄습했다. 당장이라도 주방으로 뛰어들어가 문을 잠그고 블라인드를 내리고 싶었다. 하지만 개들이 살인자의 공격을 막아낼 수 있을까?

그러던 중 갑자기 개들이 조용해졌고, 나는 어둠 속에서 개들이 짖을 때가 더 무서운지, 갑작스러운 침묵이 더 무서운지 종잡을 수 없었다. 가슴이 거세게 방망이질쳤다. 양팔에서 아래로 오싹한 전율이 느껴지며 털이 곤두섰다. 마당에 서 있을 정체불명의 대상을 향해 머릿속에서 온갖 끔찍한 상상이 떠올랐다.

더 이상 어둠 속에 있을 무언가가 모습을 드러내길 기다리며 서 있을 수만은 없었다. 박수를 쳐 개들을 불렀다. 한달음에 집 안으로 들어가 간식 상자를 꺼내 정신없이 흔들었다. 정말 다행스럽게도 개들이 내 쪽으로 다가왔다. 간식 상자를 열어 비스킷 여섯 개를 주방 바닥에 쏟고는 미닫이문을 걸어 잠그고 블라인드를 꼼꼼히 내렸다.

위층으로 올라가 아이들을 다시 살폈다. 아까 확인했던 모습 그대로 잠들어 있었다. 이모젠의 방을 지나치던 내 눈에 방 문이 살짝 열린 게 보였다. 아까처럼 닫혀 있지 않았다. 잠겨 있지도 않았다. 복도는 좁고 어두웠지만 주위를 분별할 수 있을 정도의 빛은 있었다. 1층 거실에 켜둔 램프의 빛이 희미하게 2층을 밝혔다. 덕분에 어느 정도 볼 수 있었다.

2.5센티미터쯤 열린 문틈 사이로 시선이 향했다. 지난번에 이 방 앞에 서 있을 때와는 달랐다. 오토의 방처럼 이모젠의 방도 거리를 향해 나 있다. 문 앞으로 다가가 3~4센티미터가량 문을 열어 방 안을 살폈다. 이모젠은 내게 등을 보인 채 침대에 누워 있었다. 자는 척을 하는 거라면 대단한 연기력이었다. 숨소리가 규칙적이고 안정적이었다. 숨소리에 맞춰 이불이 오르락내리락했다. 커튼이 열려 있어 달빛이 방을 환하게 비추었다. 문처럼 창문도 살짝 열려 있었다. 방 안이 추웠지만 감히 들어가 창문을 닫을 엄두가 나지 않았다.

침실로 들어가 윌을 흔들어 깨웠다. 이모젠에 대해서는 따로 윌에게 알리지 않을 생각이었다. 달리 할 말도 없었다. 아마도 이모젠은 화장실을 다녀왔던 걸 테니까. 그러고는 더워서 창문을 연 거겠지. 그랬다면 문제가 될 것은 없었다. 다만 몇몇 이상한 점이 있긴 했지만. 변기 물 내리는 소리를 왜 듣지 못했을까?
아까 그 방 앞을 지나갈 때는 왜 춥다고 느끼지 못했을까?

"뭐야? 무슨 일이야?"

윌이 잠이 덜 깬 채 물었다.

눈을 비비는 그를 향해 말했다.

"뒷마당에 뭔가 있었던 거 같아."

"뭐가?"

윌은 눈에 졸음이 가득한 채로 잠긴 목을 가다듬었다.

나는 말하기 전 잠시 숨을 골랐다.

"잘 모르겠어. 사람일 수도 있어."

그에게 몸을 조금 기울였다.

"사람이라고?"

깜짝 놀라 몸을 일으킨 윌에게 뒷마당에 무언가 혹은 누군가
있었고, 개들이 짖어댔다고 알렸다. 설명하는 내내 목소리가 떨
렸다. 윌도 감지할 정도였다.

"누가 있는 걸 봤어?"

윌이 물었고 나는 아무것도 보지 못했다고 말했다. 그저 무
언가 거기에 있었다는 것만은 안다고, 본능적으로 느꼈다고 말
했다.

그는 안심을 시키듯 내 손을 쓰다듬으며 말했다.

"당신, 그 사건 때문에 많이 불안하구나."

윌은 내 두 손을 가져가 자신의 손으로 감쌌다. 그의 손 안에
서 내 손이 덜덜 떨리고 있었다. 많이 불안하다고 그에게 털어

났다. 월이 내려가 마당을 직접 확인할 줄 알았다. 하지만 그는 내가 착각한 거라고 말하고 싶은 것 같았다. 직접적으로 그리 말한 것도 아니고, 나를 훈계하는 투도 아니었다. 다만 좀 더 이성적인 답변을 제시했다.

"코요테나 너구리나 스컹크일 수도 있지 않을까? 그런 애들 때문에 개들이 흥분한 거 아니야?"

충분히 그럴 만했다. 그가 맞을 수도 있겠다는 생각이 들었다. 개들이 왜 그렇게 예민하게 반응했는지 설명이 되었다. 개들이 뒷마당에서 야생동물의 움직임을 감지한 걸 수도 있다. 본래 사냥개들이니까. 무언가가 있다면 본능적으로 흥분하며 달려드는 습성이 있다. 살인자가 우리 집 뒷마당을 서성인다는 것보다 야생동물 쪽이 훨씬 더 타당했다. 살인자가 뭐 하러 우리 집에 오겠어?

나는 어둠 속에서 어깨를 으쓱했다.

"어쩌면."

스스로 한심한 기분이 들었지만 찜찜한 마음을 완벽히 지우기 어려웠다. 어젯밤 건너편 집에서 살인 사건이 벌어졌고, 범인은 아직 잡히지 않았다. 살인자가 여전히 이 동네에 있다고 생각하는 것이 말도 안 되는 추측은 아니다.

월은 내 편을 들어주었다.

"내일 아침에 버그 경관에게 알리자. 조사를 해달라고 부탁할 수 있을 것 같은데. 따로 발견된 게 없으면 동네에 코요테가 자주 출몰하는지도 알아보고. 개들도 있으니 알아둬서 나쁠 건 없을 것 같아."

내게 맞장구쳐주는 윌에게 고마움을 느꼈다. 그에게 그럴 필요 없다고 답했다.

"당신 말이 맞는 것 같아."

그의 옆자리에 누웠지만 쉬이 잠이 오지 않을 것 같았다.

"코요테였을 거야. 자는데 깨워서 미안해. 얼른 다시 자."

윌은 문밖에 무엇이 있든 나를 지켜주겠다는 듯이 두툼한 팔로 나를 감싸고 다시 잠에 빠져들었다.

세이디

내 이름을 부르는 월의 목소리에 정신이 들었다. 잠시 다른 생각에 빠져 있었던 것 같다.

내 옆에 앉은 월이 특유의 눈빛으로 나를 바라보고 있었다. 걱정 어린 그 눈길.

"무슨 생각했어?"

주변을 둘러보며 상황을 파악하고 있는 내게 그가 물었다. 갑작스럽게 두통이 찾아오며 현기증이 일었다.

"잘 모르겠네."

월과 무슨 이야기를 나누던 중이었는지 기억이 나지 않는다.

아래를 내려다보니 셔츠 단추가 풀려 검은색 브래지어가 살짝 드러나 있었다. 단추를 잠그며 대화 중에 딴생각을 해서 미안하다고 사과했다.

"좀 피곤한가 봐."

눈가를 매만진 뒤 내 앞에 앉은 윌을 한 번, 내가 있는 주방을 한 번 살폈다.

"당신 피곤해 보인다."

윌이 말했고, 순간 불안감이 몰려왔다. 나는 윌을 비껴 뒷마당을 바라보며 평소와 달라진 점은 없는지 살폈다. 어젯밤 마당에 있던 무단침입자의 흔적 같은 것. 이상한 점은 없었지만, 한밤중 어둠 속에서 개들을 간절히 부르며 느꼈던 공포가 떠올라 다시금 소름이 끼쳤다.

아이들은 식탁에 앉아 아침을 먹고 있었다. 카운터에 선 윌이 커피를 따라 내게 건넸다. 반갑게 커피를 받아 들고는 크게 한 모금 들이켰다.

"잠을 잘 못 잤어."

사실 한숨도 못 잤다는 것을 굳이 상기하고 싶지 않아 이렇게만 말했다.

"무슨 고민 있어?"

굳이 콕 집어 말해야 하나 싶었다. 내가 왜 잠을 못 잤는지는 그도 당연히 알고 있어야 했다. 이틀 전 우리 집 바로 맞은편에 사는 여자가 살해당했으니까.

식탁에 앉아 있는 테이트를 바라본 나는 고개를 저었다. 테이트 앞에서 나눌 이야기가 아니었다. 테이트가 순수한 어린 시절을 보낼 수 있도록 최대한 지켜주고 싶었다.

"아침 먹을 시간 돼?"

윌이 물었다.

"오늘은 안 될 것 같아."

시계를 확인하니 내가 생각했던 것보다 훨씬 시간이 흘러 있었다. 얼른 출발해야 했다. 소지품과 가방, 코트를 챙겼다. 식탁 옆에 놓인 윌의 가방을 보며 에린의 사진을 숨겨놓은 범죄 소설이 그 안에 있을까 생각했다. 사진에 대해 알고 있다고 윌에게 말할 용기가 없었다.

테이트에게 굿바이 키스를 했다. 오토 귀에 꽂힌 이어폰을 빼고 얼른 서두르라고 말했다.

차를 타고 선착장으로 향했다. 차 안에서 오토와 그리 많은 대화를 나누지 않는다. 전에는 이렇게까지 서먹하지 않았는데, 시간과 환경이 우리를 멀어지게 만들었다. 괜히 심각하게 생각할 것 없다고 스스로 다독였다. 10대 남자애들 가운데 엄마랑 가깝게 지내는 애들이 얼마나 되겠는가? 거의 없을 거다. 하지만 오토는 보통 10대 남자애들과 달리 세심한 아이인데.

오토는 짤막한 인사만 남기고 차에서 내렸다. 오토가 이른 아침 시간에 본토로 출근, 등교를 하는 승객 무리에 섞여 승선용 철제다리를 건너 페리에 오르는 모습을 지켜봤다. 무거운 가방이 어깨에 매달려 축 늘어져 있었다. 이모젠의 모습은 어디에도 보이지 않았다.

아침 7시 20분이었다. 비가 오고 있었다. 형형색색의 우산 행렬이 선착장으로 모여들고 있었다. 오토 뒤를 따르던 또래 사내아이 두 명이 깔깔거리며 오토를 앞질러 배에 먼저 올랐다. 자기들끼리만 아는 농담을 하며 웃은 거라고, 오토를 비웃은 것은 아닐 거라고 넘기려 했지만 그 모습을 보며 속이 쓰려왔고, 친구들과 어울리지 못하는 오토가 얼마나 외로울까 생각했다.

따뜻한 페리 실내에는 빈자리가 많았지만 오토는 윗갑판으로 올라가 우산도 쓰지 않고 비를 맞으며 서 있었다. 선원들이 철제다리를 올리고 정박용 밧줄을 푼 후 페리가 안개 자욱한 바다로 나아가는 모습을, 내게서 오토가 멀어지는 모습을 지켜보았다.

그러고서야 나를 바라보고 있는 버그 경관을 발견했다. 그는 길 건너편에 선 크라운 빅토리아 조수석 문에 기대어 서 있었다. 손에는 커피와 함께 경찰들이 즐겨 먹는 도넛과 상당히 비슷하지만 그보다 약간 고급스러워 보이는 시나몬 롤이 들려 있었다. 내게 손을 흔드는 경관을 보며 내가 오토를 지켜보던 내내 그는 나를 지켜보고 있었음을 알 수 있었다.

경관이 나를 향해 모자를 살짝 들어올렸다. 나도 창문에 대고 손을 흔들어 보였다. 보통 때라면 유턴을 해 내려왔던 언덕길을 다시 오르지만 경찰이 보고 있는 상황에서는 그럴 수 없었다. 하지만 자신의 직무를 잊은 채 무단으로 길을 가로질러 내 쪽으로 다가오는 경관을 보며 유턴을 했어도 별 상관없었겠다 싶었다. 그는 수동식으로 손잡이를 돌려 창문을 내리는 시늉을 했다. 나는 버튼을 눌러 창문을 내렸다. 기다렸다는 듯 빗방울이 차 안으로 들이쳤다. 버그 경관은 우산을 쓰지 않은 채였다. 우비용 재킷에 달린 모자를 푹 눌러쓰고 있었다. 비에 맞는 것을 그다지 신경 쓰지 않는 것 같았다.

경관은 얼마 남지 않은 시나몬 롤을 한입에 넣고는 커피를 들이켠 뒤 말했다.

"좋은 아침입니다, 닥터 파우스트."

경찰이라고 하면 내 머릿속에 떠오르는 냉정하고 딱딱한 인상과는 달리 호감 가는 얼굴이었다. 그의 표정에서 드러나는 약간의 어색함과 미숙함 때문인지 친근하게 느껴지는 구석이 있었다.

버그 경관을 향해 인사했다.

"날이 참."

경관이 말했다.

"네, 대단하네요."

그의 말에 맞장구를 쳤다.

비가 종일 이어진다는 예보는 없었다. 하지만 해가 조만간 떠오를 것 같지도 않았다. 이곳, 메인 주 해안가 근처 기온은 바다의 영향을 받는다. 이맘때 시카고만큼 혹독하진 않지만 그래도 제법 추운 날씨였다. 겨울에는 바다가 얼어 페리가 얼음을 헤치며 본토로 승객을 나르고 실어온다고 들었다. 한번은 페리가 꼼짝도 할 수 없어 승객들이 배에서 내려 언 바다 위를 건너야 할 상황이었지만, 다행히 해안 경비대가 와서 얼음을 제거한 일도 있었다고 했다.

생각만 해도 불안해졌다. 거대한 얼음 땅에 가로막혀 세상과 단절된 채 섬에 갇히는 상상을 하면 질식할 듯 답답해졌다.

"일찍 출근하시네요."

버그 경관의 말에 대답했다.

"업무 때문에요."

경관이 배지를 톡톡 두드리며 답했다.

"저도요."

출근을 서두르고 싶은 마음에 윈도우 버튼에 손가락을 올린 채 대답했다. 조이스와 엠마가 기다리고 있었다. 진료소에 빨리 가지 않으면 잔소리가 끝도 없이 이어질 것이다. 조이스는 시간 약속에 상당히 엄격한 사람이었다.

시계를 확인한 버그 경관은 진료소가 8시 30분에 시작하느냐고 물었고, 나는 그렇다고 대답했다.

"잠깐 시간 좀 내줄 수 있습니까, 닥터 파우스트?"

잠깐은 괜찮을 것 같다고 대답했다.

도로 턱에 좀 더 붙여 주차했다. 버그 경관이 차 앞을 지나 조수석에 올라탔다. 경관은 바로 본론을 꺼냈다.

"어제 동네를 돌며 제가 두 분께 했던 질문을 주민들에게도 해봤습니다."

그의 어투를 들으니 새로운 소식을 알려주려고 나를 부른 것은 아니라는 짐작이 스쳤다. 나는 그저 수사에 진전이 있는지만 알고 싶을 뿐이었다. 경찰이 곧 모건을 죽인 살인자를 체포할 계획이니 이제 마음 편히 주무셔도 된다는 이야기를 듣고 싶었다. 범인이 교도소에 수감된다면 두 발 뻗고 잘 수 있을 것 같았다.

오늘 아침 아이들이 깨기 전, 윌이 모건 사건을 인터넷에서 검색했다. 사건 정황을 자세하게 보도하는 기사를 찾았다. 우리도 모르는 이야기가 기사에 실려 있었다. 기사에서 자세한 내용은 밝히지 않았지만 베인스 집에서 협박 메시지가 발견되었다는 것도 몰랐던 사실이다.

간밤에 경찰이 신고 당시 911 통화 내용을 공개했다. 음성 클립에는 여섯 살 난 아이가 울음을 참으며 교환원에게 눈을 안 떠요, 모건이 눈을 안 떠요라고 말하고 있었다. 성인과 달리 미성년자의 경우 다행히도 익명성이 보장되어 기사에는 실명이 아닌 6세 여아라고만 나왔다.

우리는 노트북을 사이에 두고 침대에 누워 음성 파일을 세 번이나 반복해 들었다. 듣는 내내 가슴이 미어졌다. 교환원이 출동 차량이 도착할 때까지 몇 분간 아이와 통화하는 내내 아이는 비교적 차분하고 침착하게 통화를 이어갔다. 하지만 음성 파일을 들으며 왜인지 모를 께름칙한 기분이 들었다. 계속 무언가 마음에 걸렸고, 세 번이나 돌려 듣고 나서야 그 이유를 찾았다.

엄마를 모건이라고 부르네? 윌에게 물었다. 이 어린아이는 엄마가 눈을 안 뜬다고 말하지 않았다. 모건이 눈을 안 뜬다고 말했다. 왜 엄마라고 안 하고 이름을 부르는 거지? 윌에게 재차 물었다.

윌이 간신히 대답했다. 모건은 새 엄마야. 눈물을 참는 그의 목울대가 크게 움직였다. 아, 새 엄마였지. 이렇게 답하기는 했지만, 새 엄마인 것과 아이가 엄마의 이름을 부르는 것이 무슨 관계인가 싶었다. 별로 이상해 보이지 않는 모양이었다.

제프리가 재혼이었어? 윌에게 물었다. 아닐 수도 있다. 반드시 결혼한 부부 사이에서만 아이가 태어나는 것은 아니니까. 하지만 물어보고 싶었다. 응. 윌은 더 설명하지 않았다. 제프리의 전처가 궁금해졌다. 어떤 사람이었는지, 이 섬에 살던 사람이었는지. 윌은 이혼 가정 출신이다. 그에게 예민한 주제였다.

제프리랑 모건은 결혼한 지 얼마나 되었는데? 모건이 윌에게 얼마나 많은 이야기를 해주었을까, 궁금해지기도 했다. 1년 좀 넘었어. 윌이 대답했다.

신혼이네. 내가 말했다. 이제는 아니지. 윌이 내 말을 정정했다. 제프리는 홀아비가 되었고, 모건은 죽었으니까. 더 이상 대화가 오가지 않았다. 우리는 조용히 기사를 읽어 내려갔다.

버그 경관과 함께 차에 앉아 있는 지금, 창문이 깨졌거나 문이 부서져 있는 등 무단침입의 흔적이나 혈흔이 발견되었는지 알고 싶었다. 살인 현장에 혈흔이 남았을까? 모건의 손에 방어흔이 있었을까? 모건이 침입자와 몸싸움을 벌였을까?

어쩌면 어린 딸이 침입자를 목격했거나 새 엄마의 비명을 들었을지도 모른다. 버그 경관에게는 아무것도 묻지 않았다. 불쌍한 한 여성이 사망한 지 고작 만 하루하고도 몇 시간밖에 지나지 않았다. 그의 이마에 새겨진 주름이 전보다 짙어져 있었다. 사건 해결에 대한 부담감이 그를 짓누르고 있었다. 수사에 별다른 진척이 없다는 것을 알 수 있었다. 마음이 무거워졌다.

그래서 대신 이렇게 물었다.

"베인스 씨 위치는 파악되었나요?"

도쿄에서 출발은 했지만, 로스앤젤레스 국제공항과 존 F. 케네디 공항을 거쳐 스물 몇 시간은 족히 걸릴 거라고 내게 알렸다. 오늘 밤에는 도착하기 어려울 터였다.

"모건의 핸드폰은 찾았나요? 단서가 되지 않을까요?"

경관은 고개를 가로저었다. 계속 수색 중이지만 아직 발견하지 못했다고 했다.

"분실된 핸드폰을 찾을 수는 있지만, 전원이 꺼져 있거나 배터리가 나갔다면 힘들 겁니다. 통신 회사에서 기록을 조회하려면 수색영장을 발부해야 하는데 상당히 복잡해요. 시간이 좀 걸리죠. 어쨌든 방법을 찾아보고는 있습니다."

버그 경관이 대답하고는 자세를 고쳐 앉았다. 무릎이 나를 향하게 몸을 틀었다. 경관의 무릎이 기어에 불편하게 맞닿았다. 경관이 입고 있는 재킷과 머리카락에서 물방울이 떨어졌다. 윗입술에는 시나몬 롤 위에 뿌려져 있던 아이싱이 묻어 있었다.

"어젯밤에 제게 베인스 부인과 만난 적이 없다고 말씀하셨는데요."

그가 말했고, 나는 입가에 묻은 아이싱에서 눈을 떼지 못한 채 답했다.

"예, 맞아요. 만난 적 없어요."

인터넷 기사에 모건의 사진이 올라와 있었다. 기사에는 나보다 열한 살이나 어린 스물여덟 살로 소개되어 있었다. 세 가족 모두 비슷한 의상으로 맞춰 입고 행복한 얼굴의 남편과 의붓딸 사이에 선 모건이 활짝 웃고 있는 사진이었다. 굳이 지적하자면 잇몸이 좀 많이 드러나긴 했지만 예쁘고 사랑스러운 미소였다.

버그 경관이 우비 지퍼를 내리고 옷 안으로 손을 넣었다. 안

주머니에서 비에 젖지 않은 태블릿을 꺼내더니 스크린을 획획 넘기면 무언가를 찾았다. 찾던 것을 발견했는지 그가 목을 가다듬고 어제 내가 했던 말을 그대로 읊었다.

"어제 이렇게 말씀했어요. 찾아가 인사를 나누고 할 시간을 내기가 어려웠다고요. 기억하십니까?"

그렇다고 대답했지만 내가 한 말을 다른 사람의 입으로 다시 들어보니 건방지게 느껴졌다. 솔직히 말해 죽은 여자를 대상으로 매정하게 말한 것 같다는 생각이 들었다. 후회가 되네요처럼 뭔가 따뜻한 말 한마디라도 덧붙였어야 했다. 그랬다면 이토록 냉혈한의 말처럼 들리지는 않았을 텐데.

"그런데요, 닥터 파우스트. 베인스 부인을 모른다고 했지만, 꼭 그런 것만은 아닌 것 같더군요."

호의적인 어투였지만 뼈가 있는 말이었다. 경관은 지금 내가 거짓말을 했다고 말하고 있었다.

"무슨 말씀인지?"

깜짝 놀라 되물었다.

"닥터 파우스트께서는 모건 베인스와 안면이 있는 것 같다는 말씀을 드리는 겁니다."

경관이 말했다.

갑자기 억수같이 쏟아지는 비가 고무망치로 빈 캔을 내리치는 것처럼 자동차 지붕을 세차게 때렸다. 위쪽 갑판에 홀로 서서 장대비를 맞고 있을 오토를 떠올렸다. 목이 메어왔다. 목울대로 치받는 감정을 삼켰다. 비가 새어 들어오지 않도록 창문을 끝까지 바짝 올렸다.

경관의 두 눈을 똑바로 쳐다봤다.

"운전하며 지나갈 때 딱 한 번 스치듯 차 안에서 손을 흔든 것도 알고 지낸 거라고 한다면 몰라도요. 버그 경관님, 저는 모건 베인스를 모릅니다. 왜 제가 모건 베인스와 안면이 있는 사이라고 생각하신 거죠?"

내 말에 그는 동네를 모두 돌며 주민들을 만났고, 윌과 내게 했던 질문을 모두에게 했다고 아까와 달리 장황하게 설명했다. 닐슨 씨 집에 방문했을 때 부부가 식탁으로 자신을 안내해 차와 생강 쿠키를 내왔다고 말했다. 경관은 우리에게 그랬던 것처럼 닐슨 부부에게 모건이 죽던 날 저녁 무엇을 했는지 물었다.

나는 이어질 말을 기다리며, 내심 거실에 앉아 있던 노부부가 창문 너머로 어둠의 장막을 헤치고 베인스의 집으로 향하는 살인자를 목격했다는 이야기를 기대했다. 하지만 내 기대와 달리 경관은 이렇게 말했다.

"예상하시다시피 여든이 넘은 부부는 벌써 잠자리에 들었을 시간이었습니다."

나는 참았던 숨을 내쉬었다. 닐슨 부부는 아무것도 보지 못했다.

"이해가 잘 되지 않는데요, 경관님."

계기판을 바라보며 이제 슬슬 출발해야 된다는 생각을 했다.

"닐슨 부부는 자고 있었다…… 그래서요?"

잠이 들었다면 본 것도 들은 것도 없을 터였다.

"닐슨 부부에게도 지난 며칠 동안 평소와 달리 이상하다 싶은 것이 있었는지 물었습니다. 낯선 사람이 어슬렁거린다거나 눈에 익지 않은 차가 거리에 세워져 있는 것을 본 적이 있다거나요."

"네, 네."

우리에게도 했던 질문이었다. 다 안다는 듯 고개를 끄덕이며 답했다.

"그래서요?"

출근을 서둘러야 한다는 생각에 경관의 말을 재촉했다.

"마침 두 분이 평소와 다른 특이한 일을 목격했더군요. 전에는 한번도 본 적이 없었던 광경을요. 그곳에서 반평생을 살아온 부부의 말이니 새겨들을 만하죠."

경관은 태블릿의 스크린을 넘기며 닐슨 부부와 나눈 대화록을 찾았다.

경관은 지난주의 어느 오후를 내게 설명하기 시작했다. 12월 1일 금요일, 하늘이 맑고 구름 한 점 없는 날이었다. 쌀쌀한 날씨였지만 두꺼운 스웨터나 가벼운 재킷을 입으면 충분했다. 닐슨 부부는 오후 산책을 위해 길을 나섰고, 산책을 마친 뒤 집에 돌아가기 위해 가파른 경사로를 오르던 중이었다. 언덕길을 끝까지 오른 닐슨 씨는 베인스의 집 앞에 잠시 멈춰 숨을 골랐다. 닐슨 씨는 찬바람이 들지 않게 아내의 무릎 담요를 매만졌다고 경관이 설명했다. 그때, 무언가가 닐슨 씨의 주의를 끌었다. 여자 두 명이 서로 목청을 높여 싸우는 소리가 들렸지만 내용은 정확하게 들리지 않았다고 했다.

"많이 놀라셨겠네요."

내 말에 경관은 닐슨 씨가 크게 놀랐다고 전했다. 닐슨 씨가 여태껏 한번도 들어본 적 없는 고성이었다고. 닐슨 씨의 나이를 생각해보면 얼마나 대단한 싸움이었을지 상상이 갔다.

"하지만 그 일이 저랑 무슨 상관이죠?"

내가 묻자 경관은 다시금 태블릿을 읽어나갔다.

"닐슨 부부가 그곳에 머문 것은 아주 잠깐이었지만 마침 두 여성이 나무 그늘 밑에서 나와 모습을 드러낸 덕분에 닐슨 씨가 얼굴을 봤습니다."

"그게 누구였어요?"

나는 숨을 죽인 채 물었고, 그는 잠시 시간을 끌었다.

"베인스 부인."

경관이 말했다.

"그리고 당신이었죠."

경관은 태블릿에서 녹음 어플을 틀어 닐슨 씨의 목소리를 들려주었다.

"얼마 전에 이사 온 그 여의사 양반과 싸우고 있었어요. 둘 다 어찌나 화가 나 있던지 악을 쓰더군요. 내가 나설 새도 없이 의사 양반이 손으로 모건의 머리채를 잡아 뜯었어요. 우리는 그 길로 얼른 집에 들어왔습니다. 몰래 쳐다보고 있었다는 걸 알면 우리한테도 해코지를 할까 싶어서요."

경관은 음성파일을 멈추고 나를 바라보며 물었다.

"어떻게, 한번도 만난 적 없는 두 사람이 할 법한 싸움처럼 들럽니까?"

아무 말도 나오질 않았다. 대답을 할 수가 없었다. 도대체 왜, 닐슨 씨가 나를 음해하는 걸까?

버그 경관은 내게 말할 기회도 주지 않았다. 내 답변을 듣지도 않고 그가 입을 뗐다.

"잘 모르는 사람의 머리카락을 한 움큼 뽑는 일이 빈번하게 있습니까, 닥터 파우스트?"

물론 절대 아니다. 다만 말을 하고 싶지만 목소리가 나오지 않았다.

"아무 말씀도 하지 않으시니, 제 질문에 대한 답변은 아니라는 것으로 생각하겠습니다."

경관의 손이 차 문고리로 향했고 이내 거센 바람에 맞서 문을 힘껏 열어젖혔다.

"그럼 이만 가보겠습니다. 출근도 하셔야 하고요."

"저는 모건 베이스를 만난 적이 없어요."

경관이 차에서 내리기 전에 간신히 이 말만 내뱉었다. 겨우 웅얼거리는 소리 정도만 나왔지만.

경관은 어깨를 으쓱했다.

"예, 일단 알겠습니다."

이렇게 말하고는 빗속으로 걸음을 뗐다.

경관은 나를 믿는다고 말하지 않았다. 그가 어느 쪽인지는 굳이 말할 필요도 없었다.

마우스

옛날 옛적에 마우스라는 이름의 여자아이가 살고 있었다. 진짜 이름은 아니었지만 언젠가부터 아빠는 아이를 마우스라고 불렀다. 아이는 왜 아빠가 자신을 마우스라고 부르는지 이유를 몰랐다. 물어본 적도 없었다. 괜히 물어봤다가 아빠가 더 이상 별명을 부르지 않을까 봐 두려웠고, 아이는 그런 일이 벌어지는 게 싫었다. 아이는 아빠가 마우스라고 부르는 것이 좋았다. 이유는 모르지만, 두 사람만의 특별한 비밀 같았다.

마우스는 오랫동안 생각해봤다. 아빠가 왜 자신을 별명으로 부르는지 알 것도 같았다. 우선 자신이 치즈를 유난히 좋아해서인 것 같았다. 가끔씩 스트링 치즈를 길게 찢어 혀 위에 올려놓고 먹기도 했는데, 그렇게 치즈를 잘 먹으니 아빠가 자신을 마우스라고 부르는 거라고 생각했다.

혹시 아빠가 보기에 자신이 쥐를 닮아서일까. 어쩌면 코 아래 수염이 자라고 있는데, 아직은 짧아서 자신의 눈에는 보이지 않지만 아빠한테는 보이는 건가. 화장실로 달려간 마우스는 세면대 위로 올라가 얼굴을 거울에 바짝 들이밀고 수염을 찾았다. 한번은 돋보기를 입에 가까이 가져대고 거울을 본 적도 있지만 수염은 보이지 않았다. 아니면, 수염이 아니라 갈색 머리카락, 큰 귀, 큰 치아 때문일지도 몰랐다.

하지만 아무리 고민해도 정확한 이유를 찾을 수 없었다. 어떤 때는 외모 때문인 것 같았고, 또 어떤 때는 외모랑은 전혀 상관없는 이유로, 가령 저녁을 먹은 뒤 아빠와 가끔씩 먹는 살레르노 버터 쿠키 때문인 것 같기도 했다. 이 쿠키 때문에 아빠가 마우스라고 부르는 것일 수도 있다.

마우스는 세상 그 어떤 쿠키보다, 심지어 홈메이드 쿠키보다도 살레르노 버터 쿠키를 좋아했다. 가운데 구멍이 난 쿠키를 새끼손가락에 차곡차곡 쌓고 쥐가 나무를 갉아먹듯 쿠키 옆을 갉아먹고는 했다.

마우스는 보통 저녁 식사를 한 뒤 쿠키를 먹었다. 그러던 어느 날 저녁, 아빠가 빈 접시를 싱크대로 옮기느라 잠시 등을 보인 틈에 이따 밤에 자신이 혹은 테디 베어가 배가 고플 때를 대비해 쿠키 몇 개를 몰래 주머니에 챙겼다.

마우스는 주머니에 쿠키를 숨긴 채 식탁에서 일어나 방으로 올라가려고 했다. 쿠키가 작은 주머니 안에서 부서져 가루가 될 수도 있다는 것을 잘 알고 있었다. 하지만 마우스에게는 별 문제가 아니었다. 부스러기도 원래 쿠키처럼 맛이 좋기는 마찬가지였다.

하지만 쿠키를 갖고 도망가려다 현장에서 아빠에게 들키고 말았다. 아빠는 마우스를 혼내지 않았다. 아빠가 마우스에게 언성을 높이는 일은 거의 없었다. 마우스는 혼날 만한 행동을 하는 아이가 아니었다. 아빠는 벽 안에 몰래 음식을 숨기는 쥐처럼 방에 음식을 저장해두는 거냐고 마우스를 놀렸다. 하지만 과자를 숨기는 것 때문에 아빠가 자신을 마우스라고 부르는 것 같지는 않았다. 그 일이 있기 훨씬 전부터 마우스라고 불렀으니까.

마우스는 상상력이 뛰어난 아이였다. 이야기를 지어내는 것을 좋아했다. 절대로 종이에 적어놓지 않고 자신의 머릿속에만 담아둬서 다른 사람이 볼 수 없었다. 원하는 것은 무엇이든지 할 수 있는 마우스라는 이름의 아이가 이야기의 주인공이었는데, 산소나 중력 같은 골치 아픈 것 따위는 없었기 때문에 마우스가 원한다면 달에서 재주넘기도 할 수 있었다. 절대 죽지 않는 몸이라 두려운 것이 하나도 없었다. 무슨 짓을 하든 상상 속 마우스에게는 결코 나쁜 일이 벌어지지 않았다.

마우스는 그림 그리기를 좋아했다. 침실 벽에는 아빠와 마우스, 마우스와 테디 베어가 같이 있는 그림이 가득했다. 마우스는 상황극 놀이를 하고 놀았다. 오래된 집 2층에 딱 하나뿐인 방인 마우스의 침실에는 인형과 장난감, 동물 인형이 가득했다. 동물 인형은 모두 이름이 있었다. 마우스가 가장 좋아하는 인형은 미스터 베어라는 이름의 곰 인형이었다. 마우스가 갖고 있는 장난감 집에는 장난감 냄비와 팬과 음식이 갖춰진 주방이 있었다. 찻잔 세트도 있었다. 마우스는 줄무늬 러그 가장자리를 따라 인형을 둥글게 앉히고 작은 찻잔과 플라스틱 장난감 도넛을 나누어주며 노는 것을 좋아했다. 인형 친구들을 재우기 전 책장에서 책을 꺼내 읽어주기도 했다.

마우스가 인형 친구들과 놀지 않을 때도 있었다. 가끔씩 마우스는 침대 위에 서서 화산에서 분출된 뜨거운 용암이 방바닥에 흐르고 있다고 상상했다. 바닥을 밟았다가는 목숨을 잃을 수도 있었다. 이런 상상을 할 때면 마우스는 책상을 도피처로 삼아 침대에서 책상 위로 재빨리 도망가기도 했다. 다리가 곧 부러질 것처럼 흔들거리는 하얀 책상 위를 위태롭게 건너갔다. 마우스는 체구가 작았지만 책상이 워낙 낡고 약했다. 여섯 살짜리 여자아이의 무게를 감당할 수 없었다.

하지만 그리 염려할 일은 아니었다. 마우스는 이내 더러운 옷이 담겨 있는 세탁 바구니로 몸을 옮겼다. 바닥을 밟지 않기 위해 각별히 조심하며 세탁 바구니로 발을 뻗었고, 바구니 안에 몸을 숨기고 나서야 안도의 한숨을 내쉬었다. 바닥에 놓여 있었지만 그래도 세탁 바구니는 안전한 곳이었다. 바구니는 티타늄 소재라 용암이 공격할 수 없기 때문이다. 티타늄이 녹지 않는 것을 마우스도 잘 알고 있었다. 마우스는 똑똑한 아이였다. 주변의 또래 친구들보다 똑똑했다.

바구니 안에서 마우스는 용암 파도를 타며 용암이 차갑게 식어 땅에 발을 디뎌도 안전할 때까지 기다렸다. 땅이 딱딱하게 굳고 나면 바구니에서 씩씩하게 걸어나와 러그에 앉아 있는 미스터 베어와 인형 친구들에게 돌아갔다.

언제 들어갔는지 모르게 자신의 방으로 가서 하루종일 놀고 있는 마우스를 보고 아빠가 쥐 죽은 듯이 조용하게 움직인다고 했는데, 어쩌면 그래서 아빠가 마우스라고 부르는 건지도 몰랐다. 그래도 진짜 이유는 알 수 없었다. 하지만 한 가지는 확실했다. 가짜 엄마가 이 집에 오기 전까지는 마우스란 이름을 좋아했다는 사실이다. 가짜 엄마가 온 이후로는 마우스라는 별명이 싫어졌다.

세이디

진료소 로비 바닥에 앉아 있었다. 내 앞에는 진료를 기다리는 아이들이 가지고 노는 유아용 액티비티 테이블이 있고, 바닥에는 어두운색의 값싸고 얇은 카펫이 깔려 있다. 나일론 소재의 카펫은 지금처럼 가까이 들여다보지 않으면 눈에 잘 띄지 않는 얼룩과 더불어 군데군데 올이 풀려 있었다.

양반다리를 하고 바닥에 앉은 내 앞에는 도형 맞추기 놀이가 있었다. 하트 모양의 블록을 집어 똑같은 모양의 구멍에 밀어넣었다.

테이블 맞은편에는 어린 여자아이가 앉아 있었다. 언뜻 보기에는 네 살쯤 되어 보였다. 양 갈래 삐삐머리가 삐뚤어졌다. 금발 머리카락 몇 가닥이 삐져나와 있었다. 얼굴로 흘러내린 머리카락이 눈을 가렸지만 아이는 굳이 머리카락을 정리하려 들지 않았다. 빨간색 맨투맨 티를 입고 있었다. 신발은 짝이 맞지 않았다. 한쪽은 검정 에나멜 메리제인 구두를, 다른 한쪽은 검은색 플랫슈즈를 신었다. 충분히 헷갈릴 법했다.

다리가 쑤시기 시작했다. 다리를 풀고 서른아홉 살의 몸에 부담이 덜 가는 자세로 바꾸어 앉았다. 대기실 의자에 앉을까 생각했지만 테이블 건너편의 아이가 내게서 무언가를 기대하는 듯 날 빤히 쳐다보고 있어 일어날 수가 없었다.

"해요."

아이가 묘하게 웃으며 말했다.

"뭘 해?"

잠긴 목소리가 나왔다. 목을 가다듬고 다시 물었다.

"뭘 해?"

이제야 원래 내 목소리가 나왔다.

바닥에 앉아 있어 몸이 뻐근했다. 다리도 아팠다. 두통도 있었다. 몸에서 열감이 느껴졌다. 어젯밤에 한숨도 자지 못한 대가를 톡톡히 치르고 있었다. 몸은 피곤했고 머리는 멍했다. 오늘 아침 버그 경관과 나눈 대화로 인해 신경이 곤두선 탓에 안 그래도 힘든 하루가 더욱 최악으로 치닫고 있었다.

"해요."

여자아이가 재차 말했다. 내가 아무것도 하지 않고 가만히 쳐다보고만 있자 아이가 다시 말했다.

"선생님 차례예요."

아이는 R 발음을 모두 W로 내었다.

"내 차례라고?"

놀라 되묻자 아이가 답했다.

"네, 선생님이 레드잖아요. 기억 안 나요?"

아이는 레드를 제대로 발음하지 못했다. 웨드라고 말했다. 웨드 잖아요, 기억 안 나요?

나는 고개를 저었다. 도무지 기억이 나질 않는 걸 보니 정신 이 다른 곳에 팔려 있었던 것 같다. 무슨 말인지 선뜻 이해하지 못하는 내게 아이는 비즈 롤러코스터 위 빨간색 나선형 선을 따 라 위아래로 움직이게 되어 있는 빨간색 구슬을 가리켰다.

"아."

앞에 있는 빨간색 목제 구슬에 손을 뻗었다.

"알겠어. 빨간색 구슬로 어떻게 하는 건데?"

콧물을 흘리고 열에 들뜬 듯 눈을 게슴츠레하게 뜨는 아이에 게 물었다. 아이가 왜 이곳에 와 있는지 고민할 필요도 없었다. 아이는 환자였다. 내게 진료를 받으러 온 것이었다. 아이는 입 을 가리지 않고 기침을 심하게 해댔다. 어린아이들은 항상 입을 가리지 않고 기침을 한다.

"이렇게 하면 돼요."

병균투성이인 더러운 손으로 일렬로 놓인 노란색 목제 구슬 을 잡고는 노란색 나선형 선을 따라 밀었다.

"이렇게요."

구슬을 끝까지 옮기고 나서야 손을 뗐다. 아이는 허리에 손을 얹고 다시금 기대에 찬 눈으로 나를 바라봤다.

나는 아이를 향해 미소 짓고는 빨간색 구슬 기차를 밀기 시작했다.

구슬을 얼마 움직이지도 못했는데 뒤에서 누군가가 나를 부르는 것이 들렸다.

"닥터 파우스트."

누가 들어도 짜증이 잔뜩 묻은 여자 목소리였다.

"여기서 뭐 하고 계세요, 닥터 파우스트?"

허리를 곧게 편 채 단호한 표정의 조이스가 뒤에 서 있었다. 조이스는 11시 예약환자가 3번 진료실에서 기다리고 있다고 말했다. 천천히 몸을 일으키고 뻐근한 다리를 풀었다. 왜 바닥에 앉아서 아이와 놀 생각을 했던 건지 기억이 나지 않았다. 아이에게 이제 일하러 가야 한다고 말했다. 다음에 또 놀자고 말했더니 아이가 수줍게 웃었다. 좀 전에는 수줍어하지 않았는데. 아이의 태도가 변한 것이 어쩌면 내 키 때문이 아닐까 생각했다. 일어나니 아이처럼 1미터 남짓의 눈높이가 아니었다. 아이의 눈에 나는 다른 사람이 되어 있었다.

아이가 엄마에게 달려가 엄마의 무릎을 두 팔로 꼭 안았다.

"참 예쁜 아이네요."

아이 엄마는 내게 함께 놀아줘서 고맙다고 인사했다.

대기실은 환자로 가득했다. 조이스를 따라 문을 나선 뒤 복도로 걸음을 내딛었다. 하지만 진료실이 아닌 반대편 방향에 있는 탕비실로 향했다. 정수기에서 물을 한 잔 따라 마시며 잠시 숨을 골랐다. 몸이 피곤했다. 배도 고팠다. 두통 또한 여전했다.

조이스가 탕비실로 들어와 내게 환자가 기다리고 있는데 물을 마실 정신이 있냐는 눈초리를 보냈다. 그녀가 날 바라볼 때마다 나를 좋아하지 않는다는 걸 느낄 수 있었다. 왜 날 싫어하는지는 모르겠다. 미움을 살 만한 행동을 한 적이 없다. 시카고에서 있었던 일 때문에 나를 싫어하는 것은 아닐 거라고, 조이스가 그곳에서의 일을 알 리가 없다고, 나 자신에게 말했다. 그럴 리 없다고, 내가 병원을 그만두고 나왔으니 시카고에서 있었던 일은 그걸로 끝이었다. 과실치사로 파면당하지 않으려면 그 방법밖에 없었다. 내가 다시 응급의학과에서 일하게 될지는 잘 모르겠다. 내 경력까지는 아니더라도 자존심에는 오점을 남긴 사건이었다.

진료실에 곧 가겠다고 말했지만 짙은 녹색 수술복에 간호화를 신은 조이스는 허리에 손을 얹고 나를 지켜보고 서 있었다. 불만스러운 얼굴을 한 조이스 뒤로 벽시계에 찍힌 빨간색 숫자가 오후 1시 15분을 가리키고 있는 것이 그제야 눈에 들어왔다.

"어머."

이상하다는 생각이 들었다. 환자 예약 시간에 이렇게나 늦는 것은 말도 안 되는 일이었다. 환자들에게 친절한 편이었고, 환자에게 시간을 많이 들이기도 했지만 이렇게까지 밀릴 정도는 아니었다. 내 시계가 느린 탓에 진료에 늦은 거라고 생각하며 손목을 내려다봤다. 하지만 벽시계의 시각과 완벽하게 일치했다.

가슴 깊은 곳에서부터 불만이 차올랐다. 실수로 진료 예약을 너무 많이 잡은 엠마 때문에 오후 내내 나는 정신없이 밀린 환자를 봐야 할 거고, 엠마 본인은 물론 조이스, 환자, 나 모두 고

생할 터였다. 하지만 그중에서도 가장 시달릴 사람은 물론 나일 것이다.

*

진료소에서 집까지는 멀지 않았다. 면적이 가로세로 2킬로미터 남짓인 작은 섬이었고, 다시 말해 오늘같이 기분이 별로인 날에는 집에 들어가기 전 기분을 환기할 만한 여유가 없다는 뜻이었다. 잠시 나만의 시간을 갖고 마음을 정리하기 위해 천천히 차를 몰며 괜스레 동네를 한 바퀴 돌았다.

지리상 북쪽에 위치한 이곳은 밤이 일찍 찾아온다. 이맘때 해가 떠 있는 시간은 고작 아홉 시간뿐, 오후 4시가 넘으면 해가 지기 시작해 시시각각 하늘이 점차 어스름하게 어둠에 물든다. 벌써 하늘이 어두워지기 시작했다.

이 동네 사람들과는 대부분 안면이 없다. 몇몇은 지나가며 얼굴을 본 적이 있지만, 늦가을에서 초겨울이 되는 이 시기면 사람들은 보통 집 안에만 머무는 경우가 많아 한번도 본 적 없는 이웃들도 많다. 우리 바로 옆집은 여름별장으로 사용하는 집이다. 이맘때면 아무도 살지 않아 빈집이 된다. 윌이 어디선가 듣고 내게 전해준 이야기에 따르면 집주인은 가을이 되면 곧장 본토로 떠나고 겨울 동안은 비워둔다고 했다. 지금 생각해보니 이런 집은 아무나 침입할 수 있어 살인자가 숨어 지내기에 최적의 장소가 될 것 같았다.

차를 몰며 옆집을 살피니 항상 그렇듯 실내가 어두웠다. 하지만 저녁 7시가 되면 불이 켜질 것이다. 타이머로 설정되어 있다. 자정쯤에는 불이 꺼진다. 빈집털이범의 접근을 막고자 타이머를 작동시켜둔 것이지만 너무나 규칙적인 시간에 불이 켜지고 꺼지는 터라 제 역할을 할지 의문이었다.

우리 집을 지나쳐 언덕을 올랐다. 지나가며 본 베인스의 집은 불이 꺼져 있었다. 바로 맞은편 닐슨 집에서는 두꺼운 커튼 사이사이로 희미한 불빛이 새어 나왔다. 닐슨 집 앞에 정차한 뒤 집 정면으로 난 커다란 창을 바라봤다. 진입로에는 닐슨 씨의 낡은 세단이 주차되어 있었다. 굴뚝에서 나온 연기가 겨울 밤하늘로 사라졌다. 집에 사람이 있다는 뜻이다.

진입로로 들어가 차를 세우고 현관문을 노크한 뒤 버그 경관이 들려준 이야기에 대해 직접 묻고 싶은 마음도 있었다. 모건이 죽기 며칠 전 나와 다툼을 벌이는 것을 봤다고 한 의도가 무엇인지 말이다. 하지만 너무 건방지게, 어쩌면 위협적으로까지 보일 수 있고, 닐슨 씨에게 그런 모습을 보여서 좋을 것이 없다는 사리판단 정도는 할 수 있었다.

동네를 한 바퀴 돈 뒤 집으로 향했다. 얼마 뒤, 홀로 주방에 들어가 팬 뚜껑을 슬쩍 열고 윌이 만든 저녁 식사 메뉴를 살폈다. 폭 찹 요리였다. 냄새가 상당히 좋았다.

신발도 아직 벗지 않고 가방도 내려놓지 않은 채였다. 가방이 무거웠다. 가방끈이 어깨에 깊이 파고들었지만 지금 당장 배가 너무 고파 가방이 무거운 줄도 몰랐다. 정신없이 바빠 점심 먹을 시간도 낼 수가 없었던 터라 배가 고파 죽을 지경이었다.

아무런 말도 없이 윌이 주방으로 조용히 들어와 등 뒤에서 나를 안았다. 턱을 내 어깨에 기대었다. 따뜻한 손을 내 허리에 둘렀다. 기타 줄을 튕기듯 엄지손가락으로 내 배꼽을 위아래로 간질였다. 윌의 손길에 몸이 긴장했다.

"오늘 하루 잘 보냈어?"

그가 물었다.

그가 지금처럼 나를 감쌌을 때 안전하고 보호받는 기분, 사랑받는 기분을 느꼈던 적이 있었다. 순간 몸을 돌려 그를 바라보며 힘들었던 오늘 하루를, 버그 경관과의 대화를 털어놓고 싶다는 유혹이 일었다. 그가 어떻게 나올지 머릿속에 그려졌다. 윌은 내 머리를 쓰다듬고 내 어깨에 매달려 있는 무거운 가방을 바닥에 대신 내려놔 줄 것이다. 많이 힘들었겠다라며 위로의 말을 해주고는 와인 한 잔을 따라주겠지. 윌은 다른 남자들처럼 문제를 해결해주려 들지 않는다. 대신 주방 벽에 놓인 등받이 의자에 나를 앉히고 와인을 건넬 것이다. 바닥에 앉아 내 신발을 벗기고 발 마사지를 해줄 것이다. 그러고는 내 이야기에 가만히 귀를 기울여주겠지.

하지만 윌에게 털어놓을 수 없었다. 카운터에 놓인 범죄 소설이 눈에 들어왔고, 지난 밤 일이 순식간에 떠올랐다. 내가 서 있는 곳에서 책장 사이로 살짝 삐져나온 에린의 사진 끝자락이 보였고, 사진 속 얼굴이 보이진 않았지만 그녀의 파란 눈과 금발 머리카락, 둥근 어깨선이 눈에 선연했다. 두 팔을 허리에 얹은 가냘픈 체형의 여자가 불만스런 얼굴로 자신의 사진을 들여다보고 있는 사람을 향해 도발적인 표정을 지어 보이고 있었다.

"무슨 일 있었어?"

사진에 대한 이야기를 하기에는 지금 너무 피곤한 상태라 그냥 별일 없었어라고 말하고 자리를 벗어날까 싶어 잠시 망설였지만, 결국 입을 뗐다.

"어젯밤에 당신 책을 좀 들춰봤어. 잠이 안 오더라고."

카운터 위에 놓인 책으로 눈짓했다.

월은 내 말뜻을 파악하지 못했다. 그는 내게서 몸을 떼고 저녁 식사 준비를 시작했다.

"그랬어? 책 어땠어?"

이렇게 물으며 몸만 살짝 내 쪽으로 틀었다.

"글쎄."

대답을 머뭇거렸다.

"사실 책을 읽지는 못했어. 책을 펼쳤는데 에린 사진이 떨어지더라고."

뭔가 잘못을 저지른 사람처럼 민망한 기분이 들었다.

그제야 그는 집게를 내려놓고 나를 바라봤다.

"세이디."

내 쪽으로 다가오는 월에게 말했다.

"괜찮아. 별일 아냐."

최대한 감정을 절제하려 애를 썼다. 에린은 이미 죽은 여자였다. 월이 여태 그녀의 사진을 가지고 있다고 해서 대놓고 화를 내거나 질투할 수는 없었다. 그래선 안 되는 일이다. 더욱이 내가 신경 쓸 만큼 대단한 일도 아니다. 나 역시도 고등학교 때 남자친구를 사귀었다. 남자친구가 대학에 입학하며 헤어졌다. 그가 죽은 것은 아니지만 그것과 다름없을 정도로 연락이 완전히 끊어졌다. 그 친구를 떠올린 적은 단 한 번도 없었다. 길에서 마주치더라도 몰라볼 것 같았다. 월은 나와 결혼했다고 다시금 상기했다. 나와 함께 아이를 낳아 기르고 있다고.

손을 내려다봤다. 내 손에 낀 이 반지가 한때 에린의 것이었다 해도 상관없었다. 집안의 가보로 내려오던 반지라 월의 엄마는 에린과 함께 관 속에 묻는 것을 허락하지 않았다. 월이 내게 반지를 줄 때 솔직하게 말해주었다. 에린에게 주었던 반지였다고 모든 것을 털어놓았다. 당시 나는 월의 할머니와 에린을 기리며 이 반지를 끼겠다고 그에게 약속했다.

"그냥."

속에 감춰진 사진이 보이는 양 책을 응시했다.

"그냥, 당신이 아직도 사진을 갖고 다니는 줄은 몰랐어. 여전히 에린을 생각하는 줄 몰랐어."

"그런 거 아니야. 그런 적 없어. 내 말 좀 들어봐."

월이 내 손을 잡았다. 그러고 싶은 마음이 굴뚝 같았지만 손을 빼내지 않았다. 그의 손을 물리고 상처 입은 채로 머물고 싶었다. 마음이 아팠다. 하지만 가능한 이해해보려고 노력했다.

"에린의 사진을 갖고 있는 것은 맞아. 이삿짐 정리하다 나온 거야. 이 사진을 어떻게 처리해야 할지 모르겠어서 그냥 책에 끼워둔 것뿐이야. 당신이 생각하는 그런 게 아니야. 얼마 전에 다음 달이면 20주기가 되는구나 하는 생각이 문득 들었어. 에린이 죽은 지 벌써 20년이 지났네. 그렇게 생각한 게 다야. 에린 생각은 거의 안 해, 세이디. 에린을 떠올리며 마음이 아프고 그런 게 아니라, 세상에, 20년이나 되었다니, 이런 느낌이야."

잠시 멈춘 그는 머리를 쓸어 넘기며 말을 골랐다.

"20년 전에 난 지금과 다른 남자였어. 남자도 아니라 그냥 애였지. 에린과 내가 잘되어서 정말 결혼까지 했다 해도 결과는 좋지 않았을 거야. 머잖아 우리가 너무 한심했다는 자각이 들었겠지. 너무 철이 없었다고 말이야. 에린과 나는 그저 어린 시절 풋사랑 같은 거였어."

내 가슴과 자신의 가슴을 한 번씩 손가락으로 톡톡 두드리며 나를 바라보는 월의 눈빛이 너무도 강렬한 나머지 시선을 돌렸다.

"당신과 나, 우리가 지금 공유하고 있는 거, 이게 진짜 결혼생활이라고."

월이 나를 끌어당겨 안았고, 이번만은 그가 하는 대로 두었다.

내 귓가에 월이 입술을 대고 속삭였다.

"당신이 믿을지 모르지만, 신께 얼마나 감사했는지 몰라. 그런 일이 없었다면 당신을 만나지 못했을 테니까."

뭐라 할 수 있는 말이 없었다. 나까지 에린이 죽어서 다행이라고 말할 수는 없으니까. 그런 말을 한다면 내가 너무 나쁜 사람이 아닐까?

잠시 뒤 그에게서 몸을 떼었다. 윌은 가스레인지 앞으로 돌아갔다. 집게로 팬 속 돼지고기를 뒤집었다. 그에게 방에 올라가 옷을 갈아입고 오겠다고 말했다.

거실에는 테이트가 앉아 낡은 커피 테이블 위에 레고로 무언가를 만들고 있었다. 아이에게 인사를 하자 자리에서 일어나 내 다리를 껴안았다.

"엄마다!"

같이 놀자고 조르는 아이에게 말했다.

"저녁 먹고. 엄마 옷부터 갈아입어야 해."

하지만 아이는 내 손을 잡아당기며 길을 막았다.

"조각상게임, 조각상게임."

테이트가 말하는 조각상게임이 뭔지 알아들을 수 없었다. 자꾸 매달리는 아이를 상대하기에는 너무 피곤했다. 일부러 그런 것은 아니겠지만 아이는 힘이 셌다. 손이 아팠다.

"테이트, 살살해야지."

아이의 손을 물리자 입을 삐죽거렸다.

"조각상게임 하고 싶어."

칭얼대는 아이에게 말했다.

"같이 레고 하자. 저녁 먹고 나서. 약속할게."

아이가 성문과 뾰족한 탑까지 세워 완성한 성이 눈에 들어왔다. 굉장한 작품이었다. 탑 위에는 성 주변을 감시하는 미니 피규어가 앉아 있었고, 다른 피규어 세 개는 커피 테이블에서 공격 대기 중이었다.

"이거 다 혼자 만든 거야?"

내 질문에 그렇다고 대답한 아이는 위층으로 올라가는 나를 향해 뿌듯하게 웃어 보였다.

집 안은 어두웠다. 창문이 적게 난 집이라 채광이 부족한 탓도 있지만 오래된 목재로 실내가 꾸며져 있어 더욱 어두워 보였다. 음울한 분위기이다. 특히나 오늘같이 우울한 날에는 기분 전환에 하등 도움이 되지 않는 인테리어였다.

오토의 방 문이 조금 열려 있었다. 늘 그렇듯 오토는 음악을 들으며 숙제를 하고 있었다. 노크를 한 뒤 아이에게 인사를 건넸다.

"다녀오셨어요."

말하는 아이를 보며 등굣길은 어땠는지, 페리를 타는 내내 그리고 페리에서 내려 스쿨버스를 기다리는 동안 비를 쫄딱 맞았을 텐데 옷이 다 젖은 채로 하루 종일 학교에 있었는지, 점심을 같이 먹을 친구는 있는지 묻고 싶었다. 물을 수는 있겠지만 대답을 듣고 싶지 않다는 것이 솔직한 내 심정이었다. 사람들 말처럼 모르는 게 약일 때도 있다. 이모젠의 방 문도 살짝 열려 있었다. 문틈으로 들여다봤지만 방에 아무도 없었다.

침실로 들어왔다. 전신거울 속에는 포플린 셔츠와 스커트 차림에 피로에 잔뜩 시달린 눈을 한 내가 서 있었다. 화장은 거의 다 지워졌다. 지친 기색이 역력한 얼굴은 잿빛이었다. 어쩌면 실내가 어두워서인지도 몰랐다. 웃을 때 생기는 잔주름이 날이 갈수록 깊어졌다.

끔찍히도 싫어하는 충동적인 헤어컷 이후 다시 원래의 기장으로 자란 머리를 보며 그나마 위안을 삼았다. 항상 머리끝만 다듬으며 비슷한 길이를 유지했다. 그러던 중 오래 알고 지낸 스타일리스트가 10센티미터나 싹둑 잘라버렸다. 후두둑 머리카락이 미용실 바닥으로 떨어지는 것을 보며 황당한 얼굴로 스타일리스트를 바라봤다.

왜요? 스타일리스트는 나처럼 두 눈을 크게 뜨고 물었다. 세이디, 이렇게 잘라달라고 했잖아요.

괜찮다고 했다. 그냥 머리인데요, 뭘. 금방 다시 자랄 거예요.

너무 미안해하지 않길 바라는 마음이었다. 그저 머리카락일 뿐이다. 머리는 다시 자라기 마련이다. 하지만 만약 이사를 하지 않았더라면 새로운 스타일리스트를 찾았으리라.

손으로 하이힐을 잡아채 벗기고는 물집 잡힌 발을 내려다봤다. 치마를 벗어 세탁 바구니에 던졌다. 두툼한 양말을 신고 편안한 잠옷 바지로 갈아입은 뒤 아래층으로 내려가며 벽에 붙은 온도계를 확인했다. 집이 낡아 오들오들 떨리게 춥거나 몸이 타들어갈 듯 덥거나 둘 중 하나였다. 보일러가 제대로 작동하지 않았다. 온도를 조금 높였다.

윌은 주방을 정리하고 있었다. 밀가루와 옥수수전분 가루를 보관장에 넣고 다 쓴 팬은 싱크대로 옮겼다. 윌이 아이들을 불렀다. 다 함께 식탁에 둘러앉아 저녁을 먹었다. 저녁 메뉴는 돼지고기 요리와 시금치를 곁들인 쿠스쿠스였다. 윌의 음식 솜씨는 나보다 훨씬 나았다.

"이모젠은?"

월은 이모젠이 친구와 함께 스페인어 시험공부를 하러 나갔다고 했다. 저녁 7시면 집에 들어올 거라고 덧붙였다. 미심쩍은 얼굴로 월에게 말했다.

"너무 믿지는 마."

이모젠이 약속을 지킨 적은 거의 없었다. 아주 가끔씩 우리와 저녁을 함께 먹었다. 식사를 함께할 때도 우리보다 5분은 늦게 식탁에 앉고는 했다. 그래도 되니까. 아무도 뭐라고 하지 않으니까. 자기 마음대로 월이 만든 저녁을 먹고 싶을 때는 먹고, 내키지 않을 때는 굶었다. 함께 밥을 먹는다 해도 늦게 앉아 일찍 자리를 뜨는 것으로 자신에게 허락된 자유를 마음껏 누렸다.

오늘 저녁 식사에 등장조차 하지 않은 이모젠을 떠올리며 정말 친구와 공부를 하고 있는지, 어쩌면 아이들이 모여 술을 마시고, 약을 하고, 섹스를 한다고 소문이 자자한 섬 끝의 버려진 군사시설에서 친구들과 놀고 있는 것은 아닌지 생각했다.

이모젠에 대한 생각은 우선 접기로 했다. 대신 오토에게 오늘 잘 보냈느냐고 물었다. 아이는 어깨를 으쓱하며 대답했다.

"네, 뭐. 그런 것 같아요."

월이 오토에게 물었다.

"과학 시험은 잘 쳤어?"

월이 정지마찰과 운동마찰에 대한 내용을 물었다.

"시험 칠 때 다 기억났어?"

오토는 대충 그랬던 것 같다고 했다. 월이 손을 뻗어 오토의 머리를 헝클었다.

"장하다. 공부한 보람이 있네."

덥수룩한 머리가 오토의 눈을 가렸다. 머리가 너무 자라 지저
분해졌다. 머리카락 때문에 눈이 보이지 않았다. 윌을 닮아 녹
갈색인 오토의 눈은 따뜻한 갈색처럼 보였다가도 순식간에 청
명한 하늘색으로 비치기도 했지만, 오늘 저녁에는 어떤 색인지
보이지 않았다.

대화는 보통 테이트의 학교생활 이야기로 채워졌다. 살인자
가 아직 검거되지 않아 부모들이 아이를 학교에 보내지 않는 것
이 좋겠다고 판단한 탓에 테이트의 반 아이들 절반이 결석이었
다. 물론 테이트는 친구들이 왜 학교에 안 나오는지 모른다.

맞은편에 앉은 오토가 스테이크용 나이프로 돼지고기를 써
는 모습을 바라봤다. 나이프를 쥔 모양이나 고기를 써는 모습이
왠지 모르게 거칠고 잔인했다. 부드럽고 촉촉하게 요리된 고기
였다. 익힘 정도도 완벽했다. 나이프만 슬쩍 밀어 넣어도 쉽게
썰렸다. 하지만 오토는 너무 익혀 질기고 딱딱한 고기를 자르는
것처럼, 스테이크용 나이프 톱날도 들어가지 않는 고기를 대하
듯 칼에 힘을 잔뜩 주었다.

아이의 손에 들린 나이프를 보니 식욕이 사라졌다.

"배 안 고파?"

내가 저녁 식사를 멈추자 윌이 물었다. 그의 말에 별다른 대
꾸를 하지 않았다. 포크를 손에 쥐고 돼지고기 한 조각을 집어
입에 넣었다. 순식간에 예전 기억이 몰려들었고, 음식을 씹어

넘기기가 어려웠다. 하지만 월도, 테이트도 나를 바라보고 있어서 입안의 음식을 먹어야 했다. 테이트는 돼지고기 요리를 좋아하지 않지만 우리 집에는 무슨 요리든 세 번은 반드시 먹어야 하는 규칙이 있다. 세 입을 먹으면 더 이상 먹지 않아도 된다. 테이트는 이제 겨우 한 입을 먹었다. 하지만 오토는 나무를 베는 나무꾼처럼 나이프 톱날로 고기를 거칠게 썰며 열심히 먹어댔다.

전에는 칼에 대해 그다지 심각하게 생각해본 적이 없었다. 내게는 그저 식기류의 하나일 뿐이었다. 하지만 시카고에서 오토가 다니던 공립 고등학교에서 연락을 받고 월과 함께 교장실을 찾아갔을 때 수갑을 찬 채 우리를 등지고 앉은 오토를 마주했고, 그날 이후로 칼이 불편해졌다. 범죄자처럼 손을 등 뒤로 모아 수갑을 찬 내 아들을 보니 심장이 멎는 것 같았다. 교장 선생님이 월에게 연락해 학교에 문제가 생겼고, 부모님과 상담을 해야 한다고 전했다. 나는 응급실 업무를 중단하고 병원에서 나왔다. 월과 학교에서 만나기로 하고 차를 몰고 가던 나는 오토의 성적이나 우리가 미처 발견하지 못했던 학습장애 같은 문제일 거라고 예상했다. 오토에게 난독증이 있는지도 모른다고 생각했다. 그게 무엇이든, 오토에게 어떤 문제가 있을지도 모른다고 생각하니 마음이 아팠다. 어떻게든 아이를 돕고 싶었다.

학교 외부에 세워져 있던 순찰차를 지나쳤다. 그때만 해도 오토 때문에 온 거라고는 상상조차 하지 못했다.

수갑을 찬 채 앉아 있는 오토를 본 순간 내 아이를 지켜야 한다는 모성 본능이 강하게 일었다. 이토록 분노가 치민 적은 처음이었다. 지금 당장 수갑을 푸세요. 이럴 권한이 없습니다. 매섭게 따졌지만 경찰이 수갑을 바로 풀었는지는 기억이 나질 않는다. 경찰관은 고개를 푹 숙인 채 바닥만 뚫어져라 바라보고 있는 오토에게서 고작 몇 걸음 떨어진 곳에 서 있었다. 오토의 두 팔이 등 뒤로 불편하게 묶여 있어 똑바로 앉을 수가 없었다. 의자에 앉아 있는 오토가 너무도 작아 보였다. 무력하고 나약해보였다. 열네 살이었지만 이맘때 또래 남자아이들이 경험하는 급격한 신체 성장이 아직 오토에게 찾아오지 않았다. 다른 아이들보다 머리 하나는 작았고, 보통 아이들의 반밖에 되지 않는 비쩍 마른 체형이었다. 윌과 내가 있었지만 오토는 외로워 보였다. 완벽히 혼자였다. 누구라도 그 아이의 외로움을 읽어낼 수 있었다. 가슴이 찢어질 듯 아팠다.

교장은 커다란 책상 반대편에 근엄한 얼굴로 앉아 있었다. 파우스트 씨, 파우스트 부인. 교장이 이렇게 말하며 자리에서 일어나 악수를 청했지만 우리 둘 다 무시했다.

닥터요. 호칭을 정정했다. 옆에 서 있던 경찰관이 헛웃음을 지었다.

책상 한쪽 귀퉁이에 증거물품이 담긴 봉투가 있었는데, 얼마 지나지 않아 그 안에 든 것이 칼이라는 사실을 알게 되었다. 그냥 일반 칼이 아니라 윌이 아끼는 주방 조리용 칼 세트에 꽂혀 있는 20센티미터짜리 식칼. 아침 주방 카운터 위에 있던 칼 세트 중 사라진 하나였다.

교장은 오토가 가방에 칼을 숨겨 학교에 가져왔다고 우리에게 설명했다. 다행스럽게도 한 학생이 칼을 보고 선생님에게 알린 덕분에 큰 사고가 나기 전 경찰을 불러 오토를 저지했다고 덧붙였다.

교장의 말을 듣는 내내 단 하나의 생각만 머릿속에 가득했다. 친구들 앞에서 수갑을 차다니 오토가 얼마나 민망했을까. 경찰의 손에 이끌려 교실을 나설 때 얼마나 부끄러웠을까. 오토가 학교에 칼을 가져가거나 친구들에게 칼로 위협을 가하는 아이라는 생각은 전혀 할 수 없었다. 그저 실수였다. 나와 윌은 그저 끔찍한 실수 하나로 아이가 모욕을 당한 것 같아 울분을 참을 수 없었다.

오토는 내성적이고 순한 아이였다. 시끄럽고 요란하게 행복을 드러내고 표현하진 않았지만 나름 행복한 아이였다. 비록 다섯 명 정도였지만 그래도 어울리는 친구들도 있었다. 교칙을 잘 지키고, 학교에서 단 한번도 문제를 일으킨 적이 없는 아이였다. 학교에서 벌을 받은 적도 없었고, 오토 일로 학교에서 연락이나 호출을 받은 적도 없었다. 그럴 만한 일을 벌이지 않는 아이였다. 때문에 오토가 학교에 칼을 들고 가는 행동을 저질렀다는 것은 정말 믿을 수 없는 일이었다.

칼을 자세히 들여다본 윌은 본인 것이라고 말했다. 그러고는 별로 대수롭지 않다는 듯 상황을 무마하려고 했다. 유명한 칼이잖아요. 집집마다 있을 겁니다. 하지만 우리 집 칼이 맞다는 것을 깨달은 순간 그의 얼굴에 스친 충격과 공포는 누구도 부인할 수 없었다.

오토가 울기 시작했다. 도대체 무슨 생각이었어? 윌이 아이의 어깨를 부드럽게 어루만지며 나지막하게 물었다. 알 만한 녀석이 이게 뭐야. 왜 이렇게 어리석은 짓을 했어.

윌도 울고 있었다. 눈가가 젖지 않은 사람은 나뿐이었다.

오토가 훌쩍거리며 알아듣기 힘든 말로 대략적으로나마 설명해준 바에 따르면 봄부터 학교폭력의 대상이 되어 시달렸다고 했다. 얼마 지나면 괜찮아질 거라 생각했지만, 8월에 학교에 돌아오니 상황은 더욱 악화되어 있었다. 학교에서 잘나가는 몇몇 남자아이들이 오토가 같은 반 학생에게 관심이 있다고 몰아갔다고 했다. 상대는 남학생이었다. 삽시간에 소문이 퍼졌고, 하루도 채 지나지 않아 오토는 호모, 퀴어, 동성애자 딱지가 붙었다. 멍청한 호모 자식, 죽어라 호모야, 죽으라고. 아이들이 오토에게 한 말이었다.

오토는 반 아이들이 자신을 어떻게 불렀는지 줄줄 읊어댔다. 정신없이 말하던 오토가 잠시 숨을 고르자 그제야 교장은 구체적으로 누가 그런 말을 했는지, 오토가 이런 말을 듣는 것을 직접 듣거나 본 아이가 있는지, 아니면 그저 증거나 증인은 없고 단순한 장난이나 오해에서 비롯된 것은 아닌지 물었다. 교장이 오토의 말을 믿지 않는다는 것만은 분명했다.

오토가 설명을 계속했다. 그런 식의 놀림이 다가 아니라고 했다. 신체적 협박과 위협도 있었다. 아이들이 남자 화장실에서 오토를 밀치거나 사물함에 밀어넣는 식이었다. 사이버 폭력도 있었다. 오토의 사진을 찍어 이상하게 포토샵을 한 뒤 인터넷에 유포했다.

억장이 무너지고 분노가 치밀었다. 오토에게 이런 짓을 한 아이들을 찾아내 그 작은 목을 내 손 안에 넣고 비틀어버리고 싶었다. 혈압이 치솟았다. 오토가 앉은 의자의 등받이를 꽉 쥐며 마음을 진정시키려 했지만 머리며 가슴이 쿵쾅거렸다. 오토를 괴롭힌 애들은 어떻게 되는 거죠? 당연히 처벌을 받아야죠. 그냥 넘어가서는 안 됩니다. 교장에게 따지듯 물었다.

교장은 이상한 대답을 내놓았다. 오토가 누가 그랬는지 알려준다면 직접 그 아이들을 불러 이야기하겠습니다. 아이의 얼굴에 난감한 표정이 스쳤다. 오토는 말하지 않을 것이다. 교장에게 이른다면 지금보다 훨씬 견디기 힘든 상황이 펼쳐질 테니까.

왜 진작 말하지 않았어? 윌은 오토 옆에 쪼그려 앉아 시선을 맞추며 물었다.

오토는 윌을 쳐다본 뒤 고개를 젓고는 이렇게 말했다. 아빠, 나 게이 아니야. 그게 지금 가장 중요한 문제라는 듯. 나 게이 아니야. 그나마 남아 있던 약간의 평정심마저도 사라진 것처럼 다급하게 말했다.

하지만 윌이 말해달라는 것은 성적 지향이 아니었다. 윌도 나도 그런 것은 상관없었다. 학교에서 괴롭힘을 당하고 있다고 왜 아빠 엄마한테 알리지 않았어? 윌이 좀 더 정확하게 묻자 오토는 털어놨다고 말했다. 이미 말한 적 있다고. 엄마에게 알렸다고.

그 순간 심장이 쿵 하고 내려앉는 것만 같았다. 당시 시카고 내 폭력성이 날이 갈수록 높아지고 있었다. 피를 흘리거나 총상을 입고 응급실에 실려 오는 환자들이 늘어갔다. TV에서 그리는 자극적이고도 급박한 응급실 모습처럼 매일 일과가 시작되었고, 밀려드는 환자들은 단순 발열이나 골절 수준이 아니었다. 응급의료진이 부족한 탓도 있었다. 당시 나는 열두 시간이 아니라 열다섯 시간씩 일해야 했고, 화장실을 가거나 끼니를 먹을 시간조차 허락되지 않는 길고 긴 마라톤 같은 근무가 이어졌다. 퇴근하고 집에 오면 피로함과 수면 부족으로 정신이 하나도 없었다. 무엇인가 까먹기가 일쑤였다. 치과 진료나 퇴근길에 우유를 사오기로 했던 것 등을 잊었다.

오토가 학교생활이 힘들다고 말했는데 내가 별거 아니라고 흘려들었던 걸까? 아니면, 머릿속이 너무 복잡한 나머지 아이의 말에 전혀 귀 기울이지 못했던 걸까?

내가 알고 있었다는 사실을 믿지 못하겠다는 눈으로 윌이 나를 바라봤다. 나는 어깨를 올렸다 내리고는 고개를 저으며 나역시도 처음 듣는 이야기인 것처럼 굴었다. 오토가 내게 이야기했을 수도 있고, 아닐 수도 있다. 기억이 나질 않았다.

학교에 칼을 가져가면 안 된다는 거 몰랐어? 윌이 오토에게 묻는동안 나는 오토가 그날 아침 무슨 생각으로 칼을 챙겼을지 의중을 파악하려 애썼다. 오토가 법적으로 처벌받을 수도 있을까, 아니면 경고로 상황이 마무리될까? 아이가 어떤 일을 겪었는지알게 된 이상 어떻게 다시 이 학교에 보낼 수 있을까?

이걸로 뭘 하려고 한 거야? 칼로 뭘 하려고 했는지 묻는 윌의 질문에 어떤 대답을 듣게 될지 몰라 마음의 준비를 했다. 오토가 고개를 틀어 등 뒤에 선 나를 보며 울음 섞인 목소리로 속삭였다. 엄마가 시켰어요. 생각지도 못한 아이의 말에 너무 놀라 내 얼굴이 창백하게 질렸다. 뻔뻔스러운 거짓말이었다. 엄마가 학교에 칼을 가져가라고 했어요. 애들을 겁주라고요. 윌과 경찰관, 내가 지켜보는 가운데 오토는 바닥으로 시선을 떨군 채 거짓말을 했다. 엄마가 칼을 가방에 넣었어요. 오토가 들릴 듯 말 듯한 작은 목소리로 말했고, 아이의 말에 숨이 턱 막힌 나는 그 즉시 아이가 왜 거짓말을 하는지 알 것 같았다. 나는 항상 오토의 든든한 편이 되어 주었다. 오토는 나를 닮은 아이였다. 어렸을 적부터 오토는 마마보이였다. 내가 어떻게든 지켜줄 거라고, 내가 시킨 걸로 하면 처벌을 피할 수 있을 거라고 생각하는 것이다. 하지만 내 입장이 어떻게 될지, 자신의 발언이 내 커리어와 명성에 미칠 파장은 생각지 못한 듯했다.

오토가 겪은 일을 생각하니 마음이 아팠다. 하지만 이제는 아이에게 화가 났다. 교장실에 불려가기 전까지만 해도 아이가 학교에서 괴롭힘을 당하는 줄 전혀 몰랐다. 그런 내가 학교에 칼을, 진짜 칼을! 가져가 애들에게 겁을 주라고 한 것도 모자라 직접 책가방에 넣다니, 말도 안 되는 소리였다.

그 말을 사람들이 믿을 거라고 생각한 걸까?

말도 안 돼, 오토. 내가 입을 떼자 그곳에 있던 사람들 모두 나를 바라봤다. 어떻게 그런 말을 할 수가 있니? 아이에게 물으며 눈물이 차올랐다. 손가락을 아이의 가슴에 올리며 나지막이 말했다. 오토, 네가 한 짓이잖아. 네가. 내 손이 닿자 오토는 뺨이라도 맞은 듯 의자에서 몸을 움찔했다. 오토는 내게 등을 돌리고 다시 한번 울음을 터뜨렸다.

퇴학 여부를 결정하는 위원회가 열릴 거라는 말을 들은 뒤 우리는 오토를 데리고 집에 돌아왔다. 어떤 결정이 내려져도 상관없었다. 이제는 내가 오토를 다시 그 학교에 보낼 마음이 없었다.

그날 저녁 윌이 내게 물었다. 당신 오토에게 조금 심하게 대했던 것 같지 않아?

바로 그때였다. 우리 부부의 결혼 생활에 처음으로 균열이 생긴 순간이었다. 그전까지만 해도 우리 사이에는 그 어떤 틈도, 의견 차이도 없었다. 적어도 내가 생각하기에는 그랬다. 우리 부부의 관계만큼은 다이아몬드처럼 견고해 결혼 생활이나 가족 문제에서 아무리 힘든 일이 생겨도 잘 이겨낼 거라 믿었다.

교장실에서 아이가 그간 맞닥뜨렸던 상황에 대해 알게 된 것은 가슴 아픈 일이었다. 오토가 그 오랜 시간 동안 학교폭력과 괴롭힘을 혼자 견뎠고, 우리가 미처 몰랐다는 사실을 생각할 때면 명치끝에 끔찍한 고통이 밀려들었다. 상황이 이렇게 되었다는 것도, 내 아들이 학교에 칼을 들고 가는 방법밖에 없다고 생각할 정도였다는 것도 마음이 아팠다. 하지만 내게 뒤집어씌우려 드는 오토에게 화가 치밀었다.

오토에게 심했다고 생각하지 않는다는 내 대답에 윌이 이렇게 말했다. 아직 애잖아, 세이디. 실수하는 게 당연하잖아. 얼마 뒤 깨달은 사실이지만, 그리 쉽게 용서받지 못하는 실수도 있다. 그로부터 2주도 채 지나지 않아 월이 꽤 오랜 기간 동안 바람을 피우고 있었다는 사실을 알게 되었으니까.

그 일이 있은 뒤 앨리스의 부고가 전해졌다. 나는 확신이 없었지만 월은 단호했다. 시카고를 떠날 때라고 그는 말했다. 생각지 못한 좋은 기회일지도 몰라. 그는 이렇게 말했다. 모든 일에는 다 이유가 있는 거야. 월이 내게 말했다.

월은 메인에서 행복할 수 있을 거라고, 시카고에서 있었던 일을 모두 잊고 새로운 곳에서 새 출발을 하자고 설득했지만, 내게는 앨리스의 불행으로 우리의 행복을 논하는 것이 상당히 역설적으로 들렸다.

함께 식탁에 앉아 저녁을 먹는 와중에 나는 싱크대 위에 난 어두운 창문을 내다봤다. 이모젠과 베인스 가족, 오늘 아침 나를 거짓말쟁이로 몰아대던 버그 경관을 떠올리며 우리가 이곳에서 정말 행복할 수 있을지, 우리가 어디를 가든 불행이 쫓아오는 것은 아닐지 생각했다.

카밀

첫 만남 이후 윌과 자주 만나는 사이가 되었다. 몇몇 호텔을 옮겨 다녔고, 내가 졸라댈수록 호텔급이 높아졌다. 그가 처음 날 데려갔던 호텔은 마음에 들지 않았다. 우중충하고 찝찝한 싸구려 모텔이었다. 방에는 눅눅한 냄새가 배어 있었다. 침대 시트는 얇고 거칠었다. 시트에 이상한 얼룩도 묻어 있었다. 옆 방 목소리가 내게 들렸고, 옆방에서도 내 목소리를 들을 수 있었다.

나는 이보다는 나은 대접을 받을 자격이 있는 여자였다. 저렴한 모텔에 어울리는 여자도 아니었고, 그곳에서 최소 시급이나 받는 직원들의 비난 섞인 눈초리를 받기에는 너무도 멋진 여자였다. 난 특별한 여자였고, 특별하게 대접받을 권리가 있었다. 윌도 지금쯤이면 이 사실을 깨달아야 했다. 어느 날 오후 나는 그에게 살짝 힌트를 주었다.

월도프 호텔에 가보는 게 소원이야. 그에게 말했다.

월도프? 내 말에 웃으며 그가 되물었다. 사람들 눈에 띄지 않는, 한 아파트 단지 내 으슥한 곳에 몸을 숨기고 서 있었다. 우리는 그의 결혼 생활에 대해서는 절대로 입에 올리지 않았다. 분명 실재하지만 모르는 척하는 그런 것 중 하나였다. 죽음, 외계인, 말라리아같이 믿고 싶지 않은 일 중 하나.

월도프 아스토리아 말하는 거야? 내 말에 그가 확인하듯 물었다. 1박에 400달러가 넘을 텐데.

나는 입을 삐죽거렸다. 나한테 그 정도 돈도 못 쓰는 거야?

그 정도 돈을 쓸 가치가 충분한 여자라는 것을 월이 몸소 보여주었다. 한 시간 뒤 우리는 무료 샴페인까지 제공되는 월도프 10층 객실 앞에 서 있었다.

호화로운 스위트룸의 문을 열며 월이 말했다. 당신에게 못 해줄 게 없지.

방에는 벽난로와 테라스, 미니바, 시내를 내려다보며 거품 목욕을 하는 호사를 마음껏 누릴 수 있는 멋진 욕조까지 마련되어 있었다.

호텔 직원은 우리를 미스터, 미세스 파우스트라고 불렀다.

편안한 시간 되십시오, 미스터, 미세스 파우스트.

내가 파우스트 부인으로 불리는 상상을 해봤다. 월의 아내로 한 집에 살며 그의 아이를 낳아 키우는 그런 삶을. 행복할 것 같았다. 그렇다고 해서 세이디가 되고 싶다는 뜻은 아니다. 내가 세이디보다 몇 배는 나으니까.

나를 위해 못 할 게 없다는 월의 말은 진심이었다. 몇 번이나 내게 몸소 보여주었다. 내 귓가에 달콤한 사랑의 말을 속삭였다. 내게 연애편지도 써주었다. 선물도 사주었다.

집이 비었을 때는 나를 자신의 집으로 초대하기도 했다. 세이디와 내가 살던 도시 외곽의 방 두 개짜리 우중충한 아파트와는 차원이 달랐다. 예전 우리가 살던 동네에는 주정뱅이와 거지들이 득시글댔고, 밖에 나설 때마다 우리에게 다가와 돈을 구걸했다. 물론 이런 사람들에게 나눠줄 돈도 없었지만, 돈이 있었다해도 나는 조금도 줄 생각이 없었다. 나는 그렇게 마음이 따뜻한 사람이 아니었다. 하지만 세이디는 가방을 뒤지며 돈을 찾았고, 주정뱅이와 거지들은 머리에 붙어 떨어질 줄 모르고 기생하는 머릿니처럼 세이디에게 매달렸다. 내게도 다가와 매달리려했다. 난 꺼지라고 소리를 쳤다.

월과 세이디의 집에 들어와 나는 가죽 소파의 팔걸이를 손으로 쓸어내리고, 유리로 된 화병과 고풍스러운 촛대를 부드럽게 매만졌다. 하나같이 비싸 보였다. 내가 알던 예전의 세이디는 이런 물건을 살 만한 능력이 없었다. 의사 수입이 꽤나 두둑한 모양이었다.

월이 침실로 안내했다. 나는 그의 뒤를 따랐다. 침대 옆 협탁에는 두 사람의 결혼사진이 있었다. 예쁜 사진이었다. 두 사람은 거리 한가운데 서 있었다. 주인공들에게 초점이 맞춰져 주변으로 갈수록 배경이 흐릿해졌다. 화창한 봄날의 싱그러운 초록빛 나무들이 둘의 머리 위로 우거져 있었다. 일반 웨딩사진처럼 사진작가의 주문에 맞춰 정면을 바라보고 가식적으로 미소 짓는 사진과는 달랐다. 두 사람이 서로 몸을 기댄 채 입맞춤을 나누고 있었다. 세이디는 눈을 감았지만 윌은 세이디를 내려다보고 있었다. 세상에서 가장 아름다운 여자를 바라보는 눈빛이었다. 윌의 손은 세이디의 등을 감쌌고, 세이디는 두 팔을 그의 가슴에 얹었다. 쌀알이 날리고 있었다. 번창과 다산, 행운의 상징이었다.

내가 사진을 들여다보고 있는 것을 윌이 보고 있었다. 나는 자존심을 지키고 싶었다. 와이프가 예쁘네. 그녀를 처음 본 척 굴었다. 사실 세이디는 예쁜 것과는 거리가 멀었다. 기껏해야 평범한 정도랄까.

그가 멋쩍어하며 말했다. 응, 나도 그렇게 생각해.

저렇게 말하는 것이 당연하다고 생각했다. 그의 입장에서는 달리 말할 수도 없었다. 하지만 그의 진심은 아니었나 보다. 그는 내 곁으로 다가와 머리를 쓸어 넘기며 깊이 키스했다. 당신은 아름다운 여자야. 예쁘단 말보다 한 단계 높은 표현이니까, 내가 세이디보다 더 예쁘다는 말이겠지.

나를 침대로 이끌던 윌이 침대 위 베개를 바닥으로 내팽개쳤다.

와이프가 싫어하지 않을까? 침대 끝에 앉아 물었다.

나는 도덕관념 따윈 없는 사람이었다. 뭐, 지금쯤이면 다들 눈치챘겠지만. 따라서 나는 별 상관없었다. 하지만 윌은 꺼림칙할지도 모를 일이었다.

윌이 개구쟁이 같은 미소를 지었다. 내 치마 속으로 손을 넣으며 그가 말했다. 싫어하라지 뭐.

그날 이후로 그의 아내에 대해선 이야기 나누지 않았다. 월은 결혼 전까지만 해도 여성들의 인기를 독차지해온 남자였다. 결혼이나 아이는 남 일이나 다름없었던 바람둥이 과였다. 오래된 버릇은 고치기 어렵다는 말이 맞다. 세이디는 어떻게든 고쳐보려고 했을 것이다. 하지만 아무리 노력해도 사람은 쉽게 변하지 않는다. 과거 내게 했던 것처럼 세이디는 월에게도 고삐를 조였을 것이다. 예전에 세이디는 내 라이터며 담배를 찾는 족족 숨겼고, 내가 들고 날 때 가끔 문을 제대로 닫지 않으면 곧장 잠금장치를 바꿔버렸다. 세이디는 규칙에 목숨을 거는 폭군이었다.

그간 세이디가 그를 얼마나 무력하게 만들었는지, 그의 남성성을 얼마나 억압했는지 그의 두 눈에서 고스란히 보였다. 하지만 나는, 그녀와 달리 그가 다시 진짜 남자가 된 것처럼 느끼게 해주었다.

세이디

저녁 7시 30분이었다. 이모젠은 아직 집에 오지 않았다. 이모젠이 친구 누구와 공부를 한다고 했는지, 그 친구의 집은 어디인지 물으며 윌을 몰아세웠지만, 그는 걱정하지 않는 눈치였다.

"당신이 이모젠을 믿고 싶어 하는 마음은 알지만, 솔직히 그 애가 스페인어 공부하러 나간 게 아니라는 것쯤은 우리 둘 다 알잖아."

윌에게 말했다.

윌은 어깨를 으쓱했다.

"10대 애들이 다 그렇지 뭐, 세이디."

"10대 비행 청소년이겠지."

무표정한 얼굴로 쏘아붙였다. 열네 살인 오토도 10대였다. 하지만 내일 아침 학교를 가야 하는 학생이 마땅히 그래야 하듯 오토는 지금 집에서 가족과 함께 있다.

윌은 식탁을 닦은 뒤 행주를 싱크대에 던졌다. 그는 특유의 사람 좋은 미소를 띠며 나를 돌아봤다.

"나도 비행 청소년이었던 적이 있었는데, 지금 봐봐. 잘 자랐잖아. 이모젠도 괜찮을 거야."

오토가 기하학 수업 자료를 챙겨 아래층으로 내려왔다. 윌과 오토는 식탁에 자리를 잡고 앉아 숙제를 했다. 테이트는 거실에서 담요를 덮고 누워 만화를 봤다.

나는 와인 한 잔을 따라 위층으로 올라갔다. 따뜻한 욕조에 몸을 푹 담글 생각이었다. 하지만 위층에 다다르자 욕실이 아닌 이모젠의 방으로 향했다. 방은 어두웠다. 살짝 열려 있는 문을 손바닥으로 밀어 활짝 열었다. 문에 걸린 출입금지 사인은 가볍게 무시했다. 방 안으로 들어가 손으로 벽을 더듬어 전등 스위치를 올렸다. 그제야 방 안 풍경이 눈에 들어왔고, 바닥에 거무죽죽한 옷이 어찌나 많이 나뒹구는지 밟고 지나가지 않으려면 옷을 치워야 할 정도였다.

방에서 향냄새가 났다. 책상 위에 향이 담긴 박스와 똬리를 튼 뱀 모양의 향 받침대가 있었다. 향을 뱀의 입안에 꽂아서 쓰는 것 같았다. 냄새가 워낙 진해서 이모젠이 학교가 끝나고 집에 와 향을 피우고 다시 나간 게 아닐까 하는 생각이 들었다. 이모젠의 책상은 낡은 원목 책상이었다. 책상 위에 칼날같이 날카로운 무언가로 새긴 글씨가 보였다. 좋은 말은 아니었다. 분노가 가득한 말들이 적혀 있었다. 재수 없어. 당신을 증오해.

와인을 한 모금 넘기고 책상 위에 잔을 내려놨다. 손가락으로 책상에 새겨져 있는 글자를 쓸어내리며 내 차 앞 유리에 쓰여 있던 글씨체와 같은지 살폈다. 이제와 생각해보니 성에 낀 글자를 지우기 전에 사진이라도 찍어둘 걸 싶었다. 그랬다면 글씨체를 대조해볼 수 있었을 텐데. 이모젠이었는지 확실히 알 수 있었을 텐데.

이모젠의 방에 들어온 것은 처음이었다. 방을 뒤질 생각은 아니었다. 다만 이제 우리가 사는 집이었다. 이렇게 살펴볼 권리가 내게 있다고 생각했다. 윌은 싫어하겠지만 말이다. 아래층에서 윌과 오토의 말소리는 들렸지만 대화 내용까지는 들리지 않았다. 두 사람은 내가 이모젠의 방에 있다고 상상도 못할 것이다.

먼저 책상 서랍을 열었다. 책상 서랍 하면 떠오르는 평범한 내부였다. 펜과 종이, 클립이 있었다. 의자 앞에 서서 책상 위 책장을 양손으로 훑었지만 손바닥 가득 먼지만 묻어 나왔다.

와인 잔은 책상 위에 그대로 두었다. 침대 옆 협탁으로 가 서랍 손잡이를 잡아당겼다. 물건을 찬찬히 살폈다. 아동용 묵주 팔찌, 구겨진 휴지뭉치, 책갈피, 콘돔. 콘돔을 집어 들고 윌에게 말해야 할지 잠시 고민했다. 이모젠은 열여섯 살이다. 열여섯 살 아이들이 성관계를 하는 시대였다. 콘돔이 있다는 것은 적어도 이모젠이 이성적인 판단을 한다는 뜻이기도 했다. 나름 조심하고 있다는 의미였다. 콘돔을 갖고 있다고 해서 뭐라 할 수는 없었다. 가까운 사이라면 여자 대 여자로 대화를 나눠볼 수도 있겠지만, 그럴 만한 관계는 아니었다. 이모젠은 어느 정도 큰 아이니 산부인과에 간다고 해서 이상할 건 없었다. 어쩌면 그 편이 여러모로 나을지도 모른다.

콘돔을 있던 자리에 다시 놓았다. 그때 사진 한 장이 눈에 띄었다. 체구로 보나, 증오에 찬 난도질에서 간신히 살아남은 머리카락을 보나 사진 속 인물은 남자가 맞았다. 남자의 얼굴은 복권처럼 동전 같은 것으로 마구 긁혀 지워져 있었다. 이 남자가 누구일까. 이모젠은 이 사람과 어떤 관계고 왜 이렇게까지 할 정도로 이 남자에게 화가 나 있는 걸까.

나는 침대 옆에 무릎을 꿇고 손으로 땅을 짚었다. 침대 아래를 살펴보다 처박혀 있는 옷을 발견하곤 주머니에 손을 넣어 뒤적거렸다. 몸을 일으킨 뒤 옷장으로 가 미닫이문을 열었다. 전등 줄을 찾아 더듬거리다 줄을 잡아당겨 옷장 불을 켰다.

이모젠의 방을 뒤지는 것을 월이 모르게 하고 싶었다. 숨소리를 죽이고 아래층에서 들려오는 소리에 집중했지만 TV에서 방영 중인 만화 소리와 테이트의 천진난만한 웃음소리만 들렸다. 테이트가 더는 자라지 않는다면 얼마나 좋을까. 월과 오토의 목소리는 들리지 않았다. 식탁에 앉은 두 사람이 책에 머리를 파묻고 골똘히 고민하는 모습이 그려졌다.

오토 문제가 생긴 뒤 얼마 지나지 않아 10대 자녀의 방을 뒤질 때 살펴봐야 할 곳에 대한 기사를 읽은 적이 있다. 책상 서랍 같이 너무 뻔한 곳이 아니라 코트 안주머니나 콘센트 내부, 뒤집어 놓은 음료 캔 같은 곳을 살펴야 한다고 적혀 있었다. 또한 부모는 너무 뻔한 물건이 아니라 청소용품, 비닐봉투, 처방전

없이 구할 수 있는 일반 의약품 등 일상적이지만 10대 청소년들이 나쁜 용도로 활용할 수 있는 물품을 눈여겨봐야 한다고 했다. 오토의 방은 뒤져본 적이 없다. 그럴 필요가 없었다. 오토가 저질렀던 일은 단 한 번의 실수였을 뿐이다. 아이도 잘못을 반성했다. 함께 대화도 충분히 나누었다. 다시는 그런 일이 되풀이되지 않을 것이다.

하지만 이모젠의 속은 도무지 짐작하기가 어려웠다. 이모젠은 겨우 한다 해도 몇 마디가 고작일 정도로 말수가 적었고, 그것마저도 자발적으로 하는 경우는 없었다. 나는 이모젠에 대해서는 아는 것이 하나도 없었다. 누구와 섹스를 하는지(우리가 집에 없을 때 남자애를 이 방에 불러들이는지, 아니면 밤에 창문으로 몰래 나가는 건지), 같이 담배를 피우는 친구들은 누구이고, 지금처럼 우리와 함께 있지 않을 때는 무엇을 하고 다니는지…… 아무것도 모른다.

월과 나는 이모젠의 생활에 조금 더 관심을 갖고 돌볼 책임이 있다. 이렇게 아무것도 모르고 있어서는 안 된다. 우리의 책임을 다 하지 않는 것도 문제이지만, 매번 내가 이모젠은 도대체 어떤 아이인지에 대한 이야기를 꺼낼 때마다 월은 너무 몰아붙이지 말자며 슬그머니 대화를 피했다. 그는 때가 되면 이모젠이 마음을 열 거라고 했다.

하지만 더 이상 가만히 기다리고 있을 수만은 없었다. 옷장을 계속 뒤졌다. 짙은 회색 후드 티 주머니에서 편지 한 장을 발견했다. 너무도 손쉽게 찾았다. 앞서 신발 상자 몇 개를 들춰본 뒤,

옷장 구석으로 손을 넣어봤지만 먼지만 가득했다. 그러고선 옷을 뒤졌다. 네 번째, 아니 다섯 번째인가 옷 주머니에 손을 넣었을 때 무언가 손끝에 걸렸고, 주머니에서 그것을 꺼냈다. 크기는 고작 2센티미터 정도밖에 안 되었지만 여러 번 꼬깃꼬깃하게 접힌 제법 두툼한 종이가 나왔다. 옷장 밖으로 꺼내어 조심스럽게 접힌 종이를 펼쳤다.

너무 화내지 않길 바란다. 이 편지를 넣은 채로 옷을 세탁했던 것인지 글자가 흐렸다. 그래도 필기체가 아닌 반듯한 글자로 써져 있어서 읽을 수는 있었고, 내 글씨체에 비하면 남성적인 필체였으므로 남자가 쓴 편지라는 생각이 들었다. 필체가 아니더라도 편지의 내용으로 미루어 보아 남자가 쓴 것이 분명했다. 내게 얼마나 힘든 선택이었는지 너도 잘 알 거야. 네 탓이 아니야. 내가 널 더 이상 사랑하지 않아서도 아니야. 그저 더 이상은 이런 이중생활을 지속할 수가 없어.

아래층에서 갑자기 현관문이 열리는 소리가 들리더니 이내 문이 쾅 하고 닫혔다. 이모젠이었다. 가슴이 쿵쾅대기 시작했다. 월이 이모젠에게 인사를 하는 소리가 들렸다. 내가 기대했던 것보다 훨씬 다정하고 따뜻한 말투였다. 이모젠에게 배가 고프면 저녁을 금방 데워주겠다고 말했다. 가족과 함께 저녁 식사를 하지 않는다면 이모젠에게 따로 식사를 차려주지 않기로 결정한 규칙을 어긴 셈이었다. 월이 저렇게 이모젠의 비위를 맞춰주지 않으면 좋겠지만, 월은 저런 사람이었다. 항상 다른 사람을 기쁘게 해주고 싶어 하는 사람. 아뇨, 됐어요, 이모젠의 성의 없는 대답 소리가 계단을 향해 가까워지고 있었다.

　나는 재빨리 몸을 움직였다. 편지를 다시 접어 옷 주머니 안에 넣고 원래대로 옷들을 헝클어뜨렸다. 전등 줄을 잡아당겨 불을 끄고는 옷장 문을 닫은 뒤 방을 황급히 나서다가 간신히 잊지 않고 침실 불을 끄고, 내가 들어왔을 때처럼 문을 아주 살짝만 열어두었다. 다 제대로 정리하고 나왔는지 확인할 시간이 없었다. 그랬기를 바라는 수밖에 없었다. 계단에서 이모젠과 스쳤고, 나는 경직된 미소만 띤 채 아무 말도 하지 않았다.

마우스

옛날 옛적에 오래된 집이 하나 있었다. 집은 물론 집 안에 있는 모든 것이, 창문도, 가전제품도 다 오래되었는데 그중에서도 계단이 유독 심하게 낡았다. 계단을 밟으면 노인들이 신음 소리를 내듯 삐걱거렸다.

마우스는 계단에서 왜 이상한 소리가 나는지 이해가 안 되었다. 마우스는 또래에 비해 아는 것이 많은 아이였지만, 마우스가 볼 수 없는 계단 안쪽의 못과 나사가 헐거워진 탓에 계단의 바닥면인 디딤판과 수직면인 챌면이 맞부딪혀 소리가 난다는 사실은 알 수가 없었다. 마우스는 그저 계단에서 시끄러운 소리가 나고 마지막 단이 유난히 시끄럽다는 것만 알았다.

마우스는 다른 사람은 전혀 모르는 계단의 비밀을 알 것도 같았다. 계단은 밟히면 아픔을 느끼기 때문에 마우스가 밟을 때마다 신음 소리를 내며 몸을 움츠리는 것이었다. 마우스는 20킬로그램밖에 안 되어서 벌레 한 마리도 죽이지 못할 만큼 작고 여린 아이였음에도 말이다.

마우스는 온몸이 다 아픈 사람처럼 움직일 때마다 계단이 삐걱대듯 신음 소리를 내는 건너편 집 할머니, 할아버지를 떠올렸다. 마우스는 다른 사람들과 달리 여리고 세심한 구석이 있었다. 마지막 계단을 밟을 때마다 마음이 쓰였다. 길을 걸을 때 애벌레나 공벌레를 밟지 않으려고 조심하듯이 마우스는 아직 체구가 작아 보폭이 넓지 않음에도 마지막 층계는 밟지 않으려고 각별히 신경을 썼다.

아빠가 계단을 고쳐보려고 한 적도 있었다. 끊임없이 비명을 질러대는 계단에 대고 아빠는 작게 욕지거리를 내뱉으며 짜증을 냈다.

아빠, 마지막 계단을 안 밟으면 안 돼요? 아빠는 키가 크고 마우스보다 보폭도 훨씬 넓으니까 그래도 될 것 같았다. 아빠라면 마지막 단을 밟지 않고 가볍게 건너뛸 수 있을 것 같았다. 하지만 마우스의 아빠는 뭐든 어긋난 것을 견디지 못하고 정확하게 처리하고 넘어가야만 하는 성격이었다.

아빠는 집안일에 어울리는 사람이 아니었다. 책상에 앉아 커피를 마시고 정신없이 이곳저곳에 전화를 돌리는 모습이 잘 어울리는 사람이었다. 아빠가 바쁘게 일을 할 때면 마우스는 문밖에 앉아 귀를 기울였다. 아빠를 절대 방해해서는 안 되지만, 가만히 숨을 죽이고 귀를 대면 아빠가 평소와 다른 목소리로 고객과 통화하는 소리가 들렸다.

마우스의 아빠는 미남이었다. 머리카락은 어두운 밤색이었다. 크고 둥근 눈은 항상 명민하게 반짝였다. 마우스의 아빠는 과묵했지만 체구가 커서 걸을 때면 발소리만큼은 요란했다. 1~2킬로미터 밖에서도 아빠가 걸어오는 소리가 들렸다.

마우스에게는 다정한 아빠였다. 마우스와 함께 나가 캐치볼도 했다. 마우스에게 새 둥지에 대해 알려주었고, 토끼가 땅속에 굴을 파고 새끼를 숨기는 이야기도 해주었다. 마우스의 아빠는 토끼굴이 어디에 있는지 잘 알고 있어, 한 번씩 땅을 파서 잔디를 한 움큼 뽑은 뒤 마우스가 들여다보게 해주었다.

어느 날, 시끄럽게 울리는 계단을 더는 견딜 수 없었던 마우스의 아빠는 차고에서 공구 상자를 가져와 계단을 올랐다. 망치로 디딤판에 못을 단단히 박았다. 아빠는 가는 못을 한 손 가득 집었다. 디딤판에 가는 못을 두드려 아래쪽 챌면에 고정시켰다.

아빠는 작업을 마친 뒤 뿌듯한 얼굴로 자리에서 일어나 계단을 확인했다. 하지만 마우스의 아빠는 그리 손재주가 좋은 사람이 아니었다. 어떻게 해도 혼자서는 계단을 고칠 수 없다는 것을 진작 알았다면 좋으련만. 아빠가 수리를 한다고 했음에도 계단은 여전히 시끄러운 소리를 냈다.

얼마 뒤 계단 소리는 마우스에게 더 없이 중요한 것이 되었다. 어느 날부터인가 마우스는 침대에 누워 천장에 매달린 전등을 바라보며 콩콩대는 가슴을 부여잡고 쉬이 잠들지 못했다. 누군가 계단을 올라 그녀의 방으로 다가오고 있으니 재빨리 몸을 숨기라는 마지막 층계의 다급한 외침이 들릴까 봐 마우스는 귀를 기울였다.

세이디

침대에 누워 윌이 잠옷 바지로 갈아입고, 입고 있던 옷을 빨래 바구니에 넣는 모습을 바라봤다. 그는 창가로 가 거리를 잠시 내려다보았다.

"뭐 있어?"

침대에 기대어 앉아 윌에게 물었다. 창문 밖에 무언가가 그의 눈길을 사로잡았다. 그는 생각에 잠겨 있었다. 아이들은 잠들어 있고, 집은 무척이나 고요했다.

"불이 켜져 있어."

대답하는 윌에게 물었다.

"어디에?"

"모건 집에."

그리 놀랄 일은 아니었다. 내가 알고 있는 한 그 집은 여전히 범죄 수사 현장이니까. 현장을 감식하는 데만 며칠이 걸릴 거

고, 이후 생물학적 증거 수집을 위해 혈흔과 체액을 채취하는
일도 남아 있었다. 얼마 뒤면 노란색 번쩍이는 방호복에 호흡기
가 달린 헬멧을 쓴 사람들이 집을 드나들며 핏자국이 묻은 물품
을 수거하는 모습을 보게 될 것이다.

그날 밤 저 집에서 벌어진 유혈이 낭자한 살인 현장이 궁금
해졌다. 경찰이 수거해야 할 혈흔 묻은 증거품이 얼마나 될까?

"집 앞에 차가 서 있어."

내가 묻기도 전에 월이 뒤이어 설명했다.

"제프리의 차네. 도쿄에서 왔나 봐."

월은 꼼짝하지 않고 창문 앞에 선 채로 1~2분 더 바깥을 지
켜봤다. 나는 따뜻한 이불을 박차고 몸을 일으켰다. 집 안 공기
가 서늘했다. 창가로 다가가 월의 옆에 섰다. 팔꿈치가 닿았다.
그가 보고 있는 풍경을 내다봤다. 진입로 내 경찰차 옆에 세워
진 SUV 자동차가 현관 등에 어슴푸레하게 비쳐 보였다.

모건 집의 현관문이 열렸다. 경찰관의 뒤를 따라 제프리가 모
습을 드러냈다. 제프리는 경찰관보다 30센티미터는 커 보였다.
그는 현관을 나서기 전, 마지막으로 다시 한번 집 안을 바라봤
다. 손에는 여행 가방이 들려 있었다. 제프리는 경찰관을 지나
쳐 문밖으로 나왔다. 경찰관도 집 밖으로 나온 뒤 현관문을 잠
갔다. 아마도 제프리가 짐을 챙기러 집에 들른 동안 경찰관이
동행해 사건 현장을 지키고 있었던 것 같았다.

월이 작은 목소리로 말했다.

"진짜 말도 안 되는 일이 벌어졌어."

그의 팔에 손을 올리는 것이 내가 할 수 있는 최선의 위안이
었다.

"정말 끔찍하지."

정말 그랬다. 누구도, 특히나 이렇게 젊은 여성이 이런 식으
로 목숨을 잃어서는 안 되었다.

"추도식 이야기 들었지?"

그는 창문에서 눈을 떼지 않은 채 내게 물었다.

"추도식?"

처음 듣는 이야기였다.

"내일, 모건을 위한 추도식이 열려. 감리교회에서."

섬에 교회는 두 곳뿐이다. 다른 하나는 천주교회이다.

"학교 앞에서 테이트 기다릴 때 우연히 들었어. 온라인 부고
사이트를 찾아봤더니 추도식 소식이 있더라고. 아마 장례식도
열리긴 할 테지만, 지금은……."

월은 더 이상 말을 하지 않았지만, 모건의 시체가 현재 영안
실에 있고 사건이 종결될 때까지는 그곳에 있어야 한다는 것쯤
은 쉽게 예상할 수 있었다. 장례식 같은 형식상의 절차는 범인
이 잡힐 때까지 미뤄야 한다. 때문에 우선 추도식이라도 대신
진행해야 했다.

내일은 근무하는 날이다. 하지만 추도식이 늦게 시작한다면
퇴근 뒤 월과 함께 갈 수 있을 것 같았다. 월은 가고 싶은 마음
일 것이다. 어쨌든 월과 모건은 아는 사이이기도 했고, 우리 관
계가 최근 좀 좋지 않기는 하지만 월이 혼자 추도식에 간다면

외로울 것 같았다. 그 정도는 윌에게 해줄 수 있다. 게다가 좀 이기적인 이유이긴 하지만 제프리 베인스의 얼굴을 좀 자세히 보고 싶었다.

"내일 6시까지 근무야. 같이 가보자. 퇴근하고 바로. 오토한테 테이트를 맡기고."

윌에게 말했다. 시간이 그리 걸리지 않을 것이다. 추도식에 가서 오래 있을 것 같지 않았다. 애도를 표하고 바로 나오면 되는 자리이다.

"추도식에 가지 말자."

윌의 목소리가 단호했다.

전혀 생각지도 못한 말이라 조금 놀랐다.

"왜?"

"좀 이상할 것 같아서. 당신은 모건과 모르는 사이고, 나도 그리 가깝지 않았으니까."

추도식은 꼭 가까운 사람들만 가는 게 아니라고 설명하다 윌이 이미 마음을 굳힌 듯 보여 그만두었다. 대신 이렇게 물었다.

"남편이 범인인 것 같아?"

창문 너머로 제프리 베인스를 바라봤다. 베인스의 집이 바로 맞은편은 아니라서 목을 길게 빼야 했다. 진입로에서 제프리와 경찰관이 몇 마디를 주고받은 뒤 각자 차로 향하고 있었다.

윌이 내 질문에 아무런 대답도 하지 않은 와중에 나도 모르게 이런 말이 튀어나왔다.

"범인은 항상 남편이야."

이번에는 윌이 재빨리 대꾸했다.

"제프리는 해외에 있었잖아, 세이디. 왜 남편이라고 생각하는 거야?"

"외국에 있었다 해도 청부살인을 했을 수도 있잖아."

아내가 살해당할 당시 외국에 있었으니 완벽한 알리바이가 성립되는 셈이었다.

윌도 내 말을 이해한 것 같았다. 보이지 않을 정도로 아주 살짝 고개를 끄덕인 그가 좀 전의 말을 물었다.

"그런데, 범인은 항상 남편이라는 말, 무슨 뜻이야?"

나는 어깨를 으쓱하며 글쎄라고 대답했다.

"그냥, 뉴스 같은 데서 항상 나오잖아. 불행한 남편이 아내를 죽인 살인 사건."

창밖에는 제프리 베인스가 SUV 자동차의 트렁크를 열어 짐을 싣고 있었다. 허리를 곧게 펴고 선 채였다. 거만함이 느껴지는 자세였다. 아내를 잃은 남자에게서 흔히 보이는 어깨를 축 늘어뜨리거나, 충격에 몸을 추스르지 못하거나, 흐느끼는 모습을 찾아볼 수 없었다. 분명한 것은, 그는 단 한 방울의 눈물도 보이지 않았다는 사실이다.

카밀

난 그에게 중독되었다. 그에게서 도저히 헤어나올 수 없었다. 그를 지켜보고, 그를 모방했다. 그의 루틴을 따랐다. 두 아이가 어느 학교에 다니는지, 그가 자주 가는 커피숍이 어디인지, 점심으로 무엇을 먹는지도 꿰뚫고 있었다. 그가 다니는 카페와 음식점에 가서 똑같은 메뉴를 주문했다. 그가 떠난 뒤에는 그가 앉았던 자리에 앉았다. 머릿속에서 그와 대화를 나누는 상상을 했다. 함께 있지 않을 때도 함께 있는 것처럼 굴었다.

온종일 그만 생각했고, 밤에도 그를 떠올렸다. 내가 마음만 먹는다면 하루종일 그를 내 곁에 머물게 할 수도 있었다. 하지만 그런 여자가 될 수는 없었다. 그에게 매달리고 집착하는 여자는 싫었다. 냉정을 유지해야 했다.

의도를 숨긴 채 우연을 가장한 만남처럼 보이기 위해 상당히 공을 들였다. 올드타운에서 마주쳤을 때도 마찬가지였다. 인파에 파묻혀 건물 모퉁이에서 걸어오는 그를 발견하고 건물 입구에서 나왔다. 무수한 인파 속에 한 명으로 분했다.

그의 이름을 불렀다. 주변을 둘러보던 그가 미소 지었다. 내가 있는 쪽으로 다가왔다. 여기는 웬일이야? 여기 뭐 하는 곳인데? 그가 내 뒤편의 건물을 가리키며 물었다. 아주 짧은 포옹을 나눴다. 그는 눈 깜짝할 새에 몸을 뗐다.

나는 뒤를 돌아 간판을 읽었다. **불교 명상 센터야.** 그에게 말했다.

불교 명상? 그가 경쾌하게 웃었다. 매번 당신에 대해 새로운 걸 알게 되네. 명상과는 거리가 멀어 보였는데.

명상과는 거리가 멀었다. 지금도 마찬가지이다. 명상을 하러 온 것이 아니라 그를 만나러 이곳에 온 거였다. 며칠 전 그의 캘린더를 슬쩍 봤고, 이곳에서 세 건물 떨어진 곳에 위치한 음식점에서 점심 약속이 있다는 것을 확인했다. 음식점 근처에 있는 오래된 건물을 골라 로비에서 그가 지나가길 기다리고 있었다. 그를 발견하고는 건물에서 나와 그를 불러 세웠고, 그는 이렇게 내게 다가왔다. 우연한 만남이라고는 결코 볼 수 없었다.

때때로 그의 집 앞을 서성이기도 했다. 정신없이 바쁜 아침 출근 시간을 틈타 그의 출근길을 뒤따랐다. 수많은 사람 중 하나로 녹아들었다. 아파트 현관 유리문을 나서 직장인들 물결에 합류하는 그를 지켜봤다.

그는 집에서 나와 세 블록을 걸었다. 지하철역으로 내려가 레드라인을 타고 북쪽에 위치한 하워드 역에서 퍼플 라인으로 환승했고, 나는 스무 걸음 뒤에서 그를 쫓았다. 그가 고개만 돌리면 나를 바로 볼 수 있는 거리였다.

그가 일하는 대학 캠퍼스 건물은 대단히 호화스러웠다. 화려한 아치형 입구의 하얀색 벽돌 건물은 담쟁이덩굴로 뒤덮여 있었다. 백팩을 맨 수많은 학생들이 강의실을 향해 분주히 움직였다.

그날 아침도 윌을 따라 인도를 걷고 있었다. 가깝지만 너무 가깝지 않을 정도의 거리를 유지하며 그를 쫓았다. 그를 놓쳐서도 안 되었지만 발각되어도 안 되었다. 대단한 끈기와 주의력을 요하는 일이었다. 여기서 중요한 것은 군중 속의 일부가 되는 것이다. 나처럼 말이다. 그 순간, 누군가 그를 불러 세웠다. 파우스트 교수님!

고개를 들었다. 그와 비슷한 키에 몸매가 드러나는 코트를 맵시 있게 입은 한 여자가 보였다. 새빨간 비니를 쓰고 있었다. 비니 아래로 염색한 금발 머리카락이 어깨와 등으로 흘러내렸다. 몸의 굴곡을 여실히 드러내는 타이트한 청바지 아래로 갈색 롱부츠를 신고 있었다. 둘 사이의 거리가 좁아졌다. 허리 부분이 맞닿을 정도였다.

두 사람의 말소리가 들리지 않았다. 그러나 목소리 톤과 몸짓으로 두 사람의 사이를 충분히 파악할 수 있었다. 그녀의 손이 그의 팔을 쓸어내렸다. 그가 뭐라 말하자 둘 다 허리를 굽히며 웃었다. 그녀는 여전히 그의 팔 위에 자신의 손을 얹어둔 채였다. 그만하세요, 교수님. 너무 웃겨요. 그녀의 목소리가 들렸다. 여자는 웃음을 멈추지 못했다. 그는 여자가 웃는 모습을 바라보고 있었다. 보통 사람들이 박장대소를 할 때처럼 입과 콧구멍이 크게 벌어지는 우스꽝스러운 웃음이 아니었다. 우아한 웃음이었다. 예쁘고 사랑스러운 웃음이었다.

그가 몸을 기울여 그녀의 귓가에 무언가 속삭였다. 그 모습을 보자 질투심이 나를 집어삼켰다. 이런 말이 있다. 친구는 가까이 하고 적은 더 가까이 두라. 그래서 시간을 들여 그녀를 관찰했다. 캐리 레머라는 이름의 장래 환경 변호사를 꿈꾸는 법학과 2학년 학생이었다. 앞줄에 앉아 수업을 들으며 윌이 질문을 할 때마다 매번 손을 번쩍 들었다. 수업이 끝난 뒤에도 뭉그적거리며 강의실을 나가지 않고 뭔가 대단한 이야기라는 듯 야생동물 밀렵이나 환경 파괴에 대해 교수와 사담을 나누는 학생이었다. 다른 학생들이 없을 때면 교수에게 다가가 몸을 밀착시키고 마운틴고릴라에게는 너무 비극적인 일이에요라고 안타까운 듯 말하며 상대방에게서 위로 어린 손길을 갈구하는 학생이었다.

어느 날 오후, 강의실을 나서는 그녀의 뒤를 따랐다. 이내 그녀의 옆으로 다가가 이렇게 말했다. 이 수업, 정말 어려워요. 내 손에는 파우스트 교수의 공중위생 수업을 듣는 학생처럼 보이기 위해 무려 40달러나 주고 산 교재도 들려 있었다. 너무 어려워서 수업을 좇아갈 수가 없는데, 그쪽은 대단하더라고요. 그녀에게 칭찬의 말을 건넸다. 굉장히 똑똑하고 모르는 것이 없는 것 같다고 말했다. 도대체 어떻게 그래요? 공부를 진짜 많이 하나 봐요. 내가 물었다.

그렇지는 않아요. 기분이 좋은 듯 그녀가 어깨를 으쓱하며 내게 설명했다. 글쎄요. 저는 별로 안 어렵더라고요. 기억력이 남다르다는 이야기는 몇 번 들었어요.

캐리 맞죠? 캐리 레머? 우쭐한 기분이 들도록 그녀가 무척 특별한 사람인 것처럼, 학생들 사이에서 유명한 사람인 것처럼 이름을 확인했다.

그녀가 내게 손을 내밀었다. 악수를 하며 시간이 있다면 도움을 받고 싶다고 부탁했다. 캐리가 내게 공부를 가르쳐주기로 했다. 물론, 돈을 받고. 캠퍼스 옆 작은 찻집에서 허브티를 마시며 그녀가 보스턴 외곽 출신이라는 것을 알게 되었다. 그녀는 자신이 자랐던 동네에 대해 들려주었다. 좁다란 길과 바다, 예쁜 건물들을 회상했다. 가족 이야기도 했다. 오빠 둘 다 유명한 대학 소속 수영선수로 활약하고 있지만 이상하게도 자신은 수영을 전혀 할 줄 모른다고 덧붙였다. 자신이 무엇에 관심이 있고 무엇을 잘하는지 일일이 나열했다. 달리기와 등산을 좋아하고 활강스키도 탈 줄 알았다. 3개 국어를 하고 혀가 코에 닿는 기이한 재주도 있었다. 내게 직접 보여주기까지 했다.

캐리에게서는 전형적인 보스턴 억양이 묻어났다. 누구나 좋아하는 억양이었다. 그녀의 목소리만큼 매력적이었다. 사람들을 끌어들이는 매력이 있었다. 그녀가 무슨 말을 하든 중요치 않았다. 사람들을 사로잡는 것은 그녀의 억양이었다. 그녀가 우쭐대는 수많은 자랑거리 중 하나였다.

캐리는 빨간색을 가장 좋아했다. 그날 쓰고 있었던 빨간색 비니는 직접 뜨개질해서 만든 것이었다. 그녀는 풍경화를 그리고 시도 썼다. 캐리보다 렌이나 메도우, 클로버 같은 이름이 더 잘 어울릴 것 같았다. 낙천적이고 이상적인, 전형적인 우뇌형 인간이었다.

월과 캐리가 만나는 장면을 자주 목격했다. 이 정도로 큰 캠퍼스에서 누군가와 우연히 만날 확률은 상당히 적다. 그녀가 월을 찾아다닌다는 것을, 그가 언제 어디에 있을지 파악하고 있다는 것을 알 수 있는 대목이었다. 그녀는 두 사람이 마치 운명의 끈으로 연결되어 자꾸만 마주치는 것 같은 인상을 월에게 풍겼다. 실제로는 운명이 아니라 수작일 뿐이다.

나는 자존감이 낮은 사람은 아니다. 자격지심도 없다. 캐리는 나보다 예쁘지도 않았고, 나보다 나은 것도 없었다. 내가 느꼈던 감정은 그저 단순한 질투심, 그 이상도 이하도 아니었다. 누구나 질투를 한다. 아기들도, 개들도 질투를 한다. 개들은 영역에 민감해 자신 소유의 장난감이나 집, 주인을 지키려든다. 자신의 것은 누구도 손대지 못하게 한다. 누군가 자신의 것을 건드리면 화가 난 개들은 공격성을 보인다. 으르렁거리고 물기도 한다. 잠을 자는 사람을 공격하기도 한다. 자신의 소유물을 지키기 위해서는 무엇이든 한다. 그래서 나도 그럴 수밖에 없었다. 내 것을 지켜야만 했으니까.

세이디

늦은 밤 꿈에서 깨었다. 조금씩 의식을 차리는데, 어둠 속에 몸을 숨긴 채 구석에 자리한 1인용 천 소파에 앉아 있는 월이 보였다. 어두운 실루엣과 희미하게 비치는 그의 눈동자가 나를 바라보고 있다는 것 외에는 그의 모습이 잘 보이지 않았다. 잠에서 덜 깨어 의식이 몽롱한 상태라 월에게 거기서 뭐 하냐거나 침대로 오라는 말은 하지 못하고 가만히 누워만 있었다.

누운 채로 기지개를 켰다. 의자에 앉아 있는 월을 등지고 옆으로 돌아누우며 이불을 내 쪽으로 당겼다. 졸리면 알아서 침대에 오겠지 생각했다.

옆으로 쪼그리고 누웠다. 무릎을 말아 배 쪽으로 당겼다. 무언가에 몸이 닿았다. 월의 메모리 폼 베개라고 생각했지만 이내 굴곡진 척추뼈와 볼록하게 솟은 견갑골이라는 것을 깨달았다. 내 옆에 상의를 벗은 채 잠들어 있는 월의 등은 따뜻하고 축축

했다. 양옆으로 흘러내린 머리카락이 그의 목을 타고 매트리스 위로 쏟아져 내렸다.

윌은 침대에 있다. 침실 한켠, 소파에 앉아 있는 사람은 윌이 아니다. 누군가 이 방에 있다. 누군가 우리가 자는 모습을 지켜보고 있었다.

벌떡 몸을 일으켰다. 두 눈이 바쁘게 어둠에 적응했다. 가슴이 방망이질쳤다. 목소리도 제대로 나오지 않았다. 거기, 누구야? 이렇게 물으려 했지만 목이 꽉 막혀 쉿소리만 나왔다. 협탁으로 손을 뻗어 램프 스위치를 더듬거렸다. 불을 켜기 전, 낮고도 침착한 목소리로 오랫동안 꾹 눌러 담았던 말을 내뱉는 이모젠의 목소리가 울렸다.

"나라면 절대 그런 짓은 하지 않았을 텐데."

이모젠이 의자에서 몸을 일으켰다. 내 쪽으로 다가와 침대 끝에 살며시 앉았다.

"이 방에는 어쩐 일이야? 뭐 필요한 거 있니?"

나는 바짝 경계하고 있는 속내를 숨기려고 아무렇지도 않은 듯 가볍게 물으려 했다. 하지만 쉽게 숨겨지지가 않았다. 내가 느끼는 공포가 여실히 드러났다. 침입자가 아닌 우리 가족 중 한 명인 이모젠이라는 점은 분명 다행이었지만 그럼에도 마음이 완전히 놓이지 않았다. 한밤중 우리 침실에 몰래 들어와 어둠 속에 몸을 숨기고 있어서는 안 되는 사람인 것은 분명했으니까.

이모젠의 얼굴을 살피며 이 아이가 우리 방에 온 의도를 파악하려 애썼다. 설마 이모젠이 우리를 해치려고 몰래 방에 들어온 걸까, 상상만으로도 머리가 아찔해졌지만 어쨌거나 무기가 될 만한 것을 눈으로 찾았다.

"무슨 문제 있니? 할 말 있어?"

이모젠에게 물었다.

누가 업어 가도 모를 정도로 잠이 깊게 드는 월은 뒤척이지도 않았다.

"내 방에 함부로 들어올 권리는 없잖아요."

이모젠이 들끓는 분노를 억누르며 나지막이 말했다.

갑자기 심장이 죄어왔다. 본능적으로 거짓말이 튀어 나왔다.

"네 방에 들어간 적 없어."

목소리를 낮췄다. 이제 내게 가장 중요한 문제는 그 아이 방에 몰래 들어갔다는 사실을 월에게 들키지 않는 것이었다. 목욕을 하는 대신 이모젠의 서랍과 옷 주머니를 뒤졌다는 것을 안다면, 이모젠의 물건에 손을 댔다는 것을 월이 안다면 사생활 침해라고 여기며 결코 좋게 생각하지 않을 것이다.

"정말이야, 이모젠. 네 방에 들어간 적 없어."

내 말에 이모젠은 어금니를 사려 물었다.

"거짓말하지 마요."

뒤이어 이어진 이모젠의 말에 배를 한 대 얻어맞은 듯 정신이 번쩍 들었다.

"그럼 왜 그쪽 와인 잔이 내 방에 있죠?"

얼굴이 순식간에 달아올랐고, 더 이상 발뺌을 할 수 없다는 것을 깨달았다. 이모젠의 방을 뒤질 때 책상 위에 와인 잔을 올려두었던 것이 생생하게 떠올랐다. 급히 방에서 나오며 잔을 두고 온 것도. 어떻게 이렇게 멍청할 수가 있지?

"그건."

둘러댈 거리를 찾으려 마음이 급해졌다. 마땅한 거짓말이 떠오르지 않았다. 어떤 거짓말을 해도 말이 안 되는 것 같아 포기했다. 워낙 거짓말에 서툴기도 했다.

"한 번만 더 그러면."

이모젠은 여기까지만 말하고 돌연 입을 닫았다. 그다음에 벌어질 상황은 내 상상에 맡긴다는 의미였다. 이모젠이 침대에서 일어났다. 한순간에 이모젠이 유리한 위치를 선점한 셈이었다. 나를 내려다보는 그 아이를 마주하자 간담이 서늘해졌다. 이모젠은 체구가 크진 않았다. 마른 체구였지만 분명 제 아빠를 닮아 키가 상당히 컸다. 앨리스는 작은 편이었으니. 이렇게 가까이에서 올려보자니 새삼 커 보였다. 이모젠은 허리를 굽혀 내 귓가에 속삭였다.

"내 방 근처엔 얼씬도 하지 마요."

내 몸을 살짝 밀쳤다. 그런 뒤 방을 나갔다. 나무 바닥에 발소리 하나 울리지 않았다. 아마 이 방에 들어올 때도 쥐 죽은 듯이 조용하게 들어왔겠지.

침대에 누웠지만 이모젠이 다시 올까 봐 바짝 긴장한 채로 잠들지 못했다. 얼마나 그렇게 누워 있었을까, 잠시 뒤 졸음을 이기지 못하고 다시 꿈속으로 들어갔다.

세이디

점심시간을 빌려 나가려던 참이었다. 보고 있는 사람도 없었고 조용히 나가면 아무도 모르리라 생각했다. 하지만 조이스가 나를 발견하고 물었다.

"또 자리 비우시게요?"

나를 그냥 보내줄 생각이 없는 목소리였다.

"점심 먹으러 가요."

차라리 사실대로 말하는 게 나을 텐데, 왜 거짓말이 튀어나왔는지 모르겠다.

"몇 시쯤 들어오실 건데요?"

그녀에게 이렇게 답했다.

"한 시간 뒤에요."

"뭐, 두고 보면 알겠죠."

조이스가 퉁명스럽게 말했다. 부당한 발언이었다. 내가 마치

정해진 점심시간보다 항상 늦게 들어오는 사람이라는 뉘앙스를 풍겼다. 하지만 굳이 대거리를 할 필요는 없었다. 뭐라고 생각하든 나갈 생각이었고, 간밤의 일로 머리도 복잡했다. 이모젠은 방에서 와인 잔을 발견하자마자 내가 그 방에 있었다는 사실을 알았을 것이다. 바로 와서 내게 물어볼 수 있었다. 하지만 이모젠은 그렇게 하지 않았다. 내가 잠들 때까지 몇 시간이나 기다렸다. 나를 겁줄 생각이었다. 이모젠의 의도가 바로 그것이었다. 머리가 비상한 아이는 아니었다. 교활한 쪽에 가까웠다.

주차장에 있는 차를 타고 출발했다. 추도식에 가지 않는 것이 좋겠다는 생각도 했다. 제프리 베인스를 직접 보고 싶다는 내 개인적인 바람 외에는 그곳에 갈 이유가 사실 없었다. 이 동네에 이사 온 지 얼마 되지 않았고, 그동안 단 한 번도 제프리를 제대로 본 적이 없었다. 그럼에도 그가 어쩌면 자신의 아내를 죽인 살인자일 수도 있다는 생각을 떨칠 수가 없었다. 나와 내 가족의 안전을 위해서 그가 어떤 사람인지 파악하고 싶었다. 동네에 어떤 사람들이 사는지 알아야 했다. 이 남자를 건너편에 마주하고 살아도 안전한 건지 직접 확인하고 싶었다.

감리교회는 뾰족한 첨탑이 솟은 하얀색 건물이었다. 교회 건물 사면은 수수한 스테인드글라스 창문으로 되어 있었다. 전형적인 소규모 시골 교회였다. 양쪽으로 여는 커다란 문 위에는 빨강 리본으로 장식한 상록수 리스 여러 개가 걸려 있었다. 보기 좋은 풍경이었다. 소규모 주차장에는 이미 주차된 차로 가득했다. 길가에 차를 세우고 사람들을 따라 안으로 들어갔다.

교회 안 강당에서 추도식이 진행되고 있었다. 하얀 식탁보를 씌운 원형 테이블이 열 개에서 열다섯 개 가량 자리하고 있었다. 강당 앞쪽에 마련된 다과 테이블에는 쿠키가 가득했다.

당당하고 자연스러운 걸음을 유지했다. 윌이 어떻게 생각하든, 나도 다른 사람처럼 추도식에 참석할 자격이 충분했다. 강당에 들어서자 처음 보는 여성이 다가와 악수를 청했다. 와주어서 고맙다는 인사도 덧붙였다. 구겨진 손수건을 꼭 쥐고 있었다. 울고 있던 모양이다. 본인을 모건의 엄마라고 소개했다. 실례지만 어떤 사이인지 묻는 그녀에게 답했다.

"세이디라고 해요. 같은 동네 사는."

마땅히 해야 할 말도 잊지 않았다.

"고인의 명복을 빕니다."

나보다 스무 살에서 서른 살은 많아 보였다. 백발 머리에 얼굴에는 주름이 가득했다. 마른 체구에 무릎 바로 아래까지 오는 검은색 원피스를 입고 있었다. 모친은 손수건을 쥔 채로 차가운 손을 내밀어 내게 악수를 청했다.

"와주셔서 고맙습니다. 우리 모건에게 친구가 있었다니 기쁘네요."

모건의 모친이 말했다. 모건과 친구 사이는 아니었기에 모친의 말을 듣는 순간 안색이 굳었다. 하지만 딸을 잃은 여인이 굳이 알 필요는 없었다.

"무척 사랑스러운 친구였어요."

무슨 말을 해야 할지 몰라 이렇게 말했다.

제프리는 다섯 걸음쯤 떨어져 어떤 노부부와 대화를 나누고 있었다. 솔직히 말해 지루함을 참고 있는 듯한 얼굴이었다. 누가 봐도 슬픔에 젖어 있는 모건의 어머니와 달리 그리 슬퍼 보이지 않았다. 눈물을 흘리지도 않았다. 우는 것을 남자답지 못하다고 여기는 것은 나도 알고 있다. 또한 눈물 외에도 슬픔은 다양한 방식으로 표출될 수 있다. 분노나 현실 부정처럼. 하지만 노신사의 등을 두드리는 제프리에게서는 이 중 그 어떤 것도 느껴지지 않았다. 그는 웃고 있었다.

제프리를 이렇게 가까이서 마주한 것은 처음이었다. 한번도 제대로 본 적이 없었다. 큰 키에 숱이 많은 짙은색 머리를 말끔하게 빗어 넘겨 세련되고 깔끔한 인상이었다. 두꺼운 검정색 안경테에 눈이 가려서인지 얼굴에 짙은 그림자가 졌다. 검은색 정장 차림이었다. 몸에 꼭 떨어지는 맞춤 양복이었다. 상당히 멋진 남자였다.

제프리와 인사를 나누던 노부부가 자리를 옮겼다. 나는 모건의 모친에게 다시 한번 조의를 표하고 걸음을 옮겼다. 제프리에게 다가갔다. 그가 내게 손을 내밀었다. 손아귀의 힘이 느껴지는 악수였고, 손은 따뜻했다.

"제프리 베인스입니다."

내 눈을 바라보며 말하는 그에게 내 이름을 밝히며 건너편 집으로 이사 온 이웃이라고 소개했다.

"알고 있습니다."

그렇게 말은 했지만 정말 건너편 집에까지 신경을 쓰는 사람처럼 보이지는 않았다. 낯선 사람들과도 능숙하게 대화를 나누는 노련한 비즈니스맨같이 보였다. 겉으로 보기에는 매력적인 남자였다. 하지만 그 이면에 자리한 남자는 어떤 사람인지 알 수 없다.

"새로운 이웃이 이사 와서 모건이 좋아했었어요. 이렇게 와 주신 걸 보고 모건도 분명 고마워할 겁니다, 샌디."

"세이디요."

내 이름을 바로 잡았다.

"예, 그럼요. 세이디."

그는 괜스레 내 이름을 다시 불렀다. 자신의 탓을 하며 미안함을 내비쳤다.

"이름을 잘 외우지 못해 항상 이럽니다."

그가 악수를 풀며 말했고, 나는 두 손을 앞으로 모았다.

"한 번씩 그럴 때가 있죠. 아내분이 떠나 상당히 힘드시겠어요."

삼가 조의를 표합니다라는 무난한 말 대신 이렇게 말했다. 벌써 몇십 번이나 들었을 진부한 말을 피하고 싶었다.

"따님이 큰 충격을 받았겠어요."

안타까운 심정을 최대한 표했다. 고개를 숙이고 미간을 찌푸렸다.

"아이가 많이 힘들까 걱정이네요."

하지만 제프리는 생각지도 못한 반응을 보였다.

"모건과 딸아이가 그리 가깝지 않았습니다."

그는 이렇게 말했다.

"새엄마여서 그랬을 겁니다."

모건과 아이의 사이가 좋지 않았던 것이 별것 아니라는 듯 가볍게 말했다.

"누구도 친엄마를 대신할 수 없으니까요."

그의 말에 아, 네. 이렇게밖에 답할 수 없었다. 달리 어떻게 반응해야 할지 몰랐다.

만약 내가 이혼하고 윌이 재혼을 한다면 아이들이 나보다 새엄마를 더 사랑하지 않기를 바랄 것 같다. 하지만 모건은 살해당했다. 모건은 죽었다. 죽은 모건을 발견한 것은 어린 딸이었다. 이 모든 맥락을 무시한 채 태연하게 대꾸하는 제프리의 모습에 큰 충격을 받았다.

"아이가 여기 와 있나요? 따님이요."

내 질문에 그는 아니라고 답했다. 아이는 학교에 갔다고 했다. 새엄마의 추도식이 있는데 아이가 학교에 갔다니 이해하기 어려웠다. 놀란 표정이 드러나고 말았다.

그가 설명했다.

"올해 초에 아이가 좀 아팠습니다. 폐렴 때문에 항생제 정맥 주사를 맞으며 입원했었죠. 애 엄마도 그렇고 저도 그렇고, 학교를 더는 빠지게 할 수 없어서요."

그게 추도식에 못 올 이유가 되는지는 선뜻 납득하기가 어려웠다.

"수업을 따라가기가 힘들긴 하죠."

당황스러운 와중에 내가 할 수 있는 말은 이게 다였다.

제프리는 내게 참석해줘서 고맙다고 인사를 전했다.

"쿠키라도 좀 드세요."

그는 이렇게 말하고 내 뒤에 기다리고 있는 사람들에게 시선을 옮겼다.

쿠키가 마련된 테이블로 갔다. 쿠키 하나를 집어 빈 테이블에 앉았다. 모두들 삼삼오오 모여 앉아 있는 와중에 혼자 앉아 있자니 민망했다. 혼자 온 사람은 나뿐이었다. 정말 나밖에 없었다. 윌과 같이 왔으면 좋았을 텐데. 사실 윌도 왔어야 했다. 추도식에 참석한 사람들 대부분이 울고 있었지만 감정을 삭이며 조용히 눈물을 보이는 쪽이었다. 모건의 모친만이 자신의 슬픔을 거리낌 없이 드러내고 있었다.

그때 여성 두 명이 내 뒤를 스치듯 다가와 자리가 비었는지 물었다.

"네. 편히 앉으세요."

내 말에 두 사람이 몸을 앉혔다.

여성 한 명이 내게 물었다.

"모건 친구예요?"

주변이 시끄러워 내 쪽으로 몸을 기울이며 물어왔다.

안도감이 밀려들었다. 더 이상 혼자 앉아 있지 않아도 되어 다행이었다.

"같은 동네에 살아요. 두 분은 어떻게 아는 사이인가요?"

앉아 있던 접이식 의자를 여성 쪽으로 가까이 옮기며 물었다.

내 옆에 한 자리를 비워두고 두 사람이 앉았다. 매너 있는 행동이었지만 말소리가 잘 들리지 않았다.

한 여성이 자신들은 모건의 모친인 패티의 오랜 친구라고 말했다. 캐런과 수전이라고 이름을 소개했고, 나도 이름을 밝혔다.

"가여운 패티, 완전히 망가졌어요. 짐작하시겠지만."

캐런은 상상하기 어려울 정도로 끔찍한 일이 벌어졌다고 말했다. 우리는 한숨을 내쉬며 부모가 먼저 세상을 떠나야지, 자식이 먼저 떠나선 안 된다는 이야기를 나누었다. 모건에게 벌어진 일은 순리를 벗어난 경우였다. 오토와 테이트에게 끔찍한 일이 벌어진다면 어떨까 하는 생각이 들었다. 윌과 나보다 아이들이 먼저 죽는다면 이후 내가 경험하게 될 세상을 도무지 상상할 수 없었다. 아이들이 떠나고 나만 홀로 남겨진 세상 따위는 상상하고 싶지도 않았다.

"한 명도 아니고, 두 명이나."

수전이 말했다. 캐런이 가슴 아픈 듯 고개를 끄덕였다. 나도 두 사람을 따라 고개를 주억거리긴 했지만 무슨 말인지는 사실 이해하지 못했다. 두 사람의 말을 제대로 듣고 있지 않았다. 조문객을 맞이하는 제프리 베인스를 관찰하는 데 온 신경이 쏠려 있었다. 그는 미소를 지은 채 조문객과 인사를 나누고 따뜻한 손을 내밀어 사람들과 악수를 했다. 미소를 지을 자리가 아니었다. 아내가 며칠 전 살해를 당했다. 그는 웃음을 보여선 안 된다. 최소한 슬퍼하는 척이라도 해야 했다.

제프리와 모건이 싸웠던 걸까, 서로 무관심한 부부였나. 무관심은 미움보다 위험한 감정이다. 모건이 제프리의 기분을 상하게 할 만한 일이 있었거나, 어쩌면 제프리는 아내가 죽었으면 좋겠다고 바랐을지도 모른다. 지리멸렬한 이혼의 과정 없이 깔끔하게 부부관계를 청산하는 방법이니까. 어쩌면 돈 때문일지도 모른다. 아내 앞으로 들어놓은 생명보험 같은 것.

"패티가 그날 이후로 완전히 다른 사람이 되었는데."

수전이 말했다.

이어지는 캐런의 말에 그녀를 바라봤다.

"이제 어쩌나 싶어요. 어떻게 견딜는지. 자식을 한 명 잃는 것도 끔찍한데, 두 명이나 그렇게 되었으니."

"정말 생각하기도 싫은 일이지."

수전이 말했다. 수전은 핸드백에서 휴지를 꺼냈다. 눈물을 쏟기 시작했다. 처음 자식을 잃고 패티가 얼마나 힘들어했는지, 몇 주 동안 누워 있기만 했다고 했다. 그렇지 않아도 마른 패티가 심각할 정도로 살이 빠졌었다고 말했다. 조문객을 맞이하는 패티를 바라봤다. 비쩍 말라 보였다.

"이번에는 정말 큰일이 날 것……."

캐런이 말하던 중 한 여자가 강당으로 들어와 제프리에게 다가갔다. 여자를 본 제프리의 얼굴이 굳었다.

"어머."

캐런이 목소리를 낮췄다.

"세상에나. 수전, 그 여자야."

우리 모두 여자를 바라봤다. 제프리처럼 큰 키가 돋보였다.

추도식에 참석한 이들 모두가 검정색이나 어두운색 옷을 입은 반면 뻔뻔스럽게도 새빨간 옷을 입고 있었다. 짙은색 머리를 길게 늘어뜨렸다. 꽃무늬의 주름 잡힌 상의에 브이넥이 제법 깊게 파여 가슴골이 살짝 드러났다. 몸에 꼭 끼는 바지를 입었다. 팔에는 겨울 코트가 걸려 있었다. 여자는 제프리 앞에 걸음을 멈춘 뒤 무언가 말했다. 제프리가 여자의 팔을 끌어당겨 바깥으로 데리고 나가려고 했지만, 여자는 그럴 마음이 조금도 없어 보였다. 여자가 매섭게 팔을 빼냈다. 제프리가 여자 쪽으로 몸을 가까이하며 목소리를 낮췄다. 여자는 허리에 손을 얹고 비협조적인 자세를 취했다. 입을 삐죽였다.

"누군데요?"

나는 여자에게서 눈을 떼지 못한 채 두 사람에게 물었다.

두 사람은 제프리의 전 부인, 코트니라고 알려주었다.

"감히 여기에 오다니."

수전이 말했다.

"조의를 표하고 싶어서겠지."

캐런이 대꾸했다.

캐런의 말에 수전이 콧방귀를 꼈다.

"과연 그럴까."

"서로 좋게 이혼하지는 않았나 봐요."

내 입에서 굳이 할 필요가 없는 말이 나갔다. 원만하게 헤어지는 부부가 얼마나 되겠는가?

두 사람은 시선을 주고받았다. 이내 수전이 입을 열었다.

"다 아는 이야기라고 생각했는데. 다들 아는 줄 알았어요."

"무슨 이야기요?"

내 질문에 두 사람은 한 자리씩 당겨 앉으며 비워두었던 자리를 채웠다. 제프리가 모건과 만났을 당시 불륜으로 시작된 관계라고 설명했다. 모건이 외도녀였다는 말을 할 때는 입에 올려선 안 되는 나쁜 말, 상스러운 말이라도 되는 듯 외도녀라는 단어를 작게 속삭였다. 제프리와 모건은 회사에서 만났다고 했다. 모건은 제프리의 비서였다. 뻔한 이야기였다.

"한눈에 사랑에 빠진 거죠."

수전이 덧붙였다.

모건의 모친이 두 사람에게 설명한 바에 따르면, 제프리와 당시 아내였던 코트니는 오래전부터 불화가 깊었다고 했다. 모건이 멀쩡한 가정을 깬 장본인은 아니었다. 이미 부부관계가 안좋은 상태였다. 성격이 비슷한 두 사람이 사사건건 부딪혀 부부관계가 벼랑 끝에 위태롭게 몰려 있었다. 불륜 관계를 시작하고 얼마 지나지 않아 모건은 엄마에게 제프리와 코트니 둘 다 고집이 세고 성격이 불같다고 말했다. 전형적인 다혈질이었다. 반면 모건의 성격은 제프리와 잘 맞았다.

고개를 돌려 제프리와 전 부인을 살폈다. 격앙된 말이 오가는 것 같았다. 그녀가 무슨 말인가 쏘아붙이고는 자리를 떴다.

그렇게 끝난 거라 생각했다. 두 사람의 대화는 그걸로 끝이라고. 제프리가 다른 조문객과 인사를 나누는 것이 보였다. 억지로 미소를 띠고 손을 내밀었다. 내 옆에 앉은 두 사람이 다시 이야기에 빠져들었다. 귀로는 듣고 있었지만 눈은 제프리에게 고정했다. 수전과 캐런은 모건과 제프리에 대한 이야기를 나누고 있었다. 모건과 제프리의 결혼 생활에 대한 대화가 오갔다. 진실한 사랑이었다는 말이 들렸으나, 무심하고도 냉정한 제프리의 얼굴은 진실한 사랑과는 거리가 멀어 보였다. 어쩌면 자기방어 기제일 수도 있다. 사람들이 모두 떠나고 혼자 있을 때 눈물을 쏟을지도 모를 일이었다.

"진실한 사랑을 멈출 방법은 없지."

캐런의 말이었다.

한 가지 생각이 스쳤다. 사랑을 멈출 수 있는 방법이 한 가지 있기는 하다.

수전이 쿠키를 더 먹고 싶은지 물었다. 캐런이 좋다고 답했다. 수전은 그릇에 쿠키를 가득 담아 가져왔다. 두 사람은 이내 패티에 대한 이야기를 시작하며 패티가 끼니를 거르지 않도록 돌아가며 음식을 가져다주자고 말했다. 누가 챙겨주지 않으면 깊은 슬픔에 빠진 패티가 식사를 거를 것이 뻔했다. 두 사람은 이 점을 염려했다. 캐런이 무슨 요리를 해야 할지 고민했다. 한 번 시도해볼까 벼르던 고기 파이 레시피가 있지만 사실 패티가 좋아하는 음식은 라자냐라고 덧붙였다.

제프리만 바라보고 있던 내 눈에 그가 잠시 양해를 구하고 강당을 빠져나가는 모습이 들어왔다. 나는 의자를 뒤로 밀고 몸을 일으켰다. 의자 다리가 바닥에 긁히며 날카로운 소리를 내었고 갑작스러운 움직임에 놀란 두 사람이 나를 올려다봤다.

"혹시 화장실이 어디 있는지 아세요?"

괜히 덧붙였다.

"소변이 좀."

캐런이 화장실 위치를 알려주었다.

복도는 비교적 조용했다. 어디를 봐도 규모가 크다고 볼 수 없는 교회였지만 자그마한 강당이 다섯 개나 있었고, 한 곳씩 지나칠 때마다 인적이 점차 드물어졌다. 왼쪽으로 꺾은 뒤 다시 오른쪽으로 꺾자 텅 빈 복도가 나왔고, 이내 막힌 벽에 다다랐다. 왔던 길을 되돌아 걸었다.

로비는 텅 비어 있었다. 사람들은 모두 추도식이 열리는 강당 안으로 들어간 모양이었다. 두 개의 문이 보였다. 하나는 예배실로 향하는 문이었고, 다른 하나는 밖으로 나가는 문이었다. 예배실 문을 살짝 열어 안을 살폈다. 작은 예배실은 빛이 들어오지 않아 어두웠다. 양쪽 벽면에 난 스테인드글라스 창 네 곳에서 들어오는 빛이 다였다. 설교단 위에 십자가가 빼곡하게 놓인 신도석을 내려다보고 있었다.

예배실이 텅 빈 줄 알았다. 처음에는 두 사람이 보이지 않았다. 바깥으로 나간 걸까, 어쩌면 둘이 같이 있는 게 아닐 수도 있겠다 생각하며 문을 닫으려던 참이었다. 여자는 이미 떠났고 남자는 화장실에 간 것일 수도 있으니까.

그 순간 움직임이 시야에 감지되었다. 여자가 손을 올려 남자를 밀쳤다. 두 사람은 예배실 안쪽 구석에 서 있었다. 코트니가 제프리를 몰아세우고 있었다. 제프리가 여자의 머리카락을 쓰다듬으려 손을 뻗었지만 여자가 다시금 몸을 세게 밀어냈고, 제프리는 정말 아픈 것처럼 가슴께를 매만졌다.

그때 코트니가 제프리의 빰을 때렸다. 내가 뺨을 맞은 것처럼 움찔하며 잠시 문에서 몸을 떼었다. 그의 머리가 오른쪽으로 쏠렸다가 제자리로 돌아왔다. 숨을 죽이고 지켜보는 그때 여자가 갑자기 목소리를 높인 탓에 몇 마디가 내 귀에 똑똑히 들렸다.

"내가 한 짓 후회 안 해."

여자의 고해성사가 울려 퍼졌다.

"그 여자가 내게서 모든 것을 빼앗았다고, 제프리. 정말 하나도 남기지 않고 모두 다. 내 것을 되찾겠다는 데 뭐가 잘못됐어?"

잠시 말을 멈춘 그녀가 마침내 입을 열었다.

"그 여자가 죽은 것도 아무렇지 않다고."

제프리가 여자의 손목을 움켜쥐었다. 서로를 노려보았다. 대화가 이어졌지만 목소리를 낮춰 두 사람의 말소리가 들리지 않았다. 하지만 대충 짐작할 수 있었고, 내 머릿속에서는 증오 어린 날 선 대화가 그려졌다.

나는 조심스럽게 예배실 안으로 한 발 내딛었다. 바짝 긴장한 상태로 숨을 죽인 채 귀를 기울였다. 처음에는 **말하지 않을 거야**, **절대 모를 거야** 같은 짤막한 말만 드문드문 들렸다. 예배실 내 온풍기가 작동했다. 온풍기 소리에 두 사람의 목소리가 가려졌다. 30초 정도, 그리 오래 작동하진 않았다. 30초 정도의 대화를 놓친 셈이었다. 온풍기 소리가 잦아들자 두 사람의 목소리가 커졌다. 다시 대화 내용이 들렸다.

"도대체 무슨 짓을 한 거야."

그가 한숨을 내쉬며 고개를 저었다.

"정신이 나갔었어."

코트니가 순순히 인정했다.

"순간 욱했나 봐, 제프리. 정말 화가 났었거든. 화가 나는 게 당연하잖아."

그녀가 훌쩍이기 시작했지만 눈물은 보이지 않는 그런 울음이었다. 수를 쓰는 것이다. 남자에게서 동정심을 유발하려는 수작이었다. 두 사람에게서 눈을 뗄 수가 없었다.

그는 잠시 아무 말도 하지 않았다. 둘 다 침묵을 지키고 있었다. 제프리가 한결 따뜻해진 음성으로 말했다.

"예전부터 당신이 우는 거 보기가 괴로웠어."

그가 부드럽게 말했다. 둘 다 한층 부드러워진 분위기였다. 그가 다시 한번 코트니의 머리로 손을 뻗었다. 이번에는 그녀도 그의 손길에 고개를 살짝 기댔다. 아까처럼 거칠게 밀어내지 않았다. 코트니가 한 걸음 남자 쪽으로 다가갔다. 제프리가 두 팔로 여자의 등을 감쌌다. 자신 쪽으로 여자를 끌어당겼다. 코트니는 제프리의 목에 팔을 감고 그의 어깨에 머리를 기댔다. 그 순간만큼은 누구보다 유순한 여자가 되었다. 두 사람의 키가 거의 비슷했다. 둘이 껴안고 있는 모습에서 시선을 뗄 수 없었다. 서로에게 발톱을 세우던 거친 모습은 온데간데없고 지금은 이상할 정도로 애틋해 보였다.

그때 갑자기 핸드폰 벨 소리가 울렸다. 재빨리 문밖으로 나갔고, 미처 손으로 문을 잡지 못했다. 문이 육중한 소리를 내며 닫혔고, 그 순간 두 발이 얼어붙었다. 다가오는 헤드라이트 앞에서 옴짝달싹 못 하는 사슴이 된 기분이었다.

예배실 문 안쪽에서 소리가 들렸다. 두 사람이 문으로 다가오고 있었다. 정신을 차려야만 했다. 빠른 걸음으로 교회 문을 나와 12월의 혹독한 추위 속으로 들어갔다. 계단에 이르자 달리기 시작했다. 제프리나 전 부인에게 발각되어서는 안 된다. 도로에 세운 차를 향해 전속력으로 달렸다. 얼른 차에 올라탄 뒤 교회 입구에 시선을 고정한 채 나를 뒤쫓는 사람이 있는지 살폈다. 차 문이 잠기며 경쾌하게 울리는 달칵 소리에 드디어 안전한 곳에 몸을 피신했다는 안도감이 찾아왔다.

그제야 핸드폰을 확인했다. 조이스가 보낸 문자였다. 화면에 뜬 시간을 확인했다. 병원을 나선 지 한 시간이 지나 있었다. 정확히는 64분이 지났다. 조이스가 시간을 재고 있었던 게 틀림없었다.

늦네요. 환자들이 기다리고 있어요. 다시 고개를 들어 교회 문을 보자 내가 빠져나온 지 20초도 채 지나지 않아 제프리의 전 부인이 주변을 살피며 조심히 밖으로 나오고 있었다. 좌우를 살핀 여자는 추운 날씨에 검정색과 흰색이 섞인 격자무늬 코트의 앞섶을 여미며 계단을 빠르게 내려왔다. 여자가 내 차를 지나쳐 빨간색 지프에 오르는 모습을 지켜봤다. 차 문을 열어젖히고 올라탄 뒤 문을 세게 닫았다. 교회 입구로 눈을 돌리자, 제프리가 서서 여자의 차가 출발하는 모습을 지켜보는 모습이 보였다.

세이디

그날 저녁 집에 도착하니 진입로에 커다란 밴이 한 대 서 있었다. 월의 차 뒤쪽으로 밴 옆에 나란히 내 차를 세웠다. 밴에 써진 글자를 읽어보니 다행히도 월이 보일러 수리기사를 부른 모양이었다.

현관으로 향했다. 집 안은 고요했다. 보일러는 지하실에 있다. 월도 수리 기사도 아래에 내려간 것 같았다.

거실에는 테이블 위에 레고를 쏟아 놓고 있는 테이트만 있었다. 테이트가 내게 손을 흔들었고, 나는 신발을 벗어 현관에 두었다. 테이트에게 다가가 정수리에 입을 맞췄다.

"오늘 하루는……."

아이에게 인사를 다 마치기도 전에 화가 난 목소리가 바닥 아래에서 크게 울렸다. 말소리는 정확히 들리지 않았다.

테이트와 눈빛을 주고받은 뒤 아이에게 말했다.

"금방 다녀올게."

테이트가 따라오려고 해 조금 엄하게 말했다.

"여기 얌전히 있어."

지하실에 내려갔을 때 무슨 광경을 마주하게 될지 모를 일이었다.

낡은 나무계단을 천천히 내려가며 아래를 살폈다. 집 안에 낯선 남자가 있다는 생각을 하자 긴장되었다. 윌도 나도 모르는 낯선 사람이었다.

뒤이어 이런 생각이 들었다. 수리기사가 살인자면 어떡하지? 모건에게 벌어진 일을 생각하면 아주 말도 안 되는 상상은 아니었다.

지하실은 황량했다. 벽과 바닥이 전부 콘크리트였다. 전구 몇 개만 겨우 있을 뿐 상당히 어두웠다.

마지막 계단에 발을 내딛으며 눈앞에 어떤 광경이 펼쳐질까 불안했다. 수리기사가 윌을 공격하고 있을지도. 점점 심장이 빠르게 뛰기 시작했다. 내 몸을 그리고 윌을 지킬 만한 무기를 가져오지 않은 것을 자책했다. 그나마 가방을 아직 매고 있고, 가방 안에는 핸드폰이 있다. 다행이었다. 여차하면 전화로 도움을 요청하면 된다. 핸드폰을 꺼내 손에 쥐었다.

지하실에 다다랐다. 조심스럽게 몸을 돌렸다. 내가 예상한 것과 전혀 다른 광경이 펼쳐져 있었다.

윌이 수리기사를 벽으로 몰아세우고 있었다. 수리기사에게 몸을 바짝 붙이고 선 윌의 자세가 상당히 위협적이었다. 상대방을 몸으로 누르거나 물리적인 위협을 가하지는 않았지만, 코앞에서 가로막고 서 있어 수리기사가 빠져 나오지 못했다. 기생충 같은 놈, 기회주의자라고 윌이 소리쳤지만 수리기사는 가만히 듣고만 있었다. 기사가 아무 반응도 보이지 않자 윌의 얼굴이 붉으락푸르락해졌고 목에 힘줄이 불거졌다.

윌이 몸을 더욱 가까이 붙여 몰아세우자 수리기사가 움찔했다. 윌이 손가락으로 남자의 가슴께를 찔렀다. 별안간 수리기사의 먹살을 잡고 소리쳤다.

"소비자보호원에 고발할 줄 알아. 이 섬에 망할 놈의 수리기사가 당신뿐이니까 이러는 거……."

"윌!"

내가 정색하며 그의 이름을 불렀다. 이렇게 거친 모습은 윌답지 않다. 몸싸움을 하는 사람도 아니었다. 윌에게 이런 면이 있는 줄 처음 알았다.

"그만해, 윌. 당신 도대체 왜 그러는 거야?"

윌에게 부탁하듯 말했다.

윌이 물러났다. 내가 지켜보고 있어서일 뿐 분이 풀려서는 아니었다. 그가 바닥을 내려다봤다. 무슨 일인지 설명할 필요도 없었다. 정황상 충분히 알 것 같았다. 저 남자가 이 섬의 유일한 수리기사였고, 그래서 수리비를 비싸게 불렀을 터였다. 윌은 그것이 마음에 들지 않았던 거고. 그렇다고 해서 이렇게 해결할 일은 아니었다.

윌이 한 걸음 물러나자 수리기사는 짐을 챙겨 급히 자리를 벗어났다.

이후 우리는 대화를 나누지 않았다. 저녁 내내 지하실에서 벌어졌던 일에 대해 누구도 언급하지 않았다.

*

다음 날 아침, 샤워를 마치고 몸에 수건을 두르며 샤워실에서 나왔다. 세면대 위 뿌옇게 수증기가 낀 거울 앞에서 월이 자신의 모습을 들여다보고 있었다. 은으로 된 거울 테두리는 오래되어 변색했다. 집 안 여느 곳처럼 욕실 역시 답답하고 비좁았다.

거울을 들여다보는 월을 바라봤다. 내가 보고 있는 것을 월이 알아챘다. 거울 속에서 눈이 마주쳤다.

"언제까지 나랑 말 안 할 생각이야?"

수리기사와 싸운 이후로 내내 대화를 나누지 않았다. 결과적으로 수리기사는 아무것도 하지 않고 떠난 셈이었고, 집은 여전히 아주 춥거나 아주 더웠다. 보일러에서 이상한 소리도 나기 시작했다. 얼마 뒤면 작동을 완전히 멈출 것 같았다.

월이 자신의 잘못을 사과하거나 적어도 자신이 잘못했다는 것 정도는 인정하기를 기다렸다. 그가 왜 화가 났는지 이해는 되었다. 하지만 그렇게까지 과잉반응할 일이었는지는 납득하기가 어려웠다. 비이성적이고, 지나칠 정도로 과한 반응이었고, 월답지 않은 모습이었다.

월은 내가 눈감고 넘어가주길 기대한 모양이었다.

그의 바람과 달리 나는 이렇게 말했다.

"당신, 이런 적 처음이야. 그것도 고작 수리비용 때문이라니."

윌이 내 말에 상처받은 듯 보였다. 그는 심호흡을 하더니 마음이 아픈 듯 말했다.

"내가 가족을 위해 얼마나 헌신하는지 당신도 알 거야, 세이디. 우리 가족이 내게 전부라고. 그 누구도 우리 가족을 마음대로 이용해 먹도록 두지 않을 거야."

그의 말을 듣고 나니 상황이 조금 달리 보이기 시작했다. 얼마 지나지 않아 사과의 말을 하고 있는 사람은 나였다.

윌은 가족을 돌보기 위해 많은 일을 하고 있다. 윌이 기사를 부르기 전 사전 조사를 한 덕분에 터무니없는 가격으로 바가지를 쓰지 않아도 되었으니 오히려 고맙게 생각해야 할 일이었다. 윌은 우리 돈과 가족을 지키려던 것이다. 식비나 아이들 학비로 쓰일 수 있는 돈이었다. 그가 귀중한 돈을 낭비하지 않기 위해 수리비를 미리 알아보고 용감하게 맞서주어서 고마웠다. 나였다면 뭣도 모르고 몇 백 달러나 낭비했을 것 같았다.

"당신 말이 맞아. 당신이 옳아. 내가 미안해."

윌에게 말했다.

"괜찮아."

그의 표정에서 나를 용서하는 것이 느껴졌다.

"없었던 일로 하자."

그리고 그렇게 아무 일도 아닌 것이 되었다.

윌은 내가 어제 추도식에 갔었다는 것을 모르고 있었다. 참석하지 않는 게 좋겠다고 말했던 사람이라 솔직하게 밝힐 수가 없었다. 그를 화나게 하고 싶지 않았다.

하지만 교회 예배실에서 목격했던 제프리와 그의 전 부인 간의 대화를 머릿속에서 지울 수 없었다. 어제 일에 대해 윌과 대화를 나누고 싶었고, 내가 본 장면을 윌에게 털어놓고 싶었다.

코트니가 추도식장을 떠난 뒤 차로 그녀의 뒤를 밟았다. 유턴을 한 뒤 그녀의 차 10미터 뒤에서 세 블록을 운전해 선착장에 도착했다. 내가 뒤따른다는 것을 코트니가 알고 있었을지도 모르지만 별다른 낌새는 없었다. 나는 차를 정차시킨 채 10분 정도 차 안에 가만히 앉아 있었다. 그녀는 차 안에서 누군가와 통화를 했다.

페리가 도착하자 코트니는 차를 타고 배에 올랐다. 잠시 뒤 그녀는 바다로 모습을 감추었다. 그렇게 사라졌다. 하지만 내 마음속에서까지 자취를 감춘 것은 아니었다. 지금도 마찬가지이다. 코트니가 내 머릿속을 가득 채우고 있다. 제프리도. 두 사람이 나눈 성난 언쟁과 포옹도.

이모젠에 대한 생각도 지워지지 않았다. 한밤중 내 방 한편에 앉아 있던 실루엣이 잊히지 않는다.

윌은 빗 대신 손으로 머리카락을 빗어 넘겼다. 욕실 환풍기 너머로 그의 목소리가 들렸다. 오늘 저녁에 공립도서관에서 열리는 레고 행사에 테이트를 데려갈 생각이라고 말했다. 테이트와 자주 어울리는 반 친구도 함께 갈 예정이라고 했다. 친구 엄마도. 윌이 대화 중에 무심코 이름을 언급해 그 여자의 이름이

제시카란 것을 알게 되었고, 너무도 자연스럽고 익숙하게 그녀의 이름을 입에 올리는 윌을 보자 그 순간만큼은 제프리와 그의 전처, 이모젠에 대한 생각이 머릿속에서 사라졌다.

지난 몇 년간 아이들의 놀이 스케줄을 챙기는 것은 윌의 몫이었다. 예전만 해도 윌이 다른 엄마들과 어울리는 것이 아무렇지 않았다. 도리어 내가 챙기지 못하는 일들을 윌이 대신 맡아주어 고마웠다. 학교를 마친 뒤 아이들의 반 친구들과 엄마들이 내가 없는 집에 놀러오고는 했다. 아이들은 밖으로 나가 놀고, 윌과 내가 모르는 여자들이 내 식탁에 앉아 수다를 떨며 시간을 보내겠거니 생각했다.

나는 이 여자들을 한번도 본 적이 없다. 어떻게 생겼는지조차 궁금해한 적 없다. 하지만 윌의 외도 이후 상황이 완전히 달라졌다. 이제는 이런 만남에 대해 지나치게 신경이 쓰였다.

"네 명이서만?"

윌에게 물었다.

윌은 그렇다고 답했다.

"물론 다른 사람들도 많을 거야, 세이디."

나를 안심시키려는 말이었지만 비꼬는 것처럼 들리기도 했다.

"우리가 그 장소를 빌리는 것도 아니니까."

"물론, 그렇지. 거기서 뭘 하고 노는 거야?"

일상적인 질문처럼 톤을 가볍게 했다. 테이트가 레고를 좋아하는 것을 아는 이상 너무 날카롭게 반응해서는 안 되었다.

집 안에 잔뜩 굴러다니는 것과 비슷한 작은 레고 브릭들로 움직이는 기계와 장비를 만들 예정이라고 설명했다.

"테이트가 엄청 기대하고 있어."

거울을 보고 있던 월이 몸을 돌려 나를 마주 바라봤다.

"그리고 우리 없을 때 오토랑 이모젠이랑 당신, 이렇게 셋이서 시간을 보내면 좋을 것 같기도 하고. 오붓하게."

오늘 저녁 오토와 이모젠, 내가 오붓한 시간을 보내지 않을 거라는 것을 누구보다 잘 아는 나는 괜스레 헛기침을 했다.

월을 지나쳤다. 욕실에서 나와 침실로 갔다. 월이 내 뒤를 따랐다. 내가 옷을 입는 동안 그는 침대 끝에 걸터앉아 양말을 신었다.

날씨가 점점 추워지고 있었다. 문과 창문 틈으로 새어 들어온 냉기로 진료소가 썰렁했다. 단열성이 낮은 벽체인 데다 진료소 문이 계속 열렸다 닫혔다 하는 탓이었다. 환자가 들고 날 때마다 찬 공기가 들어왔다.

어디에 걸쳐도 무난한 갈색 카디건을 찾으려 세탁을 마치고 쌓여 있는 옷가지 사이를 뒤졌다. 내 옷은 아니다. 앨리스가 입던 카디건이었다. 이 집에 이사 와서 발견했다. 손때가 묻고 착용감이 있는 옷이라 좋았던 것도 있다. 골지 짜임에 폭이 넓은 숄 칼라 카디건은 모양도 약간 틀어지고 보풀도 있긴 했지만 손을 폭 넣을 수 있는 큰 사이즈의 주머니가 있었다. 가운데에는 모조 자개단추 네 개가 달려 있다. 내가 앨리스보다 체구가 컸기 때문에 여유 없이 딱 맞았다.

"내 옷 봤어?"

윌에게 물었다.

"무슨 옷?"

윌이 되물었다.

"갈색 옷 있잖아. 카디건. 앨리스가 입던 거."

윌은 못 봤다고 말했다. 그는 그 옷을 별로 좋아하지 않았다. 처음 그 옷을 발견하고 내가 입겠다고 하자 그는 못마땅해했다. 어디서 났어? 카디건을 입은 내게 그가 물었다.

옷장에서. 위층에 있는 옷장. 당신 누나 옷인 것 같아. 내가 말했다. 그래? 그런데, 좀 뭐랄까 소름끼치지 않아? 죽은 사람 옷을 입는 거 말야. 윌이 내게 물었다.

내가 답변을 하기도 전에 테이트가 소름 끼친다는 말이 무슨 뜻인지 물었고, 설명할 자신이 없었던 나는 윌에게 뒷일을 맡기고 그 자리를 벗어났었다.

결국 다른 스웨터를 찾아 블라우스 위에 입었다. 윌은 내가 옷을 다 갈아입을 때까지 침대에 잠자코 앉아 있었다. 준비를 마치자 침대에서 일어나 다가왔다. 내 허리에 팔을 두르고는 혹시라도 제시카에 대한 걱정은 전혀 할 필요가 없다고 말했다. 내 쪽으로 고개를 기울여 귀에 속삭였다.

"당신과는 감히 비교할 수준도 못 돼."

쭈그렁 할망구에, 잘 씻지도 않고 이는 반이나 빠졌으며 말할 때마다 말도 못하게 침을 튀기는 여자라고 어설픈 농담을 늘어놨다.

나는 억지로 웃어 보였다.

"상당히 매력적인 여자처럼 들리는데."

두 사람이 꼭 한 차로 움직여야 하는지, 그냥 도서관에서 만나면 되는 일 아닌가 하는 찜찜함은 여전했다.

월이 몸을 좀 더 가까이 기울여 내 귓가에 뜨거운 입김을 불어넣었다.

"레고 놀이 끝나고 애들도 다 자면, 당신이랑 나랑 오붓한 시간을 보내면 좋겠는데."

월이 내게 키스했다.

외도 이후로 그런 시간을 보내지 않았다. 그가 손을 댈 때마다 그 여자가 생각나 소름이 끼쳐 지레 월의 손길을 거부했다. 확실하진 않지만 열여덟, 열아홉 살짜리 학생으로 짐작하고 있다. 립스틱을 바르는 여자라는 것은 확실히 알고 있다. 핫핑크 립스틱을 바르고 얇은 천으로 된 손바닥만 한 속옷을 내 침실에 벗어두고 가는 여자. 다시 말해 유부남과 정사를 가질 뿐 아니라 속옷을 입지 않고 거리를 활보할 정도로 상당히 뻔뻔한 여자였다. 내가 죽어도 하지 않을 일들이었다.

내 남편을 교수님이라고 부를지, 아니면 그녀에게만은 월이었을지 궁금했다. 어쩌면 파우스트 교수님이라고 불렀을 수도 있지만 과연 그럴까 싶었다. 스무 살이나 연상인 데다 두 아이의 아빠이자 흰 머리가 나기 시작한 남자라고 해도 잠자리를 갖는 사이인데 너무 딱딱한 호칭이었다.

이 당돌한 학생에 대해 생각해본 적이 많았다. 어떻게 생겼을까. 짧은 숏컷 머리에 배꼽과 허리가 드러나는 크롭 탑과 주머니가 밖으로 나올 정도로 짧은 핫팬츠를 입은 모습이 그려졌다. 망사 스타킹과 워커를 신고, 머리는 염색을 하고.

어쩌면 완전히 반대일지도 모른다. 자존감이 낮고 부끄러움이 많은 어린 여자애일 수도 있다. 유부남이 주는 약간의 관심 외에는 누구에게도 애정을 받지 못하거나, 두 사람이 육체적 관계를 넘어서 교감을 나누며 지구 환경을 지켜야 한다는 뜻을 함께했던 사이였을지도 모른다.

이 경우에는 파우스트 교수님이란 호칭이 적합해 보였다. 그녀가 어떤 스타일인지 월에게 단 한 번도 묻지 않았다. 알고 싶은 마음과 동시에 조금도 알고 싶지 않은 마음이 들었다. 결국 모르는 게 약이라고 생각하고 묻지 않았다. 내가 물었다고 해도 남편이 다른 여자 따위는 없다고 거짓말을 늘어놓기는 마찬가지였을 것이다. 자신에게는 오로지 나밖에 없다고 발뺌할 것이 분명했다.

아이들만 없었다면 이혼을 했을 것이다. 이혼을 하는 편이 서로에게도, 아이들에게도 더 좋을 것 같다고 말한 적이 있었다.

"절대 안 돼. 안 돼, 세이디. 절대로 헤어지지 않기로 약속했잖아. 영원히 함께하자고, 날 절대로 놓치지 않겠다고 약속했잖아."

내 말에 그는 이렇게 대꾸했다.

그런 말을 했었는지 기억이 나질 않았다. 설사 그랬다 해도 사랑에 빠졌을 때 누구나 하는 허튼 소리일 뿐, 결혼한 뒤에도 유효한 말은 아니었다.

남편의 외도 앞에서 나 자신을 자책하는 마음도 조금 있었다. 월을 다른 여자의 품으로 밀어 넣은 것이 결국 내가 아니었을까 하는 생각이 들었다. 다른 것들은 모두 저버리고 온전히 매달려야 하는 의사라는 내 직업 때문은 아니었을까 자책했다. 내 소홀함과 정서적 부재가 결혼 생활에 때때로 영향을 미쳤던 것은 사실이니까. 나는 원래부터 쉽게 마음을 열거나 내 안의 여린 모습을 드러내는 성격이 아니었다. 월은 나를 변화시킬 수 있을 거라 생각했다. 결과적으로 그건 그의 착각이었다.

세이디

진료소 주차장에 다른 차는 보이지 않아 다행이었다. 조이스와 엠마가 곧 도착하겠지만 지금은 나 혼자였다. 거리에 오가는 차들이 있는지 확인하며 내 자리를 찾아 급히 왼쪽으로 차를 꺾자 타이어가 노면에서 미끄러지며 마찰음을 냈다.

차에서 내려 주차장을 가로질러 걸었다. 이른 아침이라 안개가 자욱했다. 비누 거품에 갇힌 것처럼 온 세상이 뿌옇게 보였다. 다섯 걸음 앞도 잘 보이지 않았다. 숨쉬기가 불편했고, 갑자기 이 안개 속에서 누군가가 나를 지켜보고 있을지도 모른다는 생각이 들었다. 내 시야가 닿지 않는 여섯 걸음 앞에 만약 누군가 서 있다면. 등줄기로 소름이 끼치고 몸이 떨려왔다.

빠른 걸음으로 진료소 앞에 도착한 뒤 문에 열쇠를 꽂았다. 들어오자마자 문을 걸어 잠그고 나서야 진료소 안으로 걸음을 옮겼다. 좁은 복도를 따라 엠마가 일하는 리셉션 쪽으로 걸어갔다. 내가 오기 전에는 이 섬에 오래 살았던 여의사가 일했는데, 그는 출산 휴가를 떠난 뒤 다시 진료소로 돌아오지 않았다. 조이스와 엠마는 함께 아기 사진을 보며 아만다와 일하던 때를 그리워하곤 했다. 두 사람은 나 때문에 그 의사가 못 오는 것마냥, 그녀가 임신을 하고 엄마로서의 삶을 선택한 것이 마치 내 잘못인 양 굴었다.

지금껏 경험한 바에 비춰보면 섬 주민들은 새로운 사람에게 그리 호의적이지 않았다. 테이트처럼 어린 나이이거나 월처럼 사교성이 좋은 게 아니라면 말이다. 세상과 단절된 채 작은 섬으로 와서 살기를 선택한 이들은 보통 사람들과는 다른 구석이 있다. 고령의 은퇴자가 아니라면 대부분 조용하게 살고 싶다는 개인의 선택에 따라 이곳으로 온 사람들이었다. 독립적이고 편협하며, 우울하고, 완고하고, 냉담한 성격의 사람들이었다. 주로 아티스트들이 많았다. 때문에 섬에는 도자기 가게와 갤러리가 많아 예술적인 한편 작위적인 분위기가 흘렀다. 섬에 산다는 것은 고립을 뜻하는 만큼 커뮤니티가 중요했다. 여기 있는 사람들과 내가 다른 점이라면 그들은 이곳에서 사는 것을 직접 선택했다는 점이다.

손으로 벽을 훑으며 전등 스위치를 찾았다. 지잉, 하는 소리와 함께 머리 위의 전등이 켜졌다. 바로 맞은편 벽에는 닥터 샌더스와 내 업무 일정이 표기된 커다란 화이트보드 달력이 걸려 있었다. 엠마의 작품이었다. 들쑥날쑥하게 마구잡이로 짜인 스케줄이었다. 닥터 샌더스와 내 근무 요일이 매주 달랐다. 규칙성이라고는 찾아볼 수 없었다.

달력 앞으로 다가갔다. 잉크가 흐려졌지만 보이긴 했다. 12월 1일에는 내 이름, 파우스트가 적혀 있었다. 닐슨 씨가 모건 베인스와 다투는 나를 봤다고 말한 날이었다. 닐슨 씨가 모건의 머리카락 한 움큼을 거칠게 뜯는 나를 보았다고 말한 날이었다.

엠마가 적어놓은 스케줄 표에 따르면 12월 1일 나는 아침 8시부터 오후 5시까지 아홉 시간을 근무했다. 다시 말해 닐슨 씨가 나를 베인스 집 밖에서 봤다고 말한 시각에 나는 이 진료소에서 일하고 있었다는 뜻이다. 가방에서 핸드폰을 꺼내 증거용으로 스케줄 표 사진을 찍어두었다.

L자 모양의 리셉션 데스크에 앉았다. 포스트잇 메모가 몇 개 붙어 있었다. 엠마가 프린터 잉크 주문을 잊지 않기 위해 적어둔 메모. 검사 결과를 묻는 환자에게 전화하라고 닥터 샌더스에게 알려야 한다는 메모. 환자 중 한 명이 인형을 잃어버린 모양이었다. 인형을 찾을 경우 연락해야 할 아이 엄마의 전화번호가 적힌 메모도 보였다. 그중 컴퓨터 비밀번호가 적힌 메모지도 있었다.

컴퓨터 전원을 켰다. 환자 파일은 모두 의료용 프로그램에 보관되어 있다. 닐슨 씨가 여기서 진료를 봤는지는 모르겠지만 섬 주민 대부분이 이 병원 환자였다. 노안, 백내장, 녹내장 등 노년층의 시력 저하는 물론 시력 상실까지 불러오는 안질환은 다양하다. 닐슨 씨 또한 이런 질환에 시달리는 환자라서 다른 사람을 나로 착각했을 수도 있다. 시력이 나빠 제대로 보지 못했다면 그럴 수 있다. 아니면 알츠하이머 초기 증상으로 정신이 혼미한지도 모른다.

프로그램을 열었다. 조지 닐슨의 의료기록을 검색하자 아니나 다를까 기록이 있었다. 의료정보보호법에 위반되는 행위인데다, 닐슨 씨의 주치의도 아니지만 멈출 생각은 없었다.

그의 의료기록을 살폈다. 닐슨 씨는 당뇨를 앓고 있어 인슐린을 처방받고 있었다. 콜레스테롤 수치가 높아 스타틴을 복용하며 관리 중이었다. 맥박과 혈압은 연령대 평균 수준이었고, 이미 알고 있었듯이 척추후만증도 있다. 닐슨 씨는 꼽추처럼 등이 굽었다. 통증도 심하고 보기에도 안 좋은 이 병은 골다공증에서 비롯되는 질환으로 보통 남성보다 여성에게서 많이 발견된다.

이런 것들은 전혀 관심이 없다. 놀랐던 점은 닐슨 씨의 눈에는 아무 이상이 없다는 사실이었다. 닥터 샌더스는 닐슨 씨의 인지 능력에 대해서도 별다른 코멘트를 하지 않았다. 기록상으로 보면 정신이 온전한 사람이었다. 머리에도 문제가 없었고 시력도 괜찮다는 것을 확인한 나는 다시 원점으로 돌아왔다. 왜 닐슨 씨는 거짓말을 한 걸까?

프로그램을 닫았다. 마우스를 움직여 인터넷 창을 더블클릭했다. 인터넷 화면이 모니터에 떴다. 검색창에 코트니 베인스를 입력하고 엔터를 누르고 나서야 이혼 뒤에는 베인스라는 이름을 쓰지 않고 결혼 전에 쓰던 성으로 돌아갔을 수도 있겠다는 생각이 스쳤다. 어쩌면 재혼을 했을 수도 있다. 하지만 그것까지 알아볼 여유가 없었다.

복도 끝에 있는 뒷문이 열렸다. 인터넷 창을 급히 닫고 책상에서 일어나 한 걸음 물러나자 조이스가 모습을 드러냈다.

"닥터 파우스트."

아침 8시밖에 안 된 시각임에도 지나치게 적대적인 말투였다.

"출근하셨네요."

마치 내가 몰랐던 사실을 알려주듯 조이스가 말했다.

"문이 잠겨 있던데. 누가 와 있는 줄 몰랐네요."

"네. 출근했어요."

의도했던 것보다 훨씬 발랄한 목소리가 나왔다.

"하루를 좀 일찍 시작하고 싶어서요."

내가 늦는 것도 싫지만 일찍 오는 것도 싫은 눈치였다. 내가 뭘 해도 마음에 들지 않는 모양이었다.

마우스

옛날 옛적에 한 여자가 살고 있었다. 그녀의 이름은 '가짜 엄마'였다. 물론 진짜 이름은 아니었지만 마우스는 그렇게 불렀다. 가짜 엄마 몰래 마우스가 혼자 부르는 이름이긴 했지만. 가짜 엄마는 얼굴이 예뻤다. 피부도 좋고, 갈색의 긴 머리에 잘 웃는 사람이었다. 옷도 멋지게 갖춰 입는 가짜 엄마는 블라우스나 반짝이는 상의를 허리 밴드가 있는 청바지에 쏙 집어넣어, 마우스가 청바지를 입었을 때처럼 옷이 지저분하게 삐져나오지 않았다. 가짜 엄마는 마우스와 달리 항상 단정해 보였다. 가짜 엄마는 항상 예뻤다.

크리스마스 때나 출근할 때가 아니면 마우스나 마우스 아빠는 예쁘게 옷을 차려입지 않았다. 마우스는 예쁜 옷은 불편하다고 생각했다. 몸을 움직이기 힘들었다. 그런 옷을 입으면 팔다리가 뻣뻣해졌다.

195

어느 날 저녁, 마우스는 가짜 엄마가 집에 들어오고서야 가짜 엄마의 존재를 알았다. 아빠가 한번도 이야기한 적이 없어서 마우스는 그날 아빠와 가짜 엄마가 처음 만난 사이라고 생각했다. 하지만 마우스는 아빠에게 캐묻지 않았고, 아빠도 마우스에게 아무런 설명을 하지 않았다.

가짜 엄마가 오던 날 아빠는 바깥 사무실에 출근했다 돌아오는 날과 다름없이 퇴근했다. 마우스 아빠는 보통 집 안에 사무실이라고 부르는 방에서 재택근무를 했다. 마우스가 한 번 가본 적 있는 무척 큰 건물에도 사무실이 있지만, 다른 아빠들이 출근하는 것처럼 마우스 아빠는 큰 건물 사무실에는 매일 가지 않았다. 마우스 아빠는 집에서 방문을 닫고 온종일 고객들과 전화 통화를 했다. 하지만 가끔은 진짜 사무실로 출근을 했는데, 가짜 엄마를 데려온 날도 그랬다. 마우스 아빠가 멀리 떠날 때도 있었다. 그럴 때는 며칠 동안 집에 오지 않았다.

가짜 엄마가 오던 날, 아빠는 혼자 집 안으로 들어왔다. 서류 가방을 문 옆에 두고 코트를 옷걸이에 걸었다. 아빠는 건너편 집에 사는 노부부에게 마우스를 돌봐주어서 고맙다고 인사했다. 노부부를 현관까지 배웅하는 아빠의 뒤를 마우스가 따랐다.

마우스와 아빠는 노부부가 천천히 길을 건너 집에 들어가는 모습을 지켜봤다. 바로 건너편까지 가는 것도 힘들어 보였다. 아프고 괴로워 보였다. 마우스는 늙고 싶지 않았다. 노부부가 시야에서 사라지자 아빠는 문을 닫았다. 그러고는 마우스를 돌아봤다. 아빠는 깜짝 선물이 있으니 두 눈을 꼭 감고 기다리라고 말했다.

마우스는 깜짝 선물로 강아지를 받게 될 거라 생각했다. 애완동물 가게를 지날 때 창문 너머로 털이 북슬북슬한 하얀색 강아지를 본 이후 내내 아빠에게 졸랐다. 당시 마우스 아빠는 강아지를 키우려면 신경 써야 할 일이 많다고 거절했지만, 어쩌면 아빠가 생각을 바꿨는지도 몰랐다. 아빠는 처음에는 싫다고 해도 결국 마우스가 진짜 원하는 것을 사준 적이 몇 번이나 있었다. 마우스는 착한 아이이니까. 마우스가 원하는 것을 다 들어주진 않았지만 아빠는 마우스가 행복해하는 모습을 보고 싶어했다. 그리고 강아지라면 마우스가 정말, 정말 많이 행복할 거라는 것을 아빠도 알 테니까.

마우스는 손으로 눈을 가렸다. 왜인지는 몰라도 숨도 참았다. 아빠가 서 있을 거실 끝에서 끵끵거리는 소리가 들리길 기다리며 귀를 기울였다. 하지만 끵끵거리는 소리도, 짖는 소리도 들리지 않았다. 귀에 들리는 소리라고는 현관문이 열렸다 닫히는 소리뿐이었다. 마우스는 이유를 알 것 같았다. 아빠가 차에 있는 강아지를 데리러 바깥에 나간 것 같았다. 강아지는 서류 가방에 들어가지 않으니까. 아빠는 마우스를 놀래주려고 차 안에 강아지를 숨겨둔 게 분명했다. 두 눈을 가리고 기다리던 마우스의 얼굴에 웃음이 번졌다. 신이 나 다리를 떨었다. 얌전히 기다리는 것이 힘들었다.

문이 닫히는 소리에 이어 아빠가 목을 가다듬는 소리가 들렸다. 아빠가 들뜬 목소리로 말했다. 이제 눈을 떠보렴. 마우스는 아빠의 얼굴을 제대로 쳐다보기도 전에 아빠가 웃고 있다는 것을 알아챘다.

눈을 크게 뜬 마우스는 자신도 모르게 두 손을 입으로 가져 갔다. 숨이 턱 막히는 것 같았다. 마우스네 집 안, 마우스 앞에 있는 것은 강아지가 아니었다. 어떤 여자였다.

TV에 나오는 남자, 여자처럼 그 여자의 가느다란 손과 아빠 의 손이 깍지를 낀 채 맞잡고 있었다. 마우스를 향해 활짝 웃고 있는 여자는 입이 크고 예뻤다. 마우스에게 인사를 하는 목소리 는 얼굴만큼 예뻤다. 마우스는 아무 말도 하지 않았다.

여자가 아빠의 손을 놓았다. 앞으로 다가와 마우스의 눈높이 에 맞춰 무릎을 굽혔다. 여자는 마우스를 향해 가녀린 손을 내 밀었지만, 마우스는 뭘 어떻게 해야 할지 몰라서 성마른 손을 가만히 내려다보고만 있었다.

그날 밤, 마우스는 처음으로 집 안 공기가 달라진 걸 느꼈고, 숨을 쉬기가 어려웠다. 아빠가 마우스에게 말했다. 자, 예의 바르 게 굴어야지. 인사하고 악수하렴. 마우스는 아빠가 시키는 대로 들릴 듯 말 듯 인사를 중얼거린 뒤 작은 손으로 여자의 손을 잡았다.

마우스 아빠는 급히 다시 밖으로 나갔다. 여자가 아빠를 뒤따 랐다. 마우스는 조용히 창문으로 가 아빠가 트렁크에서 여자의 가방을 꺼내는 모습을 지켜봤다. 왜 저렇게 짐이 많은지 도무지 이해가 가지 않았다.

두 사람이 다시 집에 들어온 뒤 여자가 핸드백에서 초콜릿을 꺼내 마우스에게 내밀었다. 초콜릿을 제일 좋아한다고 아빠한테 들었어. 마우스는 살레르노 버터 쿠키 다음으로 초콜릿을 좋아했다. 하지만 이 초콜릿은 강아지 대신 주는 거였다. 마우스는 강아지를 받고 싶었다. 하지만 마우스도 그런 말을 입 밖으로 내어서는 안 된다는 것쯤은 알았다.

마우스는 여자에게 언제 집에 갈 거냐고 묻고 싶었다. 하지만 이 역시 물어서는 안 되는 거라는 것을 알았기 때문에 얌전히 여자에게서 초콜릿을 받아 들었다. 땀에 젖은 축축한 손으로 초콜릿을 쥐고 있자 초콜릿이 녹아 흐물흐물해지기 시작했다. 마우스는 초콜릿을 먹지 않았다. 저녁은 아직 안 먹었지만 배가 고프지 않았다. 입맛이 없었다.

수많은 짐들 사이에서 개집이 보였다. 마우스의 시선을 사로잡았다. 케이지가 꽤 컸다. 마우스는 어떤 종의 개가 들어갈 수 있을까 생각했다. 콜리나 바셋하운드, 비글이 알맞을 것 같았다. 아빠가 짐을 집 안에 들여놓는 모습을 창문으로 바라보며 강아지는 언제 데려올까 궁금했다.

강아지는 어디 있어요? 차에서 짐을 다 내리고 집에 들어온 아빠가 문을 닫는 걸 보고 물었다.

여자는 슬픈 얼굴로 고개를 저으며 마우스에게 개가 얼마 전에 하늘나라로 떠나서 이제는 없다고 말했다. 그러면 개집은 왜 있어요? 여자에게 물었지만 아빠가 말을 가로막았다. 그만하렴, 마우스. 버릇없이 굴면 안 되지. 죽은 개 이야기를 꺼내자 여자의 얼굴이 슬퍼졌다.

마우스요? 여자는 자칫 보면 비웃는 것 같은 표정을 하고 있었

다. 어린아이에게 희한한 별명을 지어줬네요. 그렇게만 말했다. 희한한
별명이라고. 좋다, 나쁘단 말은 하지 않았다.

　세 사람은 함께 저녁을 먹고 소파에 앉아 TV를 봤다. 항상 아
빠랑 같은 소파에 앉았던 마우스는 오늘은 TV도 잘 보이지 않
는 구석진 의자에 앉았다. 어차피 마우스가 좋아하지 않는 프로
그램이라 아무래도 상관없었다. 마우스와 아빠는 스포츠 경기
를 보는 것을 좋아했지만, 오늘은 어른들이 나와 이야기만 계속
하는 쇼를 봤고, 마우스 빼고 여자와 아빠는 계속 웃었다. 마우
스는 웃지 않았다. 하나도 재밌지 않았다.

　TV를 보는 내내 여자는 마우스 아빠 옆에 앉아 있었다. 마우
스가 큰마음을 먹고 소파로 시선을 돌리면 두 사람이 처음 도착
했을 때처럼 깍지를 낀 채 가깝게 몸을 붙이고 앉아 있는 모습
이 보였다. 마우스는 마음이 이상해졌다. 보지 않으려고 했지만
자꾸 두 사람의 손을 보게 되었다.

　여자가 씻으러 잠시 자리를 비우자 아빠는 마우스에게 다가
와 여자에게 엄마라고 부르면 좋겠다고 말했다. 처음에는 어색
할 거라고도 했다. 원치 않는다면 그렇게 부르지 않아도 된다고
했다. 하지만 조금씩 노력해보면 어떻겠냐고 타일렀다.

　아빠를 많이 사랑했던 마우스는 아빠를 기쁘게 하는 일이라
면 뭐든지 하고 싶었다. 지금도, 앞으로도 영원히 이 이상한 여
자를 엄마라고 부를 생각은 없었지만, 그래도 굳이 아빠에게 싫
다고 말할 필요가 없다는 것을 알고 있었다. 아빠가 상처받을
것 같았고, 마우스는 아빠를 속상하게 하고 싶지 않았다.

마우스에게는 이미 엄마가 있었고 이 여자는 엄마가 아니었다.

하지만 아빠가 원한다면 이 여자에게 엄마라고 부를 수는 있었다. 이 여자 앞에서나 아빠 앞에서만 하면 된다. 하지만 속으로는 가짜 엄마라고 부르면 된다. 마우스는 그렇게 정했다.

*

마우스는 똑똑한 아이였다. 마우스는 책을 좋아했다. 또래 여자아이들은 모르는 것들, 가령 바나나는 왜 구부러졌는지도 알고, 달팽이는 더듬이가 네 개라는 것도, 타조가 세상에서 가장 큰 새라는 것도 알고 있었다.

마우스는 동물을 좋아했다. 강아지를 키우고 싶었지만 한번도 키워보지 못했다. 대신 다른 동물을 들였다. 가짜 엄마가 이 집에 들어온 이후 아빠는 기니피그 한 마리를 허락했다. 마우스를 행복하게 해주고 싶어 아빠가 내린 결정이었다.

아빠와 마우스는 함께 애완동물 가게에 갔다. 기니피그를 본 순간 마우스는 마음을 빼앗겼다. 강아지만큼은 아니었지만 그래도 특별한 선물이었다. 마우스 아빠는 제일 좋아하는 야구 선수인 버트 캄파네리스의 이름을 따 '버트'라고 부르자고 제안했고, 딱히 떠오르는 이름이 없었던 마우스는 아빠의 말을 따르기로 했다. 아빠를 행복하게 해주고 싶은 마음도 있었다.

아빠는 마우스에게 기니피그에 관한 책도 구해주었다. 버트를 집에 데려온 날 마우스는 이불을 덮고 침대에 누워 그 책을 다 읽었다. 기니피그에 대해 많이 알고 싶었다. 책을 읽으며 마우스는 기니피그는 무엇을 먹는지, 어떨 때 어떤 소리를 내는지 등, 전에는 전혀 몰랐던 지식을 배웠다.

기니피그가 돼지와는 아무런 연관이 없는 종이라는 것도, 기니라는 나라에서 온 것이 아니라 남아메리카에 있는 안데스산맥이 고향이라는 것도 알게 되었다. 마우스는 남아메리카가 어디 있는지 알고 싶어서 아빠에게 지도를 보여달라고 말했다. 아빠는 지하실로 가 할아버지의 《내셔널 지오그래픽》 잡지를 찾았다. 아빠는 할아버지가 돌아가시자 잡지를 모두 버리려고 했지만, 마우스가 말렸다. 마우스 눈에는 엄청 멋진 잡지였다.

마우스는 방 벽에 스카치테이프로 지도를 붙였다. 침대 위에 서서 지도를 바라보던 마우스는 안데스산맥을 발견하고는 자주색 펜으로 크게 동그라미를 쳤다. 마우스는 동그라미 친 곳을 손가락으로 가리키며 침대 옆 바닥에 놓인 케이지 안에 있는 기니피그에게 여기가 네 고향이라고 알려주었다. 물론 마우스도 버트가 안데스산맥에서 오지 않았다는 사실을 잘 알고 있었다. 애완동물 가게에서 데려왔으니까.

가짜 엄마는 버트를 항상 피그라고 불렀다. 마우스와는 달리 가짜 엄마는 기니피그에 관한 책을 읽지 않았다. 가짜 엄마는 버트가 돼지가 아니라 설치류라는 것도, 돼지와는 아무 상관이 없다는 것도 모르는 것 같았다. 기니피그란 이름은 울음소리가 돼지와 비슷해서 붙여진 이름이다. 사실 전혀 닮지 않았지만 오래전에 누군가가 기니피그를 보고 돼지와 닮았다고 생각해서 그렇게 부르게 되었다. 하지만 조금도 닮지 않았다. 마우스가 보기에는 그 누군가가 완전히 착각한 것 같았다.

마우스는 거실에 서서 가짜 엄마에게 이런 이야기를 들려주었다. 잘난척쟁이처럼 굴려는 것은 아니었다. 하지만 마우스는 아는 것이 많았다. 어려운 단어도 알고, 지도에서 다른 나라도 척척 짚어낼 줄 알았으며, 몇몇 단어는 불어와 중국어로도 말할 수 있었다. 때때로 너무 들떠서 마우스는 자신이 아는 것들을 마구 떠들지 않고는 배길 수 없을 때도 있었다. 자기 또래 아이들이 무엇을 알고 무엇을 모르는지 전혀 몰랐던 마우스는 그냥 자신이 알고 있는 것을 이야기했다.

이번에도 가짜 엄마에게 자신이 알고 있는 것을 말했을 뿐이었다. 하지만 가짜 엄마는 눈을 부릅떴다. 아무런 말도 하지 않고 주름이 깊게 팰 정도로 눈살을 찌푸리며 마우스를 뚫어지게 바라봤다.

하지만 마우스 아빠는 달랐다. 아빠는 마우스를 자랑스럽게 바라보며 머리를 헝클어뜨리고는 이 세상에 마우스가 모르는 것도 있냐고 물었다. 마우스는 아빠를 향해 웃으며 어깨를 으쓱했다. 당연히 마우스가 모르는 것도 있다. 아기들은 어떻게 태어나는지, 학교에는 왜 친구를 괴롭히는 나쁜 아이들이 있는 건지, 사람은 왜 죽는지 몰랐다. 하지만 아빠가 진짜 궁금해서 물은 게 아니란 걸 알기에 굳이 말하지 않고 가만히 있었다. 아빠는 **수사적인 표현**을 한 것이었다. 이 역시 마우스가 알고 있는 어려운 단어 중 하나였다.

마우스 아빠는 가짜 엄마를 바라보며 물었다. 정말 특별한 아이이지 않아? 아빠의 질문에 가짜 엄마는 이렇게 대답했다. 그렇고말고요. 믿기지 않는 아이네요. 하지만 가짜 엄마는 아빠처럼 따뜻하게 웃지 않았다. 가짜 미소는 아니었지만 아무런 의미가 담기지 않은 미소였다. 마우스는 믿기지 않는다는 말을 어떻게 이해해야 할까 혼란스러웠다. 믿기지 않는다라는 말은 다양하게 해석할 수 있으니까.

그렇게 대화가 끝났다. 마우스는 설치류와 돼지에 관한 이야기는 그걸로 끝난 거라 생각했다. 하지만 그날 밤, 아빠가 안 보고 있을 때 가짜 엄마는 허리를 숙여 마우스의 얼굴을 마주 보며 한 번만 더 아빠 앞에서 자신을 바보 취급하면 그때는 가만 두지 않겠다고 말했다. 가짜 엄마의 얼굴이 빨갛게 달아올랐다. 개가 으르렁거릴 때처럼 가짜 엄마가 이를 드러냈다. 이마에는 핏줄이 튀어나왔다. 핏줄이 커졌다 작아졌다 했다. 너무 화가 나서 참을 수 없다는 듯 가짜 엄마는 침을 튀기며 말했다. 머리끝까지 화가 난 것 같았다. 마우스의 얼굴에 침이 잔뜩 튀었지만 감히 손을 올려 닦을 생각도 못 했다.

마우스는 가짜 엄마에게서 떨어지고 싶어 한 발짝 물러나려 했다. 하지만 가짜 엄마가 마우스의 손목을 꼭 쥐고 있었다. 가짜 엄마가 손을 놓지 않아 꼼짝도 할 수 없었다. 아빠가 걸어오는 소리가 들렸다. 그러자 가짜 엄마는 얼른 마우스의 손목을 놓았다. 가짜 엄마는 허리를 펴고 자신의 머리와 옷을 매만졌다.

얼굴색도 어느새 원래대로 돌아왔고 입가에는 미소도 띠었다. 그냥 미소가 아니라 환하게 싱긋 웃고 있었다. 가짜 엄마는 마우스 아빠에게 다가가 가까이 몸을 밀착시키고는 입을 맞췄다.

내가 세상에서 가장 좋아하는 숙녀분들께서는 기분이 어떠신가? 가짜 엄마에게 입을 맞춘 뒤 아빠가 물었다. 가짜 엄마는 좋다고 말했다. 마우스도 좋다고 우물거리며 말했지만 두 사람은 키스에 푹 빠져 있느라 마우스에게 관심이 없었다.

마우스는 진짜 엄마에게 가짜 엄마와 있었던 일을 털어놓았다. 마우스는 러그 끝에 앉아 장난감 찻잔 두 개에 차를 따르는 시늉을 했다. 엄마와 가짜 차를 마시고 쿠키를 먹으며 마우스는 가짜 엄마가 싫다고 털어놨다. 우리 집인데도 한번씩 가짜 엄마가 자신을 방해꾼처럼 느끼게 만든다고 말했다. 가짜 엄마랑 있으면 배가 아프다고도 말했다. 진짜 엄마는 마우스에게 걱정하지 말라고 했다. 마우스는 착한 아이이고, 착한 아이에게는 좋은 일만 생긴다고 알려주었다. 네게 어떤 나쁜 일도 생기지 않게 엄마가 지켜줄게. 진짜 엄마가 말했다.

마우스의 눈에도 아빠가 가짜 엄마를 무척 좋아하는 것이 보였다. 아빠가 가짜 엄마를 바라보는 표정을 보면 가짜 엄마가 아빠를 무척이나 행복하게 해주는 것 같았다. 가짜 엄마가 집에 오기 전에도 아빠랑 마우스는 행복했지만, 가짜 엄마는 아빠에게 마우스가 줄 수 없는 행복을 주는 것 같아 속이 상했다.

만약 아빠가 가짜 엄마를 계속 좋아한다면 가짜 엄마는 이 집에서 계속 살지도 몰랐다. 마우스는 그게 싫었다. 가짜 엄마는 마우스를 불편하고 두렵게 했으니까. 마우스는 가짜 엄마라는 상상 속 여자에게 온갖 나쁜 일이 벌어지는 이야기를 머릿속으로 지어내기 시작했다. 가짜 엄마가 시끄러운 소리가 나는 계단에서 미끄러져 머리를 부딪치는 상상을 했다. 잔디 아래 깊은 땅속에 있는 토끼 굴에 갇혀 나오지 못하는 이야기도 지어냈다. 아니면 어느 날 갑자기 가짜 엄마가 사라지는 것도 상상했다. 어떻게, 왜 사라졌는지 따위는 마우스에게 하나도 중요하지 않았다.

세이디

저녁 공기가 선뜩했다. 하루가 다르게 기온이 떨어지고 있었다. 주차장에 있는 차에 올라타 집으로 향하며 윌과 테이트는 레고 데이트를 하고 있겠다는 생각이 들었다. 이모젠과 나 사이에 완충제 역할을 해줄 윌이 집에 없어 걱정이 되었다.

운전을 하며 너무 긴장할 것 없다고 스스로를 다독였다. 다 큰 성인이다. 이 정도는 알아서 할 수 있다. 또한 윌과 나는 이모젠의 보호자이다. 이모젠이 열여덟 살이 될 때까지 돌봐야 할 법적 책임이 있다. 이모젠의 소지품을 확인하고 싶다면 그렇게 할 권한이 내게 충분히 있다. 그런 입장에서 몇 가지 확인하고 싶은 것들이 있었다. 이를테면 이모젠이 얼굴을 잘라낸 사진 속 남자는 누구일까? 이모젠의 옷 주머니에서 찾아낸 편지도 이 남자가 보낸 걸까? 이별 편지 같아 보였다. **이중생활**이라고 적은 걸로 봐서는 이모젠과 바람을 피우고 있는 것 같았다. 아마도 가정이 있는 유부남이 이모젠에게 결별을 고했던 게 아니었을까? 도대체 이 남자는 누구일까?

차를 세우고 기어를 P에 놓았다. 안전한 차에서 내리기 전 주변에 아무도 없는지 둘러봤다. 하지만 해가 져서 깜깜할 정도로 어두워졌다. 아무도 없다고 어떻게 확신할 수 있을까?

차에서 재빨리 내렸다. 종종걸음으로 집에 들어간 뒤 문을 잠갔다. 두어 번 문을 당겨 제대로 잠겼는지 확인했다. 주방으로 걸음을 옮겼다. 가스레인지 위에 식지 않게 호일로 덮어놓은 캐서롤 냄비가 보였다. 그 위에는 포스트잇 메모가 붙어 있었다. Xo 윌, 이렇게 적혀 있었다.

주방에서 나를 기다리고 있는 존재는 개들뿐이었다. 두 마리가 똑같이 송곳니가 삐죽 보이게 입을 벌리고 바깥으로 나가고 싶다는 눈빛으로 나를 빤히 바라봤다. 뒷문을 열어주었다. 개들은 곧장 마당 끝으로 달려가 땅을 파기 시작했다.

삐걱이는 계단을 올라가자 굳게 닫힌 이모젠의 방문이 보였고, 보나 마나 잠겨 있을 게 뻔해 내가 들어가고 싶어도 들어갈수 없을 터였다. 자세히 보니 문에 새로운 잠금장치가 설치되어 손잡이에 거는 도어체인과 자물쇠까지 달려 있었다. 이제 방문을 밖에서도 잠그게 되어 있었다. 이모젠이 내가 방에 못 들어오게 하려고 직접 설치한 것이 분명했다.

콘이나 드라우닝 풀 같은 록밴드의 노래가 블루투스 스피커를 타고 흘러나왔고, 음량을 최대치로 높인 덕분에 시체 이야기가 주를 이루는 가사가 또렷하게 들렸다. 거친 욕설이 스피커를 통해 온 집 안에 울렸다. 하지만 테이트가 집에 없으니 오늘만큼은 그냥 넘어가기로 했다.

오토의 방으로 다가가 문을 살짝 노크한 뒤 이모젠이 틀어놓은 괴상한 음악 소리 너머로 외쳤다.

"엄마 왔어."

오토가 문을 열었다. 날이 갈수록 월을 꼭 닮아가는 오토의 얼굴을 바라봤다. 커가면서 얼굴 골격이 조금씩 날카로워지고 있었다. 통통하게 올랐던 젖살이 어느새 사라졌다. 지난 몇 년간 같은 학년 남자아이들이 쑥쑥 크고 있을 때에도 왜소했던 오토는 이제야 급성장기를 맞아 하루가 다르게 키가 자랐다. 얼마지나지 않아 또래 남자아이들과 비슷해질 것 같았다. 월을 닮아잘생긴 얼굴이었다. 머지않아 여학생들의 마음을 꽤나 설레게할 것 같았다. 아직 자신의 매력을 잘 모르는 것뿐이다.

"오늘 하루 잘 보냈니?"

오토는 어깨를 으쓱하며 답했다.

"네, 그런 것 같아요."

이도 저도 아닌 답변이었다. 기회를 놓치지 않았다.

"그런 것 같다고?"

자세히 듣고 싶었다. 아이가 어떤 하루를 보냈는지, 학교에서 친구들과 잘 지내는지, 선생님들은 좋은지, 친구는 사귀었는지 다 궁금했다. 아무 말도 하지 않는 오토를 재촉했다.

"10점 만점에 몇 점?"

의사가 환자에게 통증 정도를 물을 때 쓰는 방법이었다. 오토는 다시 어깨를 으쓱하더니 6점이라고 말했다. 평균, 중간, 괜찮은 수준이었다.

"숙제 있어?"

아이에게 물었다.

"조금요."

"도와줄까?"

오토는 고개를 저었다. 혼자 할 수 있다고 말했다.

옷을 갈아입으려 침실로 향하던 중 3층 다락방으로 이어지는 통로에서 희미하게 불빛이 새어 나오는 것이 보였다. 그곳은 앨리스가 자살을 했던 방이라 불이 켜져 있을 일이 없었다. 아이들에게도 절대 3층에 올라가지 말라고 신신당부를 해두었다. 누구도 그 방에 가서는 안 된다고 생각했다.

아이들은 앨리스 고모가 이 집을 남겼다는 사실은 알고 있었지만 앨리스가 어떻게 죽었는지는 모른다. 앨리스가 천장 대들보에 밧줄을 고정하고 올가미를 만들어 목에 건 뒤 밟고 있던 받침대를 발로 찼다는 것을 아이들은 모른다. 의사로서 내가 아는 의학 지식을 바탕으로 보자면 올가미가 목을 단단히 조여 턱과 목에만 의지해 매달렸을 테고 몸의 무게로 호흡이 상당히 어려워졌을 것이다. 의식을 잃기까지 몇 분이 걸렸을 것이고, 그 시간 동안 상당한 고통을 느꼈을 것이다. 의식을 잃은 뒤에도 완전히 목숨이 끊어지기까지 최소 20분은 몸부림쳤을 것이다. 자살을 하기에 결코 좋은 방법이 아니었다.

월은 앨리스에 대해 이야기하기가 어려울 것이다. 충분히 이해할 수 있다. 아빠가 돌아가신 뒤 나 또한 아빠에 대한 이야기를 꺼내기 힘들었다. 아빠와의 추억이 그리 아름답지는 않다. 내가 열한 살즈음 시카고 외곽에서 살았던 때가 가장 기억에 남는다. 당시 아빠는 시카고의 한 백화점에서 일했다. 아빠는 매일 지하철을 타고 통근했다. 집에 아무도 없었지만 나는 혼자서도 잘 지낼 수 있는 나이였다. 등하교도 혼자했다. 누가 시키지 않아도 숙제를 했다. 그 정도 책임감은 있었다. 저녁도 혼자 차려 먹었다. 설거지도 직접 했다. 적당한 시간에 알아서 잠을 잤다. 아빠는 지하철을 타고 퇴근하는 길에 바에 들러 맥주를 마시고 내가 잠이 든 뒤에야 집에 왔다. 밤에는 침대에 누워 아빠가 쿵쿵거리며 거칠게 몸을 움직이는 소리를 들었고, 아침에 눈을 뜨면 난장판이 된 집을 치워야 했다.

대학도 내 힘으로 다녔다. 처음에는 기숙사 1인실에 살다가 이후 작은 아파트로 거처를 옮겨 혼자 살았다. 룸메이트와 잠깐 살았던 적도 있다. 하지만 그리 잘 지내지 못했다. 룸메이트에게는 문제가 많았지만 무엇보다 부주의하고 무책임했다. 교활하고 도벽이 심한 친구였다.

내가 없을 때 내 전화를 받고는 메시지를 한번도 전해주지 않았다. 집을 어질렀다. 내가 사놓은 음식을 함부로 먹었다. 내 지갑에서 돈을 빼가고 내 수표장을 훔쳐 썼다. 내 신용카드로 자기가 쓸 물건을 샀다. 처음에는 아니라고 잡아뗐지만, 계좌를 확인해보니 내 수표가 미용실과 백화점에 쓰였고 현금도 인출된 기록이 있었다. 은행에 가서 현금화된 수표를 확인했더니 누가 봐도 내 필체와 다른 글씨로 서명된 수표가 몇 장이나 나왔다.

경찰에 신고하기에 충분한 사안이었다. 하지만 어떤 이유에서인지 그렇게 하지 않기로 했다. 룸메이트는 내게 묻지도 않고 내 옷을 입고 다녔다. 그 애가 입고 나면 주름이 잔뜩 지고 얼룩이 묻어 더러워졌으며 담배 냄새도 배어 있었다. 그 상태로 옷장에 걸어놓았다. 내가 따져 물으면 더러워진 옷을 흘낏 보고는 그 이상한 옷을 내가 입었을 것 같아?라고 되묻고는 했다.

심보가 몹시 고약한 아이였다. 결국 내 방에 잠금장치를 설치했다. 하지만 별 소용이 없었다. 어떻게 했는지는 모르지만 잠금을 풀고 내 방에 들어왔다. 저녁 약속을 마치고 집에 들어오면 내 방문이 열려 있고 소지품이 마구잡이로 헤집어져 있었다.

더는 그렇게 살 수 없었다. 내가 이 집에서 나가겠다고 말했다. 그 애는 내게 달려들듯이 화를 냈다. 어딘가 섬뜩한 구석이 있는 아이였다. 혼자서는 월세를 감당할 수 없다고 악을 썼다. 나보고 사이코패스에 미쳤다고 온갖 소리를 늘어놓으며 길길이 날뛰었다. 나는 침착함을 유지했다. 요지부동하지 않았다. 차분한 목소리로 말했다. 그건 너도 마찬가지야.

결국 그 아이가 집을 나갔다. 당시 나는 월과 교제를 시작하고 있을 때라 우리만의 공간이 생겨서 여러모로 잘된 일이었다. 하지만 그 뒤에도 한 번씩 그 애가 집을 드나들며 내 물건에 손을 댄다는 느낌을 받기는 했다. 내게 열쇠를 반납하긴 했지만 그 전에 열쇠를 복사해 하나 더 가지고 있었을 수도 있으니까. 얼마 뒤 나는 잠금장치를 교체했다. 이러면 더이상 집에 오지 못할 거라고 생각했다. 잠금장치를 바꾼 뒤에도 그 애의 흔적이 느껴진다면 내 피해망상일 터였다.

하지만 여기서 끝이 아니다. 6개월 전쯤 시카고에 살던 당시, 우리 집에서 그리 멀지 않은 거리인 해리슨 역 근처에서 그 애를 우연히 봤다. 오만한 자태로 온몸을 흔들며 걷는 모습이 조금도 변하지 않은 것 같았다. 그 애를 목격한 순간 나는 못 본 척 재빨리 다른 골목으로 방향을 틀었다.

대학을 졸업하고 얼마 지나지 않아 친구의 약혼 파티에서 윌을 처음 만났다. 서로 첫 만남에 대한 기억이 엇갈린다. 내가 기억하기로는 멋지고 사교성도 좋은 그가 내게 다가와 손을 내밀며 이렇게 말했었다. 안녕하세요. 한 번 만난 적 있는 것 같네요.

그날 저녁 왠지 모르게 어색하고 마음이 불안했던 나는 윌의 진부한 작업멘트 덕분에 불편했던 마음이 한결 누그러지는 것 같았다. 당연히 처음 보는 사이였다. 윌이 내게 관심 있어 한 말이었고 다행히 잘 먹혔다. 그날 밤 내내 함께 춤을 추었고, 술을 마실수록 불안감도 사라졌다.

사귄 지 겨우 두 달쯤 되었을 때 윌이 내 아파트에서 함께 지내고 싶다고 말했다. 그렇게 멋진 남자가 왜 그때까지 싱글이었는지 이해가 안 되었다. 시카고의 수많은 아름다운 여자들 사이에서 나를 선택한 이유도 이해할 수 없었다. 하지만 그 이유가 무엇이든 그는 내게서 떨어져 살 수 없다고 했다. 항상 같이 있고 싶어했다. 상당히 로맨틱한 고백이었고, 윌처럼 나를 간절히 원했던 남자는 지금껏 단 한 명도 없었지만 사실 경제적인 이유도 있었다. 나는 레지던트 과정 막바지였고 월은 박사과정을 밟고 있었다. 당시 월급도 적었고 그마저도 대부분은 의대를 다니며 받았던 학자금 대출을 갚는 데 썼지만 어찌되었든 둘 중 돈을 버는 사람은 나였다. 월세를 내가 부담해야 했지만 큰 문제는 아니었다. 나 역시도 월과 항상 함께 있고 싶었으니까. 그 정도는 그에게 해줄 수 있었다.

얼마 지나지 않아 우리는 결혼을 했다. 그리고 얼마 뒤 아빠는 세상을 떠났다. 본인의 선택에 따른 결과였다. 병명은 간경변이었다.

우리는 오토를 낳았다. 몇 년 뒤에는 테이트가 태어났다. 그리고 어느새 메인에 살고 있다.

월의 누나가 이 집과 조카를 우리에게 남겼다는 소식을 듣고 당황하지 않았다면 거짓말이다. 월은 누나가 섬유근육통에 시달리고 있다는 사실을 알고 있었지만 자살을 했다는 사실은 유언 집행자에게서 들었다. 나는 메인으로 이사를 해서 우리 가족에게 좋을 것이 하나도 없다는 쪽이었지만, 월은 내 생각과 달랐다.

이사 오기 전 몇 달은 잔인하고 가혹한 시간이었다. 오토가 학교에서 퇴학을 당하고 곧이어 월의 외도가 드러났다. 이 일이 있기 며칠 전 나는 수술대 위에서 환자를 잃기도 했다. 이런 일이 처음은 아니었지만 이 환자의 죽음은 내게 치명적인 오점을 남겼다. 심장막 내 삼출액을 빼내는 비교적 간단하고 일상적인 심장막천자술이었다. 나중에 내가 기록한 차트를 다시 살펴봤지만 해당 수술을 진행하는 것은 타당한 결정이었다. 환자는 심장막에 고인 체액으로 과도한 압박이 전해져 심장이 제 기능을 하지 못하는 심장눌림증이란 증상을 앓고 있었다. 체액을 빼내지 않으면 생명이 위태로운 병이다. 전에도 수없이 해본 수술이었다. 단 한 번도 문제가 생긴 적이 없었다.

하지만 이번에는 내가 집도하지 않았다. 동료들의 말에 따르면 환자가 심장마비를 일으키자 내가 수술실을 그냥 나가버려 어쩔 수 없이 레지던트가 심장막천자술을 했다고 한다. 환자는 죽어가고 있었고, 즉시 수술을 하지 않는다면 결국 환자는 죽을 수밖에 없었다. 그런데 수술이 잘못되었다. 바늘이 심장을 찔러 결국 환자는 목숨을 잃었다.

이후 사람들은 병원 옥상 위, 14층 건물 난간에 위태롭게 앉아 있는 나를 발견했고, 몇몇 사람들은 내가 뛰어내리려 했다고 말했다. 하지만 나는 자살을 할 생각이 전혀 없었다. 여러모로 상황이 안 좋았지만 죽고 싶을 정도는 아니었다. 오토의 학교 문제와 윌의 외도 때문에 정서적, 심리적으로 크게 스트레스를 받았던 것 같다. 병원에 내가 신경쇠약에 걸렸다는 루머가 돌았다. 내가 응급실에서 신경쇠약을 일으켜 14층 건물 위로 올라가 뛰어내리려 했다는 소문이었다. 사실, 일시적으로 의식을 잃은 쪽에 가까웠다. 내가 무슨 짓을 벌였는지 이야기를 듣긴 했지만, 당시 기억이 하나도 나지 않았다. 내 삶에서 그 몇 시간이 지워졌다. 환자의 상태를 확인한 뒤 다른 병실에 들어갔던 것까지는 기억이 나지만 이후 정신을 차렸을 때는 이불을 덮은 채 침대 위에 누워 있었다. 나중에 환자가 미숙한 의사에게서 수술을 받다 사망했다는 사실을 듣고 울음을 터뜨렸다. 사실 내게는 울 자격이 없었다. 하지만 당시에는 도저히 울음을 참을 수가 없었다.

신경쇠약을 불러오는 요인을 당시에 복합적으로 경험하고 있었다. 극심한 스트레스를 받았지만 제대로 해소하지 못했고, 큰 혼란에 빠져 있었고, 내 자신이 무가치하다고 느꼈으며 잠도 제대로 자지 못했다.

다음 날 과장님이 내게 강제 병가를 명령했다. 넌지시 정신감정을 받아볼 것을 제안하기도 했다. 고맙지만 사양하겠다고 했다. 나는 병가 대신 병원을 그만두는 쪽을 택했다. 다시 그 병원으로 돌아갈 수가 없었다.

처음 메인에 도착했을 때 이 정사각형 주택은 어질러진 상태 그대로였다. 다락에는 작은 발판이 그대로 있었고, 천장을 가로지르는 대들보에 묶인 1미터 길이의 로프는 끝이 잘린 채 매달려 있었다. 앨리스가 몸부림치며 쓰러뜨렸을 법한 물건이 어질러져 있어 죽음이 얼마나 고통스러웠을지 짐작케 했다.

나는 다락방으로 연결된 문을 당겼다. 위쪽에서 불빛이 새어나왔다. 계단을 두 칸씩 오르자 바닥에서 요란한 소리가 울렸다. 다락은 마감 공사가 덜 되어 나무 기둥과 코르크 바닥재가 드러나 있고, 푹신한 핑크색 단열재가 구름처럼 여기저기 흩어져 있었다. 천장에 달린 전구에 불이 켜져 있었다. 누구인지는 모르지만 깜빡 잊고 불을 켜놓은 채 나온 것 같았다. 전구 아래

줄이 달려 있었다. 다락 중앙에는 굴뚝으로 이어지는 벽돌 기둥이 서 있었다. 거리를 향해 창문이 하나 나 있었지만, 바깥이 너무 어두워 아무것도 보이지 않았다.

종이 몇 장이 시야에 들어왔다. 바닥에 놓인 종이 옆, 드로잉 연필은 누구의 것인지 한눈에 알 수 있었다. 오토의 연필이다. 오토는 월과 내가 사준 이 연필 세트에 테이트가 손도 못 대게 했다. 오토가 애지중지하는 고가의 연필 세트였지만 지난 몇 달간 한 번도 꺼내지 않았다. 시카고에서의 일 이후 오토는 더 이상 그림을 그리지 않았다.

두 가지 감정이 동시에 들었다. 하나는 오토가 내 말을 거역하고 다락방에 올라왔다는 실망감이었다. 한편 오토가 다시 그림을 시작했다는 것은 어쩌면 예전으로 돌아가고 있다는 신호같아 안도하는 마음도 있었다. 어쩌면 월의 생각이 옳을지도 모른다. 시간이 좀 흐르고 나면 우리 가족이 이곳에서 다시 행복해질 수 있을지도 모른다.

종이를 자세히 보러 다가갔다. 바닥에 떨어져 있었다. 살짝 열린 창문으로 서늘한 12월의 바람이 들어와 종이가 날아갔다. 무릎을 굽혀 종이를 주우며 내심 아사와 켄의 말도 안 되게 큰 눈을 마주하게 되리라 예상했다. 오토가 구상 중인 그래픽 노블 속 주인공들이었다. 하나같이 삐죽 솟은 머리와 이상하리만치 크고 슬픈 눈을 하고 있었다.

종이 바로 옆에 놓인 연필은 반으로 부러져 있었다. 연필심이 뭉뚝하게 갈려 있었는데 오토답지 않다. 오토는 드로잉 연필을 소중하게 관리했다. 종이와 함께 연필을 집은 뒤 몸을 일으켰다. 종이에 그려진 그림을 본 나는 숨을 들이마시곤 나도 모르게 손으로 입을 막았다.

아사와 켄의 그림이 아니었다.

분노에 차 마구잡이로 그어놓은 선이 보였다. 무언가 절단된, 아마도 사람의 신체 일부인 듯했다. 종이 한쪽 구석에 동그란 모양은 머리이고, 가늘고 긴 선은 팔과 다리였다. 위쪽에는 초승달과 별들이 그려져 있었다. 밤이었다. 그 옆에 있는 형상은 동그란 머리에 긴 머리카락이 들쭉날쭉하게 있는 걸로 봐서 여자를 그린 것 같았다. 여자의 손에는 날카로운 무언가가 들려 있었고, 그 끝에서는 피가 뚝뚝 떨어지고 있었다. 연필로만 그린 그림이라 빨간색으로 칠해지진 않았지만 피라고밖에 생각할 수 없었다. 그림 속 여자는 소름 끼치는 눈을 한 반면, 바로 옆 잘린 얼굴은 울고 있었고, 새까만 눈물 자국을 덧그린 탓에 종이에 구멍이 뚫려 있었다.

숨을 들이마시고는 차마 내쉬지 못했다. 가슴에 묘한 통증이 찾아왔다. 팔다리에 잠시 감각이 사라졌다. 종이 세 장에는 똑같은 그림이 그려져 있었다. 내가 보기에는 세 장 모두 완벽히 일치했다.

처음에는 당연히 오토가 그린 그림이리라 생각했다. 가족 중 유일하게 예술가 기질을 타고난 아이였다. 우리 중에 그림을 그리는 사람은 오토밖에 없었다. 하지만 오토가 그렸다고 보기에는 지나치게 원초적이고 솜씨도 형편없었다. 오토의 그림 실력은 이보다 훨씬 나았다.

테이트는 긍정적인 아이이다. 엄마 말을 잘 듣는 착한 아이. 내 말을 어기고 다락에 올라왔을 리가 없다. 게다가 테이트는 이렇게 폭력적이고 잔인한 그림을 그리지 않는다. 종이에 실제로 그리기는커녕 이런 장면은 상상조차 하지 못하는 아이이다. 테이트는 살인이 뭔지도 모른다. 사람이 죽는다는 것도 아직 모르는 아이였다.

다시 오토 쪽으로 생각이 기울었다. 오토가 그린 그림이 분명했다. 숨을 깊이 내뱉고는 다시 숨을 멈춘 나는 어쩌면 이모젠이 아닐까 생각했다. 이모젠은 분노에 가득 차 있는 아이이니까. 살인이 무엇인지도 알고 사람이 죽는다는 것도 아는 나이이다. 직접 목격하기도 하지 않았는가. 하지만 왜 굳이 오토의 연필과 종이를 썼을까?

창문을 닫은 뒤 몸을 돌려 창문을 등지고 섰다. 맞은편 벽에 낡은 인형집이 보였다. 왠지 모르게 시선을 끌었다. 이 집에 들어온 첫날, 이 인형집을 보고 이모젠이 어렸을 때 가지고 놀던 장난감이라 생각했다. 멋진 초록색 인형집은 침실 네 개와 탁 트인 다락방이 있고, 다락방 한가운데 아래층과 연결된 좁은 계단이 있었다. 굉장히 정교하게 만들어진 집이었다. 창문턱의 화단과 커튼, 작은 전등과 천장의 샹들리에, 침구 세트, 응접실 테이블은 물론 집과 같은 초록색의 개집과 작은 장난감 강아지까지 있었다. 이사 온 첫날, 앨리스를 추모하며 인형집을 깨끗이 닦고, 훗날 앨리스의 손자들 차지가 될 때까지 인형들이 깊은 잠을 자도록 침대에 눕혀 두었다. 테이트가 가지고 놀 만한 장난감은 아니었으니까.

인형집으로 다가가며 내가 눕혀놓은 그대로 인형들이 단잠에 빠져 있을 거라 생각했다. 하지만 내 예상과 다른 풍경이 펼쳐져 있었다. 누군가 다락에 올라와 괴상한 그림을 그리고, 창문을 열고, 물건에 손까지 대었다. 인형들이 내가 정리해둔 것과 달라져 있었다.

여자아이 인형은 침대에 없었다. 2층 방 캐노피 침대에 눕혀 놓았던 인형이 지금은 방에 세워져 있었다. 아빠 인형이 누워 있던 침대도 비었다. 아빠 인형이 보이지 않았다. 아무리 살펴도 찾을 수 없었다. 오직 엄마 인형만이 내가 두었던 대로 1층 침실 침대에 가만히 누워 있었다. 엄마 인형이 누운 침대 끝에는 엄지손가락 마디만 한 미니어처 칼이 놓여 있었다.

인형집 옆에는 온갖 잡동사니를 보관하는 상자가 있었다. 닫혀 있었지만 걸쇠는 잠겨 있지 않았다. 아빠 인형이 그 안에 있나 싶어 상자를 열어 뒤졌지만 찾을 수 없었다. 포기하고 상자를 다시 닫았다.

전등줄을 당기자 다락은 순식간에 어두워졌다.

아래로 걸음을 옮기는 내내 불길함이 온몸을 휘감았다. 집이 쥐죽은 듯 조용했다. 이모젠이 틀어놓은 괴상한 음악도 더는 들리지 않았다. 2층에 도착하자 이모젠이 불빛이 새어 나오는 방을 등진 채 문 앞에 서 있는 것이 보였다.

이모젠은 비난 어린 눈길로 나를 쏘아보고 있었다. 내게 직접 묻지는 않았지만 표정에서 읽을 수 있었다. 내가 왜 다락에서 내려오는지 알고 싶어하는 눈치였다.

"불이 켜져 있더라고."

이렇게 설명하고는 잠시 기다렸다 물었다.

"너였니? 네가 다락방에 올라갔었어, 이모젠?"

이모젠이 코웃음을 쳤다.

"제가 그 방에 올라갈 거라고 생각하다니, 한심하네요."

아이의 말을 곱씹었다. 거짓말일 수도 있다. 그간의 행동을 보면 거짓말에 일가견이 있는 아이였다.

이모젠은 팔짱을 끼며 문에 기대었다.

"혹시 알아요, 세이디?"

자신만만한 표정으로 말하는 이모젠을 보며 이 아이가 내 이름을 부른 것이 처음이라는 생각이 들었다.

"사람이 죽으면 어떻게 변하는지?"

잘 안다는 정도로만 해두자. 시체라면 차고 넘치게 봤다. 하지만 이모젠의 질문에 어떻게 대꾸해야 할지 판단이 서지 않았다.

이모젠은 내 대답을 들으려는 것이 아니다. 나를 자극하려는 수작이었다. 나를 겁주려고 말이다. 이모젠은 앨리스가 목을 맨 채 죽어 있는 모습을 처음 발견했을 때 어땠는지 불편할 정도로 자세히 묘사하기 시작했다. 이모젠은 그 일이 있던 시간에 학교에 있었다. 항상 그렇듯 페리를 타고 돌아온 이모젠은 적막한 집에서 자살한 엄마를 발견했다.

"목에는 손톱에 긁힌 자국이 있었죠."

보라색 매니큐어를 칠한 손톱으로 자신의 창백한 목을 긁었다.

"망할 혓바닥은 어두운 자주색으로 변했고요. 이렇게 꽉 다문 이 사이에 혀가 길게 나와 있었거든요."

내 앞으로 혀를 길게 빼고 턱을 다물었다. 꽉 물었다.

목이 졸려 죽은 시체를 몇 번 본 적 있다. 얼굴에 있는 실핏줄이 터지고 눈에 핏발이 잔뜩 선 모습도 익숙했다. 응급의학과 의사로서 가정폭력의 희생자에게서 교살의 흔적을 한눈에 알아보는 훈련쯤은 충분히 받았다. 하지만 열여섯 살의 여자아이에게 시체로 변한 엄마의 모습은 엄청난 충격이었을 것이다.

"끊어질 정도로 세게 물고 있더라고요."

앨리스의 혀를 말하는 것이었다. 그러고는 이모젠이 웃음을 터뜨렸다. 전혀 웃을 타이밍이 아니었는데도 발작적으로 터진 웃음이 거슬렸다. 내게서 1미터쯤 간격을 두고 서 있는 이모젠은 얼굴이 찌푸려질 정도로 즐거워 보이는 것 외에는 아무런 감정도 못 느끼는 사람 같았다.

"볼래요?"

이모젠의 질문을 이해하지 못했다.

"뭘?"

긴장하며 되물었다.

"엄마 혓바닥이 어땠는지."

보고 싶지 않았다. 하지만 내 의사와는 상관없이 이모젠은 죽은 엄마의 사진을 내게 내밀었다. 핸드폰에 저장되어 있었다. 억지로 내 손에 핸드폰을 쥐어주었다. 얼굴에 핏기가 사라지는 기분이었다.

그 끔찍한 일이 벌어진 날, 경찰이 도착하기 전에 이모젠은 대담하게도 핸드폰으로 사진을 찍어두었다. 무릎까지 오는 긴 연핑크 스웨터에 레깅스를 입은 앨리스가 밧줄에 매달려 있었다. 숙여진 머리 아래로 밧줄이 단단히 목을 옥죄고 있었다. 두 팔은 양옆에, 다리는 일자로 쭉 펴진 채 온몸이 축 늘어졌다. 두어 개 쌓여 있던 잡동사니 상자가 쓰러져 안에 있던 내용물이 다 쏟아진 채로 앨리스 주변에 어질러져 있었다. 램프는 바닥에 떨어져 있었고 색색의 유리로 된 전등갓이 깨져 사방에 흩뿌려졌다. 다락방에 난 창문을 통해 밤하늘을 보는 데 썼을 법한 망원경은 물론 주변 물건들이 다 옆으로 쓰러져 있었다. 아마도 앨리스가 죽던 순간 과격한 몸부림에 넘겨졌을 것이다. 올가미에 목을 걸기 위해 썼던 발판이 1.2미터 떨어진 곳에 바로 놓여 있었다.

죽음을 향해 한 발씩 내딛어 발판 세 계단을 오르고, 목을 올가미에 건 뒤 앨리스에게 어떤 일이 닥쳤을지 그려졌다. 다락 천장은 그리 높지 않았다. 때문에 발판을 발로 찬 뒤 바닥에 발이 닿게 하지 않으려고 미리 로프 길이를 계산했을 것이다. 발판 높이는 고작해야 몇 센티미터였다. 높은 곳에서 떨어진 게 아니었으니 목이 부러졌을 리는 없다. 아주 고통스럽고도 느린 죽음이었다는 뜻이다. 사진에 똑똑히 담겨 있었다. 부서진 램프, 목에 난 손톱자국, 거의 잘려 간신히 매달려 있는 혓바닥.

"사진을 왜 찍은 거지?"

마음을 진정시키며 물었다. 그 아이가 원하는 반응을 보여주고 싶은 마음이 조금도 없었다.

이모젠은 어깨를 으쓱하며 되물었다.

"안 될 건 또 뭔데요?"

엄마의 삶에 대한 존경심이라고는 조금도 없었다.

이모젠이 핸드폰을 도로 가져가고 내게서 천천히 몸을 돌릴 때까지 최대한 침착한 표정을 유지했다. 나를 충격에 빠뜨려놓고 이모젠은 자신의 방으로 사라졌다. 바로 옆방의 오토가 이어폰을 끼고 있기를 간절히 바랐다. 이 끔찍한 대화를 아이가 듣지 않았기를.

방으로 돌아와 잠옷으로 갈아입고 창밖을 내다보며 월이 오기만을 기다렸다. 옆집에 눈길이 갔다. 매일 저녁 7시부터 자정까지 실내에 켜지는 등이 들어와 있었다. 이맘때에는 아무도 살지 않아 몇 달 동안이나 비어 있는 집을 보며 한 가지 의아한 생각이 스쳤다. 왜 아무도 저 집에 들어가지 않는 걸까?

차 한 대가 진입로에 들어서자 시선이 자연스럽게 옮겨갔다. 문이 열리자 차 안이 불빛으로 환해졌다. 테이트와 테이트의 친구는 뒷좌석에 안전벨트를 하고 앉아 있고, 월의 옆 운전석에 앉아 있는 여자는 누가 봐도 이 빠진 쭈그렁 할머니가 아니었다. 짙은 갈색 머리 외에는 얼굴이 잘 보이지 않았다.

테이트는 잔뜩 신이 난 채로 집에 들어왔다. 아이가 나를 찾아 계단을 뛰어올랐다. 스타워즈 후드 티에 도톰한 바지를 입은 아이가 침실로 불쑥 뛰어 들어오며 뿌듯한 얼굴로 말했다.

"엄마, 오늘 나보러 학교에 왔었지!"

다른 바지들처럼 이 바지도 작아져 발목이 드러났다. 아이가 너무 빨리 크고 있었다. 양말 발가락에 구멍이 나 있었다.

반 발짝 뒤에서 쫓아오던 윌이 날 바라보며 물었다.

"학교 갔었어?"

테이트가 무슨 말을 하는지 잘 모르겠다는 눈치로 고개를 저으며 말했다.

"안 갔는데."

테이트를 바라보며 말했다.

"엄마는 오늘 일하고 있었어, 테이트. 학교에 안 갔어."

"엄마 왔잖아."

억울하다는 듯 목소리가 높아졌다. 나는 테이트를 달래려 장단을 맞춰주었다.

"엄마가 학교에서 뭐 하고 있었는데? 엄마가 뭐라고 했어?"

"아무 말도 안 했어."

테이트에게 다시 물었다.

"엄마가 학교에 가서 너를 봤다면 무슨 말이라도 하지 않았을까?"

테이트는 내가 놀이터 울타리 밖에서 노는 아이들을 지켜보고 있었다고 설명했다. 내가 어떤 옷을 입었는지 묻자 검은색 코트에 검은색 모자를 썼다고 했는데, 정말 내가 입었을 법한 차림이었다. 테이트에게도 익숙한 차림이긴 했지만, 사실 검은색 코트와 모자 하나쯤 없는 여자는 없었다.

"아마도 다른 친구 엄마였던 것 같아, 테이트."

하지만 아이는 나를 빤히 바라보기만 할 뿐 아무 말도 하지 않았다.

어떤 여자가 놀이터 근처를 서성이며 아이들을 지켜본다는 상상을 하니 조금 소름이 끼쳤다. 학교의 보안 상태는 어떤지, 특히나 아이들이 노는 쉬는 시간도 안전하게 관리되고 있는지 새삼 궁금해졌다. 아이들을 지켜보는 선생님은 몇 명쯤 될까? 울타리로 막혀 있을까, 아니면 누구나 문을 열고 들어갈 수 있는 구조일까? 아이들이 학교 안에 있을 때는 괜찮지만 야외라면 상황은 달랐다.

윌이 테이트의 머리를 헝클어뜨리며 말했다.

"안과 가서 시력 검사를 할 때가 온 것 같은데."

나는 대화의 방향을 바꿨다.

"손에 든 건 뭐야?"

테이트 손에는 도서관 행사에서 직접 만든 미니 피규어가 자랑스럽게 들려 있었다. 테이트는 피규어를 보여준 뒤 윌의 말에 따라 침대로 올라와 내게 굿나잇 키스를 했다. 윌이 아이를 데리고 방으로 가 동화책을 읽어주고 재웠다. 침실로 돌아오는 길에 오토와 이모젠의 방에 들러 잘 자라는 인사를 했다.

"저녁 안 먹었네."

침실로 들어온 윌이 말했다. 걱정하는 그에게 배가 고프지 않다고 말했다.

"당신, 괜찮아?"

월은 따뜻한 손으로 내 머리를 쓰다듬었고, 나는 고개를 저으며 괜찮지 않다고 말했다. 월에게 의지하고 싶다는 생각이 들었다. 그의 남자다운 두 팔 안에 몸을 기대고 싶다고. 오늘만은 연약한 모습을 내보이고 싶다고. 그의 앞에서 산산이 무너지고 그에게 치유받고 싶다고. 그런데 이런 마음과 달리 다른 소리가 나갔다.

"테이트 학교는 안전하겠지?"

월은 걱정할 것 없다며 나를 안심시켰다.

"아마 아이가 깜빡한 점심 도시락 가져다주려고 온 학부모일 거야. 테이트는 눈썰미가 별로야, 세이디. 학교에 데리러 가는 학부형 중 남자는 나밖에 없는데도 매일 나를 못 찾고 두리번거려."

"괜찮겠지?"

이상한 상상을 머릿속에서 지우려고 노력했다. 아이들을 지켜보고 있던 사람이 여성이라는 점은 그나마 다행이었다. 만약 남자였다면 벌써 침대에서 일어나 이 섬에 사는 성범죄자가 몇 명인지 인터넷을 샅샅이 뒤지고 있을 터였다.

월이 말했다.

"그럼."

다락에서 발견한 그림을 월에게 내밀었다. 그림을 들여다본 월은 단번에 오토가 그렸을 거라고 말했다. 나와 달리 월은 확신에 차 있었다.

"이모젠일 수도 있잖아?"

제발 이모젠이길 바라며 물었다.

윌은 당연하다는 듯 말했다.

"오토가 우리 집 예술가니까. 오컴의 면도날 법칙(어떤 문제나 현상에 대해 설명할 때 가장 논리적이고 단순한 가설이 진실에 가깝다는 법칙 - 옮긴이) 알잖아."

"하지만, 도대체 왜?"

오토가 왜 이런 그림을 그렸는지 이해가 가지 않았다.

윌은 상황의 심각성을 애서 모른 척하려는 것 같았다.

"그냥 그림은 자기표현이잖아, 세이디. 상처를 입은 아이가 이런 그림을 그리는 것은 일반적인 일이야."

하지만 그 말 자체도 당황스러웠다. 아이가 상처를 입었다는 것은 일반적인 일이 아니다.

"오토가 학교에서 괴롭힘을 당하는 것 같아?"

윌은 어깨를 으쓱하며 잘 모르겠다고 말했고, 내일 아침에 학교에 전화해 알아보겠다고 덧붙였다.

"이 그림에 대해 오토와 이야기를 해봐야 할 것 같아."

윌에게 말했다.

"우선 내가 먼저 좀 상황을 알아볼게. 많이 알수록 우리도 더 대비하고 계획을 세울 수 있으니까."

그에게 알겠다고 답했다. 윌의 직감을 믿었다.

"이모젠에게 상담을 받도록 해야겠어."

월에게 말했다.

"무슨 말이야?"

왜 그렇게 놀라는지는 나도 잘 모르겠지만, 깜짝 놀란 얼굴로 월이 물었다. 월이 심리치료를 부정적으로 생각하는 사람은 아니지만, 어쨌든 이모젠은 월의 조카이지 내 혈육은 아니었다. 따라서 월이 결정해야 할 문제였다.

"정신과 의사랑 상담하는 거 말하는 거야?"

월이 물었다.

월에게 그렇다고 답했다.

"점점 더 안 좋아지는 것 같아. 내면이 억눌린 게 많아 보여. 분노나 슬픔 같은 감정들 말이야. 전문가의 상담을 받아보는 게 좋겠어."

이모젠의 핸드폰에서 본 사진 이야기는 빼고 오늘 저녁 그 아이와 나눈 대화를 월에게 털어놓았다. 죽은 누나의 사진을 본 것까지 들어서 좋을 게 없었다. 그저 이모젠이 앨리스를 발견할 당시 어떤 모습이었는지 지나치게 자세히 묘사했다고만 말했다.

"당신한테 마음을 여는가 보다, 세이디."

월은 이렇게 말했다. 그의 말을 믿기가 어려웠다. 어쨌거나 이모젠이 자살 유족의 심리를 잘 아는 전문가와 상담하는 것이 좋겠다고 했다. 나한테 털어놓을 게 아니라.

"월?"

좀 전에 그를 기다리는 동안 창문 밖으로 옆집을 내다봤을 때 들었던 생각이 문득 떠올랐다.

"응?"

월이 물었다.

"옆집 말인데. 경찰이 이 동네 조사하러 다닐 때 옆집도 수색했을까?"

그가 혼란스러운 표정으로 나를 바라봤다.

"글쎄. 갑자기 왜 묻는데?"

"빈집이니까 살인자가 숨기 좋잖아."

"세이디."

나를 어르는 동시에 말도 안 되는 이야기를 한다는 투로 말했다.

"살인자가 우리 옆집에 살지 않는다고 확실히 말할 수 있어."

"어떻게 그렇게 확신해?"

내가 물었다.

"사실이라면 우리가 바로 알아채지 않았을까? 누군가 숨어 있다면 분명 평소와 달라 보였을 거야. 불이 켜져 있다거나, 창문이 깨져 있다거나. 뭔가 다른 소리도 들렸을 테고. 하지만 우리가 이사 온 뒤로 저 집은 항상 그대로잖아."

그의 말을 믿기로 했다. 그러지 않으면 오늘 밤에 도저히 잠을 자지 못할 것 같았다.

카밀

밤이 되면 윌이 사는 건물 앞에 찾아가 혼자 거리에 서서 안을 들여다보려고 갸웃거리고는 했다. 윌과 세이디의 집은 높은 층에 있어 집 안이 잘 보이지 않았다.

그래서 그날 밤에는 비상계단을 타고 올라갔다. 검은색 옷을 입고 밤도둑처럼 6층을 기어올랐다. 6층에 도착한 뒤 주방 창문 쪽에 나 있는 철제 난간에 자리를 잡았다. 안을 들여다 보았지만 한밤중이라 아무것도 보이지 않았다. 윌이 잠에서 깨어 내게 오길 바라며 잠시 기다렸다.

담배에 불을 붙였다. 라이터를 몇 번 딸깍거리며 심지 끝에서 불꽃이 튀는 모습을 잠시 지켜봤다. 손가락에 상처를 입히고 싶어서 손을 불에 가져다 대보았지만 하나도 아프지 않았다. 뭔가를, 고통이라도 느끼고 싶었다. 하지만 공허함만 찾아왔다. 한동안 불꽃이 타오르는 모습을 바라봤다. 라이터를 뜨겁게 달구었다. 그러고는 라이터를 손에 꽉 쥐고 얼마간 버티다 내려놓고 손바닥에 새겨진 멋진 작품을 바라보며 만족스러운 미소를 지었다. 손바닥에 잔뜩 성이 난 화상 자국이 나를 향해 미소 짓고 있었다.

몸을 일으켰다. 감각이 사라진 다리를 이리저리 움직여 피가 돌게 했다. 다리가 심하게 저렸다. 도시의 야경이 몹시 아름다웠다. 어디를 둘러봐도 환한 빛이 가득했다. 저 멀리 아직 잠들지 않은 거리와 반짝이는 건물들이 보였다.

그곳에서 밤을 새웠다. 월은 끝내 내게 오지 않았다. 우리의 관계가 항상 행복하고 황홀할 수만은 없다. 좋은 날도 있고, 나쁜 날도 있다. 천생연분처럼 모든 것이 딱 맞아떨어지는 날도 물론 있다. 하지만 상극처럼 서로 완전히 어긋나는 날도 있다.

좋은 날이든, 나쁜 날이든 함께 시간을 보내다 보면 세이디에 관해서는 속속들이 아는 그가 나란 사람에 대해서는 그러지 못하다는 쓸쓸한 자각만 찾아왔다. 외도녀는 아내가 남긴 찌꺼기만 얻을 뿐 제대로 된 음식은 누릴 수 없으니까.

월과 함께하는 시간은 비밀스럽고도 촉박하게 흘러갔다. 나는 월과 함께 있는 매 순간을 소중하게 쓰는 방법을 배워나갔다. 한번은 학생들이 모두 빠져나간 강의실로 찾아가 그를 놀래켜주었다. 그는 교단 앞 자신의 책상에 서 있었다. 강의실에 들어오자마자 문을 잠그고 그에게 다가갔다. 원피스 끝을 허리까지 올린 뒤 책상에 사뿐히 걸터앉아 다리를 약간 벌렸다. 속에 아무것도 입지 않았다는 것을 월이 직접 보도록 했다.

윌은 놀란 듯 입을 벌리고 눈을 크게 뜬 채 아래를 제법 오랫동안 쳐다봤다.

장난하는 거지? 여기서 하자고? 그가 물었다.

응, 지금. 그에게 말했다.

여기서? 우리 두 사람의 무게를 감당할 수 있는지 확인하고자 윌이 힘을 실어 책상을 눌렀다.

그럼 안 돼요, 교수님? 이라고 물으며 다리를 조금 더 넓게 벌렸다.

그의 눈이 반짝였다. 이를 활짝 드러내며 웃었다. 전혀. 안 될 것 없지. 내게 말했다.

관계를 가진 뒤 책상에서 몸을 일으키자 원피스 치맛단이 알아서 제 자리를 찾아 허벅지 아래로 내려왔고, 나는 그대로 윌에게 인사를 고하고 강의실을 벗어났다. 윌이 그곳을 나와 어디로 향할지는 생각하지 않으려 했다. 외도녀의 삶도 결코 쉽지 않다. 우리가 얻는 것이라고는 경멸뿐이다. 어디서도 동정받지 못한다. 우리를 안쓰럽게 여기는 사람은 단 한 명도 없다. 다만 비난 어린 시선만 가득하다. 우리의 죄라면 사랑에 빠진 것이지만 이기적이고 교활하며 영악하다고 손가락질만 당한다. 우리도 사람이라는 것을, 우리에게도 감정이 있다는 것을 사람들은 잊곤 한다.

윌이 내게 입을 맞출 때 찌릿하고 둘 사이에 강력한 전류가 통하는 느낌을 받는다. 그의 키스는 뜨겁고 격정적이지만 그렇지 않을 때도 있다. 그의 입맞춤이 차갑고 냉정하게 느껴질 때면 사랑이 식은 거라고, 이제 우리 관계는 끝이라는 극단적인 생각이 들었다. 하지만 나만의 오해였다. 연인 관계란 보통 그렇다는 것을 이제 깨달았다. 좋을 때도 있고, 나쁠 때도 있다는 것을.

그러던 어느 날, 정신과 의사를 찾아가 외도에 대해 털어놓았다. 나는 회전의자에 앉았다. 천장이 높은 진료실에는 큰 통유리창이 나 있었다. 창 높이에 맞춰 천장부터 바닥까지 두꺼운 소재의 회색 커튼이 달려 있었다. 의사와 나 사이에 놓인 커피 테이블 위에는 화병이 있었다. 진료실에 있는 다른 소품들과 마찬가지로 화병 역시 크기가 지나치게 컸다. 화병 옆에는 의사와 나를 위한 물컵이 각각 놓여 있었다.

진료실을 둘러보며 시계를 찾았다. 시계 대신 정신 건강, 정서 지능, 심리학에 관한 책이 가득 꽂혀 있는 책장과 대학원 학위가 몇 개 보였다.

자, 무슨 일로 오셨는지 말씀해보세요. 상담의 시작을 알리는 말이었다.

나는 의자에 앉아 편한 자세를 찾고는 옷매무새를 매만졌다. 목소리가 잘 나오지 않아 목을 가다듬었다.

여유를 찾으려는 듯 자세를 고쳐 앉는 나를 보며 의사가 물었다. 괜찮으세요?

괜찮다고 답했다. 부끄럽거나 한 것은 아니었다. 그런 감정 따위는 모르는 사람이었다. 발받침용 스툴에 다리를 뻗고는 앞에 앉아 있는 여의사에게 말했다. 유부남과 바람을 피우고 있어요.

얼굴에 살집이 제법 있고 체구가 큰 편인 여의사였다. 의사는 왼쪽 눈썹을 살짝 치켜올릴 뿐 별다른 표정 변화를 보이지 않았다. 눈썹이 짙고 숱이 많았다.

여의사의 입술이 살짝 떨어졌다. 아, 내 말에 감정을 드러내지 않았다. 그분에 대해 말해주세요. 두 분은 어떻게 만났나요?

윌과 관련된 이야기를 모두 털어놓았다. 그와 함께한 모든 순간을 하나씩 복기할 때는 마치 그때로 돌아간 것만 같아 미소가 번졌다. 철길 아래서 처음 만났던 날, 내 손목을 움켜쥐며 날 구해줬던 일, 카페에서 커피를 마셨던 일, 윌이 빌딩 벽에 날 밀어붙이고 내 허벅지를 만지며 귓가에 속삭였던 이야기.

하지만 얼마 지나지 않아 우울해졌다. 휴지를 뽑아 눈가를 찍어냈다. 외도녀로 사는 것이 너무 힘들다고 의사에게 말했다. 너무 외롭다고. 매일 만날 수도 없고, 어디서 무엇을 하는지 알수도 없고, 밤에 함께 침대에 누워 잠이 들기 전 깊은 이야기를 나눌 수도 없다고. 주변에는 내 솔직한 심정을 털어놓을 만한 사람이 없었다. 완벽히 혼자인 나는 우울한 감정에 빠지지 않으려 부단히 노력했다. 하지만 윌이 나를 아내 이름으로 부를 때면 콤플렉스에 빠지지 않을 재간이 없었다.

정신과 의사는 내게 관계를 정리하는 게 좋겠다고 말했다.

하지만 그 사람은 저를 사랑한다고 말했어요. 의사에게 말했다.

아내 모르게 바람을 피우는 남자라면 당신에게 한 약속도 거짓말일 때가 많죠. 환자분께 사랑한다고 말하는 것도 일종의 올가미예요. 외도를 하는 사람들은 상대방의 마음을 조종하는 데 상당히 능숙하거든요. 환자분을 붙잡아두려고 달콤한 말을 하겠죠. 그 남자는 현재 가정도 있고, 연인

235

도 있는 거잖아요. 현재 상황을 바꿀 동기가 전혀 없을 겁니다.

　의사의 의도와는 다르게 안심이 되었다. 윌이 나를 버릴 이유가 없다. 윌은 나를 절대로 떠나지 않을 것이다.

세이디

꿈에서 깨 멍한 상태로 침대에 누워 있었다. 꿈속에서 나는 낯선 침대에 누워 낯선 천장을 마주하고 있었다. 우물천장 정중앙에 팬이 설치되어 있었다. 팬의 날개는 야자나무 잎 모양이었다. 처음 보는 팬이었다. 침대 가운데 오목하게 내려앉은 자리에 몸이 꼭 맞게 들어가 움직이기 쉽지 않았다. 낯선 침대 위 깊숙하게 갈라진 틈에 갇혀 누워 있었다.

순식간이라 내 침대가 아니라는 것만 인식했을 뿐 내가 어디에 있는지, 어쩌다 이곳에 있는지 걱정할 겨를이 없었다. 양옆으로 손을 뻗어 월을 찾았다. 하지만 침대에는 나밖에 없었다. 두툼한 이불 아래 폭 싸인 채 침대에 누워 창문에서 들어오는 달빛을 받으며 천장에 달린 팬을 바라보고 있었다. 이불 속이 더웠다. 팬이 가동되어 시원한 바람으로 열을 좀 식혀주면 좋겠다고 생각했던 것 같다.

그러다 어느 순간 나는 더이상 침대에 누워 있지 않았다. 침대 옆에 서서 내가 자는 모습을 지켜보고 있었다. 방이 이상하게 일그러지기 시작했다. 색깔이 희미해졌다. 느닷없이 모든 게 흑백으로 바뀌었다. 벽이 팽창과 수축을 반복하며 사다리꼴이었다가 마름모꼴이었다가 이상한 모양으로 변했다. 더는 정사각형 모양이 아니었다.

갑자기 두통이 밀려왔다. 꿈속에서 나는 괴상하게 변하는 방을 보지 않으려고 억지로 눈을 감았다. 다시 눈을 떴을 때는 모건 베이스의 잔상을 품은 채 내 침대에 누워 있었다. 꿈에 모건이 나왔던 것 같다. 정확하게 기억은 안 나지만 모건이 나온 것만은 분명했다.

조금 전 윌이 방을 나서기 전에 내게 키스를 했다. 자신이 아이들을 학교에 데려다줄 테니 조금 더 자라고 말했다. 간밤에 잠을 설치던데. 그의 말이 질문인지 아닌지 헷갈렸다. 잠을 설쳤던 것은 아니지만 꿈을 깊게 꾸는 바람에 자는 동안 뒤척였던 것 같다.

윌이 내 이마에 입을 맞추었다. 좋은 하루 보내라고 인사를 한 뒤 집을 나섰다.

아래층에서 분주하게 아침 식사를 하고 아이들 가방을 챙기는 소리가 들렸다. 현관문이 열리는 소리와 함께 일제히 집을 빠져나갔다. 가족들이 나가고 나서야 몸을 일으켰다. 침대에 기대어 앉고 보니 내가 입고 있어야 할 나이트가운이 침대 끝에 있었다.

침대에서 내려와 똑바로 서자 몸을 감싸고 있던 침대 커버가 바닥으로 떨어졌다. 그제야 내가 알몸인 것을 깨달았다. 깜짝 놀랐다. 본능적으로 손을 올려 가슴을 가렸다. 나체로 자는 것을 싫어하는 것은 아니다. 예전에 윌과 나는 나체로 잠자리에 들 때가 많았지만, 아이들이 어렸을 때 한 번씩 우리 침대로 건너오기 시작한 뒤부터는 알몸으로 잔 적이 별로 없었다. 집에 어린아이가 있는데 나체로 잔다는 것이 민망했다. 오늘 아침에 오토가 봤으면 어떡하지? 설마, 이모젠이 봤다면?

이모젠을 떠올리자 갑자기 혹시나 하는 생각이 스쳤다. 윌과 아이들이 나가는 소리는 들었지만 이모젠의 소리는 듣지 못했다. 윌이 이모젠보다 먼저 나갔을 리 없다고 생각하려 했다. 윌이라면 이모젠이 학교에 갔는지 확인했을 거라고. 이모젠은 아무도 모르게 들고나는 편이라 윌과 아이들이 나가기 훨씬 전에 조용히 집을 나섰을 테니 지금 집에 있을 리 없다.

극단적으로 가동되는 낡은 보일러 때문에 겨드랑이와 다리 사이에 땀이 말라 있었다. 꿈에서 더위에 시달렸던 것이 생각났다. 자는 동안 무의식적으로 나이트가운을 벗어버린 모양이었다.

서랍장에서 레깅스 운동복과 긴팔 티셔츠를 꺼내 입었다. 옷을 입는 동안 이모젠에 대한 또 다른 생각이 스쳤다. 이모젠이 워낙 눈에 띄지 않게 움직이니까, 내가 생각했던 것처럼 윌도 지레 이모젠이 이미 학교에 갔을 거라고 넘겨짚었던 게 아닐까? 이모젠에 대한 두려움으로 머리가 어지러웠다. 아직 집에 있는 거 아닐까? 이모젠과 나, 단둘만 이 집에 있는 거면 어떡하지?

조용히 방에서 나왔다. 이모젠의 방문은 닫혀 있었고 새로 단 잠금장치에 자물쇠가 단단히 잠겨 있었으므로 방에 없다는 의미였다. 방 안에서 바깥에 달린 자물쇠를 채울 수는 없을 테니까.

새 잠금장치를 설치한 이유는 분명했다. 내가 방에 들어오지 못하게 하려는 것이다. 그것 자체로는 별다른 악의가 없다고 넘길 수 있지만, 다시 생각해보니 방에 못 들어가는 것처럼 방에 있는 누군가를 못 나오게 하는 것도 가능하지 않을까?

이모젠이 집에 없다는 것을 다시 확인하기 위해 계단을 내려가며 이름을 불렀다. 아래층에는 이모젠의 신발도, 가방도, 재킷도 없었다.

월이 카운터 위에 내 몫의 아침 식사와 커피용 빈 머그잔을 꺼내두었다. 커피를 따른 머그잔과 크레페를 식탁으로 가져왔다. 식탁 위에는 월이 읽던 범죄 소설이 있었다. 아마 책을 다 읽은 뒤 내가 읽을까 싶어 꺼내둔 것 같았다.

손을 뻗어 책을 내 쪽으로 당겼다. 내가 보고 싶은 것은 책이 아니었다. 엄밀히 말하자면 말이다. 책 안에 있는 월의 전 약혼녀의 사진을 확인하고 싶었다. 책을 손에 쥐고 심호흡을 한 뒤 책장을 넘기며 에린의 사진이 바닥에 떨어지길 기다렸다. 사진이 보이지 않자 두 번, 세 번 다시 책장을 획획 넘겼다.

책을 내려놓았다. 위를 올려다보며 한숨을 쉬었다. 월이 사진을 치웠다. 사진은 빼고 책만 그곳에 두었다. 사진을 어디다 두었을까? 윌에게 물을 수는 없었다. 에린 이야기를 다시 꺼내는 것은 꼴사나운 일이다. 이미 죽은 약혼녀에 대해 꼬치꼬치 캐물을 수는 없다. 나를 만나기 오래전에 죽은 여자였다. 하지만 오랜 세월이 지나고도 윌이 아직도 그 여자의 사진을 보관하고 있다고 생각하니 견디기 어려웠다.

윌은 이곳에서 멀지 않은 대서양 해안가에서 자랐다. 대학교 2학년을 마치고 3학년이 되던 시기 동부 연안을 떠나 시카고로 대학을 옮겼다. 에린이 죽고 새아버지까지 돌아가시자 그곳에서 더이상 살 수가 없었다고 윌은 말했다. 새로운 곳으로 떠나야만 했다고. 시카고로 이주하고 얼마 뒤 그의 어머니가 세번째 결혼을 하였고 (윌은 엄마가 재혼을 너무 빨리 했다고 생각했다. 윌의 모친은 혼자서는 살 수 없는 여자였다) 이후 남부 지방으로 거처를 옮겼다. 윌의 동생은 평화봉사단에 입단했고, 현재는 아프리카 카메룬에 살고 있다. 그러고서 앨리스가 자살했다. 윌의 가족 중 동부 연안에 살고 있는 사람은 이제 아무도 없다.

에린과 윌은 고등학교 때부터 사귀었다. 에린에 대해 이야기할 때 하이스쿨 스윗허트라는 단어를 한번도 언급하지는 않았다. 너무 애틋하고 애정 어린 말이니까. 하지만 그게 두 사람의 관계였다. 하이스쿨 스윗허트. 에린은 열아홉 살 때 죽었다. 윌이 겨우 스무 살이 되었을 때 일이다. 에린이 열다섯, 윌이 열여섯 살 때부터 사귀었다. 윌의 설명에 따르면 다른 지역에서 대학교를 다니던 에린이 크리스마스 연휴를 맞아 집에 돌아왔던 때

(당시 월은 집 근처 전문대에 다니고 있었다) 하룻밤 연락이 두절되었고, 다음 날 시체로 발견되었다고 했다. 저녁 6시에 에린이 월을 차에 태워 함께 저녁을 먹으러 가기로 했지만 나타나지 않았다. 6시 반이 되자 월은 걱정이 되기 시작했다. 7시가 가까워지자 월이 에린의 부모님과 친구들에게 연락을 취했다. 하지만 에린이 어디에 있는지 아는 사람은 아무도 없었다.

저녁 8시경, 에린의 부모님이 경찰에 신고를 했다. 하지만 그때만 해도 에린은 고작 두 시간 연락이 끊긴 상황이었기 때문에 경찰은 실종자 수색에 들어가지 않았다. 겨울이었다. 눈이 와도로가 얼어붙었다. 교통사고 신고 접수가 끊기지 않던 날이었다. 그날 밤 경찰은 교통사고 처리로 정신없이 바빴다. 경찰은 월과 에린의 가족에게 주변에 계속 전화를 돌리고 갈 만한 곳을 확인해보라고 말했지만 어불성설이었다. 그날 밤 도로 상황 악화로 되도록 운전을 하지 말라는 지침이 내려진 상태였다.

에린이 월의 집에 갈 때 자주 타는 도로는 커다란 연못을 에워싼 커브가 심한 산길이었고, 그날 도로에 눈이 쌓이고 얇게 빙판이 생겨 있었다. 경치는 좋지만 차가 많이 다니지 않는 길로 그날 저녁처럼 기상 상황이 안 좋을 때는 절대로 진입해선 안 되었다.

하지만 월의 말에 따르면, 에린은 결코 예측하기 어려운 무모한 성향의 여자였다. 기온이 0도였던 터라 나중에 에린의 시신이 발견된 연못은 사고 당시 완전히 얼지 않았다. 빙판에 미끄러진 에린의 차가 도로 밖으로 튕겨 나가 연못으로 떨어졌고,

살얼음 낀 연못은 차의 무게를 감당하지 못했다.

그날 밤 월은 방방곡곡 에린을 찾아 나섰다. 헬스장, 도서관, 에린이 다니던 댄스 스튜디오를 모두 돌았다. 에린의 집에서 자신의 집까지 연결된 도로는 모두 확인했다. 하지만 어두운 밤이었고, 연못은 새카만 구렁텅이처럼 보였다.

다음 날 이른 아침, 조깅을 하던 사람이 얼음과 눈 위로 솟아나온 차량의 펜더를 발견했다. 에린의 부모님께 가장 먼저 연락이 갔다. 월은 전날 에린과 만나기로 했던 시각으로부터 열두 시간 이상 지난 뒤에야 소식을 접했다. 부모님은 물론 겨우 아홉 살이던 에린의 여동생은 큰 슬픔에 잠겼다. 월도 마찬가지였다.

책을 멀리 밀어냈다. 에린의 사진을 품고 있던 책이라는 생각 때문에 도저히 읽을 마음이 들지 않았다. 사진을 어디에 보관하고 있을까? 동시에 이런 생각도 들었다. 왜 이렇게 신경 쓰는 거지?

월은 나와 결혼했다. 함께 아이들도 낳았다. 월이 사랑하는 사람은 나다.

아침 식사에는 손도 대지 않았다. 주방에서 나와 현관 외투걸이에 걸려 있는 바람막이 재킷을 걸쳤다. 바깥에 나가 달리며 시끄러운 속을 달래고 싶었다.

거리로 나갔다. 먼 바다 쪽에서 내리는 비로 하늘은 어둡고 공기는 습했다. 멀리서 비가 내리는 모습이 보였다. 구름 바로 아래에 가는 빗줄기가 자욱하게 퍼져 있었다. 온 세상이 음산하고 절망적으로 보였다. 기상예보에서는 저녁이 되면 비가 눈으로 바뀔 거라고 했다.

거리를 따라 내려가며 조깅을 시작했다. 자주 없는 오프 날이었다. 조깅을 마친 뒤 혼자 조용한 아침을 즐길 계획이었다. 오토와 테이트는 학교에 갔고, 윌은 출근했다. 지금쯤이면 윌은 페리를 타고 본토로 향하고 있을 것이다. 페리에서 내려 버스로 갈아타고 학교에 도착한 뒤 반나절 동안 열아홉 살 학생들에게 대체 에너지와 생물적 환경정화를 가르친 뒤, 테이트를 하교시켜 집으로 돌아올 것이다.

언덕길을 내려갔다. 섬 둘레를 따라 달리며 바다를 향해 길게 자리한 집들을 지나쳤다. 어디를 보나 화려함과는 거리가 멀었다. 대부분 최소 100년 이상 몇 세대에 걸쳐 한 자리를 지켜온 집들이라 상당히 낡고 오래되었다. 해풍에 시달린 작은 집들은 잘 관리되지 않은 데다 잎이 무성하게 자란 나무들이 빼곡히 둘러싸고 있어 조잡해 보였다. 섬 둘레는 8킬로미터 정도 된다. 쾌적하고 아름다운 길은 아니다. 해초류가 눌러 붙은 투박한 바위가 즐비한 데다 겨울철을 맞아 소름 끼치도록 황량한 해수욕장을 따라 거친 산길이 길게 이어졌다.

달리기 속도를 높였다. 머릿속이 복잡했다. 이모젠과 에린, 교회 예배실에서 본 제프리 베인스와 전 부인에 대한 생각으로 가득했다. 제프리와 전 부인은 무슨 이야기를 하고 있었던 걸까? 에린의 사진은 어디에 있을까? 윌이 나 때문에 사진을 숨긴 걸까, 아니면 다른 책을 읽기 시작하며 책갈피로 쓰고 있는 걸까? 후자라면 오히려 별 의미가 없다는 거 아닐까?

섬 동쪽에 자리한 바닷가 절벽을 지났다. 대서양을 향해 위태롭고 가파르게 펼쳐진 절벽이다. 에린을 떠올리지 않기 위해 노력했다. 바다를 향해 무섭게 돌진한 파도가 부서지는 모습을 바라보았다. 그 순간, 이맘때의 철새 떼가 응당 그렇듯 푸드덕거리며 위협적으로 날아갔다. 갑작스러운 움직임에 놀라 비명을 질렀다. 수십 마리의 검은 새가 한 몸처럼 날개를 펄럭였다.

바다의 물살이 거칠었다. 바람 때문에 높아진 파도가 해안가로 거세게 밀려들었다. 성난 파도가 바위에 하얗게 부서지며 3미터에서 6미터까지 높게 물보라가 솟구쳤다. 아마 겨울철의 바닷물은 얼음장처럼 차갑고 그 깊이는 심연처럼 깊을 것이다.

달리기를 멈추고 스트레칭을 했다. 손이 발끝에 닿도록 상체를 아래로 숙이며 햄스트링을 늘렸다. 주변이 너무 고요해 불안했다. 들리는 소리라고는 오직 내 귓가를 스치는 바람 소리뿐이었다. 그 순간 휘잉 스치는 바람 속에서 누군가의 목소리가 실려왔다. 널 증오해. 넌 패배자야. 죽어, 죽어, 죽어버리라고.

깜짝 놀라 급히 몸을 일으키고 목소리의 주인공을 찾아 두리번거렸다. 아무것도, 아무도 보이지 않았다. 그럼에도 누군가 어딘가에서 나를 지켜보고 있다는 생각을 지울 수 없었다. 등줄기로 소름이 끼쳤고 손이 떨리기 시작했다.

"누구 있어요?"

작게 불렀지만 아무도 답하지 않았다.

다시금 주변을 둘러보았지만 아무것도 보이지 않았다. 집 모퉁이에, 나무 뒤에 몸을 숨긴 사람은 없었다. 해안가는 텅 비었고, 이런 날씨에는 마땅히 그래야 하듯 집집마다 창문과 문이 단단히 닫혀 있었다. 그저 내 착각이었을 것이다. 이곳에는 아무도 없다. 내게 말을 거는 사람은 없었다. 내가 들은 것은 바람 소리였을 것이다. 바람을 말소리로 착각한 게 맞을 것이다.

*

계속 달렸다. 감리교회와 모텔 하나, 우체국 하나, 여름에만 장사를 하고 지금은 판자로 입구를 막아놓은 아이스크림 가게, 식당 서너 곳이 전부인 전형적인 작은 마을에 이르자 비가 내리기 시작했다. 약했던 빗줄기가 이내 굵어졌다. 잠시 비를 피하기 위해 카페로 최대한 빨리 달렸다.

카페 문을 활짝 열고 물을 뚝뚝 흘리며 안으로 종종걸음을 쳤다. 처음 오는 곳이었다. 나이 든 할아버지들이 커피를 시켜놓고 정치와 날씨 이야기로 목소리를 높이며 시간을 보낼 법한 낡고 촌스러운 카페였다. 카페 문이 채 닫히기도 전에 한 여성의 목소리가 귀에 꽂혔다.

"모건 추도식에 다녀왔어요?"

카페 중앙에서 등받이가 망가져 불안해 보이는 의자에 앉아 베이컨과 달걀 요리를 먹고 있던 여자가 말했다.

"불쌍한 제프리."

그녀는 안타까운 듯 고개를 가로저었다.

"얼마나 힘들겠어요, 지금."

이렇게 말하고는 액상 크림통을 집어 커피에 따랐다.

"너무 끔찍한 일이죠. 말로 할 수 없을 정도라니까요."

창문 옆 긴 합판 테이블에 앉은 여성 한 명이 대꾸했다. 호사가 기질이 다분해 보이는 중년의 여성 세 명이 함께 자리해 있었다.

카페 여주인에게 창가 자리를 부탁했다. 종업원이 와 무엇을 주문하겠는지 물었고, 나는 커피 한 잔을 부탁했다.

창가 테이블에 앉은 여성들이 대화를 이어갔다. 나는 잠자코 귀를 기울였다.

"오늘 아침 뉴스에 나오던데."

누군가 말했다.

"뭐라고 나왔어?"

다른 여자가 물었다.

"경찰이 용의자와 면담했다고."

제프리, 용의자라면 제프리일 것이다.

"모건은 칼에 찔려 죽었대."

칼에 찔렸다는 이야기를 듣자 속이 울렁거렸다. 손을 배에 가져다 대고는 칼이 피부를 찢고 들어오면 어떤 느낌일지, 장기 깊숙이 칼에 찔릴 때 그녀가 어떤 기분이었을지 상상했다.

다른 여자가 믿을 수 없다는 듯 되물었다.

"그걸 어떻게 알아?"

머그잔을 테이블로 너무 세게 내려놓은 탓에 나는 물론 여자 두 명도 몸을 움찔했다.

"공식 발표가 난 게 하나도 없잖아."

이야기를 꺼냈던 여자가 다시 입을 떼었다.

"발표했어. 검시관이 밝혔다고. 검시관 말로는 모건이 칼에 찔렸대. 다섯 차례나. 뉴스에 나왔어. 가슴에 한 번, 등과 얼굴에 두 번씩."

"얼굴에도?"

누군가 깜짝 놀란 목소리로 물었다. 나는 손을 올려 새삼 여리게 느껴지는 얼굴을 감쌌다. 약한 피부와 단단한 뼈가 만져졌다. 칼이 들어갈 만한 공간이 없었다.

"너무 끔찍하다."

여자들은 칼에 찔리는 것에 대해 이야기를 나누고 있었다. 칼에 찔리는 순간 모건이 즉시 고통을 느꼈을지, 흐르는 피를 보고 나서야 알았을지 궁금해했다. 어쩌면 범인이 시간 차를 두지 않고 순식간에 이곳저곳을 찔러 모건은 아무것도 느끼지 못하고 죽었을 수도 있지 않냐고 떠들었다.

의사로서 말하자면 만약 흉기가 주요 동맥을 잘랐다면 모건 베인스는 다행히도 즉사했을 것이다. 그렇지 않다면 꼼짝도 못 하고 과다 출혈로 서서히 죽어갔을 것이다. 쇼크 상태에서 벗어난 뒤에는 극심한 고통을 느꼈을 것이다.

모건을 죽인 살인자가 모쪼록 주요 동맥을 잘랐길. 고통 없이 단번에 죽음이 찾아들었길 바랐다.

"무단 침입 흔적은 없었대. 창문이 깨지거나 문이 부서지지도 않았대."

"어쩌면 모건이 문을 직접 열어준 것일지도 몰라."

"문을 안 잠갔을 수도 있고. 어쩌면 누군가가 오기로 되어 있었거나."

곧이어 보통 살인 사건의 경우 면식범의 소행인 경우가 많다는 대화가 이어졌다. 이어 통계상 무차별 살인 범죄율이 상대적으로 무척 낮다는 이야기도 나왔다.

"얼굴을 찌르다니. 원한이 있는 것 같아."

자연스럽게 전 부인인 코트니가 떠올랐다. 코트니로서는 모건의 죽음을 바랄 만한 이유가 충분하다. 내가 한 짓 후회 안 해! 소리치던 목소리가 귓가에 울렸다. 무슨 뜻이었을까?

"살인범은 제프리가 집에 없다는 걸 알고 있었을 거야."

누군가 추측했다.

"제프리는 집을 자주 비우잖아. 내가 들은 바로는 집에 있을 때가 거의 없대. 만날 도쿄 아니면 프랑크푸르트나 토론토로 출장을 간다더라고."

"모건이 바람을 피우고 있었나. 남자친구가 있었을지도 모르지."

이 말을 들은 여자 한 명이 못 믿겠다는 투로 대꾸했다.

"다들 이러쿵저러쿵하는 말이지. 그냥 소문이라고."

죽은 여자를 대상으로 말도 안 되는 소문을 퍼뜨리는 여자를 힐난했다.

그러자 상대방이 곧장 반박했다.

"파멜라. 소문이 아니야. 뉴스에 나왔다고."

"모건이 외도를 했다는 이야기가 뉴스에 나왔다고?"

파멜라가 되물었다.

"아니, 그거 말고. 칼에 찔렸다는 거."

윌도 아는 이야기인지 궁금해졌다.

"사람들이 칼이라고 하더라고."

무적의 단어인 것마냥 자꾸 사람들이라고 언급하는 것이 거슬렸다. 도대체 사람들이란 누구를 말하는 걸까?

"흉기가 칼이라고 사람들이 그랬어. 너무 끔찍하지 않아?"

여자는 이 말을 한 뒤 버터나이프를 집어 들고 무례하게 옆의 여자 머리에 가져다 대며 뭉뚝한 칼날로 찌를 듯이 흔들었다. 곁에 있던 여자들이 눈살을 찌푸렸다.

"재키, 그만해. 도대체 왜 그러는 거야? 가여운 여자가 살해당했다고."

"아니, 사람들이 그랬다니까."

재키란 이름의 여자가 말을 이었다.

"그냥 사실을 말하는 거야. 검시관에 따르면 상흔이나 깊이를 봤을 때 뼈칼로 추정된대. 폭이 좁고 휘어져 있었다나. 날이 15센티미터 정도 되는 칼인 것 같대. 살인범이 흉기를 남기지 않았으니 추정에 불과하지만. 흉기를 도로 챙겨 가져갔나 봐. 아마 바다에 버렸을 거야."

카페에 앉아 조깅을 하며 바라봤던, 거칠게 요동치는 성난 파도를 떠올렸다. 매일 페리를 타고 오가는 사람들, 5킬로미터 깊이 어딘가에 살인 흉기를 삼킨 바다를 매일같이 가로지르는 사람들을 생각했다.

무관심 속에 허용된 너무도 넓고 방대한 자유. 모두들 자기만의 세계에 빠져 주변 사람들이 뭘 하는지는 아무런 관심이 없다.

대서양 해류는 위쪽에 있는 노바 스코샤로 흐른다. 그곳에서 유럽 대륙으로 흘러간다. 만약 살인범이 칼을 바다에 던졌다면 다시 메인의 해안가로 돌아올 확률은 없다고 봐야 한다.

커피 잔을 건드리지도 않고 카페에서 나왔다. 한 모금도 마시지 않았다.

카밀

바다는 늘 별로였다. 하지만 윌이 가는 곳이라면 곧 내가 있어야 할 자리라고 마음을 다잡았다. 그의 집과 가까운 곳에 빈 집이 하나 있었다. 작고 비좁고 구질구질한 집은 가구마다 천을 씌워 놓아서 귀신이 튀어나올 것 같이 음산했다.

집 안 이곳저곳을 거닐며 둘러봤다. 의자에도 앉아보고 동화 《곰 세 마리》에 등장하는 소녀 골디락스처럼 침대에도 누워봤다. 하나는 너무 컸고, 다른 하나는 너무 작았지만 세 번째 침대는 꼭 맞았다. 서랍장을 열어보니 양말이나 치실, 이쑤시개 등 별 볼 일 없는 물건만 보였다. 수도꼭지를 돌렸다. 물이 나오지 않았다. 수도관과 변기가 텅 비어 말라 있었다. 찬장과 냉장고도 거의 비었다. 베이킹소다뿐이었다. 집은 냉골이었다.

그 집에 머무는 동안 수차례 실존적 위기에 빠졌다. 집에 갇혀 멍하니 시간을 죽이며 삶의 이유를 찾으려 애썼다. 어둠 속에서 내가 존재하지 않는 것 같은, 어쩌면 존재해서는 안 되는 인간인 것 같은 기분에 사로잡혔다. 어쩌면 죽는 게 나을지도 모르겠다는 생각이 들었다. 어떻게 해야 삶을 끝낼 수 있을까 생각했다. 처음 겪는 일은 아니었다. 한 번 시도했고, 그때 방해만 받지 않았다면 아마도 성공했을 것이다. 시간문제일 뿐, 언제든 다시 벌어질 일이었다.

어떤 날에는 야심한 시각에 집에서 나와 거리에 서서 윌의 집 창문 너머로 그를 관찰했다. 어두워지면 퇴근 전인 세이디를 위해 현관 등이 켜졌다. 신경질이 났다. 그는 나보다 세이디를 더욱 사랑하고 있었다. 나보다 더 큰 사랑을 받는 세이디를 증오했다. 그녀에게 소리를 쳤다. 죽이고 싶었고, 죽었으면 좋겠다고 바랐다. 하지만 그리 쉬운 일이 아니었다.

거리에 서서 굴뚝을 타고 올라온 회색 연기가 짙은 남색 하늘로 번져가는 것을 지켜봤다. 집 안에는 불이 켜져 있었다. 완벽한 브이(V) 자를 그리며 가지런히 정리된 커튼 사이로 노란 불빛이 새어 나왔다. 망할 놈의 크리스마스 카드에나 등장할 법한 완벽한 그림이었다.

그날 밤도 창문을 통해 안을 들여다보고 있었다. 잠시 두 눈을 감았다. 집 밖이 아닌 집 안에서 그와 함께 있는 상상을 했다. 그의 스웨터를 거칠게 헤치는 모습이 그려졌다. 그가 내 머리카락을 잡아챘다. 자신의 입술로 내 입술을 막았다. 거칠고 뜨거운 입맞춤이었다. 그가 내 입술을 깨물었다. 입에서 피맛이 돌았다.

그 순간, 가속페달을 밟아 성이 난 엔진음이 나를 깨웠다. 눈을 뜨자 차 한 대가 낑낑거리며 언덕을 오르고 있었다. 넌 할 수 있어, 꼬마기관차(미국의 유명 동화인 *The Little Engine That Could*의 제목이다 – 옮긴이). 어둠 속에서 기웃거리는 모습을 운전자에게 들키지 않으려고 옆으로 물러나 도랑에 쪼그려 앉아 몸을 숨겼다.

자동차가 느리게 지나갔다. 배기구에서 연기가 뿜어져 나왔다. 할 수 있어, 할 수 있어(동화 속 꼬마기관차가 힘겹게 산을 오르며 되풀이하는 대사 – 옮긴이).

거실에서 무릎을 꿇고 앉아 있는 윌이 보였다. 목에 지퍼가 달린 회색 스웨터를 입고 있었다. 청바지와 신발도 신고 있었다. 거실 한가운데 작은아들과 무릎을 맞대고 앉아 놀아주고 있었다. 멍청한 꼬맹이가 웃음을 터뜨렸다. 아주 신이 나 보였다.

윌이 아들의 손을 잡았다. 두 사람이 함께 자리에서 일어나 창문가로 다가왔다. 어둠에 잠긴 거리를 내다보고 있었다. 나는 볼 수 있었지만 두 사람의 눈에는 내가 보이지 않았다. 밖이 어두워 집 안이 훤히 보였다. 불이 피워진 벽난로도, 벽난로 선반 위 화병도, 벽에 걸린 그림도 모두 보였다. 두 사람은 세이디를 기다리고 있었다.

그가 나를 떠나려고 이 섬으로 이사 온 것은 아니라고 믿었다. 이곳으로 이사할 수밖에 없었을 것이다. 유충이 벼룩으로 변태하지 않을 수 없는 것처럼 말이다.

그때, 또 다른 차 한 대가 다가오는 것이 보였지만 이번에는 굳이 몸을 숨기지 않았다.

*

가능한 문제를 일으키지 않으려 노력했다. 하지만 도저히 참을 수 없는 날이 있었다. 나는 세이디의 자동차 창문에 메시지를 남겼다. 후드에 앉아 줄담배를 태우며 담배 한 갑을 거의 다 피웠을 즈음 웬 할망구가 여기는 금연이니 다른 곳에 가서 담배를 피우라고 말했다. 이래라저래라 소리 듣는 게 싫었다. 자유 민주주의 국가라고요. 내가 피고 싶은 곳에서 피울 자유가 있어요. 이렇게 말하며 시끄러운 노인네, 할망구 등등 악담을 퍼부었다. 노인은 사람들에게 내 행태를 알리겠다고 협박을 했다.

아무도 없을 때 그의 집에 들어간 적도 있었다. 별로 어렵지 않았다. 누군가를 오래 관찰해본 사람이라면 알 것이다. 사람들은 대부분 비밀번호를 똑같이 설정해둔다. 그리고 이 비밀번호는 쓰레기통에 처박혀 있는 서류만 몇 개 뒤져도 알 수 있다. 누군가의 생일이거나 지로용지나 급여명세서에 적힌 사회보장번호의 마지막 네 자리가 대부분이다.

숨어서 윌의 차가 빠져나가는 것을 확인한 뒤 차고 도어락에 비밀번호를 눌렀다. 세 번의 시도 끝에 성공했다. 차고에서 집으로 연결된 문은 잠겨 있지 않았다. 문고리를 돌려 손쉽게 집 안으로 들어왔다.

집에 들어섰지만 개들이 짖지 않았다. 집을 잘도 지키는 개들이었다. 내 앞으로 총총 다가와 내 손에 코를 대고 킁킁거렸다. 내 손을 핥기도 했다. 개들의 머리를 쓰다듬고는 저쪽으로 가

255

엎드리라고 말하자 내 말에 따랐다.

신발을 벗고 주방으로 들어가 이것저것 열어보고 만져봤다. 배가 고팠다. 냉장고 문을 열어 먹을 것을 꺼내 식탁에 앉았다. 집주인인 양 행세했다. 맞은편 의자에 발을 뻗고는 며칠 지난 신문을 집어 들었다. 식사를 하며 한물간 기사를 읽어 내려갔다.

식탁 맞은편을 바라보며 윌이 나와 함께 식사를 하고 있다고 상상했다. 오늘 하루는 어땠어? 윌에게 물었지만 상상 속 그가 대답을 하기 전 전화벨 소리가 울렸다. 전혀 예상치 못한 상황이었다. 놀라긴 했지만 전화를 받기 위해 의자에서 몸을 일으켰다. 윌과 나의 오붓한 저녁 식사를 방해받았다는 생각에 언짢았다.

수화기를 들고 귀를 가져다 대었다.

여보세요? 옛날 다이얼식 전화기였다. 이제는 아무도 안 쓰는 그런 전화기.

파우스트 부인 되세요? 전화기 너머 남자가 물었다. 목소리가 분명 남자였다. 목소리가 무척 밝았다.

머뭇거리지 않고 답했다. 맞는데요. 미소를 띤 채 카운터에 등허리를 기댔다. 제가 세이디 파우스트인데요.

케이블 TV 회사 직원이라고 밝힌 남자는 지금보다 한 단계 업그레이드된 상품으로 변경할 생각이 있는지 물었다. 호감 가는 설득력 있는 목소리였다. 그는 내게 몇 가지 질문을 했다. 내 이름을 부르기도 했다. 뭐, 내 진짜 이름은 아니었지만. 어쨌든.

지금 보고 계시는 패키지 어떠세요, 파우스트 부인? 만족하십니까? 나는 만족하지 않는다고 답했다. 채널이 몇 개 없어 불편하다고 덧붙였다.

요즘 인기 많은 프리미엄 채널이 궁금하지 않으셨나요? 혹은 남편분께서 MLB 네트워크를 시청하고 싶어하신다거나요?

나는 그렇다고 말했다. 프리미엄 채널이 보고 싶다고. HBO나 쇼타임 채널에서 방영하는 영화를 보고 싶다고 했다.

지금 저희가 쓰는 요금제에서는 볼 수 없는 거죠?

아쉽게도 그렇습니다. 포함되어 있지 않아요, 파우스트 부인. 하지만 지금 변경하실 수 있습니다. 전화로 신청하시면 바로 가능합니다. 요금제를 바꾸실 좋은 기회예요, 파우스트 부인.

도저히 거절하기가 어려웠다. 됐다고 말하고 전화를 끊을 수가 없었다. 수화기를 내려놓았다. 먹던 캐서롤을 그대로 두었다. 손으로 카운터를 쓸어내렸다. 주방 서랍을 열었다 닫고는 가스레인지 손잡이를 만지작거렸다. 점화장치는 작동되지 않도록 가스레인지 손잡이만 살짝 돌렸다. 얼마 지나지 않아 가스 냄새가 코를 찔렀다. 거실로 나가 사진 액자를 매만지고 소파에 앉았다가 피아노도 쳐봤다. 계단 난간을 손으로 꼭 붙잡고 위층으로 올라갔다. 나무로 된 계단 중간이 움푹 들어가 있었다. 이 집처럼 계단도 낡아빠졌다.

복도를 따라 거닐며 방마다 눈으로 살폈다. 그의 침실을 찾기까지 오래 걸리지 않았다. 침대가 넓었다. 세탁 바구니에 그의 바지가 걸쳐져 있었다. 바구니 안에 그의 옷과 양말, 세이디의 속옷 상의도 보였다. 속옷의 레이스를 엄지손가락으로 한 번 쓸어내린 뒤 다시 바구니에 던지고는 안을 뒤졌다. 카디건이 하나 나왔다. 갈색 울 카디건은 모양도 이상하고 낡았지만 따뜻했다. 소매에 팔을 넣어 걸치고 손으로 앞섶과 단추를 쓸어내렸다. 양손을 큰 주머니에 꽂고 한 바퀴 빙 돌았다.

세이디의 화장대 위 스탠드형 진열장에 각종 장신구가 걸려 있었다. 목걸이를 목에 걸어보고 팔찌도 껴봤다. 서랍을 열자 메이크업 도구가 나왔다. 벽에 달린 거울을 보며 코에 세이디의 분첩을 톡톡 두드리고 뺨에 블러쉬를 발랐다.

너무 아름답네요, 파우스트 부인. 물론 내가 세이디보다는 훨씬 예쁘지만 거울에 대고 이렇게 말해봤다. 내가 원한다면 세이디와 똑같은 머리 스타일을 하고 세이디처럼 옷을 입고 파우스트 부인 행세를 할 수 있다. 월의 반쪽이자 아내로 충분히 사람들을 감쪽같이 속여 넘길 수 있다. 내가 마음만 먹으면 말이다.

침대로 가 얇은 시트를 들추었다. 회색 침대 시트는 스레드카운트가 높아 짜임이 촘촘하고 촉감이 부드러운 것이 한눈에 봐도 비싸 보였다. 손으로 시트를 쓸어내리며 어루만졌다. 침대 끝에 슬쩍 몸을 앉혔다. 부드러운 시트 속으로 몸을 누이고 싶은 충동을 어찌할 수 없었다. 발을 시트 안에 넣고 이불 속으로 미끄러지듯 몸을 눕혔다. 모로 누워 잠시 눈을 감았다. 월과 함께 침대에 누워 있다고 상상했다.

그가 돌아오기 전에 집을 빠져나왔다. 그는 내가 집에 있었을 거라고는 상상도 못 할 것이다.

*

선착장에서 그를 기다렸다. 흐리고 우중충한 날이었다. 구름이 도로에 맞닿을 듯이 연무처럼 낮게 깔려 있었다. 그래서 사람들도 세상도 전부 흐리게 보였다. 사람들 모두 잿빛을 하고 있었다. 이런 날씨에 뭐 볼 게 있다고 바닷가에 사람들이 제법 있었다. 춥고 음울한 날씨를 즐기는 것처럼 보였다. 바닷가에 서서 페리인지 아닌지 가늠조차 안 되는 작은 점을 바라봤다. 작은 점은 조그마한 보트들을 제치고 해안가로 점점 다가왔다. 페리가 일으키는 물살에 보트들이 요동쳤다.

칼날같이 매서운 바람이 불었다. 매표소 뒤에 몸을 숨기고 표를 손에 쥔 채 월이 오기만을 기다렸다. 멀리서 항구로 걸어오는 그를 단번에 알아봤다. 그가 미소 짓자 온몸에 전류가 통하는 기분이었다. 심장이 쿵쾅거렸다.

하지만 나를 향해 짓는 미소가 아니었다. 그는 주변 사람들과 웃으며 대화를 나누고 있었다. 매표소 뒤에 숨어서 그가 늘어선 줄 끝에 자리한 모습을 지켜봤다. 잠시 더 기다리다 월의 뒤에 다섯 명이 선 것을 확인하고 나도 대열에 합류했다. 후드를 뒤집어썼다. 선글라스를 써 얼굴을 가렸다.

이윽고 페리가 도착했다. 사람들이 열을 이뤄 승선용 철제다리를 건너는 모습이 마치 죽음의 행진을 하는 유대인들 같았다. 다리 위 군데군데 구멍 난 틈으로 거칠게 요동치는 바다가 그대로 보였다. 해초도 보였다. 비릿한 냄새가 올라왔다.

월이 윗갑판으로 향했다. 그의 눈에는 띄지 않으면서도 그를 관찰할 수 있는 위치에 자리를 잡았다. 한시도 그에게서 시선을 뗄 수 없었다. 선미에서 난간을 잡고 선 채로 멀어지는 해안가를 바라보는 그를 지켜봤다. 바닷물은 어둡고 탁했다. 페리 주변으로 오리 떼가 유유히 물장구를 쳤다.

내내 월을 지켜봤다. 월은 바다의 신 포세이돈 상처럼 바다를 내려다봤다. 내 두 눈은 그의 실루엣을 좇아 그의 몸을 탐닉했다. 바람에 나부끼는 머리카락에서 다부진 어깨로, 팔로, 팔에서 이어지는 손가락 하나하나까지 차례대로 훑었다. 두 눈이 청바지 옆 솔기를 따라 허벅지에서 발로 시선을 옮겼다. 신발까지 훑어 내린 시선이 이제 반대쪽 다리에서 허벅지, 손가락으로 거슬러 올라갔다. 손을 올려 그의 머리카락을 쓰다듬었다. 내 손가락 사이로 그의 머리카락이 흩어질 때의 촉감을 떠올렸다.

관찰은 20분 정도 계속되었다. 해안가가 가까워지고 있었다. 건물들이 크게 보였다. 페리를 타고 가는 내내 수많은 건물들이 점점이 늘어서 수평선을 가로막고 있었다. 그러다 어느덧 눈앞에 떡하니 나타난 건물들이 그날 모든 것들이 그리 보였듯 잿빛으로 흐리게 빛났다.

페리가 선착장에 도착하자 월의 뒤를 따라 배에서 내려 다리를 건넜다. 길 건너편 어디쯤에서 버스에 올라탔다. 가방 속에 손을 넣어 뒤지자 다행히도 교통카드가 나왔다.

버스에 올라 그의 뒤에 앉았다. 도심을 통과하며 버스가 점차 붐비기 시작했다. 얼마 지나지 않아 내려야 할 정류장에 도착했다. 대학 캠퍼스였다. 시카고에서 강의하던 대학보다 벽돌로 지은 건물이 더욱 많이 늘어서 있었다. 평소처럼 스무 걸음쯤을 유지하며 그를 쫓았다.

그가 한 건물 안으로 사라지는 것을 지켜봤다. 30초쯤 뒤 나도 계단을 올랐다. 그를 뒤쫓아 강의실 앞까지 따라간 나는 복도에 서서 그의 목소리를 엿들었다. 듣기 편안한 음성이었다. 졸졸 흐르는 시냇물 소리, 상쾌한 폭포 소리 같았다. 나를 흥분시키는 동시에 다리에 힘이 풀릴 정도로 마음을 편안하게 해주는 목소리였다.

인구 밀집 현상, 인구 포화 지역의 생활환경, 더러운 식수 등에 대해 그는 열띤 설명을 이어갔다. 벽에 등을 기댄 채 가만히 귀를 기울였다. 강의 내용은 내게 아무런 의미가 없었다. 나는 그의 목소리를 경청했다. 복도에 서서 두 눈을 감은 채 그가 하는 말 속에 나를 향한 암호가 숨겨져 있다고 상상했다.

강의를 마치자 학생들이 시끌벅적하게 쏟아져 나왔다. 학생이 모두 나간 강의실로 들어갔다. 그는 강의실 앞쪽에 서 있었다. 나를 본 그의 얼굴에서 안도감이 스쳤다. 나를 봐서 기쁜 것 같았다. 그의 얼굴에는 차마 감출 수 없는 미소가 비집고 나왔다. 입꼬리도 위로 올라가 있었다.

세상에. 내게 다가와 두 팔로 나를 반짝 안아 올렸다. 당신을 여기서 볼 줄이야. 여기 어쩐 일이야? 그가 물었다.

당신을 보러 왔지. 보고 싶었어. 그에게 말했다.

내가 여기 있는 줄 어떻게 안 거야? 윌이 내게 물었다.

그를 향해 윙크를 했다. 당신 뒤를 밟았거든. 파우스트 교수님, 스토커가 생긴 것 같은데요.

세이디

카페에서 나와 집까지 달렸다. 아까보다 기온이 더 떨어졌다. 비가 이제는 진눈깨비가 되어 자꾸 눈에 들어오는 바람에 땅을 내려다보며 달렸다. 점차 눈발이 굵어져 옷에 들러붙기 시작했다. 좀 있으면 본격적으로 눈이 내릴 것 같았다.

집에 가까워지자 언덕 위쪽, 멀지 않은 곳에서 자동차 엔진 소리가 들렸다. 고개를 들자 닐슨 부부의 진입로에 정차된 크라운빅토리아가 보였다. 공회전 중인 차에서 뿜어져 나오는 배기가스가 빨갛게 빛나는 후미등을 지나 차가운 공기 속으로 사라졌다. 닐슨 씨 집 우편함 옆에 한 남자가 서 있었다. 누구든 밖에 있어서는 안 될 날씨였다.

속도를 늦추며 진눈깨비가 눈에 들어가지 않도록 이마에 손그늘을 만들었다. 거리가 제법 있는데다 눈발이 날려 남자의 얼굴이 제대로 보이지 않았다. 하지만 상관없었다. 누군지 이미 알고 있으니까. 전에도 한 번 본 적이 있는 장면이었다.

내가 있는 곳에서 50미터도 채 떨어지지 않은 곳에 버그 경관이 서 있었다. 손에 무언가를 들고 자신의 차 뒤편을 서성이고 있었다. 그는 주변에 아무도 없는지 경계하는 눈으로 살핀 뒤 닐슨 씨 우편함에 무언가를 밀어 넣었다. 요행히 경관이 돌아보기 전에 나무 뒤에 몸을 숨겼다.

우리 집에 들러 윌과 나를 조사하던 날에도 그는 지금과 똑같은 행동을 했었다. 우리 집에서 나온 그는 닐슨 씨 집으로 차를 몰고 가 우편함에 무언가를 넣었다. 다른 무엇보다 경관이 그토록 경계하는 모습을 보이는 것이 내 호기심을 자극했다. 도대체 우편함에 뭘 넣었기에 아무에게도 들키지 않으려고 저렇게 신경을 쓰는 거지?

버그는 우편함을 닫고 차에 올라, 이내 차를 몰고 언덕 너머로 사라졌다. 호기심을 견딜 수 없었다. 그래서는 안 된다는 것은 알지만 몸이 움직였다. 얼굴에 달라붙은 젖은 머리카락을 떼어내고 오르막을 따라 달렸다. 버그 경관과는 달리 아무런 경계심 없이 우편함에 손을 넣어 물건을 꺼냈다.

근처 잎이 무성한 나무 아래로 가서 살펴보니, 아무것도 적혀 있지 않은 봉투의 입구가 단단히 봉인되어 있었고, 안에는 종이 뭉치가 두툼하게 만져졌다. 흐린 하늘에 봉투를 비춰봤다. 잘은 몰라도 현찰 다발이 분명해 보였다. 멀리서 언덕을 오르는 자동차 엔진 소리가 들려 화들짝 놀랐다. 우편함에 봉투를 넣고 재빨리 집으로 향했다.

아직 오전이었지만 우중충한 날씨 때문에 저녁 시간 같았다. 집에 들어오자마자 문을 잠갔다. 내게 달려오는 개들을 보며 혼자가 아니라서 다행이라 생각했다.

현관에 난 창으로 잠시 밖을 살핀 뒤 몸을 돌렸다. 현관 앞에서 무언가에 발이 걸려 넘어졌다. 테이트의 장난감인 것 같았고, 자세히 보니 인형이었다. 인형이구나 하는 것 외에 다른 생각은 들지 않았다. 우리는 사내아이다운 장난감을 고집하지 않았다. 테이트가 트랜스포머보다 인형을 좋아한다면 인형을 갖고 놀게 했다. 다만 누군가가 넘어질 수도 있는데 현관 한가운데에 장난감을 두었다는 것에 화가 났다. 괜히 죄 없는 인형을 발로 차며 화풀이를 했다.

윌에게 전화를 걸었지만 강의 중인 것 같았다. 강의를 마치고 내게 전화를 한 윌에게 검시관 소견과 뼈칼에 대해 말했다. 그는 오늘 아침 본토에 도착해 신문으로 이미 기사를 접했다고 했다.

"정말 끔찍하지."

그가 말했고, 우리는 이 사건이 얼마나 비극적이고 참혹한지 새삼 실감했다.

"우리는 안전한 걸까?"

윌은 대답을 주저했다. 사실 누구도 안전을 장담할 수 없다. 나는 단호하게 말했다.

"이곳을 떠나는 게 좋겠어."

그가 뭐라고 하기 전 덧붙였다.

"물론 이모젠도 데리고 갈 거야."

입 밖으로 내어 말하진 않았지만, 우리의 홈그라운드에서는 우리가 주도권을 잡을 수 있다는 생각이었다. 지금과 달리 이모젠을 어느 정도 통제할 힘이 생길 것 같았다.

"여기를 떠나서 어디로 갈 생각인데?"

윌이 물었지만, 한 가지 확실한 사실은 우리가 꿈꿨던 새 출발은 전혀 이뤄지지 않았다는 점이다. 아무리 좋게 말해도 메인에서의 삶은 혼돈 그 자체였다. 도리어 이곳에 온 이후로 삶이 더욱 엉망진창으로 변해갔다.

"집으로."

내 말에 윌은 이렇게 물었다.

"달리 어디에 우리 집이 있겠어, 세이디?"

그의 말에 가슴이 아팠다.

결혼한 뒤부터 죽 살았던 시카고 집은 밀레니얼 세대인 커플에게 이미 팔아버렸다. 시카고 병원 일자리도 이미 갓 의대를 졸업한 젊은 의사가 차지했을 터였다. 오토가 아무 잘못을 저지르지 않았다 한들 나쁜 일에 휘말렸던 이상 다니던 공립학교에 다시 들어갈 수는 없었고, 테이트도 마찬가지였다. 두 아이 모두 사립학교에 들어가야 하는데, 윌이 전에 일하던 대학교에 어떻게 복직이 된다 하더라도 그의 월급만으로는 학비를 감당할 수 없다.

내가 잠자코 있자 윌이 말했다.

"퇴근하고 집에 가서 다시 이야기하자."

그에게 알겠다고 답했다. 전화를 마치고 찻주전자에 물을 올릴 생각에 주방으로 향했다. 주방을 오가던 중 칼 세트가 눈에 띄었고, 그 순간 뼈칼이 실제로 어떻게 생겼는지, 손에 쥐면 어떤 기분일지 소름 끼치는 호기심에 사로잡혔다. 월은 나무 블록에 꽂힌 칼 세트를 호기심 어린 테이트의 손에 닿지 않도록 카운터 구석에 보관했다.

나는 칼 세트 쪽으로 다가갔다. 뼈칼이 뭔지 모르지만 인터넷을 검색한 결과, 13센티미터에서 23센티미터 길이의 끝이 상당히 뾰족한 아치형 날의 칼이었다. 칼의 손잡이를 하나씩 꺼내 날을 확인했다. 이내 인터넷에 나온 설명글과 일치하는 칼이 없다는 것을 깨달았다. 게다가 나무 블록 중 한 곳이 비어 있었다. 스물한 개가 있어야 할 블록에 스무 개만 꽂혀 있었다. 칼 하나가 사라졌다.

상상력이 발동하기 시작했다. 마음을 진정시키고 오컴의 면도날 법칙을 되새기며 이성적으로 생각하려고 애썼다. 아마 다른 칼이 있던 자리일 거다. 월이 소장한 칼집에는 처음부터 뼈칼이 없었을 것이다. 혹시나 칼 하나가 싱크대 안에 있을까 싶어 찾아봤지만 없었다. 어쩌면 월이 칼 하나를 오래전에 잃어버렸거나, 포크나 나이프 등을 보관하는 서랍에 실수로 딸려 들어갔을 수도 있다. 서랍을 열어 앨리스가 모아둔 소박한 수집품을 뒤적거렸다. 스테이크와 식사용 나이프가 대다수였고, 날이 톱니 모양인 과도 하나가 있을 뿐 칼은 보이지 않았다.

이모젠이 우리 침실에 들어왔던 때가 떠올랐다. 누구나 한 번쯤, 한밤중에 부모를 살해한 아이들의 이야기를 들어본 적이 있을 것이다. 얼토당토않은 이야기가 아니라 실제로 벌어지고 있는 일이다. 게다가 이모젠은 적대적이고 심리적으로 불안한 아이이다. 이모젠이라면 나를 위협하기 위해 칼을 챙길 만한 아이라고 여기는 것인지, 아니면 그 칼로 더 끔찍한 일도 벌일 수 있다라고 생각하는 건지 나조차도 확신할 수 없었다.

주방에서 나왔다. 땀에 젖은 손으로 난간을 잡고 계단을 올랐다. 지난번처럼 이모젠의 방을 뒤질 계획이었지만, 막상 문 앞에 이르자 자물쇠 열쇠가 없으면 방에 들어갈 수가 없다는 것을 깨닫고는 생각을 접었다.

욕설을 내뱉으며 손잡이를 거칠게 돌렸다. 윌에게 없어진 칼에 대해 말하려고 전화를 했지만, 윌은 페리를 타고 집으로 오는 중인 것 같았다. 페리에서는 핸드폰이 잘 터지지 않아서 그렇게 짐작했다. 전화가 연결되지 않았다. 핸드폰을 내려놓으며 그래도 그가 곧 집에 도착하리라는 사실에 안도했다.

몸을 바쁘게 놀리려 할 일을 찾았다. 집을 청소했다. 방마다 침구류를 모두 벗겨냈다. 세탁실로 끌고 내려가기 쉽게 복도에 침대 시트를 쌓아놓았다.

안방 침실에 새 매트리스 커버를 씌웠다. 그때, 내가 눕는 쪽 침대에서 검은색 물체가 바닥으로 떨어졌다. 침대 프레임과 매트리스 사이에 꽤 오랫동안 껴 있었던 것 같았다. 방 한가운데로 굴러떨어진 물건을 보며 처음에는 우리가 거의 보지 않는 침실 TV의 리모컨이라고 생각했다. 가까이 다가가 물건을 주웠다. 리모컨이 아니라 윌 것도 내 것도 아닌 낯선 핸드폰이었다.

핸드폰 뒷면을 살폈다. 무언가 특징지을 만한 것이 없었다. 옛날 기종의 아이폰이었다. 앨리스가 쓰던 핸드폰인가 싶었지만 놀랍게도 전원이 들어왔다. 앨리스가 세상을 떠난 지 꽤 시일이 지났다. 핸드폰도 방전이 되었어야 마땅했다.

아래층으로 내려가 잡동사니를 보관하는 서랍을 열고 충전기를 찾았다. 거실 벽 콘센트에 플러그를 꽂은 뒤 핸드폰을 벽난로 선반 위에 올려두었다. 집 청소를 마저 하는데, 얼마 지나지 않아 테이트를 이끌고 윌이 집에 도착했다. 현관에서 두 사람을 맞이하는 나를 보고 윌은 무언가 안 좋은 일이 생겼다는 것을 바로 읽어냈다.

윌과 테이트 모두 눈 때문에 옷이 젖어 있었다. 외투와 머리카락에 쌓인 눈이 순식간에 녹았다. 테이트가 신발에 묻은 눈을 떼어내기 위해 발을 구르자 나무 바닥이 금세 젖었다. 테이트는 오늘 학교에서 배운 것을 내게 말해주려고 안달이 나 있었다. 노래를 부르기 시작했지만 나도, 윌도 듣고 있지 않았다.

"신발 벗어야지."

윌이 테이트에게 말하고는 외투 벗는 것을 도와주었다. 윌이 어둑한 현관에 설치된 옷걸이에 아이의 코트를 거는 것을 보며 불을 켜야겠다는 생각이 들었지만 생각만 할 뿐 막상 움직이지는 않았다.

"엄마, 노래 어땠어?"

테이트가 물었다.

"데이즈 오브 더 위크, 데이즈 오브 더 위크, 데이즈 오브 더

위크."

테이트는 〈아담스 패밀리〉의 주제곡에 맞춰 노래를 부르며 사이사이 박수를 두 번씩 쳤다. 아이의 노래를 들었지만 별다른 반응을 보이지 않았다.

"노래 좋았어?"

테이트가 이번에는 소리를 지르듯 목청을 높여 물었다. 고개를 끄덕였지만 사실 거의 듣지 않고 있었다. 귀로는 들었지만 머릿속은 온통 사라진 칼에 대한 생각뿐이라 제대로 들을 겨를이 없었다.

테이트는 자신을 무시하는 듯한 내 태도가 마음에 들지 않았을 것이다. 아이의 자세가 달라졌다. 팔짱을 끼고 입을 부루퉁하게 내밀었다.

윌이 몸을 돌려 나를 안았다. 품에 안겨 있는 느낌이 좋았다.

"보안 업체를 좀 알아봤어."

오전에 통화를 할 때 이곳이 안전한 곳인지 모르겠다는 내 고민에 대한 답변이었다.

"보안 시스템 설치하려고 예약해뒀어. 무작정 다 정리하고 떠나기 전에, 우선 버그 경관을 믿고 사건을 해결해주길 기다려 보자. 이제 여기가 우리 집이잖아, 세이디. 좋든 싫든, 지금으로서는 이곳이 우리 집이야. 아쉬운 대로 잘 적응해봐야지."

그의 품에서 몸을 떼어냈다. 나를 안심시키려 하고 있었다. 하지만 도저히 안심이 되지 않았다. 윌의 두 눈을 바라보며 물었다.

"만약 보안 시스템이 우리를 지켜주지 못하면 어떡하지?"

윌이 어리둥절한 표정을 지었다.

"무슨 말이야?"

"만약 외부가 아니라 우리 집 안에 위협적인 존재가 있다면?"

"그러니까 당신 말은 누가 보안 시스템을 뚫고 들어오면 어떡하냐고?"

윌은 보안 시스템이 24시간 가동하고 관제실에서 항시 모니터하고 있다고 설명했다. 알람이 울리면 그 즉시 누군가 출동할 거라고 말이다.

"외부 침입자가 아니라, 내 말은 그러니까, 이모젠 말이야."

윌은 말이 안 된다는 듯 고개를 저었다.

"이모젠이?"

그의 말에 그렇다고 대답했다.

"당신 정말 이모젠이."

그의 말을 가로막았다.

"우리 케이-엔-아이-에프-이(knife, 칼 – 옮긴이) 말인데."

테이트가 듣지 못하도록 철자로 말했다. 읽고 쓸 줄 알았지만 아직 능숙한 정도는 아니었다.

"뼈 케이-엔-아이-에프-이가 사라졌다고. 찾을 수가 없어."

일부러 목소리를 조금 낮췄다.

"나는 이모젠이 소름 끼쳐, 윌."

침실에 들어와 우리가 잠든 모습을 지켜본 일, 복도에서 나눈 이상한 대화, 핸드폰에 죽은 엄마의 사진을 찍어 보관하는 것,

전부 다 비정상적인 행동이었다. 뿐만 아니라 자기 방에 자물쇠를 채우기까지 했다.

"우리가 보지 못하게 뭔가를 숨겨둔 게 분명해."

자물쇠가 달리기 전 그 아이의 방에 들어간 적이 있다고 윌에게 털어놨다. 얼굴을 긁어낸 남자 사진, 이별 편지, 콘돔에 대해서도 모두 말했다.

"잠까지 자는 남자가 있어. 아마 유부남인 것 같아."

편지 내용으로 유추할 수 있었다.

윌은 이모젠의 남자관계에 대해서는 별다른 말을 하지 않았다. 내가 이모젠의 방에 함부로 들어가 사생활을 침해한 데에 더욱 실망한 눈치였다. 도리어 그는 유부남과 성관계를 맺은 것이 범죄는 아니라고 말했다.

"열여섯 살이야."

윌이 내게 상기시키듯 말했다.

"열여섯 살일 때는 한심한 짓을 하기 마련이라고. 그 애가 왜 자물쇠를 달았는지 모르겠어?"

내가 답하기도 전에 그가 다시 입을 열었다.

"10대잖아, 세이디. 그러니까 방문을 걸어 잠그는 거야. 누가 자기 방에 들어오는 게 싫으니까. 이모젠이 당신 방을 뒤지고 다닌다면 기분이 어떻겠어?"

내게 물었다.

"난 개의치 않았을 거야."

윌에게 말했다.

"숨기는 게 없으니까. 이모젠은 분노에 가득 차 있는 데다 걸 핏하면 화를 낸다고, 윌. 난 그 애를 걱정하고 있는 거야."

"이모젠의 입장에서 생각해봐, 세이디. 당신이라면 지금 이 현실에 분노하지 않겠어?"

엄마가 스스로 목숨을 끊고, 잘 알지도 못하는 사람들과 함께 살아야 하는 처지가 되었다면 물론 슬프고 불편하겠지만, 그렇 게 화가 날 일인가?

"그날 이모젠이 어떤 광경을 목격했는지 우리는 감히 상상도 할 수 없어."

그가 단호하게 말했다.

"그 애와 똑같은 일을 겪었다면 우리도 툭하면 화가 나고 그 럴 거야. 그날의 일을 도저히 뇌리에서 지울 수 없을 테니까. 그 리고 말인데."

윌은 칼에 대해 설명하기 시작했다.

"며칠 전에 캐서롤 만들 때 닭 껍질 벗기느라 뼈칼을 썼어. 별 일도 아닌데 과민반응하는 것 같아, 세이디."

그는 내게 식기세척기 안도 살펴봤냐고 물었다. 살펴보지 않 았다. 식기세척기 생각은 추호도 하지 못했다.

하지만 이제 뼈칼은 내 관심 밖이었다. 이모젠의 핸드폰에 저 장된 사진이 다시 떠오른 탓이었다. 죽은 앨리스의 모습을 찍은 사진. 이모젠이 그날 목격한 광경을 나도 똑똑히 봤지만 윌에 게 누나의 고통스러운 흔적을 보여줄 수가 없어 차마 말하지 못 했다. 하지만 이제는 알려야 한다. 이모젠이 엄마의 시체를 사진으로 찍어 그런 식으로 들고 다니는 것은 분명 잘못된 일이고 비정상적인 일이니까. 도대체 그 사진으로 뭘 하려는 걸까? 친구들에게 보여주려고?

윌의 시선을 피했다. 이모젠이 그날 무엇을 봤는지 나도 잘 알고 있다고 고백했다.

"검시관이 앨리스의 시체를 치우기 전에 이모젠이 사진을 찍어놨어. 나한테 그 사진을 보여줬고."

윌이 갑자기 침묵했다. 그가 마른 침을 삼켰다.

"사진을 찍었다고?"

윌은 얼마간의 시간이 흐른 뒤에야 간신히 입을 뗐다. 나는 고개를 끄덕였다.

"어땠어?"

앨리스를 말하는 것이었다.

별달리 할 말이 없었다.

"디-이-에이-디(dead, 죽은 ─ 옮긴이) 상태였어."

조심스럽게 말했다.

"평온해 보였어."

거짓말을 했다. 목에 난 손톱자국이나 절단되기 직전의 혀에 대해서는 말하지 않았다. 다락이 엉망진창이었고, 상자들이 쓰러져 있었으며, 램프가 부서지고 망원경이 뒤집어져 있었다는 이야기도 하지 않았다. 하지만 내 머릿속에는 숨통이 조여들자 몸부림치며 온갖 물건을 밀치고 넘어뜨리는 앨리스의 모습이 되살아났다.

이 장면을 다시 떠올리자니 뭔가 석연치 않았다. 박스와 램프가 넘어지는 상황에서도 앨리스가 목을 맬 때 썼던 발판만은 똑바로 서 있었다. 이제야 기억이 났다. 자살이라면 발판을 발로 차야만 했을 텐데, 어째서 발판이 넘어지지 않았던 거지? 뿐만 아니라 발판은 앨리스의 몸이 닿지 않는 거리에 놓여 있었다. 마치 누군가 앨리스의 발아래 놓인 발판을 옆으로 빼놓은 것처럼.

만약 그렇다면 자살이라고 볼 수 있을까? 살인이 아닐까? 얼굴에 핏기가 가시는 기분이었다. 한 손으로 입을 막았다.

"왜 그래? 당신 괜찮아?"

윌이 물었다. 나는 고개를 저으며 전혀 괜찮지 않다고 말했다.

"지금 막 뭐가 떠올랐는데."

윌이 다급하게 물었다.

"뭐가?"

"앨리스 사진에서. 이모젠 핸드폰에 있는 사진 있잖아."

"그 사진이 왜?"

"경찰이 오기 전 이모젠이 사진을 찍었어. 집에는 이모젠뿐이었다고."

그 아이가 집에 도착한 시각과 경찰에 신고한 시각 사이에 시차가 얼마나 될지 궁금해졌다. 자살로 위장할 시간이 충분했을까? 이모젠은 키는 컸지만 체구가 큰 편은 아니었다. 설사 앨리스가 약에 취해 있거나 의식이 없어 저항을 하지 못했다 해도 이모젠의 몸으로 앨리스를 3층까지 끌고 간 뒤 올가미에 목을 매게 할 수는 없을 것 같았다. 혼자서는 불가능한 일이다. 공모자가 있었을 거다. 페리를 기다리는 동안 이모젠과 함께 담배를 피우던 애들이 떠올랐다. 온통 검정색 옷을 입고, 반항적이고 비뚤어졌으며 자기혐오에 빠진 아이들. 그 아이들이 도왔을까?

"사진에 우리가 다락방에서 봤던 발판도 있었어, 윌. 앨리스가 그 일을 실행하기 위해 썼던 발판. 앨리스 주변에 물건들이 전부 넘어져 있었거든. 근데 발판만은 반듯하게 서 있었어. 더구나 앨리스의 발이 닿지 않는 위치에 있었다고. 앨리스가 혼자였다면 발판은 당연히 넘어졌어야 했고, 훨씬 가까이 있었어야 하잖아."

그는 고개를 저었다.

"당신, 지금 무슨 말을 하려는 거야?"

그의 표정이 달라졌다. 윌은 자세를 바꾸었다. 미간에 깊은 주름이 패였다. 그가 나를 매섭게 노려봤다. 내가 무슨 말을 하려는지 이미 눈치챈 것이었다.

"에스-유-아이-씨-아이-디-이(suicide, 자살 – 옮긴이)라고 어떻게 확신해? 수사가 진행되지 않았어. 유서도 없었고. 보통 스스로 케이-아이-엘-엘(kill, 목숨을 잃다 – 옮긴이)하는 사람들은 유서를 남기잖아? 버그 경관도 말했고, 기억나? 앨리스가 그런 짓을 할 사람으로 보이지 않았다고 말이야."

"버그가 뭘 알겠어?"

윌이 화가 난 목소리로 물었다.

"앨리스가 자살할 만한 사람인지 아닌지, 그 사람이 뭘 어떻게 아냐고."

이렇게 화를 내는 것은 월답지 않았다. 하지만 지금 다른 사람도 아닌 자신의 누나에 대한 이야기를 하고 있었다. 그의 조카. 피를 나눈 가족에 대한 이야기였다.

"난 이모젠을 믿을 수 없어."

그에게 솔직하게 털어놨다.

"정말 소름 끼친다고."

다시 한번 말했다.

"지금 당신이 무슨 말을 하는지 생각해봐. 처음에는 이모젠이 칼을 가져갔다고 했고, 이제는 그 애가 앨리스를 죽였다고 하고 있잖아."

월은 흥분한 나머지 죽였다는 단어를 스펠링으로 하지 않았지만, 테이트를 생각해 입 모양으로 말했다.

"당신, 말이 안 되는 이야기만 하고 있어. 지금껏 그 애가 우리에게 협조적인 모습을 보이지 않은 것은 맞지만, 살인자로 의심받을 만한 짓을 한 적도 없다고."

월은 며칠 전 내 차에 누군가 죽어버려라는 메시지를 남긴 일을 잊은 것 같았다.

"자살로 위장한 살인 사건이라고 진심으로 생각하는 거야?"

월은 믿지 못하겠다는 듯 내게 물었다.

월의 질문에 대답을 할 새도 없이 테이트가 졸라댔다.

"엄마, 나랑 놀자."

고개를 숙여 아이를 내려다봤다. 테이트의 눈이 침울해 보여 마음이 아팠다.

"그래, 테이트."

아이를 방치한 채 우리끼리만 대화를 나눈 것이 미안해졌다.

"무엇을 하고 놀까?"

혼란스러운 마음을 감추고 최대한 밝은 목소리로 말했다.

"제스처 놀이 할까, 아니면 보드게임?"

아이가 내 손을 세게 잡아당기며 졸라댔다.

"조각상게임, 조각상게임!"

손이 비틀려 아팠다. 아이가 손을 세게 잡아당기는 것도 있었지만 팔이 비틀리게 잡아끄는 바람에 순간 짜증이 났다. 나도 모르게 손을 뿌리친 뒤 아이가 다시 잡지 못하게 손을 머리 위로 들었다. 일부러 그런 것은 아니었다. 본능적인 반응에 가까웠다. 테이트는 뺨을 맞은 듯 몸을 움찔했다.

"놀자, 엄마."

테이트가 속상한 표정을 지으며 내 손을 잡으려고 점프하기 시작했다. 인내심을 발휘하고 싶었지만, 머릿속이 온갖 생각으로 복잡할 뿐 아니라 아이가 말하는 '조각상게임'이 도대체 뭔지 알 수도 없었다. 테이트가 울음을 터뜨렸다. 눈물은 없고 악만 쓰는 거짓 울음을 보니 짜증을 참을 수가 없었다.

그 순간 한 시간 전쯤 내가 발로 찼던 인형이 눈에 들어왔다. 축 늘어진 인형이 벽에 처박혀 있었다.

"장난감 정리하면 놀아줄게."

테이트가 되물었다.

"무슨 장난감?"

"네 인형, 테이트."

인내심이 바닥났다.

"저기 있잖아."

곱슬머리에 커다란 눈을 하고 널브러져 있는 인형을 가리켰다. 솔기가 다 터진 원피스에 신발은 한 짝만 신고 있는 인형이 옆으로 누워 있었다.

아이가 겁먹은 표정을 지었다.

"저거 내꺼 아니잖아."

마치 내가 이상한 이야기를 한다는 듯 테이트가 말했다. 이 집에 장난감을 갖고 노는 사람이 또 누가 있다고, 당연히 테이트 장난감이었지만 아이가 인형을 갖고 노는 것을 들켜 부끄러워하는 것이라고 생각하고 넘겼다.

"치우라고."

내 말에 테이트는 어린아이의 전형적인 반응을 보였다.

"엄마 인형은 엄마가 치워."

허리에 손을 올린 채 혀를 쏙 내밀었다. 아이의 반응에 깜짝 놀랐다. 테이트는 이렇게 버릇없는 행동을 하는 아이가 아니었다. 엄마 말을 잘 듣는 착한 아이였다. 아이가 왜 이렇게 변한 것인지 의아했다.

내가 뭐라고 대꾸하기도 전에 월이 나섰다.

"테이트."

엄한 목소리를 말했다.

"엄마가 시키는 대로 장난감을 치우렴. 지금 당장. 안 그러면 엄마가 안 놀아주실 거야.”

별다른 방법이 없었던 테이트는 인형 다리 한쪽을 덜렁 집어 위층으로 데리고 올라갔다. 인형의 플라스틱 머리가 나무 바닥에 내동댕이쳐지는 소리가 들렸다.

테이트가 다시 1층으로 돌아와 계속 졸라댔다.

“조각상게임, 조각상.”

그 게임이 뭔지 모른다고, 한번도 해본 적도, 들어본 적도 없다고 아이에게 고백했다.

그 순간 아이가 쏘아붙였다.

“엄마는 거짓말쟁이야!”

소리를 치는 아이를 보고 숨이 턱 막혔다.

“엄마가 거짓말하고 있잖아!”

이번에는 진짜로 울기 시작했다.

“엄마는 조각상게임을 할 줄 알잖아, 거짓말쟁이.”

테이트를 혼내야 마땅했다. 하지만 말문이 막혀 얼어붙었다. 뭐라고 말해야 할지 난감해하는 찰나, 테이트가 맨발로 쿵쿵거리며 현관 통로를 벗어났다. 잠시 숨을 가다듬는 사이 아이는 이미 사라지고 없었다. 거실에서 쿵 하는 소리가 들렸다. 인형을 내팽개친 것처럼 테이트가 어딘가에 자신의 몸을 내던진 것 같았다. 아이에게 달려가지 않았다.

윌이 다가와 내 눈가로 쏟아진 머리카락을 정리해주었다. 나는 눈을 감으며 그의 손에 얼굴을 기댔다.

“따뜻한 욕조에 몸을 좀 담그면 어때?”

그의 말을 듣고 아직 샤워도 안 했다는 생각이 들었다. 비를 맞으며 달리기를 하고도 말이다. 옷이며 머리카락이 젖어 있었다. 몸에서 냄새가 나는 것 같았다. 물론 좋은 냄새는 아니었다.

"천천히 씻어. 테이트는 괜찮을 거야. 내가 잘 달래볼게."

월의 말이 고마웠다. 내가 아이와 벌여놓은 난장판을 대신 마무리하겠다는 월이 고마웠다. 목욕을 마치고 나면 전부 다 괜찮아져 있을 것이다.

위층으로 올라가며 나는 테이트에게 씻고 나서 함께 놀자고 말했다.

"어때, 테이트?"

계단 위 아이가 보이는 위치에 서서 난간에 기대었다. 소파 팔걸이에 몸을 걸치고 엎드려 울고 있는 테이트의 눈가를 따라 노란색 천이 젖어 들었다. 내 말을 들었을 텐데도 아이는 대답하지 않았다.

계단을 오를 때마다 삐그덕 소리가 났다. 위층 복도에는 침대에서 벗겨낸 침구류가 그대로 쌓여 있었다. 침구 교체는 다음에 해야 할 것 같아 더러운 침구류를 그대로 다시 침대에 올려두었다.

바깥의 어두운 날씨가 집 안까지 집어삼켜 한밤중 같았다. 복도의 불을 켰다가 혹시나 어두운 거리에서 누군가 환한 창문을 통해 월과 테이트, 나를 지켜보고 있을까 봐 바로 스위치를 내렸다.

마우스

기니피그 버트는 마우스 집에 온 이후 눈에 띄게 몸집이 커졌다. 너무 뚱뚱해져서 잘 움직이지도 못했다. 하루종일 빵빵하게 부풀어 오른 배를 땅에 대고 누워 있는 모습이 마치 낙하산을 펼친 것처럼 보였다. 마우스의 아빠와 가짜 엄마는 마우스가 버트에게 당근을 너무 많이 주는 것 같다고 말했다. 사실이었다. 하지만 마우스도 어쩔 수 없었다. 버트가 당근을 너무 좋아했다. 마우스가 당근을 가져올 때마다 버트는 끼익 하는 소리를 질렀다. 그러면 안 되는 걸 알면서도 마우스는 버트에게 계속 당근을 먹였다.

그러던 어느 날, 버트가 새끼를 낳았다. 그때야 마우스는 버트가 수컷이 아니라 암컷이라는 사실을 알았다. 남자는 아기를 낳을 수 없다는 것 정도는 마우스도 알고 있었다. 집에 데려오기 전에 이미 새끼가 버트 배 속에 있었던 모양이었다. 마우스는 새끼 기니피그를 어떻게 돌봐야 하는지 잘 몰라 걱정했지만, 괜한 걱정이었다. 새끼가 모두 죽어버렸다. 단 한 마리도 살아남지 못했다.

마우스는 울었다. 마우스는 누구든 아픈 것이 싫었다. 죽는 것도 싫었다.

마우스는 진짜 엄마에게 버트 새끼가 다 죽었다고 말했다. 갓 태어난 새끼가 어떤 모습이었는지, 버트가 새끼를 낳느라 얼마나 고생했는지 엄마에게 알려주었다. 마우스는 새끼들이 버트 배 속으로 어떻게 들어갔냐고 물었지만 진짜 엄마는 아무 말도 해주지 않았다. 마우스는 아빠에게도 물어봤다. 아빠는 나중에 마우스가 좀 더 자라면 알려주겠다고만 했다. 하지만 마우스는 나중에 알고 싶지 않았다. 지금 당장 알고 싶었다.

가짜 엄마는 새끼들이 죽은 것은 버트 잘못이라고, 버트가 좋은 엄마가 못 되어 새끼를 잘 지키지 못한 탓이라고 말했다. 하지만 마우스의 아빠는 나중에 마우스를 따로 불러 새끼들이 잘못된 것은 버트의 잘못이 아니라고 말했다. 버트도 난생처음 엄마가 된 거라 잘 몰랐을 거라고 설명해주었다. 그리고 때로는 아무 이유 없이 그냥 나쁜 일들이 벌어지기도 한다고 말했다.

세 사람은 뒷마당에 커다랗게 땅을 판 뒤 새끼들을 묻어주었다. 혹시나 새끼들도 버트처럼 당근을 좋아할지 몰라 마우스는 당근도 함께 묻었다.

마우스는 가짜 엄마의 얼굴에 떠오른 표정을 보고 말았다. 새끼들이 죽어 다행이라는 표정이었다. 마우스는 어쩌면 가짜 엄마가 버트의 새끼들을 죽였을 수도 있다고 생각했다. 가짜 엄마는 집에 쥐 한 마리가 있는 것도 싫어했는데, 대여섯 마리가 더 생기는 것이 정말 싫었을 것이다. 가짜 엄마는 집에 쥐가 있는 것이 싫다고 매일같이 마우스에게 말했다.

새끼를 죽게 한 것은 버트가 아니라 가짜 엄마일 거라는 생각이 자꾸 들었다. 하지만 이 이야기를 했다가는 자신을 가만두지 않을까 봐 감히 입 밖에 내지 못했다.

*

마우스는 자신의 방 창문에서 바깥을 내다보며 동물들에 대해 많은 것을 배웠다. 창가에 앉아 집을 빼곡히 둘러싸고 있는 나무들을 관찰했다. 마당에 나무가 많아 다양한 동물들이 살고 있었다. 마우스가 책에서 읽었듯이 나무는 동물들에게 안전한 집과 음식을 제공하기 때문이다. 나무가 있는 곳이면 동물들이 찾아왔다. 마우스는 나무가 고마웠다.

마우스는 동물들끼리 어떻게 어울려 지내는지 배웠다. 동물들이 무엇을 먹고 사는지도 알게 되었다. 자신을 해치는 나쁜 동물에 대항해 스스로를 어떻게 보호하는지도 배웠다. 예를 들면, 토끼는 정말 빨리 달리는 재주가 있었다. 인근에 사는 고양이들에게 잡히지 않기 위해 토끼는 이리저리 몸을 숨기며 달리기를 했다. 마우스도 가끔씩 토끼 흉내를 냈다. 뒤에서 누군가 쫓아온다고 상상하고 잡히지 않기 위해 지그재그를 그리며 책상에서 침대로 뛰어다녔다.

마우스가 본 몇몇 동물은 위장에 능했다. 이 동물들은 주변 환경에 몸을 숨겼다. 갈색 다람쥐는 갈색 나무에, 하얀 토끼는 하얀 눈 속에 숨었다. 마우스도 따라했다. 마우스는 빨간색과 핑크색이 섞인 스트라이프 상의를 입고 빨간색 줄무늬 러그 위에 누웠다. 완벽한 위장으로 사람들 눈에 안 보일 테니 만약 누군가 방에 들어오면 자신이 누워 있는 것을 미처 못 보고 밟을지도 모른다고 생각했다.

다른 동물들 앞에서 죽은 척을 하거나 맞서 싸우는 동물도 있었다. 어떤 동물은 눈에 띄지 않기 위해 밤에만 돌아다녔다. 이런 동물들은 마우스도 볼 수 없었다. 마우스가 잠든 뒤에야 활동을 시작하기 때문이었다. 하지만 아침이 되면 눈 위나 흙바닥 위로 동물들이 돌아다닌 흔적이 남았다. 마우스는 남아 있는 발자국을 보고 동물들이 지나다녔음을 알아챘다.

마우스는 이 동물들을 따라 했다. 한밤중에 일어나 움직였다. 아빠와 가짜 엄마가 잠들었을 시각, 마우스는 방에서 슬그머니 나와 조심스럽게 까치발로 걸었다. 아빠와 가짜 엄마는 1층 아빠 방에서 잠을 잤다. 마우스는 가짜 엄마가 아빠 침대를 쓰는 것이 싫었다. 그 침대는 아빠 거지, 가짜 엄마 것이 아니니까. 가짜 엄마도 자기 집, 자기 방에 가서 자기 침대를 쓰는 게 맞았다. 그래야 한다고 마우스는 생각했다.

마우스가 야행성 동물을 흉내 내던 어느 날 밤, 가짜 엄마는 아빠 침대에서 자고 있지 않았다. 마우스는 가짜 엄마도 밤이면 꼭 자는 게 아니라 야행성 동물처럼 깨어 있을 수도 있구나 생각했다. 한 번씩 가짜 엄마는 불도 켜지 않은 주방에 혼자 서서 이상한 말을 중얼거렸다. 가짜 엄마가 깨어 있을 때면 마우스는 아무 말도 하지 않고 조용히 몸을 돌려 까치발을 하고 다시 방에 올라와 잠을 잤다.

수많은 동물 중에서도 마우스는 셀 수 없이 다양한 종이 있는 새를 가장 좋아했다. 마우스는 새가 서로 사이좋게 지내는 것이 좋았지만, 다른 새를 잡아먹는 매는 나쁘다고 생각했다.

마우스는 사람도 똑같다고 생각했다. 보통은 다들 잘 지내지만 몇몇 나쁜 사람들이 다른 사람들을 괴롭힌다.

마우스는 무자비하고, 교활하며, 잔인한 매를 싫어하기로 마음먹었다. 매는 아주 어린 새끼 새도 마구잡이로 잡아먹었다. 도리어 제대로 반항하지 못하는 새끼들을 노리는 쪽이었다. 새끼 새는 손쉬운 먹잇감이었다. 매는 시력도 좋았다. 안 보는 것 같아도 뒤통수에도 눈이 달려 있는 것처럼 모든 것을 감시했다.

가끔씩 마우스는 가짜 엄마가 매랑 비슷하다고 생각했다. 아빠가 다른 건물로 출근을 하거나 집에 있는 사무실에서 문을 닫고 통화를 하는 틈에 아무도 몰래 마우스를 괴롭히는 횟수가 점점 늘었다. 엄마 새나 아빠 새와 달리 공격에 맞설 능력이 없는 새끼 새들처럼 가짜 엄마는 마우스도 스스로를 지킬 힘이 없다는 것을 잘 알고 있었다. 물론 매가 새끼 새를 먹이로 삼는 것처럼 가짜 엄마가 마우스를 잡아먹으려는 것은 아니었다. 좀 더 은밀한 방식으로 괴롭혔다. 지나갈 때 마우스를 팔꿈치로 슬쩍

치거나, 마우스 접시에 놓인 마지막 살레르노 버터 쿠키를 가져
가는 식이었다. 가짜 엄마는 틈만 나면 쥐가 너무 싫다고 말했
다. 쥐는 더럽고 앙큼하다고 했다.

*

가짜 엄마가 이 집에 오기 전까지만 해도 마우스와 아빠는
함께 시간을 보낼 때가 많았다. 아빠는 마우스에게 캐치볼도 알
려주고, 커브볼을 던지는 법도, 2루를 향해 피트 퍼스트 슬라이
드(다리가 먼저 들어가는 슬라이드 – 옮긴이)를 하는 법도 가르쳐주었
다. 오래된 흑백영화를 함께 보기도 했다. 모노폴리와 카드게
임, 체스도 했다. 이름은 따로 짓지 않았지만 두 사람이 직접 개
발한 게임도 있었다. 어느 비 오는 날 오후에 우연히 만든 게임
이었다. 먼저 거실에 서서 어지러울 때까지 빙글빙글 돌아야 했
다. 그러다 머리가 어지러워지면 도는 것을 멈추고 그 자세 그
대로, 아무리 우스꽝스러운 자세라도 그대로 버티는 것이다. 먼
저 움직이는 사람이 지는 게임인데, 아빠는 모노폴리, 체스를
할 때와 마찬가지로 마우스에게 일부러 져줄 때가 많았다.

마우스와 아빠는 캠핑을 좋아했다. 날이 좋으면 텐트와 캠핑
용품을 차 트렁크에 싣고 숲속으로 향했다. 마우스는 아빠가 텐
트를 치는 것도 돕고, 캠프파이어용 나뭇가지도 주웠다. 불 앞
에서 마시멜로도 구워 먹었다. 마우스는 안은 하얗고 폭신하지
만 겉은 갈색으로 바삭하게 구운 마시멜로를 가장 좋아했다.

하지만 가짜 엄마는 마우스와 아빠가 캠핑 가는 것을 싫어했다. 하룻밤을 자고 오기 때문이었다. 가짜 엄마는 집에 혼자 있는 것을 싫어했다. 가짜 엄마는 아빠와 집에 같이 있고 싶어했다. 마우스와 아빠가 차고에서 텐트와 침낭을 챙길 때면 가짜 엄마는 마우스가 보고 있기 불편할 정도로 아빠에게 몸을 밀착시켰다. 손을 마우스 아빠의 가슴에 올리고 냄새를 맡는 것처럼 아빠의 목에 코를 가져다댔다. 가짜 엄마는 아빠를 껴안고 입을 맞추며 혼자 있으면 너무 외롭고 밤이 되면 무섭다고 토로했다.

마우스 아빠는 텐트를 내려놓고 마우스에게 다음에 가자고 말했다. 하지만 마우스는 똑똑한 아이였다. '다음에'라는 말은 '앞으로 영영 못 간다'란 뜻이라는 걸 알고 있었다.

세이디

진료실 문을 여니 나를 기다리고 있는 버그 경관이 보였다. 일반 환자들처럼 진찰대에 얌전히 앉아 있지 않았다. 진료실 안을 서성대며 이것저것 만져보고 있었다. 솜이나 면봉 등이 들어 있는 투명 보관함의 뚜껑을 열어보고, 스테인리스 쓰레기통에 달린 페달을 밟아 안을 확인했다.

버그 경관이 라텍스 장갑을 꺼내는 것을 보고 말했다.

"비용이 청구되는 거 아시죠?"

경관은 장갑을 다시 상자에 집어넣었다.

"들켰네요."

그러고는 손자가 라텍스 장갑을 풍선처럼 불고 논다는 이야기를 했다.

"어디 불편하신 데라도 있으신가요, 경관님?"

문을 닫고 버그의 파일을 집으려 손을 뻗었지만, 환자 파일을 두는 플라스틱 보관함이 텅 비어 있었다. 수사적 질문을 한 셈이었다. 이내 버그 경관의 건강에는 문제가 없다는 것을 알아챘다. 그는 진료 예약으로 온 게 아니라 내게 볼 일이 있어서 온 거였다. 진료보다는 심문에 가깝다고 이해하는 것이 맞을 것이다.

"그때 마치지 못한 대화를 마저 하면 좋겠다 싶어서요."

경관은 이렇게 말했다. 일전에 봤을 때도 상당히 피곤해 보였는데, 오늘은 그때보다 훨씬 피로해 보였다. 차가운 겨울 추위와 바람에 피부가 벌겋게 일어나 있었다. 선착장에서 페리가 오가는 것을 지켜보느라 야외에서 보낸 시간이 길어진 탓이리라.

전보다 섬에 경찰이 많이 보였다. 본토에서 파견된 형사들이 버그 경관의 심기를 건드리고 있을 터였다. 버그 경관의 솔직한 속내가 궁금했다. 1985년 이후로 이 섬에서 살인 사건이 단 한 차례도 일어나지 않았다. 참혹하고도 섬뜩한 그 사건은 아직도 미제로 남아 있다. 절도, 방화, 기물 파손 등 재산에 대한 범죄는 자주 일어났지만 사람을 대상으로 한 범죄는 극히 드물었다. 버그 경관은 또 하나의 미제 사건을 남기고 싶지 않을 것이다. 그는 범인으로 지목할 만한 사람이 필요했다.

"무슨 대화를 말씀하시는 거죠?"

회전의자에 앉으며 물었다. 이내 버그 경관과 약 60센티미터 눈높이 차이가 나는 것을 깨닫고 의자에 앉은 것을 후회했다. 어린아이처럼 그를 올려다봐야 하는 처지가 되었다.

"며칠 전에 그쪽 차에서 나눈 대화를 말하는 겁니다."

경관이 말했다. 며칠 만에 처음으로 한 줄기 희망의 빛을 마주한 기분이었다. 닐슨 씨가 말한 그 날짜에 내가 모건 베인스와 싸우지 않았다는 증거가 핸드폰 사진으로 남아 있으니까. 나는 그날 이 진료소에서 근무를 하고 있었다.

경관에게 말했다.

"이미 말씀드렸다시피 모건을 잘 몰라요. 이야기를 해본 적도 없는 사이고요. 닐슨 씨가 착각했던 것은 아닐까요? 연세가 많으시니까요."

"물론 닐슨 씨가 잘못 봤을 수도 있습니다, 닥터 파우스트."

나는 경관의 말을 막았다. 내게 증거가 있는 이상 그의 의견 따위를 듣고 싶은 생각이 없었다.

"모건과 제가 싸웠다고 한 날이 12월 1일, 금요일이라고 말씀 하셨어요."

의사 가운 주머니에 손을 넣어 핸드폰을 꺼내며 말했다. 사진 어플을 열고 내가 찾는 사진이 나올 때까지 화면을 넘겼다.

"12월 1일에 저는요."

사진을 찾고 나서 말을 이어갔다.

"진료소에서 종일 근무했어요. 제가 몸이 두 개가 아닌 이상 모건과 싸우는 것은 불가능하지 않았을까요?"

자신만만하게 되물었다. 핸드폰을 건네 경관이 직접 확인하도록 했다. 엠마가 12월 1일 금요일 칸에 내 이름과 아홉 시간 근무를 적어놓은 화이트보드 달력 사진이었다.

버그 경관이 사진을 봤다. 무언가를 깨닫게 되는 순간에는 항상 약간의 머뭇거림이 따르기 마련이다. 그는 반박하지 못했고,

고개를 끄덕였다. 시선을 사진에 고정한 채 진료대 끝에 털썩 주저앉았다. 입꼬리를 내리고 인상을 찌푸리며 주름이 깊게 새겨진 이마를 문질렀다.

모건을 살해한 범인으로 나를 몰지만 않았어도 상당히 안쓰러움을 느꼈을 것 같은 얼굴이었다.

"모건의 남편도 조사를 하셨겠죠."

내 목소리에 그는 그제야 고개를 들었다.

"그리고 전 부인도요."

"왜 그런 말씀을 하시는 건지?"

경관이 물었다. 거짓말에 아주 능한 사람이거나, 아니면 제프리가 아내를 살해했을 거라고 생각조차 하지 않았던 것 같다. 어느 쪽이 내게 더 당혹스럽게 느껴지는지 가늠이 안 되었다.

"남편부터 조사를 하는 것이 좋을 것 같아서요. 요즘 가정폭력으로 목숨을 잃는 여성들이 많지 않나요, 경관님?"

그에게 물었다.

"여성 살인 사건의 경우 과반수 이상이 연인이나 남편의 소행이긴 합니다."

그가 내 말에 동의했다.

"그 말씀을 하시는 게 맞다면요."

"바로 그거예요. 그러니 이번에도 남편을 조사할 만하지 않나요?"

"베인스 씨의 경우 확실한 알리바이가 있어요. 아시겠지만 범행이 일어난 시각에 해외에 체류하고 있었습니다. 증거도 있죠.

도쿄에서 베인스 씨가 찍힌 영상도 있어요. 다음 날 비행기 탑승자 명단도 확인했고요. 호텔 투숙 기록도요."

"방법이야 많죠."

이렇게 말했지만, 경관은 내가 던진 미끼를 물지 않았다. 대신 그는 가정폭력의 경우 남자는 주먹을 쓰는 반면 여자는 먼저 무기가 될 만한 도구를 찾는다고 했다.

내가 아무 말도 하지 않자 경관이 설명을 이어갔다.

"모르셨습니까, 닥터 파우스트? 여성이 항상 가정폭력의 피해자인 것은 아닙니다. 가해자일 때도 있지요. 가정폭력이라 하면 보통 아내를 때리는 남자를 먼저 떠올리지만 반대의 경우도 제법 있습니다. 최근 발표된 여러 연구에 따르면 불안정한 관계에서 벌어지는 폭력 사건의 50퍼센트 이상이 여성이 먼저 시작한 경우라고 합니다. 미국 내 살인 사건의 가장 큰 원인은 질투심이죠."

그의 말을 어떻게 이해해야 할지 혼란스러웠다.

"어쨌든 제프리 베인스나 그 부부의 결혼 생활에 대해 이야기하러 이곳에 온 것은 아니었습니다. 닥터 파우스트에 대해 이야기를 나누러 온 거죠."

하지만 내 이야기를 하고 싶지 않았다.

"베인스 씨는 재혼이었어요."

내가 말하자 그는 의심스러운 눈초리로 나를 바라보며 이미 알고 있다고 말했다.

"어쩌면 전 부인이 했을 거라고는 생각 안 해보셨나요?"

"이렇게 하시죠. 이번에는 제가 질문을 하고 닥터 파우스트 가 답변하면 어떻겠습니까?"

경관이 말했다.

"제 대답은 이미 다 드렸어요."

그를 상기시켰다. 게다가 제프리처럼 나도 모건이 살해당한 시각에 확실한 알리바이가 있다. 그때 나는 월과 함께 집에 있 었다.

버그 경관이 진료대에서 일어났다.

"제가 오늘 아침 이곳에 왔을 때 선생께서 환자를 진료하고 계시더군요. 그래서 잠시 프런트 데스크에 들러 엠마와 인사를 할 시간이 생겼죠. 엠마가 막내 아이와 동창이거든요. 오래전부 터 알고 지낸 사이죠."

엠마와 막내딸 에이미가 오랜 친구이고, 애들이 친해지자 부 모들끼리도 친구가 되었다고 경관은 자신의 주특기인 쓸데없 는 수다를 늘어놓았다. 그가 본론을 꺼냈다.

"환자를 보고 계실 때 엠마와 잠시 대화를 나누었습니다. 뭐 든 놓치지 않고 꼼꼼하게 조사를 하고 싶었는데, 어쩌다 보니 한 가지 놓쳤더군요. 엠마와 이야기를 나누던 중 조금 전에 선생이 보여준 그 스케줄 표를 직접 봤습니다. 그래서 엠마에게 물었죠. 확실히 하려고요. 사람은 누구나 착각을 하지 않습니까?"

경관에게 말했다.

"무슨 말씀인지 모르겠어요."

하지만 말과 달리 긴장이 되기 시작했다. 자신감이 사라지고 있었다.

"업무 스케줄에 변동은 없었는지 확인하고 싶었습니다. 엠마에게 물었어요. 큰 기대는 하지 않았습니다. 벌써 1~2주 전의 일이니 엠마가 기억하지 못할 확률이 높았지요. 하지만 엠마가 기억을 하고 있더군요. 그날 특별한 일이 있었으니까요. 엠마의 딸이 아파서 학교에 데리러 가야 했습니다. 장염이었다더군요. 애가 쉬는 시간에 토했다고 연락을 받았어요. 알다시피 엠마가 싱글 맘이니 직접 학교에 가야 했지요. 하지만 그날 진료소에 환자가 아주 많아 정신이 없었다고 했습니다. 진료를 기다리는 환자들이 밀려 있었다고요. 엠마가 자리를 비울 수가 없었어요."

나는 자리에서 일어나며 말했다.

"매일 그래요, 경관님. 섬에 있는 사람들 모두 이 진료소로 오죠. 감기나 독감 철에는 말할 것도 없고요. 도대체 뭐가 특별하다는 건지 이해가 안 되네요."

"왜냐면요, 닥터 파우스트. 그날은요, 선생 이름이 스케줄 표에 있었음에도 자리를 비웠기 때문입니다. 엠마도 조이스도 몇 시간 동안 선생의 행방을 파악할 수 없었다더군요. 엠마의 말에 따르면 정오가 좀 지나 선생이 점심을 먹으러 나간 뒤 오후 3시쯤 들어왔다고 합니다."

복부를 가격당한 느낌이었다.

"거짓말이에요."

차갑게 말했다. 사실이 아니었으니까. 화가 머리끝까지 치밀어 올랐다. 엠마가 분명 날짜를 착각한 것이다. 엠마의 딸이 아팠던 날은 아마 내가 아닌 닥터 샌더스의 근무일인 11월 30일 목요일이었을 것이다.

내가 이 말을 꺼내기도 전에 경관이 입을 뗐다.

"그날 진료를 취소하고 다른 날짜로 예약을 다시 잡은 환자는 세 명이었고, 계속 기다리기로 했던 환자는 네 명이었습니다. 엠마의 딸은 어떻게 되었냐고요? 하교 시간까지 양호실에서 기다렸어요. 선생이 없는 이유를 둘러대느라 엠마가 자리를 비울 수 없었으니까요."

"그런 일 없었습니다."

경관에게 말했다.

"반박할 증거가 있습니까?"

경관이 물었지만, 물론 내게 그런 것은 없었다. 구체적으로 입증할 방법이 없었다.

"학교에 전화를 해보세요."

때마침 한 가지 생각이 스쳤다.

"양호 선생님께 엠마의 딸이 아팠던 날짜를 확인해보세요. 제 목숨을 걸고 단언하는데요, 경관님. 12월 1일이 아니었을 거예요."

그가 꺼림칙한 표정으로 나를 바라봤다. 아무 말도 하지 않고 있었다.

"저는 훌륭한 의사입니다."

그 순간 내가 할 수 있는 말은 이것뿐이었다.

"수많은 목숨을 구했어요. 경관님이 생각하시는 것보다 훨씬 더 많은 사람을 살렸죠."

내가 아니었다면 생명을 잃었을 사람들의 얼굴이 떠올랐다. 주요 장기에 총상을 입은 환자들, 당뇨 혼수와 호흡 장애 환자들. 다시 한번 말했다.

"저는 훌륭한 의사입니다."

"선생의 직업 정신을 말하자는 것이 아닙니다, 닥터."

경관이 말했다.

"12월 1일 정오부터 오후 3시까지 선생이 행방불명이었다는 말을 하는 겁니다. 알리바이가 없어요. 선생이 모건 사건에 연루되어 있다는 말을 하는 것도 아니고, 의사로서 선생의 자질을 의심하는 것도 아닙니다. 다만 모건과 선생 사이에 좋지 않은 감정이나 적대심이 있는 것으로 보이고, 왜 제게 거짓말을 했는지 설명이 필요하다는 말을 하고 있는 겁니다. 사실을 은폐하는 것은요 닥터 파우스트, 범죄 사건보다 더욱 나쁜 겁니다. 그러니 그냥 말씀하시죠. 그날 오후 모건과 어떤 일이 있었는지요."

나는 팔짱을 꼈다. 할 말이 없었다.

"비밀을 하나 알려드리겠습니다."

내가 침묵을 지키자 경관이 말했다.

"작은 섬이라 소문이 삽시간에 퍼지는 곳입니다. 말을 지어내고 나르는 사람들이 많아요."

"그게 지금 무슨 상관인지 모르겠네요."

경관이 설명했다.

"이를테면, 모건에게 연정을 품었던 남자가 선생의 남편 외

297

에도 많았다는 말을 하는 겁니다."

그가 말간 시선을 보내며 내가 동요하길 기다렸다.

경관이 원하는 것을 줄 생각은 없었다. 마른 침을 삼켰다. 어쩔 수 없이 뒷짐을 졌다. 손이 조금씩 떨려오기 시작했던 탓이다.

"월과 저는 행복합니다. 깊이 사랑하는 사이고요."

경관의 눈을 피하지 않고 말하려 애썼다. 월과 내가 한때 깊이 사랑했던 것은 사실이다. 그러니 전부 거짓이 아니라 반은 진실인 셈이다.

"월은 저 말고는 다른 여자에게 한눈을 판 적이 단 한 번도 없어요."

이건 거짓말이다.

버그 경관이 미소 지었다. 입술을 붙인 채 짓는 미소였다. 내 말을 곧이곧대로 믿기 어렵다는 미소였다.

"예."

그는 단어를 조심히 골랐다.

"파우스트 씨는 상당히 복 받은 남자네요. 두 분 다 말이죠. 행복한 결혼 생활이란 요즘 찾아보기 힘드니까요."

경관은 반지를 끼지 않은 왼손을 보여주었다.

"두 번 결혼했고, 두 번 이혼했어요. 이제 결혼은 그만할 생각입니다. 여하튼, 사람들 말을 제가 잘못 이해했나 봅니다."

나는 의지력이 그리 강한 편이 아니다. 말려들어서는 안 된다는 것을 알았지만, 미끼를 물고 말았다.

"누가 뭐라고 했나요?"

경관에게 물었다.

"아이들 하교 시간에 맞춰 기다리는 엄마들 말입니다. 아이들이 나오길 기다리며 교실 앞에 삼삼오오 모여 있죠. 수다도 많고, 남들 이야기도 잘하는 사람들이에요, 뭐 잘 아시겠지만요. 보통 전업주부들의 경우 남편이 퇴근하고 집에 오기 전까지 성인과 대화하는 시간이 그때뿐이니까요."

지극히도 여성 혐오적 발언이었다. 여자들은 남 이야기만 하고 남자들은 바깥에 나가 일을 한다는 사고방식. 우리 부부에 대해 버그 경관이 어떻게 생각할지 궁금해졌다. 묻지는 않았다. 경관은 계속 말을 이어갔다.

"그 엄마들에게 물어보니 선생의 남편과 모건이 상당히, 그 뭐라더라?"

단어가 떠오르지 않는 듯 혼잣말을 하던 경관이 마침 기억이 났다는 듯 말했다.

"친밀, 맞아요. 그 단어였습니다. 친밀. 두 사람이 꽤 친밀한 사이였다고 하더군요."

내가 곧장 대꾸했다.

"이미 윌을 만나보셨잖아요. 외향적이고 사람들과도 두루 잘 지내는 성격이에요. 누구나 윌을 좋아하죠. 두 사람이 친해 보였다니 그리 놀랄 일은 아니네요."

"아니라고요?"

경관이 물었다.

"자세한 이야기를 듣고 난 뒤 사실 저는 좀 놀랐거든요. 엄마들이 말하길 두 사람이 상당히 가깝게 서서 아무에게도 들리지 않게 목소리를 낮추고 비밀스럽게 이야기를 나누었다고 합니다. 어떤 엄마는 사진도 갖고 있더군요."

"윌과 모건의 사진을 찍었다고요?"

도무지 믿을 수가 없어 경관의 말을 가로챘다. 내 남편에 대해 뒷담화를 하는 것도 모자라 사진도 찍다니, 아니 도대체 왜?

"진정하세요, 닥터 파우스트."

경관이 훈계하는 말투로 말했다. 겉으로 보기에는 평온한 얼굴을 하고 있었지만 사실 심장이 터질 듯이 뛰었다.

"그 어머니는 아이가 학교에서 나오는 모습을 찍었던 겁니다. 아이가 그날 교장 선생님께 상을 받았거든요."

학부모가 경관에게 전해준 사진을 내게 보여주었다. 사진 한가운데 남자아이가 서 있었다. 열 살쯤 되어 보이는 아이는 금발의 헝클어진 머리카락에 눈이 가려졌고, 코트 앞섶도 벌어져 있으며 신발 끈도 풀려 있었다. 손에는 '교장 상'이라고 써진 상장이 들려 있었다. 대수롭지 않은 상이지만 초등학교에서는 대단한 취급을 받는다. 사실 학년 말쯤이면 누구나 한 번씩 받는 상이다. 하지만 어린아이들에게는 크게 느껴질 터였다. 사진 속 아이가 활짝 웃고 있었다. 상을 받아 무척 뿌듯해 보였다.

시선이 아이의 뒤쪽 배경으로 향했다. 버그 경관이 묘사했던 그대로 윌과 모건이 서 있었다. 속이 쓰릴 정도로 가까이 붙어 있었다. 윌이 모건을 향해 몸을 돌려 얼굴을 마주한 채로 모건의 팔을 잡고 있었다. 모건의 표정과 눈에서 슬픔이 느껴졌다.

누가 봐도 슬픈 얼굴이었다. 윌이 허리를 살짝 숙여 모건 쪽으로 2~30도 몸을 기울였다. 두 사람의 얼굴이 몇 센티미터 간격을 두고 가까이 맞닿았다. 모건의 두 눈을 들여다보는 윌의 입술이 살짝 떨어져 있었다. 모건에게 무언가를 이야기하는 것 같았다.

이 사진을 찍을 당시 윌은 모건에게 무슨 말을 하고 있었던 걸까? 무슨 말이기에 저렇게 가까이 붙어서 해야 했을까?

"제 의견을 물어보신다면 조금 의심스러워 보이긴 합니다."

경관이 내 손에서 사진을 낚아채며 말했다.

"묻지 않았어요."

언짢아진 나는 말을 미처 거르지 못하고 생각나는 대로 내뱉었다.

"경관님을 봤어요."

갑자기 떠올랐다.

"닐슨 씨 우편함에 무언가를 넣는 것을 봤어요. 두 번이나요. 돈을 넣어두셨더라고요."

그에게 범죄 혐의를 제시했다.

경관은 동요하지 않았다.

"그게 돈이라는 것을 어떻게 아셨습니까?"

"궁금했거든요. 경관님을 지켜봤어요. 자리를 뜨신 뒤 가서 확인했죠."

경관에게 말했다.

"타인의 우편물을 검열하는 행위는 연방 범죄에 속합니다.

형량이 무거운 범죄예요, 닥터 파우스트. 5년 이하의 징역이나 상당한 벌금형을 받게 됩니다."

"하지만 우편물이 아니었잖아요? 우편물은 우체국을 거쳐야죠. 이건 그렇지 않았고요. 경관님이 직접 넣으셨잖아요. 그것만으로도 범죄 성립이 되지 않나 싶은데요."

이번만큼은 그가 아무 말도 하지 않았다.

"무슨 돈이었죠, 경관님? 사례금이나 입막음용 뇌물이었나요?"

이 두 가지 경우 외에는 버그 경관이 남몰래 닐슨 씨의 우편함에 돈 봉투를 넣을 이유가 없었고, 그 순간, 퍼즐이 맞춰졌다.

"닐슨 씨에게 거짓 증언을 하라고 돈을 준 건가요?"

놀라 물었다.

"저를 봤다는 거짓말을 하라고?"

범인이 나타나지 않는 상황에서 버그 경관은 모건 베인스 사건의 책임을 물을 희생양이 필요했을 것이다. 그리고 그 희생양으로 나를 선택한 것이고.

경관은 진료대에 몸을 기대곤, 난감한 듯 손을 비볐다. 나는 심호흡을 하며 정신을 최대한 집중하고 대화의 방향을 틀었다.

"요즘 사법방해죄 벌금이 얼마나 나오나요?"

내가 물었다.

"무슨 말인지?"

이번에는 의미가 분명히 전달되도록 질문을 달리했다.

"경관님을 위해 거짓말을 해주는 대가로 닐슨 씨에게 얼마를 주셨죠?"

잠시 침묵이 흘렀다. 내내 놀란 표정으로 나를 바라보던 경관의 얼굴에 이제 안타까운 빛이 떠올랐다.

"차라리 그랬다면 좋았을걸요, 닥터."

그는 이렇게 말하며 고개를 숙였다.

"하지만 아닙니다. 유감스럽게도, 아니에요. 닐슨 부부가 현재 어려운 상황에 처해 있습니다. 파산 직전이죠. 아들이 곤란한 일에 휘말려 조지와 포피가 모아둔 돈의 절반 가까이를 털어 아들 문제를 해결했습니다. 세금을 기한 내에 내지 못하면 시에서 집을 압수할 거라는 이야기도 나올 정도입니다. 딱하게 되었죠."

경관이 한숨을 내쉬었다.

"하지만 조지는 자존심이 센 분이죠. 사람들에게 도움을 청할 만한 성정이 못 돼요. 조지가 적선을 받는다고 느끼지 않았으면 해서 그간 아무도 모르게 기부를 해왔습니다. 닐슨 씨에게 비밀로 해주면 좋겠어요."

경관이 한 걸음 다가왔다.

"닥터 파우스트. 우리끼리 하는 이야기지만 저는 선생이 살인을 저지를 만한 사람은 못 된다고 생각합니다. 하지만 배우자의 증언은 강력한 알리바이로 인정받지 못합니다. 배우자는 이성적인 판단을 내리기 어렵거든요. 거짓말을 할 동기가 충분하니까요. 따라서 선생이나 부군께서 모건이 살해당하던 시각에 집에 있었다고 말하는 것은 확실한 알리바이가 될 수 없습니다.

검사가 놓치지 않을 겁니다. 목격자 진술도 있고, 여러모로 난감한 상황입니다."

나는 침묵을 지켰다.

"저를 도와주시면 제가 할 수 있는 한 최대한 선생을 돕겠습니다."

"제게서 뭘 원하시는 거죠?"

경관에게 물었다.

그가 말했다.

"진실이요."

하지만 이미 그에게 진실을 털어놓았다.

"저는 경관님께 사실만 말씀드렸어요."

경관에게 말했다.

"확실합니까?"

그가 물었다.

나는 그렇다고 답했다. 경관은 한동안 나를 응시했다. 이내 그는 모자를 살짝 들어 인사를 하곤 진료실을 떠났다.

세이디

밤에 잠이 쉬이 오지 않았다. 이모젠이 방에 들어올까 잔뜩 긴장한 채 뜬눈으로 밤을 보냈다. 무슨 소리만 들려도 침실 문이 열리는 소리 같았고, 나무 바닥에 울리는 발소리처럼 들렸다. 사실 아무것도 아니었다. 그저 오래된 집에서 으레 나는 소리였다. 수도관을 타고 내려가는 물소리, 갑자기 작동을 멈추는 보일러 소리였다. 이모젠이 우리 방에 들어온 것은 딱 한 번, 그것도 내가 잘못한 일 때문이었다고 스스로를 진정시켰다. 이모젠이 아무 이유 없이 무작정 침입하진 않았다. 또 오지는 않을 거라고 생각하면서도 마음이 쉽게 진정되지 않았다.

버그 경관이 보여준 사진도 자꾸 걸렸다. 모건에게 슬픈 일이 생겨서 윌이 위로해주고 있었던 걸까? 아니면 윌이 한 말 때문에 모건이 슬퍼진 걸까? 후자라면 내 남편이 모건을 슬프게 만들 수 있을 정도의 관계라는 걸까?

이윽고 날이 밝았다. 윌이 아침 식사를 준비하러 내려갔다. 이모젠이 방에서 등교 준비를 하는 동안 나는 침실에서 잠자코 기다렸다. 얼마 뒤 이모젠이 방에서 나와 화풀이를 하듯 쿵쿵거리며 공격적으로 계단을 내려가는 소리가 들렸다. 아래층에서 이모젠이 윌에게 무언가 말하는 소리가 올라왔다. 무슨 말을 하는지 들어보려고 복도로 나갔다. 귀를 기울였지만 말소리가 잘 들리지 않았다. 현관문이 열리더니 쾅 하며 세게 닫혔다. 이모젠이 나가는 소리였다.

아래층으로 내려가니 윌이 주방에 있었다. 아이들은 식탁에 앉아 윌이 만든 프렌치토스트를 먹고 있었다.

"잠깐 이야기 좀 할까?"

윌의 요청에 그의 뒤를 따라 조용히 이야기 나눌 곳으로 장소를 옮겼다. 긴 머리를 뒤로 넘겨 동그랗게 말아 올린 그는 무표정한 얼굴이었다. 윌이 벽에 기대어 내 두 눈을 마주 바라봤다.

"좀 전에 이모젠과 이야기를 나눴어."

윌이 입을 떼었다.

"당신이 걱정하는 문제에 관해서."

그의 말투가 거슬렸다. 그는 '우리'가 아니라, '당신'이 즉 '내'가 걱정하는 문제라고 짚었다. 이모젠과 이런 뉘앙스로 대화를 나누지 않길 바라는 마음이었다. 이미 나를 마음에 들어 하지 않는 아이인데 나를 더 싫어하게 될 테니까.

"이모젠 핸드폰에서 당신이 봤다는 사진에 대해 물었어. 나도 보고 싶었거든."

월이 단어를 신중하게 골라 말했다. 그의 의도가 분명하게 전달되었다. 당신이 봤다는 사진.

"그랬는데?"

그가 망설이는 것이 느껴졌다. 월은 시선을 떨궜다. 이모젠이 무슨 짓을 한 게 틀림없다는 생각이 스쳤다.

"이모젠이 앨리스 사진 보여줬어?"

내가 봤던 사진을 월도 봤기를 바라며 물었다. 허공에 떠 있는 앨리스의 발에서 멀찍이 떨어져 똑바로 서 있는 발판 사진을. 지난밤, 월과 모건에 대한 생각 만큼이나 내 잠을 방해한 것이 바로 그 발판이었다. 1미터 넘게 떨어져 있는 발판에서 뛰어올라 올가미에 목을 거는 것이 어떻게 가능할까.

"이모젠 핸드폰을 확인했어. 사진을 전부 다. 3,000장쯤 되는 사진을 다 봤는데. 당신이 말한 사진은 없었어, 세이디."

월이 말했다.

혈압이 올랐다. 순식간에 몸이 뜨거워지고 화가 치밀었다.

"지웠겠지."

도리어 무덤덤한 목소리가 튀어나왔다. 지우지 않고서야 사진이 없을 리 없으니까.

"어딘가 남아 있을 거야, 월. 최근 삭제된 항목도 살펴봤어?"

월은 확인했으며, 거기에도 남아 있지 않다고 말했다.

"거기도 비웠나 보네. 이모젠한테 물어봤어?"

"물어봤어, 세이디. 사진이 어디 있는지 물었더니 그런 사진은 애초에 없었다고 하더라고. 당신이 왜 그런 거짓말을 지어내는지 모르겠대. 마음이 좀 상했나 봐. 당신이 자기를 싫어하는 것 같대."

바로 대꾸하지 않았다. 그가 하는 말이 너무 황당해 그저 바라보기만 했다. 윌의 진심을 읽으려 두 눈을 들여다봤다. 윌도 내가 없는 말을 지어냈다고 생각하는 걸까?

주방에서 윌을 찾는 테이트의 목소리가 들렸다. 프렌치토스트를 더 먹고 싶은 모양이었다. 윌이 주방으로 향했다. 나는 그의 뒤를 쫓았다.

"그 애가 거짓말하는 거라고."

식탁에 앉아 있던 오토가 나를 바라봤다.

윌이 토스트 한 조각을 테이트의 접시에 올려주었다. 그는 아무 말도 하지 않았다. 윌의 침묵이 내 심기를 건드렸다. 이모젠이 거짓말을 한다고 생각하지 않는 거라면 내가 거짓말을 하고 있다고 믿는다는 뜻이었다.

"있잖아."

윌이 입을 열었다.

"어떻게 해야 할지 잠시 생각할 시간을 줘. 삭제된 사진을 복구할 수 있는 방법이 있는지 좀 찾아볼게."

윌이 약을 건넸고, 나는 커피와 함께 알약을 삼켰다. 오늘 강의가 있어 그는 둥근 네크 라인의 헨리 셔츠에 카고바지를 입고, 가방을 미리 챙겨 현관 앞에 두었다. 윌은 요즘 새 책을 읽기 시작했다. 바닥에 놓인 가방 위로 책이 삐죽 튀어나와 있었다. 책 커버가 싸인 양장본의 책등은 오렌지색이었다. 저 책 안에도 에린의 사진을 넣어 두었을까.

식탁에 앉은 테이트가 곁눈질로 나를 흘낏 쳐다봤다. 몇 번 사과를 했지만 테이트는 며칠 전 인형과 게임 일로 여전히 내게 화가 난 상태였다. 오늘 테이트에게 새 레고 장난감을 사주기로 마음먹었다. 레고면 다 해결될 것이다.

오토와 함께 집을 나섰다. 오토는 차 안에서 평소보다 조용했다. 오토의 표정에서 고민이 읽혔다. 표현을 안 할 뿐 생각보다 많은 것을 알고 있는 아이였다. 윌이 언짢아졌다는 것도, 엄마 아빠 사이에 문제가 있다는 것도, 이모젠이 문제를 일으킨다는 것도. 열네 살이니 알 만한 나이였다. 아둔한 아이도 아니었다.

"고민 있니? 엄마한테 말하고 싶은 거 있어?"

오토에게 물었다.

오토가 짤막하게 답했다.

"아뇨."

그러고는 시선을 돌렸다.

아이를 선착장에 내려주고 해안가를 살피며 이모젠을 찾았다. 그곳에는 없었다. 페리가 도착하고 이내 출발했다. 오토가 페리를 타고 떠난 뒤 나는 차에서 내려 매표소로 향했다. 다음 페리 승선권을 구매했다. 차로 돌아와 기다렸다. 30분도 채 되지 않아 페리가 도착하자 자동차를 싣는 갑판으로 차를 올렸다. 시동을 끄고 차에서 나와 윗갑판으로 올라갔다. 벤치에 앉아 바다를 바라봤다. 오전 8시밖에 되지 않았다. 내게는 거의 하루라는 시간이 주어진 셈이었다. 출근을 한 윌은 내가 오늘 뭘 하며 보낼지 알 길이 없다.

페리가 만을 가로질러 항해를 하자 안도감이 밀려왔다. 내가 거주하는 섬이 점차 작아져 메인 해안가의 수많은 섬 중 하나로 모습을 감췄다. 본토에 가까워지자 빌딩과 사람, 소음으로 가득 찬 도시가 눈앞에 나타났다. 이 순간만은 이모젠에 대한 생각을 잠시 잊을 수 있었다.

경찰은 희생양으로 삼을 재물을 찾는 데 혈안이 되어 있다. 버그 경관은 살인 혐의를 내게 씌우려고 한다. 무죄를 증명하기 위해서는 모건을 살해한 범인을 직접 찾는 수밖에 없다.

이동 시간을 현명하게 쓰기 위해 핸드폰으로 제프리 베인스의 전 부인, 코트니를 검색했다. 바다 건너편에 살고 있을 것이다. 확실한 것은 아니지만 충분히 유추할 수 있었다. 일단 코트니는 섬에 거주하지 않았다. 그리고 모건의 추도식이 있었던 날, 그녀가 빨간색 지프를 타고 페리에 올라 바다 너머로 사라지는 모습을 직접 보기도 했다.

인터넷 브라우저에 '코트니 베인스'를 입력했다. 알고 보니 그녀는 한 학군의 교육감을 맡고 있어 생각보다 쉽게 찾을 수 있었다. 여기저기서 그녀의 이름이 보였다. 공적인 내용의 기사가 전부일 뿐, 사적인 이야기는 찾을 수 없었다. 베인스 교육감의 승인을 얻어 교사와 교직원의 연봉 인상이 이뤄졌다, 베인스 교육감은 연이은 학교폭력에 우려를 드러냈다는 류의 기사가 대부분이었다. 그녀의 교육행정 사무실이 있는 건물의 주소를 찾아 지도 어플에 입력했다. 선착장에서 차로 8분 거리였다.

8시 36분이면 도착할 수 있을 것 같았다.

페리가 방향을 틀어 선착장에 가까워지더니 이내 정박했다. 윗갑판에서 차가 있는 아래층으로 내려갔다. 차를 출발시켜도 된다는 사인을 받은 뒤 시동을 걸고 배에서 내렸다.

도로로 나가 사무실이 있는 방향으로 차를 몰았다. 시카고에 감히 견줄 수 없이 작은 도시였다. 인구는 10만 명이 채 안 되었고, 15층 이상의 건물은 하나도 없었다. 그럼에도 도시는 도시였다. 교육행정 사무실 건물은 시내 중심부에 있었고, 한눈에 봐도 낡아 보였다. 주차장으로 들어가 차를 댈 만한 자리를 살폈다. 어쩌자고 여기까지 온 건지 모르겠다. 베인스 교육감을 만나 무슨 말을 해야 할지도 모르겠다. 주차장을 이리저리 돌며 급히 계획을 세웠다. 아이 문제로 고민이 많은 학부모라고 하자. 아이가 학교에서 괴롭힘을 당하고 있다고. 충분히 있을 법한 이야기이다.

차를 주차한 뒤, 제일 앞 열에 주차된 차들 사이로 빠져나갔다. 그때, 감리교회에서 코트니 베인스가 타고 사라졌던 빨간색 지프가 눈에 들어왔다. 보는 사람이 없는지 주변을 살핀 뒤 그녀의 차로 다가가 차 문을 잡아당겼다. 예상했다시피 잠겨 있었다. 정상적인 사람이라면 차를 잠그지 않을 리가 없다. 손 안경을 만들어 차 안을 들여다봤지만 딱히 이상한 건 보이지 않았다.

건물 안으로 걸음을 옮겼다. 안에 들어가자 비서가 내게 용건을 물었다.

"안녕하세요. 저희가 무엇을 도와드릴까요?"

'저희'라고 할 만한 다른 사람이 없는데도 1인칭 복수 대명사를 썼다. 비서 외에 주변에는 아무도 없었다. 교육감을 만나고 싶다고 말하자 내게 물었다.

"약속이 되어 있으신가요?"

당연히 약속을 잡지 않았다.

"아주 잠깐이면 되는데요."

비서가 나를 보고 다시 물었다.

"그럼, 약속이 잡혀 있지 않으신 거죠?"

그렇다고 답했다.

"죄송하지만 오늘 교육감님 일정이 다 잡혀 있어요. 괜찮으시다면 내일로 약속을 잡아드리겠습니다."

비서는 컴퓨터 모니터를 확인한 뒤 가능한 시간을 알려주었다.

하지만 내일로 미루고 싶은 생각이 없었다. 오늘 온 김에 만나고 싶었다.

"내일은 제가 안 되는데요."

편찮으신 엄마가 내일 항암치료를 받으러 가야 한다는 가슴 아픈 이야기를 지어냈다.

"3분이면 되는데."

3분의 대화로 무엇을 얻어낼 수 있을지, 애초에 무엇을 알아내려고 여기까지 온 건지는 나도 잘 모르겠다. 일단 그녀를 만나야겠다는 생각이었다. 어떤 사람인지 파악하고 싶었다. 사람을 죽일 만한 여자인가? 이것이 알고 싶었다. 3분이면 알아낼 수 있을까?

괜한 고민이었다. 비서는 안타까운 듯 고개를 가로저으며 정말 미안하지만 오늘은 일정이 꽉 차 있어 어렵다고 사과했다.

"번호를 남기시면 전해드릴게요."

비서가 메모지와 펜을 꺼냈다. 내가 번호를 말하려던 참에 갑자기 인터폰으로 비서를 부르는 깐깐하고도 건방진 목소리가 들려왔다.

익숙한 목소리였다. 요즘 눈만 감으면 귓가에 울리는 그 목소리였다.

내가 한 짓 후회 안 해.

비서가 의자를 밀치며 자리에서 일어났다. 금방 돌아올 테니 기다리라고 말했다. 그녀가 사라지자 나는 혼자 남았다.

가장 먼저 든 생각은 여기서 나가야겠다는 것이었다. 그냥 돌아가자. 극단적인 방법을 쓰지 않고는 비서를 통과하기 어려워 보였다. 그리고 아직은 그리 극단적인 상황이 아니었다. 문으로 향했다. 그때, 뒤쪽 벽에 무쇠로 만든 고풍스러운 벽걸이형 주물 옷걸이가 보였다. 그곳에 검정색과 흰색이 섞인 새발 격자무늬 코트가 걸려 있었다. 단번에 알아봤다. 코트니 베인스의 코트였다. 모건의 추도식에서 몰래 빠져나와 급히 차를 탈 때 입었던 그 코트.

깊이 심호흡을 했다. 말소리, 발소리에 귀를 기울였다. 주변이 고요한 것을 확인하고 손을 코트에 가져다 댔다. 생각할 겨를도 없이 손으로 울코트를 쓸어내렸다. 코트 주머니에 슬쩍 손을 넣었다. 그 순간, 손끝에서 찰랑 소리가 났다. 코트니 베인스의 열쇠였다. 손에 든 열쇠를 내려다봤다. 가죽 열쇠고리에 은색으로 빛나는 열쇠 다섯 개가 꽂혀 있었다.

갑자기 뒤쪽에서 문이 확 열렸다. 순식간에 일어난 일이었다. 발소리가 하나도 들리지 않았다.

손에 열쇠를 쥔 채 몸을 돌렸다. 다시 코트 주머니에 넣을 시간이 없었다.

"기다리게 해서 죄송합니다."

비서가 자리에 앉으며 말했다. 전과 달리 비서의 손에는 두툼한 서류철이 들려 있었고, 내게는 정말 다행스러운 일이었다. 비서는 서류를 들여다보느라 내게는 눈길조차 주지 않았다.

재빨리 옷걸이에서 멀어졌다. 열쇠를 손안에 꼭 쥐었다.

"무슨 말씀 중이었죠?"

그녀에게 연락처를 남기려던 중이었다고 말했다. 이름과 전화번호를 알려주고 교육감께서 시간이 될 때 전화를 부탁한다는 요청도 남겼다. 이름도, 번호도 모두 가짜였다.

"고마웠어요."

인사를 하고 그곳을 벗어났다.

처음부터 그녀의 지프에 탈 계획은 아니었다. 그녀의 차 옆에 서 있었고, 손안에 열쇠가 있으니 든 생각이었다. 이렇게 완벽한 조건이 갖추어졌는데 실행하지 않는다면 도리어 말이 안 된다. 이런 게 바로 운명이니까. 내 통제 밖에서 벌어지는 일련의 사건들 말이다.

운전석 문을 열고 차에 올랐다. 차 안을 살폈지만 그녀의 취향을 파악할 수 있는 물건 외에는 별다른 것이 없었다. 코트니는 컨트리 음악을 좋아하고, 맥도널드 냅킨을 모아두며,《굿 하우스키핑》 잡지를 읽는다. 조수석에 놓인 우편물 더미 사이로 최신호가 보였다. 실망스럽게도 살인자의 흔적은 찾을 수 없었다.

차키를 꽂고, 시동을 걸었다. 대시 보드에 내비게이션 화면이 켜졌다. 메뉴 버튼을 누르자 화면이 나와 어쩔 수 없이 집을 눌렀다. 우리 집이 아니라 커트니 베인스의 집이었다.

그렇게, 불과 5킬로미터도 떨어지지 않은 곳에 위치한 브래킷 가의 집 주소를 손에 넣었다. 이젠 그 집에 가볼 수밖에 없는 상황이 되었다.

마우스

마우스는 가짜 엄마에게 동전의 양면처럼 두 가지 모습이 있다는 것을 알게 되었다. 마우스 아빠가 있을 때면 가짜 엄마는 아침마다 한 시간이나 들여 예쁜 옷을 입고 머리를 단장했다. 핫핑크 립스틱을 바르고 향수도 뿌렸다. 아빠가 일하러 가기 전에 가짜 엄마는 마우스와 아빠를 위해 아침 식사도 차렸다. 마우스가 예전에 자주 먹었던 시리얼 대신 팬케이크나 크레이프, 에그 베네딕트 같은 음식이 나왔다. 마우스는 크레이프와 에그 베네딕트를 태어나서 처음 먹어봤다. 아빠는 아침 식사로 시리얼 말고 다른 것을 차려준 적이 없었다.

마우스 아빠가 있을 때면 가짜 엄마는 마우스에게 상냥하고 부드럽게 말했다. 마우스를 우리 아가, 귀염둥이, 이쁜이로 불렀다.

크레이프 위에 슈거 파우더 뿌려줄까, 이쁜이? 가짜 엄마는 당장이라도 크레이프 위에 달콤한 설탕 가루를 듬뿍 올려줄 듯이 슈

거 파우더 통을 손에 들고 물었다. 마우스는 입안에서 살살 녹
아내릴 슈거 파우더를 정말 정말 먹고 싶었지만 고개를 저었다.
마우스는 여섯 살이었지만, 좋은 것에는 원치 않는 대가가 따를
때도 있다는 사실을 깨달았다. 마우스는 예전에 아빠가 주던 차
가운 시리얼이 그리웠다. 시리얼에는 따르는 대가 같은 것은 없
으니까. 그저 우유랑 숟가락만 따라올 뿐이니까.

마우스 아빠가 있을 때면 가짜 엄마는 마우스에게 잘해주었
다. 하지만 아빠가 항상 곁에 있을 수는 없었다. 마우스 아빠는
업무상 출장이 잦았다. 한번 출장을 떠나면 며칠은 집에 오지
못했다.

가짜 엄마가 집에 들어온 뒤 아빠가 출장을 떠나자 마우스는
처음으로 가짜 엄마와 단둘이서만 며칠을 지내게 되었다. 마우
스는 가짜 엄마와 둘이 있는 것이 싫었다. 하지만 아빠가 가짜
엄마를 무척 사랑한다는 사실을 알기에 차마 말할 수 없었다.
마우스는 아빠를 속상하게 하고 싶지 않았다.

대신 마우스는 아빠가 작별 인사를 할 때 아빠의 팔에 매달
렸다. 아빠의 팔을 꼭 붙잡으면 아빠가 가지 않을 수도 있다고
생각했다. 아니면 마우스도 데려가지 않을까 생각했다. 마우스
는 체구가 작았다. 아빠의 가방 안에 쏙 들어갈 수 있었다. 가방
안에서 얌전히 있을 자신이 있었다.

하지만 아빠는 마우스의 바람과 달리 혼자 떠났다. 며칠 내로
올게. 아빠가 마우스에게 약속했다. 그 며칠이 몇 밤인지는 정확
하게 말해주지 않았다. 아빠는 마우스에게 붙잡혀 있던 팔을 조

심스럽게 빼내고는 마우스의 이마에 입을 맞추고 집을 나섰다.

우리 둘이서 잘 지낼 수 있을 거야. 가짜 엄마가 마우스의 갈색 머리카락을 쓰다듬으며 말했다. 가짜 엄마의 거친 손길에 머리카락이 걸려 눈물이 나올 뻔했지만 마우스는 울음을 꾹 참은 채 문가에 서 있었다. 가짜 엄마가 일부러 그랬는지 실수였는지는 알 수 없었다. 어느 쪽이든 마우스가 움찔하고 놀라기는 마찬가지였다. 아빠가 진짜로 떠나기 전에 혹시나 아빠를 붙잡을 수 있을까 싶어 마우스는 한 걸음 앞으로 나아갔다. 가짜 엄마가 마우스의 어깨에 손을 올리더니 꽉 움켜잡으며 마우스를 막았다.

이번에는 가짜 엄마가 일부러 그랬다는 걸 마우스도 알 수 있었다. 마우스는 어떤 얼굴을 마주하게 될지 두려워하며 천천히 고개를 올려 가짜 엄마를 바라봤다. 마우스는 날카롭게 치켜 올라간 눈, 아니면 화가 나 부릅뜬 눈을 마주할 거라 생각했다. 하지만 어느 쪽도 아니었다. 도리어 섬뜩하게 지은 미소가 마우스의 마음에 더욱 큰 상처를 남겼다. 섣부른 짓 하지 말고 얌전히 아빠에게 인사나 하는 게 좋을 거야. 가짜 엄마가 명령했다. 마우스는 명령을 따랐다.

두 사람은 마우스 아빠의 차가 진입로를 빠져나가는 모습을 바라봤다. 두 사람이 문 앞에 서서 지켜보는 동안 차가 길 아래 모퉁이를 돌았고, 마우스가 볼 수 없는 곳으로 사라졌다. 그제야 가짜 엄마가 마우스의 어깨를 쥐고 있던 손을 조금 풀었다.

아빠 차가 시야에서 사라지자 가짜 엄마의 얼굴이 서늘하게 변했다. 다정하고 따뜻했던 목소리가 눈 깜짝할 새 얼음장처럼 차가워졌다. 가짜 엄마가 문에서 몸을 돌렸다. 뒷발질로 문을 쾅 닫았다. 가짜 엄마는 마우스에게 아빠는 이제 없으니 찾지 말라고 소리를 쳤다.

아빠는 며칠 지나야 올 거야. 그러니 포기하라고. 마우스에게 이제 그만 문에서 떨어지라고 말했다.

가짜 엄마는 집을 둘러보며 분풀이를 할 구실을 찾았다. 무슨 꼬투리라도 잡으려 했다. 가짜 엄마의 눈에 마우스가 가장 아끼는 미스터 베어가 TV 리모컨 위에 작고 보드라운 손을 올려 놓은 채 소파 끝에 앉아 있는 것이 들어왔다. 여느 날과 다름없이 미스터 베어는 마우스가 좋아하는 TV 프로그램을 보고 있었다. 하지만 가짜 엄마는 미스터 베어가 TV를 보는 게 싫었다. 미스터 베어 꼴도 보기 싫어했다. 가짜 엄마는 소파 끝에 앉아 있는 미스터 베어의 팔 한쪽을 낚아챈 뒤 지금 당장 이 멍청한 장난감을 치우지 않으면 쓰레기통에 처넣겠다고 마우스에게 으름장을 놓았다. 곰 인형을 거칠게 흔들고는 바닥에 던져버렸다.

마우스는 사랑하는 곰돌이가 바닥에 내팽개쳐진 모습을 바라봤다. 잠이 든 것 같기도 하고, 가짜 엄마가 너무 심하게 흔든 탓에 죽은 것처럼 보이기도 했다. 인형이라도 그렇게 함부로 대해서는 안 된다는 것쯤은 마우스도 아는 사실이었다.

마우스는 잠자코 있는 것이 낫다는 걸 알고 있었다. 시키는 대로 해야 한다는 것도 알고 있었다. 하지만 참을 수 없었다. 어찌할 새도 없이 말이 튀어나왔다. 미스터 베어는 안 멍청해요. 소리를 지르곤 곰 인형을 끌어안고 달래주었다. 마우스는 인형의 보드라운 털을 쓰다듬으며 귓가에 속삭였다. 쉬이, 괜찮아, 미스터 베어.

어디 감히 말대꾸야. 아빠가 이 집에 없으니 이제부터 내 말을 들어야 해. 이 집의 어른은 나라고. 알아서 잘 행동하는 게 좋을 거야, 이 쥐새끼 같은 것. 가짜 엄마가 말했다. 내 말 알아듣겠니, 마우스? 그러고는 웃음을 터뜨렸다.

마우스라니. 조롱하듯 마우스를 불렀다. 가짜 엄마는 아무짝에도 쓸모없는 쥐가 끔찍하게 싫다고 말했다. 쥐들은 병균을 옮기고 다니며 사람들을 병들게 한다고도 말했다. 더럽고 앙큼한 것. 어떻게 별명도 꼭 그렇게 어울리는 걸로 지었니?

하지만 마우스도 왜 그런 별명이 생겼는지 몰랐기 때문에 아무 말도 하지 않았다. 마우스가 대답을 하지 않자 가짜 엄마가 화를 내기 시작했다. 내 말 안 들려? 허리를 숙여 마우스의 얼굴을 마주했다. 마우스의 키는 이제 겨우 1미터가 조금 넘을 정도였다. 가짜 엄마가 예쁜 셔츠를 쏙 집어넣은 청바지의 허리춤에도 미치지 못했다. 내가 물으면 대답하라고. 가짜 엄마가 마우스의 얼굴에 너무 가깝게 손가락질을 해대는 바람에 코를 찰싹 맞았다. 일부러 그런 건지 마우스도 알 길이 없었으나, 매번 실수인 척 일부러 때린 것처럼 이번에도 그런 것 같았다. 어쨌거나 아프기는 마찬가지였다. 마우스는 코도 아팠고 마음도 아팠다.

아빠가 왜 그렇게 부르는지 몰라요. 그냥 마우스라고 불러요. 마우스가 솔직하게 말했다.

쥐새끼 같은 것, 너 지금 건방 떠는 거야? 내 앞에서 한번 더 건방 떨어 봐 어디. 가짜 엄마가 마우스의 팔목을 움켜쥐었다. 곰 인형을 흔들어댔던 것처럼 마우스를 세게 흔들어 머리도, 손목도 아팠다. 마우스는 가짜 엄마의 손아귀에서 벗어나려 했지만 그럴수록 가짜 엄마는 더욱 세게 움켜잡아 긴 손톱이 마우스의 손목에 파고들었다. 마침내 가짜 엄마가 손을 풀었고, 마우스의 손목에 빨갛게 손자국이 남았다. 가짜 엄마의 손톱이 초승달 모양으로 찍혀 있었다.

마우스는 머리도 손도 아팠지만 무엇보다 마음이 아파 눈물이 차올랐다. 가짜 엄마가 마우스를 마구 흔들어서 슬프고 무서웠다. 마우스에게 이렇게 함부로 말한 사람도, 거칠게 손을 댄 사람도 없었고, 마우스는 가짜 엄마가 자신을 그렇게 대하는 게 싫었다. 놀란 나머지 찔끔 새어 나온 소변이 다리를 타고 바지를 적셨다.

마우스가 입술을 떨며 울먹거리는 것을 보고 가짜 엄마는 웃었다. 뭐 하려고? 설마 아기처럼 울려고? 잘하는 짓이야. 건방진 울보라니. 너무 모순 아냐? 가짜 엄마가 말하며 웃음을 터뜨렸다. 마우스는 똑똑한 아이였지만 '모순(oxymoron)'이란 단어의 뜻은 몰랐다. 하지만 '바보(moron)'라는 말은 학교에서 애들이 하는 말을 듣고 무슨 뜻인지 알고 있었다. 그래서 마우스는 가짜 엄마가 자신을 바보라고 불렀다고 생각했지만, 가짜 엄마가 오늘 자신 한테 한 짓에 비하면 그리 나쁘게 느껴지진 않았다.

가짜 엄마는 마우스에게 건방진 울보 같은 얼굴은 꼴도 보기 싫으니 눈앞에서 사라지라고 말했다. 내가 부르기 전까지는 내 앞에 나타나지 마.

마우스는 어깨를 축 늘어뜨린 채 곰 인형을 챙겨 위층으로 올라가 조용히 방문을 닫았다. 마우스는 미스터 베어를 침대에 눕힌 뒤 귓가에 나지막하게 자장가를 불러주었다. 그러고는 미스터 베어 옆에 누워 울음을 터뜨렸다.

마우스는 가짜 엄마가 아무리 자신한테 끔찍한 짓을 했어도 아빠에게 말해서는 안 된다고 생각했다. 진짜 엄마에게도 알릴 수 없었다. 고자질쟁이가 되기 싫어서가 아니라 아빠가 가짜 엄마를 정말 사랑하기 때문이었다. 아빠가 가짜 엄마를 바라볼 때마다 눈에서 사랑이 흘러 넘쳤다. 마우스는 아빠를 속상하게 하고 싶지 않았다. 가짜 엄마가 어떻게 했는지 말하면 아빠는 자신보다 더 슬퍼할 것 같았다. 마우스는 다른 사람의 마음을 헤아리는 착한 아이였다. 마우스는 누가 슬픈 게 싫었다. 특히나 아빠가 슬픈 건 더더욱 싫었다.

세이디

코트니의 주소를 머릿속에 입력했다. 내 차로 옮겨 탄 뒤 코트니의 집으로 향했다. 길가에 세워진 차량 두 대 사이에 평행 주차를 했다. 코트니의 열쇠도 챙겨 차에서 내렸다. 평소라면 절대 하지 않을 짓이었다. 하지만 지금은 내가 궁지에 몰린 상황이었다.

집에 들어가기 전 노크부터 했다. 인기척이 들리지 않았다. 열쇠 꾸러미를 만지작거렸다. 이 중에 하나일 텐데. 제일 앞에 있는 열쇠를 넣었다. 열쇠가 맞지 않았다.

뒤를 흘낏 보니 공원 출구 쪽 거리와 맞닿은 지점에 한 여자와 강아지가 보였다. 여자는 허리를 숙여 눈 위에 있는 강아지 대변을 비닐봉투에 담고 있었다. 나를 못 본 눈치였다.

두 번째 열쇠를 열쇠 구멍에 넣었다. 열쇠가 제자리를 찾아 맞물렸다. 손잡이를 돌려 문을 열고, 코트니 베인스의 현관 앞에 섰다. 집 안으로 들어가 문을 닫았다.

실내 인테리어는 멋졌다. 개성이 넘쳤다. 문은 전부 아치형으로 나 있었고, 벽면을 파서 만든 원목 장식장도 눈에 들어왔다. 그러나 집주인의 애정이나 손길이 느껴지지 않았다. '널부러진 물건' 속에 특별하다 할 만한 게 없었다. 집은 대체로 어수선했고, 소파에는 우편물이 잔뜩 널려 있고, 빈 커피잔 두 개가 나무 바닥에 놓여 있었다. 계단 입구에 놓인 바구니에는 세탁은 마쳤지만 정리하지 않은 옷이 쌓여 있었다. 아이 장난감 몇 개가 거실 구석에서 나뒹굴고 있었다. 한동안 주인의 손을 타지 못한 것 같았다.

사진이 보였다. 벽에 비스듬히 걸린 액자 위에는 먼지가 쌓여 있었다. 사진을 자세히 들여다보려다 하마터면 먼지 쌓인 액자에 손을 댈 뻔했다. 그 순간, 지문과 같은 증거를 남겨선 안 된다는 생각이 번뜩 들어 재빨리 손을 내렸다. 코트 주머니에서 장갑을 꺼내 꼈다.

제프리와 코트니, 두 사람의 딸 사진이 전부였다. 좀 이상했다. 만약 윌의 외도 때문에 내가 이혼했다면 매일 그의 얼굴을 마주할 일이 없도록 사진을 모두 치웠을 것 같았다. 가족사진뿐 아니라 결혼사진도 있었다. 제프리와 코트니가 키스를 하는 로맨틱한 사진이 여러 개 보였다. 무슨 의미인지 궁금했다. 제프리를 여전히 사랑하는 걸까. 제프리의 외도도, 이혼도, 그의 재혼도 전부 받아들이지 못하고 있는 걸까? 재결합을 하고 싶은 걸까, 아니면 그저 두 사람이 한때 나누었던 아름다운 사랑을 그리워하는 걸까?

집 안을 이곳저곳 돌아다니며 방과 욕실, 주방을 둘러보았다. 폭이 좁은 3층 집의 방은 하나같이 간소했다. 아이 방에 있는 침대 위에는 사슴과 다람쥐 같은 숲속 동물이 그려진 이불이 있었다. 바닥에는 러그가 깔려 있었다.

다른 방은 책상이 있는 서재였다. 책상으로 다가가 무작위로 서랍을 열어봤다. 특별히 찾는 물건이 있는 것은 아니었다. 사인펜, A4 종이 뭉치, 문구류가 다였다.

아래층으로 내려갔다. 냉장고 문을 열었다 닫았다. 커튼을 살짝 들춰 집에 누가 오지는 않는지 밖을 살폈다. 코트니는 언제쯤 열쇠가 없어졌다는 것을 알게 될까?

소파에 있는 우편물을 건들지 않으려고 조심히 앉았다. 딱히 그래 보이지는 않았지만 혹시나 어떤 규칙이 있을지도 몰라 지저분하게 널려 있는 우편물을 하나씩 보고는 그 자리에 그대로 두었다. 거의 다 고지서 아니면 광고물이었다. 그중 법원에서 온 것 같은 우편물도 몇 개 보였다. 봉투 겉면에 스테이트 오브 메인이라고 크게 적혀 있는 것을 확인하고, 뜯어진 봉투를 살짝 벌려 장갑 낀 손안으로 내용물을 떨어뜨렸다.

법률 용어와는 친숙하지 않았지만 '아동학대' '양육권' 같은 단어가 눈에 띄었다. 잠시 훑어보니 제프리와 모건이 딸을 두고 양육권 분쟁을 벌이고 있다는 내용이었다.

누군가 내게서 오토나 테이트를 앗아간다는 생각만으로도 마음이 들끓었다. 아이들을 내게서 빼앗는다면 내가 무슨 짓을 벌일지 장담할 수 없었다. 한 가지 확실한 것은, 아이와 엄마를 떼놓는다면 감당할 수 없는 일이 벌어질 거란 사실이다.

핸드폰으로 사진을 찍은 뒤 서류를 다시 봉투 안에 넣었다. 우편물을 원래 있던 위치에 두었다. 이 정도로 마쳐야겠다는 생각에 소파에서 일어나 현관문으로 갔다. 오늘 내가 찾은 것으로 코트니에게 살인 혐의가 있는지 판단하기는 어려웠다. 하지만 의혹을 제기하기에는 충분했다.

가방 안 지퍼가 달린 수납공간에 열쇠를 넣고 지퍼를 잠갔다. 나중에 없앨 생각이었다. 사람들은 열쇠를 자주 잃어버리니까. 열쇠가 없어졌다고 해서 이상한 일은 아닐 것이다.

건너편 거리에 있는 차로 향하는 데 핸드폰이 울렸다. 핸드백에서 전화를 꺼내 받았다.

"파우스트 부인?"

누군가 내게 물었다. 내가 '닥터'라는 사실을 모르는 사람들도 있다.

"네, 전데요."

수화기 너머 여성이 고등학교라고 밝혔다. 곧장 오토가 떠올랐다. 오늘 아침 항구로 향할 때 오토와 나누었던 짧은 대화가 떠올랐다. 고민이 있어 보였지만 오토는 끝내 말하지 않았다. 오토는 내게 무슨 말을 하려다 못 한 걸까?

"부군께 먼저 전화를 드렸는데요, 음성 사서함으로 넘어가서요."

시계를 확인했다. 월은 강의 중일 시간이었다.

"이모젠 일로 전화 드렸어요. 출석부에 결석으로 표시가 되었더라고요. 혹시 알고 계셨나요?"

오토 일이 아니어서 다행이었다. 나는 한숨을 내쉬며 전혀 몰랐다고, 아이가 무단결석을 한 것 같다고 말했다. 이모젠을 위해 굳이 거짓말을 하고 싶지 않았다.

전화 속 여성의 말투가 그리 친절하지 않았다. 이모젠이 학교에 반드시 나와야 하고, 벌써 1년에 허락된 무단결석 일수를 거의 다 채웠다고 말했다.

"이모젠이 학교에 빠지지 않고 출석하도록 지도해주셔야 합니다, 파우스트 부인."

윌과 나, 이모젠, 교사, 행정관계자 들이 함께 참석하는 회의가 열릴 거라고 했다. 조정위원회 같은 식이었다. 만약 조정이 이뤄지지 않으면 학교 측은 법적인 조치를 따를 수밖에 없다고 밝혔다.

통화를 마친 뒤 차에 올랐다. 시동을 걸기 전 이모젠에게 문자를 보냈다. 지금 어디니? 답장을 기대하지는 않았다. 예상과 달리 답장이 왔다. 직접 찾아봐요.

이모젠은 나랑 게임을 하려 들었다.

이후 몇 장의 사진이 도착했다. 묘비들, 음산한 풍경, 처방약이 담긴 약병. 앨리스가 예전에 섬유근육통으로 처방받은 약통이었다. 신경 차단의 효과도 있는 항우울제. 약통에 앨리스의 이름표가 붙어 있었다.

아이가 한심한 짓을 하기 전에, 돌이킬 수 없는 경솔한 판단을 내리기 전에 찾아야 했다. 차의 속도를 높여 달리는 동안 코트니의 집에서 찾은 법원 서류는 잠시 잊었다. 모건의 살인범을 찾는 것보다 더 시급한 일이 생겼다.

마우스

그날 저녁 가짜 엄마는 마우스에게 저녁을 주지 않았지만, 주방에서 요리하는 소리가 마우스 귀에 들렸다. 집 안 환풍구를 통해 2층으로 올라온 음식 냄새가 닫힌 방문 틈으로 새어 들어왔다. 무슨 요리인지는 몰라도 냄새가 새어 들어오자 마우스의 배에서 꼬르륵 소리가 났다. 마우스도 먹고 싶었다. 하지만 가짜 엄마가 나누어주지 않아 먹지 못했다.

밤이 되자 마우스는 배가 고파졌다. 가짜 엄마가 나오라고 할 때까지 내려오지 말라고 똑똑히 말했으므로 저녁을 달라고 해서는 안 될 것 같았다. 가짜 엄마가 나와도 된다고 말하지 않았으니까.

해가 지고 하늘이 깜깜해졌고, 마우스는 굶주림을 잊으려 노력했다. 가짜 엄마가 저녁 식사를 마친 뒤 설거지를 하고 TV를 보느라 한동안 아래층에서 움직이는 소리가 들렸다.

그러다 얼마 뒤 집이 고요해졌다. 문이 닫히는 소리가 들렸고, 마우스는 가짜 엄마가 잠을 자러 방으로 들어갔다고 생각했다. 마우스는 방문을 살짝 열었다. 숨을 참고 가만히 서서 아무 소리도 나지 않는지 확인했다. 가짜 엄마가 잠깐 방에 들어갔다가 다시 나오지는 않을까, 가짜 엄마가 마우스를 속이려고 방에 들어가는 척을 한 것은 아닐까 생각하며 마우스는 잠자코 기다렸다.

잘 시간이 넘었다는 것을 마우스도 알고 있었다. 어떻게든 자려고 했다. 잠 속에 빠지고 싶었다. 하지만 너무 배가 고팠다. 게다가 아래층에 있는 화장실도 너무 급했다. 마우스는 당장 화장실에 가고 싶었다. 계속 참았지만 더 이상은 힘들었다. 밤새 소변을 참는 것은 불가능했다. 마우스는 침대에 실수를 하기도 싫었다. 여섯 살이면 침대에 실수를 해서는 안 되는 나이였다.

하지만 가짜 엄마가 허락하기 전에 방을 나가선 안 되었다. 마우스는 어떻게든 소변을 참으려고 다리를 꼬았다. 이렇게 하면 나오지 않을 것 같아 다리 사이에 손을 넣어 막아도 봤다. 배도 고프고 소변도 마려운 나머지 이제는 배가 아프기 시작했다.

마우스는 아래층으로 내려가서는 안 된다고 마음을 다잡았다. 하지만 쉽지가 않았다. 마우스는 규칙을 어기는 아이가 아니었다. 마우스는 항상 정해진 규칙을 잘 지키고 말썽을 일으키지 않는 아이였다.

그러고 보니 가짜 엄마가 방에 들어가라고 한 것은 아니었다는 게 생각났다. 마우스가 방에 올라간 거였다. 가짜 엄마는 눈앞에서 사라져라고 했다. 만약 가짜 엄마가 자고 있다면, 그리고 눈을 감은 채로도 볼 수 있는 능력이 있는 게 아니라면 아래층에 내려가도 될 것 같았다. 그러면 규칙을 어기는 게 아니었다.

마우스는 방문을 활짝 열었다. 문에서 끼익 소리가 나자 가짜 엄마가 잠에서 깼을까 봐 순간 몸이 얼어붙었다. 속으로 50까지 세고도 집이 여전히 조용하고 가짜 엄마가 깬 소리가 들리지 않자 마우스는 걸음을 옮겼다.

마우스는 계단을 내려갔다. 거실을 가로질렀다. 까치발로 주방 쪽으로 향했다. 주방 바로 앞에서 꺾어진 통로를 따라가면 가짜 엄마가 있는 방이 있었다. 복도 모퉁이에 서서 방문을 확인한 마우스는 문이 닫힌 것을 보고 안도했다.

마우스는 배가 고픈 것보다 소변이 급했다. 그래서 먼저 화장실로 향했다. 화장실이 아빠와 가짜 엄마가 지내는 방에서 몇 걸음 떨어지지 않은 곳에 있어 잔뜩 겁이 났다. 마우스는 발이 바닥에서 떨어지지 않도록 안간힘을 쓰며 양말을 신은 발로 스케이트를 타듯 움직였다.

집은 어두웠다. 아주 깜깜하지는 않았지만, 어디에 부딪치지 않으려면 손으로 벽을 짚으며 나아가야 했다. 마우스는 어둠이 두렵지 않았다. 마우스에게 집은 항상 안전한 곳이었으므로 집에서만큼은 두려운 것이 없었다. 가짜 엄마가 오기 전까지는 그랬다. 그런데 이제 집은 더이상 마우스에게 안전한 장소가 아니었고, 그 이유가 어둠 때문은 아니었다.

마우스는 화장실에 무사히 도착했다. 화장실 안으로 들어가 조심스럽게 문을 닫았다. 불을 켜지 않아 칠흑같이 어두웠다.

화장실에는 창문이 없어 가로등 불빛도, 달빛도 들어올 틈이 없었다. 마우스는 더듬더듬 변기를 찾았다. 다행히도 변기 뚜껑이 올라가 있었다. 소리가 날까 조마조마해하며 변기 뚜껑을 올릴 필요가 없었다.

마우스는 무릎까지 바지를 내렸다. 변기에 아주 천천히 앉느라 허벅지가 아팠다. 마우스는 소리가 안 나게 가능한 천천히 조금씩 소변을 흘려보낼 생각이었다. 하지만 너무 오래 참았던 게 문제였다. 마음처럼 조절할 수가 없었다. 소변을 내보내기 시작하자 폭포처럼 쏟아지며 큰 소리가 났다. 동네 사람들이 다 들을 정도였으니 바로 맞은편 방, 아빠 침대 위에 누운 가짜 엄마의 귀에도 들렸을 것 같았다.

가슴이 콩닥콩닥 뛰기 시작했다. 손에서 땀이 흠뻑 배어 나왔다. 볼일을 다 보고 삐쩍 마른 허리춤으로 바지를 올리려고 했지만 다리가 덜덜 떨려 똑바로 설 수가 없었다. 두 다리가 어찌나 떨리던지, 마우스가 방에서 용암이 흐르는 상상을 하며 책상 위로 도망갈 때 마구 흔들리던 책상다리 같았다. 마우스가 책상에 올라가면 금방이라도 부서질 것처럼 책상다리가 흔들리곤 했다.

소변도 보고 바지도 마저 입은 마우스는 어두운 화장실에서 한동안 그대로 서 있었다. 손을 씻을 생각은 하지도 않았다. 그저 화장실에서 나가기 전, 소변 소리에 가짜 엄마가 깨지 않았다는 것을 확실히 해두고 싶었다. 가짜 엄마가 복도에 나와 있다면 마우스를 보게 될 테니까.

마우스는 머릿속으로 300까지 셌다. 그리고 300까지 한 번 더 셌다. 그제야 화장실을 나섰다. 물소리가 무서워 변기 물을 내리지 않았다. 휴지도, 소변도 그대로 변기 안에 내버려두고 나왔다. 마우스는 화장실 문을 열었다. 양말 신은 발로 미끄러지듯 복도를 빠져나가며 가짜 엄마의 방문이 여전히 굳게 닫혀 있는 것을 보고 안심했다.

주방으로 간 마우스는 찬장에서 살레르노 버터 쿠키를 꺼내고 냉장고에서 우유 한 잔을 꺼내 먹었다. 다 먹은 뒤 컵을 씻고 잘 마르도록 식기 건조대에 두었다. 떨어진 과자 부스러기를 손으로 모아 쓰레기통에 버렸다. 왜냐면 가짜 엄마가 알아서 잘 행동하는 게 좋을 거야, 이 쥐새끼 같은 것이라고 말했고, 마우스는 시키는 대로 하고 싶었으니까. 마우스는 내내 조용히 움직였다.

마우스는 계단을 올랐다. 하지만 계단에서 코가 갑자기 간지러웠다. 가여운 마우스는 그동안 아무 소리도 내지 않으려고 엄청 애를 썼다. 하지만 재채기는 반사 반응이다. 숨쉬기, 무지개, 보름달처럼 저절로 벌어지는 일 중 하나이다. 재채기가 시작되려고 할 때는 어떻게 해도 멈출 수 없지만, 그래도 마우스는 멈추려고 노력했다. 얼마나 간절히 노력했는지 모른다. 마우스는 계단에 서서 두 손을 동그랗게 만들어 코로 가져갔다. 손으로 코를 세게 쥐어도 보고, 혀로 입천장을 눌러도 보고, 하느님께 제발 재채기가 나오지 않게 해달라고 빌기도 했다. 마우스가 알고 있는 방법은 다 시도했다. 하지만 이 모든 노력에도 불구하고 재채기가 나오고야 말았다.

세이디

전형적인 공동묘지 풍경이었다. 좁은 자갈길을 운전해 가다 예배실 앞에 차를 세웠다. 차 문을 열자 거센 바람이 들이닥쳤다. 차에서 내린 뒤 고르게 정리된 길을 따라 묘비와 무성하게 자란 나무들 사이로 걸음을 옮겼다.

앨리스의 묘지는 아직 잔디가 나지 않았다. 흙만 덮인 새 묘지 위로 눈이 쌓여 있었다. 땅이 굳지 않아 묘비를 세울 수 없었다. 지금으로서는 앨리스의 신원은 구획과 번호로만 파악할 수 있었다.

이모젠은 눈에 젖은 흙바닥에 무릎을 꿇고 앉아 있었다. 내 발소리를 듣고 이모젠이 고개를 돌렸다. 이모젠의 얼굴을 보자 울고 있었다는 것을 금세 알 수 있었다. 공들여 그린 검은색 아이라이너가 눈물범벅으로 뺨에 얼룩져 있었다. 눈두덩이 벌겋게 부어올랐다. 아랫입술은 떨리고 있었다. 이모젠은 덜덜 떨리는 아랫입술을 사리물었다. 내 앞에서 약한 모습을 보이고 싶지 않은 듯했다.

이모젠은 그 순간 열여섯 살이 아니라 어린아이처럼 보였다. 상처 입고 분노에 차 보였다.

"오래도 걸렸네요."

이모젠이 말했다. 솔직히 오는 길에 잠시 망설였다. 이모젠이 내게 보낸 사진을 윌에게 알리려고 전화를 걸었지만 여전히 통화가 닿지 않았다. 이모젠에게 가보는 게 옳은 일이라는 양심의 목소리를 따르기로 하고 선착장으로 차를 돌렸다. 뚜껑이 닫힌 약통이 이모젠의 옆에 뒹굴고 있었다.

"무슨 짓을 하려고 한 거야?"

내 질문에 이모젠은 대수롭지 않다는 듯 어깨를 으쓱했다.

"어딘가는 쓸모가 있겠다고 생각했죠. 엄마에게는 뭣도 도움이 안 되었지만. 어쩌면 나한테는 쓸모가 있을 것 같아서."

"얼마나 먹었어?"

"아직 안 먹었어요."

이모젠의 말을 곧이곧대로 믿을 수 없었다. 천천히 이모젠 곁으로 다가가 허리를 숙여 약통을 낚아챘다. 뚜껑을 열어 안을 확인했다. 약이 남아 있었다. 하지만 약통에 약이 얼마나 들어 있었는지 모르니 확신할 수 없었다.

영하 1도를 밑도는 추운 날씨였다. 바람이 거세게 불었다. 후드를 뒤집어쓰고 주머니에 손을 넣었다.

"독감에 걸려 죽을지도 몰라, 이모젠."

장소를 고려하지 않고 실언을 했다.

이모젠은 코트를 입지 않았다. 모자도, 장갑도 없었다. 코가 새빨갰다. 코끝에서 흘러나온 콧물이 윗입술로 떨어지자 혀로 훔치는 모습을 보며 '아직 애구나' 싶었다. 아이의 두 뺨이 벌겋게 얼어 있었다.

"그럼 얼마나 좋겠어."

이모젠이 말했다.

"마음에도 없는 소리 하지 마."

하지만 이모젠은 진심이었을 거다. 죽는 게 훨씬 낫다고 여기는 것 같았다.

"학교에서 전화가 왔어. 또 무단결석했다고."

내가 말했다.

이모젠이 눈알을 굴렸다.

"젠장할."

"여기서 뭐 하는 거야, 이모젠?"

묻긴 했지만 사실 대답은 뻔했다.

"학교에 있을 시간이잖아."

이모젠은 어깨를 또 한 번 으쓱했다.

"학교 갈 기분이 아니었어요. 그리고 말인데요. 그쪽이 내 엄마도 아니잖아요. 이래라저래라하지 말라고요."

이모젠은 소매로 눈가를 훔쳤다. 찢어진 블랙진에 검은색 티셔츠 위로 검은색과 빨간색이 섞인 체크무늬 셔츠를 입었지만 단추를 잠그지 않았다.

"월에게 사진 이야기 왜 했어요. 그 이야기는 하면 안 되지."

이모젠이 흙바닥에서 몸을 일으켜 똑바로 섰다. 그러자 나를 내려다볼 정도로 키가 커 또 한 번 놀랐다.

"왜 안 되는데?"

이모젠이 답했다.

"월이 망할 놈의 아빠는 아니니까. 그리고 그 사진은 그쪽만 아는 비밀이었다고요."

"비밀인 줄 몰랐어."

내가 말했다. 한 걸음 물러나며 안전거리를 확보했다.

"월한테 말하지 말란 말 안 했잖아. 네가 하지 말라고 했으면 안 했을 거야."

거짓말이었다. 어이없다는 듯 이모젠이 눈을 굴렸다. 내가 거짓말을 한다는 것을 이 아이도 알고 있었다.

잠시 침묵이 흘렀다. 이모젠은 내 말을 곱씹는 것 같았다. 나를 왜 이곳으로 불렀는지 궁금했다. 경계심을 풀지 않았다. 나는 이 아이를 믿지 않는다.

"네 아빠 본 적 있어?"

다시 한 발자국 뒤로 물러나자 나무가 등에 닿았다. 이모젠이 나를 빤히 바라봤다.

"너 키가 정말 큰 것 같아서. 엄마도 큰 편이 아니었잖아? 월도 딱히 크다고는 볼 수 없고. 아빠 닮아서 네 키가 큰 것 같아."

횡설수설하고 있었다. 내가 들어도 헛소리였다.

이모젠은 아빠를 잘 모른다고 말했다. 그러면서도 그 남자의 이름과 아내의 이름, 아이가 셋이라는 것은 알고 있다고 순순히 인정했다. 이모젠은 그의 집도 가본 적이 있다고 했다. 어떻게 생긴 집이었는지 내게 설명했다. 아빠가 검안사 면허를 소지하고 있다는 것도 알고 있었다. 안경을 썼다는 것도. 큰 딸인 엘리자베스는 열다섯 살인데, 자신보다 일곱 달 늦게 태어났다고 했다. 그게 무슨 의미인지 이모젠은 충분히 이해하고 있었다.

"엄마한테는 아직 아빠가 될 자신이 없다고 그랬대요."

하지만 누가 봐도 거짓말이었다. 그는 그저 이모젠의 아빠가 되기 싫었던 것이다. 아이의 표정에서 읽을 수 있었다. 차마 외면한 진실이 여전히 이모젠에게 상처로 남은 듯했다.

"엄마가 평생 동안 그렇게 빌어먹게 외롭지만 않았다면, 죽고 싶다는 생각 따위는 안 했을 텐데. 그 사람도 엄마를 사랑했다면 좀 더 오래 살 수 있었을 텐데. 엄마는 만날 행복한 척하는 데 신물을 느꼈어요. 속은 썩어 문드러지는데 겉으로는 행복하게 보이려고 노력하는 거. 엄마가 아프다는 걸 아무도 믿어주지 않았어요. 의사들도. 의사도 엄마 말을 안 믿었어. 엄마가 아프다는 것을 증명할 방법이 없었어요. 엄마를 치료할 방법도 없었고요. 망할 놈의 비관론자들. 그 의사들이 엄마를 죽인 거야."

이모젠을 향해 말했다.

"섬유근육통은 정말 힘든 병이야. 엄마를 일찍 만났다면 좋았을걸. 내가 엄마에게 뭔가 해줄 수 있는 게 있었을 거야."

"헛소리하지 마요. 누구도 엄마를 도와줄 수 없었어요."

"뭐라도 시도했을 거야. 어떻게든 해봤을 거라고."

이모젠이 키득거렸다.

"그쪽 똑똑해 보이고 싶겠지만 사실은 그렇지 않다니까. 나랑 좀 비슷한 면이 있다고."

이모젠은 갑자기 다른 소리를 해댔다.

"그래? 어디가 비슷한데?"

믿을 수 없다는 듯 물었다. 이모젠과 내가 비슷한 점이라고는 단 하나도 찾을 수 없었다.

이모젠이 다가왔다.

"당신이랑 나는요."

손가락으로 나를 한 번, 자신을 한 번 가리켰다.

"둘 다 정상이 아니거든."

긴장감에 목구멍이 좁아지는 것 같았다. 이모젠이 한 걸음 더 다가와 손가락으로 내 가슴께를 찔렀다. 거친 나무 몸통이 등에 닿았고, 더는 물러설 곳이 없었다. 이모젠은 이성을 잃고 소리쳤다.

"이 집에 들어와 엄마 자리를 넘볼 수 있을 거라 생각했겠지. 엄마 침대에서 자고, 엄마 옷을 입고. 당신은 우리 엄마가 아니야. 감히 우리 엄마가 될 수 없다고!"

나는 목소리를 낮추었다.

"이모젠, 나는 결코······."

내 말과 동시에 이모젠이 두 손으로 얼굴을 가리고 고개를 숙였다. 아이가 온몸을 떨며 흐느꼈다.

"너희 엄마 자리를 빼앗으려 한 적 없어."

나지막이 말했다.

황량하고 혹독한 날씨였다. 내 쪽으로 불어오는 매서운 바람에 맞서 몸을 긴장시켰다. 까맣게 염색한 이모젠의 머리가 바람에 휘날렸고, 창백했던 피부는 추위에 발갛게 얼어붙어 있었다.

이모젠의 팔에 손을 뻗어 토닥이며 위로해주려고 했다. 아이는 내 손이 닿지 않게 얼른 몸을 틀었다.

이모젠이 얼굴을 가리고 있던 두 팔을 내리고 고개를 들었다. 이모젠이 텅 빈 눈으로 돌연 소리를 쳐 깜짝 놀랐다. 나는 손을 거두었다.

"엄마는 도저히 할 수 없었어요. 하고는 싶었지만, 혼자서는 도저히 할 수가 없었다고. 꼼짝도 못 하고 있었어요. 엄마가 날 쳐다봤는데, 울고 있었어요. 내게 사정했어요. 나 좀 도와줘, 이모젠."

흥분한 나머지 이모젠의 입가에 침이 잔뜩 고였다. 아이는 닦을 생각도 하지 않았다.

나는 혼란스러워 고개를 저었다. 도대체 무슨 말을 하는 거지?

"엄마가 통증이 사라지게 도와달라고 했다고? 아프지 않게 해달라고 했다는 거야?"

이모젠이 고개를 가로저으며 웃었다.

"진짜 멍청하네."

이제 좀 진정이 된 듯 보였다. 입가에 묻은 침을 닦고 몸을 바로 했다. 좀 전의 모습과 달리 내가 알던 이모젠으로 돌아와 나를 호전적으로 쏘아붙였다.

"아뇨."

이모젠이 냉담하게 말했다.

"엄마는 살려달라는 말을 한 게 아니었어요. 자기가 죽을 수 있게 도와달라는 거지."

심장이 내려앉는 기분이었다. 앨리스에게서 떨어져 있던 발판이 떠올랐다.

"너, 도대체 무슨 짓을 한 거야, 이모젠?"

닦달하듯 물었다.

"상상조차 못 할걸."

아이의 대답이 섬뜩했다.

"한밤중에 엄마가 우는 소리를 듣는 게 어떤 기분인지 망할 상상조차 못 할 거라고요. 너무 고통스러울 때는 엄마가 비명을 질렀어요. 새로운 의사를 만나고 치료법을 시도할 때는 너무 신나지만, 그래봤자 또 실패하고 그나마 남았던 희망도 사라지는 거죠. 가망이 없었어요. 엄마는 어떻게 해도 나아지지 않았어요. 앞으로도 나아진다는 보장도 없었고. 누구도 그렇게 살아선 안 되잖아."

이모젠은 눈물을 떨구며 그날 일을 처음부터 복기했다. 평소와 다름없이 시작한 하루였다. 이모젠은 아침에 일어나 학교에 갔다. 보통 때라면 앨리스가 현관 앞에서 수업을 마치고 돌아온 이모젠을 맞이했지만, 그날은 앨리스가 보이지 않았다. 이모젠이 엄마를 찾았다. 대꾸가 없었다. 집 안 곳곳을 살피다

3층 다락방에서 손짓하듯 불빛이 새어 나오는 것을 보았다. 그곳에서 이모젠은 엄마가 올가미를 목에 건 채 발판 위에 서 있는 모습을 목격했다. 이미 몇 시간째 그 상태로 있었던 거였다. 몇 번이나 발판을 발로 차려고 했지만 도무지 할 수 없었던 앨리스는 두려움과 피로감에 지쳐 두 다리를 덜덜 떨고 있었다. 앨리스는 이미 유서도 써두었다. 유서는 다락방 바닥에 놓여 있었다.

이모젠은 유서 내용을 외우고 있었다. 내게 얼마나 힘든 선택이었는지 너도 잘 알 거야. 네 탓이 아니야. 내가 널 더 이상 사랑하지 않아서도 아니야. 그저 더 이상은 이런 이중생활을 지속할 수가 없어. 이별 편지가 아니라 앨리스의 유서였다. 이모젠이 그날 입었던 후드 티 주머니에 넣어둔 것이었다. 처음 이모젠은 엄마를 발판에서 내려오게 하려고 했다. 엄마를 말리려고 했다. 하지만 앨리스는 이미 마음의 결정을 내린 상태였다. 다만 실행할 수가 없을 뿐이었다. 나 좀 도와줘, 이모젠. 이모젠에게 사정했다.

이모젠이 내 두 눈을 똑바로 바라보며 말했다.

"그 망할 놈의 발판을 내가 뺐어요. 괴로웠죠. 그래도 눈을 감고 이를 악물고 발판을 뺐어요. 그리고 도망쳤어요. 태어나서 그렇게 빨리 달려본 적이 없을 만큼 정신없이 뛰었어요. 내 방으로 들어왔어요. 망할 놈의 베개로 머리를 가렸어요. 엄마가 죽어가는 소리를 듣지 않으려고 나는 미친 듯이 비명을 질렀어요."

아이의 이야기를 듣고 숨을 가다듬었다. 엄밀히 말해 자살은 아니었지만 또한 내가 생각했던 것처럼 끔찍한 살인도 아니었다. 의사가 불치병 환자의 요청에 따라 치사량의 수면제를 투여해 안락사를 돕는 것과 유사한, 일종의 조력자살이었다.

나는 의사로서 그런 일은 해본 적이 없다. 내 소명은 사람들의 목숨을 구하는 것이지, 죽음에 이르게 하는 것이 아니었다. 나는 놀라 입을 벌린 채로 이모젠을 바라봤다. 도대체 누가 감히 그런 일을 할 수 있을까? 목을 매고 있는 사람의 발판을 치우는 일이 어떤 의미인지 뻔히 알면서도 도대체 그런 일을 어떻게 할 수 있을까?

이모젠이 한 일은 분명 아무나 할 수 있는 일이 아니다. 결과를 생각하지 않고 충동적으로 행동하는 사람만이 할 수 있는 일이다. 발판을 없앨 시간에 차라리 경찰에 도움을 요청할 수도 있었다. 혹은 엄마의 목에 걸린 밧줄을 잘라내는 것도 충분히 가능했다.

내 앞에 선 이모젠은 온몸을 바들바들 떨며 울고 있었다. 이 아이가 무엇을 보고 겪었을지 감히 상상조차 어려웠다. 겨우 열여섯 살인 아이에게 그런 일을 겪게 하다니. 앨리스는 정말 한심한 엄마였다. 이모젠도 또한 한심한 아이이고.

"당시에는 네가 할 수 있는 일을 한 것뿐이야."

이모젠에게 위로가 필요할 것 같아 거짓말을 했다. 주춤하며 이모젠에게 손을 뻗었고, 아주 잠깐은 아이가 내 손길을 피하지 않았다. 아주 잠깐에 지나지 않았다.

조심스럽게 팔을 두르고 이모젠을 안으려던 순간, 이 아이는 스스로 어쩔 수 없었다고 여기겠지만 그래도 살인자를 안다고 생각하니 오싹해졌다. 하지만 이모젠은 그 일을 후회하고 슬퍼하고 있다. 이모젠이 분노 외에 다른 감정을 드러내는 것은 처음이었다. 한번도 본 적 없는 모습이었다.

그러나 이내, 예상했던 대로, 마치 내 속마음을 다 안다는 듯 이모젠이 갑자기 몸을 꼿꼿이 세웠다. 그러고는 눈가를 소매로 거칠게 닦아냈다. 텅 빈 두 눈과 냉담한 표정이 돌아왔다.

이모젠이 갑자기 내 어깨를 밀쳤다. 어딜 보나 살짝 민 것과는 거리가 멀었다. 거칠고 적대적인 손길이었다. 이모젠이 세게 미는 바람에 어깨 쪽, 쇄골과 가슴뼈 사이 오목하게 들어가는 부분이 저릿했다. 나는 한 걸음 물러서다 바위에 다리가 걸려 넘어졌다.

"내 몸에 한 번만 더 손대봐. 엄마에게 한 것 그대로 그쪽한테도 해줄 테니까."

이모젠이 말했다.

바위가 제법 커 균형을 잃고 눈에 젖은 땅에 엉덩방아를 찧었다. 숨이 막혔다. 나를 내려다보고 있는 이모젠을 향해 아무 말도 하지 못한 채 그저 바라봤다. 아무 말도 할 수 없었다.

이모젠이 바닥에 떨어진 나뭇가지를 주웠다. 나뭇가지를 손에 쥔 채로 나를 공격할 듯이 달려들었다. 나는 본능적으로 팔을 올려 머리를 감쌌다.

하지만 이번에는 이모젠이 움직임을 멈췄다. 이모젠은 나뭇가지를 휘두르는 대신 땅이 울릴 정도로 크게 고함을 질렀다.

"꺼져!"

나는 몸을 일으켰다. 이모젠에게 등을 보이기가 두려웠지만 몸을 돌려 걸음을 재촉했다. 이모젠이 내 등에 대고 정신병자라고 소리쳤다. 차에 남겼던 살인 협박만으로는 부족하다는 듯이 말이다.

세이디

집 앞 도로를 지나 언덕길을 오르니 저녁 시간이었다. 이모젠을 묘지에 두고 혼자 온 것이 몇 시간 전의 일이다. 그때만 해도 이른 오후였지만 벌써 밤이 되었다. 하늘이 어두워졌다. 나도 모르는 새 시간이 훌쩍 지나 있었다. 부재중 전화 두 통은 모두 윌이었고, 내가 어디에 있는지 묻는 음성메시지가 남아 있었다. 직접 만나 오늘 있었던 일을 윌에게 말해줄 생각이었다. 내가 묘지에서 무슨 이야기를 들었는지. 다만 전부 다 이야기하진 않기로 했다. 내가 낯선 여자의 열쇠를 훔쳐 집에 몰래 들어간 것을 안다면 윌이 날 어떻게 생각할까 걱정되었다.

비어 있는 옆집을 지나치며 흘낏 쳐다봤다. 불이 꺼져 있었다. 불이 들어오려면 좀 더 있어야 했다. 다른 집 앞은 눈을 모두 쓸어낸 데 반해 그 집 진입로에는 눈이 쌓여 있었다. 현재 아무도 살지 않는 것이 너무 티가 났다.

집 안을 직접 확인하고 싶다는 갑작스런 충동에 사로잡혔다. 지금 누가 그 집에 있다는 의심이 들어서는 아니었다. 다만 한 가지가 자꾸 마음에 걸렸다. 외지인이 이 섬으로 들어와 한밤중에 모건을 살해했다면, 본토로 나가는 배가 없을 시간이니 분명 섬 어딘가에서 하룻밤을 보내야 했다. 그렇다면 아무도 모르는 빈집보다 더 좋은 장소가 어디 있을까.

차를 우리 집 앞에 세우고 조심스럽게 눈 쌓인 잔디밭을 가로지르는 지금, 내가 찾고 싶은 것은 범인이 아니었다. 누군가 그곳에 머문 흔적이었다.

지켜보는 사람은 없는지, 내가 이곳에 있다는 것을 아는 사람은 없는지 주변을 살피며 걸었다. 눈 위에 발자국이 나 있어 그 위를 밟았다.

옆집은 아담한 단층집이었다. 현관으로 가 노크를 먼저 했다. 누가 있을 거라고 생각해서는 아니지만 확인조차 하지 않는다면 어리석은 일이다. 아무런 인기척도 들리지 않았다. 현관에 난 창에 얼굴을 대고 안을 살폈다. 눈에 띄는 것은 없었다. 가구마다 비닐이 씌워져 있을 뿐 평범한 거실이었다.

집 주변을 한 바퀴 돌았다. 나도 내가 뭘 찾고 있는지 알 수가 없었다. 하지만 뭔가를 찾고 있었다. 아마도 집 안으로 들어갈 방법인 듯했다. 아니나 다를까 약간의 탐색과 몇 번의 시도 끝에 희망이 사라져가던 중, 입구를 찾았다.

집 뒤편 지하실 창문 앞에 우물처럼 땅을 깊게 파 설치한 윈도우 웰 덮개에 잠금장치가 보이지 않았다. 덮개를 살짝 들어보니 쉽게 열렸다. 위에 쌓인 눈을 털어냈다. 덮개를 떼어 옆에 내려놓는데 손이 덜덜 떨렸다. 조심스럽게 윈도우 웰 안으로 몸을 우겨 넣었다. 공간이 비좁았다. 지하실 창문으로 들어가려면 몸을 이상한 자세로 꼬아야만 했다. 가까이서 보니 창문 밖에 설치된 방충망이 찢어져 있었다. 구멍 정도가 아니라 사람 하나는 들고 날 정도로 크게 찢어졌다. 방충망 사이로 손을 넣으면서도 내심 당연히 잠겨 있겠지, 이렇게 쉬울 리가 없지 했으나 놀랍게도 창문이 열렸다. 지하실 창문이 잠겨 있지 않았다.

겨울 동안 내내 집을 비우면서 어떻게 이렇게 허술하게 두고 떠날 수가 있을까?

발부터 창문으로 밀어 넣어 몸을 통과시켰다. 어정쩡한 자세로 간신히 캄캄한 지하실에 진입했다. 두 발이 콘크리트 바닥에 닿는 순간 머리가 거미줄에 스쳤다. 머리카락에 거미줄이 붙었지만 그걸 신경 쓸 때가 아니었다. 한낱 거미줄보다 내가 두려워해야 할 것이 너무 많았다. 지하실에 아무도 없는지 둘러보는 내내 심장이 쿵쾅거렸다.

아무도 없는 것 같았다. 하지만 너무 어두워 확신할 수는 없었다. 천천히 걸음을 옮겨 지하실을 가로지르자 1층으로 이어지는 마감이 덜 된 계단이 나왔다. 소리를 내지 않기 위해 한 발짝씩 아주 천천히 움직이며 계단을 올랐다. 계단 맨 위 칸에 이르자 문손잡이가 만져졌다. 땀에 젖은 손이 바들바들 떨렸고, 왜 이 집에 들어오려 했을까 갑자기 후회스러웠다. 하지만 여기까지 와버렸다. 이제 와 나갈 수는 없는 노릇이었다. 마음을 굳게 먹었다.

손잡이를 돌려 문을 열고 1층으로 발을 내딛었다. 두려웠다. 정말 누군가 있을지도 모른다. 누가 들을까 봐 소리도 낼 수 없었다. 하지만 조심스럽게 걸음을 옮기던 내 눈앞에 펼쳐진 현실은 상상과 달랐다. 아무도 없었다. 하지만 누군가 생활한 흔적은 분명 있었다. 바깥도, 집 안도 어두워 핸드폰 플래시를 켰다. 거실에 자리한 비닐을 씌운 의자에는 누군가 앉았던 자국이 있었다. 피아노 의자도 나와 있고, 보면대에는 악보도 있었다. 커피 테이블에는 음식 부스러기가 보였다.

단층집이었다. 발소리를 죽이려 까치발을 들고 어두운 복도를 따라 걸음을 옮겼다. 이산화탄소가 폐에 가득 차 더 이상 참을 수 없을 때에만 짧게, 살짝 숨을 쉬었다.

첫 번째 방에 다다르자 핸드폰 불빛으로 방 네 면을 차례대로 비추었다. 크기가 작은 침실을 재봉 작업실로 쓰고 있었다. 이 집에 재봉사가 사는 것 같았다.

바로 옆, 작은 침실에는 화려한 앤틱 가구가 가득 들어차 있었고, 하나같이 비닐로 덮여 있었다. 고급스러워 보이는 두툼한 카펫이 바닥에 깔려 있었다. 발아래 푹신한 카펫이 느껴지자 신발을 신고 들어온 것이 지금껏 저지른 잘못 중에 가장 나쁜 일인 양 양심의 가책이 느껴졌다. 이미 무단침입까지 한 주제에 말이다.

세 번째로 들어간 방은 지금껏 본 중 가장 넓은 메인 침실이었다. 앞의 두 방과 비교하면 눈에 띄게 널찍했다. 하지만 방에 들어서며 흠칫했던 이유는 따로 있었다. 해가 저물고 있었다. 창을 통해 어슴푸레한 푸른빛이 방 안을 물들였다. 해가 조금씩 물러가며 하늘이 푸르스름한 빛을 띠고 온 세상을 파랗게 물들이는 시간, 블루 아워였다.

플래시로 방을 비추었다. 천장에 야자나무 잎 모양을 한 팬이 달려 있었다. 우물천장 형태였다. 전에 본 적 있는 곳이다. 꿈속에서 봤던 방이다. 꿈에서 나는 팬 아래 있는 이 침대, 어쩌면 이것과 비슷한 모양의 침대 위, 지금도 있는 오목하게 파인 바로 저 자리에 누워 더위에 땀을 흘리고 있었다. 천장을 올려다보며 팬이 작동하길, 시원한 바람으로 열을 식혀주길 바랐다. 하지만 끝내 팬은 움직이지 않았고, 어느새 나는 침대 옆에 서서 잠이 든 내 모습을 지켜보고 있었다.

다른 가구와 달리 이 침대에는 비닐이 씌워져 있지 않았다. 침대 전체를 덮고 있어야 할 비닐 커버가 벗겨진 채 침대 한쪽 끝에 수북하게 쌓여 있었다.

누군가 이 침대를 쓰고 있다.

누군가 이 집에 있었다.

나갈 때는 굳이 지하실 창문을 거치지 않았다. 현관으로 곧장 직행했다. 바깥으로 나가 문을 닫자 거실 불이 들어왔다. 집으로 달려가며 그 천장도, 침대도, 팬도 내가 꿈에서 본 것과 분명 다른 것이라고 애써 생각했다. 비슷하긴 했지만 똑같지는 않다고. 꿈에서의 일은 순식간에 지나가기 때문에 잠에서 깨기 훨씬 전에 세세한 부분은 이미 다 잊히기 마련이니까. 게다가 아까 집 안이 너무 어두웠다. 천장과 팬을 제대로 살펴보지 못했다. 그러나 한 가지 확실한 점은 침대 비닐 커버가 벗겨져 있었다는 사실이다. 집주인이 다른 가구들처럼 침대에도 분명 커버를 씌웠을 것이다. 하지만 누군가 벗겨냈다.

우리 집 마당에 들어서자마자 핸드폰을 꺼냈다. 방전 직전이었다. 배터리가 겨우 2퍼센트 남아 있었다. 버그 경관에게 전화를 걸었다. 그러면 지문을 채취해 그곳에 누가 있었는지 밝힐 수 있을 것이다. 어쩌면 모건을 살해한 범인을 잡을 수 있을지도 모른다.

배터리가 완전히 방전되기 전까지 1, 2분 정도 시간이 있었다. 전화를 걸었지만 음성 사서함으로 넘어갔다. 짧게 메시지를 남겼다. 내게 전화를 달라고 했다. 이유는 말하지 않았다. 음성 메시지를 마치기도 전에 핸드폰이 꺼져버렸다.

방전된 핸드폰을 코트 주머니에 넣었다. 진입로를 가로질러 현관으로 향했다. 집 바깥이 어두웠다. 윌이 나를 위해 현관 등을 켜놓는 것을 잊은 모양이었다. 집 안에는 불이 켜져 있었지만, 내가 서 있는 곳에서는 아이들이 보이지 않았다.

집을 바라보자 무언가 따뜻함이 느껴졌다. 연통으로 나오는 보일러 연기가 어두운 하늘을 뿌옇게 물들였다. 바깥은 바람이 불고 추운 날씨였다. 지난 며칠간 내려 쌓인 눈이 바람에 날려 진입로와 거리에 눈발이 흩날렸다. 하늘이 맑았다. 오늘 저녁은 눈이 올 기미가 없었지만, 일기예보에서는 내일 늦게 폭설이 내릴 거라고 호들갑을 떨었다. 올겨울 첫 폭설 소식이었다.

등 뒤쪽에서 나는 소리에 심장이 멎을 듯 놀랐다. 무언가 땅에 긁히는, 귀에 상당히 거슬리는 소리였다. 현관까지 채 열 걸음도 남지 않았다. 몸을 돌려 뒤를 살폈지만 아무것도 보이지 않았다. 이내 큰 나무에 가려져 있던 남자가 모습을 드러냈다. 눈삽을 바닥에 끌며 한 남자가 천천히 거리로 걸어 나오고 있었다. 소리의 정체는 눈삽이었다. 콘크리트 바닥에 쇠가 긁히는 소리. 그는 장갑을 낀 손으로 삽의 손잡이를 잡고 날을 바닥에 끌었다. 제프리 베인스였다.

윌은 저녁 식사를 준비하고 있을 터였다. 주방은 집 깊숙한 안쪽에 자리하고 있다. 따라서 내가 비명을 질러도 윌은 아마 듣지 못할 것이다.

진입로 입구에서 제프리가 방향을 틀어 내게 다가왔다. 어딘가 초췌해 보이는 모습이었다. 머리가 엉망으로 뻗쳐 있었다. 다크서클이 내려앉은 두 눈은 벌겋게 부어 있었고 눈곱도 보였다. 안경도 쓰지 않았다. 추도식에서 봤던 단정하고 점잖은 남자는 온데간데없었다. 몰골이 말이 아니었다.

내 시선이 삽으로 향했다. 쓸모가 많아 보이는 도구였다. 내 머리를 내려쳐 죽이는 것뿐 아니라 나를 땅속에 묻을 때도 쓸 수 있으니 삽 하나로 두 가지를 해결하는 셈이었다.

추도식에서 코트니와 함께 있는 모습을 내가 엿봤다는 것을 알게 된 걸까? 아니면 내가 코트니 집에 몰래 들어간 일을 들킨 걸까?

갑자기 공포가 몰려왔다. 코트니 집에 CCTV가 있었으면 어떡하지? 초인종에 카메라가 달려 집주인이 없을 때 누가 집을 오갔는지 볼 수 있는 그런 것도 있던데, 설마?

"제프리."

몸을 살짝 뒤로 물렸다. 끔찍한 상상을 머리에서 떨쳐내려 했다. 제프리가 나를 찾아올 만한 이유는 얼마든지 있다. 지금 내가 생각하는 그것 말고도 내게 찾아올 용건은 수없이 많다.

"집에 와 계시네요."

그의 집이 더는 범죄 현장으로 통제되고 있지 않다는 것을 떠올렸다. 제프리는 나의 두려움을 느끼고 있었다. 그는 내 목소리에서, 몸짓에서 두려움을 감지했다. 티 나지 않게 조금씩 뒤로 물러났다. 미약한 움직임이었지만 그의 시선이 아래로 향했다. 내가 뒷걸음질 치는 것을 봤다. 개들처럼 그는 내게서 공포의 냄새를 맡았다.

"집 앞에 눈을 치우다가 차가 들어오는 게 보여서요."

그의 말에 '아' 하는 탄성이 새어 나왔다. 내가 차를 세운 것이 15분, 20분쯤이었으니 어쩌면 그는 내가 옆집에 무단으로 침입하는 모습을 봤을 수도 있다. 버그 경관에게 음성메시지를 남긴 것도 들었을 것이다.

"따님은 어디 있어요?"

그에게 물었다.

"집에서 장난감 가지고 노느라 바쁘죠."

그가 말했다. 건너편 제프리의 집을 바라보니 2층 창문에 불이 들어와 있었다. 열린 커튼 사이로 환한 침실이 보였다. 어린

아이가 목말을 태운 것처럼 곰 인형을 어깨에 올린 채 방 안을 뛰어다니고 있었다. 아이가 혼자서 큭큭거리며 웃다 곰 인형을 쳐다보며 또 한 번 웃었다. 그 모습을 보니 불안감이 한층 더해졌다. 아이가 모건과 잘 지내지 못했다고 제프리가 했던 말이 떠올랐다.

새엄마가 죽어서 좋은 걸까? 이제 혼자서만 아빠를 차지하게 돼서?

"아이에게 금방 오겠다고 말하고 나온 거였습니다. 지금 혹시 바쁘신가요?"

제프리는 장갑 낀 손으로 머리를 쓸어 넘겼다. 장갑은 꼈지만 모자는 쓰지 않았다. 삽으로 눈을 퍼내려 나왔으면서 모자를 쓰지 않았다니. 혹시 손이 시려서 장갑을 낀 게 아니라 다른 의도가 있는 걸까?

"월이 기다리고 있어요."

뒤로 약간 물러나며 말했다.

"애들도 그렇고요. 제가 집을 온종일 비웠거든요."

한심한 핑계를 대었다는 생각에 뒤이어 좀 더 구체적이고 명확한 이유를 대야 했다는 후회가 밀려들었다. 저녁을 먹으려던 참이에요, 같은 것.

정작 나는 어설픈 핑계만 주워삼킨 반면 제프리는 상당히 단호하게 말했다.

"남편분은 지금 집에 없습니다."

"집에 있어요."

이렇게 말은 했지만 고개를 돌려 어둠 속에서 집을 바라보니 인기척도 없을뿐더러 윌의 차가 없다는 생각이 번뜩 들었다. 차를 세우면서도 왜 윌의 차가 없다는 것을 몰랐을까? 집에 도착했을 당시, 다른 데 정신이 팔려 미처 신경 쓸 겨를이 없었다.

주머니에 손을 넣었다. 윌에게 전화를 해 어디에 있는지 알아봐야겠다. 지금 당장 집으로 와달라고 부탁해야겠다. 하지만 아무런 반응도 없던 새까만 화면이 떠올랐다. 핸드폰은 방전이었다.

얼굴이 새하얗게 질린 모양이었다. 제프리가 물었다.

"괜찮아요, 세이디?"

감당할 수 없는 공포심에 눈물이 차올랐지만, 간신히 참았다. 마른 침을 삼키며 말했다.

"네, 그럼요. 괜찮아요."

거짓말에 이어 몇 마디 덧붙였다.

"제가 오늘 좀 정신없이 바빴거든요. 그래서 깜빡했네요. 친구 집에 들러 윌이 아이를 데려오기로 했어요. 저기 모퉁이 돌면 있는 집이요."

뒤쪽 어딘가를 대충 가리키며 제프리가 윌이 근처에 있다고 생각하길 바랐다. 몇 분이면 오가는 거리에 있다고. 윌이 곧 온다고 생각하길 바랐다.

제프리에게 말했다.

"집에 들어가 봐야겠어요. 저녁을 준비해야 해서…… 만나서 반가웠어요."

말은 이렇게 했지만 그에게 등을 보이고 싶지 않았다. 하지만 달리 방법이 없었다. 얼른 집 안으로 들어가 문을 걸어 잠그고 싶었다. 개들이 짖는 소리가 들렸다. 현관 옆에 난 창으로 개들의 얼굴이 보였다. 하지만 집 안에 갇혀 있는 터라 내게 문제가 생겨도 도와줄 수는 없었다.

숨을 죽이고 몸을 돌렸다. 커다란 삽이 내 뒤통수를 내리칠 때 전해질 끔찍한 고통에 대비해 이를 꽉 물었다.

한 발짝 떼기도 전에 장갑을 낀 투박한 손이 내 어깨를 잡았다.

"그 전에 뭣 좀 물어볼 게 있습니다."

낮게 깔린 목소리가 울렸다. 소름이 끼쳤다. 골반에 힘이 풀리는 느낌이었다. 이어 소변이 찔끔 새어 나왔다. 마지못해 고개를 돌리자 삽 머리가 땅을 향해 있는 것이 보였다. 제프리가 지팡이처럼 삽에 기댄 채 장갑을 한 번씩 당겨 손에 꼭 맞게 매만지고 있었다.

"네?"

떨리는 목소리로 그에게 물었다.

어디선가 수풀 이곳저곳을 비추는 헤드라이트 불빛이 보였다. 하지만 먼 곳에 있던 차는 우리 쪽으로 오는 대신 다른 곳으로 방향을 틀었다.

도대체 윌은 어디 있는 걸까?

제프리는 죽은 아내에 대해 물어볼 것이 있어 나를 찾아왔다고 했다.

"무슨 일 때문인지⋯⋯?"

성대가 떨리는 것이 느껴졌다.

그가 모건에 대한 이야기를 꺼낼 때부터 뭔가 달라 보였다. 자세가 달라졌다. 모건을 입에 올리며 목이 메는 듯 보였다. 눈물을 떨군 것은 아니지만 눈가가 촉촉해졌다. 달빛에, 눈빛에 반사된 그의 두 눈이 반짝였다.

"모건에게 고민이 있는 것 같았습니다. 그 일로 괴로워했어요. 겁을 먹은 것 같기도 했고요. 제게는 끝내 말하지 않았습니다. 혹시 모건에게 뭐 들으신 것 없으십니까?"

모건에게 어떤 문제가 있었을지는 안 봐도 훤했다. 하지만 내가 먼저 그에게 말을 꺼낼 수는 없는 노릇이었다. 어쩌면 그도 이미 알고 있으면서 순진한 척하는 게 아닐까. 여우같이 교활하게. 나는 모건의 고민이 제프리나 제프리의 전 부인 때문이었을 거라 생각했다. 코트니 집에서 발견한 우편물도, 예배실에서의 고해성사도 증거였다. 하지만 예배실에서 몰래 두 사람의 대화를 엿들었다고, 코트니의 집에 들어가 우편물도 확인했다고 내 입으로 밝힐 수는 없었다.

나는 고개를 저었다.

"모건은 제게 아무 말도 하지 않았어요."

내게 고민을 털어놓을 정도로 가까운 사이가 아니었다는 말은 굳이 하지 않았다. 모건과 사실 전혀 모르는 사이라고도 말하지 않았다. 제프리와 모건이 그리 대화가 많았던 부부가 아닌 것만은 분명했다. 만약 그랬다면 모건과 내가 친구가 아니라는 것쯤은 제프리가 알았을 테니까.

"모건이 겁을 먹었다고 생각하시는 이유가 있나요?"

제프리에게 물었다.

"제가 다니는 회사가 최근에 국제적으로 규모를 확장했습니다. 해외에 자주 가야 했어요. 짧게 말하자면, 여러모로 힘든 일이 많았습니다. 출장을 자주 다니는 것도 힘들었지만, 새로운 언어와 문화를 배우고, 현지에 적응하고, 맡은 업무도 제대로 완수해야 해서 부담이 컸어요. 스트레스를 많이 받고 있었습니다. 왜 이런 이야기까지 하는지는 저도 잘 모르겠지만."

그가 멋쩍어했다. 그의 연약한 속내를 살짝 들여다본 것 같았다. 뭐라고 대꾸해야 할지 몰라 그저 가만히 듣고 있었다. 사실 내게 왜 이런 이야기를 하는지도 이해가 가질 않았다.

제프리가 다시 입을 열었다.

"그러니까 제가 과중한 업무에 시달려 번아웃 상태였습니다. 회사 일에 짓눌려 있었거든요. 최근에는 집에 거의 들어오질 못했어요. 집에 잠깐 있는 날에도 시차 때문에 정신을 못 차렸죠. 한창 그럴 때, 모건에게 무슨 일이 있었던 것 같습니다. 직접 물어보기도 했어요. 하지만 워낙 착하고 남부터 생각하는 사람이라, 제게 말을 안 해줬습니다. 별일 아니라고만 했어요. 저까지 신경 쓰게 하고 싶지는 않았을 겁니다. 저도 물어보긴 했지만."

그의 목소리가 한층 슬퍼졌다.

"하지만 더 끈질기게 물었어야 했나 봅니다."

내 눈앞의 얼굴은 미치광이의 얼굴이 아니었다. 배우자를 잃고 슬퍼하는 한 남자의 얼굴이었다.

"협박 편지가 발견되었다고 뉴스에서 봤어요."

내가 말했다.

"맞습니다. 경찰이 집 안에서 편지를 발견했습니다."

"이런 말씀을 꺼내 죄송하지만. 사실 제가 관여할 자격도 없지만요. 전 부인 말인데요, 새 아내를 얻은 것 때문에 전 부인이 앙심을 품지 않았을까요?"

"코트니가 이런 일을 벌였다고요? 협박 편지를 보내고, 모건을 살해했다고요?"

그는 고개를 저으며 확신에 찬 목소리로 말했다.

"절대, 절대 아닙니다. 성미가 불같은 여자인 것은 맞아요. 경솔하고, 욱하고, 한심한 일을 벌이는 것도 맞습니다."

제프리는 코트니가 아이를 데려가기 위해 저녁에 찾아온 적이 몇 번 있었다고 했다. 코트니가 살았던 집이었던 만큼 제프리와 모건의 집 열쇠를 아직 갖고 있어 거의 성공할 뻔한 적도 있었다. 가족이 모두 잠들자 코트니는 집에 들어와 잠든 아이를 깨웠다. 코트니와 딸아이가 집을 나서는 것을 모건이 발견했다. 코트니는 비행기표를 소지하고 있었고, 어떻게 한 것인지 이미 딸의 여권도 만들어 둔 상태였다. 아이를 데리고 해외로 나갈 계획이었다.

"모건이 모든 양육권을 가져오려고 했어요. 모건은 코트니가 좋은 엄마가 되지 못할 거라고 생각했거든요."

추도식에서의 대화가 다시 귓가에 울렸다.

순간 욱했나 봐. 정말 화가 났었거든. 내 것을 되찾겠다는데 뭐가 잘못됐어? 그 여자가 죽은 것도 아무렇지 않다고.

그런 의미였던 걸까? 어쩌면 범죄를 자백한 것이 아니라 아이를 몰래 데려가려던 날을 회상한 것 같기도 했다.

"엄마에게서 아이를 떼어놓다니……"

말끝을 흐렸다. 엄마에게서 아이를 떼어놓다니 살인의 동기는 충분하다. 하지만 말을 삼켰다. 그저 이렇게 말했다.

"누군가 제 아이들을 제게서 떼어놓으면 전 아마 이성을 잃을 거예요."

제프리는 상당히 확신에 차 있었다.

"코트니는 절대 아닙니다. 그리고 모건이 받은 협박 편지는……."

협박 편지에 적힌 내용을 어떻게 표현해야 할지 모르겠다는 듯 그가 말을 얼버무렸다.

"뭐라고 적혀 있던가요?"

주저하며 물었다. 정말 알고 싶은지는 나도 잘 모르겠다.

제프리는 협박 편지가 총 세 번 왔다고 말했다. 정확한 일자는 모르지만 그중 하나는 언제인지 알 것 같다고 했다. 그는 어느 날 오후, 모건이 우편함으로 가는 모습을 지켜보고 있었다고 했다. 한 달 전쯤 어느 토요일이었다. 제프리는 집에 있었다. 모건이 진입로를 따라 걸어가는 모습을 창문을 통해 바라봤다.

"모건 모르게 저 혼자 그녀를 지켜볼 때가 많았습니다. 무척 아름다운 여자니까요. 계속 지켜보게 돼요."

추억을 회상하며 그가 미소를 지었다.

"예쁘지 않은 곳이 없었어요. 다들 그렇게 생각했을 겁니다."

그녀에게 눈독을 들이던 남자가 많다는 버그 경관의 말이 떠올랐다. 경관은 윌도 그녀를 좋아했다고 말했다.

"네, 사랑스러운 여자였죠."

제프리의 두 눈에 모건을 향한 사랑이 빼곡히 차 있는 걸 보니 그가 달리 보였다.

그날 제프리는 모건이 허리를 굽힌 채 우편함에 손을 넣어 우편물을 꺼내고, 하나씩 넘겨보며 길게 난 진입로를 따라 되돌아오는 모습을 지켜봤다. 진입로 중간쯤에 이르자 모건이 갑자기 걸음을 멈추었다. 그녀는 손으로 입을 막았다. 집에 들어왔을 때는 모건의 얼굴이 창백하게 질려 있었다고 했다. 떨리는 몸으로 문 앞에서 제프리를 스쳐 지나갔다. 제프리가 무슨 일이냐고, 우편물에 이상한 게 있었냐고 묻자, 모건은 그냥 고지서들뿐이고, 보험 회사에서 얼마 전에 다녀온 병원 진료비를 부담해주지 않았다고만 말했다. 두 사람이 지불해야 할 비용이 터무니없이 많이 나와서 그런 거라고 했다. 보험 처리를 해줘야지. 모건은 우편물을 손에 쥔 채 계단을 오르며 화를 냈다.

어디 가는 거야? 제프리는 모건의 뒤를 따랐다.

보험 회사에 전화하려고. 하지만 모건은 침실로 들어가 문을 닫았다고 했다.

그날 이후로 모건이 변했다. 딱히 꼬집어 말할 수는 없지만 묘하게 달라졌다고 했다. 다른 사람들은 아마 느끼지 못했을 정도로 미묘하게. 해가 지면 곧장 커튼을 닫는 습관이 생겼다고 했다. 전과 달리 초조하고 불안한 기색도 보였다.

경찰은 제프리와 모건이 쓰던 침대 매트리스 아래에서 세 통의 협박 편지를 찾았다. 모건이 제프리의 눈에 띄지 않게 그곳에 숨겨놓은 것이었다. 어떤 편지였냐고 묻자 제프리가 털어놓았다.

넌 아무것도 몰라.

입 뻥끗하면 넌 죽은 목숨이야.

내가 항상 지켜보고 있다고.

등줄기로 소름이 돋았다. 길가에 자리한 주변 집들의 창문을 눈으로 훑었다.

지금 누군가 우리를 지켜보고 있는 건 아닐까?

"모건과 전 부인이 잘 지냈나요?"

이렇게 묻긴 했지만 편지 내용은 누가 봐도 화가 난 전 부인이 쓴 게 아니었다. 아이를 되찾으려는 여자가 쓸 법한 내용이 아니었다. 또 아내의 사망으로 보험금 수령을 노리는 남편이 쓴 협박 편지도 아니었다. 다른 무언가가 있다. 지금껏 내가 잘못 짚었다.

"확실히 말씀드릴 수 있습니다."

제프리는 감정이 격해져 있었다. 아내의 추도식에서 여유로운 미소를 지으며 서 있던 남자는 찾아볼 수 없었다. 그는 동요하고 있었다. 호소하듯 내게 다시 한번 강조했다.

"코트니는 이 사건과 아무 연관이 없습니다. 다른 누군가 제 아내를 협박했어요. 누군가 제 아내가 죽길 바랐습니다."

이제야 그의 말을 이해할 수 있었다.

세이디

"맥앤치즈 만드느라 남은 우유를 다 썼거든."

내가 집에 들어오고 몇 분 지나지 않아 윌이 들어오며 말했다. 테이트와 함께였다. 현관에서 신나게 뛰어 들어오던 테이트는 윌에게 20까지 세고 자기를 찾으라고 말했다. 윌이 장을 봐 온 물건을 정리하는 사이 테이트가 급히 몸을 숨겼다.

윌이 내게 윙크를 했다.

"마트에서 얌전히 굴면 집에 가서 숨바꼭질하겠다고 약속했어."

윌은 별것 아닌 일도 재밌는 놀이로 만드는 재주가 있다.

크록 팟(슬로우 쿠커 – 옮긴이)에는 윌의 장기인 마카로니 치즈가 요리 중이었다. 순진하게도 이모젠이 저녁을 함께 먹을 거라고 생각하는지 식탁에는 다섯 명 상차림이 준비되어 있었다. 윌은 막 사온 우유를 꺼내 빈 잔을 차례대로 채웠다.

"오토는?"

내가 묻자 월이 답했다.

"위층에."

"오토는 당신이랑 데이트 나갈 때 같이 안 갔어?"

월이 고개를 저었다.

"우유만 사러 잠깐 나간 거였어."

그제야 월은 집에 들어와 처음으로 제대로 나를 바라봤다.

"왜 그래, 세이디?"

우유를 식탁 가장자리에 올려두고 내게 다가왔다.

"당신 떨고 있잖아."

나를 감싸 안은 월에게 오늘 하루 있었던 일을 모두 털어놓고 싶었다. 답답한 마음을 털어내고 싶었지만 왜인지 입이 떨어지지 않았다.

"아무것도 아냐."

혈당이 떨어져서 그런 것 같다고 둘러댔다. 나중에, 데이트가 바로 옆에 숨어 아빠가 찾으러 오기만을 기다리지 않을 때, 그때 이야기를 하면 된다.

"점심을 못 먹었거든."

"자꾸 그렇게 끼니를 거르면 안 돼, 세이디."

그가 슬쩍 나무랐다. 월이 식료품 보관장에서 쿠키를 꺼내 내게 건넸다.

"애들한테는 비밀이야. 저녁 먹기 전에는 간식 금지라고. 단 거 먹으면 밥맛이 떨어지니까."

그간 우리 부부가 겪었던 수많은 갈등에도 불구하고 나도 마주 미소 지을 수밖에 없었다. 내가 아는 월, 내가 사랑에 빠졌던 월의 모습이 그대로 남아 있었으니까. 잠시 그를 바라봤다. 정말 잘생긴 남자였다. 긴 머리를 뒤로 넘겨 묶은 덕분에 조각 같은 턱선, 날카롭게 다듬어진 뺨, 매력적인 두 눈이 도드라졌다.

하지만 그 순간 월이 모건에게 관심이 있었다는 버그 경관의 말이 떠올랐고, 갑자기 그게 사실인지 궁금했다. 내 얼굴에서 미소가 사라졌고, 그를 보며 설렌 것이 후회스러웠다.

내가 냉정한 편이라는 것은 나도 알고 있다. 얼음장 같을 때도 있다. 몇 번 들었던 말이다. 내가 월을 다른 여자의 품으로 밀어 넣은 장본인이 아니었을까 하는 생각을 한 적도 있다. 좀 더 다정다감하고, 세심하고, 남편에게 기댈 줄 아는 여자였다면. 더욱 행복한 여자였다면 어땠을까. 하지만 내 안에는 평생 동안 벗어날 수 없는 슬픔이 자리하고 있었다.

열두 살 때 아빠는 내가 변덕이 심하다고 혼을 냈다. 말할 수 없이 행복해하다가도 한순간에 기분이 나락으로 치달았다. 아빠는 내가 사춘기를 앞둔 탓이라고 했다. 또래의 아이들처럼 나도 다양한 옷차림을 시도해보았다. 내가 어떤 사람인지 정체성을 찾아가느라 혼란스러웠다. 아빠의 말에 따르면 내가 '세이디'라는 이름이 끔찍하니까 그 이름으로 부르지 말라고 소리를 친 적도 몇 번 있다고 했다. 나는 이름을 바꾸고 내가 아닌 다른 사람이 되고 싶었다. 삐뚤어진 행동을 할 때도 있었고, 착하게 굴 때도 있었다. 활발하게 사람들과 어울릴 때도 있었고, 낯을 가릴 때도 있었다. 학교에서 괴롭힘을 당하기도 했지만 다른 학생을 괴롭히는 주동자가 되기도 했다.

그냥 10대의 반항 정도였을 것이다. 자아를 발견해가는 과정이었다. 호르몬 영향 때문일 수도 있다. 하지만 당시 나를 담당했던 정신과 의사의 생각은 달랐다. 의사는 내게 양극성 장애 진단을 내렸다. 신경안정제, 항우울제, 항정신성 약물을 처방받았다. 하지만 약을 먹어도 전혀 좋아지지 않았다. 시간이 흘러 월을 만나 결혼을 하고 내 가정과 커리어를 꾸려가면서 안정되었다.

테이트가 큰 소리로 아빠를 불렀다.

"아빠! 나 찾아 봐."

월은 테이트에게 가기 전, 내게 천천히 입을 맞추었다. 나는 고개를 돌리지 않았다. 지금만큼은 그가 하는 대로 받아주었다. 월이 두 손으로 내 얼굴을 감쌌다. 부드러운 그의 입술이 내 입술에 닿자 아주 오랫동안 느끼지 못했던 감정이 되살아나는 것 같았다. 월이 키스를 멈추지 않길 바랐다. 하지만 테이트가 다시 한번 아빠를 불렀고, 월은 주방을 나섰다.

나는 옷을 갈아입으려 위층으로 향했다. 침실에 홀로 서서 한 번도 가본 적이 없는 장소가 꿈에 나타나는 게 가능한지 궁금해졌다. 인터넷 검색을 시작했다. 장소에 관련된 답변은 찾기 어려웠다. 하지만 사람 얼굴에 대한 내용은 있었다. 인터넷에 나오기로는 꿈속에 등장하는 사람은 전부 우리가 현실에서 실제로 봤던 사람이라고 했다.

전화를 한 지 벌써 한 시간이 넘었지만 버그 경관은 깜깜무
소식이었다.

잠옷으로 갈아입었다. 입고 있던 옷은 세탁 바구니에 넣었다.
세탁물이 가득 찬 바구니를 보며, 윌이 집안일을 도맡아하고 있
는데, 빨래 한 번 정도는 내가 해야겠다는 생각이 들었다. 지금
은 너무 피곤해서 엄두가 안 났고, 내일 아침 출근 전에 세탁기
를 돌리기로 마음먹었다.

다 같이 저녁을 먹었다. 예상했다시피 이모젠은 오지 않았다.
나는 입맛이 없어 음식을 깨작거렸다.

"무슨 생각해?"

저녁이 다 끝나갈 때쯤 윌이 내게 물었고, 그제야 식사 내내
멍하니 허공만 바라보고 있었다는 것을 깨달았다. 나는 미안하
다고 말하고 피곤하다는 핑계를 댔다.

윌이 설거지를 시작했다. 테이트는 TV를 보러 갔다. 오토는
느릿한 걸음으로 주방에서 나가 위층으로 올라갔다. 주방에서
도 오토가 방문을 닫는 소리가 들렸고, 두 아이 모두 멀리 있는
지금이야말로 오늘 묘지에서 있었던 이모젠과의 대화를 윌에
게 털어놓을 때라고 생각했다. 망설이지 않았다. 망설이다간 아
예 말을 꺼내지 못할 것 같았다. 윌이 어떻게 반응할지 예상이
안 되었다.

"오늘 이모젠을 만났어."

좀 더 자세히 설명했다. 학교에서 전화가 왔었고, 이모젠이
보낸 사진을 보고 묘지에 갔다고. 아이가 약병을 가지고 있었다

는 말도 했다. 빙빙 돌려 말하지 않았다.

"이모젠은 흥분하긴 했지만 그래도 솔직한 모습을 보여주었어. 둘이서 대화도 좀 나누었고. 월, 이모젠이 엄마 발밑에서 발판을 뺐다고 털어놨어. 이모젠이 그런 짓만 안 했어도 앨리스는 아직 살아 있었을 거야."

월에게 말했다. 고자질쟁이가 된 것 같은 기분이 들었지만 월과 공유하는 것이 내 의무이고 책임이었다. 이모젠은 정서적으로 상당히 불안한 상태이다. 누군가의 도움이 필요하다. 그 아이에게 필요한 도움을 줄 방법을 찾으려면 우선 월이 모든 상황을 정확하게 알아야 했다.

월이 갑자기 움직임을 멈췄다. 내게 등을 보인 채로 싱크대에서 있었다. 순간 월의 몸이 뻣뻣하게 굳었다. 젖은 손에서 그릇이 미끄러져 싱크대로 떨어졌다. 깨지지는 않았지만 그릇이 싱크대에 부딪히는 소리가 제법 컸다. 소리에 놀라 나는 몸을 움찔했다. 월이 거친 말을 내뱉었다.

얼마간의 정적 끝에 나는 사과의 말을 전했다.

"미안해, 월. 정말 유감이야."

그의 어깨에 손을 올렸다.

월이 싱크대 물을 잠그고 뒤를 돌아 나를 마주 보며 수건으로 손을 닦았다. 미간을 찌푸린 채 얼굴이 굳어 있었다.

"당신한테 헛소리한 거야."

그가 단호하게 말했다. 그는 현실을 부정하고 있었다.

"당신이 어떻게 알아?"

월에게 물었다. 이모젠이 내게 한 말이 진실이라는 것은 누구보다 내가 잘 안다. 내가 그 자리에 있었으니까. 내 두 귀로 똑똑히 들었으니까.

"그런 짓을 하지 않았을 거야."

이모젠이 엄마가 죽는 것을 나서서 도왔을 리가 없다는 뜻이었다. 이모젠이 그렇게 했다는 것을 믿고 싶지 않다는 거겠지.

"어떻게 그렇게 자신할 수 있어?"

우리는 이모젠이 어떤 아이인지 사실 잘 모르지 않냐고 말했다. 이모젠과 함께한 지 겨우 몇 주밖에 되지 않았다. 어떤 아이인지 속속들이 알 수 없다.

"두 사람 서로 감정이 안 좋잖아."

생사가 걸리지 않은 일이라는 듯, 별것 아닌 사소한 일이라는 듯 그가 말했다.

"당신을 자극하려고 일부러 그러는 걸 모르겠어?"

이모젠이 월이나 오토, 테이트와 달리 내게만 이상하게 구는 것은 사실이다. 하지만 그렇다고 해서 달라지는 것은 없었다. 이모젠에게는 월이 모르는 모습이 있다.

오늘 아침, 이모젠의 핸드폰에 담긴 사진에 대해 대화를 나눈 것이 떠올랐다.

"핸드폰 사진 복구할 수 있어?"

그 사진이면 증거는 확실했다. 내가 본 것을 그도 두 눈으로 직접 확인할 수 있다.

그는 고개를 저으며 못 한다고 말했다.

"사진이 있었더라도 다시 살릴 수는 없어."

월이 신중을 기해 고른 단어가 가슴에 와 박혔다. 사진이 있었더라도, 라니. 나와 달리 월은 사진이 있었다는 것조차 믿지 않았다.

"내 말을 믿지 않는구나."

상처 입은 말투로 그에게 물었다.

그는 바로 대답하지 않았다. 입을 떼기 전에 생각을 먼저 정리하는 듯했다.

얼마 뒤, 팔짱을 낀 채 신중한 표정으로 말했다.

"세이디, 당신은 이모젠을 좋아하지 않잖아. 이모젠이 소름 끼친다고도 했어. 당신, 처음부터 메인에 오기 싫어했고, 지금은 이곳을 떠나고 싶어하잖아. 내 생각에는 당신이 이곳을 떠날 이유를 찾는 것 같아."

진심을 교묘히 숨긴 채 듣기 좋은 소리로 에둘러 말하고 있었다. 그의 진심은 이것이었다. 내가 떠날 이유를 지어내고 있다는 것.

나는 손을 들어 그의 말을 막았다. 더 이상 들을 것도 없었다. 내게 중요한 것은 단 하나였다. 월은 나를 믿지 않는다. 나는 몸을 휙 돌려 주방을 나섰다.

세이디

침대에서 뒤척이며 또 하룻밤을 지새웠다. 새벽 5시가 되자 무의미한 싸움을 포기하고 침대에서 조용히 일어났다. 개들이 이른 아침 식사를 기대하며 내 뒤를 따라 나왔다. 문을 나서기 전, 어제 미뤄두었던 세탁을 위해 바구니를 들어 옆구리에 걸쳤다. 복도를 나가 아래층으로 향했다.

맨발로 계단참을 디디는데 무언가 뾰족한 것이 밟혔다. 발바닥이 움푹 들어간 곳이 따끔했다. 세탁 바구니를 무릎에 올리고 주저앉아 바닥에 있는 물건을 살폈다. 어둠 속에서 손안에 든 기분 나쁜 물건을 가늠하며 환한 주방으로 향했다.

손안에는 은 펜던트가 달린 로프 체인 목걸이가 엉켜 있었다. 줄이 끊어진 목걸이는 연결 고리가 아니라 체인 중간이 끊어져 고칠 수가 없었다. 아깝다는 생각이 들었다. 손바닥 위에 펜던트를 올려 살폈지만 아무것도 적혀 있지 않았다.

펜던트를 뒤집었다. M이라고 새겨져 있었다. 누군가의 이니셜인 것 같은데. 누구지?

그녀의 이름이 바로 떠올랐던 것은 아니다. 미셸, 맨디, 매기 같은 이름을 생각했다. 그러다 갑자기 그 이름이 떠올랐고, 누군가에게 얻어맞은 듯 숨이 턱 막혔다.

모건의 M.

주방에 서서 헉하고 숨을 들이켰다. 모건의 목걸이라고? 단정할 수는 없다. 하지만 직감이 그랬다. 왜 이 목걸이가 우리 집에 있을까? 아무리 생각해도 그럴듯한 이유를 찾을 수 없었다. 다만 상상하기조차 두려운 이유라면 있었다.

주방 카운터 위에 목걸이를 올려두고 세탁실로 향했다. 그저 가설일 뿐이라고 생각하려 해도 손이 떨렸다. 모건 베인스가 아니라 미셸의 목걸이일 수도 있었다. 오토가 좋아하는 여학생이 생겨 선물로 주려고 사둔 것일 수도. 그리고 그 아이 이름이 미셸일 수도 있다.

바구니를 뒤집어 세탁물을 바닥에 쏟았다. 흰옷을 따로 분류했다. 양손 가득 빨랫감을 들어 세탁기에 쑤셔 넣었다. 한번에 돌리기에는 너무 많은 양이었지만 빨리 끝내고 싶었다. 머릿속으로 이런저런 생각이 정처 없이 찾아왔고, 무엇보다 내 결혼 생활과 우리 가족을 예전처럼 정상적으로 되돌리고 싶다는 생각이 주를 이루었다. 우리도 한때는 행복했었으니까.

새로운 시작을, 새 출발을 꿈꾸며 메인으로 왔다. 하지만 바람과 달리 이곳으로 이사 온 것이 윌과 나의 결혼 생활, 가족, 우리의 삶에 악영향만 끼쳤다. 다른 어딘가로 떠나야 할 때가 되었다. 시카고도 아닌 완전히 새로운 곳으로. 집을 팔고 이모젠도 함께 가면 된다. 갈 만한 지역을 고민했다. 마음만 먹는다면 갈 곳은 많았다. 윌만 설득할 수 있다면 말이다.

다른 생각에 정신이 팔려 빨래는 신경조차 쓰지 않았다. 기계처럼 손을 움직여 세탁기에 빨래를 우겨 넣고 세탁기 문을 닫았다. 바로 옆 선반에서 세제를 꺼냈다. 그제서야 세탁기에서 빠져나와 바닥에 떨어진 빨랫감이 보였다.

허리를 굽혀 빨랫감을 주워 얼른 세탁기 안에 넣을 생각이었다. 주워든 세탁물을 손에 든 채 몸을 일으키던 그때, 무언가가 시선을 사로잡았다. 처음에는 세탁실이 어두워 내가 잘못 본 줄 알았다. 피가 묻은 수건이라니. 상당히 많은 양의 피가 묻어 있었지만, 내가 잘못 본 게 맞을 거라고 생각했다.

얼룩은 새빨간 색이 아니라 말라붙은 피처럼 갈색에 가까웠다. 그렇지만 피가 맞았다. 분명 피였다. 윌이 면도를 하다가 베었거나 테이트가 넘어져 무릎이 까졌을 수도 있고, 최악의 경우 오토나 이모젠이 자해를 했을 수도 있지만 어떻게 봐도 수건에 묻은 피의 양이 너무 많았다. 상처 부위를 눌러 묻어 나오거나, 흐르는 피를 닦은 정도가 아니라 수건이 피로 흠뻑 젖었다 마른 것 같았다. 뒷면으로 뒤집어보니 뒷면도 피로 물들어 있었다.

힘없이 수건을 놓쳤다. 숨통이 조여오는 느낌이었다. 숨을 쉬기가 어려웠다. 명치를 세게 얻어맞은 듯 숨이 꽉 막혀왔다.

급히 몸을 일으키는 바람에 중력에 의해 체내 혈액이 아래쪽으로 몰렸다. 피가 머리까지 돌지 않았다. 머리가 핑 돌았다. 시야가 흐릿했다. 눈앞에 검은 점들이 떠다녔다. 중심을 잃지 않기 위해 손으로 벽을 짚었다가 천천히 주저앉았다. 바로 옆에 놓인 수건을 보기만 할 뿐 더는 만지지 않았다. DNA 증거가 남아 있을 테니 만져선 안 되었다. 모건의 피, 범인의 지문 그리고 이제는 내 지문도 찍혔을 거다. 이 수건이 어쩌다 우리 집에 있는 건지는 알 수 없다. 누군가 이곳에 가져다 놓은 거겠지. 그럴 만한 사람은 몇 안 된다.

시간이 얼마나 흘렀을까. 얼마 뒤 집 안을 이리저리 뛰어다니는 발소리가 들렸다. 경쾌하고 빠른 이 발소리는 테이트이고, 뒤이어 무거운 발소리는 윌일 것이다. 샤워를 해야 할 시간이었다. 출근 준비를 서둘러야 했다. 침대에 내가 없자 윌이 조용히 내 이름을 부르며 집 안을 살폈다.

"세이디?"

"갈게."

얼른 윌에게 수건을 보여주고 싶은 마음에 급히 대답했지만, 테이트가 윌과 함께 주방에 있다는 생각이 들었다. 프렌치토스트를 해달라고 말하는 테이트의 목소리가 들렸다. 지금은 때가 아니다. 일단은 누구 눈에도 띄지 않게 세탁기 아래에 수건을 숨기기로 했다. 피가 굳어 뻣뻣해진 수건이 종잇장처럼 세탁기 아래 쏙 들어갔다.

게워내고 싶은 속을 다스리며 겨우 몸을 일으켜 주방으로 향했다. 이 집 안에 살인자가 산다니.

"어디 있었어?"

나를 보며 묻는 월에게 달리 할 말이 없었다.

"세탁실."

과호흡과 함께 간신히 한마디를 내뱉자 다시금 눈앞에서 검은 점들이 어른거렸다.

"왜?"

월이 물었고, 나는 빨래가 너무 쌓여서 세탁기를 돌렸다고 말했다.

"당신이 할 필요 없었는데. 내가 하면 됐는데."

월이 냉장고에서 우유와 계란을 꺼내며 말했다. 그냥 두었으면 결국 월이 했을 거라는 것은 나도 안다. 그가 항상 빨래를 도맡아 하니까.

"좀 도와주려고."

내가 말했다.

"당신 아파 보이는데."

쓰러지지 않으려고 문틀을 꽉 잡고 있는 나를 보고 월이 말했다. 누군가 우리 세탁 바구니에 피에 젖은 수건을 넣어놨다고 월에게 지금 당장 알리고 싶었다. 하지만 테이트 때문에 말을 할 수가 없었다. 월의 옆에 있던 테이트가 물었다.

"엄마 왜 그래?"

"몸이 좀 안 좋아. 배탈인가 봐."

둘러댔다. 월이 다가와 내 이마를 짚었다. 열은 없었다. 그렇지만 몸이 뜨겁고 땀이 났다.

"좀 누워야겠어."

배를 감싸는 시늉을 하며 주방에서 나왔다. 위층으로 올라가던 중 담즙이 역류했고 화장실로 급히 달려갔다.

마우스

마우스는 꼼짝하지 않았다. 1층 방문이 열리고 가짜 엄마가 마우스에게 다가오는 소리를 가슴 졸이며 기다렸다. 시끄러운 소리를 낸 게 마우스 잘못은 아니었지만 그래도 마우스는 두려웠다. 재채기를 참을 방법은 없었지만 말이다.

하나도 춥진 않았지만 너무 무서운 나머지 다리가 떨리고 이가 딱딱 맞부딪쳤다. 계단에서 얼마 동안이나 그렇게 서 있었는지는 마우스도 알 수 없었다. 속으로 거의 300까지 세다가 중간에 두 번이나 숫자를 까먹어 처음부터 다시 셌다.

가짜 엄마가 방에서 나오지 않자 어쩌면 재채기 소리를 못 들은 게 아닐까 생각했다. 재채기를 못 들을 정도로 깊이 잠들었나 보다. 소리가 무척 컸던 터라 어떻게 깨지 않을 수 있는지는 마우스도 이해가 안 되었지만, 만약 그렇다면 정말 다행이었다.

마우스는 침실로 올라가 침대에 누웠다. 침대에 누워 매일 밤 그랬듯 진짜 엄마와 대화를 나누었다. 가짜 엄마가 마우스에게 나쁘게 대했고, 마우스와 미스터 베어를 아프게 했다고 전부 말했다. 마우스는 진짜 엄마에게 너무 무섭고 아빠가 빨리 집에 왔으면 좋겠다고 털어놨다. 마우스는 마음속으로 말했다. 아빠는 마우스에게 언제든지 진짜 엄마와 대화를 나눌 수 있다고 알려주었다. 마우스가 어디에 있든 진짜 엄마는 마우스의 이야기를 들을 수 있다고 아빠가 그랬다. 그래서 마우스는 항상 엄마에게 이야기를 했다.

가끔씩은 말을 하는 데서 그치지 않고 진짜 엄마가 뭐라고 이야기할지 상상했다. 진짜 엄마가 마우스와 한 방에 있다고 상상하고 아빠와 대화를 하듯이 진짜 엄마와 대화를 나누었고, 아빠가 대답을 해주듯이 진짜 엄마가 대답을 해준다고 생각했다. 하지만 다 상상일 뿐이었다. 진짜 엄마가 뭐라고 말할지는 알 길이 없었으니까. 그래도 그런 상상을 하면 덜 외로웠다.

살레르노 버터 쿠키 세 개는 저녁으로 삼기에 턱없이 부족했지만 그래도 뱃속에 음식이 들어 있어서 든든했다. 쿠키로 오래 버틸 수 없다는 것은 알았지만, 그래도 만족스러웠다.

이제 잘 수 있을 것 같았다.

세이디

"좀 어때?"

윌이 내 쪽으로 몸을 기울였다.

"별로."

토하고 난 뒤 입안에 역한 냄새가 올라왔다.

윌은 자신이 진료소에 연락을 해 병가를 내고 아이들을 학교에 데려다줄 테니 내게 좀 더 자라고 말했다. 침대 가장자리에 앉아 내 머리카락을 쓰다듬는 윌에게 수건에 대해 말하고 싶었다. 하지만 아이들이 바로 옆방에서 등교 준비를 하고 있었다. 열린 문 사이로 아이들이 화장실을 오가고 방을 들락거리는 모습이 다 보였다.

얼마 뒤 아이들이 각자 방으로 들어갔고, 아이들의 대화 소리가 들리지 않는 지금이 윌에게 전부 다 털어놓을 타이밍이라고 생각했다.

"월."

입을 떼려는 찰나 테이트가 방으로 달려와 월에게 자신이
제일 좋아하는 양말을 찾아달라고 했다. 테이트가 침대에 뛰어
오르려 하자 월이 아이의 손을 잡고 막은 채 나를 돌아보며 말
했다.

"왜?"

고개를 저었다.

"별거 아니야."

"진짜?"

월이 물었다.

"응."

그에게 말했다.

두 사람은 양말을 찾으러 테이트 방으로 향했다. 문을 나서기
전 월이 나를 돌아보며 잠을 한숨 푹 자라고 했다. 월이 침실 문
을 닫고 나갔다.

월에게는 나중에 이야기하면 된다. 월과 오토, 테이트, 이모
젠이 오가는 소리가 들렸다. 일상적이고 평범한 대화에 뒤이어
햄치즈 샌드위치와 역사 시험 이야기를 하는 소리가 들렸다. 환
풍구를 통해 대화 소리가 전해졌다. 테이트가 수수께끼를 내자
놀랍게도 대답을 한 사람은 이모젠이었다. 파란색 단층집에는
벽도, 바닥도, 책상과 의자도 모두 파란색이지만 계단은 파란색
이 아닌 이유가 뭐냐는 테이트의 질문에 이모젠은 그 집에 계단
이 없다고 답했다.

"어떻게 알았어?"

테이트가 물었다.

"그냥."

"대단한 수수께끼였어, 테이터 토트(작은 원통형 모양의 해쉬 브라운 — 옮긴이)."

윌이 테이트의 별명을 부르며 지각하기 전에 어서 책가방을 챙겨 나가야 한다고 했다.

바람이 사나웠다. 집 외벽의 미늘판이 바람에 뜯겨나갈 것 같았다. 뼛속까지 시릴 정도로 집 공기가 서늘했다. 좀처럼 몸이 따뜻해지지 않았다.

"자, 이제 나가자."

윌의 목소리가 들리자 나는 침대에서 일어나 문가로 다가갔다. 테이트가 현관 앞 수납장에서 모자와 부츠를 찾는 소리가 들렸다. 현관에서 아이들과 함께 있는 이모젠의 목소리도 들렸다. 이모젠이 선착장까지 차를 같이 타고 가다니, 선뜻 이해가 가지 않았다. 날씨 때문일 수도 있지만 그렇다 해도 모순처럼 느껴졌다. 윌의 차는 타지만 내 차는 타지 않는다니.

돌연, 동물 대이동 마냥 우르르 발소리가 울렸고, 이어 문이 열리고 닫히는 소리를 마지막으로 집은 거의 정적에 가까운 침묵에 휩싸였다. 이제 들리는 것이라고는 웅웅 하며 보일러가 돌아가는 소리, 수도관에서 물이 흐르는 소리, 바람이 매섭게 집을 채찍질하는 소리뿐이었다.

그제야 나는 방에서 나왔다. 복도로 나서자마자 한 가지 내 시선을 사로잡은 게 있었다. 엄밀히 말하자면 한 가지가 아니라 두 가지였으나, 우선 눈에 띈 것은 구슬 같은 눈을 한 인형이었다. 며칠 전 내가 현관 앞에서 발견했던 인형. 월의 중재에 따라 테이트가 방으로 가지고 올라가 거칠게 내팽개쳤던 그 인형이었다.

인형은 복도 벽에 등을 기댄 채 나무 바닥에 앉아 있었다. 꽃무늬 스타킹에 니트 원피스를 입고 얌전히 앉은 모습이었다. 곱슬머리를 양 갈래로 단정하게 땋아 어깨에 늘어뜨리고, 두 손은 무릎에 다소곳이 올려져 있었다. 잃어버린 신발 한 짝도 누군가 찾아 신겨놓았다.

인형 발 옆에 연필과 종이 한 장이 있었다. 가까이 다가가 종이를 집어 들었다. 보기도 전에 뭔지 알 것 같은 예감에 마음의 준비를 했다. 종이를 뒤집자 예상했던 그림이 나왔다. 다락에서 발견했던, 사지가 절단된 채 울고 있는 사람 그림. 절단된 몸 옆에는 화가 난 한 여자가 칼을 들고 있었다. 눈물인지, 피인지 분간은 잘 안 되지만 짙은 회색으로 칠한 작은 점들이 여백을 채웠다. 어쩌면 둘 다일지도 모른다.

오늘 아침에 세탁실에 내려갈 때도 이 그림이 여기 있었는지 기억이 나질 않았다. 있었다 하더라도 어두워 보지 못했으리라. 다시 올라와서는 속을 게워내려고 화장실로 정신없이 달려갔고, 자칫하면 실수를 했을 정도로 긴박했다. 때문에 그때도 복도에 놓인 인형을 인지하지는 못했을 것이다.

월이 집을 나서기 전에 이 인형을 봤을지 궁금했다. 봤다 하더라도 인형은 테이트 거라고 넘겼을 테고, 종이는 뒤집혀 있었으니 그림까지는 보지 못했을 것이다.

덜컥 겁이 났다. 만약 둘 다 오토 거라면 퇴행 행동을 하고 있다는 뜻이니까. 현실을 견디기 위한 방어기제였다. 어떤 문제를 외면하기 위해 유아기적 행동을 하는 것이다. 오래전, 내 정신과 의사가 내게 성인으로서 겪는 문제를 해결하고 싶지 않을 때면 아이처럼 행동한다고 말한 적이 있었다. 어쩌면 오토도 지금 그런 상태인지도 모른다. 하지만 왜일까? 겉으로 보기에 오토는 행복해 보였다. 하지만 워낙 조용한 아이라 그 속이 어떤지는 짐작할 수 없다.

예전 나를 담당했던 의사가 떠올랐다. 나는 그 의사를 별로 좋아하지 않았다. 그녀 앞에서는 내가 한심하고 초라한 인간인 것 같았고, 그녀는 내가 느끼는 감정을 폄훼하곤 했다. 그뿐이 아니었다. 나를 다른 환자와 착각한 적도 있었다.

진료실에 마련된 가죽 회전의자에 다리를 꼬고 앉아 의사가 항상 내 몫으로 준비해 놓은 물을 한 모금 마시는 것으로 상담이 시작되었다. 늘 그렇듯 의사는 요즘 어떻게 지내냐는 질문부터 했다. 자, 그간 어떻게 지냈는지 말씀해보세요. 내가 뭐라 답하기도 전에 의사는 뜬금없이 유부남과 관계를 정리해야 한다는 이야기를 시작했다. 유부남을 만나고 있지도 않았을 뿐더러 이미 결혼한 뒤였다. 월과 말이다. 다른 환자의 비밀을 본의 아니게 듣게 된 것 같아 당황스러웠다.

유부남 안 만나고 있어요. 내가 설명했다.

그래요? 벌써 정리하셨어요? 의사가 물었다.

유부남과 사귄 적이 한번도 없어요.

그날 이후로 그 의사를 찾아가지 않았다. 시카고에 살 당시 오토도 심리치료를 받았다. 메인으로 이사한 뒤 새로운 심리치료사를 알아보기로 했었는데. 약속을 지키지 못했다. 이제라도 알아봐야 할 것 같았다.

인형을 그냥 지나쳤다. 아래층으로 내려갔다. 다만, 그림이 그려진 종이는 챙겼다.

카운터 위에 내 몫의 프렌치토스트가 있었다. 커피메이커로 내린 따뜻한 커피도 준비되어 있었다. 커피를 잔에 따랐지만 도무지 무언가를 먹고 싶단 생각이 들지 않았다. 잔을 입으로 가져가는데 손이 떨려서 컵 안의 커피가 출렁거렸다.

프렌치토스트 접시 옆에는 메모가 있었다. 얼른 나아지기 바라. 마지막에는 월의 이름과 빼놓지 않고 등장하는 Xo가 적혀 있었다. 내 약도 놓여 있었다. 좀 이따 배를 좀 채운 뒤 약을 먹을 생각에 그대로 두었다.

주방 창문 밖으로 개들이 보였다. 월이 나가기 전에 밖에 풀어둔 모양이었다. 눈을 좋아하는 허스키라 이렇게 추운 날이면 물 만난 고기처럼 신나 했다. 개들이 자진해서 들어오기 전에는 내가 억지로 데려오는 것은 불가능할 정도였다.

뒷마당에는 거센 바람이 벌거벗은 나무를 매섭게 휘감아 나뭇가지들이 부러질 듯 꺾였다. 폭설이 내리고 있었다. 이렇게 눈이 많이 내릴 줄 몰랐는데. 휴교령이 내려지지 않은 게 이상

할 정도였다. 한편으로는 혼자 있는 시간이 간절했던 터라 감사한 마음이 들기도 했다.

바람 때문에 눈이 수직으로 떨어지지 않았다. 제멋대로 휘날리는 눈발이 온 마당에 수북이 쌓여갔다. 주방 창틀에 쌓이기 시작한 눈을 보며 산 채로 집 안에 매장되는 기분이 들었다. 쌓인 눈이 가슴을 짓누르는 것만 같았다. 숨을 쉬기가 어려웠다.

천천히 커피 한 모금을 넘기던 중 오늘 아침에 카운터에 올려놨던 펜던트 목걸이가 사라진 것을 깨달았다. 혹시 떨어졌나 싶어 바닥을 샅샅이 살피고, 양념통 뒤와 잡다한 물건을 넣어두는 서랍도 뒤졌다. 어느 곳에서도 목걸이가 보이지 않았다. 누가 가져간 게 틀림없었다. M이라고 새겨진 펜던트 아래로 얇은 체인 줄이 뭉텅이로 엉켜 있던 목걸이가 카운터 위에 있던 모습이 눈에 선했다.

잠깐 사이 목걸이가 사라지자 의심이 커져만 갔다. 아침에 나는 침대에 누워 있었고, 윌, 오토, 테이트, 이모젠 이렇게 네 사람은 주방에 있었다. 아무도 보고 있지 않은 틈을 타 카운터에 놓인 목걸이를 슬쩍 챙기는 일은 이모젠에게 아무것도 아니었을 것이다. 모건이 받았던 협박 편지에 대해 생각했다. 이모젠이 보낸 걸까? 왜, 처음에는 의아했지만 곧, 무슨 이유가 필요할까 싶었다. 이모젠이 내게 어떻게 굴었는지 떠올렸다. 나를 어떤 식으로 위협했는지. 내게 그랬다면 모건에게도 충분히 그렇게 할 수 있다.

그림이 그려진 종이를 내려놓고 잔을 든 채 세탁실로 내려갔다. 내가 침대로 올라간 뒤, 윌이 출근하기 전에 빨래를 마저 해 놓은 것 같았다. 바닥에 쌓여 있던 세탁물이 보이지 않았다. 세탁물이 있던 자리는 빈 세탁 바구니와 깨끗한 타일 바닥이 대신하고 있었다.

무릎을 꿇고 손으로 땅을 짚은 채 세탁기 아래를 살피다 피 묻은 수건이 그 자리에 그대로 있는 것을 보고 다행이라고 느꼈다. 하지만 이내 처음 발견했을 때처럼 온몸에 소름이 끼쳤다. 아까 느꼈던 온갖 감정이 되살아났고, 얼른 윌과 상의해야 한다는 생각이 들었다.

수건은 세탁기 아래 그대로 두었다. 윌과 연락이 닿을 때까지 주방에 가 있기로 했다. 식탁에 앉았다. 2미터쯤 떨어진 곳에 오토의 그림이 있었고, 잘린 머리에 달린 두 눈이 나를 향해 있었다. 더 이상 볼 수가 없어 시선을 돌렸다.

오전 9시쯤이면 윌이 테이트를 학교에 데려다주었을 시각이니, 그때까지 기다렸다. 지금쯤이면 아이와 헤어졌을 것이다. 혼자 있는 윌과 조용히 대화를 나눌 수 있을 시간이었다.

전화를 받은 윌은 페리를 타고 캠퍼스로 출근 중이었다. 윌은 전화를 받자마자 내 몸 상태가 어떤지 물었다.

"그저 그래."

윌에게 말했다. 전화기 너머로 거센 바람이 사정없이 몰아치는 소리가 들렸다. 윌은 갑판 위에서 눈을 맞으며 서 있는 듯했다. 따뜻한 선실에 들어가 있어도 되지만 윌은 바깥에 나와 있었다. 다른 사람들에게 선실 안 자리를 양보하려는 모습이 항상 남부터 배려하는 윌답다고 생각했다.

"할 말이 있어, 윌."

윌은 주변도 너무 시끄럽고, 지금은 좀 어려울 것 같다고 했지만 나는 다시 말했다.

"할 말이 있어."

"내가 학교에 도착해서 전화해도 될까?"

윌이 물었다. 바람 소리 때문에 윌도 덩달아 목소리를 높였다.

나는 싫다고 답했다. 정말 중요한 일이라고 했다. 지금 당장 이야기해야 한다고 말했다.

"무슨 일이야?"

물어오는 그에게 이모젠이 모건 사건과 연관이 있는 것 같다고 단도직입적으로 말했다. 그는 몹시 언짢은 듯 길게 한숨을 내쉬었지만, 이내 왜 이제야 그 생각이 들었냐고 애써 농담을 건넸다.

"피 묻은 수건을 찾았어, 윌. 빨랫감 속에서. 피에 흠뻑 젖은 수건을."

수화기 반대편에서는 고막을 찢을 듯한 적막만 감돌았다.

아무런 대꾸가 없자 내가 대신 입을 열었다. 자꾸 말문이 막혔다. 너무 추워 몸이 떨릴 지경이었지만 손에서 땀이 배어 나왔다. 세탁을 하던 중 수건을 발견했고 어떻게 해야 할지 몰라 세탁기 아래 숨겨두고 나왔다고 말했다.

"지금 그 수건은 어디 있어?"

걱정스러운 목소리로 그가 물었다.

"세탁기 아래에 두었어. 있잖아, 월. 그 수건, 버그 경관에게 신고하는 게 좋을 것 같아."

"잠깐, 세이디. 진정해. 당신 말도 안 되는 소리를 하고 있잖아. 수건에 묻은 게 정말 피가 맞긴 한 거야?"

"확실해."

월은 자꾸 다른 구실을 찾았다. 뭘 닦은 자국일 거라고 했다. 페인트나 진흙을 닦았거나 개들 뒤처리를 한 걸 수도 있다고.

"개똥 아닐까."

그답지 않게 너무 터무니없는 이야기만 늘어놓고 있었다. 어쩌면 나처럼 월도 두려운 건지도 모른다.

"오토나 테이트가 어디 베었거나."

오토가 어렸을 때 절대로 아빠의 면도기를 만져서는 안 된다고 주의를 주었음에도 궁금함을 참지 못하고 엄지손가락으로 날을 만지다 베인 사건도 이야기했다. 날카로운 면도날이 오토 손가락에 깊은 상처를 냈다. 피가 많이 나자 오토는 우리에게 알리지 않았다. 엄마 아빠한테 혼날까 봐 비밀로 했다. 휴지통에서 피 묻은 휴지가 나왔고, 베인 지 며칠 지난 아이의 엄지손가락이 감염돼 곪은 것을 보고 전말을 알게 되었다.

"면도기에 베인 수준이 아니라니까."

월에게 말했다.

"완전히 다르다고. 월, 수건이 피에 흠뻑 젖었어. 피 몇 방울이 묻어 있는 게 아니라 완전히 젖었어. 이모젠이 모건을 죽인 거야."

나는 확신에 차 말했다.

"모건을 살해하고 그 수건으로 몸에 묻은 피를 닦은 거라고."

"이모젠에게 그런 누명을 씌우는 건 옳지 않아, 세이디."

그가 목소리를 높인 것이 내게 화가 나 소리를 지른 것인지 바람 때문인지 분간하기 어려웠다. 하지만 그가 고함을 친 것만은 분명했다.

"마녀사냥이야."

그가 말했다.

"모건의 목걸이도 있었어. 계단에서 찾았어. 내가 밟았다고. 주방 카운터에 올려놨는데 지금은 사라졌어. 이모젠이 증거를 없애려 가져간 거야."

"세이디."

윌이 입을 떼었다.

"당신이 그 애를 싫어하는 것은 나도 잘 알아. 이모젠이 당신에게 못되게 굴었다는 것도. 하지만 시시콜콜 그 애를 문제 삼아선 안 되잖아."

그의 단어 선택이 이상했다. 시시콜콜이라니. 살인은 결코 하찮은 문제가 아니다.

"이모젠이 아니라면 우리 집에 사는 누군가가 모건을 죽인 거야. 그건 명백해. 그렇지 않으면 우리 집 계단에서 모건의 목걸이가 나온 것도, 세탁 바구니에서 피가 낭자한 수건이 나온 것도 설명이 안 되잖아. 이모젠이 아니라면 누군데?"

수사적 질문이었다. 이모젠을 제외하고는 우리 가족 중 누구도 살인을 할 수 없다는 것을 윌에게 강조하기 위해 물었다. 목을 맨 엄마의 다리에서 발판을 빼낸 아이니, 한 번 했다면 두 번도 할 수 있다. 그러나 뒤이어 찾아온 침묵 속에서 내 시선이 잘린 머리와 핏방울이 그려진 오토의 분노 어린 그림으로 향했다. 인형을 갖고 노는 퇴행 행동. 열네 살 때 칼을 가지고 등교했던 일.

이 집에서 살인을 할 수 있는 사람이 이모젠만은 아닐 수도 있겠다는 생각에 설마 하며 숨을 들이마셨다. 이 말도 안 되는 생각을 입 밖으로 내뱉고 싶지 않았다. 하지만 나도 모르게 튀어나왔다.

"오토일까?"

생각으로만 하고 있던 말이 불쑥 나오자마자 다시 주워 담을 수만 있다면, 머릿속으로 다시 밀어 넣을 수만 있다면 하고 바랐다.

"진짜 그렇게 생각하는 거 아니지?"

윌의 말처럼 나도 그렇게 생각하고 싶지 않았다. 오토가 그런 짓을 벌였으리라고는 단 1초도 생각하기 싫었다. 하지만 말이 안 되는 생각은 아니었다. 이모젠에게 적용됐던 논리는 오토에게도 해당될 수 있었다. 오토 역시 한 번 했다면, 두 번도 할 수 있다.

"하지만 전적이 있잖아?"

내가 물었다.

"전적이라니. 오토는 아무도 해치지 않았어. 기억 안 나?"

월이 주장했다.

"하지만 그때 제지당하지 않았더라도 오토가 아무도 해치지 않았을지 어떻게 알아? 다른 학생이 선생님께 알리지 않았더라도 오토가 애들을 다치게 하지 않았을 거라고 어떻게 아냐고, 월?"

"오토가 어떻게 했을지는 단정할 수 없지. 하지만 나는 우리 아들이 살인자라고 생각하고 싶지 않아. 당신도 그렇지 않아?"

월이 말했다.

월의 말이 맞다. 오토가 예전에 다니던 고등학교에서 누군가를 다치게 한 일은 단 한번도 없었다. 하지만 의도는 있었다. 동기도 충분했다. 무기도 챙겼다. 오토가 칼을 가져간 것은 다분히 고의적이었다. 당시 오토의 계획이 어그러지지 않았다면 무슨 일이 벌어졌을지 아무도 모른다.

"당신은 어떻게 그렇게 확신할 수 있어?"

"내 아들이 착한 아이라고 믿고 싶으니까. 오토가 다른 사람의 생명을 해칠 수 있는 아이라고 생각하고 싶지 않으니까."

그의 말을 들으며 두려움과 죄책감이라는 전혀 어울리지 않는 두 가지 감정을 한번에 느꼈다. 그런데 어느 쪽이 더욱 크게 자리하는지 모르겠다. 오토가 살인을 저질렀다는 것이 두려운 걸까, 아니면 내가 오토를 살인자라고 생각한다는 데 죄책감을 느끼는 걸까?

다른 사람도 아닌 내 아이에 대한 이야기였다. 내 아들이 살인을 저지를 수 있을까?

"아직도 모르겠어, 세이디? 진심으로 오토가 그런 일을 벌일 수 있다고 생각하는 거야?"

내 침묵이 그를 자극했다. 모르겠다는 나의 시인이었다. 내 침묵은 곧 오토가 충분히 그럴 수 있다는 무언의 동의였다.

윌이 흥분을 가라앉히려는 듯 크게 심호흡을 했다. 그는 속사포처럼 말을 쏟아냈다.

"오토가 한 일은, 세이디."

날이 선 말투였다.

"살인과 완전히 달라. 겨우 열네 살이야. 어린애라고. 오토는 그때 자기방어를 한 거야. 다른 방법은 몰라서 그저 자신이 아는 대로 스스로를 지켰던 것뿐이었어. 당신 지금 말도 안 되는 소리를 하고 있어, 세이디."

"만약 내 말이 맞다면?"

윌에게 물었다.

윌은 조금도 지체하지 않고 답했다.

"당신 계속 말도 안 되는 소리를 하잖아. 오토는 아무도 자신을 위해 나서주지 않아서 스스로 맞선 것뿐이야."

윌은 말을 멈췄지만, 나는 그에게 더 하고 싶은 말이 남았다는 것을 알 수 있었다. 오토가 혼자서 해결하려 했던 이유가 바로 나 때문이라고 말하고 싶겠지. 학교에서 괴롭힘을 당하고 있다고 내게 털어놨지만 내가 아무것도 하지 않았다고. 아이의 말을 귀담아듣지 않아서 그런 일이 벌어진 거라고. 학교에서는 상담전화를 운영하고 있었다. 학교폭력 핫라인 상담전화. 내가 학교에 익명으로 전화해 신고하는 방법도 있었다. 혹은 담임 선생님이나 교장에게 익명과 거리가 먼 전화를 직접 넣을 수도 있었다. 하지만 나는 아무것도 하지 않았다. 절대로 고의가 아니었지만 어찌 되었든 오토를 모른 척한 셈이었다.

월은 그때 일이 내 잘못이라고 꼬집어 말하지는 않았다. 하지만 그가 차마 하지 못한 말이 내 귀에는 들렸다. 드러내지는 않았지만 나를 질책하고 있었다. 내가 열네 살짜리 아들에게 이성적인 대안을 제시해주지 않았기 때문에, 적합한 해결책을 주지 않았기 때문에 오토가 칼을 챙겨 학교에 간 것이라고 월은 생각하고 있었다.

오토는 살인자가 아니다. 그날 학교에서 결코 아이들을 해치지 않았을 거라고 생각한다. 오토는 불안하고 겁에 질린 아이일 뿐이다. 경우가 다르다.

"나 무서워, 월."

내가 솔직하게 말하자 월이 부드러운 목소리로 말했다.

"알아, 세이디. 나도 그래."

"수건 말이야, 경찰에 신고해야겠어."

울음을 참느라 목소리가 가늘게 떨렸고, 월이 그제야 한발 물러섰다. 내 눈물 어린 목소리 때문이었다. 내가 무너져 내리고 있다는 것을 월도 알았다.

"우리가 가지고 있으면 안 될 것 같아."

"그래, 알겠어. 학교에 도착하는 대로 강의부터 취소할게. 한 시간만 기다려줘, 세이디. 바로 집에 갈게. 그때까지는 아무것도 하지 말고 기다려줘."

이렇게 부탁한 윌은 한층 부드러워진 목소리로 말했다.

"버그 경관을 같이 만나자. 내가 집에 갈 때까지 기다렸다가 경관에게 함께 신고하자."

전화를 끊고 거실로 자리를 옮겼다. 노란색 소파에 털썩 앉았다. 다리를 쭉 펴며 눈만 감으면 바로 잠들 수 있을 것 같다는 생각을 했다. 그간의 걱정과 피로가 내 몸을 짓눌렀고, 순식간에 너무 피곤해졌다. 두 눈이 감겼다.

잠이 막 들려던 찰나, 눈이 번쩍 떠졌다. 현관에서 나는 소리 때문에 정신이 번쩍 들었다. 문이 덜컹거리며 문틀에 부딪혔다. 바람에 문이 흔들리는 소리라고 넘겼다. 하지만 그때 누군가 열쇠를 꽂고 돌리는 소리가 났다.

윌과 전화를 끊은 지 얼마 안 되었는데. 10분, 15분 정도밖에 지나지 않았다. 윌은 이제 막 본토에 도착했을까, 승객을 모두 하선시키고 다시 섬으로 돌아오는 배를 타지도 못했을 시간이었다. 배로 20분 걸리는 거리를 되돌아오는 것은 물론 선착장에서 집까지 운전해 오기에도 부족한 시간이었다.

윌이 아니다. 다른 사람이다. 몸을 숨길 곳을 고민하며 문에서 조금 떨어졌다. 한두 걸음 떼기도 전에 문이 벌컥 거칠게 열렸다. 문에 달린 고무 보호대가 벽에 부딪힐 정도였다.

문 앞에서 모습을 드러낸 사람은 오토였다. 어깨에 멘 가방이 축 늘어져 있었다. 머리에는 눈이 쌓였다. 머리가 새하얘졌다. 뺨은 추위로 붉게 물들었다. 코끝도 새빨갰다. 코와 뺨 말고는 창백했다.

오토가 문을 쾅 닫았다.

"오토."

몸을 숨기려던 나는 손으로 가슴을 꼭 누르며 숨을 내쉬었다.

"왜 집에 온 거야?"

내 질문에 아이가 말했다.

"아파서요."

초췌해 보이긴 했다. 하지만 아파 보이지는 않았다.

"학교에서 연락 못 받았는데."

보통은 학교에서 연락을 주는 것이 맞다. 양호 선생님이 전화해 아이가 아프다고 알리면 내가 학교로 가서 애를 데려오는 것이 일반적이었다. 하지만 아무런 연락도 받지 못했다.

"양호 선생님이 너 혼자 집에 가게 둔 거야?"

수업 시간에 아이를 그냥 보내다니 화가 나는 한편 두렵기도 했다. 오토의 얼굴이 심상치 않아 보였다. 학교에 있어야 할 시간인데. 왜 집에 왔을까?

아이가 퉁명스럽게 답하며 한 발짝 다가왔다.

"물어보지 않고 그냥 왔어요."

"그랬구나."

살짝 뒤로 물러나며 말했다.

"왜 그렇게 말해요? 내가 아프다니까요. 내 말을 안 믿는 거예요?"

아이가 물었다. 이렇게 적대적으로 굴다니 오토답지 않았다.

아이가 턱에 힘을 주고 이를 사리물며 나를 바라봤다. 오토는 손으로 머리를 넘기고 바지 주머니에 손을 찔러넣었다.

"몸이 어떻게 안 좋아?"

아이에게 물었다. 가슴 속 깊은 곳에 묵직한 무언가 자리한 기분이었다.

오토가 한 걸음 더 다가오며 말했다.

"목이요."

목소리가 쉬거나 갈라지지 않았다. 보통 목이 아프다고 말할 때 으레 손을 목으로 올리기 마련인데, 오토는 그러지 않았다.

사실일 수도 있다. 목이 진짜 아플지도 모른다. 아이가 내게 사실을 말하는 것일 수도 있다. 요즘 독감과 더불어 패혈증 인두염이 돌고 있으니까.

"아빠가 오고 있어."

나도 모르게 이 말이 나왔다.

"아빠 안 오세요."

섬뜩할 정도로 차분한 목소리였다.

"아빠 출근했잖아요."

"강의 취소했어."

어설프게 뒷걸음질을 치며 말했다.

"지금 오는 중이야. 금방 도착할 거야."

"왜요?"

오토가 물었다. 티 나지 않게 천천히 뒤로 물러나던 중 벽난로 선반에 등이 닿았다.

오토에게 아빠도 몸이 안 좋다는 거짓말을 했다.

"본토에 도착하자마자 다시 오는 배를 타기로 했어."

벽시계를 쳐다봤다.

"집에 도착할 때가 됐는데."

"아빠 안 올 거예요."

오토가 또 한 번 말했다. 반박의 여지가 없다는 듯 단호한 음성이었다.

나는 숨을 급히 들이마시고 천천히 내쉬었다.

"왜 그런 말을 하는 거야?"

"폭설로 페리가 중단되었어요."

오토가 또 한 번 손으로 머리를 쓸어 넘기며 말했다.

"넌 어떻게 온 건데?"

오토에게 물었다.

"제가 탄 배가 마지막이었어요."

"아."

페리 운행이 재개될 때까지 나와 오토만 이 집에 있다니. 몇 시간이나 걸릴까? 윌이 페리 운행이 멈췄다고 왜 전화하지 않을까, 의아했다. 하지만 핸드폰이 주방에 있었다. 윌이 전화를 했다 해도 내가 못 들었을 것이다.

그때, 강풍이 불어 집이 흔들리는 진동이 느껴졌다. 작은 탁자 위에 놓인 램프가 깜빡였다. 숨죽인 채 거실이 어둠에 휩싸이길 기다렸다. 창문으로 약간의 빛이 들어왔지만, 창틀에 눈이 쌓여 실내가 어두웠다. 바깥세상이 잿빛으로 변해갔다. 개들이 짖기 시작했다.

"엄마가 목 한번 봐줄까?"

오토에게 물었다. 아이가 대답을 하지 않았지만 현관에 걸려 있는 가방에서 펜라이트를 꺼내 아이에게 다가갔다. 아이 옆에 서자 어느새 오토의 키가 나를 훌쩍 넘어버린 걸 알 수 있었다. 오토는 나를 내려다보고 있었다. 체구가 건장한 편은 아니었다. 오히려 호리호리한 쪽에 가까웠다. 10대 소년의 체취가 풍겼다. 사춘기를 맞아 땀샘에서 호르몬이 왕성하게 분비된 탓이었다. 아빠를 빼닮아 잘생긴 오토는 꼭 젊고 마른 월 같아 보였다.

손을 뻗어 아이의 임파선을 만졌다. 부어올라 있었다. 정말 아픈 것 같았다.

"아, 해봐."

오토는 잠시 망설였지만 내 요청에 따랐다. 입을 벌렸다. 목을 겨우 확인할 수 있을 정도로만 작게 벌렸다.

펜라이트를 비추자 목이 벌겋게 부어 있었다. 오토의 이마에 손등을 올려 열을 확인했다. 오토가 네다섯 살즈음 독감으로 크게 앓았던 때가 갑자기 떠올랐다. 그때는 열을 좀 더 정확히 측정하기 위해 손등이 아니라 내 입술을 아이의 이마에 대었다. 짧은 입맞춤과 함께 아이의 열을 확인하던 때가 있었다. 그 기억과 더불어 축 늘어진 몸으로 내 품에 안겨 응석을 부리던 어린 오토가 떠올랐다. 그런 시절은 이미 다 끝났다.

갑자기 오토가 내 손목을 잡았고, 나는 반사적으로 몸을 뒤로 물렸다. 손아귀 힘이 상당했다. 아이의 손에서 벗어날 수가

없었다. 손에 들고 있던 펜라이트가 떨어졌고, 배터리가 바닥에
나뒹굴었다.

"왜 이래, 오토? 손 놔."

아이의 손에서 벗어나려고 팔을 이리저리 비틀며 소리쳤다.

"아프잖아."

내가 말했다. 오토는 내 손목을 단단히 움켜쥐었다.

고개를 들자 오토가 나를 바라보고 있었다. 오늘 아이의 눈은
푸른색보다 갈색에, 분노보다 슬픔에 가까운 빛을 띄었다. 오토
가 귀에 겨우 들릴 듯한 작은 목소리로 말했다.

"엄마를 절대로 용서하지 않을 거야."

아이에게서 벗어나려던 몸부림을 우뚝 멈췄다.

"무슨 말이야, 오토?"

피 묻은 수건과 아침에 발견한 목걸이를 떠올리며 숨을 들이
마셨고, 또 한 번 깜빡거리는 전등에 다가올 어둠을 준비하며
숨을 죽였다. 내 몸을 방어할 만한 무언가를 찾던 중 램프로 시
선이 향했다. 유약을 입힌 아름다운 도자기 몸통은 견고하고 단
단해 무기로 사용하기 좋을 뿐더러 너무 무겁지 않아 내가 충분
히 휘두를 수 있다. 하지만 2미터나 떨어져 있어 내 손에 닿지
않았고, 설사 용케 손에 넣었다 해도 도자기의 목을 움켜쥐고
단단한 밑둥으로 내 아들의 머리를 내려치는 모습이 상상되지
않았다. 정당방위라 해도 말이다. 그럴 수 없을 것 같았다.

오토의 목울대가 들썩였다.

"무슨 말인지 알잖아요."

오토가 울음을 삼키며 말했다.

나는 고개를 저었다.

"정말 모르겠어."

하지만 그 순간, 아이의 말뜻을 알 것 같았다. 교장실에 불려 갔던 날 자신의 편을 들지 않았던 나를 용서하지 않겠다는 말 이었다. 자신의 거짓말에 동조해주지 않았던 나를 용서하지 않 겠다고.

"엄마가 거짓말했잖아요."

아이는 이제 평정심을 잃고 소리쳤다.

"칼을 내가 가져갔다고."

"난 거짓말한 적 없어."

오토에게 말했다. 사실, 거짓말을 한 건 너라고 말하고 싶었 지만 아이에게 비난의 말을 하기에 좋은 타이밍이 아니었다. 대 신 이렇게 말했다.

"네가 엄마에게 먼저 도움을 청했다면 좋았을 텐데. 그랬다 면 도와줬을 거야. 엄마와 상의할 수 있었잖아. 같이 해결책을 찾을 수 있었을 거라고."

"했잖아요."

오토가 떨리는 목소리로 내 말을 막았다.

"엄마에게 도움을 청했잖아요. 엄마한테만 털어놨다고요."

학교에서 있었던 일을 털어놓는 오토를 향해 무심한 표정을 짓는 내 모습을 상상하는 것이 괴로웠다. 그 일이 있은 뒤 하루 도 빠짐없이 그날을 복기하려 애썼지만 여전히 기억이 나지 않았다. 오토가 괴롭힘을 당한다고 털어놨을 때 나는 뭘 하고 있었던 거지? 학교에서 아이들이 끔찍한 별명으로 부르고, 라커 안으로 몸을 밀치고, 더러운 변기 속으로 머리를 처박았다고 내게 고백했을 때 도대체 뭘 하느라 아이의 말을 제대로 듣지 못했던 걸까?

"오토."

아이가 나를 가장 필요로 했을 때 정작 곁에 있어주지 못했다는 죄책감에 시달리며 나지막이 아이의 이름을 불렀다.

"엄마가 잘 들어주지 못했다면, 네게 관심을 주지 못했다면 정말 미안해."

아이에게 사과를 하곤 당시 병원 일로 주체가 안 될 만큼 힘들고 괴로웠다고 설명했다. 하지만 엄마가 필요했던 열네 살 아이에게는 와닿지 않는 위로였다. 내 잘못된 행동에 대해 변명하고 싶지 않았다. 그래서는 안 될 것 같았다.

내가 무슨 말을 더 하기 전에 오토가 입을 열었고, 처음으로 내가 몰랐던 그날의 일을 자세히 들을 수 있었다. 아이가 내게 학교 문제를 말했을 당시 우리 둘 다 집 밖에 있었다고 했다. 늦은 밤이었다. 오토는 잠이 오지 않았다. 오토가 나를 찾아 나섰다. 아이가 나를 찾았을 때 나는 주방 창문 쪽 비상 난간에서 검은색 옷을 입은 채 담배를 피우고 있었다고 했다. 터무니없는 이야기였다.

"엄마는 담배 안 피우잖아, 오토. 너도 알잖니. 그리고 그렇게 높은 곳에서."

나는 고개를 저으며 몸서리를 쳤다. 더 설명하지 않아도 오토는 내가 무슨 말을 하는지 알 터였다. 나는 고소공포증이 있다. 원래부터 있던 공포증이었다.

우리는 시카고의 프린터스 로우 구역에 자리한 6층 건물 꼭대기에 살았다. 나는 엘리베이터도 타지 않고 계단으로만 다녔다. 아침마다 발코니로 나가 커피를 마시며 시내 전경을 감상하던 윌과 달리 나는 발코니로 발조차 내딛지 않았다. 이쪽으로 와. 윌은 짓궂게 웃으며 내 손을 끌었다. 내가 지켜줄게. 내가 언제 당신을 위험에 빠뜨린 적 있어? 내게 묻곤 했다. 그래도 난 한 번도 발코니에 나가지 않았다.

"하지만 그때 엄마는 비상 난간에 있었어요."

굽히지 않는 오토에게 물었다.

"한밤중인데 나인 줄 어떻게 알았어? 내 얼굴이 보였어?"

"불꽃. 라이터에서 나오는 불꽃."

하지만 나는 라이터가 없다. 담배를 피우지 않으니까. 그렇지만 잠자코 있었다. 그저 아이가 하는 말을 들었다.

오토는 주방 창문으로 나와 내 옆에 앉았다. 내게 털어놓을 용기를 내기까지 몇 주나 걸렸다고 했다. 학교에서 애들이 어떻게 괴롭혔는지 말하자 내가 분노에 치를 떨었다고 했다. 굉장히 흥분했다고.

"복수 계획을 세웠어요. 무슨 방법이 가장 좋을지 같이 리스트를 만들었어요."

"무슨 좋은 방법?"

오토에게 물었다.

오토는 너무도 당연한 이야기를 묻는다는 듯 힘주어 답했다.

"죽이기 가장 좋은 방법이요."

"누구를?"

"학교 친구들이요."

오토가 말했다. 괴롭힘에 동참하지 않았을 뿐 아이들은 하나같이 오토를 비웃었다. 그래서 오토와 나는 그날 밤 애들을 모두 없애자는 결론에 이르렀다고 했다. 얼굴이 해쓱해지는 기분이었다. 내가 오토의 말에 장단을 맞춰주는 이유는 지금 이 대화가 오토에게 일종의 해방구가 되는 것 같아서일 뿐, 다른 이유는 없었다.

"그래서 무슨 계획을 세웠는데?"

오토와 내가 이른바 반 친구들을 없애버릴 계획이라고 세운 게 무엇인지 정말 알고 싶은 마음은 없었다. 왜냐면, 모두 다 오토의 머릿속에서 나온 계획일 테니까. 그리고 이 아이가 변함없이 착한 내 아들이라고 믿고 싶었다.

오토는 어깨를 으쓱이곤 말했다.

"뭐, 여러 가지 방법이 있었어요. 엄마랑 학교에 불을 내는 것도 이야기했었고. 라이터 기름이랑 가솔린을 부어서요. 엄마가 급식에 뭘 넣으면 어떻겠냐는 말도 했어요. 급식 이야기는 꽤 오래 했어요. 괜찮은 방법 같았거든요. 애들을 한번에 없애기 좋을 것 같았어요."

"급식을 어떻게 하기로 했는데?"

오토가 긴장을 풀자 손목을 잡은 힘이 약해졌다. 내가 손을 빼내려 하자 오토가 팔에 힘을 줘 더욱 세게 움켜쥐었다.

아이가 별것 아닌 듯 답했다.

"보톡스요."

어깨를 한 번 더 으쓱했다.

"엄마가 보톡스 구할 수 있다고 했잖아요."

보톡스. 보툴리눔 독소. 편두통, 파킨슨 증상 등 다양한 질환에 처방하는 약물이라 병원에 구비되어 있다. 하지만 생명을 위협하는 치명적인 약물이기도 하다. 세상에서 가장 위험한 물질 중 하나이다.

"칼로 찌르는 것도 생각했어요."

음식에 독을 타면 시간이 걸리고, 라이터 기름보다 칼이 가방에 숨기기가 쉬웠기 때문에 둘이 이야기한 끝에 칼을 쓰는 게 가장 좋겠다는 결론을 냈다고 했다. 뿐만 아니라 칼이라면 바로 실행할 수도 있었다. 바로 다음 날이라도.

"그리고 집 안으로 같이 들어갔어요."

오토가 그날 일을 내게 상기시키려 했다.

"기억 안 나요, 엄마? 창문을 타고 집에 들어가서 칼을 죄다 꺼내놓고 어떤 게 가장 좋을지 고민했잖아요. 엄마가 골라줬잖아요."

내가 사이즈를 이유로 프렌치 나이프를 골랐다고 오토가 말했다. 오토의 말에 따르면 내가 윌의 숫돌을 꺼내 칼을 날카롭게 갈았다고 했다. 뭉뚝한 칼보다 날을 잘 벼른 칼이 어째서 더욱 안전한지 진지하게 이야기를 한 뒤 오토를 향해 웃었다고 했다. 그런 뒤 오토의 가방 제일 안쪽, 등이 맞닿는 부분에 있는 노트북 수납공간에 칼을 넣었다고 했다. 책가방 지퍼를 올린 뒤 오토를 향해 윙크도 했다고.

꼭 장기를 찔러야 하는 건 아냐. 내가 이렇게 말했다고 오토는 전했다. 동맥만 노리면 돼.

그 장면을 떠올리자 속이 뒤집힐 것 같았다. 담즙이 식도로 역류하는 것 같아 오토에게 잡혀 있지 않은 다른 손을 들어 입을 틀어막았다. 말도 안 돼! 이렇게 소리치고 싶었다. 오토가 거짓말을 하는 거라고. 나는 절대로 그런 말을 한 적이 없다고. 오토가 지어낸 이야기라고 소리치고 싶었다.

하지만 내가 뭐라고 대꾸할 새도 없이 오토는 그날 밤 잠 들기 전에 내가 아이에게 한 말을 그대로 들려줬다. 누구도 널 비웃게 내버려두지 마. 비웃는 사람들의 입을 틀어막아 버려.

그날 밤, 오토는 아주 오랜만에 단잠을 잤다. 하지만 다음 날 아침이 되자 오토의 마음이 복잡해졌다. 갑자기 두려운 생각이 들었다. 오토의 마음을 진정시켜줄 나는 당시 집에 없었다. 이미 출근한 뒤였다. 오토가 내게 전화를 걸었다. 오토가 남긴 음성메시지를 저녁이 되어서야 확인했던 기억이 있다. 엄마, 저예요. 엄마랑 지금 당장 이야기 좀 하고 싶어요.

하지만 내가 오토의 메시지를 확인했을 때 즈음 이미 상황은 끝나 있었다. 오토는 학교에 칼을 가져갔다. 정말 다행히도 다친 사람은 한 명도 없었다.

오토의 이야기를 듣자 나는 가슴이 미어졌다. 아이는 자신이 이야기를 지어냈다고 생각하지 않았다. 정말 벌어진 일이라고 믿고 있었다. 오토는 칼을 가방에 넣은 것도, 거짓말을 하는 것도 나라고 생각하고 있었다.

본능처럼 손이 움직였다. 잡히지 않은 손을 올려 아이의 턱을 어루만졌다. 내 손길에 아이가 긴장하는 것이 느껴졌지만 고개를 돌리거나 하지는 않았다. 내가 하는 대로 가만히 있었다. 손 끝에서 좀 있으면 수염으로 자랄 솜털이 느껴졌다. 아빠의 면도 기를 만지다 손을 베인 꼬마가 면도를 할 정도로 언제 이렇게 자란 걸까? 앞머리가 눈을 덮고 있었다. 아이의 머리를 쓸어 넘기자 항상 적대감이 가득했던 두 눈에 지금은 고통이 자리하고 있었다.

"내가 어떤 식으로든 널 아프게 했다면."

나지막이 속삭였다.

"정말 미안해. 일부러 네게 상처를 주려고 한 적은 결코 단 한 번도 없단다."

그제야 아이가 순순히 물러났다. 내 손목을 놔주었고 나는 재빨리 한 걸음 물러났다.

"침대에 가서 좀 누우면 어떨까. 토스트 가져다줄게."

아이에게 말했다.

"배 안 고파요."

아이가 퉁명스럽게 대꾸했다.

"그럼 주스 마실래?"

대꾸조차 하지 않았다.

오토가 그때까지도 벗지 않았던 가방을 그대로 멘 채 느릿하게 위층으로 올라가는 모습을 보며 안도했다. 나는 1층 서재로 들어가 문을 닫았다. 급히 책상 위 컴퓨터를 켜고 인터넷 창을 열었다. 페리 회사 홈페이지에 들어가 운행 상황을 알아볼 생각이었다. 윌이 한시라도 빨리 집에 오길 바랐다. 오토와 나눈 대화를 윌에게 알리고 싶었다. 경찰 신고도 급했다. 둘 다 시간을 더는 지체할 수 없는 일이었다. 폭설만 아니라면 진작 집을 나갔을 터였다. 오토에게 일 좀 보고 오겠다고 말하고는 윌이 올 때까지 집에 안 들어오고 싶었다.

검색 창에 커서를 누르자 과거 검색 기록이 나왔다.

숨이 멎는 것 같았다. 최근 검색어에 에린 사빈의 이름이 보인 탓이었다. 누군가 윌의 전 약혼녀를 검색했다. 아마도 20주기를 맞아 추억에 젖은 윌이겠지.

자제력을 잃었다. 에린의 이름을 클릭했다. 사진 여러 장이 나왔다. 20년 전 에린의 사건을 보도한 기사도 하나 나왔다. 기사에 사진이 몇 장 첨부되어 있었다. 얼어붙은 연못에서 차를 건지는 사진도 있었다. 차를 끌어내는 견인트럭 뒤편으로 심각한 얼굴로 현장을 살피는 구조대원들이 보였다. 기사를 읽어 내려갔다. 윌이 내게 말한 그대로였다. 오늘같이 악랄한 눈 폭풍속에서 에린이 차를 제어하지 못하고 연못에 빠져 익사했다고 나와 있었다.

두 번째 사진은 에린이 가족과 함께 찍은 사진이었다. 엄마,

아빠, 에린 그리고 테이트와 오토 나이 중간쯤 되어 보이는 여동생, 이렇게 네 가족이었다. 여동생은 열 살 혹은 열한 살 정도로 보였다. 전문 사진작가가 찍은 사진 같았다. 양옆으로 나무가 죽 늘어선 거리를 배경으로 한 사진이었다. 사진 소품으로 가져다 놓은 화려한 노란색 의자에 엄마가 앉아 있었다. 양쪽으로 선 두 딸이 엄마 쪽으로 몸을 살짝 기울여 엄마를 중심으로 가족이 둥그렇게 서 있었다.

사진 속 엄마에게서 시선을 뗄 수 없었다. 어깨 길이의 흑갈색 머리에 몸집이 있는 백인 여자가 묘하게 거슬렸다. 왠지 모르게 낯익었지만 도무지 생각이 나질 않았다. 무언가 생각이 날 듯 안 날 듯 머릿속을 맴돌았다. 이 여자는 도대체 누굴까?

그때 개들이 짖는 소리가 들렸다. 서재까지 들릴 정도였다. 눈 속에서 충분히 논 모양이었다. 집 안으로 들어오고 싶은 것 같았다.

의자에서 일어났다. 서재를 나와 잰걸음으로 주방에 도착한 뒤 뒷문을 열었다. 데크에 나가 쉭쉭 소리를 낸 개들을 불렀다. 하지만 올 생각을 하지 않아 마당으로 나갔다. 두 마리 모두 마당 구석에서 석상처럼 꼼짝도 하지 않고 서 있었다. 토끼나 다람쥐를 잡은 것 같았다. 개들이 가여운 동물을 해치기 전에 막아야 했다. 이미 머릿속에는 새하얀 눈밭이 동물의 피로 물든 장면이 그려졌다.

온 마당이 눈으로 뒤덮였다. 발목까지 푹 빠질 정도로 눈이 쌓였고, 내가 발자국을 남긴 곳 외에는 얼룩 하나 없이 새하얗게 뒤덮여 있었다. 마당을 가로질러 개들이 있는 곳으로 나아가는 내내 거센 바람에 몇 번이나 넘어질 뻔했다. 마당은 가도 가도 끝이 없었고, 개들은 저 멀리서 무언가를 앞발로 건드리고 있었다.

박수를 쳐서 개들을 불렀지만 여전히 꼼짝하지 않았다. 눈발이 옆으로 흩날리며 내렸다. 매서운 바람을 타고 눈이 잠옷 바지를 적시고 상의 네크라인 안으로 파고들었다. 슬리퍼만 신은 두 발이 너무 시려 아플 지경이었다. 마당에 나오기 전에 신발을 신을 생각을 미처 하지 못했다. 아무것도 제대로 보이지 않았다. 나무들도, 집들도, 지평선도 눈 속에 몸을 숨겼다. 눈을 뜨기조차 힘들었다. 오늘 등교한 학생들이 걱정이었다. 이따가 다들 집에 어떻게 오려나?

마당을 반쯤 가로질렀을 때 지금이라도 그냥 집에 들어갈까 싶은 생각이 들었다. 애초에 왜 개들이 있는 곳으로 갈 생각을 했는지 나조차도 의아했다. 박수를 한 번 더 쳐 개들을 불렀다. 역시 오지 않았다. 윌이었다면 바로 왔을 것이다. 겨우겨우 마저 걸음을 뗐다. 호흡이 어려웠다. 공기가 너무 차가워 목과 폐가 화끈거렸다.

개들이 또 한 번 짖자 마지막 스무 걸음은 달려갔다. 내가 다가가자 소심한 눈빛을 보내는 개들이 보였고 앞발 사이에 반쯤 먹어 치운 동물의 사체가 있으리라 예상했다. 사지가 뜯긴 다람쥐는 안중에도 없이 얼른 집 안으로 들어가야 한다는 생각에 개의 목걸이를 손으로 잡아당기며 말했다.

"자, 어서, 가자."

하지만 개는 낑낑거리며 버텼다. 덩치가 커 내가 힘으로 끌고 갈 수가 없었다. 시도했지만 이내 개의 무게를 이기지 못해 비틀거리다 중심을 잃었다. 앞으로 고꾸라지며 두 손과 무릎으로 땅을 짚었고, 그 순간 개들의 발 사이, 흰 눈 속에서 무언가 반짝 빛나는 것이 보였다. 토끼가 아니다. 다람쥐도 아니었다. 토끼나 다람쥐로 보기에는 크기가 너무 작았다. 길고 가늘며 날카로운 형태의 무언가였다.

심장 박동이 빨라졌다. 손이 얼얼했다. 검은 점들이 눈앞에 어른거렸다. 속이 좀 안 좋은가 싶었다. 그 순간 갑자기 속이 확 뒤집혔다. 무릎과 손으로 땅을 짚고 엎드린 채 눈밭에 구역질을 했다. 횡격막이 수축하며 울컥 무언가 역류하는 것 같았지만 헛구역질만 나왔다. 커피 몇 모금 외에는 지금껏 아무것도 먹은 게 없었다. 속이 텅 비어 게워낼 것도 없었다.

개 한 마리가 내게 코를 갖다 대었다. 개를 끌어안고 마음을 진정시키자 개들 발치에 있는 물건의 정체가 또렷하게 보였다. 칼이었다. 잃어버린 뼈칼. 칼에 묻은 피 냄새가 개들을 자극한 모양이었다. 모건 베인스의 살해 도구와 마찬가지로 칼날이 약 15센티미터가량 되었다. 칼 옆에는 그동안 개들이 열심히도 파 놓은 구멍이 있었다. 이 칼 냄새를 맡고 땅을 판 것이다. 우리 집 뒷마당에 이 칼이 묻혀 있었다. 개들은 칼을 꺼내기 위해 그렇게나 뒷마당을 팠던 거였다.

나는 고개를 돌려 집을 흘낏 바라봤다. 눈에 덮여 각이 흐려

411

진 집 형체만 간신히 보일 뿐 다른 것은 아무것도 보이지 않았다. 오토가 주방 창문에서 나를 지켜보는 모습이 상상되었다. 집으로 가선 안 된다.

개들을 뒷마당에 두었다. 칼도 그대로 두었다. 칼에는 손도 대지 않았다. 절뚝이는 걸음으로 마당을 가로질렀다. 추위에 두 발이 아프다 못해 감각이 사라지고 있었다. 걷기가 힘들었다. 집 옆으로 빙 둘러 간신히 걸음을 옮기는 데 얼어붙은 발에 힘이 들어가지 않았다. 눈 더미에 푹 쓰러졌다가 다시 몸을 일으켰다.

언덕 아래까지 약 400미터 거리였다. 그곳에 시내와 치안센터가 있고, 그곳까지 내려가야 버그 경관을 만날 수 있다. 윌은 기다리라고 했다. 하지만 더는 기다릴 수 없었다. 윌이 언제 집에 올지도 모르고, 윌이 집에 오기 전에 내게 어떤 일이 벌어질지도 모른다.

거리는 황량하고 음산했다. 온통 새하얗게 변했다. 거리에 사람이 하나도 보이지 않았다. 콧물을 흘리며 절뚝이는 다리로 언덕을 내려갔다. 소매로 코를 훔쳤다. 코트도, 모자도 없이 잠옷 차림이었다. 장갑도 끼지 않았다. 잠옷으로는 체온을 유지할 수도, 몸을 보호할 수도 없었다. 이가 덜덜 떨렸다. 바람이 너무 세게 불어 눈 뜨기가 어려웠다. 눈발이 토네이도처럼 공중에서 빙빙 소용돌이치며 사방팔방에서, 동시다발적으로, 끊임없이 휘몰아쳤다. 손가락은 동상에 걸린 것 같았다. 울긋불긋해졌다. 얼굴에는 감각이 없었다. 멀리서 눈삽으로 도로를 긁는 소리가 들렸다. 실낱같은 희망이 찾아들었다. 오토와 나 외에도 누군가 이 섬에 있다. 계속 걸음을 옮겼다. 걷는 것 외에는 달리 할 수 있는 일이 없었다.

마우스

한밤중 마우스의 귀에 아주 익숙한 소리가 들렸다. 마우스는 이미 침대에 누워 있었으므로 계단에서 삐그덕 소리가 날 이유가 없었다. 오래된 집 2층에는 침실이 하나뿐이었다. 마우스가 침대에 눕고 나면 밤에 2층으로 올라올 사람이 아무도 없었다. 하지만 누군가 계단을 오르고 있었다. 가짜 엄마가 올라오고 있으니 어서 도망가라고 계단이 마우스에게 경고를 보내고 있었다. 어서 숨으라고.

하지만 마우스에게는 도망치거나 숨을 틈이 없었다. 너무 순식간에 벌어진 일이었고, 마우스는 잠에서 덜 깨 몽롱한 상태였다. 마우스가 눈을 채 다 뜨기도 전에 문이 벌컥 열렸고, 문 앞에는 가짜 엄마가 복도 전등 불빛을 등진 채 서 있었다.

바닥에 놓인 철장 안에서 버트가 찍찍 날카롭게 울었다. 버트는 반투명한 돔 아래로 몸을 피했다. 움직이지만 않으면 반투명한 플라스틱 너머에서 자신이 절대로 보이지 않을 거라고 착각한 버트는 조각상처럼 꼼짝도 하지 않았다.

침대 위에 있는 마우스 역시 몸을 최대한 움직이지 않으려 했다. 하지만 가짜 엄마의 눈에는 버트도, 마우스도 보였다. 가짜 엄마가 불을 켰다. 강렬한 불빛이 마우스의 잠기운을 싹 달아나게 만들었고, 마우스는 갑자기 눈을 번쩍 뜬 탓에 처음에는 아무것도 보이지 않았다. 하지만 소리는 들렸다. 너무나 차분해 도리어 길길이 화를 낼 때보다 더 무섭게 느껴지는 목소리로 가짜 엄마가 말했다. 마우스는 가짜 엄마가 한달음에 달려와 소리를 지르고 나가길 바랐다. 그러면 잠깐만 참으면 끝날 테니까. 하지만 가짜 엄마는 느린 걸음으로 아주 천천히 침대로 다가왔다.

알아서 잘 행동하는 게 좋을 거라고 말하지 않았니, 마우스? 가짜 엄마는 버트가 있는 철장을 지나 침대로 한 걸음씩 다가오며 물었다. 가짜 엄마가 마우스가 덮고 있는 이불 끝을 잡아당기자 유니콘 잠옷을 입은 마우스의 몸이 고스란히 드러났다. 누가 시키지 않아도 마우스 혼자 알아서 챙겨 입은 잠옷이었다. 마우스 옆에는 미스터 베어가 누워 있었다. 알아서 잘 행동하라는 말이, 변기 물을 내리고, 내가 앉는 그 변기에 네가 묻혀 놓은 소변을 깨끗이 닦아야 한다는 뜻인 줄 몰랐던 거야?

마우스는 온몸에서 피가 빠져나가는 것 같았다. 가짜 엄마가 무슨 말을 하는지 골똘히 생각해볼 필요가 없었다. 가짜 엄마가 하는 말을 정확하게 알고 있었다. 그리고 마우스도 뒷정리를 하려고 했지만 못했던 이유를 설명해봤자 좋을 게 없다는 것도 알고 있었다. 마우스는 떨리는 목소리로 말했다. 가짜 엄마에게 상황을 설명했다. 조용히 하려고 했다고. 가짜 엄마를 안 깨우려고 그랬다고. 변기에 일부러 소변을 묻힌 것은 아니라고. 소리가 크게 날까 봐 변기 물을 내리지 못했다고 말했다.

마우스는 잔뜩 얼어붙었다. 두려웠다. 목소리가 너무 떨린 나머지 마우스가 하는 말이 잘 들리지 않았다. 가짜 엄마는 웅얼거리는 것을 정말 싫어했다. 가짜 엄마는 마우스에게 버럭 소리를 질렀다. 똑바로 말해! 가짜 엄마는 화난 얼굴로 아빠가 생각하는 것처럼 똑똑한 아이가 아닌 것 같다고 말했다.

마우스는 다시 설명하려 했다. 목소리를 크게 하고 또박또박 말하려 했다. 하지만 그건 별로 중요하지 않았다. 가짜 엄마는 대답을 듣고자 한 것이 아니었기 때문에 어물거리던 또박또박 말하던 중요하지 않았다. 가짜 엄마의 물음은 수사적 질문이며 정말 대답을 바란 게 아니었다는 것을 마우스는 아주 나중에서야 깨달았다.

개들이 집 안에서 실례를 하면 어떤 일이 벌어지는지 아니? 가짜 엄마가 마우스에게 물었다. 마우스는 정확히는 몰랐다. 강아지를 키워본 적이 없지만 아마도 누군가 깨끗이 치우면 된다고 생각했다. 그러면 되는 일이라고. 왜냐면 마우스가 버트에게 그렇게 하니까. 버트는 마우스 품에서 계속 똥을 싸고 쉬를 했지만, 마우스는 아무렇지도 않았다. 마우스는 옷에 묻은 것을 닦고 손을 씻은 뒤 다시 버트와 놀았다.

하지만 이렇게 쉬운 문제라면 가짜 엄마가 묻지도 않았겠지.

마우스는 잘 모른다고 답했다.

내가 어떤 일이 벌어지는지 보여줄게. 이 말을 끝으로 가짜 엄마는 마우스의 팔을 잡아 일으켜 세웠다. 마우스는 가짜 엄마가 끄는 대로 가고 싶지 않았다. 하지만 가짜 엄마 손에 억지로 침대에서 일어나 계단으로 끌려가는 것보다 가짜 엄마가 하자는 대로 따라가야 덜 아프다는 것을 알기에 마우스는 반항하지 않았다. 그래서 마우스는 가짜 엄마가 원하는 대로 몸을 움직였다. 그러나 가짜 엄마의 걸음이 너무 빨라 마우스가 그 뒤를 쫓다 넘어졌다. 바닥에 엎어져 버렸다. 마우스가 넘어지자 가짜 엄마가 화를 냈다. 가짜 엄마가 소리를 질렀다. 일어나!

마우스는 시키는 대로 몸을 일으켰다. 두 사람은 계단을 내려갔다. 집은 어두웠지만 창문을 통해 밤하늘의 푸르른 빛이 살짝 들이쳤다.

가짜 엄마는 마우스를 거실로 끌고 왔다. 거실 중간에 세우더니 벽면 어딘가를 향하도록 마우스의 몸을 돌려세웠다. 거실 구석에는 지금껏 내내 잠겨 있던 개집이 열려 있었다.

예전에 개를 키웠었어. 가짜 엄마가 말했다. 스프링거 스파니엘이었지. 이름이 맥스였는데, 뭐 달리 좋은 이름이 생각나지 않아서 대충 붙인 거였어. 착한 아이였지. 좀 멍청하긴 하지만 그래도 착한 개였어. 같이 산책도 했어. TV를 볼 때면 맥스가 내 옆에 앉기도 했고. 그런데, 내가 집을 비웠을 때 맥스가 집 안에다 실수를 해놓은 거야. 맥스가 나쁜 행동을 한 거지.

가짜 엄마는 말을 이었다. 집 안에서 쉬를 하거나 똥을 싸는 동물을 집에 들일 수는 없지. 더럽잖아. 마우스, 무슨 말인지 알겠니? 개를 가르치는 데 가장 좋은 방법은 크레이트 훈련이야. 왜냐면 개들도 본인이 싼 똥이나 쉬를 깔고 앉고 싶어하지 않거든. 그래서 참는 법을 배우는 거지. 그러니 너도 할 수 있을 거야. 가짜 엄마가 마우스의 팔을 붙잡고 개집으로 끌고 갔다.

마우스는 저항했지만 여섯 살 어린아이일 뿐이었다. 가짜 엄마 몸무게의 반에도 못 미치는 마우스는 힘이 하나도 없었다. 마우스는 저녁도 먹지 못했다. 살레르노 버터 쿠키 세 개가 다였다. 게다가 좀 전에 잠에서 깬 상태였다. 한밤중이었고 마우스는 졸렸다. 마우스가 움직거리며 몸을 비틀어봤지만 그뿐, 가짜 엄마의 손아귀에 이리저리 이끌려 다녔다. 끌려 들어간 개집은 마우스의 앉은키보다 높이가 낮았다. 똑바로 앉을 수조차 없었고, 머리가 철창에 닿아 목을 구부려야 했다. 누울 수도, 두 다리를 쭉 펼 수도 없었다. 무릎을 말고 쪼그려 앉은 탓에 다리가 저렸다.

마우스는 울음을 터뜨렸다. 제발 내보내달라고 사정했다. 착하게 굴겠다고, 변기에 소변을 묻히지 않겠다고 빌었다.

하지만 가짜 엄마는 들은 척도 하지 않았다. 가짜 엄마는 이미 위층으로 올라가고 있었다. 마우스는 가짜 엄마가 왜 2층으로 올라가는지 이해가 가지 않았다. 어쩌면 불쌍한 미스터 베어를 가져다주려는 게 아닐까 생각했다. 하지만 돌아온 가짜 엄마의 손에 들린 것은 미스터 베어가 아니었다. 버트였다.

가짜 엄마의 손에 들린 버트를 보고 마우스는 비명을 질렀다.

버트는 마우스 말고 다른 사람이 만지는 것을 싫어했다. 버트는 가짜 엄마의 손 안에서 작은 발을 버둥거렸고, 마우스가 여태껏 들어본 중 가장 크게, 귀가 찢어질 듯한 비명을 지르며 꾸이익 꾸이익 울어댔다. 당근을 달라고 할 때 내는 소리가 아니었다. 완전히 다른 울음소리였다. 두려움에 몸부림치는 소리였다.

마우스의 심장이 지나치게 빨리 뛰었다. 마우스는 철장을 마구 두드렸지만 나갈 수 없었다. 문을 억지로 열려 해도 잠금쇠가 걸려 있는 문은 꼼짝도 하지 않았다.

마우스, 뭉뚝한 칼이 날카로운 칼보다 더 위험하다는 거 알고 있니? 가짜 엄마는 칼 한 자루를 들어 달빛에 날을 비추며 말했다. 마우스의 대답을 들을 생각이 없는 듯 가짜 엄마가 말을 이었다. 이 집에 쥐새끼 둘은커녕 하나도 싫다고 몇 번이나 말해야 알아듣겠어?

마우스는 앞으로 벌어질 일을 보지도, 듣지도 않으려고 두 눈을 꼭 감고 손으로 귀를 막았다.

*

마우스 아빠는 집에 돌아온 지 일주일도 채 되지 않아 또 출장을 떠났다. 아빠는 현관에서 나란히 선 가짜 엄마와 마우스에게 작별 인사를 했다. 진짜 며칠이면 돼. 아빠가 그리워질 새도 없이 금방 돌아올 거야. 이렇게 말한 아빠는 마우스의 눈을 들여다보며 출장 다녀오면 버트를 대신할 새로운 기니피그를 사러 가자고 말했다. 아빠는 버트가 그저 잠시 놀러 나갔고, 우리가 찾을 수 없는 집 어딘가에서 혼자 신나게 지내고 있을 거라고 생각하고 있었다.

마우스는 새 기니피그를 바라지 않았다. 앞으로도 영원히 기니피그를 키우고 싶지 않았다. 그 이유를 아는 사람은 마우스와 가짜 엄마뿐이었다.

마우스 옆에 선 가짜 엄마가 마우스의 어깨를 움켜쥐었다. 마우스의 어두운 갈색 머리를 손으로 쓸어 넘기며 말했다. 우리 둘이 잘 지낼 거예요. 그렇지, 마우스? 자, 이제 아빠 가셔야 하니까 인사 드리렴.

마우스는 눈물이 그렁한 눈으로 아빠에게 인사했다. 마우스와 가짜 엄마는 나란히 서서 아빠의 차가 진입로를 빠져나가 골목 끝에서 모습을 감출 때까지 지켜봤다. 그러곤 가짜 엄마는 현관문을 발로 차 닫은 뒤 마우스를 바라봤다.

세이디

치안센터는 시내 중심가에 자리한 작은 벽돌 건물이다. 다행히 잠기지 않은 문틈 사이로 따뜻한 노란색 불빛이 새어 나오고 있었다. 치안센터 안으로 들어가자 한 여자가 책상에 앉아 바쁘게 키보드를 두드리고 있었다. 벌컥 문이 열리고 내가 모습을 드러내자 여자는 깜짝 놀란 듯 손으로 가슴을 눌렀다. 이런 날씨에 누가 오리라고 전혀 생각지 못한 것 같았다.

들어오다 문턱에 발이 걸렸다. 2.5센티미터 정도 솟아오른 문턱을 보지 못했다. 몸을 가눌 새도 없이 무릎으로 넘어지며 손을 땅에 짚었다. 바닥이 눈밭처럼 폭신하지 않았다. 앞서 넘어졌던 것보다 훨씬 아팠다.

"어머나."

날 일으켜 세워주기 위해 여자가 얼른 몸을 일으켰다. 책상에서 뛸 듯 종종걸음으로 다가와 바닥으로 몸을 굽혔다. 깜짝 놀라 입과 눈이 크게 벌어졌다. 눈앞에 펼쳐진 광경을 믿을 수 없다는 표정이었다. 네모반듯한 사무실은 규모가 작았다. 노란색 벽에 카펫이 깔린 바닥, 양옆에 서랍이 달린 책상이 다였다. 사무실 안은 완전히 다른 세상인 듯 따뜻했다. 구석에 있는 온풍기가 따뜻한 공기를 내뿜고 있었다. 몸을 일으키자마자 온풍기 앞으로 다가가 무릎을 땅에 대고 앉았다.

"버그 경관이요."

입이 얼어붙어 간신히 말했다. 여자를 등지고 앉은 채로 말했다.

"버그 경관 좀 불러주세요."

"네, 네. 잠시만요."

어느새 그녀는 버그 경관의 이름을 정신없이 외치고 있었다. 고맙게도 여자가 다가와 온풍기의 바람 세기를 최고로 올려주었고, 나는 동상에 걸린 것 같은 두 손을 올려 바람이 나오는 곳에 대었다.

"경관님, 여기 누가 찾아왔어요."

여자가 안절부절못하며 말했고, 나는 뒤를 돌아봤다.

비서의 부름에 아무 대꾸도 하지 않았던 그가 어느새 모습을 드러냈다. 문제가 생겼다는 것을 알리듯 다급하게 외치는 비서의 부름에 경관은 걸음을 재촉했다. 내 잠옷 차림을 본 그는 나를 지나쳐 커피포트로 향했다. 내 몸을 따뜻하게 해주기 위해 스티로폼 컵에 커피를 따라 내게 건넸다. 내 손에 커피를 쥐어주며 몸을 일으켜 세웠다.

커피를 마시지는 않았지만 따뜻한 컵에서 전해오는 온기가 좋았다. 경관에게 고마움을 느꼈다. 바깥에는 눈보라가 계속 몰아쳤고, 작은 건물이 한 번씩 흔들렸다. 전등이 깜빡거리고, 벽이 윙윙거리며 울어댔다. 옷걸이에서 코트를 꺼내 내 어깨에 걸쳐주었다.

"할 말이 있어요."

내 목소리에서 절망과 피로가 그대로 드러났다.

버그 경관은 복도 안쪽에 있는 사무실로 나를 이끌었다. 소형 접이식 테이블에 나란히 앉았다. 사무실에 테이블 말고는 아무것도 없었다.

"무슨 일입니까, 닥터 파우스트?"

걱정하는 듯 따뜻한 말투였지만, 경계심도 느껴졌다.

"밖을 다니기 위험한 날이잖아요."

그가 말했다.

몸이 주체할 수 없이 떨렸다. 아무리 애써도 체온이 올라가지 않았다. 두 손으로 컵을 감쌌다. 버그 경관이 팔꿈치로 슬쩍 찌르며 커피를 마시는 게 좋겠다고 말했다. 하지만 추위 때문에 떠는 것이 아니었다.

버그 경관에게 그간 있었던 일을 모두 말하려 하는데, 그가 문득 말을 꺼냈다.

"조금 전에 남편께서 전화를 주셨습니다."

하려던 말이 목에 걸려 나오지 않았다. 둘이서 같이 경관에게 찾아가기로 해놓고 윌이 왜 먼저 경관에게 전화를 했을까 혼란

423

스러웠다.

"그랬어요?"

미처 예상하지 못한 말을 들은 나는 그저 이렇게 얼버무리며 앉은 자세를 바로 했다. 버그 경관은 천천히 고개를 끄덕였다. 경관은 상대방을 묘하게 쳐다보는 습관이 있었다. 나는 그의 눈을 피하지 않으려 노력했다.

"왜 전화를 했던가요?"

경관이 어떤 말을 하든 동요하지 않으려고 마음을 다잡았다.

"선생을 걱정하고 계시더군요."

경관의 말에 긴장이 풀렸다. 윌은 내가 걱정되어 전화한 것이었다.

"그렇군요."

이제야 의자에 편히 기대었다. 아마도 내게 먼저 전화를 했다가 내가 받지 않으니 버그 경관에게 전화를 한 모양이었다. 버그 경관에게 내가 괜찮은지 봐달라고 부탁했을 수도 있다.

"날씨도 그렇고. 페리도 연기돼서 걱정했나 보네요. 남편과 마지막으로 통화했을 때 제가 좀 흥분했었거든요."

"네. 파우스트 씨가 말씀하셨습니다."

경관이 말했다.

나는 다시 허리를 곧게 펴고 자세를 바로 했다.

"제가 흥분했다고 경관님께 말했다고요?"

방어적인 말투로 물었다. 지극히 사적인 이야기이지 윌이 경찰에게까지 말할 만한 내용이 아니다.

경관은 고개를 끄덕였다.

"선생을 걱정하시더군요. 수건 때문에 좀 놀라셨다고요."

갑자기 대화의 분위기가 달라졌다. 경관이 한심하다는 투로 말했기 때문이다. 마치 내가 수건 하나에 호들갑을 떠는 하릴없는 여자인 듯한 그 말투.

"아."

달리 할 말이 없었다.

"선생이 괜찮은지 확인하러 댁에 가려던 참이었어요. 덕분에 수고가 줄었습니다."

이어 버그 경관은 폭설 전에 휴교 발표가 나지 않아 오후에는 도로가 상당히 혼잡해질 거라고 말했다. 그나마 다행이라면 몇 시간 내로 눈이 잦아들 예정이었다.

잠시 뒤 버그 경관이 슬쩍 운을 뗐다.

"수건 관련해서 제게 하실 말씀이라도?"

"제가 수건을 발견했어요."

경관에게 천천히 말했다.

"피 묻은 수건을요. 세탁실에서."

이왕 말이 나온 김에 마저 털어놓았다.

"집 뒷마당에서 칼도 발견했고요."

그는 눈도 깜빡이지 않았다.

"베인스 부인의 살해 도구 말씀입니까?"

그가 물었다.

"그런 것 같아요. 네, 칼에 피가 묻어 있었어요."

"지금 그 칼은 어디에 있나요?"

"집 뒷마당에요."

"거기 그대로 두셨나요?"

"네."

"칼을 만지셨습니까?"

"아니요."

내가 답했다.

"마당 어디쯤이죠?"

지금쯤이면 눈 속에 파묻혔을 것 같았지만 그래도 최대한 자세히 위치를 설명했다.

"수건은요? 지금 어디에 있습니까?"

"세탁기 아래요. 세탁실에 있어요."

경관은 수건에 묻어 있는 피도 그대로 보관되어 있는지 물었고, 나는 그렇다고 답했다. 그는 양해를 구하고 잠시 자리를 비웠다. 30초도 채 되지 않아 돌아온 경관은, 비셋 경관이 우리 집에서 수건과 칼을 회수할 거라고 말했다.

"제 아들이 집에 있어요."

경관에게 말하자, 비셋 경관이 최대한 빨리 물건들만 챙겨 나올 거라 별문제 없을 거라고 했다. 오토가 신경 쓸 일은 없을 거라고.

"그런데요, 경관님."

이내 말을 멈췄다. 어떻게 말을 해야 할지 판단이 서지 않았다. 컵 테두리를 만지작거리자 스티로폼 가루가 떨어져 테이블 위에 하얀 눈처럼 쌓였다.

단도직입적으로 말했다.

"어쩌면 베인스 부인을 살해한 범인이 제 아들일지도 모르겠어요. 아니면 이모젠일 수도 있고요."

경관에게서 좀 더 큰 반응을 기대했다. 하지만 그는 마치 내 말을 못 들었다는 듯이 자기 할 말만 했다.

"한 가지 아셔야 할 게 있습니다, 닥터 파우스트."

이렇게 말하는 그에게 물었다.

"뭘요?"

"남편께서……."

"네?"

"윌이……."

이런 식으로 괜히 시간을 끄는 게 너무 싫었다. 이런 화법은 사람을 정말 미치게 한다.

"제 남편 이름은 저도 잘 알아요."

내가 쏘아붙이자 그는 잠시 아무 말 없이 나를 바라보기만 했다.

"네."

그가 이윽고 입을 열었다.

"그러시겠죠."

잠시 침묵이 흘렀다. 그는 내내 나를 응시했다. 나는 자세를 조금 바꿨다.

"윌은 베인스 부인이 죽던 날에 대한 진술을 철회했습니다.

두 분이 함께 TV를 본 뒤 곧장 침실로 갔다는 진술이요. 남편 말에 따르면 진술은 모두 사실이 아니었다고 하더군요."

깜짝 놀랐다.

"아니라고요?"

"네. 파우스트 씨의 말에 따르면요."

"그럼 윌은 그날 무슨 일이 있었다고 하던가요?"

내가 날카롭게 되묻는 것과 동시에 무전기에서 잘 알아들을 수 없는 시끄러운 목소리가 울렸다. 버그 경관은 대화를 이어 가기 위해 자리에서 일어나 무전기 볼륨을 낮췄다. 경관이 다시 의자에 앉았다.

"남편께서는 TV 프로그램이 끝난 뒤 선생이 잠자리에 들지 않았다고 했습니다. 선생의 진술과 다르게요. 선생이 침실로 향한 게 아니라 개 산책을 시키러 갔다고 하더군요. 선생이 개를 산책시키는 동안 남편분은 씻기 위해 위층 침실로 갔고요. 선생이 꽤 오랫동안 자리를 비웠다고 했습니다."

내 안의 무언가가 뒤흔들리는 것 같은 기분이었다. 누군가 거짓말을 하고 있다. 하지만 누가 거짓말을 하는지는 알 수 없었다.

"그래요?"

내가 물었다.

"그렇습니다."

그가 답했다.

"하지만 사실이 아니에요."

내가 단호히 말했다. 월이 왜 그런 말을 했는지는 모른다. 굳이 이유를 하나 생각하자면 짐작되는 것은 있었다. 오토와 이모젠을 지키기 위해서라면 월은 무엇이든 할 수 있다는 것. 그게 무엇이든. 설사 그것이 나를 희생양으로 삼는 것이더라도.

"선생께서 개 산책을 시키러 나갔지만 시간이 지나도 집에 오지 않아 걱정이 되었다고 합니다. 개 짖는 소리가 들려서 더 그랬다더군요. 무슨 일이 생겼나 싶어 밖을 내다봤다고 했습니다. 그랬더니 개들은 있는데 선생의 모습은 보이지 않았다고요. 그날 밤, 선생이 개들은 마당에 둔 채 베인스 댁에 갔던 거 아닙니까?"

심장이 내려앉는 기분이었다. 높은 곳에서 떨어질 때, 롤러코스터가 아래로 수직낙하할 때 몸속 장기가 뒤흔들리는 그 느낌이었다. 나는 한 글자씩 힘주어 말했다.

"저는 그날 저녁 베인스 집에 가지 않았어요."

하지만 버그 경관은 내 말을 무시했다. 내 말을 전혀 못 들은 것처럼 자신의 말만 계속 이어갔다. 그는 이제 월이라고 편하게 부르고 있었다. 남편은 월이지만, 나는 닥터 파우스트였다. 버그 경관의 마음은 이미 한쪽으로 기울어져 있었다. 내 쪽은 아니었다.

"월이 선생에게 전화를 걸었다고 합니다. 하지만 전화를 받지 않았죠. 선생에게 뭔가 일이 생긴 것 같다는 생각이 들었다고 했습니다. 그래서 선생을 찾으러 나가려고 황급히 옷을 입었죠. 월의 걱정이 커질 때쯤 선생께서 집에 들어왔습니다."

버그 경관이 잠시 숨을 돌렸다.

"다시 묻겠습니다, 닥터. 베인스 부인이 살해당하던 날 밤 10시부터 새벽 2시 사이에 어디에 계셨습니까?"

나는 아무 말도 하지 않은 채 고개를 저었다. 더 이상 할 수 있는 말이 없었다. 내가 어디에 있었는지 이미 말했지만 경관은 내 말을 믿지 않고 있었다. 그제야 버그 경관이 가져온 커다란 서류봉투 하나가 눈에 들어왔다. 내내 테이블 위에 있긴 했지만 손이 닿지 않은 곳에 덩그러니 놓여 있었다. 경관이 일어나 봉투를 가까이 가져왔다. 서류봉투 덮개를 올려 봉투를 열었다. 내게 보여주기 위해 사진 여러 장을 꺼내 테이블에 늘어놨다. 한 장씩 꺼낼 때마다 더욱 섬뜩한 사진이 나왔다. 최소 20×25센티미터로 확대된 사진이었다. 사진이 커서 고개를 옆으로 돌려도 사진이 시야에 들어왔다. 문틀과 잠금장치가 파손되지 않은 채 열려 있는 문 사진. 벽에 흩뿌려진 핏자국 사진. 사진 속 깔끔하게 정돈된 거실을 보면 범인과 몸싸움이 없었다는 것을 알 수 있었다. 유일하게 흐트러진 것이라면 옆으로 쓰러진 우산꽂이와 실랑이 중 누군가의 팔꿈치에 부딪혀 비뚤어졌을 법한 벽걸이 액자가 다였다.

거실 중앙에 모건이 누워 있었다. 갈색 머리카락이 얼굴을 덮은 채 러그 위에 불편한 자세로 누워 있는 모건은 마지막까지 예리한 칼날에서 얼굴을 보호하려고 했던 듯 두 팔이 머리 위로 올라와 있었다. 넘어지며 다리가 부러진 것인지 기이한 형태로 꺾여 있었다. 모건이 입은 모직 바지와 보온 기능성 상의가 전부 빨간색이라 피와 옷의 경계가 불분명했다. 왼쪽 바지는 무릎까지 올라가 있었다.

피 웅덩이 사이로 작은 발자국이 찍혀 있었다. 모건에게서 점차 멀어질수록 발자국이 희미해졌다. 죽은 여자 곁에 서 있는 아이를 향해 경찰관이 손을 흔들어 부르는 장면이 머릿속에 그려졌다.

"제가 보기에는요, 닥터."

버그 경관이 입을 열었다.

"무차별 살인이 아닙니다. 범인은 모건이 고통스러워하는 모습을 보고 싶었던 겁니다. 분노와 공격성을 표출한 거죠."

사진에서 눈을 뗄 수가 없었다. 내 시선은 모건의 시체에서 피 묻은 발자국으로 벽에 걸린 사진으로 이리저리 배회하다 다시 벽에 비스듬히 걸린 액자로 향했다. 벽에 걸린 액자를 자세히 보기 위해 테이블 위에서 사진을 집어 들어 얼굴 가까이 가져갔다. 분명 얼마 전에 이 액자 속 사진을 본 적이 있다. 나무가 양옆에 길게 늘어선 거리가 눈에 익었다. 네 식구의 가족사진이었다. 엄마와 아빠, 약 열 살, 스무 살쯤 되어 보이는 딸 둘. 초록색 원피스를 입고 샛노란 의자에 앉은 엄마를 중심으로 빙 둘러선 가족들.

"세상에."

나는 숨을 들이마시며 손으로 입을 막았다. 모건 베인스의 집 벽에 비스듬히 걸려 있는 액자 속 사진은 에린의 사고 기사에 나온 사진과 똑같았다. 조금 전 집에서 컴퓨터로 봤던 그 사진이었다. 스무 살가량 되어 보이는 큰딸이 바로 윌의 전 약혼녀, 에린이었다. 사고 몇 달 전 찍은 사진 같았다. 그 옆의 어린 소녀가 에린의 여동생이었다.

침을 삼키다 사레가 들렸다. 버그 경관이 내 등을 두드리며 괜찮냐고 물었다. 말을 할 수가 없어 고개만 끄덕였다.

"차마 보고 있기가 괴로운 사진이죠."

버그 경관은 내가 사체를 보고 놀랐다고 생각했다. 전에는 보이지 않았던 것이 이제야 비로소 보였다. 의자에 앉아 있는 사진 속 여성은 이때보다 나이를 먹었다. 갈색 머리칼은 하얗게 변했고, 몰라보게 홀쭉해졌다. 살이 너무 많이 빠져 비쩍 여윌 정도로 변하였다. 실로 믿을 수 없는 일이었다. 받아들이기가 어려웠다. 말도 안 되는 일이었다.

사진 속 여성이 바로 모건의 엄마였다. 추도식에서 만났던 그 여인. 친구인 캐런과 수전이 말했듯이 몇 년 전 자식을 잃고 완전히 변해버린 그 여자였다.

하지만 이해가 가지 않았다. 내 추측이 맞다면 모건은 에린의 여동생이었다. 사진 속 열 살 정도로 보이는 어린 여자아이가 모건이었다. 윌은 왜 내게 말하지 않았던 걸까? 이유를 짐작할 것도 같았다. 내가 불안해하니까. 에린의 여동생이 이렇게 가까이 살고 있다는 것을 알았다면 나는 어떻게 했을까? 윌과 모건이 친밀한 관계라는 건 사실이었다. 정말 그랬다. 두 사람 사이에는 윌이 나보다 더 사랑했던 여인, 에린이라는 공통분모가 있었다.

사무실이 갑자기 커졌다 작아졌다 일렁이듯 보였다. 어지러운 시야를 바로잡으려 눈을 감았다 떴다. 바로 옆 의자에 앉아 있는 버그 경관의 몸이 휘청거리고 있었다. 실제로 그가 움직인 것이 아니라 내 감각이 이상해졌다. 내 머릿속에서만 그렇게 보일 뿐이었다. 경관의 얼굴이 흐릿해졌다. 사무실이 갑자기 크게 늘어났고 벽이 제멋대로 움직이며 넓어졌다. 경관이 뭐라 말하고 있었지만 머릿속이 어지러워 그의 말이 전부 튕겨 나가는 것 같았다. 경관의 입이 움직이는 것이 보였지만, 말을 알아들을 수가 없었다. 그의 말을 단번에 이해하지 못했다.

"뭐라고 하셨어요?"

내 목소리가 커졌다.

"선생께서 다소 질투가 많고 불안해하는 경향이 있다고 윌이 말하더군요."

"그런 말도 했군요?"

"네, 닥터 파우스트. 그렇게 말했습니다. 그렇다 해도 윌은 선생이 감정적으로 행동할 사람이라고는 생각하지 않았다고 합니다. 하지만 최근 여러 가지로 힘든 일을 겪으셨다고요. 윌이 요즘 들어 선생이 평소답지 않다고도 말했어요. 공황발작도 겪고, 권고사직도 당하셨다고 들었습니다. 윌은 선생이 전혀 폭력적인 성향은 아니라고 했습니다. 다만."

경관은 윌이 한 말을 그대로 반복했다.

"요즘 들어 평소답지 않았다고는 말하더군요."

경관이 물었다.

"달리 하실 말씀이 있으십니까?"

나는 아무 말도 하지 않았다. 바로 그때, 목 뒤편에서 시작된 뭉근한 두통이 미간으로 올라와 쑤셔댔다. 두 눈을 꼭 감고 통증을 달래려 손가락으로 관자놀이를 눌렀다. 갑자기 소리가 잘 들리지 않는 것이 혈압이 떨어진 것 같았다. 버그 경관이 뭐라고 말하며 내게 괜찮냐고 물었다. 하지만 말소리가 아까보다 더 안 들렸다. 꼭 물속에 있는 것 같은 느낌이었다.

문이 열렸다 닫혔다. 버그 경관이 누군가와 이야기를 나누고 있었다. 집에서 아무것도 발견하지 못한 것 같았다. 윌이 이미 허락한 바, 경찰이 집을 수색할 예정이었다.

"닥터 파우스트? 닥터 파우스트?"

누군가 내 어깨를 흔들었다. 눈을 뜨자 나이 든 한 남자가 나를 바라보고 있었다. 나를 보고 군침을 흘리고 있었다. 나는 벽시계를 확인했다. 상의를 내려다봤다. 파란색 잠옷 셔츠의 단추가 목 끝까지 채워져 숨통이 조여왔다. 숨을 쉴 수가 없었다. 이렇게 조신한 척을 한다니까. 바람이 좀 통하도록 윗단추 세 개를 풀었다.

"여기 빌어먹게 덥네요."

부채질을 하며 남자의 시선이 내 쇄골 근처를 방황하는 모습을 지켜봤다.

"괜찮으십니까?"

그가 물었다. 눈앞에 벌어진 상황을 믿지 못하겠다는 표정을 하고 있었다. 남자는 미간을 구기며 눈썹을 찌푸렸다. 그는 실수로라도 보지 않으려고 손으로 눈을 가렸다. 나더러 괜찮냐고 또 한 번 물었다. 나보다 훨씬 난처해 보이는 사람은 그쪽이었으므로 오히려 내가 물어야 했지만 그가 어떤지 별 관심 없었다. 그래서 묻지 않았다. 대신 이렇게 말했다.

"괜찮지 않을 일이 있나요?"

"글쎄요, 좀 혼란스러워 보이는데요. 괜찮으신 건가요? 커피가 싫으시다면 물을 좀 가져다드릴 수 있습니다."

앞에 놓인 커피 잔을 살폈다. 내가 마시던 게 아니다.

그는 아무 말도 않고 나를 유심히 살폈다.

"좋아요."

물이 필요하냐는 질문에 답을 했다. 손가락으로 머리를 꼬며 주변을 둘러봤다. 벽 네 개에 테이블 하나. 춥고, 단조로운 사무실이었다. 딱히 시선을 둘 곳도, 내가 어디 있는지 단서를 제공할 만한 것이 아무것도 없었다. 제복을 차려입은 이 사내 말고는. 누가 봐도 경찰이 확실했다. 테이블 위에 놓인 여러 장의 사진이 눈에 들어왔다.

"가보세요."

그에게 말했다.

"물 좀 가져오라고요."

자리를 비웠던 그가 다시 돌아왔다. 그는 물 한 잔을 내 앞에 내려놨다.

"이제 말씀하시죠. 개들을 산책시키러 나갔을 때 무슨 일이 있었는지요."

그가 말했다.

"무슨 개요?"

그에게 되물었다. 나는 개를 좋아한다. 사람은 싫어도 개는 좋아했다.

"선생이 키우는 개들 말입니다, 닥터 파우스트."

나는 깔깔대며 웃었다. 나를 세이디로 착각하다니 가당치도 않았다. 이보다 더 치욕적인 일은 없다. 우리 둘은 조금도 닮은 구석이 없다. 머리 색도, 눈동자 색도 다르고, 나이 차도 상당했다. 세이디는 늙었다. 나는 젊고. 눈썰미가 저리도 없나?

"부탁인데요."

머리카락을 귀 뒤로 넘겼다.

"날 모욕하지 말아줘요."

그가 흠칫 놀라며 물었다.

"뭐라고 하셨습니까?"

"날 모욕하지 말라고요."

"죄송합니다만 닥터 파우스트, 저는……."

그쯤에서 그의 말을 막았다. 나를 세이디나 닥터 파우스트라고 부르는 것을 더는 견딜 수 없었다. 세이디는 내가 되고 싶겠지만, 세이디와 나는 엄연히 다른 사람이다.

"그렇게 부르지 말라고요."

그를 향해 날카롭게 소리쳤다.

"닥터 파우스트라고 부르지 말라는 말씀입니까?"

"그래요."

그에게 답했다.

"그럼, 어떻게 불러야 할까요?"

그가 물었다.

"세이디라고 부르는 게 좋겠습니까?"

"아니라고요!"

나는 분한 마음에 고집스럽게 고개를 가로저었다.

"내 이름으로 불러요."

그가 눈을 가늘게 뜨며 나를 뚫어져라 쳐다봤다.

"세이디가 선생 이름인 줄 알았는데요. 세이디 파우스트."

"그렇다면 잘못 알고 계시네요."

나를 보며 그가 느리게 말했다.

"세이디가 아니라면, 누구시죠?"

그에게 손을 내밀며 카밀이라고 밝혔다. 악수를 하며 맞잡은 그의 손은 차갑고 흐물거렸다. 그는 주변을 둘러보며 세이디는 어디 갔냐고 물었다.

"세이디는 지금 없어요. 이제 그만 가봐야 했거든요."

"하지만 좀 전까지는 있었는데요."

그가 말했다.

"네. 그런데 이제는 없어요. 지금은 나밖에 없어요."

"죄송합니다. 이해가 잘되지 않네요."

그는 또 내게 괜찮냐고, 어디 불편하냐고 물으며 물을 좀 마시라고 권했다.

"전 아주 괜찮아요."

단번에 물을 들이켰다. 목도 마르고 더웠다.

"닥터 파우스트……."

"카밀이라고요."

그에게 다시 말하고는 눈으로 벽시계를 찾았다. 몇 시나 되었는지, 내가 잃어버린 시간이 얼마나 되는지 알고 싶었다.

그가 입을 열었다.

"좋아요, 카밀."

테이블 위에 놓인 사진 한 장을 내밀었다. 그 여자가 눈을 뜬 채로 피범벅이 되어 죽어 있는 사진을.

"혹시 이 사진에 대해 아는 게 있습니까?"

나는 곧장 대답하지 않고 뜸을 들였다. 아직은 비밀을 밝힐 때가 아니다.

세이디

벽을 등진 채 홀로 의자에 앉아 있었다. 방에는 벽과 의자 두 개, 잠긴 문 외에는 아무것도 없었다. 이 방을 나가려고 시도해 봤기 때문에 문이 잠겨 있다는 것을 안다. 문고리를 돌려보았지만 꼼짝도 하지 않았다. 문에 노크를 하다 이내 쾅쾅 두들기며 도와달라고 소리쳤다. 하지만 모두 헛수고였다. 아무도 오지 않았다. 그랬던 문이 별 어려움 없이 열렸다. 손에 찻잔을 든 한 여자가 방으로 들어와 내게 다가왔다. 서류 가방을 바닥에 내려놓고 맞은편 의자에 앉았다. 본인 소개도 하지 않고 이미 우리가 잘 아는 사이인 것처럼, 구면인 것처럼 곧장 대화를 이어갔다.

여자는 내게 질문을 시작했다. 지극히 개인적이고도 인권 침해적인 질문이었다. 화가 난 나는 날을 세우고 의자에 앉아 질문을 받아치면서도 도대체 왜 이 여자가 내 엄마, 아빠, 유년 시절 그리고 누군지도 모를 카밀이란 여자에 대해 묻는 걸까 의아했다. 지금껏 살아오면서 카밀이란 이름을 들어본 적이 없다. 하지만 이 여자는 내 말을 못 믿겠다는 듯 나를 바라봤다. 내가 분명 안다고 생각하고 있었다.

여자는 나에 대해, 내 삶에 대해 사실이 아닌 이야기를 늘어놓았다. 여자의 말에 불편하고 화가 났다. 나도 모르는 일을 당신이 어떻게 아냐고 따져 물었다. 버그 경관이 보낸 여자가 틀림없었다. 좀 전까지만 해도 조그만 사무실에서 버그 경관이 나를 조사하다가 어느 순간 이곳으로 옮겨졌으니까. 시간도 날짜도 가늠이 되지 않았고, 아까 그 사무실에서 어떻게 여기까지 오게 된 것인지 기억이 나질 않았다. 내가 어떻게 이 방에 와서 이 의자에 앉아 있는 걸까? 내가 직접 걸어 들어온 걸까, 아니면 경찰이 내게 약을 먹여 끌고 온 걸까?

이 여자는 내가 해리성인격장애를 앓고 있는 것이 확실해 보이고, 다른 자아들이—여자는 다른 인격들을 알터라고 불렀다—한 번씩 튀어나와 내 생각과 행동을 조종한다고 말했다. 다른 자아가 나를 통제한다고 설명했다.

나는 숨을 깊게 들이마시며 흥분을 가라앉혔다.

"말도 안 돼요."

숨을 내쉬며 어이가 없다는 듯 말했다.

"황당할 정도로 어처구니없는 이야기인 것은 두말할 것도 없고요."

점차 화가 나기 시작한 나는 평정심을 잃고 여자에게 물었다.

"버그 경관이 그렇게 말하던가요?"

나를 모건 살해범으로 몰기 위해 버그 경관은 무슨 짓이든 할 생각인 건가?

"이건 전문가답지 못하고 비윤리적이며 심지어 불법이라고요."

여자에게 쏘아붙이며 내가 직접 문제를 제기할 생각이니 이 일의 책임자가 누구인지 물었다.

내 질문에 묵묵부답으로 응하던 여자가 도리어 내게 물었다.

"한 번씩 블랙아웃을 경험하시나요, 닥터 파우스트? 30분에서 한 시간가량 전혀 기억을 못 할 때가 있나요?"

사실이었지만 잡아뗐다. 그런 적이 한번도 없다고 말했다. 하지만 이곳에 오게 된 경위가 떠오르지 않았다. 이 방에는 창문도 없었다. 시간을 알 만한 단서가 전혀 없었다. 하지만 앞에 앉은 여자의 손목시계가 보였다. 거꾸로 보이긴 했지만 시계가 2시 50분을 가리키고 있다는 것은 읽을 수 있었다. 새벽인지 오후인지는 알 수 없었다. 어쨌거나 내가 치안센터에 도착한 것이 오전 10시에서 11시쯤이었다는 것은 확실했다. 따라서 내가 설명할 수 없는 공백은 대략 네 시간 어쩌면 열여섯 시간 정도 된다는 뜻이었다.

"조금 전에 저와 대화 나눈 것 기억하세요?"

여자가 물었다. 모르는 이야기이다. 그녀와 이야기를 나눈 것이 전혀 기억나지 않았다. 그러나 기억하고 있다고, 그것도 자세하게 기억한다고 거짓말을 했다. 하지만 안타깝게도 나는 거짓말을 잘하는 편이 아니었다.

"우리가 대화를 나눈 게 지금이 처음은 아니에요."

그녀가 말했다. 여자가 지금껏 내게 한 질문을 최대한 조합해 상황을 파악하려 했다. 그렇다고 해서 이 여자를 믿는다는 뜻은 아니었다. 이 여자가 전부 지어낸 이야기일 수도 있다.

"하지만 좀 전에는 선생과 대화한 게 아니었어요. 카밀이라는 여자였죠."

그녀는 내 안에 살고 있는 드세고 수다스러운 카밀이란 젊은 여자에 대해 설명하며, 내성적인 어린 여자아이도 한 명 있다고 했다.

살면서 이렇게 황당한 이야기는 처음이었다. 그녀는 어린 여자아이는 말수가 적지만 그림 그리는 것을 좋아한다고 말했다. 오늘 여자아이와 함께 그림을 그렸다고 말하며 서류 가방에서 종이 한 장을 꺼내 내게 내밀었다.

그 그림이었다. 잘린 몸, 여자, 칼, 피 그림이 이번에는 찢어진 유선 공책 위에 그려져 있었다. 집에서 발견했던 오토의 그림과 똑같은 것이었다.

여자에게 말했다.

"제가 그린 게 아니에요. 제 아들이 그렸죠."

하지만 여자는 이렇게 말했다.

"아뇨."

여자는 그림의 주인을 두고 다른 이야기를 했다. 내 안에 숨어 있는 아이 인격이 그렸다고 말했다. 터무니없는 이야기에 웃음이 터졌다. 여자 말대로라면 내 안의 아이 인격이 이 그림을 그렸다는 말은 곧 내가 그렸다는 이야기였으니까. 내가 다락방에서, 복도에서 그림을 그리고 다시 내 눈에 띄도록 두었다는 소리니까.

나는 이 그림을 그리지 않았다. 이 그림만이 아니라 집 안에 있던 다른 그림들도 전부 내가 그린 게 아니다. 내가 직접 그렸다면 기억하지 못할 리가 없다. 여자에게 말했다.

"제가 그린 그림이 아니에요."

"네, 물론 선생이 그리지 않았죠."

아주 잠깐 이 여자가 날 믿어준다고 착각했다.

"정확히 말하면 선생이 아니죠. 세이디 파우스트가 그린 게 아니에요. 해리성인격장애는 정체성이 분열돼요. 완벽히 분리되는 거죠. 이름, 외모, 성별, 나이, 필체나 화법까지도 다른 별개의 인격체가 탄생합니다."

"그럼 그 여자아이의 이름이 뭔가요?"

여자를 도발했다.

"직접 이야기도 나누고 함께 그림도 그렸다고 하셨잖아요. 그 애 이름은 뭐죠?"

"저도 몰라요. 수줍음이 많은 아이거든요. 세이디, 시간이 좀 걸릴 거예요."

여자가 말했다.

"나이는요?"

내가 물었다.

"여섯 살이에요."

여자는 이 아이가 색칠하기와 그림 그리기를 좋아한다고 말했다. 인형 놀이도 좋아한다고 했다. 아이가 좋아하는 게임도 하나 있는데, 아이의 경계심을 허물기 위해 그 게임을 함께했다고도 말했다. 놀이 치료라고 내게 설명했다. 바로 이 방에서 둘이 손을 맞잡고 빙글빙글 돌았다고 했다. 두 사람 다 머리가 심하게 어지러워질 때쯤 도는 것을 멈추었다. 그리고 조각상처럼 가만히 버텼다고 했다.

"조각상게임이라고 불렀어요, 그 아이는."

한 명이 넘어질 때까지 조각상처럼 꼼짝도 안 하고 서 있는 게임이라서 그렇다고 여자가 말했다.

여자가 말한 게임을 머릿속으로 상상했다. 어린아이와 손을 잡고 빙글빙글 돌았다고 하는데, 지금껏 이 여자의 말이 사실이라면 아이 인격은 진짜 어린아이가 아니었다. 내가 그랬다는 소리였다. 상상만으로도 얼굴이 화끈거렸다. 서른아홉 살이나 먹은 내가 성인 여자와 손을 잡고 이 방에서 빙글빙글 돌다가 조각상처럼 멈춘다니. 말도 안 되는 소리였다. 더이상 생각하기도 싫었다.

그때 테이트의 목소리가 귓가에 울렸다. 조각상게임, 조각상게임! 신경이 쭈뼛 곤두섰다. 엄마는 거짓말쟁이야! 엄마는 조각상게임 할 줄 알잖아, 거짓말쟁이.

"해리성인격장애를 앓는 분들의 경우 보통 열 개의 알터가 있어요. 더 많은 환자도 있고, 적은 사람도 있고요. 100여 개의 인격을 지닌 분들도 있죠."

"그래서 저는 몇 개인 것 같나요?"

내가 물었다. 이 여자를 믿을 수 없었다. 내 명성에 먹칠을 하고 나를 정신 이상자로 몰아 내가 모건을 죽였다고 생각하게 만들려는 정교하게 짜인 쇼였다.

"지금까지는 두 명이요."

여자가 말했다.

"지금까지?"

"더 많을 수도 있어요."

여자가 설명을 이어갔다.

"해리성인격장애는 보통 어린 시절에 경험한 학대에서 기인하죠. 분열된 인격은 대응기제라고 볼 수 있어요. 인격마다 각기 다른 목적이 있어요. 주인 인격을 보호하는 인격. 주인을 위해 맞서 싸우는 인격. 아픈 기억을 숨기는 인격."

여자의 설명을 들으며 내 자신이 누군가에게 기생하는 기생충처럼 느껴졌다. 하마의 등에 붙은 벌레를 잡아먹고 사는 옥스패커 새를 떠올렸다. 처음에는 하마와 새가 공생 관계처럼 보였으나 이후 과학자들이 밝힌 바에 따르면 하마의 등에 구멍을 내어 피를 빼는 흡혈 새였다. 사실 전혀 공생이라고 볼 수 없는 관계이다.

여자가 입을 뗐다.

"어린 시절이 어땠는지 들려주세요, 닥터 파우스트."

나는 열한 살 이전은 기억나는 것이 거의 없다고 말했다.

내가 한 말에 대해 스스로 생각해보라는 듯 여자는 잠자코 나를 바라보기만 했다.

한 번씩 블랙아웃을 경험하시나요, 닥터 파우스트? 블랙아웃은 음주나 간질 발작, 저혈당 쇼크 등의 이유로 일시적으로 의식을 잃는 것이다. 내가 유년 시절 내내 의식을 잃었다고는 볼 수 없다. 그저 기억이 나지 않을 뿐이다.

"해리성인격장애에서 상당히 흔한 일이죠."

얼마 뒤 그녀가 입을 뗐다.

"외상적 기억을 분리시키는 것이 곧 해리거든요. 대응기제라고 볼 수 있죠."

좀 전에 이미 했던 말을 마치 처음 하는 말처럼 반복했다.

"그 여자에 대해 좀 말해주세요."

내가 말했다. 이 여자의 거짓말을 직접 밝혀낼 생각이었다. 거짓말을 계속 늘어놓다 보면 언젠가 제 꾀에 빠질 터였다.

"그 카밀이라는 여자요."

여자는 알터에는 여러 유형이 있다고 했다. 박해자 인격, 보호자 인격 등. 여자는 아직 카밀이 어떤 쪽인지 밝혀내지 못했다. 어떤 때는 나를 위해 맞서는 모습을 보이지만 보통은 나를 증오의 대상으로 보고 있다고 설명했다. 카밀은 발끈하고 화를 잘 낸다고 했다. 분노에 차 있고 공격적이다. 나와는 애증 관계처럼 보였다. 카밀은 나를 증오한다. 그러나 한편으로는 나로 살고 싶어 했다.

어린 여자아이 인격의 경우 내 존재를 전혀 모르고 있었다.

"버그 경관이 실례를 무릅쓰고 선생에 대해 조사를 좀 했어요. 모친께서 분만 중에 돌아가셨죠?"

나는 그렇다고 답했다. 사인은 자간전증이었다. 아빠는 엄마의 죽음에 대해 한번도 언급하지 않았지만, 어쩌다 엄마 이야기가 나오면 아빠의 두 눈이 촉촉해졌다. 아내를 잃고 혼자 딸을 키우는 것이 얼마나 힘들었을지 내게도 느껴졌다.

"여섯 살 때 아버지가 재혼을 하셨고요."

이번에는 여자의 말에 동의하지 않았다.

"아뇨. 재혼 안 하셨어요. 계속 아빠와 둘이서만 살았어요."

"조금 전까지만 해도 제게 어렸을 때 기억이 안 난다고 하셨는데요?"

여자가 되짚었지만, 나는 내가 똑똑히 기억하고 있는 장면을 말해주었다. 열한 살 때 아빠와 단둘이 살았고, 지하철을 타고 출근한 아빠는 열다섯, 열여섯 시간 뒤 술에 취한 채 집에 돌아왔다고.

"어렸을 때 기억이 난다고요."

사실 이전의 일은 기억에 없었지만 별반 다르지 않았을 거라고 짐작했다.

그녀는 가방에서 서류를 꺼내며 내가 여섯 살 때 아빠가 샬럿 슈나이더라는 이름의 여성과 재혼했다고 말했다. 당시 나는 인디애나 주 호바트에 살았고, 아빠는 작은 회사의 영업사원이었다고도 했다. 3년 뒤 내가 아홉 살이 되던 해 아빠는 샬럿과 이혼을 했다. 좁힐 수 없는 성격 차이가 사유였다.

"새엄마에 대해 기억나는 것 있으세요?"

여자의 물음에 나는 이렇게 말했다.

"없어요. 지금 뭔가 오해를 하고 있다고요. 버그 경관이 잘못 알고 있어요. 새엄마가 있었던 적 없어요. 계속 아빠와 나 단둘이 살았어요."

그러자 여자가 내게 사진을 한 장 내밀었다. 아빠와 나 그리고 처음 보는 예쁜 여자가 처음 보는 집 앞에 서 있는 사진이었다. 1.5층짜리 작은 집이었다. 나무가 빼곡하게 집 주변을 에워싸고 있었다. 진입로에는 차 한 대가 서 있었다. 역시 처음 보는 차였다. 아빠는 내가 기억하는 얼굴보다 더욱 젊고 잘생겼으며 생기 넘쳐 보였다. 아빠의 눈은 카메라 렌즈가 아니라 옆에 서 있는 여자를 향하고 있었다. 정말 행복해 보이는 아빠의 미소가 상당히 낯설었다. 아빠는 잘 웃지 않는 사람이었다. 사진 속 아빠는 머리숱도 많았고, 눈가와 뺨에 가득했던 잔주름이 하나도 없었다.

어렸을 때 아빠는 내게 별명을 지어줬다. 아빠는 나를 마우스라고 불렀다. 내가 잠시도 가만히 못 있고 틱처럼 코를 찡끗거리는 것이 쥐와 비슷하다고 붙인 별명이다.

"사실, 아까 이 사진을 보여드린 적 있어요. 어린아이 인격은 이 사진을 잘 받아들이지 못했어요. 그리고 구석으로 도망가더니 정신없이 그림을 그리기 시작했어요. 바로 이 그림이죠."

여자가 종이를 들어 다시 그림을 보여주었다. 절단된 몸과 핏자국이 있는 그림을.

"선생이 열 살쯤 되었을 때 부친께서 새엄마를 대상으로 접근 금지를 신청했어요. 인디애나에 있던 집을 팔고 선생을 데리고 시카고로 이사했죠. 부친은 새로운 직장을 구해 백화점에서 일도 시작하시고요. 기억나세요?"

여자가 물었지만 기억이 나질 않았다. 전부 다 기억이 나는 것은 아니었다.

"가족에게 돌아가야 해요."

여자에게 말했다.

"제 걱정을 많이 하고 있을 거예요. 제가 어디 있는지 마음 졸일 거라고요."

하지만 여자는 가족들에게 이미 연락이 갔다고 말했다. 내가 없는 집에 윌과 오토, 테이트만 있는 모습이 그려졌다. 눈이 잦아들었는지, 페리는 다시 다니기 시작했는지, 윌이 늦지 않고 집에 와 테이트를 데리러 갔는지 전부 다 걱정이었다.

경찰이 수건과 칼을 회수하려고 집에 갔을 때 혼자 있었을 오토도 걱정되었다.

"제 아들도 여기 있나요? 오토도 여기 있어요?"

물으면서도 내가 지금 있는 곳이 치안센터인지 아니면 다른 곳으로 옮겨진 건지 혼란스러웠다. 다시금 주변을 살폈다. 있는 거라곤 벽과 의자 두 개, 바닥뿐인 창문 없는 방을 둘러봤다. 내가 어디에 있는지 도무지 알 수가 없었다. 여자에게 물었다.

"여기가 어디죠? 집에 언제 보내줄 거예요?"

"몇 가지만 더 질문하고요. 조금만 참으시면 금방 나가실 거예요. 치안센터에 가서 버그 경관에게 집에 피 묻은 수건과 칼이 있다고 알리셨죠?"

"네. 그랬어요."

여자에게 말했다.

"버그 경관이 사람을 보내 선생님 집을 확인했습니다. 집을 샅샅이 수색했어요. 하지만 말씀하신 물건이 나오지 않았어요."

"제대로 안 봤겠죠."

목소리를 높이자 혈압이 치솟으며 눈 주위로 뭉근한 두통이 시작되었고, 손으로 미간을 누르며 주변이 흐릿하게 변해가는 모습을 지켜봤다.

"제가 봤어요. 두 눈으로 확실히 봤다고요. 경찰이 잘 안 찾아본 거겠죠."

이것만은 내가 옳다는 확신이 있었다. 피 묻는 수건과 칼이 분명 있었다. 내가 상상한 것이 아니다.

"그것만이 아니에요, 닥터 파우스트. 남편께서 집 수색을 허락하셨거든요. 경찰이 집 안에서 베인스 부인의 핸드폰을 찾았어요. 어쩌다 베인스 부인의 핸드폰이 그곳에 있었는지 그리고 왜 경찰에 신고하지 않았는지 말씀해주시겠어요?"

"그 핸드폰이 우리 집에 있는 줄 몰랐으니까요."

방어적으로 답변했다. 어깨를 으쓱하며 나도 몰랐던 일이라고 말했다.

"핸드폰이 어디서 발견되었죠?"

어쩌면 모건의 사건을 해결할 실마리가 핸드폰에 있을지도 모른다는 희망을 품고 여자에게 물었다.

"정말 이상하게도 벽난로 위 선반 위에 올려진 채 충전 중이었다고 해요."

"뭐라고요?"

몹시 놀라 되물었다. 그 순간 방전된 핸드폰이 생각났다. 앨리스 거라고 생각했던 그 핸드폰.

"남편께 확인했습니다. 남편께서는 자신이 핸드폰을 그곳에 올려둔 게 아니라고 말했어요. 선반에 핸드폰을 올려둔 분이 닥터 파우스트였나요?"

여자가 물었다.

내가 그랬다고 답했다.

"왜 베인스 부인의 전화기를 갖고 있었죠?"

여자의 질문에 그 전화기를 침대에서 찾았다고 설명하면서도 이상하게 들리겠구나 싶었다.

"베인스 부인의 전화기를 선생 침대에서 찾았다고요? 남편께서 경찰관에게 한 말에 따르면 선생님이 질투가 많은 편이라고 하더군요. 의심도 많고요. 남편이 다른 여성들과 이야기를 나누는 것도 견디지 못한다고 들었어요."

"사실이 아니에요."

윌이 나에 대해 그런 식으로 말했다는 데 화가 났다. 내가 윌의 외도를 의심했던 때마다 늘 그럴 만한 사유가 있었다.

"남편 분과 베인스 부인 사이를 질투했나요?"

"아뇨."

물론 거짓말이었다. 어느 정도 신경이 쓰였다. 불안했다. 윌의 지난 행적을 보면 내가 불안해할 만했다. 여자에게 설명하고 싶었다. 월의 외도에 대해 털어놨다.

"남편분이 베인스 부인과 바람을 피웠다고 생각하신 건가요?"

솔직히 말해, 그랬다. 얼마간 그렇게 생각했던 적이 있었다. 그렇다 해도 내가 모건에게 무슨 짓을 했을 리가 없다. 게다가 이제는 두 사람이 연인 관계가 아니라 그보다 더욱 오래된 역사가 있다는 것을 알고 있다. 둘 사이에는 월의 전 약혼녀라는 유대감이 형성되어 있었다. 월이 나보다 결코 더 사랑하지 않았다고 말하는 그 여자. 하지만 내가 보기에 그는 나보다 그 여자를 더욱 사랑했다.

나는 테이블 위로 손을 뻗어 여자의 손을 잡고 말했다.

"제 말을 믿어야 해요. 저는 모건 베인스를 결코 해치지 않았어요."

여자가 손을 뺐다. 그 순간 내 몸이 분리되는 것 같은 기분이 들었다. 또 다른 내가 의자에 등을 굽히고 앉아 맞은편 여자에게 뭐라고 말하고 있는 모습을 지켜봤다.

"믿어요, 닥터 파우스트. 세이디가 한 일이 아니에요."

의식이 꺼지며 물속에 깊이 가라앉는 것처럼 여자의 말소리가 아득하게 들렸고, 이내 모든 것이 시야에서 사라졌다.

윌

경찰이 나를 안으로 안내했다. 그곳에 세이디가 있었다. 내게 등을 보인 채 의자에 앉아 있었다. 몸을 앞으로 숙이고 손으로 머리를 감싸쥐고 있었다. 뒤에서 보면 열두 살 어린아이 같았다. 잠옷 차림에 머리가 헝클어져 있었다. 조심스럽게 다가갔다.

"세이디?"

그녀가 아닐지도 몰라 나지막하게 이름을 불렀다. 자세히 보기 전까지는 누군지 확신할 수가 없다. 외관은 변하지 않는다. 갈색 머리와 갈색 눈, 늘씬한 체형, 피부색과 코도 모두 똑같다. 달라지는 것은 표정과 자세, 태도였다. 서 있는 자세나 걸음걸이도 다르다. 쓰는 단어나 어조, 화법도 다르다. 행동도 다르다. 공격적일 때도 있고 내성적인 모습을 보일 때도 있고, 분위기에 찬물을 끼얹듯 뜬금없이 굴기도 하고, 무신경하거나 여유로운 모습을 보이다가도 상당히 예민해지기도 한다. 내가 그녀의 몸에 손을 댈 때면 어떤 날은 적극적으로 내게 안기고, 또 어떤 날은 어린아이가 되어 아빠를 찾으며 눈물을 떨구었다. 내 아내는 카멜레온 같은 여자다.

그녀가 나를 바라봤다. 만신창이가 된 모습이다. 눈물이 가득 고인 눈을 보고 어린아이이거나 세이디라고 생각했다. 카밀은 절대로 울지 않았다.

"경찰은 내가 모건을 죽였다고 생각해, 윌."

세이디다. 세이디는 잔뜩 겁에 질린 목소리로 말했다. 항상 그렇듯 극도로 예민해져 있었다. 그녀는 의자에서 일어나 내게 안겼다. 두 팔을 내 목에 두르고 꽉 껴안는 모습이 세이디답지 않았다. 하지만 지금만큼은 그녀가 절박한 상황에 처했고, 항상 그래왔듯 내가 아마 자신의 편을 들어줄 거라 기대하고 있을 것이다. 하지만 이번만큼은 그럴 생각이 없다.

"아, 세이디."

그녀의 머리를 쓸어내리며 언제나 그랬듯 따뜻하게 그녀를 받아주었다.

"당신 떨고 있잖아."

양팔로 그녀의 몸을 잡아 슬쩍 떼어냈다. 타인에게 공감하는 척하는 데는 전문이었다. 눈을 맞추며 적극적으로 들어주기. 상대방에게 질문을 하고 섣부른 판단의 말은 삼가기. 눈 감고도 할 수 있는 일이다. 약간의 눈물이 더해지면 더욱 좋다.

"세상에."

잠시 그녀의 팔을 놓고 주머니에 넣어둔 휴지를, 눈물을 짜내기 위해 미리 멘톨을 충분히 묻혀 놓은 휴지를 꺼냈다. 휴지로 눈가를 두어 번 찍고는 다시 주머니에 넣고 눈물이 터지길 기다렸다.

"당신에게 했던 짓을 버그가 분명 후회할 날이 올 거야. 당신이 이렇게 힘들어하는 거 처음이야."

이렇게 말하고는 양손으로 그녀의 얼굴을 감싸며 달랬다.

"저 사람들이 당신에게 뭘 어떻게 한 거야?"

그녀에게 물었다.

그녀의 목소리가 높아졌다. 패닉에 빠지고 있었다. 그녀의 눈에서 읽을 수 있었다.

"내가 모건을 죽였대. 당신과 모건 사이를 질투해서 그랬대. 난 살인자가 아니야, 윌. 당신은 알잖아. 당신이 경찰에게 말해줘야 해."

"그럼, 세이디. 물론이지. 내가 말할게."

거짓말이었다. 그녀가 부르면 언제든지 나타나는 해결사 노릇. 이젠 지겨웠다.

"내가 경찰에게 말할게."

말은 이렇게 했지만 전혀 그럴 생각이 없었다. 내가 왜 그녀를 위해 사법방해죄를 저질러야 하는지 납득이 가지 않았다. 물론 세이디는 누군가를 살해할 만한 사람이 아니다. 바로 카밀의 효용가치가 빛을 발하는 지점이다. 솔직히 말하자면 나는 세이디보다 카밀을 더 좋아한다. 처음 카밀이 등장했을 때 나는 세이디가 나를 놀리려 그러는 줄 알았다. 하지만 아니었다. 진짜 다른 여자였다. 너무도 꿈만 같아 믿어지지가 않았다. 내 아내 안에 통통 튀는 성격에 쉬이 길들여지지 않는 여자가, 내가 결혼한 여자보다 더욱 내 마음을 사로잡는 여자가 숨어 있다니. 광산에서 금을 발견한 것 같은 기쁨이었다.

변태 과정과 비슷한 일이 벌어진다. 함께한 지 제법 오래되어 나는 아내의 변신이 시작되는 때를 알아볼 수 있다. 다만 변화가 시작되면 누가 나타날지, 나비일지 개구리일지는 아무도 모른다.

"날 믿어야 해."

그녀가 애원했다.

"세이디, 나는 당신을 믿어."

"나를 범인으로 몰려는 것 같아. 하지만 난 알리바이가 있다고, 뭘. 모건이 죽던 날 밤, 나는 당신과 함께 있었잖아. 경찰은 내가 하지도 않은 일을 내 책임으로 돌리고 있다고!"

그녀가 소리를 질렀고, 나는 그녀에게 다가가 그 어여쁜 머리를 두 손으로 감싼 뒤 모든 것이 다 괜찮아질 거라고 말했다. 그 순간, 그녀가 움찔하며 무언가를 떠올렸다.

"버그 말로는 당신이 전화를 했다던대. 당신이 전화로 지난번 진술을 모두 철회했다고 했어. 내가 당신과 그날 저녁에 함께 있지 않았고, 개들을 산책시키러 나갔다고 말했다며. 내가 어디로 갔는지 잘 모른다고. 당신이 버그 경관에게 거짓말했잖아."

"경찰이 당신한테 그랬어?"

나는 깜짝 놀란 척하며 물었다. 입을 벌리고 눈을 크게 떴다. 고개를 저으며 입을 열었다.

"경찰이 거짓말하는 거야, 세이디. 우리를 이간질하려고. 수사 전략이지. 경찰이 하는 말 믿어선 안 돼."

"그럼, 모건이 에린 동생이었다는 것은 왜 말 안 했어?"

세이디가 대화의 방향을 틀었다.

"내게 비밀로 했잖아. 난 이해했을 거야, 윌. 에린이 사랑했던 사람과 가깝게 지내고 싶은 그 마음, 내게 미리 말만 했다면 충분히 이해할 수 있었어. 오히려 그러라고 했을 거야."

세이디의 말에 웃음이 터질 뻔했다. 세이디가 이렇게 멍청할 줄은 몰랐는데. 아직도 상황이 전혀 정리가 안 되는 모양이었다.

모건과 가깝게 지내고 싶지 않았다. 도리어 모건과의 끈을 끊어내고 싶었다. 이곳으로 이사 올 때만 해도 모건이 이 섬에 살고 있는 줄 전혀 몰랐다. 알았다면 오지 않았을 텐데. 10년 만에 처음으로 모건을 마주했을 때 얼마나 놀랐던지. 나는 그저 모른 척 지내려고 했다. 하지만 가만히 있는 사람을 건든 것은 모건이었다.

그녀는 모든 것을 알리겠다고 나를 협박했다. 내가 한 짓을 세이디에게 다 말하겠다고. 세이디의 눈에 띄도록 에린의 사진을 갖다 두기도 했다. 내가 먼저 발견하고 세이디가 결코 들여다보지 않을 곳에다 숨겼는데, 재수 없게 세이디에게 걸리고 말았다.

내가 에린을 죽인 날 밤, 모건은 아주 거추장스런 꼬마였다.

에린이 대학에서 만난 멍청한 놈한테 빠졌다는 것을 알고 말싸
움을 했는데, 하필 그걸 모건이 듣고 말았다. 에린은 약혼을 깨
려고 집에 왔다. 내게 반지를 돌려주려고 했다. 대학에 입학한
지 겨우 두어 달밖에 지나지 않았지만 겨울방학 때 본 그녀는
거만함이 온몸에 배어 있었다. 감히 나 따위와는 비교할 수 없다
는 듯 굴었다. 에린은 여학생 사교클럽에서 활동하는 반면, 나는
여전히 부모님 집에 살며 전문대학에 다니고 있었으니.

모건은 사고가 발생하기 전 날 나와 에린이 다투는 소리를
들었다고 사람들에게 알리려 했지만, 열 살짜리 여자애 말을 믿
어주는 사람은 없었다. 게다가 나는 큰 상심에 빠진 남자친구
역할을 꽤 잘하고 있었다. 연유야 어쨌건 당시 내가 큰 슬픔에
잠겨 있던 것은 맞았다. 에린에게 새로운 남자가 생겼다는 것을
아는 사람은 아무도 없었다. 에린은 내게만 알렸다.

눈보라, 도로에 깔린 블랙 아이스, 시야 확보가 불가능한 기
상 상황 덕분에 증거도 완벽히 인멸되었다. 내가 여러모로 주의
를 기울이기도 했다. 경찰이 에린을 발견했을 당시 폭행을 당
한 흔적이 전혀 없었다. 몸싸움을 했던 흔적 역시. 산소 부족에
의한 질식은 알아차리기가 상당히 어렵다. 기후 상황으로 약물
검사도 하지 않았다. 누군가 에린에게 치사량의 자낙스를 먹이
고 머리에 비닐을 씌워 저산소증으로 죽였을 거라고 아무도 생
각하지 못했다. 경찰도 마찬가지였다. 에린이 죽은 뒤 내가 비
닐을 벗겨냈다는 것을, 시체를 운전석으로 옮긴 뒤 기어를 D에
놓고 그녀를 태운 차가 연못으로 빠지는 광경을 지켜본 후 집까

지 걸어왔다는 것을 경찰은 생각조차 하지 못했다. 감사하게도 내 발자국 위로 눈이 쌓인 덕분에 흔적이 남지 않았다.

경찰은 그저 길이 얼어붙었고 에린이 평소에 스피드를 즐겼다는 점만 고려했고, 차가 도로를 벗어나 살얼음이 낀 연못에 빠졌다는 의심할 수 없는 사실에만 집중했다. 결과적으로는 의심의 여지가 충분했지만. 사실과 전혀 달랐으니까. 실제로 벌어진 것은 계획적인 살인이었다. 저지르기도 벗어나기도 너무 쉬웠다.

이후 난 세이디를 만나 사랑에 빠졌고 결혼했다. 그때 카밀이 등장했다. 카밀은 세이디가 결코 할 수 없는 것들을 내게 해주었다. 지난 몇 년간, 그녀는 나를 위해 상상조차 하지 못할 일들을 해주었다. 그녀가 죽인 것은 모건만이 아니었다. 성희롱으로 날 고소한 학생, 캐리 리머도 있었다.

세이디가 입을 열었다.

"내가 인격장애래. 내가 여러 인격 중 한 명일 뿐이래. 내 안에 여러 명이 살고 있대. 정말 말도 안 되잖아. 당신도, 내 남편도 모르는 걸 저 사람들이 어떻게 아냐고?"

"내가 당신을 사랑하는 수많은 이유 중 하나야. 당신은 전혀 예측할 수 없는 사람이거든. 매일같이 새롭지. 이것 하나만 말할게, 세이디. 당신에게 결코 지루함을 느낄 틈이 없었어. 단지, 당신 상태에 대해 의학적인 진단을 내리지 못했던 것뿐이야."

물론 거짓이었다. 오래전부터 내 아내가 어떤 사람인지 정확히 알고 있었다. 내 필요에 맞게 활용하는 법을 깨우쳤다.

"당신도 알고 있었다는 말이야?"

세이디가 기겁한 얼굴로 물었다.

"좋은 거야, 세이디. 오히려 잘된 거라고. 모르겠어? 경찰은 당신이 모건을 죽였다고 생각하지 않아. 카밀이 그랬다고 생각하지. 정신 이상으로 무죄 판결을 받을 수 있어. 수감되지 않을 거야."

세이디가 숨도 제대로 못 쉬고 당황한 표정을 지었다. 좋은 구경거리였다.

"그렇게 되면 날 정신병원에 보낼 거야, 윌. 집에 못 간다고."

"교도소보단 낫잖아. 안 그래, 세이디? 교도소 안에서 얼마나 무서운 일들이 벌어지는 줄 알아?"

"하지만, 윌."

그녀가 필사적으로 외쳤다.

"난 미치지 않았어."

세이디를 두고 문으로 다가갔다. 우리 둘 중 이곳을 나갈 수 있는 사람은 나뿐이었으니까. 대단한 권력인 셈이었다. 고개를 돌려 그녀를 바라보는 내 얼굴이 점차 무표정하게 변해갔다. 가짜로 공감하는 척은 이제 지긋지긋했다.

"난 미치지 않았어."

그녀가 다시 말했다.

나는 잠자코 있었다. 거짓말을 하는 것은 옳지 않은 일이니까.

세이디

월이 떠나고 얼마 지나지 않아 버그 경관이 들어왔다. 문을 열린 채로 두었다. 내 권리에 대해 잘 알고 있다. 나는 변호사를 불러달라고 말했다.

그는 어깨를 약간 으쓱하고는 말했다.

"그럴 필요 없습니다."

나를 풀어줄 거라고 했다. 나를 가둘 증거가 없었다. 내가 말한 살해 도구와 수건을 찾을 수 없었기 때문이었다. 경찰은 내가 수사망에 혼선을 주기 위해 거짓말을 했다고 생각하고 있었다. 하지만 이 역시 경찰의 추측일 뿐 증거는 없었다. 경찰은 모건을 죽인 범인이 나라고 믿고 있었다. 내 안의 또 다른 나로 변신해 그녀를 죽였다고. 하지만 나를 체포하려면 정확한 구속 사유를 제시해야 했다. 단순 혐의가 아니라 더욱 구체적인 무언가. 닐슨 씨의 증언 역시 내가 범죄 현장에 있었다는 증거로는 불충분했다. 우리 집에서 발견된 핸드폰 또한 마찬가지였다. 이런 것들은 그저 정황일 뿐이었다.

모두 다 꿈속에서 벌어진 일처럼 느껴졌다. 살인이 있던 날 저녁을 포함해 모든 일들이 또렷이 기억나지는 않지만 내 삶에서 벌어진 일이었다. 살해 이유는 모르지만 이제는 내가, 혹은 내 안의 다른 인격이 그 가련한 여자를 죽였을 수도 있었겠다는 생각이 들었다. 버그 경관이 내게 보여주었던 사진이 떠올랐고 나는 간신히 울음을 삼켰다.

"남편분께 연락해서 오시라고 할까요?"

버그 경관이 물었지만 거절했다. 사실, 월이 나를 경찰서에 남겨두고 혼자 떠나버려 화가 났다. 궂은 날씨이긴 했지만 잠시 혼자 생각을 정리할 시간이 필요했다. 신선한 공기를 쐬고 싶었다. 버그 경관이 집까지 데려다주겠다고 했지만 역시 거절했다. 버그 경관에게서 벗어나고 싶었다. 경관이 내 어깨에 걸쳐준 코트를 벗으려 하자, 그는 나를 말리며 입고 가는 게 좋겠다고 했다. 나중에 돌려달라고 했다.

밖이 어두워졌다. 해가 지고 있었다. 온 세상이 흰 눈으로 뒤덮였지만 지금은 눈이 그친 상태였다. 차들이 속도를 낮추었다. 헤드라이트들이 눈 더미 사이로 조심스럽게 움직였다. 쌓인 눈이 단단하게 다져진 길 위로 타이어가 미끄러지듯 나아갔다. 도로도 엉망이었다.

슬리퍼를 신고는 있었지만 신발 구실을 하지 못했다. 가짜 털이 달린 니트 슬리퍼가 눈에 푹 젖어 발이 새빨갛게 얼다 못해 감각이 없었다. 오늘 하루종일 머리도 빗지 못했다. 실제로 어떤 행색일지는 몰라도 감히 추측하건대 길거리를 헤매는 정신 나간 여자와 별반 다르지 않을 것 같았다.

집까지 몇 블록을 걸으며 지난 몇 시간의 일을 되짚었다. 수건과 칼이 있는 집에는 오토만 있었다. 경찰이 증거품을 찾으려 집을 수색했지만 아무것도 발견하지 못했다. 누군가 수건과 칼을 처리한 것 같았다.

겨울밤의 매서운 바람을 조금이라도 피하고자 고개를 움츠리고 팔짱을 낀 채 집 앞에 난 거리로 들어섰다. 바닥에 쌓인 눈이 흩날리고 있었다. 거리에 얇게 블랙 아이스가 생겨 한 번, 두 번, 세 번이나 넘어졌다. 세 번째 넘어졌을 때 비로소 착한 사마리아인이 나타나 일으켜 세워주며 나를 술 취한 사람 취급했다. 이 남자는 내게 가족을 불러주겠다고 했지만 이미 집에 다 온 뒤였다. 이 언덕길만 올라가면 집이었고, 때문에 아주 꼴사납게 언덕을 올랐다.

창문을 통해 윌이 뜨겁게 타오르는 벽난로 앞 소파에 앉아 있는 게 보였다. 다리를 꼰 채 깊이 생각에 잠겨 있었다. 신나게 웃으며 뛰어다니던 테이트가 윌의 옆을 지나자 윌이 배를 간질였고, 아이가 크게 웃음을 터뜨렸다. 테이트가 윌에게서 도망쳐 위층으로 뛰어 올라갔고, 더이상 내가 볼 수 없는 곳으로 사라졌다. 소파로 돌아온 윌이 깍지 낀 손으로 머리 뒤를 받치고 소파에 등을 기대어 앉은 모습이 평화로워 보였다.

거리를 향해 난 오토와 이모젠의 2층 방 창문에 커튼이 쳐져 있었지만 불빛이 얼비쳤다. 창문 형태만 흐릿하게 보일 뿐 다른 것은 보이지 않았지만 이모젠도 집에 있다는 사실에 조금 놀랐다. 보통 때라면 이모젠이 아직 들어오지 않았을 시간이었다.

밖에서 보면 첫날 이 집을 바라봤을 때와 마찬가지로 완벽하게 평온한 전원주택의 모습이었다. 눈 쌓인 지붕과 나무들. 잔디밭에 쌓인 눈이 하얗게 빛나고 있었다. 눈구름이 걷힌 하늘과 청명한 달빛이 더해져 한 폭의 그림 같았다. 벽난로 연기가 굴뚝으로 피어올랐고, 바깥은 살을 에는 추위였지만 집 안은 너무도 포근하고 따뜻해 보였다.

내 빈자리를 아무도 신경 쓰지 않는 듯, 윌과 아이들은 내가 없는 삶에 이미 익숙한 것처럼 전혀 위화감이 느껴지지 않는 풍경이었다. 하지만 너무도 평온한 집을 보며 나는 본능적으로 무언가 아주 잘못되었음을 직감했다.

월

문이 벌컥 열렸다. 머리를 산발한 채 추레한 행색을 한 그녀가 문 앞에 서 있었다. 그녀를 풀어줬다는 연락을 미리 주지 않은 버그에게 대단히 고마울 따름이었다.

나는 놀란 표정을 감추었다. 그녀에게 다가가 두 손으로 차가운 얼굴을 감쌌다.

"정말 다행이야."

그녀를 안으며 말했다. 잠시 숨을 참았다. 그녀에게서 악취가 풍겼다.

"경찰이 이제야 정신을 차렸네."

하지만 세이디는 냉랭한 표정으로 내 몸을 물리며 내가 자신을 혼자 남겨두었다고, 자신을 버렸다고 말했다. 하여튼 호들갑이 대단하다.

"그런 적 없어."

기억을 자주 잃는 그녀의 약점을 공격했다. 보통, 세이디는 대화의 4분의 1 정도는 기억을 못했다. 내게는 일상적인 일이었지만 직장 동료나 주변 사람들에게는 꽤나 문젯거리였다. 모르는 사람들 눈에는 세이디가 변덕스럽고 쌀쌀맞게 비춰지는 터라 친구를 사귀는 것도 쉽지 않았다.

"애들 괜찮은지만 확인하고 다시 오겠다고 했잖아. 기억 안 나? 세이디, 내가 사랑하는 거 알잖아. 절대로 당신을 버리는 일 따위는 없어."

그녀는 고개를 가로저었다. 기억이 안 날 것이다. 왜냐면 내가 그런 말을 한 적은 없으니까.

"애들은 어디 있어?"

눈으로 아이들을 찾으며 물었다.

"방에."

"당신 언제 오려고 했는데?"

"애들 봐줄 사람을 구하느라고 전화 돌리고 있었어. 이 밤에 애들만 집에 둘 수는 없잖아."

"당신 말을 내가 어떻게 믿어?"

역시 의심이 많은 여자다. 세이디는 내가 어디에 전화를 했는지 핸드폰을 확인하고 싶어했고, 내 최근 통화기록에 세이디가 모르는 번호만 있었던 것은 정말 천운이나 다름없었다. 번호를 보여주며 가짜 이름을 붙였다. 직장 동료인 안드레아와 대학원생인 사만다라고.

"왜 내 말을 못 믿는 거야?"

이제는 내가 피해자인 척 반격했다.

위층에서 테이트가 침대 위를 뛰며 노는 소리가 들렸다. 침대의 진동에 온 집 안이 울렸다.

그녀는 지친 듯 고개를 내저으며 말했다.

"이젠 뭘 믿어야 할지 모르겠어."

손으로 이마를 문지르며 상황을 파악해보려 애쓰고 있었다. 세이디에게 힘든 하루였다. 갑자기 눈앞에 나타났던 칼과 수건이 한순간에 사라졌으니 혼란스러울 거다. 그녀가 짜증이 가득 묻어나는 목소리로 증거품의 행방을 물었다. 내게 시비를 걸어왔다.

나는 어깨를 으쓱하고는 되물었다.

"난 몰라, 세이디. 당신이 정말 본 게 확실해?"

약간의 가스라이팅이 나쁠 건 없다.

"확실히 봤어!"

내가 믿어주지 않을까 봐 몸이 달아 있었다. 모든 것이 완벽하게 마무리되었던 지난번과는 달리 이번에는 경찰이 연루되어 골치가 좀 아프게 되었다. 사실 나는 이런 문제만큼은 상당히 깔끔하게 처리하는 사람이다. 예컨대 캐리 리머 때를 보면, 내가 한 일이라고는 카밀이 모습을 드러내길 기다렸다가 그녀의 머리 안에 생각 하나를 심어놓은 것이 다였다. 카밀은 선동하기가 쉬운 편이다. 그건 세이디도 마찬가지지만 문제는 세이디에게는 폭력적인 성향이 없다는 거다.

물론 내가 직접 해결할 수도 있었지만 나를 위해 대신 해줄 사람이 있는데 내가 군이 나설 이유가 있을까? 나는 두 눈이 새빨개질 때까지 눈물을 쏟으며 그녀에게 캐리가 나를 성희롱 혐의로 협박한다고 말했다. 캐리가 어딘가로 사라져 나를 좀 괴롭히지 않았으면 좋겠다고 말이다. 캐리의 협박이 말로만 그치지 않고 정말 신고로 이어진다면 내 커리어, 명성이 모두 무너질 거라고. 우리는 더이상 만날 수 없고 난 감옥에 가게 될 거라고 말했다. 캐리가 내 삶을 망치려고 해. 우리 삶을 망치려고 해.

엄밀히 말해 카밀에게 캐리를 죽이라고 시킨 적은 없다. 그럼에도 며칠 뒤 캐리는 죽은 채 발견되었다. 당시 사건의 전말은 이랬다. 어느 날, 가여운 캐리 리머가 실종되었다. 광범위한 수색이 시작되었다. 캐리가 전날 저녁 한 사교클럽 파티에 참석해 술을 잔뜩 마셨다는 이야기가 나왔다. 캐리 혼자 취한 채로 비틀거리며 파티가 있던 회관을 나왔다. 현관 계단에서 넘어지는 모습을 학생들이 봤다.

캐리의 룸메이트는 파티가 있던 날 저녁 외박을 하고 이튿날 아침 집에 왔다. 집에 들어온 그녀는 캐리의 침대가 깨끗한 것을 보고 캐리가 전날 귀가하지 않은 것을 알게 되었다. 캠퍼스에 설치된 방범 카메라에 캐리가 휘청거리는 걸음으로 도서관을 지나쳐 잔디밭에서 넘어지는 모습이 찍혔다. CCTV 영상을 본 학생들은 하나같이 술이 세기로 유명한 캐리답지 않은 모습이라고 말했다. 알코올에 강한 것이 대단한 특기라도 되는 양 호들갑을 떨었다. 연 5만 달러의 학비를 내는 캐리의 부모님이 무척 자랑스러워할 만한 이야기였다.

CCTV 영상에 몇몇 공백이 있었다. 카메라가 비추지 않는 지대가 있었다. 그날 저녁 나는 교직원 행사에 참석했다. 그곳에서 나를 본 사람도 많았다. 내가 용의선상에 있었다는 의미는 아니다. 사실 용의선상에 오른 사람은 아무도 없었다. 그때는 이번과 달리 모든 것이 물 흐르듯 순조로웠다. 말장난이 아니라 정말 그랬다.

캠퍼스에서 그리 멀지 않은 곳에 대학 조정 경기 팀이 연습하는 오염된 수로가 있었다. 수심이 3미터 넘는 수로는 온갖 오물로 상당히 더럽다는 소문이 있었다. 수로를 따라 숲이 우거진 산책로가 나 있어 물 위로 나무 그늘이 드리워졌다.

실종 사흘째 되는 날, 이 수로에서 캐리가 발견되었다. 무거운 머리는 물 아래로 가라앉고 팔다리가 물 위에 둥실 뜬 채 발견된 캐리의 사체를 두고 경찰은 **플로터**(floater, 부유물 – 옮긴이)라고 불렀다. 사인은 우발적 사고로 인한 익사였다. 캐리가 술에 취해 비틀거렸다는 사실은 자명했다. 사람들이 다 봤으니까. 따라서 인사불성이 된 캐리가 실수로 수로에 떨어졌다는 추측이 충분히 타당해 보였다.

전교생이 그녀의 죽음을 슬퍼했다. 수로 옆에 있는 나무 한 그루 아래 추모 꽃이 잔뜩 쌓였다. 보스턴에 있던 캐리 부모님은 그곳에 어린 시절 캐리가 갖고 놀던 테디 베어를 남겨두었다.

카밀이 전한 바에 따르면 캐리는 물속에서 조금도 몸부림치지 않았다. 숨을 헐떡거리며 살려달라고 소리를 지르지도 않았다. 캐리의 몸이 한동안 물 위에 축 늘어진 채 위아래로 흔들렸다. 캐리의 얼굴이 물속에 처박혔다. 잠시 후 고개를 들었다가 다시 물속으로 고개를 떨구었다.

초점 없는 눈으로 얼굴을 수면 위로 내밀었다가 다시 물속에 담그길 얼마간 계속했다. 그 상태에서 만약 발차기를 했다면 아마 살았을지도 모른다고 카밀은 말했다. 캐리는 그렇게 약 1분을 버텼다. 이내 캐리의 몸이 스르르 물속으로 사라졌다.

카밀은 사람이 익사하는 과정을 지극히 무덤덤하고 건조하게 설명했다. 시시할 정도였다. 굳이 말하자면 하품이 나오게 지루했다.

이번에는 세이디가 나보다 먼저 세탁실에 간 것이 문제였다. 내가 부주의했던 부분도 있었다. 모건이 죽던 날 밤, 카밀이 순식간에 세이디로 변하는 바람에 내가 뒤처리를 떠맡게 되었다. 카밀이 입었던 옷은 태웠다. 칼은 마당에 묻었다. 다만 세이디가 빨래를 할 줄 미처 상상도 못했다. 어떻게 거기까지 생각할 수 있었겠나? 세이디는 단 한 번도 빨래를 직접 한 적이 없는데. 나는 카밀이 모건의 목걸이를 챙긴 것도 몰랐다. 오늘 아침 카운터 위에 놓여 있는 목걸이를 보고서야 알았다.

카밀은 그날 저녁 일을 치를 때 자신이 서 있는 위치를 더욱 신중히 고려했어야 했다. 피가 어떻게 튈지 충분히 예상할 수 있는 여자였다. 메스로 사람을 한두 번 갈라본 것도 아니면서. 하지만 그녀는 피를 뒤집어쓴 채 집으로 돌아왔다. 카밀의 몸에 묻은 피를 닦아내느라 칼과 수건에 내 지문이 남았다. 절대로 경찰 손에 넘어가게 둘 수 없었다.

세이디는 마른세수를 하며 다시 말했다.

"이젠 뭘 믿어야 할지도 모르겠어."

"긴 하루였어. 대단히 힘든 하루기도 했고. 그리고 당신 약도 안 먹었잖아."

세이디의 얼굴에 아차 하는 표정이 스쳤다. 어제 자기 전에 도 약을 먹지 않았다. 오늘 아침에도 마찬가지였다. 내가 꺼내 둔 자리에 아직도 약이 그대로 있었다. 지금처럼, 약을 먹지 않 는 날에는 세이디가 혼란스러워했다. 약을 먹으면 금방 괜찮아 지리라는 것을 누구보다 잘 아는 세이디는 급히 약을 챙겨와 단 숨에 삼켰다.

정말 웃음이 터질 뻔한 것을 겨우 참았다. 약은 아무런 효과 도 없다. 세이디가 그렇게 생각할 뿐이다. 플라시보 효과. 약을 먹으면 당연히 나아지리라 믿는 것이다. 두통이 생기면 타이레 놀 몇 알 삼키고, 콧물이 나면 슈다페드 좀 삼키는 것처럼. 세이 디가 의사이니 만큼 좀 다를 거라고 생각했다면 오산이다.

나는 인터넷으로 공캡슐을 구매했다. 빈 캡슐 안에 옥수수 전 분을 채우고 의사가 처방한 약과 바꿔치기했다. 착한 아이처럼 세이디는 약을 곧잘 먹었지만, 한번씩 약 때문에 피곤하고 몽롱 하다며 싫은 소리를 했다. 처방받은 약에는 그런 부작용이 있었 으니까. 가끔씩 보면 순진할 정도로 잘 속아 넘어갔다.

세이디에게 저녁을 차려주었다. 와인도 한 잔 따라주었다. 식 탁에 세이디를 앉히고 그녀가 식사를 하는 동안 세이디의 차갑고 더러운 발을 마사지해주었다. 거뭇거뭇 지저분했다. 피곤한지 세이디는 앉은 채로 꾸벅꾸벅 졸기 시작했다. 하지만 그것도 잠시, 잠에서 깨어 피로에 젖은 목소리로 웅얼거리며 내게 물었다.

"폭설이 내렸는데 집에 어떻게 왔어? 페리 운행이 지연되었다고 오토가 그러던데."

질문이 참 많은 여자다. 망할 질문을 너무 많이 해댄다.

"수상 택시 타고."

"몇 시쯤?"

"글쎄. 테이트 데리러 가야 하는 시간에 안 늦게 집에 왔어."

세이디는 잠이 번뜩 깼는지 좀 전보다 또렷해진 목소리로 물었다.

"학교에서 애들을 하루종일 붙잡고 있었던 거야? 폭설인데?"

"부모님이 데리러 올 때까지 애들을 보호해준거지."

"그럼 당신 곧장 테이트 학교로 갔던 거야? 집에 안 들르고?"

세이디의 질문에 나는 집에 안 들렀다고 답했다. 시간과 동선을 계산해보고 있는 것 같았다. 갑자기 왜 그러는지 이해가 안 되었다. 그녀에게 수상 택시를 타고 섬에 들어와 테이트를 데리고 집으로 돌아왔다고 말했다. 그런 뒤 치안센터로 간 거였다고. 일부만 사실이었다.

"당신이 집에 왔을 때 오토는 뭐하고 있었어?"

세이디가 물었다.

조만간 저 입을 막아야겠다. 이 여자의 호기심만 아니면 내가 발각될 일은 없을 테니까.

세이디

침실로 올라가 서랍 속에서 새로 갈아입을 잠옷을 찾았다. 샤워를 하고 싶었다. 발은 아프고 다리에는 멍이 앉았다. 하지만 훨씬 큰 문제가 마음을 짓누르고 있는 지금, 샤워나 통증 같은 것은 그리 중요하지 않았다. 유체이탈을 한 것 같은 기분이었다. 있을 수 없는 일들이 내게 벌어지고 있었다. 옷을 꺼내어 몸을 돌리는 순간 내가 혼자가 아니라는 느낌이 들었다. 등줄기를 타고 올라오는 형이상학적 감각이었다.

오토가 기척도 없이 방으로 들어왔다. 분명 아무도 없었는데, 어느샌가 나타났다. 갑작스러운 등장에 화들짝 놀라 몸을 움찔하며 손으로 가슴을 눌렀다. 오토에게 다가갔다. 이제는 정말 아파 보이는 얼굴이었다.

아이가 거짓말을 한 게 아니었다. 병이 난 게 틀림없었다. 열이 들끓어 퀭한 눈을 하고는 입을 손으로 가리고 기침을 했다.

오늘 아침 오토와 나누었던 대화가, 가방에 칼을 넣은 사람은 나였다고 말하던 오토의 목소리가 떠올랐다. 경찰의 말이 사실이라면 그건 내가 아니었다. 하지만 내 안의 또 다른 인격, 카밀이 했을 것이다. 엄청난 죄책감이 밀려들었다. 오토는 살인자가 아니다. 살인자는 아마도 나일 것이다.

"엄마 어디 갔다 왔어요?"

오토는 질문을 하곤 이내 다시 기침을 했다. 아까와 달리 쉰 목소리였다.

윌은 아이들에게 내 행방을 알리지 않았다. 내가 집에 못 올지도 모른다고 말하지 않았다. 언제 알릴 생각이었을까? 내가 경찰에 체포되었다고 어떻게 설명할 생각이었을까? 애들이 왜냐고 물으면 어떻게 답하려 했을까? 너희 엄마가 사람을 죽여서?

"엄마가 없었어요."

이런 말을 하는 오토는 아직 어린아이 같은 모습이 남아 있었다. 나를 찾았는데 없어서 두렵고 놀랐던 것 같다.

오토에게 대충 둘러댔다.

"뭣 좀 해결할 일이 있어서."

"엄마가 집에 있는 줄 알았어요. 아빠가 밖에 있는 거는 봤는데, 엄마는 없더라고요."

"아빠가 테이트 데리고 집에 오는 거 봤구나?"

아이의 말을 이렇게 해석했다. 윌의 작은 세단이 힘겹게 눈길을 올라오는 장면을 상상했다. 그 차가 어떻게 올라왔을지 선뜻 그려지지 않았다.

하지만 오토는 아니라고, 테이트가 집에 오기 전이었다고 말했다. 나와 거실에서 대화를 나누고 방에 올라간 오토는 얼마 안 있어 생각이 바뀌었다고 했다. 배가 고팠다고 했다. 내가 권했던 토스트가 먹고 싶어졌다. 오토는 아래층으로 내려와 나를 불렀다. 하지만 내가 보이지 않았다. 집 안을 둘러보는 데 눈이 쌓인 뒷마당에서 윌이 천천히 걸음을 옮기는 모습이 보였다고 했다.

하지만 오토가 잘못 본 거다. 눈 쌓인 뒷마당에 있었던 사람은 윌이 아니라 나였다.

"그거 나였어. 걔를 집 안으로 데려오려고 나갔거든."

아이에게 칼 이야기는 꺼내지 않았다. 이제야 시카고에서 있었던 일이 이해가 갔다. 카밀이 오토의 가방에 칼을 넣은 거였다. 내가 비상난간에서 반 애들을 모두 칼로 찔러 죽이라고 했다는 오토의 말은 상상이 아니었다. 오토는 있는 그대로의 사실을 말한 거였다. 어쨌거나 오토의 눈에는 나였으니까. 끔찍한 그림과 이상한 인형마저도. 오토가 벌인 일이 아니었다. 전부 내가 한 짓이었다.

"아빠였어요."

오토가 고개를 저으며 말했다.

순간, 손에 땀이 배어 나오며 떨리기 시작했다. 잠옷 바지에 손을 문질러 땀을 닦고 오토에게 좀 전에 뭐라고 했냐고 물었다.

"아빠가 집에 있었어요. 뒷마당에서. 삽질을 하고 있었어요."

"아빠가 확실해?"

내가 물었다.

"왜 잘못 봤을 거라 생각해요?"

오토는 되레 내게 물었다.

"아빠가 어떻게 생겼는지 정도는 잘 알아요."

"그럼, 당연하지."

머리가 핑 돌며 숨이 막혀왔다.

"아빠를 봤던 곳이 뒷마당인 것도 확실하지?"

아이가 내게 말을 걸어줘서 기뻤다. 오늘 오전에 나눈 대화를 생각해보면 사실 오토가 나랑 이야기를 한다는 것 자체가 놀라웠다. 아이가 내게 했던 말이 떠올랐다. 엄마를 절대로 용서하지 않을 거야. 어떻게 용서할 수 있을까? 나조차도 내가 한 짓을 용서할 수 없었다.

오토가 고개를 끄덕였다. 아이가 또박또박 말했다.

"확실해요."

월이 잔디밭에 삽질을 했다고? 세상에 잔디에 대고 삽질을 하는 사람이 있을까? 그제야 월이 삽질을 하고 있었던 게 아니라는 생각이 들었다. 그는 눈 속에 파묻힌 칼을 찾아 눈을 퍼내고 있었던 거다. 하지만 월은 칼이 거기 있다는 걸 어떻게 알았을까? 버그 경관에게만 말한 사실이었다.

뒤이어 찾아든 생각에 간담이 서늘해졌다. 월이 칼의 위치를 아는 이유는 칼을 그곳에 숨겨둔 사람이 바로 그였기 때문이다.

월

내 이야기에 허점이 많다는 것을 세이디가 빨리 알아챘다. 이 집에 사는 누군가 모건을 죽였다는 것도 깨달았다. 어쩌면 본인이 그랬을지도 모른다는 것도. 아주 약간만 더 파헤치면 꼭두각시를 조종했던 것이 나라는 것을 곧 알게 될 것이다. 아니, 어쩌면 이미 알고 있는지도 모른다. 그렇다면 버그에게 이 사실을 알릴 텐데. 그렇게 둘 수는 없다. 세이디부터 없애야 한다.

저녁 식사를 마친 뒤 그녀는 잘 준비를 하러 위층으로 올라갔다. 피곤할 테지만 신경이 예민해져 있다. 오늘 밤 쉬이 잠들지 못할 것 같았다.

세이디가 복용하는 약은 플라시보일 뿐이지만, 그렇다고 해서 내가 만약의 상황을 대비해 약국에서 사둔 약도 가짜라고 생각한다면 오산이다. 이 약을 와인에 섞으면, 짜잔, 아주 위험한 칵테일이 완성된다. 이 계획의 백미는 메인으로 오기 전에 이미 받아 둔 세이디의 정신과 진료 기록이다. 거기에 오늘 밝혀진 사실까지 더해진다면 그녀가 자살을 하고 싶어한다고 해서 그리 이상할 일은 아닐 것이다. 자살로 위장한 살인. 내가 아니라 바로 세이디가 한 말이었다.

찬장 제일 위 칸에서 약을 꺼냈다. 절구와 절굿공이로 약을 으깨었다. 절구 소리를 안 들리게 하려고 싱크대 물을 틀었다. 가루로 만든다 해도 물에 잘 녹진 않지만 방법이 있다. 세이디는 약을 먹은 뒤 와인을 거절한 적이 한 번도 없다. 약과 술을 함께 먹어서는 안 된다는 것을 누구보다 잘 알겠지만 개의치 않았다.

호흡곤란이 일어나지 않을까 예상하고 있다. 하지만 또 모르는 일이다. 치사량에 이르는 약물 과다 복용으로 발생할 수 있는 사인은 많다. 머릿속으로 유서도 대략 생각해두었다. 유서를 만들어내는 것쯤은 일도 아니다. 내 자신을 용서할 수가 없어요. 이렇게는 살 수 없어요. 끔찍한, 너무도 끔찍한 일을 저질렀어요.

세이디가 죽고 나면 두 아들과 이모젠, 나만 남을 것이다. 내가 우리 가족을 위해 대단한 희생을 감수한 셈이다. 집 안의 가장인 세이디만 생명보험에 가입되어 있기 때문이다. 보험 약관상 가입한 뒤 2년 이내 자살을 한다면 보험금은 받을 수 없다는 조항이 있다. 2년이 넘었는지는 확실치 않다. 만약 그렇다면 50만 달러가 일시불로 지급된다. 상상만으로도 짜릿한 흥분이 밀려왔다. 50만 달러로 뭘 할 수 있을까. 오래전부터 주거용 보트를 갖고 싶긴 했는데. 하지만 만약 2년이 안 되었다면 한 푼도 받지 못한다.

그렇다고 해도 세이디의 죽음이 완전히 무가치한 것만은 아니라고 마음을 달랬다. 그녀의 죽음에는 굉장한 가치가 있고, 무엇보다 내가 자유를 얻을 수 있다는 것이 가장 큰 의미이다. 다만 재정적인 이득이 없을 뿐이다.

잠시 절구질하던 손을 멈추었다. 재정적 이득이 없다고 생각하니 우울했다. 보험약관을 먼저 살펴본 뒤 세이디의 자살을 진행하는 게 좋을 것 같았다. 50만 달러는 없는 셈 치기에 너무 큰 돈이었다. 하지만 마음을 다시 고쳐먹었다. 속으로 나 자신을 질책했다. 너무 욕심을 부리고 속물처럼 굴어선 안 된다. 돈보다 중요한 것들이 많다. 무엇보다 세이디가 한 짓을 생각하면 내 아이들을 그런 괴물과 한집에 살게 둘 수는 없다.

세이디

월은 칼을 왜 뒷마당에 묻었을까? 그리고 왜 다시 꺼내 경찰 몰래 숨겼을까? 칼을 가져간 게 그라면, 수건도 그가 치운 걸까? 목걸이도?

월은 내게 거짓말을 했다. 그는 학교에서 테이트를 데리고 집에 왔다고 했지만 사실은 그 반대였다. 월은 내가 다른 사람이 된다는 것도 알고 있었지만 내게 말하지 않았다. 내 안에 폭력적인 면이 있다는 걸 알았다면 왜 치료를 받게 하지 않았을까? 당신에게 결코 지루함을 느낄 틈이 없었어. 이제와 생각해보니 아주 그럴듯한 궤변이다.

월은 무언가를 숨기고 있다. 아마도 많은 것을 숨기고 있을 것이다.

칼이 어디에 있을지 궁금했다. 수건과 목걸이도. 경찰이 우리 집을 샅샅이 수색했는데도 못 찾았다면 이 물건들이 우리 집에 있지 않다는 뜻이었다. 다른 곳에 있는 게 틀림없었다. 아니면, 경찰이 수색하는 동안 월이 자신의 몸에 지니고 있다가 경찰이 떠난 뒤 다시 숨겼을 수도 있다. 그렇다면 집 안에 있을 터였다. 하지만 만약 모건을 살해한 사람이 나라면 월이 왜 증거품을 숨기는 걸까? 나를 보호하려고? 그건 아닐 것 같은데.

버그 경관은 내게 월이 사건이 있던 날 저녁의 알리바이를 철회했다고 말했다. 월은 모건이 죽던 때 내가 자신과 함께 있지 않았다고 경관에게 알렸다. 월의 말처럼 우리 사이를 이간질하려고 버그 경관이 거짓말을 한 걸까? 어쩌면 버그 경관이 말한 게 사실 아닐까? 내가 의심을 사도록 월이 그리 말한 게 아닐까?

모건의 사건에 대해 내가 아는 정보를 취합했다. 뼈칼, 협박 편지. 넌 아무것도 몰라. 입 뻥끗하면 넌 죽은 목숨이야. 내가 항상 지켜보고 있다고. 도움이 되는 정보들이었지만, 자꾸 상상하기도 싫은 생각이 뒤따랐다. 에린과 모건이 자매 사이라는 사실이 마음에 걸렸다. 이것만큼 명백한 증거가 있을까. 둘 다 죽었다는 것만큼.

나와 월이 결혼하던 날, 아이들이 태어나던 날이 주마등처럼 스쳤다. 항상 속 깊고 따뜻했던 월, 누구에게나 호감을 사는 월, 내 인생의 반을 함께해온 월이 살인자일 수도 있다니 소름이 끼쳤다. 울음이 나왔다. 하지만 소리를 내어서는 안 되었다. 손으로 입을 막고 침실 벽에 기대어 주저앉았다. 울음을 어떻게든 삼켜보려고 입을 틀어막은 손에 힘을 주었다. 몸이 떨려왔다.

눈물이 끝도 없이 쏟아졌다. 내 울음소리가 들려선 안 된다. 누구에게도 이런 모습을 보여선 안 된다. 마음을 진정시키려 애쓰는 와중에 윌이 만들어준 저녁 식사가 식도로 역류하는 것 같았다. 다행히도 게워내지는 않았다.

윌이 모건의 사건과 연관이 있다는 것은 이제 분명해졌다. 에린 때도 그랬으니까. 에린은 끔찍하고도 안타까운 사고가 아니라 살해당했을 거란 생각이 들었다. 하지만 모건은 왜? 협박편지 내용을 되새기던 중 한 가지 결론에 이르렀다. 윌이 세상에 드러나지 않길 바라는 무언가를 모건이 알고 있었던 것이다.

윌이 아래층에 있는 동안, 나는 칼과 수건, 모건의 목걸이를 찾아 방을 뒤졌다. 똑똑한 윌이라면 매트리스 아래나 옷장 서랍처럼 너무 뻔한 곳에는 절대 숨기지 않았으리라. 옷장으로 향했다. 윌의 옷을 들추며 안주머니를 뒤졌지만 아무것도 나오지 않았다.

무릎을 꿇고 손으로 바닥을 짚은 채 침실 마루판을 살폈다. 널따란 나무판을 깐 바닥이라 비밀 공간이 있을 법했다. 결이 다른 마루판이 없는지 손으로 바닥을 훑었다. 눈으로는 조금이라도 들리거나 높이가 다른 부분을 찾았다. 눈에 띄는 건 없었다.

쪼그리고 앉아 곰곰이 생각했다. 내가 발견하지 못할 곳에 숨기고자 했다면 어딜까, 고민하며 방을 둘러봤다. 가구나 바닥 통풍구, 화재 감지기를 떠올렸다. 벽면마다 정가운데에 하나씩 설치된 네 개의 콘센트로 시선이 옮겨갔다.

자리에서 일어나 옷장 안, 침대 밑, 커튼 뒤를 차례대로 살폈다. 그때, 두툼한 커튼 뒤에 가려져 있던 다섯 번째 콘센트가 시선을 사로잡았다.

벽면 정중앙에 있는 다른 콘센트와 달리 한쪽으로 치우친 곳에 설치되어 있어 위화감이 들었다. 왼쪽 벽면에 있는 콘센트와 30센티미터도 채 떨어지지 않은 곳에 있을 뿐 아니라 자세히 들여다보니 다른 네 개와 모양도 조금 달랐다. 보통 사람은 잘 모르겠지만, 남편이 무언가를 숨기고 있다고 의심하는 아내의 눈을 피할 수는 없었다.

문 쪽을 살폈다. 윌이 올라오고 있는 건 아닌지 귀를 기울였다. 복도는 어둡고 텅 비어 있었지만 고요하진 않았다. 테이트가 뒤척이는 소리가 들렸다.

나는 무릎을 꿇고 앉았다. 스크루드라이버가 없어 엄지손톱을 나사머리에 끼웠다. 나사를 계속 돌리느라 손톱이 뒤틀리고 깨져 피가 흘렀다. 나사가 드디어 빠졌다. 콘센트 커버가 떨어질 거라는 예상과 달리 서랍처럼 열리더니 안에 작은 보관함이 나왔다. 칼도, 수건도, 목걸이도 없었다. 안에는 100달러짜리가 대부분인 지폐가 돌돌 말려 있었고, 숫자를 세다가 놓친 탓에 정확하지는 않지만 대충 봐도 수천 달러는 족히 되어 보였다. 손가락에서 떨어진 피가 지폐에 뚝뚝 떨어졌다. 심장이 쿵쾅거렸다.

윌은 왜 이 돈을 벽에 숨겨놨을까? 윌은 왜 이 돈을 나 몰래 숨겨놨을까? 돈 외에는 아무것도 없었다.

돈을 다시 보관함 안에 넣지 않았다. 내 옷장 서랍에 숨겼다.

커튼을 원래대로 정리했다. 자리에서 일어나 손으로 벽을 짚고 서서 잠시 마음을 가다듬었다. 주변이 핑핑 도는 느낌이었다. 조금 진정되자 조용히 방에서 나와 아래층으로 내려갔다. 숨을 죽였다. 아랫입술을 꽉 문 채 계단을 하나씩 천천히 내려갔다. 마지막 계단에 이르자 월이 노래를 흥얼거리는 소리가 들렸다. 주방에서 설거지를 하는 모양이었다. 싱크대 물이 틀어져 있었다.

주방으로 가지 않았다. 대신 서재로 가 문을 연 뒤 도어 래치가 맞물리는 소리가 들리지 않게 아주 조심스럽게 문을 닫았다. 문을 잠그지는 않았다. 내가 서재 문을 잠그고 있는 것을 안다면 월의 의심만 커질 것 같았다.

컴퓨터 검색 기록부터 살폈다. 아무것도 나오지 않았다. 내가 에린의 사고를 검색한 것마저도 깨끗하게 삭제되어 있었다. 내가 컴퓨터를 쓴 뒤 누군가가 인터넷 검색 기록을 모두 없애버렸다. 칼과 수건처럼 말이다.

검색 엔진 창을 열었다. 에린의 이름을 입력한 뒤 검색 결과를 살폈다. 일전과 똑같은 폭설과 사고 소식이 다였다. 이제 보니 그녀의 죽음에 대해 수사조차 이루어지지 않았었다. 당시의 상황에 따른, 즉 기상 악화에 따른 단순 사고로 종결되었다.

금융 기록을 살피기 시작했다. 월이 왜 벽 안에 돈을 숨겼는지 이해할 수가 없었다. 공과금은 모두 월이 알아서 처리했다. 월은 내가 확인해야 할 고지서나 영수증을 카운터에 따로 올려두기도 했지만, 나는 그 외에는 전혀 신경 쓰지 않았다. 대부분 나를 거치지 않고 월이 알아서 했다.

은행 사이트에 접속했다. 웬만한 비밀번호는 보통 오토와 테이트의 이름과 생일을 조합한 것이었다. 당좌예금 계좌와 저축 계좌 모두 별 이상 없어 보였다. 은행 사이트를 닫고 퇴직연금 계좌와 아이들 학자금 저축 계좌, 신용카드 내역을 찬찬히 살폈다. 역시 이상한 점은 없었다.

월이 나를 부르는 소리가 들렸다. 위층으로 올라갔다가 다시 내려오는 발소리도 들렸다.

"나 여기 있어."

월이 내 목소리가 떨리고 있음을 알아차리지 못했길 바랐다. 인터넷 창을 최소화시키지 않았다. 대신 해리성인격장애를 검색창에 입력했다. 그가 서재에 들어와 물으면 내가 앓는 병에 대해 좀 알아보려던 중이었다고 답할 참이었다. 그가 내 증상을 어떻게 알았고, 왜 나는 여태껏 몰랐는지에 대해서는 아직 대화를 나누지 않았다. 그가 내게 숨긴 또 하나의 비밀이었다.

이제 내 상황을 알게 되었으니 새로운 문제가 생긴 셈이었다. 언제라도 내가 순식간에 사라지고 내가 아닌 누군가 나타나 나를 지배하는 일이 생길 수 있었다.

"말벡 와인 한 잔 가져왔어."

월이 스템이 없는 와인 잔을 들고 서재 문간에 서 있었다. 그는 방 안으로 들어와 잔을 들지 않은 손으로 내 머리를 쓰다듬었다. 그가 내 머리에 손을 대자 온몸에 소름이 끼쳤고, 그의 손길을 밀어내지 않기 위해 이를 악물고 견뎌야만 했다.

"까베르네가 다 떨어져서."

내가 까베르네를 좋아하는 걸 알고 하는 말이었다. 말벡은 내 입맛에는 쓴맛이 강했지만 오늘만은 아무 상관없었다. 뭐든 들이킬 생각이었다.

그는 내가 열어놓은 사이트를 유심히 바라봤다. 인격장애의 증상과 치료법을 소개하는 일반 의학 사이트였다.

"내가 미리 말해주지 않았다고 당신이 서운하게 느끼지 않았으면 좋겠어."

나름의 사과를 전했다.

"당신이 힘들어할 것 같았어. 게다가 관리도 잘되고 있었고. 당신이 괜찮은지 항상 지켜보고 있었어. 이렇게 문제가 생길 줄 알았다면……."

문득 그가 말을 멈췄다. 나는 고개를 들어 그를 바라봤다.

"고마워."

와인에 대한 감사 인사였다. 그가 책상 위에 잔을 내려놓으며 말했다.

"오늘 힘든 하루를 보냈는데, 와인 한잔하면 좋을 것 같아서."

마음을 진정시키고 긴장을 풀어줄 와인 생각이 간절했다. 잔을 살짝 기울여 입술에 가져다 대는 순간, 술이 내 목을 타고 내려가며 온몸이 마비되고 감각이 흐려지는 장면이 머릿속에 그려졌다. 손이 떨리기 시작했고, 뭘 때문에 내가 긴장하고 있다는 것을 들키지 않기 위해 잔을 바로 내려놨다.

"너무 걱정하지 마."

월이 말했다. 이제 양손이 모두 자유로워진 그가 내 어깨부터 시작해 목을 마사지했다. 그의 손길은 따뜻하고 다부졌다. 그의 손가락이 머리카락 사이사이 두피를 어루만지며 긴장성 두통이 시작되는 머리 뒤편을 주물렀다.

"나도 좀 찾아봤어. 심리치료가 좋다고 하더라. 약물치료는 효과가 없대."

마치 내가 걸린 병이 암이라도 되는 것처럼 말했다. 이렇게 잘 알고 있었다면 왜 내게 먼저 심리치료를 제안하지 않은 건지 의아했다. 어쩌면 예전에 내가 정신과를 다녀서 그랬던 것일지도 모른다. 내가 치료를 받고 있다고 지레 생각하고 있었을 수도 있다. 아니면 내가 낫길 바라지 않은 마음일 수도 있고.

"내일 아침에 다시 이야기하자."

그가 말했다.

"일단 당신이 푹 좀 자고 난 뒤에."

그가 내 머리에서 손을 뗐다. 옆으로 다가온 윌은 내가 앉아 있는 의자를 빙글 돌려 자신을 마주 보게 했다. 이런 식으로 그가 내게 통제력을 발휘하는 것이 싫었다.

잠시 가만히 서 있던 그는 무릎을 꿇고 앉았다. 내 두 눈을 가만히 응시했다. 그러고는 애정 어린 목소리로 말했다.

"오늘 정말 힘든 하루였을 거란 것 잘 알아. 내일은 괜찮아질 거야. 당신에게도, 내게도."

"그럴까?"

내가 묻자 그가 다시 입을 열었다.

"응. 분명히 그럴 거야."

그가 양손으로 내 얼굴을 감쌌다. 내가 부서지기라도 할 듯 조심스럽고도 부드럽게 입맞춤을 했다. 내가 세상 그 무엇과도 바꿀 수 없을 만큼 소중하다고 말했다. 말로 표현할 수 없을 정도로 사랑한다고 속삭였다.

위층에서 쿵 하는 소리가 들렸다. 테이트가 울기 시작했다. 침대에서 떨어진 모양이었다. 내게서 살짝 몸을 뗀 그의 두 눈이 여전히 감겨 있었다. 곧, 그는 몸을 일으켰다. 그가 와인 잔 쪽으로 고개를 까딱해 보였다.

"더 필요하면 불러."

그가 떠나고 나서야 안도의 숨을 몰아쉬었다. 아빠가 가고 있다고 테이트를 향해 외치며 계단을 오르는 발소리가 들렸다.

윌

똑똑한 여자였지만 제대로 아는 것은 없다. 그녀는 모르는 게 너무 많았다. 다른 기기로 그녀의 구글 계정에 접속을 하면 언제 어디서나, 지금처럼 2층 침실에서도 검색 기록을 볼 수 있다는 사실도 모른다.

세이디는 쓸데없는 짓을 벌이고 있었다. 은행 계좌를 확인했지만 그걸 봐봤자 별로 나올 것은 없다. 하지만 다른 걸 찾아낸 것 같다. 몇 분 전, 침실에서 발견한 핏자국 덕분에 알아챘다. 문에서 커튼까지 네 방울의 피가 점점이 떨어져 있었다. 커튼을 들춰보니 콘센트 커버가 살짝 비뚤어져 있었다. 커버를 당겨 보관함을 열었다. 돈이 사라지고 없었다. **욕심만 많은 년. 이 돈을 어디로 치웠을까?**

돈을 발견했으니 이제 조만간 내가 이모젠의 신탁 자금에 손을 댔다는 것도 알아챌 것이다. 이모젠은 상당히 성가셨지만 신탁 자금이 있으니 데리고 있을 가치가 충분했다. 나는 조금씩 비상금을 만들어두는 중이었다.

검색 기록을 살펴보니 세이디가 에린과 모건에 대해서도 조사를 했다. 퍼즐 조각을 맞춰나가고 있었다. 어쩌면 내가 생각했던 것처럼 멍청한 여자가 아닐지도 모른다. 테이트를 다시 재웠다. 침대에서 떨어진 것 때문에 칭얼거렸다. 베나드릴(알레르기약-옮긴이)을 주며 이걸 먹으면 머리가 아프지 않을 거라고 했다. 권장량 이상을 먹였다. 오늘 밤 아이가 깨선 안 된다.

테이트의 머리가 부딪힌 곳에 입을 맞추고 침대에 눕혔다. 책을 읽어달라기에 기꺼이 들어주었다. 크게 걱정하지는 않는다. 세이디가 뭘 알게 되든 와인을 마신 뒤에는 전부 소용없는 일이 될 테니까. 그저 시간문제일 뿐이다.

세이디

어떻게든 버그 경관에게 연락해 내가 밝혀낸 사실을 알려야 했다. 내 말을 믿지 않겠지만. 그래도 신고해야 한다. 그러면 어찌 되었든 경관은 수사를 할 수밖에 없다.

아침 이후로 내 핸드폰이 보이지 않는다. 마지막으로 본 것이 주방에 설치된 집 전화기 근처였다. 일단 주방으로 가야 한다. 하지만 서재를 나서는 것이 두려웠다. 월이 에린을 죽였다면 나도 충분히 죽일 수 있었다.

문을 나서기 전 몇 번이나 심호흡을 했다. 태연한 척 행동하려 애썼다. 와인 잔을 손에 들었다. 혹시 모를 상황을 대비해 날카로운 편지 개봉용 칼도 챙겼다. 잠옷 바지의 허리 밴드에 꽂아놓은 칼이 떨어질까 걱정이 되었다. 서재 문을 나서자 순식간에 무력해졌다. 집이 이상할 정도로 적막하고 어두웠다. 아이들은 잠들어 있었다. 아무도 내게 굿나잇 인사를 하지 않았다.

주방에서 희미한 불빛이 새어 나왔다. 그리 밝지 않았다. 가스레인지 후드에 설치된 등이 켜져 있었다. 윌이 내 뒤에 있을 것만 같은, 어디선가 나를 지켜보고 있을 것 같은, 어쩌면 주방에서 나를 기다리고 있을 것만 같은 불안감을 떨치며 현관 등으로 달려드는 나방처럼 가스레인지 쪽으로 다가갔다.

만약 정말 윌이 에린을 살해한 거라면 어떻게 한 걸까? 우발적인 살인이었을까, 사전에 계획했던 걸까? 모건은? 모건은 정확히 어떻게 죽은 걸까?

편지용 칼이 바지 아래로 조금씩 흘러내리고 있었다. 칼을 다시 허리춤으로 고정시켰다. 손이 자꾸 떨리는 탓에 칼 위치를 바로 잡으려다 잔이 한쪽으로 기울어져 와인을 바닥에 쏟고 말았다. 유리잔 끝을 입술로 닦아냈다. 입술을 오므리자 씁쓸한 말벡 와인 맛이 느껴져 눈살을 찌푸렸다. 쓴맛이 별로였지만 차오르는 눈물을 삼키려 억지로 와인을 한 모금 넘겼다.

등 뒤쪽에서 들리는 소리에 깜짝 놀라 뒤를 돌아보았지만 어두운 현관과 어슴푸레한 다이닝룸만 보였다. 자리에 꼼짝 않고 서 눈과 귀로 주변을 살폈다. 이 낡은 집에는 구석구석 몸을 숨길 만한 어두운 공간이 많았다.

"윌?"

작게 이름을 부르며 그의 목소리가 들리길 기다렸지만 윌은 대답하지 않았다. 아무도 대답하지 않았다. 아무도 없었다. 아무도 없는 것 같았다. 숨을 참고 발소리, 숨소리에 귀를 기울였다. 아무 소리도 들리지 않았다. 바짝 신경을 곤두세우느라 뭉근한 두통이 점차 심해졌고, 몸에 열이 올라 정신이 산만해졌다. 겨드랑이, 허벅지 사이에 땀이 찼다. 긴장을 낮추려고 와인을 한 모금 더 마셨다. 좀 전보다는 넘길 만했다. 내 입이 쓴맛에 적응한 것 같았다.

식탁 위에 핸드폰이 보였다. 재빨리 주방을 가로질러 핸드폰을 손에 넣었지만, 방전된 핸드폰을 보고 울음을 삼켰다. 몇 분이라도 충전을 해야 사용할 수 있었다. 집 전화도 있지만 유선이다. 집 전화기로 전화를 하려면 주방에서 해야 했다. 서둘러야 했다.

주방 반대편으로 향했다. 구식 수화기를 들었다. 방전된 핸드폰에 연락처가 저장되어 있어 난감하던 차에 카운터 위 편지꽂이에 버그 경관의 명함이 꽂혀 있어 다행이었다. 명함에 적힌 번호를 눌렀다. 경관이 전화를 받길 간절히 기다리며 불안한 마음에 말벡을 또 한 모금 넘겼다.

윌

서재에서 주방으로 향하는 세이디의 뒤를 쫓았다. 그녀가 뒤를 돌아봤다. 그녀는 생각하는 것보다 훨씬 가까운 거리에 내가 있다는 것을 모르는 눈치였다. 세이디는 주방 여기저기를 기웃거렸다. 전화기 다이얼을 돌리는 소리가 들리자 이제는 내가 나서야 할 때라는 생각이 들었다.

주방으로 들어갔다. 세이디가 두 눈을 크게 뜬 채 몸을 돌려 나를 봤다. 귀에 댄 수화기를 꼭 쥐고 있는 모습이 다가오는 헤드라이트 앞에서 벌벌 떠는 사슴 같았다. 옴짝달싹할 수 없을 정도로 겁을 먹은 얼굴이었다. 이마에 송골송골 땀이 맺혀 있었다. 땀에 젖어 축축한 얼굴이 새하얗게 질렸다. 숨소리가 거칠었다. 겁에 질린 작은 새처럼 심장이 쿵쿵 뛸 때마다 가슴이 오르락내리락하는 것이 보였다. 와인 잔이 3분의 1 비어 있는 것을 보고 안심했다.

세이디의 속이 훤히 보였다. 하지만 내가 자신의 속내를 알아챘다는 것을 그녀도 알고 있을까?

"누구한테 전화하는 거야?"

세이디가 어떤 거짓말을 들이밀지 궁금해하며 태연하게 물었다. 하지만 거짓말에 영 소질이 없는 세이디는 침묵하는 쪽을 선택했다. 이제 분명해졌다. 자신의 꿍꿍이를 내가 알고 있다는 것을 그녀도 알게 되었다.

목소리를 달리했다. 이 게임이 슬슬 지겨워졌다.

"전화기 내려놔, 세이디."

그녀는 내 말을 듣지 않았다. 한 걸음 다가가 수화기를 낚아채 내려났다. 손에 힘을 잔뜩 주고 버텼지만 세이디는 힘이 약하다. 수화기를 손쉽게 빼앗았다.

"이건 별로 좋은 생각이 아니야."

왜냐면 내 화를 돋웠으니까. 머릿속으로 몇 가지 상황을 가정했다. 아직 술에 취하지 않았다면 억지로라도 마시게 하면 된다. 하지만 술을 뱉어내고 토해낼 텐데 번거로울 것 같았다. 다른 방안을 떠올렸다. 원래대로라면 오늘 밤에 시체를 처리할 계획은 아니었지만, 자살 말고도 세이디가 처벌을 피해 도망치는 시나리오 또한 버그 경관이 충분히 믿을 법했다. 처음 계획보다 품은 더 들겠지만, 뭐, 할 만하다.

오해는 없길 바란다. 난 내 아내를 사랑한다. 내 가족을 정말 사랑한다. 상황이 이렇게 되어 나도 마음이 좋지 않다. 하지만 세이디가 벌집을 건드린 이상 어쩔 수 없는 결과다. 괜히 들쑤시지 말고 가만히 있었다면 이런 일까지는 벌어지지 않았을 텐데. 일이 이렇게 된 것은 모두 세이디 탓이다.

세이디

어지러웠다. 정신이 흐릿해졌다. 공황상태에 빠지고 있었다. 지금껏 단 한 번도 본 적 없는 서슬 퍼런 분노에 휩싸인 윌을 보고 놀란 탓이었다. 나를 무섭게 노려보는 이 남자가 너무 낯설었다. 내가 결혼을 약속한 그 남자의 모습이 어렴풋이 남아 있었지만 분명 다른 남자였다. 적대적인 목소리에 섬뜩한 말투로 딱딱하게 말했다. 거칠게 수화기를 낚아채는 몸짓에서 내가 지금 보고 있는 것이 환영이 아님을 깨달았다. 윌이 모건의 죽음에 연루되어 있을지도 모른다는 의심은 사라졌다. 그가 정말 무슨 짓을 저지른 게 틀림없다.

그가 한 걸음씩 다가올 때마다 한 걸음씩 뒷걸음질 치며 얼마 지나지 않아 등이 벽에 닿겠구나 생각했다. 빨리 생각이란 것을 해야 했다. 하지만 정신이 희미해지고 머리가 무거웠다. 윌의 모습이 흐릿해졌지만, 그가 내게 손을 뻗는 모습만큼은 슬로우모션으로 보였다.

그때, 허리춤에 챙겨둔 편지 개봉용 칼이 떠올랐다. 더듬더듬 손을 뻗었지만 손이 너무도 떨려 투박하게 허리춤을 잡았다. 두 손이 허리 고무밴드에 걸린 틈에 칼이 다리 사이로 미끄러져 내려가 땅에 떨어졌다.

월의 반응속도가 나보다 훨씬 빨랐다. 그는 술을 마시지 않았으니까. 반면 나는 벌써 취한 기분이었다. 평소보다 취기가 빨리 퍼지고 있었다. 월이 나보다 빠르게 몸을 굽혀 민첩하게 칼을 집어 들었다. 내 앞으로 칼을 내밀며 물었다.

"이걸로 뭘 할 생각이었어?"

희미한 후드 등이 스테인리스 칼날 끝에 반사되어 번뜩였다. 어디 한번 해보라는 듯 월이 내게 칼을 겨누었고, 나는 겁을 먹고 몸을 움찔했다. 그가 악랄한 웃음을 흘리며 나를 조롱했다. 우리는 가장 가까운 사람들에 대해 얼마나 알고 있을까. 사실 상대에 대해 전혀 몰랐다는 것을 깨닫는 순간, 하늘이 무너지는 충격을 받는다.

분노에 사로잡힌 그는 내가 아는 월이 아니었다. 내가 모르는 남자였다.

"이걸로 나를 해칠 수 있을 거라 생각했어?"

칼끝으로 자신의 손바닥을 찌르는 월을 보며 단면은 종이를 자를 정도로 날카로울지 몰라도 칼끝은 뭉뚝하다는 것을 깨달았다. 그가 아무리 손바닥을 찔러대도 조금 빨개질 뿐이었다. 상처조차 나지 않았다.

"이걸로 나를 죽일 수 있을 거라 생각했어?"

혀가 딱딱하게 굳어갔다. 말이 나오지 않았다.

"모건에게 뭘 어떻게 한 거야?"

내가 물었다. 그의 질문에는 답하지 않을 생각이었다.

그는 비웃음을 흘리며 자신이 아니라 내가 뭘 했느냐가 중요하다고 말했다. 눈이 건조해졌다. 나는 몇 번이나 눈을 깜빡였다. 신경성 틱 증상이었다. 멈춰지지 않았다.

"기억이 안 나지?"

그가 내게 손을 뻗었다. 그의 손길을 피해 고개를 뒤로 물리다 찬장에 머리를 세게 부딪치고 말았다. 머리에서 퍼지는 통증에 움찔하며 반사적으로 손을 올렸다.

월이 조롱하듯 말했다.

"아야, 많이 아팠겠네."

머리로 올라갔던 손을 내렸다. 그의 말에 어떤 반응도 보이지 않을 심산이었다. 항상 따뜻하고 다정했던 월이 떠올랐다. 내가 아는 월이라면 나를 의자에 앉히고 얼음주머니를 가져와 내 머리에 얹어주었을 텐데. 그게 다 연기였던 걸까?

"모건을 죽인 건 내가 아니야. 세이디, 당신이었잖아."

하지만 기억이 전혀 나질 않았다. 내가 모건을 죽였는지, 죽이지 않았는지 도무지 알 수 없었다. 누군가를 살해했는지조차 모른다니, 끔찍한 일이다.

"당신은 에린을 죽였지."

지금 당장 떠오르는 말은 이것뿐이었다.

"그건, 내가 한 일이 맞아."

이미 예상하고는 있었지만 그의 입으로 인정하는 것을 들으니 왠지 모르게 더욱 끔찍하고 괴로웠다. 금방이라도 쏟아질 듯 눈물이 가득 차올랐다.

"에린을 사랑했잖아. 에린과 결혼할 생각이었다고 했잖아."

"그것도 맞아. 하지만 문제는 에린이 날 사랑하지 않았다는 거야. 거부당하는 것을 잘 못 받아들이는 성격이라, 내가."

"모건은 당신에게 무슨 잘못을 했는데?"

울분에 찬 내 외침에 그가 음흉하게 미소 지으며 모건을 죽인 건 나라고 반복했다.

"모건이 당신한테는 무슨 잘못을 했는데?"

내가 한 말을 그대로 되묻는 그를 향해 고개를 가로젓는 것 외에는 아무것도 할 수 없었다.

월이 입을 열었다.

"시시콜콜한 옛이야기로 당신을 지루하게 할 생각은 없지만, 모건은 에린 동생이자 에린의 죽음을 내 탓으로 모는 데 한평생을 바친 여자지. 다들 에린의 죽음을 안타까운 사고쯤으로 여기는데 모건만은 그렇지 않았거든. 포기란 걸 모르는 여자였어. 세이디, 당신이 알아서 다 처리한다고 나섰잖아. 당신 덕분에 아무 탈 없이 잘 해결할 수 있었어."

"난 그런 적 없어!"

비명을 질렀다.

그는 완벽히 침착한 상태였다. 감정을 주체하지 못하는 나와 달리 일정한 어조로 차분하게 이야기했다.

"하지만 그랬는걸. 당신이 거사를 치르고 집에 돌아왔을 때 말이야. 무척 뿌듯한 얼굴이었어. 얼마나 수다스러웠는지. 더는 모건이 우리 사이를 방해하는 일 없을 거라고, 당신이 잘 처리했다고 말이야."

"난 모건을 죽이지 않았어."

단호하게 말했다.

그는 피식거렸다.

"죽였어. 나를 위해서 해준 거지. 그날만큼 당신을 사랑했던 적이 있을까 싶어."

그가 활짝 웃었다.

"당신에게 솔직하게 이야기한 게 다였어, 나는. 모건이 나를 협박한 대로 진짜 실행에 옮긴다면 내가 어떻게 될지 당신에게 설명한 것뿐이라고. 내가 에린을 죽였다는 것을 모건이 경찰에 알리고 입증까지 한다면 내가 아주 오랫동안 감옥에 갇히게 될 거라고 말이야. 어쩌면 무기징역일 수도 있다고. 경찰이 우리 사이를 갈라놓을 거라고. 그렇게 되면 다시는 볼 수도, 함께 있을 수도 없다고. 그런 일이 벌어진다면 그건 다 모건 탓이라고 했지. 따라서 내가 아니라 모건이 죄인인 셈이라고. 내 말에 당신도 동의했잖아. 당신이 날 믿어주었잖아."

그의 얼굴에 의기양양한 표정이 떠올랐다.

"당신은 나 없이 못 살잖아, 안 그래?"

사이코패스처럼 이 상황이 즐겁다는 듯이 나를 보며 물었다.

"왜 그래 세이디?"

내가 잠자코 있자 그가 다시 물었다.

"꿀 먹은 벙어리가 된 거야?"

그의 말, 그의 태연함에 화가 치밀었다. 그의 웃음소리에 분노가 차올랐다. 추악하고 가증스러운 웃음, 그 웃음이 내 이성을 마비시켰다. 살짝 고개를 기울이고 서서 득의양양한 표정을 짓고 있는 그 모습에 이성을 잃었다. 그는 회심의 미소를 짓고 있었다.

월은 내 상태를 교묘히 이용했다. 내가 끔찍한 일을 저지르도록 조종했다. 카밀이라는 또 다른 인격이라면, 내 안에 자리한 이 가련한 여자라면 그를 위해 무슨 짓이든 할 거라는 것을 알고 내 머릿속에 생각을 심었다. 카밀은 그를 지독히도 사랑하니까. 카밀은 그와 함께 있고 싶어하니까.

그녀가 안쓰러웠다. 그리고 내 자신에게 화가 났다. 나도 모르게 몸이 움직였다. 머리가 시킨 일이 아니었다. 온몸에 힘을 실어 월에게 달려들었다. 하지만 곧, 후회했다. 월이 조금 휘청대긴 했지만 나보다 몸집이 훨씬 큰 남자였다. 훨씬 강하고 힘도 셌다. 또 그는 술도 전혀 마시지 않은 상태였다. 힘껏 밀치자 월의 몸이 뒤로 밀려났다. 하지만 그뿐, 쓰러지지는 않았다. 뒤로 몸이 살짝 기울어진 그는 카운터를 붙잡고 다시 중심을 잡았다. 내 별 볼 일 없는 몸부림에 그의 웃음소리가 더욱 커졌다.

"이건 정말 나쁜 아이디어였어."

그가 말했다.

카운터 위, 칼이 꽂혀 있는 나무 블록에 시선이 갔다. 그가 내 시선을 좇았다. 둘 중 누구의 손이 먼저 닿을까.

윌

꼭 어린아이를 상대하는 것 같았다. 귀여울 지경이었다. 하지만 이제 결판을 내야 했다. 더이상 시간을 끌 필요는 없다. 세이디에게 단숨에 달려들어 그 어여쁜 목을 내 손 안에 가두고 졸랐다. 세이디의 기도가 막혔다. 극심한 공포에 빠져드는 모습을 지켜봤다. 가장 먼저 그녀의 두 눈이 두려움에 활짝 커졌다. 손아귀에서 벗어나려고 내 손을 붙잡고 새끼 고양이같이 손톱으로 할퀴었다. 의식을 잃기까지 10초 정도, 그리 오래 걸리지는 않을 것이다.

목에 가해진 압력 때문에 소리를 지르지도 못했다. 별 의미도 없이 컥컥거리는 것 외에는 아무 말도 하지 못했다. 어차피 세이디는 그리 화술이 좋은 편도 아니었다.

손으로 누군가의 목을 졸라 죽이는 교살은 사실 지극히 친밀한 행위다. 다른 살해 방법과는 분명 다르다. 죽이려는 대상과

물리적으로 아주 가까운 거리에서 행해야 한다. 또 문 너머에서 세 발 쏘면 끝인 총과는 다르게 육체적 노동이 필요한 작업이다. 때문에 집에 페인트칠을 하고, 창고를 짓고, 장작을 패고 났을 때처럼 일종의 자부심, 성취감 같은 것을 느낄 수 있다. 좋은 점은 물론 뒤처리할 게 별로 많지 않다는 것이다.

"이렇게 돼서 얼마나 안타까운지 말로 다 설명할 수 없을 정도야."

팔다리를 휘저으며 애처로운 몸짓으로 저항하는 세이디를 향해 말했다. 점점 몸에 힘이 빠지고 있었다. 눈이 뒤집어져 흰자가 보였다. 호흡이 약해졌다. 손을 들어 내 눈을 찌르려고 했지만 움직임이 그리 빠르지도, 힘이 실려 있지도 않았다. 고개를 뒤로 빼 그녀의 노력을 헛수고로 만들었다. 세이디의 피부가 예쁜 색으로 물들어갔다.

손에 더욱 힘을 주며 말했다.

"그 잘난 머리를 굴리다가 이 지경이 됐잖아, 세이디. 파헤치지 말고 그냥 뒀으면 이런 일은 없었을 텐데. 내가 한 짓을 당신이 여기저기 떠벌리게 둘 수는 없어. 내 마음 이해할 거야. 당신이 입을 다물지 못하니, 내가 대신 그 입을 영원히 닫아줄 수밖에."

세이디

내 목을 움켜쥔 그의 손에 온몸을 내맡기고 일부러 몸을 축 늘어뜨렸다. 목숨을 건 최후의 발악이었다. 만약 실패한다면 나는 죽음을 맞이할 터였다. 시야가 어지럽고, 생의 마지막 순간을 앞두고 수많은 장면이 주마등처럼 스쳤다. 아이들의 얼굴이 보였다. 나 없이 윌과 함께 살 오토와 테이트의 모습이 떠올랐다. 맞서 싸워야 했다. 내 아이들을 위해, 죽을 수 없다. 아이들을 윌과 한집에 살도록 내버려 둘 수 없다. 어떻게든 살아야 한다.

고통스러운 상황을 벗어나기 위해서 먼저 엄청난 고통을 견뎌야만 했다. 내 몸을 지탱하는 다리와 척추의 힘을 빼자 목에 전해지는 압력이 더욱 격렬해졌다. 그의 손에 온몸의 무게를 내맡겼다. 팔다리가 저릿해졌다. 감각이 사라졌다. 머리와 목에 엄청난 고통이 찾아왔고, 이렇게 죽는구나 생각했다. 죽는다는 게 이런 느낌이구나. 그의 손안에서 온몸이 축 늘어졌다.

과업을 완수했다고 생각했는지 윌이 손에 힘을 풀었다. 내 몸을 바닥에 눕혔다. 처음에는 조심스럽게 내려놓는 듯했지만 땅에 닿을 때쯤에는 손에 힘을 풀고 내동댕이쳤다. 나를 조심스럽게 대하려던 게 아니었다. 그는 조용하게 처리하려는 것이었다. 몸이 바닥에 떨어지며 차가운 타일이 느껴졌다. 반응하지 않으려 노력했지만 참을 수 없을 만큼 고통이 컸다. 바닥에 거칠게 부딪혀서가 아니라 지금껏 그가 내게 한 짓 때문이었다. 발작적인 기침을 하고, 격렬하게 호흡을 하고, 손을 올려 목을 감싸고 싶은 엄청난 충동이 일었다. 하지만 살고 싶다면 충동을 억누른 채 눈도 깜빡이지 않고, 숨도 쉬지 않으며 꼼짝하지 않고 누워 있어야 한다.

윌이 내게 등을 돌렸다. 그제야 간신히 살짝 숨을 들이마셨다. 그가 움직이는 소리가 들렸다. 내 시체를 처리할 계획을 세우고 있었다. 바로 위층에 아이들이 자고 있었고, 지체해서는 안 되는 일인 만큼 그는 서둘러 움직였다.

반갑지 않은 생각이 스쳤고, 굉장한 공포에 사로잡혔다. 만약 오토나 테이트가 아래층에 내려와 이 광경을 목격한다면 윌이 어떻게 나올까? 윌이 애들도 죽이려고 들까?

윌이 잠겨 있던 미닫이 유리문을 열었다. 방충문도 열었다. 볼 수는 없었지만 소리는 들렸다. 그는 카운터 위에 있는 열쇠를 챙겼다. 포마이카 재질의 카운터에 금속이 부딪히는 소리가 났다. 손안에서 열쇠가 짤랑거리다 이내 조용해졌다. 청바지 주머니에 열쇠를 우겨 넣으며 뒷문으로 나를 끌고 나가 차에 실을 계획을 하는 그의 모습이 그려졌다. 하지만 이제 어떻게 해야 할까? 월에게 몸싸움으로 상대가 되지 않는다. 나 정도는 가볍게 제압할 수 있다. 주방이라면 내 몸을 보호할 만한 도구가 있다. 하지만 밖에는 아무것도 없다. 나보다 월을 더 좋아하고 따르는 개들만 있을 뿐이다. 그가 나를 문밖으로 끌고 나간 뒤에는 내게 아무런 기회가 없다. 생각을 해야 한다. 그가 내 몸을 질질 끌고 나가기 전에 빨리 방법을 떠올려야 한다.

주방 바닥에 누워 조각상처럼 꿈쩍도 안 하고 있는 내가 그의 눈에는 죽은 것처럼 보일 것이다. 그는 내 맥박을 확인하지 않았다. 그가 유일하게 저지른 실수라면 이것이었다. 단언컨대, 월은 일말의 후회도 보이지 않았다. 그는 애도도 하지 않았다. 내가 죽었다는 사실에 조금도 슬퍼하지 않았다.

내 몸 위로 허리를 숙이는 월에게서 망설임이 느껴지지 않았다. 그는 민첩하게 상황을 판단하고 실행했다. 그가 가까이 있는 것이 느껴졌다. 숨을 참았다. 몸 안에 이산화탄소가 가득 차 고통스러웠다. 더이상 참기가 어려웠다. 본능적으로 숨을 들이마시게 될 것만 같았다. 월이 지켜보는 와중에 더이상 숨을 참을 수가 없을 것 같은 생각이 들었다. 지금 숨을 쉰다면 월이 알아챌 터였다. 등을 대고 바닥에 누워 있는 상황에서 월이 내가 살아 있다는 것을 알아채면 반격할 방도가 없었다.

공포에 짓눌려 심장이 힘차게, 빠르게 뛰어댔다. 어떻게 이 심장 소리가 그의 귀에 안 들릴 수 있는지, 얇은 잠옷 상의 아래로 고동치는 가슴을 못 볼 수 있는지 의아할 지경이었다. 입안에 침이 가득 고여 구역질이 났고, 당장이라도 침을 삼키고 싶은, 숨을 쉬고 싶은 충동에 휩싸여 정신이 이상해지는 것 같았다.

그가 내 두 팔을 잡아당겼다가 생각을 바꿨다. 발목을 잡고 우악스럽게 끌어당겼다. 딱딱한 타일 바닥에 등이 쓸릴 때마다 얼굴을 찡그리지 않으려고 이를 악물고 버티며 몸에 힘을 빼고 축 늘어졌다.

문까지 얼마나 남았을지 예측이 안 되었다. 얼마나 더 가야 하는지 알 수 없었다. 그가 거친 숨소리로 헉헉댔다. 생각했던 것보다 내가 무거운 탓이었다.

방법을 생각해, 세이디.

월이 나를 끌고 다섯 걸음쯤 나아갔다. 숨을 고르기 위해 잠시 멈췄다. 내 다리가 바닥에 떨어졌고, 이내 그가 조금 더 단단히 내 발목을 잡았다. 한 걸음씩 내딛으며 온 힘을 쏟아 우악스럽게 내 몸을 끌었다. 그가 한 발짝 나아갈 때마다 몇 센티미터씩 끌려가며 내게 시간이 얼마 남지 않았음을 직감했다.

뒷문에 가까워지고 있었다. 차가운 공기가 전보다 가까운 곳에서 느껴졌다. 월에게 반격을 가하기 위해서는 대단한 의지력이 필요했다. 월에게 내가 아직 살아 있음을 알리기 위해서는 마음의 준비를 단단히 해야 했다. 만약 실패한다면 나는 정말 죽게 될 것이다. 그럼에도 맞서야 한다. 어느 쪽이든 죽는 것은 마찬가지니까.

월이 다시 내 발목을 내려놨다. 잠시 한숨을 돌리는 모양이었다. 수도꼭지에 입을 대고 물을 한 모금 마셨다. 물소리가 들렸다. 개가 물을 마실 때처럼 혀로 할짝거리는 소리도 들렸다. 물소리가 멈췄다. 물을 꿀꺽 삼키고는 다시 내 쪽으로 다가왔다.

그가 내 발목을 잡으려 몸을 숙일 때 젖 먹던 힘까지 다해 급작스럽게 몸을 일으켰다. 마음을 단단히 먹고 그의 머리를 들이받았다. 그가 지쳐 있고 자세가 불안정할 때를 노렸다. 그는 허리를 숙인 채로 몸이 앞으로 쏠려 있던 터라 몸의 중심이 무너져 있었다. 내가 유리한 위치에 있는 순간이었다.

그가 손으로 머리를 감싸쥐었다. 갑자기 뒷걸음질을 치며 비틀거리더니 이내 균형을 잃고 쓰러졌다. 시간을 조금도 낭비할 수 없었다. 팔로 바닥을 짚고 억지로 몸을 일으켜 세웠다. 일어서면서 피가 아래로 몰려 머리가 핑 돌았다. 시야가 깜깜해졌다. 쓰러지기 직전 온몸에 아드레날린이 솟구쳤고, 다시 눈앞이 보였다.

그가 내 발목을 잡는 게 느껴졌다. 바닥에 쓰러진 그가 나도 넘어뜨리려고 하고 있었다. 그는 이제 조용히 처리해야 한다는 것 따위는 안중에도 없는 듯 내게 욕설을 퍼부었다.

"쓰레기 같은 년. 멍청한 년."

나와 결혼한 남자가, 죽음이 우리를 갈라놓을 때까지 사랑하겠다고 서약한 남자가 이제는 나를 이렇게 부르고 있었다.

무릎이 꺾여 그의 옆으로 순식간에 쓰러졌다. 앞으로 꼬꾸라지며 얼굴을 바닥에 세게 박는 바람에 코피가 났다. 출혈이 심해 손에 피가 흥건했다. 재빨리 손으로 땅을 짚고 무릎을 바닥에 댔다. 네 발로 기어 도망치려 하는 내 뒤에서 윌이 내 목을 노리고 달려들었다. 그를 향해 발길질을 했다. 그에게서 멀어져야 한다.

안간힘을 다해 카운터로 손을 뻗었다. 카운터를 간신히 잡고 몸을 일으키려 했지만 손이 미끄러졌다. 땀에 젖은 두 손에 힘이 들어가지 않았다. 주변이 온통 피바다였다. 코와 입에서 피가 계속 쏟아졌다. 카운터를 도저히 잡을 수가 없었다. 미끄러지듯 다시 바닥으로 쓰러졌다. 칼이 꽂혀 있는 나무 블록이 바로 눈앞에 있었지만 나를 조롱하듯 손이 닿지 않는 거리에 있었다.

다시 몸을 일으키려 애썼다. 윌이 내 발목을 잡았다. 내 종아리를 잡고 당겼다. 발을 찼지만 역부족이었다. 발차기를 해봤자 그에게 아주 약간의 타격만 줄 뿐 내 체력 소모만 커졌고 몸에 힘이 빠졌다. 또 한 번 바닥에 얼굴을 찧었고 이번에는 혀를 깨물었다. 더이상 꼼짝도 할 수 없었다. 몸속 아드레날린이 줄어들고 취기와 무력함이 커졌다.

더 이상 버텨낼 수 없을 것 같았다. 그때 오토와 테이트가 떠올랐고, 여기서 포기할 수는 없었다.

바닥에 고개를 박고 엎드린 내 등 위로 윌이 올라탔다. 90킬로그램이 넘는 무게가 나를 짓눌렀고, 얼굴이 부엌 바닥에 밀착되었다. 소리를 지르고 싶어도 그럴 수 없었다. 숨도 쉬어지지 않았다. 내 몸 아래 깔린 팔이 윌과 내 무게에 짓눌렸다.

내 머리를 어루만지는 그의 손길이 느껴졌다. 이상할 정도로 부드러운 손길이었다. 관능적이기까지 했다. 내가 고개를 바닥에 박고 엎드려 있는 이 상황을 그가 지극히도 만족스러워하는 것이 느껴졌다.

시간이 더디게 흐르고 있었다. 어떻게든 몸을 일으켜 그를 밀어내려 했지만 아무 소용이 없었다. 팔에 감각이 사라졌다.

월이 내 머리카락을 쓰다듬었다. 헐떡이며 내 이름을 불렀다.

"오, 세이디."

그가 숨을 토했다. 마스터에게 복종하는 노예처럼 바닥에 무력하게 깔린 나를 보며 그는 한껏 즐기고 있었다.

"내 사랑스러운 아내."

그가 말했다. 그가 몸을 숙이고 내 목에 숨결을 내뿜었다. 내목 이곳저곳에 입을 맞췄다. 내 귓불을 살짝 깨물었다. 그가 하는 양 가만히 두었다. 반항할 수가 없었다.

그가 내 귓가에 속삭였다.

"그냥 모른 척 지나갔으면 이런 일도 없었잖아."

그런 뒤 끈적끈적한 손으로 내 머리카락을 한 움큼 낚아채 잡아당기더니 머리를 타일 바닥에 그대로 내리꽂았다. 살면서 이렇게 큰 고통은 처음이었다. 이번에는 코가 부러진 것이 확실히 느껴졌다. 그가 또 한 번 내 머리를 바닥에 찧었다.

이걸로 내가 죽게 될지는 알 수 없었다. 하지만 얼마 안 있어 의식을 잃게 될 것은 자명했다. 내가 의식을 잃은 뒤 그가 무슨 짓을 할지는 아무도 모르는 일이다. 이제 끝이구나, 생각했다. 나는 이렇게 죽는구나.

하지만 그때 무언가 달라졌다. 고통에 허우적거리며 괴상한 비명을 지른 것은 내가 아니라 월이었다. 무슨 일이 벌어지고 있는지는 모르지만 갑자기 나를 짓누르던 무게가 느껴지지 않았다.

잠시 뒤 윌이 내 몸에서 떨어져 나갔다는 것을 깨달았다. 그가 내 바로 옆에 주저앉아 나처럼 피범벅이 된 얼굴을 하고 두 손으로 머리를 감싸 쥔 채 몸을 일으키려고 애쓰고 있었다. 언제 생긴지 모르는 상처로 머리에서 피가 흐르고 있었다.

나는 통증이 심한 목을 가누어 간신히 고개를 들었다. 공포에 사로잡힌 그의 눈을 따라 시선을 돌리자 주방 입구에 서 있는 이모젠이 보였다. 벽난로 부지깽이를 다부지게 쥔 손을 머리 위로 올린 채였다. 어지러운 시야에 저 아이가 환영은 아닌지, 윌을 공격한 것이 이모젠인지 헷갈렸다. 아이의 얼굴이 무표정했다. 아무런 감정도 드러나지 않았다. 분노도, 두려움도. 한 걸음씩 다가오는 이모젠을 보며 곧 내 몸에 전해질 끔찍한 고통을 기다렸다. 두 눈을 꼭 감고, 턱을 꽉 문 채 끝이 다가오고 있음을 직감했다. 이모젠이 나를 죽일 것이다. 이모젠은 우리 둘 다 죽이려 할 것이다. 우리가 이 집에 있는 것을 끔찍하게 싫어했으니.

이를 악물었다. 하지만 예상했던 고통은 찾아오지 않았다. 대신 윌이 끙끙거리며 신음하는 소리가 들렸다. 눈을 뜨자 비틀거리다 바닥으로 쓰러진 윌이 이모젠을 향해 욕설을 내뱉고 있었다. 이모젠을 바라봤다. 그 아이가 나를 바라보는 눈길에서 알 수 있었다.

이모젠은 나를 죽이러 온 게 아니다. 나를 구하려 하는 거다. 세 번째로 부지깽이를 높이 드는 이모젠의 눈에서 결연함이 느껴졌다. 하지만 이 아이가 양심의 가책을 느껴야 하는 죽음은 한 번으로 족하다. 나를 위해 또 한 번 이런 일에 연루되게 할 수는 없었다.

나는 휘청대는 다리로 간신히 몸을 일으켰다. 쉽지 않았다. 온몸이 비명을 질러댔다. 피를 너무 많이 흘린 데다 시야가 피로 가려져 앞이 잘 보이지 않았다.

나는 앞으로 달려나갔다. 윌과 이모젠 사이에 놓인 나무 블록으로 손을 뻗었다. 식칼을 잡아 손에 쥐었다. 칼 손잡이를 쥐고도 내가 뭘 들었는지 자각도, 느낌도 없었다.

내가 몸을 돌리는 것과 동시에 내 앞에서 몸을 일으키는 이 남자의 얼굴도, 눈빛도 도무지 알아볼 수가 없었다. 그의 입이 움직이는 게 보였다. 그가 입술을 달싹였다. 하지만 내 귀에는 이명이 울리고 있었다. 견딜 수가 없었다. 영원히 멈출 것 같지 않았다.

마침내 이명이 멈췄다. 그제야 소리가 들렸다. 그의 가증스런 웃음소리가 들렸다.

"넌 절대 못 할 거야, 멍청한 년."

그가 내 쪽으로 몸을 날리며 손안에 든 칼을 뺏으려 했다. 그가 칼을 잡은 찰나의 순간, 온몸에 힘이 이미 빠진 나는 결국 그에게 칼을 빼앗기겠구나 생각했다. 그렇게 되면 그가 이모젠과 나를 둘 다 죽이겠구나.

나는 거칠게 몸을 빼내며 다시 칼을 빼앗았다.

그가 다시 내게 달려들었다.

이번엔 아무 생각도 하지 않았다. 그저 몸을 움직였다. 몸이 반응했다. 그의 가슴에 칼을 쑤셔 넣자 날카로운 칼끝이 그의 몸을 파고드는 것 외에는 아무것도 느껴지지 않았다. 멍하니 눈앞의 상황을 쳐다봤다. 내 뒤에 서 있는 이모젠도 가만히 지켜보고 있었다.

그제야 그의 가슴께에서 피가 배어 나왔고, 이내 90킬로그램의 몸이 둔탁한 소리와 함께 바닥으로 쓰러졌다. 쓰러진 몸 옆에 점점 넓게 퍼지는 피웅덩이를 그저 바라보며, 나는 잠깐 망설였다. 그는 눈을 뜨고 있었다. 빠르게 죽어가고 있었지만 그래도 아직까지는 살아 있었다. 나라면 자신을 살릴 수 있다고 생각하는 양 나를 애절하게 바라봤다. 그는 팔을 들어 무의미한 손짓을 했다. 하지만 내게 닿지 못했다.

다시는 내 몸에 손을 대게 둘 수 없다. 나는 사람을 죽이는 것이 아니라 생명을 살리는 일을 한다. 하지만 어디에나 예외는 있다.

"당신은 살 가치가 없어."

내 목소리에서는 확신뿐, 조금의 떨림이나 두려움도 없었다. 죽음처럼 고요한 목소리였다.

그가 한 번, 두 번 눈을 깜빡이더니 이내 움직임이 멈췄고 헐떡이던 가슴도 잦아들었다. 더 이상 숨을 쉬지 않았다.

그의 곁에 손으로 바닥을 짚고 무릎을 꿇고 앉았다. 맥박을 확인했다. 윌이 죽고 난 뒤에야 자리에서 일어나 이모젠을 껴안았고 함께 눈물을 쏟았다.

세이디

1년이 흘렀다.

해변에 서서 바다를 바라봤다. 바위가 많은 해안가라 사이사이로 테이트가 맨발로 물놀이를 할 만한 물웅덩이가 많았다. 13도 정도의 썰렁한 날씨였지만, 계절에 비하면 그리고 우리가 그간 겪었던 추위에 비하면 따뜻하게 느껴졌다. 1월이었다. 1월은 보통 눈과 혹한이 계속되는 계절이다. 하지만 이곳에서는 그 정도로 춥지 않아 좋았고, 과거와도 완벽히 달라진 삶을 누릴 수 있어 감사했다.

오토와 이모젠은 바다를 향해 펼쳐진 바위지대에 올랐다. 목줄을 맨 개들도 신이나 항상 그랬듯 바위 위로 뛰어올랐다. 나는 해변에서 테이트가 노는 것을 지켜보고 있었다. 아이가 노는 동안 나는 무릎을 꿇고 앉아 손끝으로 거친 바위를 느꼈다.

각자 가고 싶은 지역을 종이에 적어 모자 안에 넣고 제비뽑기를 한 것이 벌써 1년 전 일이다. 이런 문제는 사실 그리 가볍게 정할 일이 아니었다. 하지만 따로 의논할 가족도 없고, 연고도 없었다. 우리가 원하는 곳, 어디로든 갈 수 있었다. 모자 안에서 종이를 하나 고르는 것은 이모젠의 몫이었고, 어느새 우리는 캘리포니아로 향하고 있었다.

나는 사실과 다르게 꾸며내거나 거짓말을 하는 데는 원체 소질이 없다. 오토와 테이트는 아빠가 그간 보여주었던 모습과 사실 다른 사람이었다는 것을 알게 되었다. 하지만 자세한 내용까지는 말하지 않았다.

윌이 죽고 며칠 뒤, 나는 정당방위 판결을 받았지만 만약 그날 밤 이모젠이 주방 문 뒤에 숨어 핸드폰으로 윌의 자백을 녹음하지 않았더라면 버그 경관이 내 말을 믿어주었을까 하는 의심은 든다. 뿐만 아니라 이모젠은 내 목숨을 구해주기도 했다.

윌이 죽고 몇 시간 뒤, 이모젠은 버그 경관에게 녹음한 파일을 들려주었다. 당시 나는 병원으로 옮겨져 치료를 받고 있었다. 이모젠이 녹음했다는 것은 나중에야 알게 되었다.

그 잘난 머리를 굴리다가 이 지경이 됐잖아, 세이디. 파헤치지 말고 그냥 뒀으면 이런 일은 없었을 텐데. 내가 한 짓을 당신이 여기저기 떠벌리게 둘 수는 없어. 내 마음 이해할 거야. 당신이 입을 다물지를 못하니, 내가 대신 그 입을 영원히 닫아줄 수밖에.

모건을 실제로 살해한 사람이 나였다는 대화 내용은 이모젠의 파일에 왜 담겨 있지 않았는지 따로 묻지 않았다. 완벽한 진실을 아는 사람은 이모젠과 나 둘뿐이다. 모건의 살인 사건에 내가 연루되었다는 증거는 나오지 않았다. 나는 무죄로 밝혀졌다. 윌이 두 여성을 살해한 범인으로 지목되었다.

하지만 이것으로 끝이 아니었다. 몇 달 동안 정신과 치료를 받아야 했고, 아직도 한참이나 남았다. 베벌리라는 이름의 정신과 의사는 쉰여덟이라는 나이에 걸맞지 않게 머리를 보라색으로 염색했는데, 무척이나 잘 어울렸다. 몸에 타투도 있고 영국식 억양을 썼다. 치료 목표 중 하나는 내 안의 알터를 정확히 가려내고, 다시 하나의 완벽한 인격으로 결합시키는 것이었다. 또하나는 새엄마의 존재와 내가 학대당한 기억 등 숨겨진 기억을 되살려 마주하는 것이었다. 치료에 조금씩 진전이 있었다.

아이들과 함께 가족 심리 상담도 받고 있다. 의사 이름이 밥이라 테이트가 재밌어한다. 〈스폰지밥〉이 떠오른다고 했다. 이모젠 또한 따로 치료를 받고 있다. 오토는 사립 예술학교로 옮기고서야 제 자리를 찾은 것 같았다. 아이를 그 학교에 보내기 위해서는 큰 희생을 치러야 했다. 학비도 비싸고 거리도 멀었다. 하지만 오토는 마땅히 행복을 누려야 할 아이다.

파도가 해안가에 부딪혔다. 하얗게 파도가 부서지며 물이 튀자 테이트가 키득거렸다. 예전에 이 바다는 쓰레기 매립지였다. 아주 오래전, 이 지역에 사는 사람들은 절벽 아래로 쓰레기를 던져 태평양에 버렸다. 이후 수십 년간 바다가 쓰레기를 매끄럽게 깎고 다듬었다. 그러곤 다시 해안가로 몰고 왔다. 다만 바다가 데려온 것은 오랜 시간과 자연의 힘으로 아름답게 변한 유리돌이었다. 바다는 이제 쓰레기장이 아니라 전 세계 사람들이 모여드는 아름다운 비치 글래스로 탈바꿈했다.

바위 꼭대기에 나란히 앉아 이야기를 나누는 오토와 이모젠을 바라봤다. 오토가 미소 짓자 이모젠은 긴 머리를 바람에 휘날리며 웃었다. 테이트가 활짝 웃으며 바위 사이 웅덩이에서 물장구를 쳤다. 어느새 작은 꼬마 아이가 테이트 곁에 있었다. 친구를 사귄 모양이었다. 그 모습을 보니 마음이 가벼워졌다. 두 눈을 감고 해가 있는 쪽으로 고개를 내밀었다. 따뜻했다.

윌은 내게서 몇 년을 앗아갔다. 그는 내게서 행복을 빼앗고, 비난받아 마땅한 일을 하게 만들었다. 시간이 걸리겠지만, 내가 한 일에 대해 나를 용서하는 법을 조금씩 깨우쳐가고 있다. 윌은 나를 망가뜨렸다. 하지만 치유를 하며 나는 그 어느 때보다 더욱 강하고 자신감 넘치는 모습을 찾아가고 있다. 결과적으로는 윌의 조종과 학대로 인해 내가 꿈꾸던 여성으로, 자랑스러운 여성으로, 내 아이들이 우러러보고 존경할 수 있는 엄마로 다시 태어날 수 있었다. 이제는 진정한 행복이 무엇인지 깨달았고, 매일같이 경험하고 있다.

신고 있던 스니커즈를 벗어 바닷물에 맨발을 담그고 비치 글래스를 생각했다. 시간이 미움받는 것들을 사랑받을 가치가 있는 것으로 탈바꿈시켜 준다면, 그건 사람에게도 해당되는 이야기가 아닐까. 내게도 그런 변화가 찾아올 수 있다. 아니, 이미 그 변화는 시작되었다.

끝.

관계에 기생하는 인간 본연의 공포

누구나 온몸이 진흙탕에 빠진 것 같은 경험을 하는 순간이 있다. 도무지 이해되지 않고 해결할 수 없는 일들이 내 목을 조여오는 것 같은 기분을, 모든 손가락이 나를 가리키고 있지만 어떻게 헤쳐나가야 할지 암담한 순간을 슬프게도 누구나 살면서 한 번쯤 겪는다. 이 책은 살인 사건을 다룬 심리 스릴러물이지만 내게는 한 여성이 자신의 진짜 모습을 찾아가는 성장물처럼 느껴졌다. 책을 읽고 번역하는 내내 늪에 빠져 어쩔 줄 모르는 한 여성의 모습이 자꾸 맴돌았다. 심장이 두근거리는 긴장감과 생각지 못한 반전에 짜릿함을 느끼기도 했지만 내내 안타까움과 안쓰러움, 대견함이 뒤섞인 복잡한 심정으로 세이디의 곁을 지켰다.

대도시인 시카고에서 생활하던 세이디가 남편을 따라 아는 사람 하나 없는 낯선 섬으로 이사를 하는 것으로 소설은 시작된다. 시카고에서의 불행과 남편의 외도를 뒤로 한 채 새로운 삶을 살기 위해 마뜩찮은 마음에도 터전을 옮긴다. 하지만 새 출발이라는 명목과는 달리 시작부터 낮게 깔린 어둠이 세이디의 뒤를 기민하게 쫓는다. 처음 메인에 도착해 우거진 숲의 냄새, 적막함, 고요함에 소름끼쳐하는 세이디의 모습은 단순히 도시를 그리워하는 사람의 소감 정도로 넘기기에는 그 밀도가 너무도 무겁게 느껴진다. 세이디의 비극은 비단 남편의 누나가 자살한 집에서 발톱을 세운 짐승처럼 적대심을 드러내는 조카와 함께 살아야 한다는 데서 그치지 않는다. 속을 알 수 없는 아들은 자꾸 이상한 행동을 하고, 자신을 배신한 남편과의 관계는 여전히 삐거덕대며, 새로운 동료들은 묘하게 자신을 불편해한다. 마을에서 벌어진 살인 사건의 용의자로 지목되는 것도 모자라 애써 잊고 떠나온 과거의 망령들이 하나둘씩 그녀를 덮쳐오기까지 한다. 스스로 문제를 해결하려 나서지만 세이디는 어쩐지 점점 더 수렁에 깊이 빠지는 듯한 기분을 느낀다. 결국 끔찍한 진실을 마주하고 온몸이 피투성이가 되도록 자신을 내던진 후에야 세이디는 완벽히 해방된다.

　이 책을 읽고 난 후 도대체 세이디란 어떤 인물인가에 대해 큰 혼란을 느끼는 독자들이 있으리라 예상된다. 완벽하고 냉정하지만 그 누구보다도 순수하며 때로는 잔인하고 도발적이며 변덕스러운 모습을 드러내는 세이디야말로 인간의 다면적이고도 복잡한 본성을 가장 잘 보여주는 예가 아닌가 생각한다. 평생 사랑을 약속했던 남편에게서 낯선 모습을 발견하고 혼돈에 빠진 주인공은 우리가 결국 서로를 이해할 수 없음을, 아무리 저 사람을 잘 알고 있다고 확신해도 결코 인간은 타인을 완벽히 알 수 없다는 자조적인 말을 내뱉는다. 남은커녕 자기 자신의 본모습조차 깨닫지 못했던 세이디는 지독하게 지난한 여정을 통해 한 인간으로서, 엄마로서, 여성으로서 진짜 자신을 찾아간다. 스릴러와 반전, 치밀한 심리 묘사로 독자의 마음을 사로잡은 저자가 결국 하고 싶은 말은 이것이었다고 믿는다. 자기 자신을 용서하고, 타인을 용서하는 것으로 진정한 자신의 모습을 찾아갈 수 있다는 것. 치유와 행복의 시작은 용서에서부터 시작한다는 진리가 그것이다.

시간은 아무리 추한 것도 아름답게 만드는 힘이 있다고 한다. 그 시간의 힘에 기대어 용기와 용서를 발휘한다면 우리도 세이디처럼 강하고 자신감 넘치는 한 인간으로 성장할 수 있다고 믿는다.

꽤 오랫동안 남성 주인공이 등장하는 소설이 독식했던 영미 장르 소설 분야에서 몇 년 전부터 여성이 주인공인 작품이 대중의 사랑을 받기 시작했다. 독립적이고 주체적인 여성 캐릭터가 등장하는 훌륭한 작품들 사이에 《디 아더 미세스》 역시 당당히 어깨를 나란히 할 수 있는 작품이라고 믿어 의심치 않는다.

이 책을 옮기는 동안 한번씩 아마존에 들어가 독자들의 리뷰를 확인했다. 날이 갈수록 무섭게 불어나는 리뷰 수에 내가 팬히 짜릿한 기분을 느꼈다. 한국에서도 많은 독자들에게 널리 읽히고 사랑받는 작품이 되길 간절히 바라는 마음이다.

2021년 봄

신솔잎

디 아더 미세스

초판 1쇄 발행 2021년 7월 15일
초판 4쇄 발행 2021년 9월 10일

지은이 메리 쿠비카 **펴낸곳** (주)해피북스투유
옮긴이 신솔잎 **출판등록** 2016년 12월 12일 제2016-000343호
펴낸이 김문식 최민석 **주소** 서울시 성북구 종암로 63, 5층 501호(종암동)
총괄 임승규 **전화** 02)336-1203
기획편집 이수민 김소정 윤예솔 **팩스** 02)336-1209
　　　　　박소호 김재원
디자인 배현정
제작 제이오

© 메리 쿠비카, 2021
ISBN 979-11-6479-350-1 03840